暖雨晴風初破凍
RUO WEI QING
博客思出版社

目錄

開鑼

相見爭如不見
多情何似無情

一、

光緒七年三月，東太后慈安，也就是咸豐帝的孝貞顯皇后在京薨逝，就此打破了皇權三足鼎立的平衡，恭親王奕訢和西太后慈禧為了爭奪權勢都開始蠢蠢欲動。但其實無論那片明黃色的琉璃瓦下爭鬥得有多厲害，京城裡老百姓的日子依舊得過且過。時間還是一樣那麼慢，日子還是一樣那麼長。

就在這樣一個不怎麼安穩的年月，侯小若出生了。

京城的秋天總是美得不可思議，明晃晃的陽光從金的赤的枝葉間照射下來，少了一分夏的毒辣卻多了幾縷秋的和煦。空氣中似乎總是隱隱約約瀰漫著一種帶著絲絲甜香和慵懶的味道，令人在不知不覺間就醉於其中。

一片乾黃的葉子拼了命地從樹梢掙脫出來，原以為自己能就此騰空而起，卻萬萬沒想到只能忽忽悠悠地往下墜去，不過在侯老爺子的肩頭停了一停，最後也只是落得混跡於地面上其他葉片之中，瞬間便無法再辯認了。

侯老爺子懷抱著剛滿三歲的小孫孫，坐在自家院門前的銀杏樹下，悠閒自得地輕晃著老邁羸弱的身子，嘴裡哼著大戲《捉放曹》的調調。年近七十的他滿臉皺紋堆壘骨瘦嶙峋，一條已經全白的辮子細得如同鼠尾，了無生氣地貼在他枯槁的背上。坐在他懷裡的小孫孫雖是精氣神兒十足，但身子卻也像爺爺一樣乾瘦乾瘦的。一雙眼睛倒是滴溜兒圓，像兩顆剛摘下來的紫葡萄一般又黑又水靈，似乎對什麼都充滿了好奇。他揮舞著兩隻小手，一會兒拽著爺爺下巴上為數不多的幾根鬍子，一會兒又張開手指在空氣中亂抓一氣。

「小若啊，等你長大了，爺教你唱戲好不好哇？」侯老爺子看著孫子侯小若，聲音裡透出半世滄桑的嘶啞。

「好。」侯小若其實根本就不明白爺爺在問什麼，只是順著答話罷了。

「哈哈哈，」侯老爺子用幹了一輩子體力活兒的粗糙大手摸了摸小孫孫的腦袋，「唱戲可苦啊，你不怕嗎？」

「我不怕。」侯小若小小的身子趴在爺爺胸前，似乎有些疲倦地打了個呵欠。

「好小子，」侯老爺子一下一下地拍著侯小若的背，前後輕晃著身子哄他入睡，「小若啊，你要記住，都說這人生如戲，那咱就更要唱一齣好戲啊……」

侯小若本還有個大他好幾歲的姐姐，但是因為家裡窮，幾年前就早早地給了別人做童養媳。自打跟著夫家搬去北方之後，基本上就斷了聯繫。而侯小若的親娘在生他的時候大出血，怎麼也止不住，就這麼眼睜睜地死在了床塌上。儘管小若爹和侯老爺子哭得死去活來，家裡終還是不能沒有女人持家，所以在小若快一歲的時候由鄰居關白氏介紹，又續上了現在的這個侯李氏。

剛進門的時候，侯李氏對爺仨都還真說得過去，家裡也打理得井井有條，再加上她還能給別人縫個衣服繡個帕子，多少貼補了一些家用，日子就算是還不錯。可惜好景不長，這舒服日子過了還不到二年的光景，小若爹就因為拉痢疾這沒出息的病撒手人寰，扔下了這一家子老的老小的小。從此養家糊口的重擔就落在了侯李氏一個女人的身上，除了要張羅生計還要照顧侯老爺子和小若，終日裡忙得腳不沾地。雖說稱不得俊俏但怎麼也算是清秀的一張少婦面容，活生生被折磨成了黃臉婆。時間一長，脾氣也逐漸大了起來。好在侯老爺子心大，只要孫子在身邊就怎麼樣都可以，所以也一直相安無事。

從侯小若懂事開始，爺爺就開始左一句右一句地教他唱戲。小若聰明，總是一學就會，無論什麼行當還都有模有樣的。侯老爺子最愛戲，尤其喜歡淨行裡的架子花，城裡的戲園子大茶樓去不起，只能沒事兒就帶著小若去城外的一些野戲臺看戲。什麼《捉放曹》、《連環套》、《丁甲山》，統統都是侯老爺子的心頭好。

「爺，那個臉藍窪窪的是誰呀？」雖然將近九歲，但個子看著也就六七歲大的侯小若指著戲臺問侯老爺子。

「嗯？那個呀，叫竇爾敦，」侯老爺子和小若說話的時候眼睛也不離戲臺，「他可是綠林豪傑，大人物！」

「什麼是綠林豪傑？」侯小若睜著圓圓的眼睛，扯著侯老爺子的袖子。

「嗯……綠林豪傑啊就是要劫富濟貧，路遇不平還要拔刀相助，懂嗎？」侯老爺子搜腸刮肚地解釋著。

「哦……」侯小若似懂非懂地點了點頭，然後又指著戲臺，「那他現在要去幹什麼？」

「他呀，要去盜禦馬。」

「盜禦馬是什麼意思？」

侯小若似乎很不滿侯老爺子總也不看自己，用力地扯了兩下他的袖子，差點兒沒把昨天侯李氏才剛給縫上的補丁又撕開。侯老爺子趕緊低頭上下檢查了一番，並沒有發現新的破洞，這才鬆了口氣。

「就是說，他要去偷皇帝的馬，禦馬就是皇帝的馬，懂了嗎？」侯老爺子在侯小若的手背上輕拍了一下，以示懲戒。

「為什麼要偷皇帝的馬？」侯小若向來喜歡打破砂鍋問到底。

「因為他和一個叫黃三泰的人有過節，他偷了皇帝的馬之後把黃三泰的名字留下，皇帝肯定要去抓黃三泰，這樣他就報了仇了。」侯老爺子儘量簡單地又給小若解釋了兩句。

「他和黃三泰有過節，幹嘛要偷皇帝呢？皇帝又沒對他怎麼樣咯。」侯小若歪著小腦袋。

「呃……」侯老爺子一時不知該怎麼回答。

「爺不是說過，偷人家東西是不對的嗎？這個人去偷皇帝的東西，還誣陷別人，算得上綠林豪傑嗎？」侯小若嘟著小嘴看著戲臺上的竇爾敦，滿臉都是反感和不屑。

「這個……」侯老爺子竟然被自己的小孫孫問得啞口無言，不由得摸了摸自己的大腦門，咧嘴一笑，「哈哈哈哈，說得還挺在理兒！」

祖孫倆說話的功夫臺上已經響起了散戲的鑼，看客們都站起身，三三兩兩地往戲棚外走去。侯老爺子拉起小若的手，隨著人群擠了出去。

「小若，咱爺倆先去挖些野筍再回家，好不好？」

「嗯。」小若用力點了點頭。

離這個野戲臺大概二、三里地遠有一大片竹林子，大夥兒都管這裡叫翠竹海。現在正值初春，翠盈盈的嫩竹葉甚是可愛，更叫人歡喜的是剛露出地面差不多六寸長的小野筍。

這個時節的野筍又鮮又脆，挖回家之後用開水一燙，切成絲兒拿香油拌了，那可真是好吃得給個縣官都不換。不過因為來挖的人多，眼前的差不多都挖乾淨了，所以這爺倆不得不往林子深處去找。

越往裡走就越陰冷，竹枝竹葉錯落交疊，似乎想把僅有的一點兒陽光都擋在外面，侯小若禁不住打了個冷顫。

「冷嗎？」侯老爺子說著話，把自己身上的衣服扒了下來，披在孫子肩上，「來，披上。」

「爺不冷嗎？」侯小若緊了緊還帶著爺爺體溫的衣服，頓時覺得溫暖無比。

「不冷，」侯老爺子慈祥地笑了笑，「別看爺年紀大了，比牛還結實呢！」

侯小若隨著爺爺嘻嘻哈哈地笑著，又繼續低頭尋找著可能藏在枯枝葉下面的野筍，所以並沒有看見侯老爺子扭過頭偷偷擤了把青鼻涕。

一直到太陽西沉，淺黃色的光線變成了深橘色，侯小若才終於找到了一顆野筍。他興奮地衝上前，用兩隻黑瘦的小手使勁兒扒著土。

「爺！找到了！好大一顆呢！」

「好，咳咳，」侯老爺子覺得有些體力不支，蹭著兩三棵交錯的竹子慢慢坐了下去，「好乖孫，把它挖出來，咱們就回家……吃飯去……」

侯老爺子的聲音聽起來有氣無力，甚至還有些呼哧帶喘的，但是侯小若所有的注意力都被眼前的野筍給吸引了去，完全沒有注意到爺爺的不對勁。他起勁兒地刨著土，還不時地用手推一推那野筍，試著能不能拔出來。

「爺！快看！這麼大，可沉了呢！」侯小若懷裡抱著一顆碩大的野筍，顧不上擦一把滿臉的土屑就快步跑了過來。

「爺？」

侯小若來到侯老爺子的面前，才發現他滿臉通紅地微皺著眉，雙眼緊閉，呼吸也很短。

「爺？」

侯小若把懷裡的野筍放在地上，輕輕拍了拍爺爺。

「嗯？」好一會兒，侯老爺子才慢慢睜開了眼睛，「小若啊……怎麼了？」

侯小若把手探到爺爺的腦門上摸了摸，有些擔心地說道，「爺，你的頭好燙啊。」

「啊……」侯老爺子老半天才回過神來，「沒事兒，你……挖到筍子了？」

「嗯。」侯小若把野筍捧到侯老爺子面前，炫耀一般地還晃了晃。

「呵呵呵，還真大，」侯老爺子笑了笑，撐著地面想要起身，卻發現渾身軟軟地使不上力，「小若，過來，攙爺一把。」

「欸。」

侯小若趕緊又把野筍放下，上前用力把老頭兒滾燙的身子給撐了起來。別看他個兒不高，但力氣還真是不小。然後小若又把自己身上披著的衣服脫下來，幫著侯老爺子穿上。

侯老爺子任孫子給自己穿好了衣服之後又稍微站了會兒，穩了穩心神，他對小若說道，「好乖孫，爺有點兒累了，你扶著爺走，好不好啊？」

「嗯。」

侯小若解下自己的褲腰帶，先把那顆野筍牢牢地捆在了自己背上，接著將侯老爺子的一隻胳膊搭在自己肩上，攙扶著他往林子外走去。

二、

侯老爺子當晚回到家一口飯也沒吃，喝了半碗涼水就躺下了。結果到了夜裡燒得愈發厲害，在床上胡言亂語地折騰了一宿，不停地咳嗽。侯小若和爺爺一間屋住，所以也幾乎整晚都沒睡，一直在照顧著。差不多快凌晨的時候，侯老爺子的體溫似乎稍微降了些，呼吸也平穩了不少。侯小若趕緊趁著這功夫跑進廚房，抓起前幾天他在河邊挖到的一叢野薑，砍去葉子洗刷乾淨，熬了一鍋熱氣騰騰的薑湯。

小若把整鍋薑湯捧進了屋，然後塞進侯老爺子的被窩裡，這樣既可以保溫又可以給爺爺暖腳。反正爺爺現在睡沉了不會翻身，不怕會碰倒了鍋，侯小若為自己的機智洋洋得意了好一會兒。

「你爺怎麼樣了？」侯李氏撩開門簾本想進來，一步踏進又退了出去，用手捂著口鼻，「什麼味兒……小若，把窗戶打開。」

「欸，」侯小若趕緊起身，爬上床把三扇窗戶都搭起來一點兒，「爺沒那麼燙了，應該好些了。」

「那就不用喊大夫了，」侯李氏自言自語了一句，然後又看了侯小若一眼，「我去給街口袁奶奶家送活兒，你要是餓了，櫥櫃裡有昨晚剩的野筍絲和窩頭。」

「欸。」侯小若坐在床上，溫馴地點了點頭。

囑咐完，侯李氏拎著兩個大包裹走了出去。侯小若趴在窗邊看著侯李氏出門之後，又來到侯老爺子的床頭，把老頭兒腦門上那條已經溫了的手巾扔進一旁的冷水盆裡搓了搓，擰乾水，給爺爺擦著臉和脖子。

「唔……」

侯小若正擦著，忽然侯老爺子低低的一聲呻吟，嚇了他一跳。

「爺？」

「嗯……」只見侯老爺子兩隻眼珠在眼皮下轉了幾轉，慢慢地睜開了，「……小若……」

「爺，你醒了！」侯小若開心壞了，趕緊蹲在了床邊。

「……爺渴了，有水沒有？」侯老爺子的嘴唇有些發白，乾得都爆皮了。

「有，」侯小若答應著，回身抓過桌上的涼水壺，嘩嘩倒了一大茶碗，小心翼翼地端了過來，「爺，喝水。」

侯小若一手端著茶碗，一手費勁地托著爺爺的後脖頸，侯老爺子就著孫子的胳膊灌下去多半碗涼白開。接著小若隨手把茶碗往旁邊一放，又扶著老頭兒躺了下去。

「咳咳……小若啊，爺腳底下怎麼這麼熱呀？」侯老爺子瞇縫著眼，用腳在被子裡探了探。

「嘿嘿，」侯小若笑嘻嘻地揉了揉自己的鼻尖，「是我熬的野薑湯，還熱著呢，爺想不想嘗嘗看？」

「野薑湯啊，好，咳咳……給爺來個一大碗。」侯老爺子邊咳嗽邊往上扯了扯嘴角，勉強給孫子露了個笑臉。

侯小若先是幫著爺爺坐起身，還細心地把鬆開的被子又掖好，這才轉身把被窩裡的砂鍋掏了出來，擱在桌上。掀開蓋子，一股子熱呼呼的水蒸氣裹著野薑的香氣頓時瀰漫開來。

「嗯，真香，」侯老爺子半坐半窩地靠在枕頭垛上，深深吸了口氣，「還沒喝就已經覺得精神了，哈哈哈。」

侯小若也咧嘴嘿嘿樂著，用自己的袖子墊著，將還有些燙手的野薑湯倒進了茶碗裡。他拿嘴吹了吹，雙手捧著遞到侯老爺子面前，「爺，當心燙嘴。」

「嗯。」侯老爺子將茶碗湊到嘴邊，先試著抿了一小口，衝著孫子笑了笑，「這野薑還真是夠勁兒，香。」

「爺多喝點兒，把汗捂出來就能好了。」侯小若雖然一口沒喝，但是為了照顧爺爺，來來回回地也折騰出了一身汗。

「欸。」

侯老爺子應著，咕咚咕咚一口氣把這一大茶碗全給喝了。侯小若接過空碗，又給爺爺盛了一大碗端過來。

「爺你喝著，我去廚房把窩頭熱了。」

「好。」

侯小若連汗也顧不上擦，一溜兒小跑進了廚房，又是攏火又是燒水，爐灶裡冒出的黑煙嗆得他眼淚都快流出來了。忙活了好一陣兒總算把兩個窩頭給鼓搗熱了，他端著窩頭和野筍絲又趕緊往裡屋走。

「爺，昨兒個我挖到的那個野筍可嫩了，就著窩頭特別好吃。」侯小若說著話，用背頂開門簾，轉身進了屋。

他踢著桌旁的條凳，挪到了侯老爺子床頭，然後把手裡的兩個大碗都放在上面。一轉身，侯小若把筷子塞進侯老爺子的手裡，「爺嘗嘗。」

「欸，好，」侯老爺子臉上雖然笑著，但還是覺得身上不得力氣，疲倦得很，「小若啊，你餵爺吧。」

「爺怎麼像小孩兒似的，」侯小若愣頭愣腦地笑了笑，抓起碗裡的窩頭，掰了一小塊送到老頭兒嘴邊，「燙，慢點兒吃。」

侯老爺子嚼著嘴裡的窩頭，覺得口乾舌燥，又捧起手裡的茶碗，喝了一大口野薑湯，「爺老了，以後就得靠你伺候爺了。」

「爺不老！」侯小若看著似乎一夜之間就蒼老了十歲的爺爺，莫名感到心驚，「爺才不老，爺要活到一百歲！一百二十歲！」

「哈哈哈哈，」侯老爺子咧開嘴大笑了幾聲，露出東倒西歪沒剩下幾顆的黃牙，「人活七十古來稀啊小若，爺要活到一百二十歲豈不成老妖精了。」

侯小若撇了撇嘴，扔下窩頭，一下子紮進爺爺懷裡。

「孩兒啊，怎麼了？」侯老爺子被小若的舉動嚇了一跳。

「……爺不老，爺要永遠陪著我，哪兒也不去。」侯小若悶悶的聲音帶著哭腔，蹭著侯老爺子的胸口。

「傻孩子，哪有人能永遠不老不死的？」侯老爺子像是安撫一般拍著小若的背，「就算是那皇帝老子不也一樣說沒就沒了……」

侯小若聽了爺爺的話，一動不動，也不說話。過了好一會兒，傳來小若努力壓抑的抽泣聲，小小的肩膀不住顫抖。雖然他對於喪失生母並沒有什麼記憶，但是父親死時帶來的那種恐慌感卻在他幼小的心靈上烙下了深深的印記，叫他一想起來就禁不住渾身顫抖。

「小若，爺年紀大了，到頭來也是一個死啊，」侯老爺子嘆了口氣，「但是你要答應爺，就算是爺不在了，也不許哭！要好好活著！」

「不！」侯小若猛的抬起頭，「爺要是死了，我也就不活著了！」

「胡說！」侯老爺子本想甩手給孫子一個脆生的，但是無奈沒有力氣，這巴掌搧到臉上也只像是拍了一下而已，「你這才屁點兒大，什麼就死啊活的……你不是說竇爾敦不算個豪傑嗎？那你小子就給我活出個豪傑樣兒來看看！」

「爺……」侯小若淚眼迷離地看著爺爺因為生氣而漲得通紅的臉。

「是豪傑，就不準哭！無論遇見什麼事兒，都要給我活著！聽見沒有？」侯老爺子又氣又驚，生怕孫子到時候說話算數。

侯小若愣了半晌，才輕輕點了點頭。

「沒有什麼比活著更重要，懂嗎？」侯老爺子眼裡噙著淚，伸手拍了拍孫子的臉蛋。

「懂了。」

「說話算數。」

「嗯。」侯小若用力點頭，用袖口擦了擦鼻子。

「好乖孫，」侯老爺子這才露出一絲放心的笑，「去，把那野筍絲端過來，給爺嘗嘗。」

「欸。」

正當侯小若伺候著老頭兒吃東西的時候，院子裡傳來鄰居關白氏的聲音。

「侯大娘子，侯大娘子在家呢嗎？」

關白氏向來嗓門大，站在院門那兒喊一聲，連後街都能聽見。侯小若趕緊放下手裡的東西，跑了出來。

「關嬸子，我娘出去送活兒了，這會兒不在家。」

「喲，小若呀，」關白氏笑咪咪地走了過來，「你今兒怎麼在家呀？沒和爺爺出去玩兒去？」

「我爺病了。」

「這怎麼話兒說的，怎麼病了？」關白氏說著話，往屋裡探了探腦袋。

「打從昨兒個夜裡就發燙，現在好像好點兒了。」

「這天氣容易生病，可要好好注意，」關白氏從兜裡摸出幾顆糖豆，塞到小若手裡，「就你一個人照顧爺爺這麼懂事，來，吃糖吃糖。」

「謝謝關嬸子。」侯小若歡喜地舉高了雙手。

「你娘要不在我就先回了，你好生照顧老爺子。」

關白氏說著話就要往外走，侯小若跟在她身後送了幾步。

「關嬸子慢走。」

「行了，別送了。」

關白氏走了出去，侯小若隨手將院門虛掩上，免得一會兒侯李氏回來還要再叫門。

三、

侯李氏從袁奶奶家出來，趁著街面上還沒什麼人使勁兒抻了抻生疼的腰。

袁奶奶家十方帕子要得急，她昨晚幾乎一夜沒閉眼才勉強趕了出來。不過聽著對面屋裡侯老爺子一整晚撕心裂肺的咳嗽，估計就算她想睡也不可能睡得著。她深吸了口氣，清晨還帶著點兒青草露珠甜腥的清冷空氣一股腦兒地沁進了她的身體，接著又把身體裡的濁氣給裹了出去，頓時感覺神清氣爽了不少。侯李氏邁著三寸小腳慢慢往前走著，不時也看一眼早出攤兒的檔口，但也就只是看看罷了，她可沒有閒錢置辦東西。

穿過一條胡同，忽然從身旁的隨牆門裡跑出來一個三、四歲的丫頭，腦袋上梳著兩個小抓髻，臉蛋兒紅撲撲的可愛至極。侯李氏看著她，不由得心中動容，臉上隨著化出一個笑。剛想上前搭話，門裡又走出一個約五旬左右的婦人，一把拉住那丫頭的小手。

「小妞子，別亂跑，當心被拍花子的給拍了去。」婦人拽著小丫頭就往門裡走。

就這麼站在一旁看著，直到那扇隨牆門「碰」一聲關上，侯李氏才緩緩嘆了口氣，接著往前走去。

侯小若的爹死得早，沒能讓侯李氏產下個一男半女的。侯小若雖是個懂事的孩子，但畢竟不是親生，總覺得隔著一層。侯李氏也不知道該嘆自己的命不好，還是怪老天太不公，沒給自己托生個好人家，更沒讓自己嫁個好人家。

難道自己才二十出頭就要守一輩子寡？拉扯一個和自己沒半點兒關係的孩子？侯李氏想到這兒，禁不住又嘆了口氣，臉色愈發沉了下去。

「侯大娘子，侯大娘子！」

一聲熟悉的呼喚將侯李氏的千思萬緒給拉了回來，扭頭一看，原來是鄰居關白氏站在自家院門前喊自己。這個關白氏和侯李氏的娘家媽媽似乎是什麼八竿子打不著的遠親，算起來侯李氏還得管她叫一聲舅娘，但是關白氏總覺得會把自己給叫老了，所以也從未這麼叫過。

「原來是關家嫂嫂。」侯李氏上前道了個萬福。

「又去送活兒了？」

「嗯，袁奶奶家的帕子剛完活兒。」侯李氏下意識地搓揉著自己日漸粗糙的指尖。

「袁奶奶？」關白氏大大咧咧地笑道，「她們家給錢不少吧？」

「哪兒啊，」侯李氏苦笑了一下，「也就是半吊銅子兒罷了，這不，一會兒得去買彩線給劉媒婆趕幾個枕套，剩下的錢還要買面買菜，都不知道夠不夠，小若他爺爺又病了……」

說著，侯李氏鼻子一酸，委屈得差點兒眼淚沒掉下來。

「哎呀呀，怎麼說著說著還哭起來了，回頭人家看見了還當我老娘們兒欺負你呢，」關白氏把手裡的瓜子皮順手一扔，過來扶著侯李氏的肩膀，「走，進屋喝口熱茶，跟你嫂嫂好好說說。」

侯李氏默默地點點頭，隨著關白氏進了屋。她心裡實在悶得慌，著實需要個能說說話、倒倒苦水的人。

進屋後，關白氏在讓侯李氏坐下之前還特意往椅子上鋪了塊軟墊子。

「坐著，我去燒水泡茶，咱娘倆好好聊聊，」說著，她又把桌上裝瓜子花生仁的盤子往侯李氏這邊推了推，「你先吃點兒，我馬上就回來。」

關白氏邊咋咋唬唬地招呼著邊走出了正屋，留下侯李氏自己在桌旁呆呆地坐著。

侯李氏的老家在京城西北邊的宣化府外，爹娘都是本本分分的莊稼人。她上面有一個哥哥一個姐姐，下面還有一個妹妹。姐姐十五歲那年嫁給了懷安縣的一個獵戶，哥哥卻因為家裡窮一直也娶不上媳婦兒。為了給家裡減少吃飯的嘴，那年關白氏跟侯李氏她娘一說能讓侯李氏嫁到京城去，侯李氏她娘簡直樂不得的，三升白麵就把女兒給送出去了。

想著這些陳年往事，侯李氏不禁哀嘆連連。原本以為嫁到京城來能夠見見世面，過上城裡人的舒坦日子，誰知道竟比在老家還要辛苦……小若爹還在的時候，家裡雖說也窮但他很是照顧愛惜侯李氏，除了平日裡一些瑣碎家務之外，侯李氏很有些閒暇能夠出門轉轉，或是到關白氏家裡來喝個茶聊個天什麼的，而所有這些舒心愜意都隨著小若爹的過世化為了泡影。

「侯大娘子，想什麼呢這麼出神？」關白氏端著兩杯熱茶走了進來。

「唔，沒……沒想什麼。」侯李氏只是淺笑著搖了搖頭。她又能說什麼呢？抱怨為什麼關白氏當初給自己介紹了這麼個短命鬼？

關白氏把茶杯擱在桌上，也在桌邊坐了下來，「你呀，別整天愁眉苦臉的，就算再愁，日子也還得一樣過不是。」

「是……」侯李氏端起茶杯淺嘗了一口，「可我，就是怎麼也開心不起來。」

「我知道，你男人走得早，撇下這老的老小的小，你也是夠難的。」關白氏又開始嗑瓜子，瓜子皮就隨意吐在地上。

「有時侯熬著半月不睡，也就只能掙回來一吊半吊銅子兒，將將夠我們三口人的嚼谷而已，」侯李氏邊說著，眼圈有些紅，「好幾個月都見不著一點兒葷腥……您說，人怎麼就能活得這麼慘……」

「這年月不太平，能活著就不易，」關白氏以驚人的速度嗑著瓜子，語速卻一點兒都沒有減慢，「家家都有本難念的經。你看我那口子，但凡進一回山，沒個十天半月也回不來，我就不擔心？這不沒辦法嘛。」

「是……您說的是。」侯李氏擦了擦眼角，端起熱茶又喝了兩口。

「小若爺爺又病了？這回又是怎麼了？」

還沒一會兒的功夫，關白氏腳底下已經是密密麻麻一地的瓜子皮。

「唉……估計是跟小若出去瘋玩兒，著了涼凍著了，昨晚咳了一宿。」侯李氏眉間緊鎖，感覺胸口煩悶不已。

「這麼大年紀的人了，」關白氏不一會兒就把半盤瓜子都嗑完了，又開始搓花生仁，「還跟著小若滿世界瘋去，真有勁。」

「他要真有勁，怎麼不想著找個事由兒貼補貼補家裡，」侯李氏的語氣很是不耐煩，「一天到晚就只知道聽戲看戲，活該我一個人做到累死。」

「你就不能跟老爺子說說？看他也不像是不近人情的那種老頭兒。」關白氏嚼著脆脆的花生仁，給侯李氏出著主意。

「再怎麼說他也是我公爹，年紀又那麼大了，我怎麼可能真趕他出去幹活兒……這也太不孝順了。」侯李氏咬著下唇，用力搖了一下頭。

「唉……你也是可憐見的，」關白氏咽下滿嘴的花生碎末，起身往外走去，不大一會兒又轉了回來，手裡拎著兩隻野雞遞到侯李氏面前，「來，拿著。」

侯李氏見狀趕緊站了起來，推了推，「不不不，我怎麼能來一趟就拿一趟東西走，這可使不得。」

「瞎客氣什麼，也不是啥值錢東西，」關白氏用力往侯李氏手裡一塞，「這是我男人上次進山打的，也就剩下這兩隻了，快拿著。」

「謝謝嫂嫂……」侯李氏的眼淚在眼睛裡轉呀轉，一時不知道說什麼才好。

「這點兒東西算不得什麼，多了咱也幫不了，拿回去燉了補補身子，」關白氏捏了捏侯李氏的胳膊，「你太瘦了，多吃些才好。」

「嗯，」侯李氏抹了一把淚，給關白氏道了個萬福，「那我先回去了。」

「去吧去吧，」關白氏把侯李氏一直送到院門外，「樂樂呵呵的，別總是哭喪著臉，知道嗎？」

「欸。」說著，侯李氏轉身往胡同深處走去。

關白氏一直看著她回到自家院門前，推門進去之後才慢慢搖了搖頭，「唉……也是個可憐的人啊。」

推開虛掩的院門，侯李氏進了院子之後又回身把門戶管嚴。她才剛把門閂插上，侯小若就滿臉驚慌地跑了過來。

「娘！爺要不好！」

四、

侯李氏一轉身，就看見小若從房裡跌跌撞撞地跑到她跟前，滿臉都是亂七八糟的鼻涕眼淚，聲音也因為過度慌張，聽起來很不連貫。

「怎麼了？」侯李氏被小若這個樣子弄得心煩意亂的。

「娘，爺……爺要不好……」侯小若邊哭邊說，抽泣得都快聽不清他在說什麼了。

「你爺到底怎麼了？！」侯李氏一把拽住小若的胳膊，使勁兒晃了晃。

侯小若此時哭得說不出話來，拉著侯李氏一勁兒往屋子裡走。侯李氏被侯小若扯著來到侯老爺子和小若睡的那間屋子，門簾一撩開就撲面而來一股混著衰敗氣息的濃濃野薑味兒。

「什麼味兒這麼大……」侯李氏一手在口鼻前揮了揮。

侯小若趕緊把窗戶又捅開了一些，「是我給爺煮的野薑湯，想給爺捂捂汗。」

侯李氏把手裡的野雞放在桌上，湊到床前看了看。只見侯老爺子雙眼緊閉呼吸急促，臉色稍顯潮紅，額上還有一層淺淺的汗。侯李氏皺了皺眉，伸手搭在老頭兒的大腦門上，並沒有感覺特別燙，但確實比自己的體溫要高一些。

「你爺怎麼回事兒？」

大概是看見侯李氏回來，令侯小若的情緒也稍微穩定了一些，他斷斷續續地解釋道，「爺喝湯吃窩頭的時候還好好的，吃喝完之後說是覺得累還想再睡會兒，我就扶他躺下，結果……結果不一會兒爺就開始嘩嘩出汗……怎麼喊他都不醒……」

說著說著，侯小若又「哇」一聲哭了起來。

「別哭了！哭管什麼用，」侯李氏只感到煩躁不堪，低吼了一句，頓時讓侯小若止住了哭，「你爺沒有再發燙，可能……可能就是累了，睡沉了所以才叫不醒……沒事兒。」

「可是……」侯小若淚眼汪汪地看了一眼床上人事不省的侯老爺子，又看了一眼侯李氏。

「先讓你爺睡一會兒，要是過了晌午還不醒再說。」侯李氏說完，轉身拿著野雞打算往外走。

「娘。」

「嗯？」

「咱給爺找大夫吧？」侯小若怯怯地問道。

侯李氏的眉頭擰在了一起，她握緊了手裡那半吊剛掙回來的銅錢，「用不著，你爺一會兒就能好了……我去把這雞燉上，等你爺醒了就能吃了。」

撩開門簾，侯李氏走了出去。侯小若呆呆地站了一會兒，回到侯老爺子床頭，用濕毛巾輕輕給爺爺擦拭，眼淚吧嗒吧嗒地往下掉。

侯李氏蹲在廚房門外，就著熱水拔著野雞的毛。每扽下一把毛，從侯李氏眼中就多滑下一串淚。說實話，侯李氏真算得上是家裡家外一把好手，不僅各種活計都做得得心應手，廚藝也是可圈可點。如果不是生活的艱難把她逼到近乎窒息，她又何嘗不想做個菩薩心腸的人，拿出錢來給自己的公爹請大夫看病呢。

菩薩心腸？眼下這個年月就只有狠透了心的人才有活路。

將野雞裡外都刷洗乾淨之後，侯李氏又把剩下的小半個野筍拿出來剁了剁，一起扔進大鐵鍋裡熬煮。為了能多取湯，她也顧不得會沖淡雞的鮮味，下了多半鍋水。不多會兒，廚房裡就溢滿了燉雞的鮮香。

侯李氏站在竈臺前，深深地，深深地吸了一口氣……好香啊。就好像半輩子都沒有聞過這麼好聞的味道一般，她貪婪地一口接一口地吸著。

燉了差不多半個時辰，侯李氏抹掉臉上半乾的眼淚，把鍋裡的雞湯和雞肉盛了滿滿一大碗，端著回到了侯老爺子的屋裡。

「小若，你爺醒了沒有？」侯李氏把裝著雞的大碗和筷子擺在桌上。

侯小若抬起淚眼看著侯李氏，搖了搖頭。侯李氏再次上前查看了一下侯老爺子，雖然沒有什麼大變化但是感覺得到呼吸沒有那麼急促了。

「別擔心，你爺什麼大風大浪沒經過，這回也一定沒事兒，」侯李氏拉著侯小若在桌前坐下，「這是隔壁關家嬸子給的，你先吃。」

「娘，你呢？」侯小若看見眼前香氣撲鼻的雞肉，口水都要淌到桌上了，但還是不忘了問一句侯李氏。

「你吃你的，娘一會兒在廚房吃，」侯李氏勉強笑了笑，輕拍了一下小若的頭，「快吃吧。」

「欸！」

聽了侯李氏的話，侯小若拿起筷子就往嘴裡扒了一大塊雞肉，美滋滋地嚼著。

「好吃嗎？」看著小若吃得津津有味的模樣，侯李氏不由得偷偷咽了口口水。

「好吃！可嫩了。」

還是過年的時候吃過一頓素餃子的小若簡直開心壞了。

「那就好，」侯小若此刻無比幸福的神情卻讓侯李氏心中感到極其悲涼，「別都吃了，給你爺留點兒。」

「欸。」

回到廚房，侯李氏先將另一隻野雞收好，這才把鍋裡剩下的幾塊雞肉盛起來，又添了兩勺湯。夾起一塊雞腿肉送進嘴裡，緩緩地咀嚼著，狠狠地咀嚼著，企圖壓榨出每一絲纖維中混合著野筍清甜的醇厚肉香……依依不捨地將這口雞肉吞了下去，侯李氏的眼淚忍不住又掉了下來。

……真香啊……

俗話說，病來如山倒，病去如抽絲。這回侯老爺子的病就是這樣，反反覆覆了總有兩三個星期，終於能下地了，但卻脆弱得好像剛被蛻下來的蟬殼，隨時都能被一陣風吹得粉碎。

這場大病之後，侯老爺子頂多就只能在自家院子裡走走透透氣兒，或是在院門前坐著曬曬太陽而已，想要再走上兩三里路去聽戲是不大可能了。而侯小若則是半步也不離侯老爺子左右，生怕自己一個不注意爺爺又會出什麼差錯。

就像是每年的春天一樣，京城今年也是漫天柳絮紛飛，擾人心緒。侯老爺子讓小若在院門前擺了一張條凳，他拉著孫子就這麼靜靜地坐著。不過侯小若畢竟只是個不到九歲的孩子，哪裡坐得住。他偷偷抬頭瞧了一眼爺爺，老頭兒就像是老僧入定一般動也不動，嘴微張著，輕皺著眉也不知在看向哪裡，在想些什麼。

自打病癒以來，侯老爺子的精神就一直不太好，吃得也少也不像從前那麼愛說話了，很多時候在那兒一坐就能坐個半天，人也愈發顯得蒼老不濟。

「小若啊……」

忽的，從侯老爺子的嘴裡傳出一聲不怎麼有底氣的呼喚，嚇了小若一跳。

「爺？」侯小若輕輕抓著爺爺的胳膊。

「給爺唱兩句《取洛陽》啊……」侯老爺子說這話時，眼珠子都沒轉一下，若不是嘴皮子在動，簡直就不像是他在說話。

「怒氣不息站帳口，」侯小若清了清嗓子，先唱了一句西皮散板，然後嘴裡學著鑼鼓經，接著往下唱西皮快板，「岑彭小兒聽從頭，洛陽的舉子俺為首，志氣凌雲貫鬥牛。王莽賊見俺面貌醜，又出科場某把反詩留。興漢滅莽心已久，奉命帶甲統貔貅。以貌壓眾豈能長久，得意洋洋你好不害羞。」

「好！」

侯老爺子咧開嘴笑了，侯小若卻無聲地哭了。

侯小若感覺爺爺的眼睛像是完全看不見自己一樣，就好像連自己的影子都無法倒映在他的眼睛裡似的。侯老爺子此刻的眼睛，像極了一灘死透了的水，再無光點也再無漣漪。

「爺……」侯小若抱著侯老爺子日漸消瘦的身子，嚎啕大哭，「爺！」

半晌，侯老爺子像是忽然撿回了自己的意識一般，低頭看了一眼哭得稀里嘩啦的小若，「孩兒啊，怎麼哭了？」

「爺？」侯小若趕緊抬起頭看向爺爺。

侯老爺子臉上掛著一貫慈祥的笑容，「男子漢大丈夫，怎麼哭成這樣？」

「爺！」侯小若驚喜得跳了起來，「爺，我還以為……」

「以為什麼?以為爺老了不中用了?哈哈哈哈。」侯老爺子爽朗地笑著。

侯小若抹了一把臉上亂七八糟的眼淚，也跟著侯老爺子笑了起來。

雖說見到爺爺久違的笑臉讓小若安心了不少，但他始終有種不是很真實的感覺，所以雙手一直緊緊抱著老頭兒的手臂。明晃晃的陽光下白色的絮團飄飄舞舞，晶晶瑩瑩，只在指尖輕點便又無聲飛走，就像是從未來過一般。

「小若。」

「嗯?」

「去給爺買點兒炒黃豆吧。」侯老爺子說著，從懷裡摸出了三個銅錢。

「爺牙都快掉沒了，還能嚼得動炒黃豆麼?」

「哈哈哈，」又是一陣大笑，侯老爺子給了孫子一個腦瓜嘣兒，嘴裡卻說著難懂的話，「嚼得動嚼不動也就這一回了……知道麼?吃炒黃豆崩的屁可響了，你去給爺買回來，爺給你崩倆響的。」

「欸。」侯小若接過那三個銅錢，寶貝一般地攥在手心裡，跳下條凳往巷口跑去。

跑著跑著，不知道為什麼感覺到一絲心慌，他趕緊回頭又看了一眼，老頭兒微笑著衝他揮了揮手。侯小若也舉起細細的胳膊揮了兩下，繼續往前跑去。

「天兒可真不錯啊……」

侯老爺子抬起胳膊搭在前額，瞇縫著渾濁的眼睛往天空的方向看去。一縷縷金色的光線溫柔地盤繞著他瘦得只剩一把骨頭的身子，卻也暖得很。

五、

早起先是伺候一老一小吃飯，然後打掃收拾屋子，侯李氏偏偏是個愛乾淨的人，看不得家裡雜亂不堪。窮是沒辦法，但侯李氏向來認為窮也要窮得有個樣子，窮得整整齊齊。終於裡裡外外都忙完了，侯李氏坐在自己的床上，在眾多彩線中挑出幾縷，開始手腳麻利地給劉媒婆繡著枕頭套。

手裡的彩線上下翻飛，就像是知道自己應該哪裡進哪裡出似的分毫不差。邊繡著鴛鴦戲水的大紅枕套，前兩日劉媒婆對她說的那一席話竟又浮上心頭。

「侯家大娘子，你這手藝可真真不錯，」劉媒婆翻看著侯李氏送過來的十幾方帕子，簡直愛不釋手，「這牡丹呀蝴蝶呀簡直就像活物一樣。」

「哪裡，您見笑了。」侯李氏低著頭，謙遜地淺淺一笑。

「來，給你這回的利錢。」劉媒婆從櫃子裡掏出十吊錢，遞了過去。

侯李氏先是一猶豫，然後雙手接過那十吊錢，有些疑惑地看著劉媒婆，「是還有別的活兒嗎？」

「侯家大娘子冰雪聰明，是，還有一趟活兒要麻煩你，」劉媒婆又遞過了一雙大紅色的枕頭套，「宣化府的李大財主下個月要嫁女兒，雖是我給說成的，但我呀也想給備點兒禮，表表心意不是。」

「嗯，」侯李氏把枕頭套接到手裡摸了摸，讚嘆道，「真是好料子。」

「那可不，是我專門托人從蘇杭帶回來的，正經好絲綢。」劉媒婆邊說話，邊用扇子一下一下扇打著肩頭。

「這麼好的料子讓我繡……這萬一我要給繡壞了可怎麼好。」侯李氏為人一向謙虛謹慎，客氣了兩句。

「哪兒能呢，侯大娘子這手藝我信得過，比那蘇繡、湘繡，什麼蜀繡粵繡都差不了，」劉媒婆滿臉猜不透的笑，「圖樣什麼的侯大娘子你看著辦，喜慶就行，線可要挑好的，艷艷的。」

「欸，」侯李氏將枕套小心地疊起來，又用一塊乾淨的包袱皮包好，「可，這倆枕頭套也花不了這麼些個呀。」

「哎呦說這不就遠了麼！」劉媒婆尖著嗓子笑著，「咱娘倆不說這個。」

「欸，您老這是幫襯窮人，積德行善，我這兒謝謝您了，」侯李氏感激地笑了笑，起身道了個萬福，「那，我就先回去了。」

侯李氏剛打算邁步，沒想到又被劉媒婆一扇子給按了回去。

「著什麼急呀大娘子，茶還沒喝完，咱再聊聊唄。」劉媒婆把侯李氏壓根兒就沒動的茶碗往這邊推了一下。

「您還有其他事兒麼？」侯李氏只好依言坐著，端起茶碗喝了一口。

「也沒什麼大事兒，就聊聊嘛，」劉媒婆笑意更深了，「家裡人都好呀？」

「欸，托您的福都還過得去。」侯李氏不明白劉媒婆到底想和自己說什麼，只能有一句沒一句地搭著話。

「嗯，老爺子身體可好？」

一說起這個，侯李氏就不由得眉頭微鎖，「啊……嗯，還行。」

「我聽說，前一陣兒又病了？」

「是，」侯李氏微微點頭，「托您的福，好得七七八八的了。」

「人年紀大了可就怕得病，」劉媒婆訕笑著，「都說治得了病卻救不了命，也是常有的，只是這錢啊可就花扯了。」

「嗯……」

「小若呢？也挺好啊？」

「挺好，您有心了。」

不知道為什麼，侯李氏總覺得越坐越不自在，但又抹不開面子說走。

「小若是個好孩子，但是怎麼說呢……」劉媒婆說到這裡故意頓了頓，「這前房留下的總是比不上親生自養的，侯大娘子你說呢？」

「嗯……」侯李氏下意識咽了口唾沫，「小若他爹走得早，還談什麼親生……」

「我說侯大娘子，你人又年輕長得也俊秀，為什麼偏偏要在一棵樹上吊死呢？」劉媒婆自覺意味深長地說了一句，端起茶碗吹了吹，喝了一口。

侯李氏低下頭默默不語。

「我剛才說的那個宣化府的李大財主，這不是要嫁閨女了麼，也搭著人交際廣，家裡這些天來的客真是天南地北，哪兒來的都有哇，」劉媒婆忽然話鋒一轉，「這座上賓裡呀有這麼一位專走江南的大絲綢商，還不到四十，可別提多有錢了。」

說到這裡，劉媒婆有意無意瞧了侯李氏一眼，侯李氏依舊攥著茶碗不說話。

「這位大絲綢商雖說已經有正房了，可是呀，」劉媒婆嘆著氣搖了搖頭，「這大奶奶卻不生養，兩口子可都愁壞咯！最後還是大奶奶給出了個主意，說不行啊就給娶一房妾吧，總不能斷了香火。」

「劉媽媽，您……您跟我說這個，什麼意思呀……」侯李氏頭未抬，只是聲音低低地問了一句。

「哎呦侯家大娘子可別多心，咱娘倆不就是聊聊閒天兒麼，」劉媒婆誇張地用扇子拍了拍侯李氏，笑道，「不孝有三無後為大，誰還不想能有個自己的孩子呢，你說是不是？」

聽到這裡，侯李氏呼一下站了起來，「劉媽媽，您要的枕套我盡快繡了給您送過來，我……我先回去了。」

「欸，好，」劉媒婆這回並沒有再深留，「我等著。」

侯李氏欠身施了個禮，拎著包裹匆匆往外走了出去。

「侯家大娘子，你好好想好好繡，咱不著急。」

劉媒婆的聲音讓侯李氏愈發加快了腳步，頭也不回地離開了。

侯小若感覺自己這輩子也沒有跑這麼快過，估計已經是腳不沾地了吧。

出了巷口，又穿過兩條胡同，一間老舊的炒貨店出現在侯小若面前。說是炒貨店，其實也就是自家住的院房被改成了小小的門臉兒，一旁挑出一塊藍棉布當作店幌子。一張長條的舊木桌上擺著幾只黃燦燦的笸籮，裡面是炒花生、炒黃豆、炒瓜子等新鮮炒貨，散發著誘人的香氣。

「老闆，麻煩您來三個銅錢的炒黃豆。」侯小若氣喘吁吁地站定在舊木桌前，手裡高舉著那三枚銅錢。

「好嘞，等著啊，」炒貨店的老闆從一個墊著泛黃白麻布的笸籮裡抓出一大捧炒黃豆，用荷葉包了遞給侯小若，「來，你的炒黃豆。」

「謝謝老闆。」

將這包炒黃豆緊緊握在手心裡，侯小若轉身甩開步子，朝著家的方向飛跑了起來。

雖然說不上為什麼，但他就是覺得今天的爺爺哪兒怪怪的。他心中的不安就如同墨點滴入清水，一點點慢慢擴大，變濃變重。在往回跑的路上，侯小若在心裡預先設想了一百種不好的結果，但當他汗濕濕的身影出現在自家巷口時，卻發現侯老爺子還是好好地坐在條凳上，懶洋洋地閉著眼睛曬著太陽。

「爺！」侯小若幾步就跑了過來，「我回來了。」

侯老爺子非常緩慢地睜開了有些顫抖的眼皮，仿若那層薄薄的皮有千斤重一般，「回來啦……回來好，回來好。」

「爺，這炒黃豆還有熱氣兒呢，快嘗嘗。」侯小若扒開荷葉，雙手捧著遞到了爺爺面前。

「嗯……」侯老爺子就像是電影裡的慢動作一般緩慢地直起身子，探著腦袋往荷葉包裡瞧了一眼，然後用三根手指捏起幾粒炒黃豆填進嘴裡，來回蠕動著嘴咂摸滋味，「別說，還……真硬，哈哈哈。」

侯老爺子笑著，笑聲裡卻透露著幾分疲憊。為數不多的幾顆牙怎麼磨也都磨不動那幾粒黃豆，只好像咽藥一樣咽了下去，接著又捏起幾粒扔進嘴裡。

「渴了……小若，去給爺弄些水來。」

「欸。」

侯小若小心地把裝著炒黃豆的荷葉包塞進侯老爺子的手裡，然後從院門後的大水缸裡舀了一大瓢涼水端了出來，「爺，喝水。」

老頭兒抱著水瓢咕咚咕咚一通足喝，喝完又抄起一小把黃豆攮進嘴裡，哈哈哈地樂著。

「爺，慢點兒吃。」侯小若站在一旁看著爺爺不甚尋常的樣子，禁不住感到一陣心慌意亂。

「來了！」侯老爺子吃著喝著，忽然晃了兩晃站起身，一彎腰一使勁，崩出一個極響的屁，把侯小若給嚇了一大跳。

「哇！」侯小若被這一屁給震住了，「真響！爺，像放炮一樣！」

「哈哈哈，來，你也吃，吃完你也崩個響的。」

「欸！」

侯老爺子把手裡的炒黃豆往前一遞，祖孫倆一邊嬉笑著一邊吃著炒黃豆喝著涼水，彷彿回到了舊時光一般。

「又來了！」侯老爺子一歪身子，又一個極響的，接著又是一個。

「爺太厲害了！」侯小若興奮地又叫又跳，「我咋就崩不出來呢？！」
「哈哈哈，你再多吃點兒，多吃點兒。」侯老爺子像是有些累了，哈哈地笑著喘著，手摸著條凳坐了下去。
「欸！」侯小若從爺爺手裡的荷葉包裡抓出一小把炒黃豆扔進嘴裏，嘎吱嘎吱地嚼了幾下就咽了下去，接著又喝了好幾口涼水。忽然，他感覺肚子裡嘰里咕嚕地動了幾動，似乎有一股子氣奔著他身體下部衝去，「爺，來了！」
說著話，侯小若竟崩出了一連串兒脆生生的屁，簡直像是放鞭炮，樂得他自己前仰後合，侯老爺子也跟著笑了幾聲。
「哈哈……哈……咳咳，」侯老爺子疲倦地將身子斜靠在背後的銀杏樹上，眼睛半睜著瞧著自己的小孫孫，閃著一點晶瑩，「人吶，要活得敞亮……屁，要放得響……亮……」
話音未落，老頭兒原本緊抓著荷葉包的手忽一下鬆開，剩下的炒黃豆滾落下去，有的還在石頭路面上不甘心地彈著跳著。聽見響動的侯小若猛然回頭，呆愣愣地看著臉上凝著一抹笑容但卻已了無聲息的爺爺。
「爺……？」

六、

侯小若滿九歲的那年穀雨，侯老爺子過世了。老頭兒走得那麼安靜祥和，沒有半分苦楚沒受半點兒罪，鄰居們都說這是有福，但是侯小若卻始終想不透福在哪裡。人都死了，還談什麼福？
侯老爺子走得突然，家裡什麼都沒有備下，所以壽衣靈棚之類都得臨時預備。所幸劉媒婆差小廝們給送來了一口狗碰頭的薄皮棺材，要不侯老爺子可能就真的要用草席裹著下葬了。
操持白事的這些天，關白氏經常過來看看侯李氏娘倆，時不時地搭把手，能幫點兒是點兒，讓侯李氏心裡也不至於太堵得慌。
院子的一角用白麻布和細竹竿挑了個簡陋的靈棚，布簾垂下來，耷拉在那口深紅色的薄皮棺材旁，時不時被風捲起來抖動幾下。報喪回來的侯小若靜靜地坐在耳房屋簷下，遠遠地看著爺爺的棺材，既不上前也沒有掉淚。
正屋裡，侯李氏和關白氏才剛坐下，劉媒婆就搖晃著一柄精緻的蒲扇，抬腳走了進來。
「侯家大娘子，在不在家呀？」劉媒婆明知故問地邊說邊走進了正屋。
「劉媽媽來了，快坐。」侯李氏起身道了個萬福，把劉媒婆讓到上座。

「唷，關家大妹子也在呀。」劉媒婆也不客氣，一屁股就坐了下來。

「您怎麼來了，」關白氏坐著都沒挪窩，瞟了劉媒婆一眼，「沒聽說過辦白事還用得著媒婆兒的。」

「哎喲您這話兒可就不對了，侯大娘子給我做了那麼些好活計，她家裡辦白事還不許咱娘們兒來看看？」劉媒婆冷笑一聲，也壓根兒不拿正眼瞅關白氏。

「劉媽媽，茶不好，您湊合著喝一口，」侯李氏給劉媒婆倒了一茶碗高碎，擱在桌上，「多謝您前兩日給送來的棺材，若不是您，小若他爺都沒法兒入土為安……」

說著，侯李氏的眼圈又有些泛紅。

「別說那些沒用的，不過是舉手之勞罷了。」劉媒婆端起茶碗，故意瞥了關白氏一眼。

「哼。」關白氏輕哼了一聲，也端起茶碗。

「劉媽媽，您今兒個來是有什麼事兒嗎？還是說有活兒需要我做的？」侯李氏見狀趕緊把話題岔開。

「沒什麼，就是來看看你，」劉媒婆往地上啐了兩口茶葉沫子，抹了抹嘴，「看看這白事辦得怎麼樣了，需不需要幫忙呀？」

「還勞煩您惦記著，」侯李氏臉上掛著幾分疲倦，「都置辦的差不多了，再過幾天就該出殯下葬了。」

「嗯，」劉媒婆清了清嗓子，左右打量了一下基本上啥陳設也沒有的正屋，「落葬之後呢？大娘子有什麼打算嗎？」

「打算？」侯李氏有些不明白地抬頭看向劉媒婆。

「是呀，這走的人走了，留下的人還得活著不是，」劉媒婆意味深長地一笑，「往後的日子還長著呢，要怎麼過，大娘子就沒有什麼打算嗎？」

「打算……我，」侯李氏輕皺了皺眉，「並沒有什麼打算。」

這時關白氏從旁插了一句，「把老爺子送走之後，可就只剩下你和小若了，你又這麼年輕，是得為自己打算打算。」

「關家大妹子可算是說對一回，」劉媒婆又把話接了回來，「咱們娘們兒關係都近，也都說得著，你看你才二十出頭，難道真打算守一輩子寡？」

「我……」侯李氏眉頭緊鎖，沒了下半句。

「都是過來人，就不用揣著明白裝糊塗了，」劉媒婆把蒲扇往膝蓋上一擱，身子稍往侯李氏的方向一傾，「大娘子，你……就不打算再走一步？」

「啊？再走一步？」侯李氏滿面疑惑，看了看劉媒婆又看了看關白氏。

不像侯李氏那樣不諳世事，關白氏一下就聽明白了劉媒婆此番而來的用意。其實就她來說，也希望侯李氏能活份心眼再嫁一回，因為她總覺得侯李氏落得今日這份悲慘境地，也有一部分她的責任……可當初她又怎麼能知道小若爹是如此短命之人呢，不過覺得他人好又老實本分，定不會虧待了侯李氏。

「大娘子應該還記得上回，我跟你提過的絲綢商吧？」劉媒婆扇著蒲扇，慢條斯理地問道。

「啊，嗯……」侯李氏感到臉頰微微有些發燙，她趕緊低下了頭。

「人家家裡可有的是錢，就是沒孩子，所以說了不挑出身，只要是個賢惠的就行，」劉媒婆手裡的蒲扇一下一下地扇著，那風卻感覺全扇在了侯李氏的心頭，「你說，這誰還不想要個親生自養的心肝寶貝兒，過繼的再好，也比不上自己身上掉下來的呀。」

劉媒婆最後這句話狠狠地打在侯李氏心間，幾乎令她感到一陣眩暈，心底深處似乎有種感覺正按耐不住地往上翻湧。侯李氏偷偷抬起眼皮看了看坐在一旁默不作聲的關白氏，又馬上把目光收了回來。

「給老爺子養老送終入土為安，是大娘子你的仁慈，可是這人都送走了也算是仁至義盡了吧，」劉媒婆滔滔不絕，說得吐沫星子橫飛，「你這花兒一樣水靈的好女人要是不趁著年輕再找一家兒，那可真就沒有天理了。」

侯李氏低著頭悄悄往門外瞟了一眼，壓低了聲音說道，「可是這……怎麼找。」

「你看看你，大娘子，又糊塗了不是，這……」劉媒婆頓覺有戲，嘴角往上一揚，用蒲扇遮著手往外指了指，「又不是你親生的，怎麼？還想守著他過一輩子呀，啊？」

侯李氏下意識攪著手裡的帕子，「那還能怎麼辦，總不能就扔了不管吧……」

劉媒婆剛想開口，卻被關白氏給打斷了，「侯老爺子生前不總想讓那孩子唱戲麼，不如……給送到戲班兒去吧。」

「對！」劉媒婆用手一拍蒲扇，「就該這麼辦，那孩子也這麼大了，還不該學個吃飯的手藝？咱們娘們兒也不能耽誤了人孩子不是。」

猶豫了半晌，侯李氏終於點了點頭。

「小若，你進來。」

「欸，」應了一聲，侯小若起身走進屋裡，規規矩矩衝著關白氏鞠了一躬，「關家嬸子。」

他又轉向劉媒婆，本想打招呼卻不知道該如何稱呼。

「這是劉媽媽。」侯李氏對他說道。

「劉媽媽。」侯小若又衝著劉媒婆鞠了一躬。

「欸，好。」劉媒婆還是晃著蒲扇，輕笑著。

「小若，過來，」侯李氏伸手把侯小若拉到自己身邊，「娘有話問你。」

「娘。」侯小若順從地站在侯李氏身邊，臉上並沒有什麼神情的變化。

「你爺一直想讓你學戲，希望你長大了以後能唱戲能成角兒，可是現在……」侯李氏拉著小若的手，語調輕柔，「你爺沒了，你……還願意唱戲嗎？」

「願意。」侯小若幾乎沒有半點猶豫地答道。

聽到小若的回答，侯李氏又回頭看了看穩坐一旁的劉媒婆，劉媒婆遞給她一個眼神，示意她繼續說。

「那，」侯李氏轉過頭看著小若，「娘送你去學戲，好不好？」

「好。」

就在侯老爺子落葬之後的第二天，侯李氏就帶著小若跟在關白氏的丈夫關二庫身後，來到了位於琉璃廠附近一間三進的院子。

並不是很起眼的隨牆門上掛著一塊黑色的門匾，上書「喜富班」三個字。進了院門，是一座幾乎快要看不清究竟雕刻了什麼的座山影壁，往左一拐就進了外院。外院左手邊是倒座房，再往裡進了屏門是茅房。關二庫帶著侯李氏和小若穿過二門旁的廊子，走進了喜富班的內院。

內院差不多有外院的三四倍那麼寬敞，兩旁是左右廂房。在一旁的廊子下豎擺著小若從未見過的看著倒像是刀槍棍棒的大戲砌末。院子裡有好些孩子正在練功的練功、吊嗓的吊嗓，人雖說不少但好歹井然有序。

忽然，侯小若看見院子的一角擺著一張不大的四方木桌，桌子上放了一張椅子，椅子上是兩塊豎起來的青磚，而青磚上正雙腿筆直地站著一個瘦弱纖細、滿臉淚汗的孩子，神情看起來比上刑還要痛苦。侯小若目不轉睛地邊走邊盯著那孩子看，雙眼就像是被膠粘住了一般，怎麼也挪不開。

無論那孩子是男還是女，他都實在是美得不可方物。

這孩子估計比侯小若要小好幾歲，面如蓮花齒白唇紅、眉黛青山雙瞳剪水、靡顏膩理似吹彈可破。最不可思議的是儘管他臉上全是淚水和汗水，說不定還混著鼻涕，但卻分毫不影響他的美貌可人，也難怪就連侯小若這樣小小的年紀都看呆了。

「看什麼呢，趕緊的。」

侯李氏拉了一下腳步放緩的小若，這才讓他回過神來。但是一直到他們跟著關二庫走進正屋，侯小若還是執著地扭過頭看向青磚上的那個孩子。

拽著心不在焉的侯小若，侯李氏和關二庫一起走進了喜富班的正屋。

這間屋子不是很大，朝著門擺著一張方桌，桌旁是兩把椅子，往門這邊呈大八字形還擺著幾張椅子。桌子靠著的那面墻上掛著一軸畫，畫裡的看著似乎是哪個朝代的皇帝。桌子兩旁的椅子上分別坐著兩個四五十歲上下的男子，腦門都刮得鋥亮，花白的辮子梳得一絲不亂，看起來精氣神兒十足。坐在上手的那位個子不高，稍有些發福，正抽著大煙袋，而坐下手的那位略微年輕一點兒，雖也不高但顯得十分精瘦幹練。

關二庫帶著二人進屋後，衝著這兩位一抱拳，「杜二爺，長爺。」

七、

一見到關二庫他們三人進來，原本坐著喝茶聊天的兩位趕忙站了起來，笑著一拱手，「喲，是二庫兄弟呀，什麼風把您給吹來了。」

「還不是之前跟您老二位提過的那事兒麼，」關二庫招呼身後的侯李氏，「來，侯大妹子，見過二位爺。」

侯李氏低著頭走上前，垂著眼簾道了個萬福，「見過二位爺。」

「哎呦呦，不客氣不客氣，」瘦一些的那個忙著給兩人讓座，「快坐。」

「欸，侯大妹子，坐這兒。」關二庫讓侯李氏在靠門這邊的椅子上坐下，然後自己靠著上手邊也坐好，小若就站在侯李氏身側。

關二庫先指著坐在上手的微胖男子給侯李氏介紹道，「這位是喜富班的班主杜二爺，」接著又指著坐在下手的那位說道，「這位是社長，長爺。」

侯李氏趕緊起身，又給二位施了個禮，「杜二爺，長爺。」

「嗯，」杜二爺在桌角磕了磕自己的大煙袋，「二庫兄弟，說說吧。」

「這，」關二庫拉過侯小若，往前推了兩步，「就是我上回跟您老二位提過的孩子，叫侯小若，九歲了。」

「小若，快叫人。」侯李氏在後面輕聲提了一句。

「杜二爺，長爺。」侯小若並沒有露出一般孩子怕生的模樣，還上前給兩位作了個揖。

杜二爺微微點頭，看了長爺一眼，「長爺，給看看吧。」

「嗯。」

長爺放下手裡的茶碗，來到侯小若身邊，先是端詳了一番小若的相貌和個頭兒，接著便像檢查牲口一般上下左右極其細緻地檢查了一遍，從頭髮尖兒到腳趾頭根兒，簡直不能更仔細了，甚至還讓小若張開嘴檢查了一下牙口。徹底查看完之後，他回頭衝著杜二爺點了點頭。

杜二爺又磕了磕那桿大煙袋，磕空了之後隨手放在桌上，「想學戲嗎？」

侯小若先看了一眼侯李氏，侯李氏趕緊朝他點頭，於是小若扭頭看著杜二爺也點了一下頭。

「那……」杜二爺淺笑了一下，「就留下吧。」

「哎呦，謝謝杜二爺，」關二庫憨笑著起身，「小若，還不趕緊謝謝爺。」

「爺？」侯小若不由得一愣。

「是啊，多謝杜二爺呀。」關二庫從後面輕推了他一下。

「啊……多謝杜二爺。」侯小若低頭，深深鞠了一躬。

「長爺，」杜二爺朝著長爺比劃了一下，「給立關書吧。」

「好，」長爺應了一聲，轉身從櫥櫃裡拿出文房四寶，研得了墨掭飽了筆，鋪開一張紙邊念邊寫，「立關書人……」

念了這幾個字，長爺停了下來，抬起眼皮看向侯李氏。

「侯李氏。」侯李氏趕忙答道。

「侯李氏，」長爺繼續往下寫著，「今將長子侯小若，年九歲，志願投於喜富班為徒，學習梨園生計。言明七年為滿，凡於限期內所得銀錢，俱由喜富班班主享受。無故禁止回家，亦不準中途退學，否則由中保人承管。倘有天災病疾，各由天命，如遇私逃等情，須兩家尋找。年滿謝師，但憑天良。空口無憑，立字為證。立關書人侯李氏畫押，中保人關二庫畫押，光緒十六年三月初十日吉立。」

寫完之後，長爺自己又看了一遍，然後才拿給杜二爺。杜二爺草草看了一眼，甩手遞給侯李氏，「看看，沒有問題就畫押吧。」

「欸，」侯李氏雙手接過關書，尷尬地看了看，臉頰微燙地輕聲言道，「我……不識字。」

「那二庫兄弟給看看吧。」

「我，那也識不了幾個大字，」關二庫憨笑了兩聲，「就不用看了，大妹子，畫押吧。」

「欸。」

侯李氏在長爺點指的地方按下了自己的手印，接著關二庫也按好了手印。關書一式兩份，侯李氏把給自己的那份疊好，掖進了懷裡。

「行了，」侯李氏暗自輕出了口氣，「那我們就走了，孩子留在您這兒，還煩您多照顧。」

說完，侯李氏最後看了一眼站在一旁的侯小若，轉身就打算走。沒想到侯小若幾步上前，緊緊拉住她的衣袖。侯李氏一低頭，對上的是小若眼淚汪汪的面孔。

「娘……」

「小若啊，」侯李氏拍了拍小若的臉頰，「打今兒起你就留在這兒，跟著師父好好學戲，不許偷懶，知道嗎？」

「嗯……」淚水隨著侯小若點頭的動作滑了出來，「娘，你會來看我嗎？」

看著小若稚氣的臉，侯李氏忽然感到一股心酸之情從心底湧了上來，竟令她也眼眶一紅，「好孩子……等你以後成角兒了，娘一準兒來給你捧場。」

侯李氏輕輕將自己的衣袖從小若手裡奪出來，狠下心腸跟著關二庫頭也不回地離開了。侯小若站在正屋門裡，默默地看著侯李氏的背影繞過垂花門，再看不見了。他吸著鼻子慢慢轉過身，看了看杜二爺又看了看長爺，止不住地抽泣著。

「鳴未！」

杜二爺忽然大喊了一嗓子，震得侯小若頓時連哭都忘記了。

「欸。」

應聲，門外跑進來一個皮膚古銅色的男孩兒，大概比小若高了一個半頭，看著差不多十二、三歲的樣子，身上穿著唱戲的彩衣彩褲，臉上還掛著一副髯口。

「師父。」馬鳴未把髯口一摘，露出一張汗津津的圓臉蛋。

杜二爺又給自己點上一袋煙，吧唧了兩口，指了指侯小若，「這是新來的師弟，叫侯小若，你給他安排個鋪。」

「欸，」馬鳴未走過侯小若身邊時揪了一下他的衣服，「跟我來。」

侯小若又給杜二爺和長爺作了個揖，然後摟著自己的小包袱，跟著馬鳴未一起走出了正屋。

「這孩子雖說瘦，身子骨兒還挺結實，不錯。」長爺端起茶喝了一口，對杜二爺說道。

「侯小若……侯，小若，」杜二爺抽著煙袋，念叨了兩遍小若的名字，「這名字行，不用再改了，您說呢？」

「行，就按您的意思。」

馬鳴未帶著侯小若穿過正屋前的廊子，徑直往外院走去。

「你叫侯小若？」馬鳴未邊走邊問道。

「嗯。」侯小若還有點兒抽鼻子，低著頭跟在馬鳴未身後。

「多大了？」

「九歲。」侯小若用手比了一個九。

「那我比你大三歲，」馬鳴未回頭瞅了瞅他，笑了，「我叫馬鳴未，大家也有管我叫師哥的，也有管我叫大師兄的。」

「大師兄？為什麼？」侯小若搓著發紅的鼻頭。

「因為我是喜富班第一批入科的，來得最早。」

「哦。」侯小若似懂非懂地點了點頭。

兩人邊聊著邊走，馬鳴未把侯小若帶到了外院的倒座房。外院不像內院擺放了那麼些東西，雖然小但是比較空，所以倒也不覺得太窄巴，通往茅房的屏門後面隱隱約約能看見那邊還有口舊井。

馬鳴未推開倒座房的屋門，吱扭一聲，帶著小若走了進去。

倒座房裡的光線不很充足，只有幾縷光線從一旁的窗戶縫裡擠進來。靠牆是一長溜兒青磚砌的大通鋪，上面鋪著一層舊舊的褥子，也不知道多長時間沒洗沒換了。通鋪上的枕頭和被褥倒是擺放得整整齊齊的，散發著男孩子們獨有的味道。

馬鳴未指了指角落裡的鋪位，對侯小若說道，「你睡這兒。」

「欸。」侯小若順從地應了一聲，走過去把手裡拎著的小包裹擺在了枕頭上。

「剛才的那是你爹和你娘麼？」馬鳴未隨口問了一句。

侯小若搖搖頭，「是我後娘，和鄰居關家叔叔。」

「你親爹娘呢？」

「我親爹親娘早就沒有了……」侯小若一想到現在就只剩下自己孤單一個人，不由得悲從心頭起，眼淚又湧了上來，「前幾天，我爺也沒了……」

馬鳴未看著他，輕輕嘆了口氣，「你還有爹娘呢，我壓根兒就不知道我爹我娘是誰。」

「啊？」侯小若抬起淚眼，看了看馬鳴未。

「嘿嘿，」馬鳴未撓了撓光溜溜的腦門，「我是師父撿回來養大的，所以就順理成章地成了頭一個在喜富班坐科學戲的，哈哈哈。」

侯小若點點頭，「那你是比我可憐。」

「行了，回頭再聊吧，」馬鳴未率先往門外走去，「咱得趕緊回去練功了。」

「欸，」侯小若起身，也一起向外走去，「我以後也可以叫你師哥麼？」

「當然了。」

八、

馬鳴未和侯小若一前一後回到了內院，這時小若才大概看明白這內院之所以會顯得亂中有序，是因為每一塊空間都有著專門的用處。比方說西廂房外左邊靠葡萄架這兒坐著一個琴師正拉著胡琴，給幾個孩子吊嗓練唱；右邊靠近二門的廊子那邊用油布扯了個棚，有一些年紀比較小的孩子正在那棚子底下窩腰偎腿練基本功，棚子一側靠著牆是那個還一動不動站在青磚上的男孩，只是臉色愈發的白了……院子中間到東廂房這邊則是大孩子們對戲排戲的區域。

喜富班目前在科的學徒都一律住在外院的倒座房裡，右耳房是班主杜二爺住著，長爺住在內院的東廂房，另有兩個場面共住在西廂房。左耳房和後院的後罩房都被當成了雜物間或是行頭間，另外晾曬衣物被褥什麼的也都在後院。

侯小若跟在馬鳴未身後來到油布棚子下，長爺正手持竹鞭監督著大夥兒練功。一見到小若過來，長爺立馬揮了揮手，讓人搬過來一張條凳。

「過來，躺上去。」長爺對侯小若說道。

「欸。」小若聽話地仰面躺在了條凳上。

「把左腿抬起來，」長爺用竹鞭子點了一下小若的左腿膝蓋，「不許打彎兒。」

「欸。」小若按照長爺說的，把左腿往上抬了起來。

長爺衝著另一個孩子招了一下手，讓他把侯小若的右腿牢牢地捆在條凳上。然後長爺雙手扳住了小若抬起的左腿，往他頭頂的方向死命一撕，大腿根兒傳來的鑽心疼痛一瞬間就如同走電一般，竄過了小若的全身。僅僅只是這一下，侯小若就感覺自己整個後背都汗濕了，但他死死咬住後槽牙，不吭一聲。

「哼，好小子，」長爺瞧了侯小若一眼，不由得對眼前這個乾瘦的小屁孩兒產生了幾分好感，「這叫撕腿，不過是基礎中的基礎，好好耗著。」

侯小若艱難地從牙縫裡擠出一個「嗯」字。仿佛只這一個字，就已經用盡了他全身的力氣。一顆顆豆大的汗珠子從他腦門上滴滴答答往下淌著，砸下去碎了一地。

「別較勁，順著給才不那麼受罪，」長爺點了他一句，然後又對其他孩子說道，「都想要成角兒成腕兒，不吃苦能行嗎？若想人前顯貴，必定人後受罪，都給我記住了！」

「是！」孩子們齊聲答道。

侯小若仰面朝天地躺著，長爺從前面的柱子上扽過一條粗粗的繩子，綁在了侯小若左腿的腳踝上，讓他就這麼耗著撕腿。雖然大腿後側火辣辣的疼，但侯小若卻忽然發現自己只要稍微仰點兒腦袋，就能看見依舊立於青磚之上的那個漂亮男孩兒。

怎麼那麼好看啊……侯小若暗自裡想著。他愣愣地看著那個男孩兒，似乎連撕腿都不那麼疼了。

那個男孩兒大概已經站在那兒很久了，身體開始有些晃，兩條腿看著也有些哆嗦。咦……？怎麼越晃越厲害？怎麼還轉起來了？不多會兒，侯小若就發現不是人家在轉，而是自己眼前一片天旋地轉，緊接著他就兩眼一黑暈死了過去。

「長爺，他暈了。」給侯小若捆腿的孩子大聲喊了一句。

「嗯？」長爺俯身看了一眼，又拍了拍侯小若的臉，「快解開。」

「欸。」兩三個孩子過來，七手八腳地把繩子都解開。

剛把侯小若從條凳挪到地上，就聽見他的肚子嘰哩咕嚕地叫喚了起來。

「嗨，原來是餓暈了，」長爺笑了起來，「你們幾個，先把他弄屋裡去，等他醒了再讓喜鵲給他弄點兒吃的。」

「好嘞。」

那幾個孩子抬胳膊的抬胳膊、抬腿的抬腿，進了倒座房就把侯小若往鋪上一扔，接著又該幹啥幹啥去了。

大概是因為前段時間侯老爺子的過世讓侯小若就沒怎麼睡過一個好覺，再加上今兒一整天都沒好好吃東西，小若這一暈竟然從晌午一直睡到了夕陽西下。沉沉睡著，他好像在一直不停地做夢……夢裡有爺，有娘，還有剛結識的馬鳴未和那個青磚上的男孩兒……最後，還是一陣排山倒海般的飢餓感把他給弄醒了。

他幽幽地睜開眼睛，適應了一下周圍的光線，好一會兒才反應過來自己並不在家裡，已經被送到喜富班來學戲了。

通鋪對面牆上的窗戶都被捅開了一半，夕陽軟軟地從那兒淌進屋裡，空氣中的點點灰塵被折射得點點晶亮，感覺那樣不真實。床旁桌前站著一個小小的身影，似乎是聽見了響動，他轉過身來看向侯小若。儘管是光線不足儘管是背著光，侯小若還是一眼就認出了他就是那個出現在自己夢裡的男孩兒。

「你醒了。」

他的聲音輕輕柔柔甜滑軟膩，聽著就叫人覺得那麼舒服。

侯小若呆呆地看著他，半晌才說出一句，「我……我叫侯小若。」

「我知道，」那孩子嫣然一笑，顯得愈發好看，「我叫程雨晴。」

侯小若的嘴唇動了動，無聲地重覆了一遍他的名字。

程雨晴把手裡一碗涼水遞了過去，「你睡了好久，渴了吧。」

「嗯，」侯小若點點頭，接過水碗一氣兒全喝了，「我這是怎麼了？」

「你暈了，」程雨晴拿過小若手裡的空水碗，放在床沿上，「長爺說你大概是餓的。」

誰知程雨晴語音未落，侯小若的肚子就很適時地大聲叫喚了起來。

侯小若臉一紅，用手揉了揉肚子，「嗯……我餓了。」

就像是變戲法兒一樣，程雨晴不知打哪兒摸出了一個盤子。盤子裡盛著一個大饅頭和一個黃澄澄的窩頭，窩頭眼兒裡還塞了好些鹹菜絲。

「給你的。」

侯小若一見到吃的眼睛都放光了，一把抓起那雜糧饅頭就啃了起來。才三兩口饅頭就下肚了，他又抓過窩頭，就著鹹菜絲大吃大嚼，吃得那叫一個香。

「慢點兒吃，當心噎著。」程雨晴在一旁看著侯小若可謂兇狠的吃相，不由得又一笑。

「那啥，」侯小若大口吃著，忽然像是想起了什麼一樣，問道，「你白天一直跟桌上站著，那是幹什麼呢？」

「耗蹺，」程雨晴語氣淡淡地邊說邊站起身，往門口走去，「你吃完，今兒就先歇了吧，長爺說準你明兒再開始練功。」

「欸，」侯小若趕緊咽下嘴裡的那口窩頭，「雨晴。」

「嗯？」程雨晴一腳踏出門檻，又扭回頭看他。

「謝謝你。」侯小若撓了撓腦門，憨笑了一下。

「嗯。」

輕點了一下頭，程雨晴走出了倒座房。

轉天清晨，天還沒大亮孩子們就都起了。漱口洗臉上茅房，然後集合在內院裡練早功，文行吊嗓子武行走身段兒。喜富班的規矩是早起後先練一個時辰的早功，然後再吃早飯。

長爺照常拎著他那條竹鞭子在油布棚下走來走去，監督著大家夥兒，如果發現誰洩勁了或是躲懶，直接就是一竹鞭子抽腿上。侯小若依著牆面衝下像青蛙一樣趴在地上，另一個孩子整個人站在他的屁股上給他壓大胯。儘管是壓得侯小若呲牙咧嘴淚眼汪汪的，他的眼睛還是忍不住滴溜溜地瞟向在一旁練蹺功的程雨晴。

馬鳴未偷偷蹭到侯小若身邊，小聲問道，「你瞅什麼呢？」

侯小若指了指跟著杜二爺練蹺功的程雨晴，「他。」

「雨晴？」

「嗯。」

「雨晴啊，也是個可憐的孩子。」

馬鳴未揮揮手，把那個原本在給侯小若壓胯的孩子趕開，自己踩了上去，重得小若差點兒沒喊出來。

「師哥，輕點兒。」侯小若用手拍著地面，低聲央著。

「別吵吵，」馬鳴未用手扶著一旁的柱子，撐著自己的身體稍微鬆了點兒勁，「聽說雨晴很小的時候爹娘就都死了，他跟著街面兒上的小花子們一起要了一年多的飯，後來被長爺碰見，說他是天生唱旦角兒的料，就給撿回來了。」

「哦……」侯小若點了點頭。

「欸，」馬鳴未用腳點了一下侯小若的背，「看那邊兒。」

就在他倆說話的這個功夫，杜二爺的媳婦兒喜鵲挎著一籃子菜從二門外走進來，一身絳紅色的布褂，衣擺上有一圈深色的滾邊。個子不高，額鬢幾縷漆黑的髮絲粘在汗津津的臉頰上，竟一點兒也不覺得膩人，反而有種說不出來的女人味。

「那是誰？」

「師父的媳婦兒喜鵲，小師娘。」馬鳴未瞧著她的身影，一手不自覺地搓著掌心。

「師娘？這麼年輕？」侯小若暗自吃了一驚。

「所以叫小師娘呀，」馬鳴未從鼻孔裡哼笑了一聲，「說是才剛二十呢。」

喜鵲抬手擦了一把額前的汗，似有若無地往這邊瞟了一眼，接著就往廚房走去。

「嘖，」馬鳴未語氣裡似有些抱不平般地喃喃自語道，「這麼俊，怎麼就跟了那老頭兒呢……」

侯小若的眼睛則又回到程雨晴身上，也喃喃道，「到底是男的還是女的啊……」

或許是杜二爺覺得程雨晴耗蹺耗得夠久了，是時候開始練跑蹺了，於是他讓雨晴綁好蹺之後在襠下夾了一柄掃帚，然後跟在自己身後開始練習跑圓場。

「走，走，」杜二爺邊走邊說，「腳後跟兒緊跟腳尖，膝蓋要緊，但不能夾太死，找那個中間的勁兒……」

杜二爺話還沒說完，程雨晴夾著的掃帚嘭一聲掉在了地上，杜二爺反手就是兩尺子，動作極其麻利。

「撿起來，夾好。」杜二爺用長長的戒尺敲著程雨晴的大腿。

這兩尺子就把程雨晴的眼淚給抽出來了，可他不敢哭出聲，只是用袖子抹了一下鼻子，趕緊把掃帚撿起來夾好，繼續跑圓場。可是沒跑夠半圈，掃帚又掉了下來，杜二爺火冒三丈，舉起尺子就劈里啪啦地抽打在程雨晴身上。

「什麼玩意兒！誰教的你腿這麼鬆！掃帚都夾不住！什麼破腿！」

杜二爺邊罵邊抽打，打得程雨晴抱著腦袋，哆哆嗦嗦地蜷縮在地上，看得一旁的侯小若都覺得頭皮發麻。

好一會兒，估計也是打累了，杜二爺把戒尺往旁邊一扔，氣喘吁吁地指著程雨晴，「打從今兒起，除了睡覺，就算去茅房也不許卸蹺！你要是敢卸了，看我不打死你！」

說完，他扯了扯領口，往正屋的方向走去。

杜二爺不過一句話，程雨晴的罪可受大發了。

自從那天起，他每天最起碼得穿七、八個時辰的蹺，平日裡練功的時候就不用說了，就連打掃汲水幹雜活的時候也要一直穿著。夜裡上床時卸了蹺，十根腳趾頭都是血津津的，有的時候粘著布襪和包腳的布條，揭都揭不下來，只能用溫水泅濕了再一點點往下撕。

這天早起，程雨晴穿上蹺鞋就急急忙忙往茅房走去，侯小若悄無聲息地跟在他身後。等程雨晴進了茅房之後，侯小若還稍微又等了一小會兒，這才踩著茅房外的磚垛，扒著窗戶往裡偷瞧。

「你是男的！」只看了一眼，侯小若就在窗外大聲喊了起來。

程雨晴嚇了一大跳，腳底下一軟，差點兒沒栽進茅坑裡。他趕緊把褲子提起來紮好，扭頭就往外走。侯小若也從磚垛上跳下來，快步追了上去。

「欸，你竟然真是男的啊！」

這時候，馬鳴未與他倆擦肩而過，正準備往茅房裡走，插了一句道，「自然是男的，哪裡有女人學戲的，你不知道壓根兒就不讓女人上戲臺麼？傻小子。」

沒想到會撞見馬鳴未，程雨晴的臉頓時漲得通紅，低下頭加快腳步地想往內院走，可惜腳底下穿著蹺，根本走不快。

「欸，你是男的，怎麼長得跟我這麼不一樣啊？」

程雨晴見躲不開，乾脆停下腳步，「是男的就都長一樣啊？你爹和你爺長一樣嗎？」

侯小若忽然一愣，臉色略微變了變。而程雨晴也知道自己不該提這個，只好跺了一下腳，又往前走去。

「不是，」侯小若就只愣了半秒，又蹦到程雨晴身前，「你說我這麼黑，你咋就這麼白呢？」

程雨晴禁不住白了他一眼，「煩人，躲開我點兒。」

「誇你呢，為啥惱了呀？」侯小若問得有些委屈。

「有你這樣兒的嗎，還偷瞧人上茅房。」程雨晴微皺著眉嘟囔了一句，頭也不回地走開了。

「別生氣了，」侯小若站在原地喊了一聲，「大不了我每晚都幫你卸蹺唄。」

「不用你。」

程雨晴好聽的聲音消失在屏門那頭。

九、

喜富班裡裡外外打掃院子、收拾屋子等雜活兒基本都是孩子們負責，只有一日三餐和漿洗縫補是小師娘喜鵲的活兒。

聽起來好像也不是什麼大不了的事，不過是做個飯洗個衣服罷了，但是一個人一頓要準備十好幾個人的飯也不是那麼容易的。喜鵲基本上都是自己一個人悶在廚房裡洗菜摘菜準備飯，或是躲在後院洗曬衣物被褥。可有的時候，馬鳴未總是會趁著沒人注意過來幫她忙。而她也樂得和這個比自己小了十歲的男孩胡侃瞎聊，以解煩悶。

嫁給一個比自己年紀大很多但卻很有錢的男人，或許還能在物質方面找回平衡，但是她卻嫁給了一個比自己年紀大很多脾氣又臭而且還沒什麼大錢又小氣的戲班班主，如果沒有這小男孩時不時來逗自己開心，真是不知道要從哪裡找回平衡。

在她看來，馬鳴未是個奇怪但又聰明的孩子。明明小小年紀但卻好像什麼都懂什麼都明白，總是一副大人的嘴臉，說起話來也有板有眼。有他陪在身邊聊聊家不長裡不短，感覺日子就過得不那麼難熬了。

「喜鵲姐，上次你說你老家是綏德，後來怎麼到的京城呢？」

馬鳴未坐在廚房裡的小板凳上，幫忙摘著面前的一大盆菜。

「嗯……」喜鵲把臉頰旁有些散亂的髮絲捋到耳後，「我原本和爹娘還有弟弟一起住在綏德城外的村子裡，我爹自己開了幾畝地種著，雖說不是什麼富足人家但日子還算過得去。可是有一年突然大旱，地裡的莊稼全都幹死了……家裡沒有存糧官府又不管我們，只好跟著逃荒的人一起跑了出來。」

「一直跑來了京城？」

「嗯，」喜鵲點點頭，手底下麻利地摘著菜葉，「我爹覺得京城地方大機會多，既然已經離鄉倒不如乾脆就到京城來。」

「那後來呢？」馬鳴未歪著頭，有些好奇地問道。

「我們身上沒有錢也沒有糧，只能邊要飯邊往京城走，」喜鵲苦笑了一下，「可是才剛走到太原府我弟弟就病了，而且病得很重，又沒有錢請大夫，所以……我弟就死在了太原府……」

「哦……對不起，」馬鳴未愣了一下，「我不該問的……」

「沒關係，都已經是過去的事了，」喜鵲笑了笑，這一笑讓馬鳴未差點兒失了神，「最後堅持走到了京城的就只有我和我爹，還好我爹會拉幾下胡琴，就帶著我在京城裡給人唱小曲兒為生，再到後來結識了你師父杜二爺。」

「你會唱小曲兒？」馬鳴未眼睛一亮。

「嗯，但是會的不多。」

「那你唱一個唄。」馬鳴未央求著。

「好些年了，我都忘了。」喜鵲笑著搖了搖頭。

「就唱幾句，唱幾句你記得的。」馬鳴未卻不依不饒。

「你這孩子，」喜鵲用手指輕推了一下馬鳴未的腦門，「好吧好吧。」

喜鵲略微清了清嗓子，又看了馬鳴未一眼，便開始輕聲唱起一曲音調悠揚並富有山西風情的小曲兒，讓坐在一旁的馬鳴未聽得入了迷，連摘菜都忘了。也不知道是不是因此而想起了已經故去的家人，或是一路上京的艱難經歷，喜鵲唱著唱著眼圈就紅了。

「你唱的可真好，」馬鳴未拍著巴掌，「喜鵲姐，你這麼年輕怎麼會嫁給我師父了呢？他那麼老。」

說到「那麼老」時，馬鳴未掩飾不住的滿臉嫌棄。

喜鵲輕嘆了口氣，「我爹認識了你師父之後，兩個人特別投緣，關係也越走越近……所以我爹才會在臨終前把我託付給他，希望以後能有個人照顧我，好歹也能不愁吃喝……」

「我要是有錢就好了，」馬鳴未露出幾分無奈的神情，「我要是能有很多錢的話，我就能照顧你了。」

喜鵲噗哧一笑，「你才多大呀，就想媳婦兒了？」

「我這年紀也不算小了啊，」馬鳴未臉一紅，「聽說很多人家在我這個年紀就定親準備娶媳婦兒了，人家媳婦兒都能娶了，我就說說……還不許呀。」

兩人正在廚房裡說笑著，忽聽門外咕隆一聲，接著程雨晴便低垂著眼瞼，面無表情地從門後轉了出來。

「小師娘，師父……師父說要續茶。」程雨晴說話時，連看也不看喜鵲一眼。

「欸，我這就去。」喜鵲站起身，手在圍裙上蹭了蹭，拎起灶上的水壺走了出去。

喜鵲出去後，程雨晴還是站在原地，既不說話也不離開。

「過來幫忙摘菜。」馬鳴未衝他招了招手。

程雨晴輕輕搖頭，「我得回去耗蹺了。」

「行，你去吧。」馬鳴未又低下頭繼續摘菜。

程雨晴站在門口躊躇了一會兒，對馬鳴未說道，「師哥，你也趕緊回去練功吧。」

「嗯，我一會兒就去。」

程雨晴見馬鳴未並沒有要起身跟他走的意思，皺了皺眉，只能自己轉身出去了。

距離上次的茅房偷窺事件已經有十來天了，侯小若已經習慣了一到晚上就幫著程雨晴先濕腳再脫襪，擦洗乾净後還時不時給他稍微揉一揉腳趾，讓淤在一處的血能散開。

「謝謝你，小若，」程雨晴有些難為情地把自己的腳輕輕從侯小若手裡抽出來，「我自己來吧。」

「你年紀比我小，而且我又惹你生氣了，所以照顧你是應該的。」侯小若還想再去抓程雨晴的腳，可程雨晴一下就用被褥把自己的腳給蓋住了。

「真的，不用了，」程雨晴莞爾一笑，侯小若瞬間就看呆了，「我早就不生氣了。」

「呦呦，又給你媳婦兒洗腳呀。」

幾個大一點兒的孩子嬉笑著開著玩笑，從門外走了進來。

「狗嘴裡吐不出象牙。」程雨晴沒好氣地翻了個白眼。

馬鳴未也走了進來，順手把屋門給關上，「聊什麼呢你們？」

「大師兄，我們說小若天天給他媳婦兒洗腳，可真孝順吶！」

男孩子們邊說邊哄笑著。

程雨晴臉上紅一陣白一陣，抓起枕頭就朝他們扔了過去，「讓你們胡說！」

「生氣咯！」男孩子們卻越笑越大聲，「生氣咯！侯小若他家裡的生氣咯！」

「行了，別鬧了，」馬鳴未縱身跳上自己的鋪，抖了抖被褥就躺了下來，「回頭被師父聽見了，賞你們一人十鞭子。」

馬鳴未不愧是大師兄，一句話就讓大夥兒都安靜了下來，只剩下一點兒悉悉嗦嗦低低的說笑聲。

「小若，把燈吹了，」馬鳴未吩咐道，然後又衝著其他人說道，「都閉上嘴，給我好好睡覺。」

侯小若湊到床頭的油燈前，撅著嘴一口氣把油燈吹滅了，然後爬回床上，悄悄對程雨晴說，「甭理他們。」

「嗯，」程雨晴拽過被褥蓋好，閉上眼睛想了想，又蹭到馬鳴未身旁，「師哥。」

「嗯？」馬鳴未閉著眼睛應著。

「可別聽他們胡說八道，一個二個都不是好東西。」

「嗯，趕緊睡吧。」馬鳴未敷衍著搭了一句。

「欸。」

在喜富班待了差不多快一個月，侯小若才真正弄明白了什麼是「耗蹺」，說白了就是耗著練蹺功。

「蹺功」又叫踩寸子，是旦行的基本功之一。程雨晴工的是旦行，所以入科就得從「蹺功」練起，當然其他包括三大塊在內的基本功也必須練，不過「蹺功」卻稱得上是重中之重。

因為戲臺上扮演女性的都是男旦，但是哪個大男人能有女人引以為美的三寸金蓮呢？所以戲班就發明了一種木製的假三寸金蓮，也就是蹺鞋。穿的時候要先把自己的腳尖插進去，再用綁帶把自己的腳牢牢捆在蹺鞋上。踩上寸子之後，不僅拉長了腿部線條顯得更加婀娜，而且身段兒也更加輕盈優美。

蹺功雖說看起來優雅，但是真練起來可受大罪了。在戲臺上旦角不僅要踩著寸子唱，還要念、做、打、翻，從頭到尾一整場戲都必須一直保持踮著腳尖的狀態，再加上蹺鞋是木頭做的，又硬又沉，真就和上刑差不多。

一般來說光耗蹺就得花上差不多小一年的時間，然後才是跑蹺、上椅背等難度更高的技巧。程雨晴是去年才剛入科，再加上之前初次跑蹺的失敗，所以除了日常的基本功、練唱和跑蹺之外，他每天還是要起碼耗一個時辰的蹺。而且現在杜二爺又提升了難度，讓程雨晴站在椅子扶手上耗蹺。

「耗蹺真的有那麼難嗎？」

侯小若歪著頭，墊了墊手裡沉甸甸的蹺鞋，反而覺得小巧可愛。

「你是站著說話不腰疼，」程雨晴坐在一旁白了他一眼，「不難，那你試試。」

「我才不試，」侯小若嘿嘿嘿地笑了笑，「我到現在還記得第一次見你時的樣子，光看你那表情就覺得疼了。」

「你知道就好，」程雨晴把腿往前伸了伸，用手慢慢揉著，「現在是已經習慣了，剛開始練那陣兒……」

程雨晴沒有再說下去，只是下意識地打了個冷顫。

耗蹺看似簡單，就只要綳直了雙腿站著就行，但據說那痛苦和女人裹小腳也有一拼了。聽程雨晴說，最初開始練蹺功的時候，師父是先在平地上橫著放兩塊青磚，讓他綁好蹺鞋就站在上面，一站就是幾個時辰。剛開始程雨晴就連半個時辰也站不住，只是一小會兒就渾身冒汗膝蓋發顫，腳趾疼得鑽心。那也不能下來，下來就是一鞭子。

為了不讓程雨晴在耗蹺的時候彎腿躲懶，杜二爺就在他的膝蓋後面各綁了三根尖銳的竹籤子，只要程雨晴雙腿稍一打彎，竹籤子就會刺進肉裡，刺得鮮血直流。每次耗完蹺之後從腳趾到小腿都是又紅又腫，指甲縫裡滲著血，時間長了腳趾和指甲都會變形。

「所以我的腳……可難看了。」程雨晴低頭咬著下唇，一層層地用棉布纏著自己的雙腳。

「哪兒有啊，」侯小若笑著拍了拍程雨晴的肩膀，「長爺不是說了，想要成角兒就得受罪麼，你想不想成角兒？」

「……想。」程雨晴看著侯小若，靜靜地點了點頭。

「那不就行了，」侯小若把腿蜷起來，抱著膝蓋看向程雨晴，「你只要記著現在吃的苦都是為了以後成角兒，就不覺得那麼苦啦。」

說著，侯小若傻笑了起來，程雨晴也跟著笑了笑，然後把纏好的腳捅進蹺鞋裡，麻利地綁好，一前一後出了倒座房。

十、

儘管已經是夏末初秋的季節，但白天還是很長。才剛過了卯時，外面就已經亮了起來。倒座房裡孩子們三三兩兩地爬起來，打著臭臭的呵欠伸著大大的懶腰。

原本馬鳴未每天早上都擔任著喊大家起床的角色，可今天卻沒有聽到他的聲音。侯小若揉著眼睛坐了起來，在通鋪上手腳並用地爬到馬鳴未身邊捅了捅他，「師哥，該起了。」

可是馬鳴未依舊一動不動地側躺著，腦袋埋在被子裡，呼吸聲似乎有些沉重。

於是侯小若又推了他一下，「師哥，師哥？」

推了好幾下馬鳴未都絲毫沒有反應，侯小若終於感覺到不對勁了，用力把馬鳴未給扳過來，這才發現他滿臉通紅呼吸短促。

「師哥！師哥你怎麼了？」侯小若一下子就慌了，使勁兒搖晃著馬鳴未。

「怎麼了？」程雨晴聽見聲音趕忙走了過來。

「師哥他怎麼也叫不醒，」侯小若眼裡噙著淚，「臉通紅的，不知道是不是發熱病了。」

「什麼？」程雨晴一皺眉頭，把手放在馬鳴未額頭上，「呀，這麼燙……」

「師哥……師哥會不會死啊？」侯小若大概是想起了侯老爺子，忍不住眼淚吧嗒吧嗒地掉了下來。

其他孩子也都圍了過來，七嘴八舌的也聽不清在吵吵些什麼，年紀最小的程雨晴反而是最冷靜的一個。

「瞎鬧騰什麼！」程雨晴低吼了一聲，把大家夥兒都給震了，「小若，去把長爺喊來。」

「欸。」侯小若胡亂抹了一把眼淚，快步跑了出去。

程雨晴又對另一個孩子說道，「打盆冷水來，再拿條乾淨手巾。」

那孩子應了一聲，也趕忙跑出了倒座房。

過了不大一會兒，長爺和杜二爺一起跟著侯小若走進了倒座房。杜二爺上前看了看躺在床上渾身發燙的馬鳴未，皺起了眉頭。

他對長爺說道，「這孩子，病得可真不輕啊。」

「我去找大夫吧？」長爺趕緊問。

「讓喜鵲去就行了，您一會兒還得看早功，」說完，杜二爺又看了一眼擠在一旁的孩子們，「該幹啥幹啥去，洗漱完了就趕緊開始練早功。」

「是，師父。」

孩子們一哄而散，有的往茅房跑，有的站在水井邊刷牙洗臉，長爺快步走出去找喜鵲，就只有程雨晴還站在原地沒有動。

「師父。」程雨晴小心地開口。

「嗯？」杜二爺原本都已經走出去了，又回過頭來看他。

「我……能不能留下照顧師哥？」

儘管程雨晴滿臉期盼地看著杜二爺，杜二爺還是給了他一句「不行」，然後扭頭就離開了。程雨晴只好把冰冷的濕手巾搭在馬鳴未的額頭上之後，也趕緊跑了出去。

不知道是不是因為侯小若長得比較瘦又很靈活，所以長爺給他挑了《群英會》中的一折《蔣幹盜書》來開蒙，打算讓他先工丑行試試看。

《蔣幹盜書》是三國戲，說的是曹操手下的謀士蔣幹，因自幼和周瑜同窗讀書，便向曹操毛遂自薦，要過江到東吳去作說客勸降周瑜，卻被周瑜用計謀令其盜得假冒曹操水軍都督蔡瑁、張允寫給周瑜的降書。蔣幹將此降書獻於曹操，曹操看後大怒，立刻下令斬了蔡瑁和張允。這折戲中的蔣幹便是丑行中的文丑，不僅有長篇的念白還有大段的身段兒，是非常吃功的丑角戲。

孩子們洗漱完畢開始練早功時，長爺照常拎著竹鞭來回溜達著看功。侯小若和其他幾個孩子一起把腿抬起來靠在牆上耗著，長爺走過來開始檢查他們的戲詞。

他用手裡的竹鞭點了一下第一個孩子的肩膀，

「背。」

「到了自家門首，待我叫門。且慢，見了我女兒，她若問我妝奩之事，我拿何言對答呀，這這這便如何是好。哎，我若不回去……我若不回去……」原本背得還挺利索，到最後兩句竟然卡住了，這孩子急得滿頭大汗。

「我那女兒一定要盼望與我，還是叫門才是！」長爺邊說邊在那孩子的屁股上抽了兩鞭子。

又走到下一個，長爺說道，「背。」

「哎呀大人哪！三千人馬，五百守城軍，在亂世年間，可以抵擋一陣。這太平年間，慢說交鋒打仗，就是填刀板，踹馬蹄，也是不夠。」這個孩子倒是背得非常流暢，背完後是滿臉的得意之色。

長爺也笑著點了點頭，用鞭子在他肩頭上輕拍了兩下，「背得不錯。」

就這樣一個接一個地背著戲詞，背上來的不用挨打，背不上來的就是狠狠兩鞭子。接著，長爺來到侯小若身旁，「背。」

侯小若清了清嗓子，背道，「左也睡不著，右也睡不著，這便怎麼處？有了，桌案有書，待我看來解悶，有理啊有理。原來一部戰策，車戰、馬戰、陸戰、水戰……」自己忽然卡殼，可把侯小若可嚇著了，還好他馬上就接上了，「步戰，乃是他的本等，嚇，有一小束，待我看來。」

「嗯，」長爺點了點頭，還是在侯小若屁股上抽了一鞭子，「下回給我背得利索些，不該停的地方不許停。」

「是，長爺。」侯小若嬉皮笑臉地撓了撓頭。

最後，長爺來到站在椅背上耗蹺的程雨晴身邊，「背。」

「獨坐皇宮有數年，聖駕寵愛我佔先。宮中冷落多寂寞，辜負嫦娥獨自眠，」程雨晴不僅戲詞背得行雲流水，甚至還帶上了些許身段兒，「妾乃楊玉環，蒙主寵愛，欽點貴妃，這且不言。昨日聖上命我往百花亭大擺筵宴。嚇，高、裴二卿，擺駕！」

「好。」

就連長爺都忍不住給程雨晴叫了個好，侯小若也偷偷地在心裡樂開了花。

雨晴將來一定能成角兒……侯小若暗自裡想著，嘴角微微上揚地看著高高站在椅子背上宛若貴妃的程雨晴。

練完早功還沒顧得上吃早飯，程雨晴就趕緊回到倒座房，想看看馬鳴未怎麼樣了。一步邁進門才發現喜鵲正坐在床沿，摟著馬鳴未的腦袋給他往下灌湯藥。馬鳴未自己燒得稀里糊塗的也不會好好張嘴，灑得前胸上全是藥漬。

程雨晴略一皺眉，上前面無表情地接過藥碗，一手扒著馬鳴未的下巴撬開他的嘴，把剩下的湯藥一古腦兒地全灌了下去，然後又把藥碗塞回喜鵲手裡。喜鵲端著個空藥碗，有些愣神地看著程雨晴扶馬鳴未躺平了之後，便開始用濕冷的手巾給他擦拭發燙的腦門、臉頰和脖子，卻完全沒有一點兒要和自己說話的樣子。

喜鵲坐了一會兒自覺無趣，為了遮掩尷尬隨便說了一句「鳴未，你好好休息」，便轉身離開了。在喜鵲走出去之後，程雨晴才抬起眼皮，給了她的背影一個白眼。

晚上等到孩子們都回來的時候，馬鳴未已經清醒了，還喝了多半碗粥，看著挺有精神的樣子，孩子們立刻都圍了過來。

「大師兄，你覺得咋樣啊？」一個孩子問道。

「還行，就是還有點兒累。」馬鳴未抱著被子坐著，稍顯無力地笑了笑。

「那你頭疼麼？或者有沒有覺得哪兒疼？」又一個孩子湊了過來。

「哪兒也不疼，別瞎擔心。」

「師哥你真行，才喝了兩服藥就見好，」侯小若用濕手巾擦了擦腳之後爬上鋪，「我早上發現你發熱病時，還以為你要不行了呢。」

「呸呸呸，你才要不行了呢。」馬鳴未啐了他一句，大夥兒都哄笑了起來。

「哎大師兄，你不知道吧，你昏迷不醒的時候小師娘還親自來給你餵藥呢。」一個長得賊眉鼠眼工武丑的孩子笑道。

「呦呦呦！」孩子們開始起哄。

「別胡說。」馬鳴未臉頰通紅通紅的，也不知道是發熱病還是臊的。

「哎呀鳴未呀，你可要吃藥哇！」另一個和馬鳴未一樣工老生的孩子故意用大戲的韻白說道，還一邊模仿著摟人的動作。

孩子們笑得更厲害了。

屋裡孩子們的嬉笑哄鬧聲讓來給馬鳴未送薑湯的喜鵲站在門口猶豫不決，不知道進好還是不進好。這時，她身後忽然傳來程雨晴輕輕柔柔的聲音。

「有事嗎？小師娘。」

喜鵲一回頭，程雨晴就在她幾步遠站著，雙手交疊在身前。

「哦，我……」喜鵲頓了一下，馬上改了口，「你師父讓我給鳴未送點兒薑湯過來，讓他晚上睡覺好捂捂汗。」

「多謝小師娘，」程雨晴走近接過了喜鵲手裡的碗，稍一欠身，「我端進去吧，小師娘早些回去休息。」

「哦……嗯，好，」喜鵲向來都不知道要怎樣和這個清清冷冷的男孩溝通，「你去吧。」

程雨晴端著那碗喜鵲下心思偷著熬了好半天的薑湯與她擦肩而過時，還是看也沒看她一眼就走進了倒座房。

十一、

侯小若在學戲上真是非常有天賦，並沒有花多長時間就把蔣幹的戲詞全都背下來了，讓長爺很是驚喜，於是便開始讓他和幾個大孩子一起合戲，順便教他唱腔。

秋分時節的一個晌午，吃完午飯之後孩子們有大概半個時辰左右的休息時間，睡睡午覺什麼的。杜二爺和長爺則是在正屋前的廊下坐著喝茶乘涼，一邊看著在內院裡嬉戲的幾個孩子。

「我說杜二爺，雨晴《醉酒》的唱和白都差不多快順下來了，是時候加寸子了吧。」長爺放下手裡的茶碗，對杜二爺說道。

「嗯，」杜二爺搖著蒲扇點了點頭，「那，下午就開始吧。」

「行嘞，您多辛苦。」

長爺也拿起一旁的扇子輕搖著，眼睛卻看向在西邊廊子前的侯小若他們幾個。

「不辛苦不得活呀，」杜二爺閉著眼睛微微搖晃著腦袋，「今兒下午有兩場，明兒晚上還多應了個堂會。對了，還有下個月的小戲園子，得麻煩您趕緊把戲單子拉出來。」

「欸，我一會兒就給列出來。」長爺雖然嘴裡搭著話，心思卻都被那幾個孩子給吸引了過去。

「您辛苦。」杜二爺的聲音逐漸減弱，沉沉睡了去。

侯小若和另外幾個孩子吃過午飯卻沒有睡意，所以就集合在內院西邊的廊子下輪唱耍著玩，看誰最近背下的戲詞最多。在《蔣幹盜書》這折戲裡來曹操的那個孩子正好唱到「造下了銅雀台神怡心醉，滅孫劉平天下我意方遂」。

「好！曹操可真有勁，」侯小若在一旁看著，滿心羨慕地叫好，而且還央求道，「師哥，我也想唱兩嗓子，您給我看看唄。」

「好啊。」那孩子說著，就坐到了一邊。

侯小若以架子花的身法起範兒，走四方步，亮相，甩袖，然後唱道，「統雄師下江南交鋒對壘，得荊襄和九郡大展軍威，造下了銅雀台神怡心醉，滅孫劉平天下我意方遂。」

長爺眼前一亮，連忙起身走了過來，一扒拉侯小若的肩膀，「小若，剛才那個再來一遍。」

雖然有些莫名其妙，但侯小若還是認真地又從頭走了一遍。他那帶著幾分稚氣但卻中氣十足的嗓音和有模有樣的身段兒，讓長爺不由得打從心底被震了。

這還真是打了眼了……長爺暗忖，別看他瘦，這孩子簡直就是天生唱架子花的料兒啊。

「你這跟誰學的？」長爺問侯小若。

「嘿嘿，」侯小若傻笑了一下，「跟您學的。」

「跟我？」長爺有些丈二和尚摸不著頭腦，「我什麼時候教你了？」

「您沒特別教給我，」侯小若解釋道，「不過您教他們的時候我都在一旁看著，看時間長了也就會了。」

這下子讓長爺愈發吃驚了，這簡直就是祖師爺賞飯呀。

「你，想不想唱架子花？」長爺嘗試著問了一句。卻沒想到侯小若一點兒沒猶豫就脫口而出，「想！」

「哦？為啥？」長爺挑了挑眉。

「因為我爺以前就喜歡架子花，曹操、竇爾敦、馬武、周處、李逵……」侯小若一個個數著侯老爺子生前的心頭好，不知不覺眼眶就紅了，「如果他知道我能來架子花，一定會開心得不得了。」

「得嘞，那你打今兒起改工架子花。」長爺笑著，重重地拍了一下侯小若瘦弱的肩膀。

「欸！」侯小若的眼神晶晶亮亮的。

下午，長爺領著已經能登臺的大孩子們和兩個琴師去前門附近的小戲園子演出。原本馬鳴未也應該跟著去，但他熱病初愈，杜二爺說讓他先緩兩天，所以今天也留在院子裡練功。

這一陣兒程雨晴的跑蹺練得著實不錯，夾在襠下的掃帚已經完全不用擔心會掉落了，所以杜二爺也就許了他無須再一天到晚都綁著蹺。

「雨晴，過來。」

杜二爺招招手，把程雨晴喚了過來。

「最近你這寸子已經有點兒意思了，」杜二爺拎起一大桶水，對程雨晴說，「但是還不夠穩不夠流暢，也不夠美，所以今兒咱換一個方式。」

說著，杜二爺把桶裡的水全都潑灑在了地上，末了還把桶倒轉過來抖了抖，確保所有的水都潑出去了，本就很平滑的青磚地瞬間就變得堪比冬天結冰的湖面。

杜二爺指了指面前泛著晃晃水光的青磚地面，「去，跑起來。」

程雨晴頓時覺得心裡一涼……這麼滑溜的地面，別說穿著蹺鞋了，就算是光腳跑圓場都很容易摔倒。侯小若站在一邊，暗地裡也為程雨晴捏了一把汗。

「跑啊。」杜二爺不耐煩地又說了一遍。

「是，師父。」程雨晴微皺著眉頭輕聲應了一句，小心翼翼地走下廊子前的兩級台階，站在了青磚地上，緊張得呼吸都有些變短了。

「我來給你打鑼鼓經，」杜二爺說著，嘴裡模仿起了鑼鼓場面，「跑起來。」

程雨晴心中發顫但也還是得照著杜二爺說的做，他咬了咬牙，先是一個起範兒，接著開始在濕濕滑滑的青磚地上跑起圓場來。

「不錯，快，快，」杜二爺用手拍著鑼鼓點兒，「腳底下穩住了，腿別太僵胳膊別太板。」

聽著杜二爺的指令，程雨晴最初的第一圈跑得還挺順，但是第二圈腿就開始有些晃了，勉強跑到第三圈的時候，他重心不穩地整個人往前撲了下去，摔得滿頭滿身都是水。

「起來，繼續。」

杜二爺皺了皺眉，但是按住了沒有發作，只是抓著戒尺用力敲了幾下一側的廊柱。

程雨晴趕緊爬了起來，拍了拍沾在衣服上的水珠，又開始跑起來。可能是心裡緊張，這回還沒跑夠一圈就又摔倒了，結結實實地坐了個屁股蹲兒，手掌也擦破了，在濕漉漉的青磚上洇出一朵朵小小的紅花。

「起來，繼續！」

杜二爺的語氣裡透著八九分的不耐煩，嚇得程雨晴渾身一激靈，迅速爬了起來。一圈兩圈三圈，就在所有人都鬆了一口氣時，程雨晴再次摔倒。這下可把杜二爺給氣著了，他噌一下站起身，連眉毛都立起來了。

「讓你站不住！我讓你跑不穩！」杜二爺手裡的戒尺劈頭蓋臉地抽了下去，「要你有什麼用！養你有什麼用！」

程雨晴依舊是緊抱著腦袋蜷縮著，咬著下唇一聲也不吭。一旁的侯小若看了差點兒要衝上去，還好被馬鳴未一把給拽住了。

杜二爺抽打了一陣兒，把自己給累得呼哧帶喘的，最後兩下把戒尺都打折了，「……連寸子都踩不好你還唱什麼《醉酒》？成什麼角兒？你，今晚不許吃飯！這麼簡單你要都做不到的話，就一輩子都別吃飯了！沒用的東西……」

說完，杜二爺還氣不過地將已然斷成兩截的戒尺往程雨晴身上一扔，氣哼哼地扭頭回正屋裡喝茶去了。他一走，侯小若馬上跑過來一把抱住程雨晴的肩膀，把他給扶了起來。

「你怎麼樣？沒事兒吧？」侯小若擔心地問。

程雨晴一句話也沒說，只是神情淡淡地搖了搖頭。他輕輕推開侯小若的手，默默地爬上院子一角的方桌，把自己用來耗蹺的椅子費勁地拖到桌上，接著就直直地站在了椅背上，那一連串動作熟悉得叫人心疼。侯小若看了看程雨晴，又回頭看了看在一旁重新開始練功的馬鳴未，皺著眉抿了抿薄薄的嘴唇。

夜裡，侯小若本想等大家都睡熟了再把晚飯時偷偷順出來的大窩頭給程雨晴，讓他躲在被窩裡吃，可是沒想到吹了燈之後不大一會兒，身旁程雨晴的鋪上就傳來窸窸窣窣的響聲。侯小若努力在黑暗中瞪大了眼睛，借著窗戶縫裡漏進來微弱的一點兒月光，他發現原來是程雨晴悄悄下了床，貓著腰，躡手躡腳地出了倒座房。

難道雨晴打算去廚房偷點兒吃的？

侯小若一邊這樣想著一邊也跟著下了床，靜悄悄地跟了出去。從二門旁的廊子繞進了內院，程雨晴果然往廚房的方向走去。侯小若很是後悔自己沒有及時告訴程雨晴已經有窩頭了，不用再去廚房找了。於是他緊走了幾步，想要追上程雨晴，可是沒想到程雨晴卻沒有走進廚房，而是停在了廚房旁的大水缸前。

程雨晴翻過一個堆放在水缸旁的木盆，把水缸裡的水一瓢瓢地舀進盆裡，然後便吃力地捧著滿滿一木盆水往內院走去。侯小若很是好奇地跟在程雨晴身後，想看看他到底想做什麼。

回到內院，程雨晴小心翼翼地將盆裡的水潑灑到地面上，動作十分輕緩，儘量不弄出任何聲響。潑完水後，程雨晴就坐到一邊開始穿蹺鞋。侯小若這才忽然明白過來，程雨晴是打算獨自徹夜練習踩寸子跑圓場。

沒等程雨晴把蹺鞋穿好，侯小若就悄無聲息地摸了過去，輕拍了一下他的肩膀，嚇得程雨晴猛然一回頭，差點兒把還沒穿的那隻蹺鞋給扔出去。

「……唔！」在發現是侯小若時，程雨晴很明顯地大大鬆了口氣，「你三更半夜不睡覺，跑來嚇人玩兒呀。」

「你才是呢，」侯小若眨了眨滴溜圓的眼睛，一屁股坐在程雨晴身邊，「三更半夜不睡覺，偷摸著自己一個人練功呀？」

程雨晴輕輕嘆了口氣，「勤能補拙……」

「瞎說，你哪裡拙了。」

「我連跑圓場都做不到，還不拙麼？」

月光映照在程雨晴的一雙桃花眼中，讓他的眼睛看起來亮得不可思議。

「那是師父陷害你呢，」侯小若壞壞地笑了笑，「沒潑水的時候你不是跑得很好嘛，而這潑了水的你還是第一回，不摔才奇怪了呢。」

「嗯……就算你說的有理，」程雨晴想了想，微微點點頭，「但是既然師父說了，我就必須要做到。」

侯小若沒想到看似柔弱纖細的程雨晴也有如此倔強的一面，他雖深感意外但還是點了點頭，「你肯定沒問題，我陪你一起練。」

程雨晴噗嗤一下笑了出來，「你陪我練？你要怎麼陪？」

「嘿嘿嘿，」侯小若摸了摸自己的光腦袋，「你練，我看著。」

「你倒是舒服。」程雨晴輕捶了一下他的肩膀。

「我陪著你熬夜呀。」

「你要願意陪那就陪吧。」

程雨晴深深地看了侯小若一眼，剛想起身，侯小若趕忙拉住他，把在懷裡藏了半天的窩頭掏了出來，「先把這個吃了。」

程雨晴看了一眼窩頭，搖了搖頭，「師父不讓我吃飯……」

「這不是飯，」侯小若眼珠一轉，「這是夜宵，是零食，不算吃飯。」

程雨晴還是搖了搖頭，「那也不行吧……」

「趕緊的，」侯小若把窩頭塞進程雨晴手裡，「你一點兒不吃腿腳都沒力氣，還想再接著摔嗎？」

聽了這話，程雨晴稍微猶豫了一下，終於拿起窩頭啃了一口，「謝謝你。」

「瞎客氣什麼。」侯小若趁著他吃窩頭，蹲下幫他檢查蹺鞋是否都綁緊了。

又喝了兩口侯小若端過來的一瓢涼水後，程雨晴用衣袖擦了擦嘴，起身走到潑了水的青磚地上。他深深地吸了口氣，停了停，又用力地呼了出去。程雨晴在心裡默默地給自己打著鑼鼓點兒，接著起範兒，甩袖，開始繞圈兒跑蹺。

坐在廊下的侯小若心裡緊張得不行，一直默念著「別摔、別摔」，結果一點兒也不靈驗，還沒跑到第二圈，程雨晴就腳下一滑摔了個大馬趴。

「雨晴！」

侯小若剛想起身去扶程雨晴，但是程雨晴卻衝著他的方向猛然一抬手，示意他不要過來。程雨晴揉了揉摔疼的手腕，爬起來重新起範兒、甩袖，再開始跑蹺，可是很快又摔趴下了。就這樣一次次摔倒又一次次重新來過，程雨晴摔得渾身上下全是水，估計衣服底下也都是淤青，但他依舊不服輸地再爬起身再重來。侯小若愣愣地看著和自己較勁的程雨晴，不知道什麼時候眼淚竟然悄悄滑出了眼眶，爬了滿臉。

「雨晴，別練了。」

「別練了……」侯小若衝著程雨晴輕輕喊了一聲，

「為什麼？」程雨晴有些不解地看向侯小若。

「已經很好了，」侯小若在程雨晴看過來之前，連忙胡亂抹去臉上的眼淚，「再說了，這也不是一晚上就能練出來的，歇了吧。」

程雨晴微微搖了搖頭，又笑了笑，「我感覺就快抓著竅門兒了，讓我再試幾次。」

「……嗯。」侯小若只能點頭，靜靜地守在一邊。

「丑時四更，天寒地凍。」

當更夫打響四更的梆點時，侯小若早已經靠在廊柱上睡得迷迷糊糊的了，程雨晴卻還在腳步不停地跑著圓場。

這個點兒應該是夜裡最冷的時候，所以就連打更的都說「天寒地凍」，而且程雨晴差不多每半個時辰就會再多潑個半盆水，於是地面也愈發的滑溜。

儘管這樣，程雨晴卻是越跑越穩越跑越順，就算是在跑圓場的過程中再加上一些甩袖之類的身段兒也沒有什麼大問題。雖然有時候腳底下還是會晃兩晃或者膝蓋有點兒顫，不過基本上已經不用擔心會摔倒了。

一氣兒跑夠了十好幾圈兒，程雨晴停下了腳步，摸著胸口平了平氣息，又看了一眼睡得東倒西歪的侯小若，因熬夜而帶著幾分憔悴的臉上終於綻放出一個無比燦爛的笑。

出將

相思相見知何日
此時此夜難爲情

一、

光緒二十二年二月，清政府與英國匯豐銀行、德國德華銀行簽訂《英德洋款合同》，借款一千六百萬英鎊。

四月，李鴻章與俄國財政大臣、外交大臣在莫斯科簽訂中俄《禦敵互相援助條約》。

五月，光緒帝生母葉赫那拉氏薨逝。

六月，總理衙門大臣、戶部侍郎張蔭桓與日本駐華公使簽訂《中日通商行船條約》。

八月，清政府設立鐵路總公司，命盛宣懷以四品京堂候補督辦該公司事務。

……

然而又怎麼樣呢？那些或大或小或重要或離譜的事兒從來也是你唱罷來我登場的輪換著上演，對於京城裡的百姓來說，也不過是街面上又多了幾個金髮碧眼的番邦夷人罷了。只要有飯吃有酒喝有戲聽，日子就依舊還是好日子。

這一年侯小若十五歲，雖已經到了出科的時候，但他還是選擇繼續留在喜富班。經歷了近七年嚴苛殘酷的坐科，侯小若的架子花在京城已是嶄露頭角，就連不少皇親貴胄都偏愛他的戲。再加上程雨晴風華絕代的旦和馬鳴未雲遮月的老生，喜富班可算是小有名氣的戲班了。於是想要來學戲的孩子也逐漸多了起來，當然門檻也隨著就更高了，不是說想來就能進得來的。

在侯小若之後，喜富班又收了兩科總共十二個學徒，分別是福字科七個和壽字科五個。而在壽字科裡，杜二爺和長爺都很看好的是一個叫梅壽林的孩子，十一歲，工旦行。雖說不像程雨晴那樣天賦異稟，但也絕對是可造之材。

如今的喜富班應的可都是廣德、廣和或是華樂這些在京城數一數二的大戲樓，儘管晚場還輪不上他們，但就算只是午場，水牌一擺出去，來看戲的人也是烏泱烏泱的，其中還不乏王公大臣之類身分顯赫的人物。就比方說這位住在京師西城裡的一等輕車都尉，雖說在動不動就是各種一品大員的京城裡，區區都尉算不得是什麼大官兒，但因為都尉大人功勳顯赫，在朝廷裡頗有些人緣兒，而且據說就連在太后老佛爺跟前兒他都是個說得上話的人物。

都尉大人唯一的愛好就是聽大戲，除了是各大戲樓的常客之外，自己家裡還起了一座精緻講究帶跨院的小戲臺，有事沒事就邀一回堂會，可謂是愛戲愛到了骨子裡。

自打喜富班這個名字被吹到了他耳朵裡，都尉大人已經在華樂樓連著看了好幾場他們的戲了，實在是打從心底裡喜歡，於是便迫不及待地差人上門去邀堂會。

「您說多少？！」一向見多識廣穩若泰山的杜二爺也被來人所說的數兒嚇了一跳，以為自己聽錯了。

來人微微一笑，在杜二爺眼前晃了晃兩根粗短的手指，「二百兩。」

「二……二百兩……」杜二爺不由得端起茶碗喝了一口，定了定心神，「唱一場堂會就給二百兩？」

「嗯，」來人點頭，「都尉大人愛戲，只要戲好，銀子不算事兒。」

「卻不知道這位大人都愛聽什麼戲碼？或是，想聽什麼戲碼呢？」長爺趕忙問了一句。

一般遇到這種不吝嗇錢又頗有權勢的主兒必須要事先問問喜好，萬一得罪了可不是光賠錢就能了事兒的，分分鐘封班抓人，不能唱戲事小，掉腦袋都有可能。

「這我可不大清楚，不過我們這位大人但凡是大戲就都愛，您二位都是行家，看著給列個戲單子就行，」來人從懷裡掏出一個銀子包，擱在桌上，「這是定錢，若是有舊了的行頭砌末就趕緊換換，別回頭進了府讓都尉大人瞧著不痛快。」

「那是一定，那是一定。」杜二爺看了一眼桌上的銀子包，少說也有五十兩，於是眉梢眼角都樂開了花。

「回頭如果戲唱得好，我們大人指不定還額外有賞，」來人說著，站了起來，「我還得趕緊回府去復命，就不久坐了。」

「勞煩您把這份兒戲單子呈給都尉大人，請他老人家過過目，看看是否合心意吧。」長爺用嘴吹了吹紙上還沒完全乾透的墨，然後折起來畢恭畢敬地遞了過去。

「行咧，」來人拿過戲單揣進懷裡，「那我就去回話兒了，您這兒可一定準備妥當，這月十五的堂會，千千萬萬別出紕漏。」

「您放心，一準兒沒問題。」

杜二爺和長爺把來人一直送出院門以外，上了都尉府的車，一直到拐出了胡同這老二位才轉身回來。

「這位輕車都尉大人，可真是個財神爺啊。」

兩人回到正屋坐下，杜二爺又把剛收進懷裡的銀子包掏出來掂了掂，禁不住感嘆道。

「您說什麼呢，人家可是正三品，」長爺也是喜笑顏開，「不在乎這麼一二百兩的。」

「哎，」杜二爺嘆了口氣，「都說這世道不好，咱真算是有運氣的。」

「是啊，」長爺隨著點點頭，「那今晚，給孩子們加個菜吧？」

「您給看著辦，」杜二爺重新把銀子包塞回懷裡，「有了這錢，那些舊行頭就都能給換了。」

「還能置辦點兒新砌末。」

「銀子啊，」杜二爺給自己點了一袋煙，嘿嘿一樂，「還真是好東西啊。」

老哥倆喝著茶，邊聊邊笑，茶碗裡沏的也早就從幾年前的高碎變成了香醇的西湖龍井。

十五日這天才剛一下了早朝，都尉大人就急忙趕回府，脫去朝服換上一身輕鬆的便裝，坐在書房裡吃著點心看著書，心裡想著怎麼申時還不到。

「阿瑪。」

隨著一聲清脆的喊聲，一個身材嬌小的甜美少女一路小跑著進了父親的書房。

「香蘿。」都尉大人光聽聲音就露出了滿臉溫柔的笑，放下手裡的書卷，任由少女拉著自己的衣袖。

站在一旁的下人都紛紛對她行禮，「香蘿格格。」

這個名叫香蘿的少女是都尉大人最小的女兒，上面還有一個姐姐和一個哥哥。姐姐早已經嫁人，哥哥今年十七，年前新媳婦兒才剛過門，娶的是戶部右侍郎的千金。

香蘿拉著衣擺在都尉大人面前轉了一圈兒，咯咯笑著，「阿瑪，我這身兒新衣裳好不好看？」

「好看好看，」都尉大人看著這個最小的女兒，眼裏滿是笑意，「香蘿穿什麼都好看。」

「阿瑪，我剛看見好些人抬著箱子從旁門進來，是不是今兒又有堂會呀？」香蘿坐在都尉大人的書桌上，輕輕來回晃著腿。

「是，阿瑪請了一個新戲班兒，」都尉大人輕敲了一下女兒的膝蓋，「下來下來，女孩子家家的像什麼樣子。」

香蘿調皮地吐了一下舌頭，從桌上跳了下來。

都尉大人拉著香蘿的手，說道，「看看你，明年就要出嫁了，怎麼還像個小丫頭似的。」

「阿瑪，」香蘿嘟起嘴，「我必須要嫁給那個連見都沒見過的人嗎？」

「這是什麼話，」都尉大人佯裝不高興地板起臉來，「自古以來，婚姻大事都是父母之命媒妁之言，難道阿瑪還會害你不成？」

「我可沒那個意思……」香蘿雖這麼說，小嘴卻越撅越高。

「阿瑪我費盡心思才給你張羅了這麼一門好親事，禮親王世鐸的長子，」都尉大人談到此，頗有得意之色，「別人求都求不來。」

「有什麼了不起……」香蘿不開心地輕輕用腳下的花盆鞋蹭著地面。

「好了好了，別總是沉著個臉，」都尉大人寵溺地拍了拍香蘿的臉頰，「一會兒跟阿瑪一起聽戲去。」

「知道啦，」香蘿彆彆扭扭地轉身往書房外走去，嘴裡還嘟嘟囔囔道，「又聽戲又聽戲，總是聽戲，聽不完的戲。」

下人們都偷偷捂著嘴，拼命忍著不笑出來，趕緊行禮，「送香蘿格格。」

用過了午飯，都尉大人正在休息，終於有下人進來稟報說喜富班人員已經全部準備好，按照約定將會在申時一刻準時開戲。可把都尉大人給開心壞了，趕緊吩咐傳話給各房都做好準備去聽戲。

「吃食和茶水都預備了？」都尉大人邊往外走還不忘邊詢問，總是要讓每一次堂會都盡善盡美。

「回大人的話，四季鮮貨、乾貨，還有茶水點心都備下了。」跟在身後的下人麻利地回答道。

「好好，」都尉大人想了想，又問道，「戲臺上的佈置什麼的可都妥當？」

「回大人的話，喜富班的杜二爺親自看過了，說是沒有問題。」

「鑼鼓場面呢？」

「大人，鑼鼓場面都是喜富班自己帶來的。」

「好。」

聽到一切都合了心意，都尉大人眉開眼笑地大步走進了戲臺跨院。

二、

都尉府偏院的戲臺上，正熱熱鬧鬧地上演著旦角名段兒《醉酒》。雖說只有十三歲的年紀，但是扮上之後的程雨晴卻渾身上下都散發著貴妃的雍榮華貴美艷無雙，一舉手一投足甚至只是一個眼神都足以叫人心醉，真真稱得上「回眸一笑百媚生，六宮粉黛無顏色」，就連坐在戲臺下的都尉大人都看得瞠目結舌，頻頻叫好。不過坐在他身後的香蘿格格卻覺得無趣得很，於是趁著大家不注意，偷偷摸摸地來到後臺門前，左右張望了一下看沒人，身子靈巧地一下就鑽了進去。

「藍臉兒的，」香蘿一眼就看見了站在台側的侯小若，「我叫你吶。」

「哎？」侯小若頓時懵了，「你哪兒來的？後臺不許外人隨便進。」

香蘿完全無視侯小若的話，上前便問，「你唱什麼的？」

「竇爾敦，」侯小若倒是回答得老實，但還是追問了一句，「你誰呀？」

「我是這府裡的格格，」她湊到侯小若身邊，撩開一點兒台簾指了指外面，「喏，坐在中間的那個都尉大人就是我阿瑪。」

「哦，」侯小若點了點頭，轉頭看向香蘿，「那你上外頭聽戲去呀，跟這兒裹什麼亂。」

香蘿撇了撇嘴，「外頭一點兒也不好玩兒……哎，我叫香蘿，你叫什麼？」

「我叫侯小若。」答著話，侯小若的眼神又飄回到戲臺上。

「哎，」香蘿扯了扯侯小若，「你看我這身兒衣裳好看麼？這可是新做的。」

說著，香蘿在原地轉了一圈兒。

「好看不？」

「哎好看好看。」侯小若敷衍地說了兩句，但其實根本連看也沒看她。

「侯小若！」香蘿撅著嘴一跺腳，上前揪著侯小若的耳朵，「臺上有什麼好看的！看我！」

侯小若一下掙開她的手，瞪圓了眼睛，「你有什麼好看的！」

香蘿聽了這話也瞪圓了眼睛，「我還不好看？！」

「嘿嘿，」侯小若突然傻笑了一下，指了指臺上的程雨晴，「我師哥可比你好看多了。」

「你師哥……？」香蘿擠到侯小若身邊，也往臺上看了看，頓時被程雨晴儀態萬千的貴妃給驚住了。

「好看吧，」侯小若滿臉都是得意，「你別看得下巴都掉下來啦。」

「嗯？」香蘿這才回過神來，發現侯小若在取笑自己，「哼！」

她甩頭跑出後臺，氣鼓鼓地回到自己的座位，狠狠地坐下。

坐在她前排的都尉大人雙眼片刻不離戲臺，只是倚著椅背輕輕往後一仰，「怎麼了？」

「阿瑪，」香蘿的嘴撅得半天高，眉頭扭著，「我也要學唱戲。」

「胡鬧。」都尉大人壓根兒也沒當回事兒，便又坐直了身子接著聽戲。

「哼，臭侯小若……」香蘿雖然嘟嘟囔囔地自己生著悶氣，但眼睛還是不自覺地看向戲臺上的程雨晴。

自從在都尉府唱過一次堂會之後也不知怎麼的，華樂樓的舒爺竟然親自來聘喜富班的晚場，而且一聘還就是一整年，杜二爺這下是樂得連北都找不著了。這不才剛立冬，就給大家夥兒整了一頓羊肉西葫蘆餡兒的餃子，還說等明兒個給每個孩子一人置一件新棉襖，整個院子裡上上下下都高興得像過年一樣。

歡天喜地地吃完了餃子，杜二爺和長爺在屋裡對斟對飲地喝著小酒，其他孩子基本上洗洗就都回了倒座房，睡前還嬉笑著說今晚肯定在夢裡也能聞見羊肉香。尤其是小的時候就連過年都不可能吃得上羊肉餡兒餃子的侯小若，生生一氣兒吃了四十幾個餃子，撐得連路都快走不動，更別說躺下睡覺了。他只能靠著屏門後的水井慢慢坐下，想著等沒那麼飽了再進去睡。

夜色微涼輕風陣陣，吹得侯小若還覺得挺舒服的。四下裡靜得很，只能隱約聽見廚房那邊傳來微弱的流水聲，大概是小師娘喜鵲還在涮洗收拾。突然這時候，馬鳴未閃身從屋裡溜了出來，反手輕輕帶上了屋門。

侯小若剛想張嘴喊「師哥」，就被程雨晴一把從身後捂住了嘴，嚇得侯小若差點兒沒嚷出來。

「是你啊，」侯小若一把拉下程雨晴捂在自己臉上的手，「嚇我一跳，你什麼時候跑到我後面去的？」

程雨晴並沒有回話，只是往前走了兩步，看著馬鳴未自以為無人發覺地偷摸著往廚房跑去。

「你知道師哥去做什麼嗎？」

「嗯？不知道。」侯小若理所當然地搖搖頭。

「他去給小師娘……幫忙。」

程雨晴看向廚房的眼睛裡透著幾分冷冷的光。

「師哥真是個好人，」侯小若感嘆道，「寧可自己少睡覺也要去幫小師娘。」

月下的程雨晴淒然一笑。

「是啊，師哥是個好人……我剛被長爺帶回來的時候什麼也不懂，師哥特別照顧我，手把手地教我。記得有一次師父要打我，師哥便護著我，結果我倆一起被揍了一頓……」

「嗯，我剛來的時候師哥也很照顧我。」侯小若隨聲附和道。

「可是自打她進了門之後，就都變了。」

皎白的月光照在程雨晴臉上，折射出幾抹寂寥和忿恨。

「什麼變了？」侯小若不明白。

「……什麼都變了，」程雨晴忽然做出一個甩袖的身段兒，輕輕吟唱了兩句《遊園驚夢》中的戲詞，「沒亂裡春情難遣，驀地裡懷人幽怨……」

此時的侯小若完全體會不到程雨晴的心情，只知道傻愣愣地看著那個翩若驚鴻婉若遊龍的可人兒，卻一句話也說不出來。

唱罷，程雨晴回身作以袖遮面狀，用戲裡的韻白問道，「你看我可生的有幾分像女子？」

「啊？」侯小若傻傻一笑，「你比那些個女子好看多了，比都尉府的格格還好看。」

聽了這話，程雨晴緩緩把手垂下，露出一個冰涼的笑，「……只可惜假的就是假的，扮得再像，也不過是濫竽充數的假貨……」

程雨晴說了幾句莫名其妙的話之後，就丟下一頭霧水的侯小若，自顧自地回屋裡去了。

另一邊，喜鵲果然還獨自一人在廚房裡洗洗涮涮，清掃收拾，腦門上沁出了一層細絨絨的汗珠。

說一千道一萬，喜鵲也算得是個賢良的女子，她上伺候得杜二爺妥妥當當，下照顧得孩子們周周全全。無論是平日裡做飯洗衣還是三節兩壽需要置辦些什麼，都一點兒挑不出毛病來。進的杜家門六年多了，喜鵲從未吐露過半個字的怨言，再加上現在有了馬鳴未這個小子來填補自己情感上的空缺，還能有什麼不滿呢。

喜鵲正想著，馬鳴未就從外面躡手躡腳地跑了進來。

他一看見喜鵲的身影，就不自覺地露出了大大的笑臉。
「喜鵲，」馬鳴未一下子跳到喜鵲面前，拉著她的手，「想我了沒有？」
喜鵲輕推開他的手，「別鬧，當心你師父聽見。」
「師父和長爺都喝得暈暈乎乎的了，能聽見什麼呀，」馬鳴未搶過喜鵲手裡的抹布，「來，我幫你。」
喜鵲默默退到一邊，擡手擦了擦額上的汗。她看著眼前這個半大小夥子搶著幫自己清理油膩膩的竈臺，心裡泛起一陣暖意。
「師父說了，打從下個月起就讓我來華樂樓的晚場大軸，」馬鳴未邊起勁地擦拭著竈臺上的油漬，邊和喜鵲分享著自己的喜悅，「到時候給我的戲份肯定少不了。」
儘管喜鵲只是笑盈盈地站著並沒有答話，馬鳴未還是自顧自地說個不停。
「到時候你若想要什麼就告訴我，我給你買……」
沒等馬鳴未這句話說完，喜鵲忽然湊上前，翹著紅唇在馬鳴未臉頰上輕啄了一下。只是這一下馬鳴未就僵住了，傻愣愣地待在了那裡。
「哎。」喜鵲好笑地推了推他。
馬鳴未這才硬著脖子轉了過來，看著喜鵲，面頰通紅，一直紅到了耳朵根兒。
「喜鵲……」
「幹什麼？」喜鵲自己其實也已是滿面飛紅。
說實在的，這還是她第一次做這種事情，在這之前她可從沒有親過任何人，甚至是杜二爺。喜鵲嫁給杜二爺的時候，他老人家都已經五十多了，虎老雄風不再，壓根兒就不行了。所以喜鵲跟了他，也不過就是個有名無實的夫妻。
這麼些年難道喜鵲就不想？想，可是想又有什麼用……一直到馬鳴未擠進了她的世界。
「喜鵲！」
馬鳴未伸手一把將喜鵲狠狠地摟進懷裡，拼了命一般地嗅著她柔軟身體上女人獨有的膩香。
喜鵲小聲地咯咯笑著，「哎呀，幹什麼呀你，別鬧。」
馬鳴未這會子倒是無師自通，他一言不發猛的吻上了喜鵲的唇，霸道又有些粗魯地攻城掠地，企圖把屬於她的每一絲味道都據為己有。
那麼長的一個吻，吻得喜鵲都有些暈頭轉向了馬鳴未才終於放過了她。她微微睜開迷離的雙眼看向馬鳴未，瞬間感覺到眼前的他似乎已經不再是個毛頭小子，而是一個頂天立地能讓自己依靠的男兒漢。
馬鳴未大口喘著粗氣，他正想著再往前多進一步，可偏偏這時候正屋那邊響起了杜二爺的聲音。
「喜鵲！」
杜二爺蒼老的聲音在此時的馬鳴未聽來無比刺耳，

就連他喊喜鵲的名字都讓馬鳴未覺得渾身不舒服。

「哎！這就來！」

喜鵲回了一聲，又看了一眼馬鳴未，也顧不上髒不髒，抓起竈臺上一塊濕冷的抹布往臉上一按，想要把臉上的潮紅給壓下去。這幅面孔要是讓那老頭兒看見，還不知要生出怎樣的是非。

她剛扔下抹布想往外走，馬鳴未抓住她的胳膊，往她手裡塞了一個小小的手帕包，又衝她眨了眨眼，轉身先跑了出去。喜鵲小心地把手帕包打開，只見一小塊粉粉的芙蓉糕靜靜地躺在她的手裡，不由得甜上心頭。

「喜鵲！」

「來了！」

喜鵲趕緊又把手帕包好，塞進懷裡，快步走了出去。

三、

冬至這頓餃子吃完，年關就近在眼前了。今年雖說雪還沒下來，但也還是冷得刺骨，練早功之前都必須先用鹽和了水潑在院子裡，然後用掃帚掃開，就為化了夜裡結的霜。

雖說之前給大家夥兒都置下了新棉襖，但是誰捨得練功的時候穿，而且也太熱，所以孩子們都還是穿著薄薄的舊襖子練功對戲。

天氣涼下來了，杜二爺把原先放在廊下的大籐椅搬進了正屋，身旁點著一盆熱熱的炭火，籐椅上再墊一層軟軟的厚褥子。他就這麼邊蜷臥在椅子裡抽著大煙袋，邊給孩子們響排。

喜富班的教課都是實授，且分工很明確。剛入科的孩子要先跟著長爺練基本功、學跑龍套，基礎紮實了之後才給挑戲開蒙。學戲要先背戲詞，再上口接著是學韻白，到了唱腔就需要琴師來帶了。全都精熟了才到杜二爺跟前兒拉身段兒，最後是響排再到彩排。杜二爺可謂文武昆亂不擋，什麼行當的戲都難不住他。

今兒響排的是接下來要在華樂樓晚場上演的壓軸《戰宛城》，是一齣傳統的三國戲，主角有架子花的曹操、老生的張繡，還有旦角的鄒氏。故事說的是曹操徵戰宛城，守將張繡出城應戰卻因不敵而降，曹操入城後誤聽侄子曹安民慫恿，與張繡的嬸母鄒氏勾搭成奸，張繡知後大怒，但又懼怕典韋之勇，於是便用賈詡之計，遣胡車盜去典韋的雙戟，然後夜襲曹營，典韋戰死，曹操倉皇逃走，最後張繡刺死嬸母鄒氏。

「張將軍。」

給侯小若派的是白臉兒的曹操，這會兒正排演到操軍這折的最後一點兒。

「丞相。」

馬鳴未手持令旗，來的是老生張繡。

「老夫意欲借火牌削刀征伐呂布，未知將軍可允否？」

曹操的蠻橫霸道簡直被侯小若給演活了，幾乎沒有一個表情或動作是多餘的。

杜二爺在正屋裡瞇縫著眼看著，手在腿上一下一下地打著拍子。他從沒想過這樣一個毛還未長齊的小子竟然能把這個亂世大梟雄拿捏得如此到位，真是天上掉下來的搖錢樹。

「但憑丞相。」面對曹操，張繡則是滿臉的無可奈何。

「好，將他們撥至許褚典韋帳下聽用。」

侯小若一揮袖子，一旁來許褚和典韋的兩個孩子馬上接話，「得令！」

「看天時已晚，老夫就在館驛安寢，帶馬。」

「送丞相。」

曹操轉身，連看都不多看一眼張繡，趟馬而去。接著是許褚、典韋，均在張繡面前耀武揚威一番，然後跟隨曹操離去。最後只剩張繡一個人，以一連串的身段兒無言地表現了張繡心有不甘卻無濟於事的心境之後，也隨之下場。

「好，不錯，」杜二爺拍了兩下巴掌，「來，鄒氏上，走一遍牌樓遇孟德。」

「欸。」程雨晴應了一聲，又把腳上的蹺鞋緊了緊，走到上場門那一側候著。

這時退到一邊的馬鳴未忽然看見喜鵲端著一大盆洗好的東西正往後院去，他眼珠一轉，趕緊把臉上的髯口摘下來，手裏一使勁兒，把左邊的卡口給撇折了。

馬鳴未拿著壞掉的髯口跑到杜二爺身邊，還故意把壞掉的地方晃了晃，「師父，我上後頭換個髯口。」

杜二爺也沒回話，只是一努嘴，示意他趕緊去。

「欸。」馬鳴未一溜兒小跑地就往後院去了。

小鑼起，程雨晴瞟了一眼消失在廊子拐角處的馬鳴未，便隨著鑼鼓點兒，跟在丫鬟和另外兩位青衣的身後上場了。程雨晴現在的蹺功可謂駕輕就熟爐火純青，每一步都走出了鄒氏的妖嬈和嫵媚。

她衝著飾演夫人的兩位青衣施了個禮，隨即唱道，「二位夫人來拜訪，出府散心賞春光，春梅帶路過街樓上。」

唱罷，程雨晴半蹲著單手提裙擺，順著面前一條本不存在的階梯一步步身似擺柳般登上了牌樓，接過丫鬟春梅手裡的瑤琴，繼而唱道，「一曲瑤琴解愁腸。」

內院裡雖然琴鑼交疊唱得熱鬧，但是在廊子東北角拐過一個彎進入了後院，就好像被什麼阻隔了那份喧囂一般，靜得只剩下喜鵲自己的呼吸聲和晾曬的衣物之間摩擦的聲響。還帶著體溫的熱氣從嘴裡呼出來之後就變成了白白的迷蒙一片，手指卻因為冰涼刺骨的井水被凍得通紅，指尖似乎都快要沒有知覺了。

如果使勁敲一下，會不會就這樣齊刷刷地斷掉呢……喜鵲邊晾著衣服邊胡思亂想著。

「喜鵲。」

馬鳴未悄悄轉到喜鵲身後，仗著有晾好的衣物做遮擋，上前一伸手就把她給摟在了懷裡，嚇了喜鵲一跳。

「臭小子，大白天的你也不怕被人看見呀。」喜鵲佯裝生氣地反手拍打了他兩下。

「嘿嘿嘿，」馬鳴未在喜鵲耳邊小聲笑著，「都在前頭響排呢，怕什麼。」

馬鳴未將臉埋進喜鵲的脖頸間輕輕廝磨，聞著她頭髮上的味道。

「喜鵲，你可真香。」

喜鵲紅著臉在他雙臂間轉了半圈，看向他嬌嗔道，「口甜舌滑。」

「你怎麼知道我口甜舌滑呀，」馬鳴未嬉笑著，用言語逗弄著喜鵲的春心，接著又抓起喜鵲冰冷的手貼在自己臉頰上，「這麼涼，我給你暖暖。」

每次馬鳴未一個小小的舉動都能讓喜鵲感到心跳不已，都能讓她感受到來自這個大男孩對自己實實在在的情感，不由得讓她一時熱了眼眶。

「還冷不冷？」馬鳴未搓了搓她的手。

「不冷。」喜鵲笑得面頰紅紅的，暖意從指間一直傳到了心裡。

「喜鵲。」馬鳴未忽的把臉湊近了她。

「嗯？」

「香我一口唄。」馬鳴未歪著頭笑道。

「這大白天的。」喜鵲欲拒還迎地推了他兩下。

「趕緊的，」馬鳴未嬉皮笑臉地說道，「我說換髯口才能偷溜過來，還得馬上回去呢。」

喜鵲敵不過他，只好踮起腳尖在他湊過來的臉頰上輕輕印下一個吻，「快去吧，可別讓老頭兒發現了。」

「欸。」

馬鳴未轉身離開之前，還不忘又伸手在喜鵲屁股上摸了一把，這才心滿意足地往後面堆放行頭雜物的後罩房跑去。

此時鄒氏正在牌樓上獨奏瑤琴，正好被無事閒遊的曹操一眼看見，瞬間神魂顛倒心蕩神怡，舉著扇子唱道，「見婦人站門樓美貌無雙。」

而鄒氏也在丫鬟春梅的提醒下看了曹操一眼，頓覺心口悸動，禁不住唱道，「見此人與亡夫品貌一樣，心兒內好一似蝴蝶穿房。」

儘管這齣戲已經不知道響排了多少遍了，但是程雨晴在唱這句時的嬌羞媚態還是每每都能讓侯小若感到心跳加快，這大概也是為什麼他能將曹操這一刻的心態表現得如此傳神的原因之一吧。

「我看她似嫦娥從空而降，賽過了西施女昭君王嬙，霎時間引得我神魂飄蕩。」

唱罷，侯小若將扇子反手背在身後，背轉身抬頭與程雨晴對望，接下來曹操的身段兒應該是掉扇、向前進步，再被身旁的曹安民拉住。

「停，」杜二爺從籐椅上坐直了身子，衝著小若招了招手，「小若過來。」

「來了。」小若把髯口一摘，快步跑到杜二爺身邊。

就在杜二爺給侯小若說戲的功夫，馬鳴未悄悄地戴著換好的髯口溜了回來。可就算是戴上了髯口也遮不住他滿面春風的樣子，高高站在桌上的程雨晴全都看在眼裡。程雨晴禁不住微微皺起眉頭，面無表情地看著他。馬鳴未大概是感覺到了程雨晴在看自己，便抬頭衝著程雨晴擠了擠眼睛，卻讓程雨晴感到愈發煩悶。

小寒這天是喜富班正式開始在華樂樓上夜場的第一天，為了以示隆重，華樂樓提前三天就把水牌給擺了出去，先是大大的《戰宛城》三個字，底下並排豎寫著馬鳴未、侯小若和程雨晴三人的名字。據說這水牌才剛擺出去座兒就已經被一搶而空，還總有人纏著問店小二能不能加座兒，大不了多加些銀錢就是了，實實讓舒爺樂得合不攏嘴。

《戰宛城》首場的下場門官座是一早兒就被西城裡那位愛戲如癡的輕車都尉大人給包了，還特地吩咐人在演出當天早早就給後臺預備了明芳齋的點心，用三層的大食盒給送來的。孩子們簡直開心得炸了鍋，可是長爺說了要「飽吹餓唱」，所以散戲前誰也不許碰，只能將鼻子貼上去先聞個味兒解解饞。

鑼響，戲臺下躁動的看客立刻就安靜了下來，每一個人都把視線投向戲臺，離得遠一些的更是伸長了脖子瞪大了眼睛豎起了耳朵。

隨著鑼鼓，最先上的是武花夏侯惇，紮著硬靠戴黑滿，慢蹉四方步亮靴底，霸氣又從容。接著是武老生於禁，紮硬靠戴黑三，同樣是慢蹉四方步亮靴底，英姿颯爽。然後是咋咋呼呼的武花許褚，大身段兒速度也快，看著就那麼豪放不羈。再來是武花典韋，大黃臉兒，紮硬靠戴紅紮，手持雙翅翎亮相，渾身的桀驁不馴。

四員大將的登場引得戲臺下叫好聲不斷，而戲臺上的孩子們又都是個頂個的人來瘋，於是便愈發賣力，腿踢得更高眼瞪得更圓，紮在身後的靠旗兒如同蝴蝶一般上下飄擺，看得人眼花撩亂。

緊接著上龍套棋牌、另外四名將官、小生曹昂還有小花臉曹安民，全部兩旁列立整齊，終於輪到侯小若的曹操登場了。他身著大紅色蟒袍，上繡金色飛龍，衣擺是大大的金絲線繡海水江崖，頭戴相紗腰環玉帶，邁開四方步是一步三搖。甩袖，整冠，撕髯，一整套動作行雲流水毫無半點兒瑕疵。

「勤勞王師建功勳。」

單這一句引子侯小若就收割了滿堂的叫好聲，連在官座兒上的都尉大人都使勁兒拍著巴掌連連喊好。

「兼協內理逞才能，宛城張繡圖謀政，怎擋吾統兵來傲。」

四句引子唱罷，曹操又是一陣賣派之後，這才轉坐中軍帳，曹昂與曹安民一左一右站立身旁，八員大將一字排開面向曹操行禮。

「參見丞相。」

「站立兩廂。」

「啊。」

戲臺上演員唱得賣力，戲臺下看客如癡如醉。二樓的官座和廊子裡的散座自是不用說，乾貨鮮貨點心茶水是換著花樣的上，就連一樓的池座和戲臺上場門旁的釣魚座今兒都不知道怎麼了，一勁兒點吃點喝，把掌櫃的給樂的，算盤打得劈啪亂響。

可這人一多事兒也就跟著來了。

戲開了還不到半個時辰，華樂樓外就來了一隊人，站在門前叫囂著非要進去聽戲。

領頭的那位穿著一身官人兒的衣服，撇著大嘴吆五喝六的，說話著實不客氣。可偏巧今天在外面招呼客人的店小二又是新來的，認不得他，只知道掌櫃的說座兒滿了，就自作主張地一勁兒往外攔。

推推搡搡之間，這位官人兒急眼了，掄起巴掌就脆生生地扇在了店小二臉上，尖著嗓子大罵道，「狗東西！你也不睜大了你的狗眼看看我是誰！」

店小二委屈地捂著臉辯解道，「這位大爺，我是真不認識您，您高抬貴手。」

「不認識我？好，」官人兒擼胳膊輓袖子，再次高高舉起巴掌，「今天就叫你認識認識我！」

在官座兒上端坐著的都尉大人目不轉睛地看著臺上的曹操，滿心歡喜，命貼身僕人將掌櫃的喚了過來。

「這唱曹操的，可是那侯小若？」

掌櫃的撩門簾進來趕緊先行了個大禮，俯低了身子輕聲答道，「給爺回，這正是喜富班的侯小若。」

「嗯，」都尉大人面露欣賞地捻著鬍子點了點頭，「只道他的竇爾敦好，沒想到曹操戲竟也如此有味道。」

「哎呦，謝謝爺您捧場。」掌櫃的在一旁使勁兒點頭哈腰。

「好！」都尉大人又給臺上的侯小若叫了一聲好，「活曹操！」

忽然，門外的吵嚷聲越來越大，就連官座兒這邊都能隱約聽到，都尉大人略有不滿地微微皺了皺眉。

掌櫃的連忙說，「爺，您只管聽戲，我出去瞧瞧。」

四、

「哎呦我的御史大人，這是哪陣香風把您給吹來了？」

舒爺帶著掌櫃的忙不迭地從華樂樓裡走了出來，快步來到被稱作御史大人的官人兒身旁。

「你個不長眼的奴才，連巡城御史端君亭端大人都不認得嗎？！」掌櫃的上前就把店小二啐了一頓，然後順勢把他拉到自己身後，「該打！」

「哼，」端君亭雙手叉腰一翻白眼，「我說姓舒的，你這買賣是不是幹膩了？」

舒爺趕緊陪著笑臉，「瞧您這話兒說的，我這點子小營生還不都多虧了您給照應著麼。」

「少跟我這兒嬉皮笑臉的，」端君亭稍作嫌惡地斜眼瞥了舒爺一眼，「你信不信我現在就能讓你這戲樓關張！」

「別介呀端爺，」舒爺不停地搓著手，滿臉堆笑，「您今兒來的真不湊巧，這官座兒偏都賣光了。要不您明兒來，我一準兒把最好的座兒給您留著。」

沒等舒爺把話說完，端君亭就不耐煩地打斷了他，「別扯那些沒用的，一句話，讓進不讓進吧。」

「真真是沒座兒了，」舒爺實在沒轍，從懷裡摸出一錠少說十兩的銀元寶，借著假裝給端君亭拍打塵土，將銀子悄悄塞進了這位御史大人的手裡，輕聲說道，「端爺，不成敬意，您湊合著買包茶葉喝。」

端君亭毫不避諱地掂了掂手裡的銀子，登上門口兩級台階往裡瞧了瞧，又看了一眼擺在一旁的水牌。他把銀子往懷裡一揣，衝著舒爺咧嘴一笑。舒爺本以為這事兒就過去了，剛要把心往下放，誰知端君亭一揮手，對手下人說了一句，「來人，封門！」

舒爺頓時慌了手腳，上前就拉住端君亭的衣袖，「哎！端爺！御史大人！別介呀！」

端君亭手一甩，把舒爺推得往後踉蹌了兩步。

「別借？不借你夠吃的嗎，躲開！」接著他又氣勢洶洶地喊了起來，「把人都給我清出來，封門！封門！」

「端爺，咱得講理不是？」舒爺急得直跺腳，卻又不敢深攔，「您，您什麼理由封我的門呀？端爺！」

「什麼理由？」端君亭用手敲了敲水牌，「你這華樂樓光天化日就敢唱粉戲，還不該封嗎！」

「粉……粉戲？」舒爺一時間被端君亭給說懵了，竟不知道該如何答話。

端君亭一聲令下封門，手底下的兵丁如同豺狼野獸一般撲進了華樂樓，一霎時整間戲樓是雞飛狗跳亂作一團。茶碗茶碟也好桌椅板凳也罷，都被一通兒胡摔亂砸。

跟著都尉大人來的一個近身僕人連忙上前護住主子，「爺，這都亂成一鍋粥了，咱還是趕緊走吧。」

「怎麼回事？」都尉大人眉頭緊鎖，他最恨的就是自己在聽戲的時候被人打斷。

「說是被端御史封門了。」僕人一邊回話一邊警惕著四周。

都尉大人將扇子一收敲在手掌上，大聲罵道，「端君亭那個王八羔子！好好的戲給我攪了！什麼狗東西！」

「爺，旁的回頭再說，」僕人忠心耿耿地護著主子起身，準備往樓下走，「這亂哄哄的別再傷著您。」

「哼！回頭再與他算賬！」都尉大人衣袖一甩，隨著僕人一起由旁門速速地離開了這是非之地。

一片嘈雜之中，長爺一伸手扯住一個從前面慌慌張張往後跑的店小二。

「出什麼事兒了？」

「御……御史端爺說你們唱粉戲，」店小二顯然沒見過這種陣仗，驚慌失措得連嗓音都破了，「把戲樓給封了！」

「粉戲？」長爺一瞪眼，「誰不知道《戰宛城》是三國戲，怎麼就成粉戲了？」

「我上哪兒知道去！」店小二使勁甩開被長爺拉著的胳膊，「你們也趕緊走吧，晚了別再被抓了去！」

說完，店小二一溜煙兒地往一側的小門跑去。

「欸，欸，」長爺著急忙慌地喊著喜富班的孩子，「走！趕緊走！行頭什麼的都別拿了，快點兒的！」

反覆數了數，確定自家班裡的孩子一個也沒少之後，長爺也帶著大家從小門倉皇逃出了華樂樓。

自打華樂樓被封門，喜富班就一直閉門不出，生怕這次的事情會牽連到他們。但是算算也差不多過了十好幾天了，依舊沒有聽到任何消息……這沒消息，應該就算是好消息吧。

對於孩子們來說，儘管演出暫時停了，該練功的該響排的還是一刻都不能懈怠。而且原本演出的時間也都拿來練功對戲，倒不如說反而練得更勤了。

杜二爺坐在正屋裡吧嗒吧嗒地抽著煙袋鍋子，一個不留神被嗆了一下，咳個不停。長爺趕緊起身給他拍著後背，順了順氣。

這兩年杜二爺似乎蒼老得特別快，頭髮鬍子全白了不說，身子骨兒也不如以前那麼硬朗了。看著自己當初意氣風發的兄弟如今這個模樣，長爺感到心裡尤不是滋味。

「不光把華樂樓封了，怎麼還把咱《戰宛城》也給禁了。」杜二爺愁眉苦臉地皺著眉。

「是啊，」長爺也長長地嘆了口氣，「您說這哪兒說理去。」

「端君亭啊？」杜二爺抬起眼皮問道。

「是，」長爺點點頭，想起來都覺得後怕，「還好沒抓人。」

杜二爺吧嗒了幾口煙，「能不能托譚四爺他們給找找路子講講情?實在不行……咱也花點兒錢。」

譚四爺家裡三輩兒都是孝廉公，在南城一帶頗有些聲望和人脈。他為人隨和又愛聽戲，所以戲樓裡出了什麼大事小情都願意請譚四爺出來給平事兒。

「華樂樓早就已經托出人去了，就不知道這回能不能給講下這情來。」長爺打從心底裡討厭端君亭這個勢利小人，但卻又不得不捧著他。

「廣和樓那邊兒，」杜二爺抽著煙，眼神有些空洞地望向院子裡的孩子們，「您去說了麼?」

「打過招呼了，所幸人都理解，」長爺把架在炭盆上的水壺拎起來，往杜二爺手邊的茶碗裡續了點兒熱水，「說是等避過這一陣兒再給咱重新開戲。」

「嗯……」

忽然一陣沒有預兆的頭痛暈眩襲來，讓杜二爺不由得伸手扶住桌角，眉頭緊鎖。

「怎麼?又頭疼了?」長爺擔心地問道。

好一會兒，杜二爺的眉頭才緩緩鬆開來，他擺了擺手說道，「不妨事。」

長爺正打算喊喜鵲過來給杜二爺揉揉腦袋，馬鳴未就領著華樂樓的舒爺和譚四爺一同走了進來。

舒爺踏過門檻，衝著杜二爺和長爺抱拳拱手，「杜二爺，長爺。」

隨後進來的譚四爺也同樣一抱拳，笑著打了個招呼，「老二位，挺悠閒呀。」

「哎呦呦，舒爺，譚四爺，」杜二爺連忙起身，抱拳回禮，接著吩咐馬鳴未，「讓喜鵲趕緊沏茶，沏頂好的茶。」

「欸。」馬鳴未應了一聲，轉身跑了出去。

「二位這是貴足踏賤地呀，」長爺說笑著，給二位讓座，「上坐，上坐。」

「我們是客，哪兒有上坐的道理。」

幾個人謙讓了一番，就由杜二爺和譚四爺坐在上座，舒爺和長爺兩旁陪坐。

喜鵲端著一個木托盤，裡面放著準備好的茶和點心，穿過廊子往正屋這邊走了過來。馬鳴未站在拐角的廊柱後面，在她就快要走到正屋門前時輕輕咳了一聲。喜鵲下意識地回頭看了一眼，馬鳴未衝後院歪了歪腦袋又擠咕了兩下眼睛，喜鵲心領神會地微微頷首，接著就笑容滿面地邁步走進了正屋。馬鳴未裝模作樣地在原地稍站了一會兒，確定沒人注意自己之後就背蹭牆皮，閃身拐到後院去了。

「譚四爺，喝茶，」喜鵲淺笑著把第一杯茶放在譚四爺身旁的木桌上，然後又遞了一杯給舒爺，「舒爺，您的茶。」

「多謝杜大嫂子，」舒爺端過茶碗並揭開碗蓋，一陣清幽的茶香撲鼻而來，「嗯！真香！」

「嫩綠微黃碧澗春，採時聞道斷葷辛，」譚四爺也端起茶碗喝了一口，連連點頭，「好茶。」

長爺往自己的茶碗續了些熱水，笑道，「真不愧是譚四爺，只這一點茶香就聞出來了。」

「這碧澗明月茶是之前哪位大人特別賞到後臺來的，若非是您二位大駕光臨，我們杜二爺可是從來也不捨得拿出來喝呢。」喜鵲邊將點心擺放在桌上邊搭著話。

「去去去，這裡哪兒有你說話的地兒。」杜二爺用力往桌角磕了磕他的大煙袋鍋子。

「那您幾位慢聊，我先出去了。」

儘管杜二爺的語氣不善，但喜鵲卻一點兒也不惱，還是那樣笑盈盈地施了個禮，提著空托盤轉身出去了。

後院裡有四間並排的後罩房，東北角相對小一些的那間租給了一個琴師住著，另外三間都是雜物房，堆著好些亂七八糟的東西。除了琴師晚上回來睡覺，或是喜鵲洗了衣物拿到後院來晾曬，幾乎沒有什麼人會過來，所以倒是便宜了這對熱熱乎乎的小男女。

喜鵲伸手輕輕將雜物房的門推開，踮著腳尖走進去後立刻反手將門帶上。她才剛往裡走了兩三步，就被躲在行頭箱後面早已是急不可耐的馬鳴未一把給拽了過來，如雨點般粗魯的吻落在了她的臉頰耳畔。

「喜鵲……叫我好等。」

馬鳴未的聲音瘋狂又熾熱，如同溺水之人終於抓住了一塊浮木般死死地擁緊喜鵲。他一手繞到喜鵲背後扣住她的腰，另一手迫不及待地扯開她的衣襟。馬鳴未將喜鵲壓制在牆上，急切地將舌尖探了過去。喜鵲的身子無聲輕顫，朱唇輕啟，任由他滾燙的舌遊龍般深入，與自己狠狠糾纏。

房中這乾柴烈火的兩人早已進入了一點就著的忘我狀態，哪裡還顧得上留意窗外是否有人偷窺……透過雜物間的窗稜縫，程雨晴連眼都不眨一下地盯著屋裡無限蔓延的春光。他面無表情卻滿臉通紅渾身發燙，只覺得一時間口乾舌燥，似乎連喘氣都有點兒困難。程雨晴艱難地吞咽了一下，感到身體裡一股燥熱自上而下，不由得喉頭咕嚕一聲。

儘管馬鳴未總是那麼粗魯霸道，對喜鵲來說依然是樂在其中。她盡情享受著這個比自己小得多的大男孩如火般的情慾，但每每都是點到為止，至今尚未越雷池半步。馬鳴未憋得都快爆炸了，而喜鵲卻總是在臨門一腳的關鍵時刻推開他，此時也不例外。

火急火燎的馬鳴未被推離喜鵲的身體後大口喘著粗氣，一手仍然死死拉著喜鵲，「給我吧，喜鵲……好喜鵲……」

他迷亂的眼底似乎有火在燃燒一般，彷彿只要靠近就會被灼傷。而喜鵲卻不知從什麼時候起就任憑自己陷進了這種既焦灼又愉悅的感情中，無法自拔。

喜鵲憐愛地拍了拍馬鳴未通紅的臉頰，最終卻還是無聲地撥開了他的手。屋內燥熱的空氣瞬間冷卻，兩人之間縈繞著一股微妙的尷尬氣氛。沉默了好一會兒，馬鳴未面無表情地轉身往門口走去。喜鵲心一驚，趕忙搶步上前，從馬鳴未身後一把抱住了他，用額頭抵住他的後背。

「給我點兒時間，我保證……」

「……嗯。」

馬鳴未頭也沒回地短促應了一聲，拉開門迅速張望了一下後匆匆離去。程雨晴雙手用力地捂著嘴蜷縮在後罩房與院牆的夾縫中，一直等到喜鵲收拾好自己也快步離開之後，他憋著的這一口氣才敢吐了出來。

五、

「解封了？」杜二爺一怔，手裡的大煙袋鍋子都差點兒沒拿穩，「這，什麼時候的事兒？」

「就今兒，」舒爺微微一笑，用茶碗蓋撥了撥漂在水面上的茶葉，「這不，我一得著信兒就拉著譚四爺一道上您這兒來了。」

「哎呦舒爺，」杜二爺趕緊放下大煙袋，衝著二位抱了抱拳，「您這話可真是折煞我們了。」

舒爺笑著擺了擺手，端起茶碗喝了一口。

「這回也沒少折騰您吧，譚四爺？」長爺把一塊明芳齋的桂花糕端到譚四爺面前。

「慚愧啊，還真沒我什麼，」譚四爺捻著下巴上的山羊胡，自嘲地笑笑，「聽說這回這碼子事兒，可全是仰仗了都尉大人的面子。」

「都尉大人？」杜二爺和長爺對視了一眼，「不知您說的是哪位都尉大人？」

「就是住西城裡那位。」舒爺在一旁解釋道。

「對，那位正三品的一等輕車都尉大人。」譚四爺又補充了一句。

「哦哦哦，是，」長爺連連點頭，對杜二爺說道，「咱之前在他府上唱過堂會。」

「是了是了，」杜二爺此時也想了起來，「那位大人出手還真闊綽。」

「怎麼是這位大人的面子呢？」長爺不解地問道。

「就華樂樓封門那天，正好都尉大人也在咱那兒聽戲，」舒爺邊回想著邊說道，「被端君亭這麼一攪和估計也是挺掃興的。」

「想必人家呀也就是管這麼一碼子閒事，」譚四爺端起茶碗吹了吹，又喝了兩口，「好茶。」

「一會兒走的時候您帶一包，」長爺一向很有眼力勁兒，「咱這兒也不常喝這茶，回頭放時間長了可就沒味兒了。」

「那我，可就愧領了，」譚四爺立刻樂得眼睛都瞇成了一條縫，指了指手裡的茶碗，「人家都尉大人是愛戲，我呀沒出息，就離不開這麼一口茶。」

譚四爺的話讓幾個老頭哈哈地笑了一陣兒。

「聽說那都尉大人什麼也不愛，還就偏偏愛聽戲，」舒爺故意有些語氣誇張地說道，「廣德廣和，還有咱華樂，京城裡的大戲樓人家可是轉著圈兒的去。」

「這位大人可真是，有點兒意思。」杜二爺吧嗒吧嗒地嘬著煙袋鍋子。

「杜二爺，」舒爺將身子衝向杜二爺，「雖說有點兒趕，但您看咱能不能明兒就重新開戲？」

「那自然是沒問題呀，」杜二爺滿口應了下來，「長爺，您趕緊給列個新戲單吧。」

「行嘞，我列好了一會兒讓鳴未給您送過去。」

「那就麻煩您了，」說著，舒爺站了起來，「您二位忙著，我們就先走了。」

「別介，好容易來一回的，不再多坐會兒？」杜二爺也跟著站起身。

「不了，這剛解封，好些事兒呢都離不開，」舒爺擺了擺手，「長爺，我可等著您的戲單子。」

「保準兒誤不了您的，」長爺咧嘴一笑，邊往外走邊說道，「我去給譚四爺把茶葉包上。」

「多謝多謝，您割愛了。」

杜二爺和長爺把兩位一直送出大門外，相互拱了拱手，舒爺和譚四爺便轉身離開了。

戲樓解禁的消息讓杜二爺一整晚心情都非常好，因為這不僅意味著他們能再在華樂樓開戲，而且其他暫停了演出的戲樓也都能夠重新開始賺錢了。雖說杜二爺並不是一個吝嗇的守財奴，但他對「銀錢」就是有種莫名的執著。杜二爺一邊催促著長爺趕緊把包括華樂樓在內的新戲單都列一列，一邊考慮著過兩天需不需要去一趟都尉府，親自登門道謝一番。

吃過了晚飯，長爺便讓馬鳴未揣著幾份新戲單子去一趟華樂樓和其它幾間先前就應了的大戲樓，通知一下說喜富班可以再開戲了。

正屋裡，喜鵲一邊收拾著桌上的杯盤碗碟，一邊偷偷瞥了一眼吃飽喝足後坐在一旁往煙袋鍋子裡塞煙絲的杜二爺。

「咳，」喜鵲先是清了清嗓子，「幸好年關前解了禁，要不這年都過得彆扭。」

「……嗯。」

杜二爺似乎對喜鵲的話不是很感興趣的樣子，用大拇指往下按了按煙袋鍋子裡的煙絲。

「感覺才剛吃了冬至的餃子，一轉眼就快要過年了，」喜鵲就像是在自言自語一般念叨著，「日子過得還真是，快啊。」

說著話，她又偷瞄了杜二爺一眼。杜二爺簡直就像是沒聽見一樣，瞇縫著眼睛享受著這一鍋子剛點著的煙。可是抽了沒兩口，杜二爺突然眉頭緊鎖地用手托著前額，看起來似乎很痛苦的樣子。

喜鵲趕緊放下手裡的東西，快步走到杜二爺身後，雙手搭在他的太陽穴上輕輕按揉，幫著緩解毫無徵兆的頭疼。

「怎麼又頭疼了，」喜鵲的手指在杜二爺的太陽穴上畫圈揉壓著，「還是請大夫來看看吧。」

杜二爺輕呼出一口氣，把身子往椅背上一靠，「用不著，我這把老骨頭還死不了。」

「什麼死呀活呀的真不吉利，」喜鵲順著這話題繼續往下說道，「說起來我也很久沒去給我爹上墳了，這不也近年關了，我想著……明兒去給我爹上柱香。」

杜二爺閉著眼睛，頭靠在椅背上一動不動，也不知道聽見了沒有。喜鵲見他完全沒有反應，就推了推他，「行嗎？」

「……想去就去吧，」杜二爺的聲音聽起來略顯有氣無力，「出城的話找個孩子陪著你，這世道不安穩。」

「那……」喜鵲不由得心一動，大著膽子問道，「就讓鳴未陪我去吧？」

「嗯，」這陣兒頭疼估計是過去了，杜二爺坐直了身子，拿起煙袋吧嗒了幾口，「回頭我跟他說。」

「欸，」喜鵲差點兒快藏不住心底的興奮，趕忙轉身繼續將碗碟都收到托盤裡，「我去把碗給刷了。」

也不等杜二爺再說什麼，喜鵲端著碗碟就走了出去。

喜鵲前腳剛出了內院，就看見馬鳴未邁腿進了院門。她騰出一隻手衝著馬鳴未招了招，然後往廚房走去。馬鳴未微微皺了皺眉，因為下午的事情在他心裡留下的疙瘩還沒有完全解開。他想了想，原本是不想跟過去的，但不知為什麼還是鬼使神差地抬腳往廚房那邊走去。

馬鳴未一走進來，喜鵲就從門後跳了出來，一下撲進他懷裡。這份異於往常的積極和主動，讓馬鳴未一時間竟有些莫名。

「怎麼了？」馬鳴未抓著喜鵲的肩膀，稍稍推開她一點兒。

喜鵲卻只是笑臉盈盈地仰著頭，「沒什麼……就是想你了。」

馬鳴未一聽這話，頓時臉一紅，又把喜鵲重新摟進懷裡，「我……我也想你，每時每刻都在想著你。」

喜鵲將臉埋進馬鳴未懷裡，磨蹭了半晌才幽幽問出一句，「鳴未，你……想要我嗎？」

馬鳴未先是一怔，然後便直直地看向喜鵲的眼睛，眼神堅定地說道，「想！一直都想！」

「傻小子，」喜鵲淺淺一笑，「明兒我要出城去給我爹上墳燒香，杜二爺說了，讓你陪著我一道去。」

邊說喜鵲邊意味深長地看了馬鳴未一眼，一雙杏眼中是藏不住的情與欲。那眼神勾得馬鳴未一個按耐不住，鉗制住喜鵲的下巴沒頭沒腦地就吻了起來。

「明兒個，」喜鵲雙手捧著馬鳴未的臉，輕啄了一下他的下巴，「別忘了早點兒起。」

「嗯……」

馬鳴未摟著喜鵲廝磨著，久久不願意放開。

當馬鳴未回到倒座房時，大家都已經躺下了，有的孩子甚至還打起了呼嚕。為了不吵醒別人，馬鳴未也不敢點燈，徑直摸黑爬到自己的鋪。鑽進被窩正準備閉上眼睛睡覺，忽然身旁一陣微弱的窸窸窣窣聲，程雨晴抓著被子蹭了過來。

「師哥，師哥。」程雨晴湊到馬鳴未耳邊輕輕喚了兩聲。

「嗯？」馬鳴未低低應了一聲，並未回頭。

「師哥，」程雨晴似乎猶豫了好一會兒，「你覺得……小師娘好看嗎？」

馬鳴未心一緊，「問這個幹啥？」

「你覺得，」程雨晴咬了咬下唇，「是小師娘好看，還是我好看？」

馬鳴未笑了，猛的一翻身，伸手掐了一把程雨晴的臉頰，開玩笑道，「你呀要是個妞兒，我早就收了你了。」

「師哥……」程雨晴不由得雙頰緋紅，白天在後院感受到的那股燥熱隱約又在身體深處被點燃了一般。

「趕緊睡吧。」馬鳴未摸了摸他的頭，扭頭閉上了眼睛。

「師哥，」程雨晴不死心地又推了推馬鳴未，「師哥。」

「別吵吵，明兒還得早起呢。」馬鳴未用肩膀抖落了程雨晴的手。

程雨晴無奈地只好躺下，默默地又看了馬鳴未的後背一眼。然後他翻了個身也打算睡了，誰知道一轉過來就發現侯小若正大睜兩眼看著他。

「你倆聊啥呢？」侯小若滿臉好奇地輕聲問道。

「不告訴你。」程雨晴連忙把被子拉上來，遮住自己紅蘋果般的臉頰。

「告訴我唄。」侯小若扯了一下程雨晴的被子。

程雨晴瞪著他好半天，見侯小若一副不得答案不罷休的神情，便悶悶地問了一句，「……我好不好看？」

「啊？好看啊。」侯小若回答得非常理所當然理直氣壯。

「……比小師娘還好看？」程雨晴頓時覺得心情變好了不少，把遮著臉的被子稍微拉下來一點兒。

「好看太多了。」侯小若的語氣裡透著十二分的肯定。

程雨晴終於抿嘴一笑，「快睡覺吧，明兒還早起呢。」

「欸。」侯小若點了點頭，順從地閉上了眼睛。

六、

第二天一早，伺候完喜富班老老小小都吃過早飯之後，喜鵲挎著一個小小的包袱，帶著馬鳴未準備前往城外給爹爹上墳。馬鳴未跟在喜鵲身後正想邁腿出院門，突然發現程雨晴正面無表情地站在屏門旁。

「怎麼了？」馬鳴未微笑著走到程雨晴面前，俯下身子拍了拍他的頭，「是不是不能跟著一起出去玩兒，所以鬧彆扭了呀？」

程雨晴輕輕拍掉馬鳴未的手，「我已經不是小孩子了。」

馬鳴未先是一怔，接著哈哈笑了幾聲，「好好好，小師弟長大啦不再是小孩子咯。」

程雨晴見馬鳴未開自己玩笑，把漲得通紅的臉扭到一邊。

「好了，別鬧彆扭了，」馬鳴未伸出手指刮了一下程雨晴的鼻梁，「我得走了。」

「師哥，」程雨晴跟了兩步，「早回來。」

「欸，」馬鳴未衝著他笑了笑，「回來給你帶好吃的。」

說完，馬鳴未走了出去，只留下神情複雜的程雨晴獨自站在院門裡，看著馬鳴未和喜鵲一前一後漸漸走遠的背影。

深冬的天氣甚是寒冷，一直待在人頭攢動的城裡還不怎麼覺得，但是一出了城就馬上感覺到幾乎是呵氣成霜的刺骨。喜鵲邊往前走著邊不時來回搓著凍紅了的雙手，馬鳴未見狀趕緊用自己的手包住喜鵲已然冰涼的手，哈著氣幫她取暖。

「還冷麼？」馬鳴未將喜鵲的手貼在自己臉頰上。

喜鵲也不說話，只是笑眼彎彎地看著馬鳴未，任性地索取著他的溫度。

也就只有在人煙稀少的城外他才敢這樣肆無忌憚，但哪怕只是遠遠地看見一個路人正往這邊趕路，他倆也得趕緊相互離遠一些，保持一定的距離。喜鵲不由得暗暗輕嘆了口氣，雖說馬鳴未的年輕情熱令她十分享受，也令她感覺自己還是個女人，但這一天到晚偷偷摸摸的不得見天日也無時無刻不在折磨著她。

出了京城往南大約走了有六七里地，沿著山間小徑再往前不到二里地就能看見一座破舊衰敗的小廟。剛到京城那會兒，喜鵲和她爹就住在這廟裡。還不到十年的光景，這廟已然破落得連屋頂也坍塌了一半，無法再住人了。而喜鵲她爹死後，就被草草掩埋在了廟後不遠處的小山坳裡。矮矮的小墳包四周圍著幾顆光禿禿的小樹，葉子早已經掉光，被黑壓壓的天襯著，看著就那麼淒然。

喜鵲默默地來到爹爹的墳前跪下，緩緩打開帶來的小包袱，拿出三支香、一壺酒，還有幾把紙錢。

「爹，我來看您了。」喜鵲點燃了香，搧去明火後插在墳包前的土坷垃上。

她把酒壺端起來，象徵性地潑灑了一些在墳前，隨手擱在了一邊，接著再把紙錢點著。看著紙錢無聲地燒著，從白變黑，又從黑變灰。

「爹，我現在過得挺好的，」喜鵲邊說邊給她爹磕頭，「您在那邊兒若是有什麼需要的就給我托夢吧。」

話音剛落，天邊打了一個響雷，嚇得喜鵲不禁一顫。馬鳴未連忙伸手把她給扶了起來，順勢把擱在地上的小包袱也抓在手裡。

「要下雨了，咱進廟裡躲躲。」

邊說話，馬鳴未邊拉著喜鵲的手往破廟的方向跑去。可還沒跑兩步，豆大的雨點就劈頭蓋臉地砸了下來。等兩人跑進廟裡時，已經被雨澆了個半濕。

「快擦擦，」馬鳴未把包袱皮抖開，給喜鵲擦拭著濕漉漉的頭髮，「冷嗎？」

喜鵲搖了搖頭，但卻馬上打了個噴嚏。馬鳴未一把將她摟進懷裡，搓拭著她的身體，想要給她多帶來幾分暖意。

「這樣不行，肯定要害病了，」馬鳴未說著，讓喜鵲自己拿著包袱皮兒再擦擦頭髮，他則是把角落裡散落的廢木料和幾把乾稻草都攬了過來，「趕緊把衣服脫了。」

馬鳴未撿了一些乾稻草堆在一起，準備生火。

「說什麼呀……」喜鵲聽了馬鳴未的話，立刻羞紅了臉頰。

「呃……」馬鳴未這才反應過來，也立馬不好意思起來，「不是……我是說我生個火，咱們把濕衣服脫下來烤烤。」

「嗯……」

喜鵲點了點頭，將身子背對著馬鳴未，慢慢將身上的衣服脫了下來。

馬鳴未用打火石點著了乾稻草，吹了吹，再把廢木料掰開扔進去，攏了個火堆。雖然火不太大，但是劈里啪啦燒得還挺旺。外面的雨下得更大了，狂暴的雨聲似乎想要抹去一切。還好沒什麼風，要不這個小破廟根本什麼也擋不住。

馬鳴未回頭剛想對喜鵲說拿衣服來烤一烤，就看見喜鵲已經把外面的衣服都脫了，只剩下一個紅艷艷的肚兜。她背對著自己，露出不甚姣好的後背，被跳躍的火光映襯著，卻顯得無比誘人。馬鳴未禁不住狠狠地咽了口口水。

「喏。」

喜鵲伸長了手臂，將脫下的濕衣服遞了過來，眼睛卻完全不敢看向馬鳴未。馬鳴未愣愣地也伸出手，原本只是打算把衣服接過來，卻不小心碰到了喜鵲的手指。這一丁點兒肌膚的接觸卻像是帶來了一股電流一般瞬間竄遍了兩人的全身，酥麻不已。馬鳴未頓時覺得這火堆的火越來越熱，燒得他口乾舌燥七竅生煙。

「喜鵲……」馬鳴未手上稍微用力一帶，就把喜鵲帶進了自己懷裡，卻又有些不知所措地在她耳旁喃喃低語著，「給，我吧……」

「……嗯。」喜鵲貼著他的臉，輕輕點了點頭。

馬鳴未有些不敢相信地緊抓著喜鵲的肩膀，瞪大了眼睛看著她，「……真的？」

「嗯。」喜鵲再次點了點頭，羞紅了臉頰不敢看他。

盼了多久啊，終於得到了眼前可人兒的許可，馬鳴未幾乎是低吼著吻了下去，咆哮著吻了下去，激動得眼淚都不知何時淌了下來。他總算能夠不用再忍著憋著了，他總算可以釋放自己所有的情慾，任由其肆虐地奔騰而出傾瀉而下。

他迫不及待地將喜鵲身上唯一能夠遮羞的那件肚兜扯去，令他日思夜想了多少年的身體終於完完全全展現在他眼前，散發著女人獨有的妖嬈味道，不由得讓他感到幾分暈眩。喜鵲的身材其實並不算特別好，胸部沒有那麼堅挺而且小腹還稍稍有些外凸，長期幹活兒使得她的身子看起來略顯粗壯，但是這一切一切看在馬鳴未眼裡卻都是美好，幾近完美的美好。

篝火照映在喜鵲嬌羞的臉上，光與影在她身體上勾勒出足以令男人血脈噴張的線條。馬鳴未喉頭咕嚕一聲，便如餓鷹獵兔般飢渴地撲了下去。他像是求知之人拼命地上下探求，又像是勤勞的農人熱火朝天地忘我耕耘。一顆顆晶瑩的汗珠從他額前落下，砸在喜鵲的臉上，再混著她的汗一起滾了下去。

喜鵲此時感到腦中一片空白，眼裡只看得見馬鳴未。雖然最初的撕裂讓她感到一絲痛楚，但歡愉的快感馬上就一波一波向她襲來，螺旋狀將她陷於其中，令她禁不住渾身發顫。她覺得自己整個人似乎都在燃燒，皮膚如烙鐵一般泛著羞恥的紅色光澤。她肆意大膽忘乎所以地扭動著腰肢，兩條腿像蛇一樣緊緊纏著馬鳴未，努力將身體貼得更緊，恨不得揉在一起才好。馬鳴未每一次的衝鋒陷陣都能讓她輕易地丟盔棄甲一潰千里，身下的稻草被摩擦得唰唰直響哀嚎不斷。

兩人瘋狂地舞動著肢體上下起伏，聲聲喊著對方的名字，四下揮灑的汗液和愈燃愈旺的火堆見證了這一刻他倆不顧一切的愛情……當她和馬鳴未一同登上雲端後，喜鵲感到身體軟綿綿地開始下落，那種無法言喻的輕鬆愉悅讓她忍不住呻吟出聲。

「……喜鵲，」雲雨過後，馬鳴未從喜鵲身後緊緊摟住她的身子，「我……」

他似乎說了句什麼，但卻被火堆的劈啪聲給蓋了過去，喜鵲轉頭輕聲問道，「嗯?什麼?」

「我……」馬鳴未湊到喜鵲的耳邊，呼氣一般說道，「要娶你……」

喜鵲身體猛然一顫，愣住了。

她用手捂住自己的嘴，擔心抽泣的聲音會被馬鳴未聽到。

「你說……什麼?」她又問了一遍。

馬鳴未這回乾脆把她給翻了過來，然後壓在她身上，強迫她面對面地看著自己，「我說我要娶你，喜鵲，我要你做我的女人。」

喜鵲雖然知道這是永遠也不可能辦到的，但馬鳴未這話依舊讓她感動得熱淚盈眶。真好啊，原來自己也是被人愛著的……淚水順著她的臉頰無聲地滑了下去，她卻笑著用手捧著馬鳴未尚顯稚氣的臉頰，「我已經是你的女人了呀。」

儘管是自己先說的，但馬鳴未還是愣了一愣，然後他竟然抱著喜鵲放聲大哭了起來，讓喜鵲頓覺不知該如何是好，又感到有點兒好笑，只能輕拍著他的背聊作安撫。

這陣雨下了半個多時辰就停了，兩人默默坐起身，將差不多都烤乾了的衣服重新穿好。馬鳴未走到門邊，用手接了一點兒房檐上滴落的雨水，潑在了幾乎燃盡的火堆上。

「走吧。」馬鳴未回身向剛整理好頭髮的喜鵲伸出了手。

喜鵲淺淺一笑，只是點了點頭卻並未說話。她拉著馬鳴未伸過來的手站了起來，又拍了拍衣服上的褶皺，邁步走出了破廟。

跟在她身後的馬鳴未忽然用手指著天空，興奮地喊了一聲，「喜鵲，快看。」

喜鵲隨著他手指的方向看了過去，一道七色的彩虹朦朦朧朧地架在天邊，近得好像就在路的那一頭似的，但卻又遠得窮盡一生也不可能追得上。

七、

華樂樓解禁後的第一場戲自然是要辦得隆重一些，所以這天光是放炮就放了十二挑長鞭，隔著六條街都能聽見。放完了炮，舒爺特別找來的兩個京城裡頂有名的數來寶藝人便開始站在前街上，甩開膀子呱唧呱唧地唱了起來，還真是夠熱鬧的。

其實就算沒有這些大排場，華樂樓一大早掛出去的水牌就已經夠吸引人的了，還不到中午座兒基本上就都賣完了。不過這回舒爺可學精了，他昨兒個就親自上端君亭府裡去，遞請柬專門請這位端御史免費來聽首場戲。原本也給都尉大人府上送去了請柬，但是偏巧這天都尉大人要進宮去見老佛爺，實在是不得空，只好作罷。於是，華樂樓裡位置最好的官座兒就正好留出來給了這位端御史。

距離開戲還有半個多時辰，華樂樓裡就已經人滿為患，看客多得都恨不得要坐到戲臺上去，舒爺則是樂得嘴都恨不得要咧到耳根後去。

今天要上的是薛八出的《紅鬃烈馬》，說的是薛平貴與王寶釧的愛情故事。整本的《紅鬃烈馬》共有十六折戲，若要全唱的話一天指定完不了，實在太長。而且最近馬鳴未風頭正勁正當紅，所以喜富班為了捧馬鳴未，一般就唱偏重薛平貴的八折戲，也就是老百姓們常說的薛八出。不過就單單這八折戲，也要從中午一直唱到晚上。

正當舒爺忙得分身乏術不可開交的時候，就見店小二急急忙忙跑了進來。

「舒爺，舒爺！」

店小二跑得太急剎不住，嘭一下撞在了舒爺的桌子前。

舒爺一皺眉，「趕著去投胎呀你，什麼事兒，說。」

「端爺來了，」店小二擦了擦額頭上的汗，手一搭嘴，「您趕緊出去吧。」

「不早說！」

一聽這話，舒爺趕忙放下手裡的東西，跟著店小二一溜兒小跑就來到了前面。

「端爺端爺，我的御史大人，您可來了，」還隔著老遠，舒爺就衝著端君亭抱拳拱手，「就等著您呢。」

「過來過來，」端君亭今天似乎不像平常那麼擺譜兒，而是恭恭敬敬地把身旁一位皮膚白淨穿著講究，一雙丹鳳眼炯炯有神的公子讓到前面，「這位就是多羅鐘郡王載瀅王爺，還不趕緊跪下行禮。」

「草民參見王爺，王爺千歲千千歲。」

舒爺和身旁的店小二趕緊齊齊撩袍跪倒，衝著王爺行跪拜大禮。

「起來吧。」鐘郡王淺淺一笑，只一個眼神都是滿滿的皇家氣魄。

舒爺爬起來之後還是謙卑地弓著腰，連頭都不敢隨便抬，「王爺千歲，御史大人，您二位大駕光臨，草民這小小的戲樓可真是蓬蓽生輝啊。」

「少廢話，」端君亭輕哼了一聲，「還不趕緊帶路。」

「是是是，」舒爺衝著兩位爺比了一個請的手勢，「二位請往這邊兒走。」

說完，舒爺就小心翼翼地領著鐘郡王和端君亭來到了下場門這邊的官座兒。官座兒兩面是木製的隔板，後面掛著深藍色的布簾子，衝著戲臺那面則是雕花精緻的木製欄桿，是私密性比較好的類似包廂一樣的小單間。雖然空間不算大，但是裡面擺放的桌子椅子可都是用上好的梨花木所製，桌上還擱著一個小小的香爐，裡面點著一小片沉香。香氣幽幽沉靜祥和，令人一踏進來就感覺心清氣爽。

鐘郡王滿意地微微點頭，撩袍坐了下來，端君亭則是靠著門邊站著，王爺的貼身僕從們則全都站在門簾外守著入口。由於面前這位是王爺，端君亭並不敢大剌剌地隨意站著，而是身體微微前傾地哈著腰，方便隨時聽候王爺的差遣。

「去，把你這兒最好的茶水點心全都給我端上來。」端君亭狐假虎威地指使著舒爺。

「這就去，我這就去。」

端君亭本就惹不起，這再加上一個王爺，舒爺愁得眉頭都快解不開了，賣滿座兒的好心情也一下子被拋到了腦後。

開戲後，舒爺就一直跟王爺這官座兒的門外站著，戰戰兢兢地伺候著，一步也不敢離開。點心茶水都撿頂好的上，精緻美味的給擺了這麼一小桌。王爺似乎十分受用，邊聽著戲邊輕晃著腦袋，隨著場面用扇子拍在腿上打著鼓點兒。

原本他還只是漫不經心有一眼沒一眼地看著戲臺，可當程雨晴飾演的王寶釧慢步出場一亮相，鐘郡王爺頓時感到眼前一亮。他情不自禁地坐直了腰板兒，身子微微向前探去，幾乎是目不轉睛地望向戲臺。

「銀光耀眼雪初晴，新春天氣也宜人，丫鬟帶路花園進，」程雨晴一舉手一邁步都散發著王寶釧大家閨秀的嫻靜和優雅，接著一個甩袖，「滿園梅花吐芬芳。」

因為天生就是一張無可挑剔的鴨蛋臉，加上身子骨生的纖細，冰肌玉骨明眸善睞，讓程雨晴看起來簡直比女子還要更柔美幾分。

四句唱罷，王爺不由得以扇擊掌，低低地喊了一聲好。站在身後的端君亭見狀，也趕緊隨著連聲喊好。他這一嗓子倒把站在門簾外的舒爺嚇了一大跳，還以為端大爺又有什麼不滿了呢。

戲臺上，王寶釧對落魄的薛平貴以念白解釋道，「我父乃當朝首相，我家為我婚姻之事約定二月二日，在十字街前高搭彩樓拋球招贅，不知你……你可願去否？」

程雨晴在念到「你可願去否」時滿臉嬌羞的樣子，讓戲臺下的鐘郡王爺眼都快看直了。

「賞。」

鐘郡王爺只一個字，站在門簾外的貼身僕人就連忙從懷裡掏出一疊銀票。可才剛把銀票捧到王爺身邊，王爺突然一抬手，又說道，「賞賜銀錢過於俗氣，來。」

說著，王爺將腰間的一塊玉佩解下來交給僕人，「讓管事的把這個賞給那旦角兒。」

「嗻。」

僕人單膝跪著，雙手高舉過頭頂將王爺的玉佩接過來，起身哈著腰往後退了幾步，一直退到門簾以外，才轉過身走了出去。

端君亭看著別提多眼熱了，連忙湊上前來想趁熱拍拍馬屁，「王爺您可真是大手筆，一擲千金吶。」

「哼，」王爺哼笑了一聲，「你見過什麼。」

「是是是，小人見識短眼皮子淺，」端君亭歡笑得像條狗似的，「這以後還不得煩您給拉拔拉拔麼。」

王爺似乎不想再與他多說，只是隨便擺了擺手，端君亭也很是識趣地縮了回去。

第二折戲《彩樓配》中程雨晴換上了一身華貴無比的紅色宮裝，三層彩色飄帶配上五彩絲絛如風擺柳，鳳冠上的珍珠水鑽閃爍璀璨光耀奪目，愈發顯得他莊重大方如琬似花。為了賣派旦角的身段兒，上彩樓時場面故意慢打鑼，讓程雨晴不僅每一步都能夠充分走出角色的婀娜身姿，還要隨著動作令裙下擺和五彩絲絛呈現一種如蝶翻花的效果。

「手扶欄桿看分明，士農工商喧嘩聲震。」程雨晴邊唱邊拿眼掃了一眼戲臺下。

其實程雨晴根本就看不清戲臺下坐著些什麼人，可是鐘郡王爺卻因這一眼禁不住心花怒放，哈哈大笑了起來，讚道，「這可真真是珠纓炫轉星宿搖，花鬘鬥藪龍蛇動啊。」

「垂涎三尺公子王孫，含羞細觀樓下情景，因何不見意中人。」

程雨晴滴水不漏的幾句唱，引來戲戲臺下炸了鍋一般的叫好，其中不乏有錢人家的公子小姐大把往戲臺上扔珠寶首飾。

「二月二日千叮嚀，怎能失卻好光陰。彩球不打轉身行，回府難見老雙親，左思右想心不定。」

接著又是一輪唱一輪喊好一輪扔金灑銀，還有人起哄般地喊著「三姐，三姐」，惹得鐘郡王爺略有不快地微微皺了皺眉。《彩樓配》的最後，當王寶釧的彩球打中了花郎薛平貴時，王爺輕嘆了口氣，低聲喃喃道，「竟便宜了這麼個東西。」

身後的端君亭沒聽清楚王爺嘟囔了句什麼，只以為又該叫好了，於是又扯著嗓子連著喊了幾聲好。

戲一直唱到夜裡，戌時都過了才散戲，不加上中間休息的時間整整唱了三個時辰。看客們心滿意足地紛紛散去，後臺喜富班的孩子們卻已是個個精疲力竭，甚至有一個跑龍套的孩子還暈了過去。抬下臺來又是掐人中又是灌薑糖水，折騰了好半天才幽幽轉醒，醒了之後的第一句話竟是「開飯了沒」，惹得大家夥兒一陣哄笑。

回到家之後，喜鵲給大家張羅了一頓夜宵，吃飽喝足又說笑了一會兒，這才各回各屋準備洗洗睡覺。待孩子們都出了內院，杜二爺靜靜地從懷裡掏出了剛才散戲時舒爺交給他的那塊玉佩。拿到燈火下照了照，晶瑩透亮，還隱隱泛著溫潤的光澤，握在手中只感覺冰涼膩滑，就連不懂玉的杜二爺都看出這絕對是難得一見的上好貨色。

聽舒爺說，這好像是哪位達官貴人特別賞給程雨晴的，可是杜二爺這會兒捏在手裡卻怎麼也捨不得放開。吧嗒了幾口煙，又把玩了好一會兒，杜二爺最終還是把玉佩揣回了自己懷裡。

八、

思前想後了好幾天，又和長爺商量了一番，杜二爺還是決定帶著封樓那天唱《戰宛城》的三個孩子去一趟都尉府。若不親自登門表示感激，萬一過後人家挑理兒可怎麼好。就算都尉大人真就不是那種小心眼的人，但俗話說得好，禮多人不怪嘛。

於是杜二爺吩咐喜鵲親手做了一些精緻的小點心，又買了一壺上好的秋露白，打算作為謝禮帶去送給都尉大人。這秋露白傳說是一種用秋天的露水製成的香洌之酒，在前朝就只有皇族才喝得上。但是後來清兵入關改朝換代，原先宮裡的製酒師傅流落民間，於是將這種酒的方子也給帶了出來。

暫且先不說這是不是酒鋪老闆隨便想出來的噱頭，但這酒的確濃香醇厚入口滑順，幾杯下肚便會油然生出一種「兩人對酌山花開，一杯一杯復一杯」的情懷。

打點好了之後，這天杜二爺和長爺便領著馬鳴未、侯小若，還有程雨晴一起來到輕車都尉府。杜二爺拍打了一下衣服上的褶皺，又緊了緊領口，剛想上前叩打門環時，厚重的朱漆大門不期然地就打開了半扇。裡面走出一個三十歲上下的小個子男人，手裡拿著一柄小小的苕帚，一身青色的僕人裝扮，看著有點兒像是門房的樣子。

「你找誰？」男子看著走上了一級台階的杜二爺問道。

杜二爺趕緊又退了下去，抱拳拱手衝著來人作了個揖，「這位爺，我們是來見都尉大人的。」

「見都尉大人？」男子打量了一下杜二爺，「你是誰？有名帖嗎？」

「我們是喜富班的，之前在府上唱過一回堂會。」杜二爺繼續解釋道。

「哦哦，喜富班唱戲的，」男子點了點頭，府裡人都知道都尉大人愛戲，所以這位臉上的表情也有所緩和，「找都尉大人有什麼事兒？」

「是，想必您也知道，前兒個華樂樓被封了，全仰仗都尉大人才給解了禁，」杜二爺一直向前弓著腰，小心翼翼地回著話，「所以我們今日才想著登門拜訪，當面向都尉大人表示謝意。」

「哦，明白了，」男子往杜二爺身後看了看，「那幾個呢？」

「這就是封樓當天唱主角兒的幾個孩子，」杜二爺還故意加了一句，「據說都尉大人甚是喜愛，所以就都給帶來了。」

「嗯……」

還沒等男子再往下問，杜二爺兩步上前，用袖子遮擋著悄悄往他手裡塞了一小塊碎銀子，「不知能否勞煩您給通稟一聲？」

男子收了銀子，臉上也有了笑模樣，「行嘞，你們先在這兒等一會兒，我去給回一聲。」

「有勞，有勞。」杜二爺再次退回到台階以下。

沒想到這男子倒是去得快回來得麻利，不大會兒就跑了回來，衝著等在門外的杜二爺幾位一招手，「你們幾位，都跟我進來吧。」

「多謝多謝。」

跟在門房的身後，杜二爺和長爺領著三個孩子穿廊過院，走了好一會兒才被帶進了一個偏廳。偏廳旁的遊廊圍著一片小小的荷花池，池後靠牆那邊是一座造型獨特的假山，沿著院牆還有一排綠盈盈的竹子。竹影斜斜枝葉交錯層層疊疊，清風拂過池塘水面，波光粼粼甚是好看。

「幾位在此稍等片刻，大人馬上就過來。」

說完，門房便退了出去。杜二爺他們在偏廳裡坐也不敢隨便坐，只好先站著四下打量了一番屋裡的陳設。侯小若心裡沒有那麼多規規矩矩，又看什麼都新鮮，所以就這兒摸摸那兒碰碰。

這偏廳裡雖然沒有擺放什麼奇珍異寶，但卻也古香古色，屋裡是一水兒的黃花梨傢具，牆上掛著幾幅山水字畫，架子上有幾件青花瓷器，顯得古樸又帶有幾分書卷氣。

大約半柱香的功夫，都尉大人身著一身便服，帶著兩個僕從走了進來。杜二爺和長爺忙帶著三個孩子一起撩袍跪倒，給大人磕頭行禮。

「無須如此拘謹，都坐下說話。」都尉大人邊說著話，邊走到太師椅前坐下。

「謝都尉大人。」

眾人站起身，杜二爺和長爺在都尉大人的左手邊分別落座，而三個孩子則站在他們身後。

「看茶。」

「嗻。」

僕從應了一聲，隨即快步走了出去。

「您就是喜富班的班主杜二爺吧？」都尉大人和顏

悅色地看向杜二爺。

「都尉大人，這可折煞小老兒了，」杜二爺連忙站起來一抱拳，「只管叫我杜二就好，杜二。」

都尉大人捻著鬍鬚笑了笑，「不知您幾位前來，可是有什麼事嗎？」

「華樂樓和我們喜富班這回都多虧了都尉大人您才得以逢凶化吉，」杜二爺接過丫鬟遞過來的茶碗，輕擱在一旁的小桌上，「所以今兒才特地領著這幾個孩子登門向您致謝。」

長爺將盛著點心的食盒和那壺秋露白呈獻上來，「知道大人府上定是什麼也不缺，但這是喜富班的一點兒心意，還望您不嫌棄。」

「說的哪裡話，」都尉大人擺了擺手，示意丫鬟把東西接過去，又問道，「這幾個孩子是？」

杜二爺趕緊把三個孩子拉到前面來跪下，「這就是那天唱《戰宛城》的三個孩子，馬鳴未、程雨晴、侯小若。」

都尉大人淺笑著挨個兒打量了一番，最後視線落在侯小若身上，「你就是那天唱曹操的侯小若嗎？」

「是，都尉大人。」侯小若點點頭。

「之前在我府上唱竇爾敦的可也是你呀？」

「是。」

「嗯，」都尉大人滿臉都是欣賞之情，「唱得好。」

「多謝都尉大人誇讚。」侯小若衝著都尉大人一拱手。

「成何體統！」杜二爺趕緊伸手把侯小若又給壓了下去，「還不快給都尉大人磕頭！」

「欸，」都尉大人一擺手，「無須如此。」

「謝大人，謝大人。」杜二爺點頭哈腰地坐回到椅子上。

「別跪著了，都起來吧。」都尉大人抬手讓三個孩子起來。

「謝都尉大人。」

站起身之後，三人就又都站到一旁。

正當侯小若覺得就這麼一直傻站著很是無聊的時候，他忽然聽見身後隱約傳來細小的「噓噓」聲。侯小若默默回頭張望了一下，發現香蘿格格躲在旁門長長的門簾後，正露出半個腦袋衝著他招手。

「噓噓……」香蘿用氣聲喊著侯小若的名字，「侯小若。」

「嗯？」侯小若指了指自己。

「嗯，過來。」香蘿點點頭。

侯小若眨巴著眼睛想了想，於是俯身在長爺耳邊低聲說道，「長爺，我要撒尿。」

「嘖，」長爺不滿地輕咂了一下嘴，「不能憋著嗎？」

身子。

「憋不住了。」邊說，侯小若還故意來回扭了兩下

「事兒真多，」長爺用眼眉掃了他一眼，「出去問問人家茅房在哪兒，尿完趕緊回來，別瞎跑。」

「欸，知道了。」

一轉身，侯小若悄悄一拽身旁程雨晴的衣袖，順便把他也給一起拉了出去。

出了旁門，侯小若拉著程雨晴四下張望尋找著香蘿的身影。

「侯小若，」香蘿像惡作劇般從廊下轉角處跳了出來，看著侯小若被嚇了一大跳的樣子哈哈笑著，「你怎麼又來了？」

「還有沒有個姑娘家的樣子。」侯小若用手拍著胸口壓驚。

香蘿就像沒聽見一樣做了個鬼臉，「要你管。」

「我們今兒是專程來謝謝你爹的。」侯小若翻了個白眼，但還是老實地解釋道。

「謝我阿瑪什麼？」香蘿坐在廊子的欄桿上，穿著花盆底旗鞋的雙腳不安分地輕晃著。

「我們唱戲的戲樓被封了，害得我們好多天都沒法兒唱戲，後來聽說你爹一個紙條兒就給解了，」侯小若抱著肩膀斜依著廊柱，「你爹夠厲害的。」

香蘿聽了這話滿臉都是得色，「那還用說，阿瑪可是正三品哦。」

說完，她伸著脖子看了看縮在侯小若身後，一直低著頭默不作聲的程雨晴，「這是誰？」

「這是我師哥程雨晴，」侯小若拉著程雨晴的手，把他扯到身前，「這是香蘿，都尉大人的千金。」

程雨晴連忙低垂著眼瞼施了一禮，「見過香蘿格格。」

「嗯……」香蘿仔仔細細地端詳了程雨晴一番後，微微一笑，「寶髻鬆鬆挽就，鉛華淡淡妝成。」

「青煙翠霧罩輕盈，飛絮遊絲無定，」程雨晴很自然地接著念道，但又馬上低下頭，「格格謬贊了。」

聽了這話，香蘿臉上的笑意更深了。她伸手在自己的髮髻間摸了摸，抽出一根金簪遞到程雨晴面前，「送你。」

程雨晴抬眼皮一看，這是一根通體金色的簪子，一端是一朵雕工精細形狀繁複的芙蓉花。花瓣層層疊疊錯落有致，下面還伸出三片小小的葉片，就連脈絡都清晰可辨。如此精緻的製作打造，一看就知道肯定價值不菲。程雨晴看了看金簪又看了看侯小若，正在猶豫不知道自己該不該伸手去接如此貴重之物，沒想到侯小若一把就抓了過去。

「真好看，是不是特貴？」侯小若抓在手裡翻過來倒過去地看。

「還行吧。」

香蘿哪裡知道這些東西的價值，對她來說也不過是諸多珠寶裡的一件罷了。

侯小若將簪子遞給程雨晴，「給你了你就拿著吧。」於是程雨晴便雙手接過金簪，再次向香蘿施禮，「謝香蘿格格賞。」

「有時間讓你爹帶你去華樂樓聽戲唄，」侯小若轉頭對香蘿說道，「我們現在天天晚場都跟那兒。」

「阿瑪不會帶我去的……」香蘿禁不住柳眉微蹙。

「為什麼？」侯小若不明白。

「過了年我就要嫁人了，」香蘿嘆了口氣，「嫁給禮親王的長子。」

「禮親王是什麼王？」侯小若更不懂了，「很厲害嗎？」

「就是親王唄，」香蘿嘟著嘴，「說是跟太后老佛爺關係特好。」

「這麼厲害！」侯小若雖說別的不明白，老佛爺還是知道的。

「這有什麼厲害的，一點兒也不好……」香蘿用腳踢著欄桿。

「這還不好？」侯小若捂著嘴嘿嘿一笑，「跟老佛爺好，那還不得天天想吃什麼就吃什麼呀。」

「我現在就能想吃什麼就吃什麼！」香蘿翻了個大大的白眼，接著又愁雲慘霧地嘆了口氣，「嫁過去之後，就很難再見到我阿瑪和額娘了……」

「為什麼？」侯小若本著打破砂鍋問到底的精神繼續問道。

不過很明顯香蘿已經不想再繼續解釋了，「你個土包子，跟你說了也是白搭。」

侯小若撓了撓頭，用肩膀撞了一下站在身旁的程雨晴，「你明白嗎？」

程雨晴輕輕搖了搖頭。

侯小若只好聳了聳肩，對香蘿說道，「我們該回去了，遲了又得挨罰。」

「去吧去吧，」香蘿揮了兩下手，可是等侯小若他們轉身的時候，她又叫住了侯小若，「侯小若。」

「嗯？」侯小若扭頭看她。

「保重。」香蘿露出一個略顯寂寥的笑臉。

「欸。」侯小若卻只是點了一下頭，便轉身往偏廳走去。

程雨晴又看了一眼神情有些落寞的香蘿，輕聲說道，「格格保重。」

說完便跟著侯小若離開了。

兩人偷偷溜回偏廳，又若無其事地站回杜二爺和長爺身後。這時兩位老爺子和都尉大人聊戲聊得正開心，都尉大人還不時發出哈哈的大笑聲。

「你倆去哪兒了？」馬鳴未偏過頭，低聲問侯小若。

「撒尿去了。」侯小若擠咕著眼，輕輕笑了笑。

九、

年三十這天是喜富班封箱，忙活了一整年也就只能歇這麼幾天。但說是休息，其實孩子們真正不用練功也就大年初一這一天而已。長爺常說唱戲作藝的拳不離手曲不離口，歇一天工自己知道，歇了三天可就連戲臺下的看客都能看出來了。

儘管話是這麼說，可是向來最體恤人的長爺在過年的這幾天看功可比平日裡要鬆緩得多了。加之年關這一段兒掙了不少，杜二爺給大家夥兒改善伙食，幾乎每隔一天都能有一頓葷腥，可把孩子們給開心壞了。

到了正月十五，京城裡照例都會有規模極為盛大的元宵燈會，而且一辦就是好幾天。為了討好喜歡熱鬧的老佛爺，京城裡負責的大小官員都會使盡渾身解數絞盡腦汁，把燈會辦得一年比一年豪華。大的花燈高數十餘丈，小的花燈則是沿著街道連綿不絕。除卻一般的花燈之外，還有玲瓏精緻的冰雕之燈。其中既有氣勢宏偉的城台樓閣也有千姿百態的花卉樹木，甚至惟妙惟肖的各種動物，讓人不得不讚嘆工匠人出神入化的手藝。

十五這天一大早，城外的小販們便挑擔子的挑擔子、推車的推車，天沒亮就已經烏泱烏泱地等在城門外了。他們會帶來許多只有這天才能買到的平時見都見不著的吃食和玩意兒，比方說芙蓉糕啦茯苓糕啦，還有梅乾、桃乾等各種零嘴點心。

有很多外地的行商也會在正月十五之前就帶著各式布匹、成衣或是珠寶首飾等等趕車進城做生意。另外當然也少不了姑娘家喜歡的胭脂水粉、絹花簪子之類的，都有專門的商販四處蒐羅平常不易淘換的好貨色，等著在燈會上擺攤販賣。

當然除了這些賣貨的商販，燈會上還有各種賣藝的藝人，這中間也不乏真正身懷絕技走江湖的人。而京城裡的四大戲樓每年都會在燈會上聯合起來高搭戲臺，重金聘請成了角兒的班社駐場演出，所以像喜富班這樣小有名氣的戲班自然是不用像一般藝人那樣撂地的。

這不剛過了除夕沒幾天，舒爺就差了華樂樓的小廝來搬請喜富班去燈會唱三天午場，還特別指名說馬、侯、程三個孩子一定要到，報酬管保豐厚，也就算是直接開了箱了。

既是過年燈會上唱的戲，肯定是要討個彩頭吉利，於是長爺就給寫了三國戲的《龍鳳呈祥》，馬鳴未的劉備，程雨晴的孫尚香，侯小若的孫權。另外還有《對花槍》、《釣金龜》、《打金枝》等比較喜慶熱鬧的劇目，舒爺看了一眼送過來的戲單，二話沒說就讓人寫成水牌給擺了出去。

午場一般是午時三刻開鑼，前面墊一折開鑼戲，然後是壓軸和大軸戲，差不多唱到申時就散了。這種在燈會上搭的戲臺是不收座兒錢的，瓜果點心和茶水手巾會象徵性收一些，但基本上就為了圖個熱鬧，把四大戲樓的名頭打得更響。

散了戲之後長爺並不會馬上就轟大家回去，一年一度的燈會誰還不想逛逛呢，再加上到了夜裡還會放煙花，所以他除了放孩子們去逛半個時辰之外，還會私底下給他們幾個錢，要是手裡一個大子兒都沒有的話，逛也沒勁不是。但也就是正月十五這一晚而已，若是夜夜都放孩子們去瘋玩的話，那心可就收不回來了。

「雨晴，你看，」侯小若攤開左手掌，露出了一塊差不多有足一兩的碎銀子，「這是舒爺剛賞我的，我帶你去買好吃的吧。」

程雨晴淺淺一笑，從懷裡也掏出了一兩碎銀子，「舒爺也賞我了。」

「你再看這手，」侯小若又攤開了右手掌，是一塊更大一些的碎銀子，「嘿嘿嘿，這是都尉府的大管家賞的。」

「你看我這手。」程雨晴有樣學樣地也攤開了另一隻手。

侯小若瞧了半天，可程雨晴的手裡卻什麼也沒有，他抓了抓腦袋，「雨晴，你要我看啥？」

「看你這傻樣兒。」程雨晴噗哧笑了出來。

侯小若嘿嘿嘿傻笑了一陣兒，拉起程雨晴的胳膊就往一旁的點心攤兒走去，「走，我請你吃桂花糕。」

程雨晴恬靜地點了點頭，跟著侯小若一起來到擺了一長溜兒的點心攤兒旁。這裡光是賣點心小食的就最起碼有幾十個商販，攤檔一個接著一個，擺放出來的吃食種類繁多玲琅滿目五彩繽紛，感覺眼睛都要看不過來了。

金黃的豌豆黃、棗紅的棗泥糕、雪白的馬蹄糕，還有杏仁酥、太師餅、薩其馬、驢打滾、天津大麻花等等，叫得上來名字叫不上來名字的都應有盡有。

侯小若領著程雨晴擠到一個小攤子前，長長的乾蘆葦葉上是各式各樣的桂花糕。有四方的也有菱形的，有細細撒了一層糖粉子的，還有用蜂蜜裹了看著晶瑩剔透的。每一種都散發著濃濃的桂花甜香，讓侯小若看著哪個都流口水，哪個都想吃。

「雨晴，」他捅了捅身旁的程雨晴，「你想吃哪個？」

「嗯……」程雨晴這會兒也輕皺著眉，不知該怎麼選才好。他拿眼睛來回掃著形狀不同樣式各異的桂花糕，悄悄咽了口口水。

侯小若看了看神情無比認真的程雨晴，捂嘴輕輕一笑，然後轉頭對攤主說道，「老闆，每樣都給我來一塊兒吧。」

「好嘞！」攤主趕忙手腳麻利地包著桂花糕，生怕侯小若反悔。

程雨晴頓時睜大了眼睛回頭看向他，「你不過啦？買這麼些桂花糕做什麼？」

「嘿嘿，」侯小若咧開嘴笑了笑，「買給你吃。」

「我哪兒吃得了這麼些。」程雨晴有些哭笑不得。

「那咱倆就一塊兒吃，」侯小若付了錢，接過一大包桂花糕，「你喜歡就行。」

「你怎麼知道我喜歡桂花糕？」程雨晴邊走邊問道。

「之前在都尉府裡唱堂會的時候，有個丫鬟端著桂花糕走過的時候你不是看了一眼麼，」侯小若和程雨晴並排往前慢慢閒逛著，「我記得其他的東西你從來都是看也不看，所以我覺得你八成是喜歡桂花糕的。」

「我就看了一眼你也能記到現在？」程雨晴再次瞠目結舌。

「嗯……要不可能看了不止一眼吧。」侯小若笑道。

程雨晴笑著搖了搖頭，「你可真是個怪人。」

「那你到底喜不喜歡桂花糕？」

「嗯，喜歡。」

侯小若從荷葉包裡掏出一塊桂花糕，掰開一半遞給程雨晴。兩人邊吃邊走說說笑笑，路旁花燈的柔柔燈火映照在程雨晴臉上，看起來如夢如幻。侯小若不時偷瞧著身旁笑靨如花的程雨晴，不知為何竟感覺胸口被塞得滿滿的，暖暖的。

「小若，你來看這個燈謎，」程雨晴一手捧著小半塊兒桂花糕，一手指著掛在一盞花燈下的燈謎字條，「上無半片之瓦，下無立錐之地，腰間掛個葫蘆，曉得陰陽之氣。」

「打一字，」侯小若手裡那半塊桂花糕早已經祭了他的五臟廟，他舔了舔指尖，也湊上來看了看，「這麼多個字打一個字？」

「嗯……」程雨晴沉思了一小會兒，眼睛一亮，「我猜到了。」

「這麼厲害？」侯小若又伸手進包裡掏了另一種桂花糕出來，很自然地先遞到程雨晴嘴邊。

程雨晴張嘴啃了一小口，咽下去之後繼續說道，「卜，卜卦的卜。」

「卜卦的卜，」侯小若想了想，又用手比劃了一下才恍然大悟，「果然是卜！哈，你可真聰明。」

被侯小若這麼一誇，程雨晴也愈發覺得開心了起來，一雙桃花眼彎彎含笑，白皙若蓮的臉上泛出淡淡的兩朵緋紅。

「這個呢？」侯小若指著另一條燈謎，「多兩點又冷，少兩點又小，換了一畫便是木，挾直兩邊便是川……也是打一字。」

「多兩點又冷，少兩點又小……」程雨晴看著字謎，喃喃地念了幾遍後又是一笑，「我猜到了。」

「又猜到了？」侯小若嘴裡嚼著程雨晴啃過的那塊桂花糕，嘟囔著。

「水，流水的水，」程雨晴點點頭，伸出纖纖指尖在空氣中畫著，「加上兩點是冰，減去兩點便是小，上面這裡換成一畫是木，兩邊變直就是，川……對吧？」

看著程雨晴興奮地比比劃劃，侯小若禁不住又看呆了，就連程雨晴問他話也沒有反應過來，直到程雨晴輕推了他一下才回過神來。

「啊？」

「啊什麼呀，吃桂花糕把你給吃傻了麼？」程雨晴捂嘴笑著。

程雨晴這巧笑倩兮的可人模樣忽然湊近侯小若的臉時，就像是有人用重物狠狠地撞在了他前胸一般。一時間胸口劇烈的情緒跌宕讓侯小若有些無所適從，為了掩飾自己的慌亂，他只好隨便揮了揮手，哈哈大笑著說道，「吃得還真有點兒叫渴，你也渴了吧？我去找些茶水來，你在這兒等我。」

不等程雨晴回答，侯小若就把包著桂花糕的大荷葉包往他手裡一塞，轉身跑開了，留下程雨晴一頭霧水。

「真是個怪人。」程雨晴看著侯小若的背影，忍不住微微一笑。

也不知道侯小若跑到哪裡去找喝的了，站在原地等了好半天的程雨晴實在覺得有些無聊，於是便信步閑游地開始賞燈猜謎。當程雨晴正思考著面前的一張燈謎時，他忽然看到馬鳴未的身影在街口晃了一下，接著就迅速擠進道旁的人潮之中去了。程雨晴不自覺地追了幾步，遠遠地發現馬鳴未正蹲在一個攤檔前挑著什麼。

「師哥。」

「嗯？」馬鳴未回頭一看，發現是程雨晴，便舉起兩個圓圓的小盒子晃了晃，「剛好，你來幫我看看，是這個顏色好看還是這個好看？」

程雨晴上前定睛一看，馬鳴未手裡拿著的竟是兩盒胭脂，不由得皺了皺眉，「師哥，你買這女人家的東西做什麼？」

「嘿嘿嘿，」馬鳴未故作神秘地一笑，「我自是有用，快幫我選選。」

程雨晴冷著臉隨便指了一個，於是馬鳴未便爽快地掏出錢買了下來，然後寶貝似的塞進懷裡。

「你一個人在這兒幹嘛呢？」馬鳴未起身往四周圍瞧了瞧，沒有看見同行的師兄弟。

「我跟其他師弟看花燈，一時走散了。」程雨晴鬼使神差地沒有說實話。

「這是什麼？」馬鳴未指了指程雨晴抱著的荷葉包。

「桂花糕。」程雨晴低頭看了看，這才想起了自己還在等侯小若。

「買這麼些，」馬鳴未上前扒開荷葉包往裡瞧了一眼，伸手就掏，「你肯定也吃不了，分我一些吧。」

沒等程雨晴反應過來，桂花糕就被馬鳴未拿走了一大半。程雨晴一言不發，但臉色卻愈發陰沉。

「你慢慢逛，我先走了。」

用帕子將桂花糕包好，馬鳴未轉身就要走，程雨晴搶上前一把拉住他的袖子。

「師哥。」

「嗯？」

馬鳴未回過頭看向他。

「女人……」程雨晴臉色煞白，看著有些瘆人，「真就那麼好嗎？」

「嘿嘿嘿，」馬鳴未的嘴角浮現一抹程雨晴看不懂的笑，「等你以後嘗過就知道了。」

說完，馬鳴未拎著布包往前走去，瞬間消失在人群中。

程雨晴呆愣愣地站在原地，身旁擁擠的人群和喧鬧的氣氛彷彿都與他毫無關係一般。他感覺腦中一片空白，似乎想要想些什麼卻又什麼都想不到。

「雨晴，」侯小若從他身後拍了一下他的肩膀，「你怎麼跑這兒來了，叫我好找。」

侯小若把手裡盛著酸梅湯的竹筒遞給程雨晴，而他卻一動不動，就像是沒有侯小若這麼個人似的。

「雨晴？你怎麼了？」侯小若有些擔心地輕輕拍了拍程雨晴的臉。

「嗯？」程雨晴終於回過神來，「你回來了。」

「你怎麼了？」

「……沒什麼。」程雨晴眼瞼一垂。

見程雨晴不想說，侯小若也不願意多問，只是將竹筒塞到他手裡，「這是冰鎮的桂花酸梅湯，可好喝了。」

「謝謝……」程雨晴接過竹筒，一口氣喝了幾大口，放下竹筒後他衝著侯小若笑了笑，說了一句，「真酸。」

「要不怎麼叫酸梅湯呢，」侯小若拿過竹筒也喝了幾口，又接過程雨晴手裡的荷葉包，忽然發現輕了不少，便笑道，「你真是喜歡桂花糕啊，才這麼會兒，都快吃完了。」

「……嗯，」程雨晴低下頭，神情複雜地笑笑，「好吃……」

「好吃就行，下回再給你買。」

「嗯……」

「走，咱看燈去。」

「好。」

十、

自打十五元宵燈會之後，本就話少的程雨晴似乎變得更加安靜了。除了演出以外的時間全都用來練功練唱，一時一刻也不讓自己歇著。侯小若也曾試著問他是不是有什麼心事，但是程雨晴從來也不多說什麼，弄得侯小若也不好再追問。

燈會結束就代表出了年，喜富班也恢復到正常的演出—練功—演出的生活。唯一和去年不同的大概也就是原本住在西廂房的兩個場面搬了出去，而由於馬鳴未也差不多二十歲了，又算是喜富班的頭牌台柱，所以就讓他搬進了內院的西廂房。原本當作雜物房用的左耳房則是收拾出來給了王公貴冑都偏愛的侯小若和程雨晴，雖說不大但好歹也是個單間，比起跟大家一起擠在倒座房的人通鋪上簡直強了百倍。喜富班想以此來激勵其他的孩子，若要改善生活的話就必須先努力練好功唱好戲。

年僅二十的馬鳴未憑借自己行腔曲折自如掛味兒的嗓音，征服了京城上至富戶商賈下至百姓平民的一大批戲迷。他不僅唱得頓挫有致、韻味清醇，而且身上也沒有半點兒拖泥帶水，寓儒雅於蒼勁，《珠簾寨》、《定軍山》、《搜孤救孤》等戲都深受看客的追捧和喜愛。

侯小若和程雨晴儘管沒有馬鳴未如此高的人氣，但是各有各的忠實戲迷。侯小若自是不用說了，誰都知道他是都尉大人的心頭好，有的時候就算是都尉大人自己到不了也會差人專程把賞給送過來。而捧程雨晴的那位卻有些神神秘秘的，逢著程雨晴有戲的日子，二樓的官座兒肯定是全都被包下來，而且賞的也闊綽，但大多數時候卻都是神龍見首不見尾。就算問了舒爺人家也是笑而不答，所以到現在喜富班也不知道這位財神爺究竟是誰。

這天晚上侯小若不用下園子，吃過了晚飯正打算再練會兒唱的時候，長爺走了過來。

「小若，走，帶你去個好地方。」長爺笑咪咪地衝他招了一下手。

「什麼好地方？」侯小若趕忙跑了幾步，湊到長爺身邊。

「去了你就知道了。」長爺神秘一笑。

初春的夜似乎比冬天還要冷三分，侯小若不禁又緊了緊領口，手在袖筒裡相互搓了搓。他剛想張嘴問咱們究竟去哪兒時，長爺忽的停下了腳步。

「就是這兒。」長爺抬手向前指了指。

侯小若抬頭望了一眼，這……不就是廣和樓嘛，在這兒唱了不下百場，到現在還有什麼新鮮的？他不解地看了看站在身旁的長爺。長爺則笑而不語，拉著侯小若就往裡走去。

兩人進來的時候就已經差不多戌時了，戲臺上的戲已經過了大半。長爺領著侯小若在釣魚座角落裡的一張桌旁坐下，跑堂的店小二非常有眼力勁兒地立刻遞上了熱呼呼的手巾板兒，估計還撒了花露水，捂在臉上一陣清香。

點好了茶水之後，侯小若抬眼往戲臺上看去。今晚廣和樓的水牌是《定軍山、陽平關》，這會兒正好是曹操唱完兩句西皮流水，手持令旗準備上山觀戰。

「滿營將士殺氣高，舉步高坡且登眺。」

曹操的嗓音氣力充沛實大聲宏，唱法似散實凝字韻真著，博得台底下一片叫好聲，就連侯小若也忍不住喊了一聲好。

這幾步上山的戲本沒有什麼彩兒，但是戲臺上這位曹操每走一步，頭上汾陽盔的絨球都隨之微微顫動，隨著鑼鼓點兒走的「老步」恰到好處地表現了曹操此時的老邁和大氣，完全不會給人過於浮誇或是故意賣派的感覺，令侯小若在不知不覺間就被深深吸引住了。

坐在他身旁的長爺捻著鬍子，看了看目不轉睛的侯小若，淺笑著問道，「怎麼樣？」

「神了……」侯小若嘴巴動了動，竟只說得出兩個字。

「哈哈哈。」長爺大笑了幾聲，端起熱茶喝了一口。

戲臺上，黃忠就快要被擒之時，趙雲忽然殺出力敵群將，不僅將黃忠救走還連傷了曹軍幾員大將。山上的曹操見狀不由得一怔，失神之間令旗跌落山下，接著他頭上汾陽盔上的兩根如意翅也隨之擺動了起來。忽然曹操頭上的汾陽盔竟然開始慢慢轉動，一直到兩根如意翅轉到一前一後的位置才停了下來。

「神了啊！」侯小若像是忽然回過魂來，大喊了一聲，「這……長爺，這位角兒是誰呀？」

「小子，震了吧？」長爺心滿意足地看著瞠目結舌的侯小若，還繼續賣著關子，「一會兒去後臺你就知道了。」

散了戲，侯小若亦步亦趨地跟在長爺身後，一撩門簾進了後臺。長爺環顧了一下四周，最後指了指一個正坐在角落裡弓著背卸妝的男子。

「喏，就是他。」

侯小若順著長爺手指的方向看了過去，只消一眼就愣住了。那是一個很不起眼的老者，身材有些發福，就算是坐著都能看出來個頭兒並不高，光頭沒有辮子，看著大概過五十了。

長爺率先走過去抱拳拱手，打了個招呼，「三閏爺。」

「哎呦，」三閏爺抬頭看見長爺，趕緊起身回禮，「長爺。」

「這位就是名震京師，有活阿瞞之稱的三閏爺，」長爺對跟過來的侯小若介紹道，「還不趕緊過來見禮兒。」

一聽這名字，侯小若連忙抱拳拱手加作揖，「三閏爺！您的大名早就如雷貫耳，真是聞名不如見面！您老的曹操，神了！」

「抬愛抬愛，」三閏爺只是謙虛地笑了笑，轉而問長爺，「這位小哥是？」

「這就是咱喜富班的架子花，侯小若。」長爺拍了拍侯小若的肩膀。

「哦哦，你就是小若，常聽長爺說起你，」三閏爺伸手拖過兩把椅子，「坐。」

落座後，侯小若猶豫了好半天，「三閏爺，有句話……不知當問不當問。」

「年輕人不要這麼拘謹，」三閏爺邊說邊繼續擦著臉，「但問無妨。」

侯小若清了清嗓子，先看了一眼長爺又看回三閏爺，抿了抿嘴唇小聲問道，「您老這麼，敦實矮……」

「說的什麼話！」長爺立馬打斷了侯小若的問話，瞪圓了眼睛。

三閏爺反而是哈哈笑了兩聲，擺了擺手，「不礙的，小若，你問。」

「咳，」被長爺嚇了一跳的侯小若整理了一下自己的思緒，重新問道，「您老……個子也不高，還有點子發福……」

說到這裡，侯小若自己都覺得很是失禮了，結巴了一下不知該怎麼往下問。

「為什麼老頭子我又矮又胖，但在戲臺上卻看不出來，對嗎？」三閏爺把手裡滿是油彩的草紙往垃圾桶裡一扔，笑著看向侯小若。

「您……是使了什麼絕技嗎？」侯小若被三閏爺點破了心事，有些不好意思地撓了撓腦門。

「哈哈哈哈，」三閏爺大笑道，「哪裡有什麼絕技，不過一點兒遮人耳目的小伎倆罷了。」

侯小若聽三閏爺說著，下意識地把椅子挪近了一點兒，生怕聽漏了半句。

三閏爺端起桌案上的茶碗，溫涼不盞正好可口，咕咚咕咚連喝了好幾口，「唱花臉的若是能天生身材高大嗓音洪亮自是最好，像何九老和他徒弟金爺、榮爺，還有我師父朱爺，都是一落草就聲洪蘊足，這天生的咱比不了。」

「嗯嗯。」侯小若聽著，不住地點頭。

「那麼像咱這，」三閏爺指了指自己又指了指侯小若，「外形不那麼高大，嗓子也沒那麼豁亮的怎麼辦呢？嘿嘿，自然也是有一套方法的。」

長爺從旁接了一句，「這裡面學問可大了去了，慢慢兒學吧小子。」

說完，兩個老頭兒對視一眼，接著又一起哈哈大笑了起來，讓侯小若實在有點兒丈二和尚摸不著頭腦，只好也跟著嘿嘿嘿的傻笑。

「您這兒要完事兒了，咱喝一盅去？」長爺比了一個喝酒的手勢。

「行啊，走，」三閆爺用濕毛巾擦了一把臉，撐著桌角站起來，「喝一盅去。」

「小若，跟我們一道去。」長爺招呼著正在猶豫不知該不該跟著的侯小若。

「欸，欸。」侯小若趕緊喜滋滋地跟了上去。

三人一同步行了一小會兒後，走進了前門大街附近胡同裡的一間小酒館。

酒館很小，一共也就擺得下兩張桌子，再加上靠牆長桌前的幾把椅子，也不過十數個座兒而已。看三閆爺的樣子就知道是這兒的常客，連喝什麼酒配什麼下酒菜店小二都記得一清二楚。

「您老還是一壺甘露黃和一碟拌筍絲兒嗎？」店小二看今兒個不止三閆爺一個人，便多問了一句。

「小若，平日裡都喝什麼酒哇？」三閆爺招呼道，「隨便點，今兒我請客。」

「那怎麼行。」

長爺趕緊要攔，但是三閆爺摸著自己光溜溜的大腦袋笑道，「今兒我請，下回吃好的再讓你老小子請，哈哈哈哈。」

「沒得說，」長爺也笑了，「小若，點你喜歡的吧。」

「嘿嘿，」其實侯小若平時根本不喝酒，便憨笑道，「我也不知道什麼好，您老二位喝什麼，我跟著沾沾光就行。」

「行吧，那就先給我燙兩壺甘露黃，」三閆爺想了想，吩咐店小二，「小菜兒給我們隨便對付幾個就成，再給我來碗爛肉麵，您兩位吃不吃？」

「我喝酒就行了。」長爺擺擺手。

「那我也吃一碗吧。」侯小若倒是實在，衝著店小二伸出一根手指。

「兩碗爛肉麵，快去吧，我餓著呢。」三閆爺催促著店小二。

「好嘞！爛肉麵，兩碗！」

店小二把手巾往肩頭一甩，嬉笑著快步走開。

十一、

又是一季京城漫天飄柳絮的時節，清晨明晃晃的陽光就像是晾了半宿的茶水，清清冷冷卻又格外的透亮。小小的白色絮團悠閒自得地在半空中隨風飄舞著，從這個人的頭頂晃到那個人的耳後，悄悄地碰撞著無聲的喧鬧。

馬鳴未揮了揮手，趕走一朵在停鼻尖前久久不願離去的絮團，然後用指尖搓了搓鼻子。

「雨晴？他不一直都是那樣麼。」

任誰都能聽出他語氣裡的不在意。

「嗯……」侯小若眉頭緊鎖，「我也說不好，總覺得這段時間他比以前更靜了。」

「有嗎？」馬鳴未歪著頭似乎回想了一小會兒，又搖了搖頭，「不過他最近在臺上倒是更出彩兒了，就那個總不露面的財神爺每回可都不少賞，而且還每回都換花樣兒……嘖，有錢人吶就是不一樣。」

就像是嘗到了銀子的美味一般，馬鳴未咂了咂嘴，他對「銀錢」的執著似乎比養大他的杜二爺還要更勝一籌。

「但我還是，有點兒擔心……」侯小若滿臉的愁雲慘霧。

「你倆不住一個屋麼，他就沒說什麼？」馬鳴未往嘴裡丟了兩顆花生仁兒。

侯小若搖了搖頭。

「應該也不是身子不舒服吧？」馬鳴未胡亂猜測著。

「應該不是。」侯小若又搖了搖頭。

「那，」馬鳴未拍了一下侯小若的肩膀，「估計就沒事兒，甭瞎擔心。」

「師哥。」

侯小若在馬鳴未轉身要走的時候喊了他一聲。

「嗯？」

「要不，師哥去問問看吧？」侯小若央求道，「雖然他跟我什麼也沒說，但是師哥的話，說不定能問出什麼來。」

「我？」馬鳴未臉上閃過一絲不耐煩的神情。

「麻煩師哥了。」

「嘖，」馬鳴未撓了撓腦門，「行吧，我得空去瞅瞅他。」

「謝謝師哥。」侯小若總算鬆了一口氣。

也不能怪侯小若如此擔心，任誰看了現在的程雨晴都會覺得有些不安。發呆的時間愈發多了，不用練功時隨便往哪兒一坐，望著天空就能出神好半天，也不知道他是在琢磨什麼還是就單純在發呆而已。

軟軟的光線包裹著他纖細的身子，彷彿連輪廓也要融化在那光暈裡似的朦朦朧朧，似乎一眨眼就會消失一般。

「雨晴。」

程雨晴抬起頭，卻被耀目的陽光晃了一下眼睛。他猛的一閉眼，再重新睜開時，馬鳴未淺笑的臉忽然出現在眼前。

「一個人在這兒發什麼呆。」馬鳴未笑著，在程雨晴身邊坐下。

「師哥，」程雨晴微微垂下眼瞼，「沒什麼，曬曬太陽罷了。」

馬鳴未點點頭，接著將手裡的一個小帕子包遞了過來，「來，看看師哥給你帶什麼了。」

程雨晴看了那帕子包一眼，卻並未伸手去接，只靜靜地說了一句，「謝謝師哥。」

「打開看看。」馬鳴未抖了抖手，催促道。

「嗯。」程雨晴點了一下頭，慢慢伸出兩手捏住帕子包上的結。

帕子嘩啦一下在馬鳴未的手心攤開，露出一塊小小的白色桂花糕，襯著馬鳴未頗有得色的臉孔。不知為何，以往那麼喜歡的桂花糕此刻看在程雨晴眼裡竟是如此令人厭惡……他輕輕皺眉，將手收了回來。

「上午喜……小師娘出去買菜的時候我特別囑咐她帶回來的，」馬鳴未刻意強調著特別兩個字，完全沒有發現程雨晴眼底的憎惡愈發多了幾分，「這可是月芳齋的呢。」

「……謝謝師哥。」

馬鳴未見他沒有伸手接的意思，於是便往他懷裡一塞，順便問了句，「你怎麼了？」

「嗯？」程雨晴不動聲色地將手裡的桂花糕連同帕子一起擱在一旁，「勞師哥擔心了，我沒什麼的。」

「沒有哪兒不舒服？」馬鳴未又追問了一句。

「……沒有。」程雨晴下意識地用手撫著胸口。

「嗯……」馬鳴未打量了他幾眼，身子往牆上一靠，「我就說沒事兒嘛，小若真愛瞎擔心，非要我來問問你。」

沉默了好一會兒，馬鳴未站起身，「你沒事兒就行，趕緊把那桂花糕吃了，不便宜呢。」

程雨晴看著馬鳴未快步往後院走去的身影，而廊子的另一側，喜鵲正端著一盆洗好的被單要去晾曬，臉上透著恨不得溢出來的紅潤光澤。程雨晴面無表情地用食指將那塊帕子包著的桂花糕撥到地上，接著狠狠一腳踏下去，踩得稀碎。

幾天後，都尉大人府上又差人來喜富班邀堂會，點名就要侯小若頭本的《連環套》，另外又選了一折開鑼戲和一折壓軸。因為都是摺子戲需要的人也不多，算上侯小若和場面攏共不過十來個人，杜二爺租了輛牛車，拉上行頭砌末就領著大家夥兒出門了。馬鳴未和程雨晴他們則是照舊吃過了中飯便跟長爺一起上華樂樓唱戲。

戲臺上的程雨晴是一如既往的無可挑剔，只要扮上了便謹遵喜富班「扮戲不是我，上臺我是誰」的班訓，發於內而形於外的演誰像誰。但一下了戲臺卻是心事滿滿一語不發，卸完妝之後竟然也沒和長爺說一聲就自己先走了。

等長爺帶著其他人著急忙慌地找回來的時候，程雨晴正獨自坐在屋裡床邊，呆呆地看著手裡那根芙蓉花金簪。長爺站在院子裡遠遠地朝左耳房裡看了一眼，搖了搖頭，然後喊住了準備回房的馬鳴未。

「鳴未。」

「長爺。」

聽見長爺喊他，馬鳴未趕緊停下腳步。

「你去看看雨晴。」

「啊？」

「你去看看雨晴，問問怎麼了。」長爺皺著眉說了兩句，便往自己屋裡走去。

「欸。」

馬鳴未點點頭，無奈地抬腳往左耳房走去。他推開左耳房半掩的房門，「吱扭」一聲。程雨晴聽見聲響，趕緊把簪子往枕頭底下一塞，站了起來。

「你幹啥呢？」馬鳴未將腦袋探進來，四下看了看。

「師哥，」程雨晴躲閃著視線，「沒幹什麼。」

「你今天怎麼回事？」馬鳴未一步踏進來，自顧自地在桌邊坐下，「一聲不吭就自己先跑了？」

「……對不起。」程雨晴低著頭，看著自己的腳尖。

「坐下，」馬鳴未伸手把他拉過來，坐在自己身旁，「犯班規的你不知道麼？」

「對不起，」程雨晴依舊不看馬鳴未，語氣也是淡淡的，「我，有點兒不舒服……」

「嗯……」馬鳴未盯著他看了一會兒，又扭頭看了一眼他的床鋪，「要找大夫嗎？」

「不用，我休息一會兒就好。」程雨晴溫順地搖了搖頭。

「先去跟長爺道個歉吧，」馬鳴未眼珠一轉，「請他別告訴師父，要不回頭少不得一頓打。」

程雨晴的身子不自覺地顫了一下，隨即點了點頭。

「趕緊去吧，長爺這會兒就在他屋裡。」馬鳴未拉著程雨晴起身，推著他的背走了兩步。

「欸。」

程雨晴想了想，快步走了出去。

馬鳴未站在門邊看著他一直進了長爺的東廂房，這才又折回了屋裡。他來到程雨晴的床前，先用手在褥子上面摸了摸，又探到褥子底下摸了摸，但卻什麼也沒摸著。馬鳴未撓了撓頭，接著又在床的四角縫隙裡摸了摸，甚至把被子也抖開晃了晃，還是什麼也沒有。最後，他不死心地伸手把枕頭抓起來一看，終於發現了程雨晴藏在枕頭底下的金簪。馬鳴未嘿嘿地壞笑著把金簪拿起來看了看，又在手裡掂了掂，斷定是好貨色，便想也沒想就揣進了自己懷裡。

晚飯前，杜二爺他們都回來了，大家夥兒七手八腳地幫著卸車收拾。杜二爺嘬著大煙袋鍋子先進了內院，長爺快步迎了出去。

「您辛苦，」長爺上前把杜二爺手裡拎著的小包袱接過來，「置下了？」

「嗯，」杜二爺很是心滿意足地拍了拍鼓囊囊的胸口，「這回，小起碼夠咱吃二年的。」

「給了這麼些?!」長爺雖然知道每次都尉大人都不少賞，但是從來也沒給過這麼多，所以吃了一驚。

「說是府裡的格格賞下來的，」杜二爺邊說邊走進正屋，將身子沉沉地往大躺椅上一窩，「據說那《連環套》也是格格點的。」

「喲呵，這位格格還懂戲。」長爺把沏好的茶水擱在杜二爺身旁的小圓桌上。

杜二爺把煙袋鍋子裡燃盡的煙絲磕了出來，擺了擺手，「懂不懂戲咱管不著，給銀子就行，哈哈哈哈。」

「您說的是。」長爺也坐到一旁，端起了茶碗。

「今兒晚上加菜，加菜，」杜二爺少有的春風滿面，「叫喜鵲去打酒買牛肉、肘子，多做幾個硬菜，給孩子們打打牙祭。」

「好嘞!」長爺也高興地一溜兒小跑就出了正屋。

杜二爺正往煙鍋裡塞著煙絲，忽的手一抖，連煙桿子都沒抓住，嘭一聲摔在地上。完全沒有預兆的頭疼讓杜二爺感覺眼前一黑，差點兒沒暈過去。他死死咬緊後槽牙硬挺著，可沒想到這回卻比以往哪一次都來得更加劇烈，排山倒海一般。大概四分之一柱香的功夫，這痛楚又像是從未出現過似的消失得無影無蹤，只留下滿身冷汗的杜二爺蜷縮在躺椅上，如將死之人一般大口大口喘著粗氣。

「師哥。」

馬鳴未正在院子裡給幾個剛入科的孩子看晚功，程雨晴快步走到他身後，用力扯了一下他的胳膊。

「師哥，」程雨晴臉色鐵青，低聲問道，「你是不是拿我簪子了?」

面對程雨晴的質問，馬鳴未看起來卻絲毫不在意。他轉過臉神秘地一笑，用胳膊肘捅了一下程雨晴，「你小子，竟然私藏著那麼好的東西。」

程雨晴的臉色愈發難看了，「師哥，你要是拿了的話趕緊還我。」

「我送人了。」馬鳴未無所謂地聳了聳肩。

短短四個字卻如同在程雨晴耳邊炸了一個晴天霹靂一般，他頓時愣在了原地，不知該做何反應才好。

「再說了，」馬鳴未自以為理所當然地繼續說道，「你一個大男人要那些女人家家的東西做什麼?又用不上，白擱著也是浪費。」

程雨晴咬著氣得發白的下唇，兩眼死死地瞪著馬鳴未好一會兒，似乎想要用視線燒穿他的腦子。

「行了行了，至於嗎，」馬鳴未反而有些不耐煩地挑了挑眉，「你不也吃我的桂花糕了麼，咱倆之間難道還不過這個?」

半晌，程雨晴深深吸了口氣，一句話也沒說，甩手走開了。

「嘿，小氣樣兒。」馬鳴未笑道。

十一、

侯小若如今在整個京城乃至天津府河北一帶都幾乎叫得上號兒，不管走到哪兒都有人侯老闆前侯老闆後地恭維著，他差點兒就要以為自己也算是個人物了。

被都尉大人捧了好幾年，侯小若雖然不能說恃才傲物但總還是有點兒飄飄然，覺得自己的戲已經夠瞧的了。不過那一次和長爺一起去看完三閏爺的《陽平關》之後，侯小若才真正懂得了什麼叫做山外有山人外有人，也打從心底裡知道了自己和真正成角兒的人差了有多遠。

明白了這些之後，侯小若不禁有些急躁了起來，一天到晚腦子裡想的都是要如何才能把戲唱得更好演得更好，在戲臺上更出彩兒，甚至都有些鑽牛角尖了。自打那天起，只要是貼出了有三閏爺戲碼的地方，侯小若無論距離遠近肯定都是風雨無阻地趕過去。坐在離戲臺最近的位置，目不轉睛地看，努力將三閏爺的念白唱腔、身形動作全都記在腦子裡，等散戲回去之後再獨自一邊琢磨一邊模仿。

每每長爺看到他如同走火入魔一般整天叨叨念念比比劃劃時，卻總是一臉讚許地默默走開，任由他自己去咂摸其中的滋味。

去的次數多了關係也更近了，侯小若還時不時到後臺給三閏爺做跟包，端茶遞水準備砌末收拾行頭之類的雜活兒全都包了，就為能在三閏爺身邊多待一會兒，多學一點兒。

「三閏爺，」侯小若將沏好鐵觀音的紫砂壺擱在三閏爺手邊，「茶給您沏好了。」

「有勞有勞，」三閏爺笑眼彎彎地捧起紫砂壺，對著壺嘴兒喝了一小口，「嗯，這茶不錯。」

放下茶壺，三閏爺繼續對著鏡子勾李逵的黑色花三塊瓦臉，侯小若則坐在一旁靜靜地瞧著，視線追著三閏爺的筆頭，生怕漏過任何一個細節。

勾了兩筆眼睛上方的紋之後，三閏爺忽然停住了手裏的動作，扭頭看著侯小若說道，「小若，你來給我勾。」

「我？」侯小若一愣。

「嗯，」三閏爺笑著將身子轉過來，把筆一遞，「來，勾對稱了。」

「欸。」侯小若接過筆，又掭了兩下油彩，深深吸了口氣，筆頭穩穩地落了下去。

幾筆之後，侯小若把憋著的一口氣吐了出來，把身子往後仰著，仔細比對了一下兩側的紋，「三閏爺，您瞧一眼。」

三閏爺睜開眼睛，扭頭衝著鏡子上下左右看了看，笑道，「不錯，筆鋒有力游走自如，繼續繼續。」

誇讚完，三閏爺又把臉往侯小若面前一湊，示意他接著勾。侯小若換了枝筆，掭上紅色油彩開始勾額頭的部分。

「小若啊，你是幾歲開始坐科的？」三閆爺閉著眼睛，就像是在和侯小若嘮家常般隨意問道。

「九歲。」侯小若邊勾邊答道。

「你當初為什麼想要學戲呢？」三閆爺繼續問著。

「嗯……因為我爺愛聽戲，」侯小若稍微想了想，「小的時候總是跟著我爺四處去聽戲，雖然他什麼行當的戲都聽，但是最愛的還是架子花。」

「哦，那當初是你爺送你入科的嗎？」

「不是，」侯小若搖搖頭，「我入科那年我爺就沒了……但我知道我爺一直希望我以後能唱戲，能成角兒，所以我娘問我想不想學戲的時候，我想也沒想就點了頭。」

侯小若的手不自覺地停了下來。

「要是我爺能看到我唱戲，不知道該有多開心……」

三閆爺微微睜眼，拍了拍他拿筆的手，「別勾歪了。」

「欸。」侯小若趕緊重新將精神集中到手裡那桿細細的筆上。

「因為你爺愛聽戲所以學了戲，嗯，」三閆爺忽然將眼睛睜開一道縫，看著侯小若，「那你呢?你自己想唱戲嗎？」

「嗯？」侯小若愣了一下，不小心手一抖，額頭中間尖尖的部分往右勾歪了一點兒，「啊！對不起！三閆爺，對不起！」

三閆爺淺笑著接過他手裡的筆，只兩下就給救了回來，「不礙事不礙事。」

「對不起……」侯小若覺得真是丟臉丟到家了，臉臊得通紅。

「不礙的，」三閆爺輕拍了一下侯小若的肩膀，「我這兒沒事兒了，你先下去吧。」

「欸。」侯小若點了點頭，垂頭喪氣地走出了後臺。

明明還差兩刻才開戲，戲園子裡已經差不多都坐滿了。三閆爺今天在這邊不過是唱一折二刻的小戲《清風寨》，可來捧他的戲迷幾乎把前排的座兒都給包了。侯小若有些灰溜溜地找了個角落的位置坐下，悶悶地喝著茶。

這個戲園不是像四大戲樓那樣正經的大園子，所以三教九流什麼樣的人都有，最多的還是外地行商的商人，最喜歡一邊喝茶一邊聽戲一邊聊天下的八卦見聞。

「聽說了嗎，山東那邊兒又鬧事兒了。」

侯小若隔壁桌坐著四五個看起來都是行商樣子的漢子，正眉飛色舞地聊著什麼。

「磨盤張莊，聽說宰了教堂兩個夷人。」

同桌的另外幾個人聽了都驚得捂住了嘴，卻依舊滿臉感興趣的樣子。

「什麼人幹的？」

「那還能有誰，義和拳的人唄。」說話的人壓低了幾分聲音。

「怎麼宰的？」

「據說是夜裡趁著雨潛進教堂，一刀一個。」

說到「一刀一個」時，說話人故意放慢了語速，特別強調了一下。

「解氣！」一個聽的人忍不住拍了一下桌子。

「就該煞煞那些夷人的威風，」另一個有些山東口音的人也隨聲附和著，「別以為俺們山東爺們兒好欺負！」

「噓……就因為這事兒，好像連山東巡撫都給辦了，一擼到底，終生不用。」

「該！讓那些穿官靴的也嘗嘗滋味！」

幾個人正說得義憤填膺的時候，店小二點頭哈腰地走了過來，「幾位爺，這馬上就開戲了，咱還是莫談國事的好，莫談國事的好。」

先前說話的那個擺了擺手，等店小二走開後，他們也就換了話題，聊起了上祁州買辦藥材時的見聞。

抬起眼皮懶懶地看了一眼隔壁桌的看客，侯小若軟軟地趴在桌上，心裡琢磨著三閏爺問自己的那句話。

「你呢？你自己想唱戲嗎？」

為什麼……沒有立刻答上來呢……侯小若下意識地用指尖推著桌面上孤零零的半顆瓜子殼。

大概是因為自己從未真正想過這個問題吧。

從一開始就因為爺爺偏愛聽戲，所以年幼的侯小若就總是跟著，便耳濡目染。爺爺沒了之後則是順水推舟般被送進了喜富班坐科，這一唱就是近十年。到現在再被問到想不想唱戲……若是不唱戲，自己還能做什麼？

就在侯小若胡思亂想的功夫，戲臺上開鑼了，底下喧嘩的人聲逐漸低了下去，只剩下一片嗑瓜子的劈啪聲響。

不多會兒，輪到三閏爺的李逵上場了，只聽得一聲悶簾叫板「走哇」，雖然聲音略顯嘶啞但卻丹田氣十足震耳欲聾，就算是坐在後面犄角旮旯裡的人都能聽得清清楚楚。儘管尚未見其人，但卻得到一個滿堂彩的叫好。本還沉浸在自己心事裡的侯小若也立刻被三閏爺精湛的表演給吸引了去，前半段兒全是雄渾豪邁的大身段兒，後面蓋著紅蓋頭裝新娘的時候卻又是故作玲瓏小巧的小身段兒，讓戲臺下的看客們哄笑不已，叫好聲不絕於耳。

雖然侯小若已經看過三閏爺無數場戲，可每次再看都還是瞠目結舌挪不動眼神。在戲臺底下明明就是個又矮又胖又不起眼的小老頭兒，為什麼扮上之後上了戲臺就像變了個人一樣，看著高大魁梧不說，就連散發出來的氣息竟也是如此截然不同。

無意中環顧了一下四周，侯小若忽然發現園子裡所有看客甚至連跑堂的店小二臉上的表情都隨著三閏爺的一舉手一抬足、一句唸白一段兒唱腔變化著。這，大概就是長爺常掛在嘴邊的「唱作入戲」吧。不僅僅是演員自己要入戲，而是要能夠把所有的看客都帶進戲裡去……侯小若暗忖。

「這……才是戲啊，角兒的戲……」

侯小若失了神一般喃喃自語道。

三閏爺的《清風寨》還沒結束，侯小若就已經在後臺裡捧著茶壺候著了。沒過一會兒，三閏爺就跟唱燕青的武生一起說說笑笑地走了進來。

「三閏爺辛苦，這茶溫涼不盞正可口。」

見三閏爺過來，侯小若趕緊上前把斧子接過來，又把茶壺遞上去。

「有勞有勞。」

三閏爺摘了髯口，握著被盤得鋥亮的小茶壺咕咚咕咚喝了兩大口，然後開始解行頭，脫下來後讓侯小若連同髯口板斧什麼的一齊交給後臺的四執。

一直等到三閏爺在鏡子前坐下，抓著草紙開始擦拭臉上的油彩時，侯小若才跟在一旁小心翼翼地開口，「三閏爺。」

「嗯？」三閏爺隨口應道。

「三天後在華樂樓有我的《法門寺》，」侯小若咽了口口水後繼續說道，「您老要是有時間的話，能不能來幫我看看？」

「三天後啊，」三閏爺想了一會兒，扭頭看著侯小若，「行，我回頭找長爺一道兒去。」

其實侯小若沒有想到三閏爺會同意，一是因為這老頭兒是個戲狂，一天接八場戲的時候都有，太忙沒時間；二是因為又不是師徒關係人家憑什麼指點你。再加上之前聽長爺提過，說三閏爺這個人脾氣古怪，誓不收徒，所以侯小若在開口問之前著實猶豫了好半天。

「那，我這就回去跟長爺回一聲！」侯小若這會兒簡直是心花怒放。

「哈哈哈，」三閏爺哈哈笑道，「讓那個老小子別忘了給我沏壺好茶。」

「是咧！」

望著侯小若歡天喜地跑出後臺的身影，三閏爺禁不住又是一陣笑。

十三、

在喜富班一整天裡若要說院子裡人最少的時候，應該就是吃過晚飯之後了。長爺帶著出去唱晚場的還沒回來，留在院子裡的孩子們一般吃完飯嬉鬧一陣兒也就洗洗睡了。而杜二爺則是喜歡在天氣好的時候出去遛個彎兒，碰見相識的就聊兩句，有的時候甚至還會晃悠到街面上的小酒館裡去，喝上幾盅再暈暈乎乎地往回走。所以到了這個點兒，儘管胡同外面喧囂不斷，但喜富班的院子裡面卻總是靜悄悄的。

程雨晴在左耳房裡一直等到內院裡聽不見什麼人聲了，才輕輕拉開一條門縫，探頭往外看了看，確實一個人也沒有，便躡手躡腳地走了出來。東廂房裡沒有點燈，估計長爺他們都還沒有回來。程雨晴往右邊一看，發現西廂房也沒有點燈，也就是說馬鳴未要麼已經睡了要麼就不在房裡。被籠罩在寂寥夜色之中的喜富班裡鴉雀無聲，不由得令人心底有些發毛。

其實程雨晴也拿不準杜二爺是否出門遛彎兒去了，但他無論如何都想把香蘿格格送給自己的簪子拿回來，所以只好賭一把。他縮著身子緊貼牆皮一直來到正屋門外，側著頭往裡張望了一下，杜二爺似乎並不在屋裡。程雨晴放下心來，高抬腿輕落足地邁步進了正屋。當他正打算偷摸進杜二爺和喜鵲的右耳房時，人還沒走到門簾跟前，杜二爺就一撩簾子從裡面走了出來。

「雨晴啊，」杜二爺看著幸好及時刹住了腳步的程雨晴，問道，「有事兒？」

「啊，師父……」程雨晴被驚得臉色煞白，脫口而出地答道，「小師娘喊您呢。」

「喜鵲？」杜二爺微皺了一下眉頭，「她在哪兒呢？」

「嗯……在，」程雨晴不習慣說謊，差點兒接不上話來，「廚房，說是喊您給搭把手。」

「這娘們兒，隨便喊個孩子幫忙不就行了，還非得要找我……」

杜二爺嘟嘟囔囔地走出了正屋，腳步稍顯蹣跚地往廚房的方向走去。程雨晴看杜二爺頭也不回地走遠了，便快步走進了右耳房開始小心地翻找，儘量不弄亂任何東西。床上床下、枕頭被褥，還有床頭的小櫃子小抽屜，能打開的程雨晴全都迅速翻看了一遍，結果竟然一無所獲……難道，不在她這兒？

杜二爺哼著聽不清是哪段兒的調調，踱步慢慢往前走著。

都說人活七十古來稀，那自己現在豈不是黃土都埋到脖子根兒的人了麼……杜二爺明顯能感覺到這兩年身子骨兒愈發的懶了，往日的兩百多斤一下子掉了一多半，大多數時候都覺得使不上勁兒也不想使勁兒。他忽然想起前兒個跟戲園子管事兒的聊天時，那位爺說不妨試試看煙泡，抽一個就保準讓人神清氣爽，渾身都有使不完的勁兒。杜二爺笑著搖了搖腦袋，都這麼大年紀了，還要使不完的勁兒來做什麼，再說了，煙泡也不見得就比自己的大煙袋好抽。

晃著日漸佝僂的身子，杜二爺在廊子下拐了個彎，他稍微愣了愣，前面沒多遠的廚房裡靜悄悄的，連一點兒燈光也沒有。杜二爺皺著眉又往前走了幾步，張望了一下並不見喜鵲的身影，他打了個咋舌，正準備轉身回屋時忽然聽見廚房裡似乎傳來窸窸窣窣的聲響，還隱約伴著像是喘息的動靜。

不會是鬧賊了吧？

握緊手裡的大煙袋鍋子，杜二爺輕手輕腳地來到廚房門邊，屏住呼吸側耳聽了聽，的確能聽到裡面有非常細微的響動。於是他往後退了兩步，抬腳咣噹一下把廚房門給踹開，緊接著整個人就跳了進去。正暗自竊喜著自己寶刀未老的杜二爺本想運丹田之氣斷喝一聲嚇嚇這小毛賊，可是他還沒能說出半個字來，眼前這一幕就讓他瞬間僵硬在了原地。

竈臺上交疊趴著衣衫不整的喜鵲和馬鳴未，清冽的月光照在兩人驚恐萬分像是見了鬼般的面孔上，青青藍藍。他倆沉重的呼吸聲像一座山似的，死死壓在了杜二爺的胸口。馬鳴未條件反射一般先跳了起來，抓著溜到腳邊的褲子趕緊往上提。而喜鵲則是用手捂著前胸滑到了竈臺底下，身子不受控制地瑟瑟發抖。

杜二爺的嘴唇動了動，卻什麼也沒說出來。他眨了眨乾澀的眼睛，嘴裡湧進絲絲苦澀。

「師……師父，師父，」馬鳴未邊繫著褲子邊慌忙地想要解釋，「不是，不是的……」

「不是？不是什麼……啊？」

杜二爺踉蹌了幾步，忽然感覺到一陣天旋地轉，他連忙用手扶住門框才得以堪堪站穩。

「不是……不是的，師父，您聽我解釋……」馬鳴未也哆嗦得體似篩糠，綁了老半天褲子都繫不上，急得滿頭大汗。

「好小子……」杜二爺閉了閉眼，再睜開時眼底帶淚卻也閃著點點凶光，「忤逆不孝，喪盡天良啊……」

他先是下意識地想要舉起手裡的大煙袋，但又馬上放下，將煙袋鍋子扔到一邊。然後他撿起靠在牆邊的吹火筒，上前二話不說劈頭蓋臉就往馬鳴未身上頭上胡亂抽打過去。

「師父……師父，您饒了我吧，您饒了我吧……」

馬鳴未也不敢躲，只能用手護著頭，不住地低聲求饒。

杜二爺咬緊了後槽牙一句話也不說，兩隻眼睛往外努著，眼球上爬滿了紅紅的血絲，就像是要瞪出血來一樣，臉上每一道皺紋此時此刻都在往外滲著殺戮之氣。看這架勢不打死馬鳴未他絕對不會罷手，每一下下的都是死手。

這時，原本縮在竈臺旁感覺哭得都快喘不上氣來的喜鵲也不知哪裡來的勇氣，猛的跳起來，用盡全力推了杜二爺一把，然後就這麼無聲地擋在馬鳴未身前，和被她推搡得往後倒退了好幾步的杜二爺對視著。

「好啊……好！」杜二爺穩住了身子，嘴角揚起一抹淒然的笑，在冰冷的月光下顯得無比悲涼，「今天打死你們這對狗男女，喜富班就此散夥！」

話音未落，杜二爺高高舉起手裡的吹火筒，毫不猶疑地照準喜鵲的前額惡狠狠地砸了過來。喜鵲抱著必死的決心，不閃也不躲地閉上了眼睛，沒想到這一吹火筒竟然擦過自己的臉頰，只在肩頭上撞了一下就斜著落了下去。喜鵲睜開眼一看，杜二爺臉朝下直直地摔在了她腳邊，身子有些僵硬地一動不動。

「師父……」馬鳴未跪爬了幾步，來到杜二爺身邊，輕輕推了一下，依舊沒有任何反應。

兩人對視了一眼，馬鳴未伸手用力將杜二爺的身體翻了過來，才發現他雙眼緊閉牙關緊咬，嘴角邊似乎還有些白沫在往外冒。

「不會……死了吧……？」喜鵲哆哆嗦嗦地繞過杜二爺，縮在了馬鳴未身邊，雙手拉著馬鳴未的胳膊。

「這大概是……中了風疾。」馬鳴未想起曾經在戲樓裡見過一個突中風疾的看客。

「風……風疾？」喜鵲手足無措地看著馬鳴未。

馬鳴未沒有答話，而是將手放在杜二爺鼻子下面，探了探鼻息，雖然比較微弱但總算還是在喘著氣。

「趕緊把衣服穿好，」馬鳴未鬆了口氣，扭頭對喜鵲說道，「去倒座房把壽林喊起來，讓他去請大夫。」

「請，請大夫……」喜鵲還有點兒懵。

「就說師父突然暈倒了，」馬鳴未低吼了一句，「還等什麼，趕緊去呀！」

他知道，若人真要是中了風疾那便想說什麼也說不出來……就賭你老小子中的是風疾！馬鳴未在心裡咬著牙。

「哦哦。」

喜鵲連忙起身，抓起竈臺邊的衣服穿好，稍微攏了攏頭髮之後快步走了出去。馬鳴未也趕緊穿好衣服，又把廚房都收拾了一下，然後背起杜二爺靜悄悄地出了廚房。

幾乎整間右耳房都快被翻遍了，程雨晴還是沒有找到那根金簪，心裡愈發急躁了起來。將床邊櫃子的最後一個抽屜狠狠地關上，他一屁股坐在了地上，一時沒了主意。就在這時候，程雨晴忽然看到自己腳尖方向的床榻底下似乎有個木箱子。他翻身跳起來，撐著床板伸長了胳膊，將那個木箱子從床底下給拽了出來。

木箱子並未上鎖，程雨晴扳開箱子上的金屬扣，吱呀一聲把箱子蓋給推開了。裡面裝的全都是女人的衣服，有褶子有短襖，青的紫的還真不少。程雨晴冷哼了一聲，將手插進衣服的縫隙間，以指尖往下探著。就在他快要放棄的時候，忽的，他感覺指尖在接近箱子底的角落裡碰到了一根又硬又細的條狀物。程雨晴心中暗喜，趕緊把摸到的那東西給抽了出來。

那是一個用紅色絹帕包了的小布包，程雨晴三下兩下將布包打開，果然就是他找了一晚上的金簪。程雨晴深深呼出一口氣，將簪子揣進懷裡，接著又將那紅絹帕塞回了箱子底，最後把箱子蓋好推回到床榻底下。起身四下檢查了一下，並未發現有什麼不妥之後，他貓著腰離開了右耳房。

程雨晴前腳才剛回到自己的房間，就聽見馬鳴未在外面咋咋唬唬地不知說的什麼。他把懷裡的金簪藏好，又開門走了出來，正好看見馬鳴未背著師父走進了正屋。

「快，來人！」馬鳴未大聲嚷嚷起來，「師父暈倒了！快來人啊！」

聽他這麼一喊，程雨晴不由得愣住了，兩腿如同灌了鉛一般半步也挪不動。

十四、

長爺領著散了晚場的孩子們回來的時候，正好碰上拉著大夫慌慌張張往院子裡跑的梅壽林，鬍子花白挎著藥箱的大夫已經是跑得上氣不接下氣。

「壽林，」長爺喊住了梅壽林，「怎麼了？這位是？」

「師父他……」梅壽林也是氣喘吁吁大汗淋漓，「師父，暈死過去了。」

「什麼？！」長爺大驚失色，丟下眾人抬腳就往正屋那邊跑去。

「長爺，您老慢點兒！」梅壽林趕緊又拉起大夫往裡跑，「大夫，這邊兒，快，快呀！」

「等……別……」大夫跑得連話也說不清楚了，「再跑……我，就該……看大夫了……」

大夫被梅壽林拉進了正屋之後還扶著膝蓋喘了老半天才好歹平復了呼吸，端起喜鵲早就給沏好的茶喝了兩口，定了定神又拍了拍衣襬上的塵土，這才用兩隻手指夾著撩開右耳房的門簾，來到杜二爺床邊。

「大夫，您快給看看。」馬鳴未滿臉悲切的神情，雙手交疊站在床頭。

「嗯。」

大夫不緊不慢地從藥箱裡拿出脈枕，墊在杜二爺手腕下面，然後將自己的三指輕輕搭了上去。

長爺站在一旁死死盯著大夫臉上的表情，大氣也不敢出，一直到大夫緩緩睜開眼睛才小心翼翼地問了一句，「大夫，杜二爺到底是怎麼了？」

「嗯，風火相煽瘀血內阻，氣機逆亂陰陽偏勝，」大夫點點頭，把手收了回來，扭頭對長爺說道，「他這是中了風疾了。」

「風疾？」長爺嚇得手腳冰涼，「這……能治好嗎？」

大夫微微搖了搖頭，停了停，又繼續說道，「就算是把人給治醒了，也會多少留下後遺症的。」

「什麼後遺症？」馬鳴未在一旁插話問道。

「輕者口齒不清嘴歪眼斜，重者癱瘓在床不能自理。」

「這……這可怎麼好……」長爺頓時就沒了主意，不停地喃喃自語著。

「我給開個方子，先吃幾劑再看吧。」說著，大夫站起了身。

「好好，有勞您了，」長爺上前為大夫撩開門簾，「您外屋開方。」

除了留下喜鵲在屋裡照顧杜二爺，其他人也都跟著走了出來。

「究竟發生了什麼事情？」在大夫開方子的時候，長爺把馬鳴未拽到一邊，低聲問道，「誰把杜二爺給氣成那樣兒了？」

「我，我哪兒知道呀，」馬鳴未的眼淚是說來就來，就像在兜裡揣著一樣那麼方便，「就聽見廚房裡咕咚一聲，等我趕過去的時候就看見師父倒在地上了……」

此時，程雨晴正站在門旁的角落裡，面無表情地看著和長爺說話的馬鳴未。昏黃的燈火只能照到他半張臉，另外半張臉則靜靜地隱沒在黑暗中。

「你師父這陣兒總是犯頭疼，」長爺手足無措地來回踱著步，「我就知道不對，唉……你說沒事兒上廚房去做什麼，嘖，唉……」

侯小若悄悄來到程雨晴身旁，拍了一下他的肩膀，「師父肯定不會有事兒的。」

程雨晴一句話不說，只是微微搖了搖頭，臉色鐵青得嚇人。

「別擔心。」

侯小若伸出胳膊從程雨晴身後環過去，輕輕抱著，讓他稍微靠向自己，感覺到他僵直下難以察覺的細微顫抖。在倒座房裡睡覺的孩子們也都起了，和唱晚場的孩子們一起擠在正屋門前的廊下往裡張望著，誰也不敢說話。

大夫把筆一放，轉身將開好的方子遞給長爺，「先按這個方子吃五天，之後我再來看看。」

「謝謝大夫，您辛苦，」長爺雙手接過方子，從懷裡掏出一個銀子包扔給馬鳴未，「趕緊，給大夫把診金結了。」

「欸，」馬鳴未抓過銀子包，掏出一塊兩錢左右的碎銀子，交給了大夫，「壽林，你跟著大夫去，把藥抓回來。」

「是，師哥。」梅壽林應了一聲，從馬鳴未手裡接過抓藥的錢，領著大夫走了出去。

「長爺，」馬鳴未低眉順眼地湊到長爺身邊，將銀子包又遞了回去，「接下來……我們要怎麼辦？」

「什麼怎麼辦！」長爺忽然橫眉立目地扭頭看他，也看了看其他孩子，「杜二爺病了，病了怎麼著？喜富班就不唱戲了嗎？！」

馬鳴未被長爺的氣勢壓得禁不住往後退了半步。

「杜二爺有我跟喜鵲照顧，你們練功的照樣練功，下園子的一樣下園子！」長爺是老江湖，知道這種時候士氣格外重要，「杜二爺是病了，但是你們這幫小子更得給我把戲唱好！」

「是，長爺！」孩子們幾乎是異口同聲。

「小若，雨晴，鳴未。」長爺一揮手。

「長爺。」

三人一同回應，程雨晴的聲音輕輕的。

「明兒晚上在華樂樓是你們仨的《法門寺》，若是討不到滿堂彩的話，」長爺點著三人說道，「就別回來了！」

「放心吧長爺，」燭光閃在侯小若的眼睛裡，就像是在他眼底點了把火一般晶亮，「只消我兩句引子，那叫好聲就能把屋頂子給掀了去。」

「是啊長爺，您老就放心吧。」馬鳴未也在一旁搭腔。

「嗯，」長爺點點頭，臉上的笑卻感覺蒼老了許多，「好了，都去睡吧。」

「我留下伺候師父吧？」馬鳴未上前一步。

「不用，」長爺擺了擺手，「你也去睡覺，明兒還要早起，這裡有我就行了。」

「……欸。」

說罷，長爺撩起門簾又走進了右耳房。

華樂樓晚場一般是申時四刻開鑼，比其他戲樓都稍微早一些，所以才剛過了申時長爺就帶著大家夥兒出門了，院子裡只留下喜鵲和幾個剛入科不久的孩子照顧杜二爺。

昨兒一晚上加今兒一整天杜二爺也沒見任何好轉，一日三服的藥劑都已經撬開牙關給灌了好幾回，但是依舊沒有醒轉的徵兆。所以今天大家出門的時候情緒都不是很高，一個個悶不作聲各懷心事地走進了華樂樓的後臺。

開鑼戲《擊鼓罵曹》唱完，斬獲一片叫好聲。福字科工老生的譚福路繼馬鳴未之後已是嶄露頭角，罵曹時無論是唱腔還是身段兒都幾乎挑不出毛病，尤其是那三段兒鼓打得更是行雲流水鼓點分明氣勢十足，絲毫沒有半點拖泥帶水，再配上第二段的曲牌夜深沉簡直叫人意猶未盡，戲臺下的看客叫好叫得嗓子都快破了。

原本這折也是侯小若拿手的曹操戲，但是因為和後面的《法門寺》撞了，所以只能換上福字科工花臉的何福山。

隨著鑼鼓響，最先上的是手提馬鞭的四教尉，接著是四紅龍套。全部列立兩旁站好後，晃著雲帚的小花臉賈桂上，走到中間一抖手裡的雲帚，退到一旁，然後才是侯小若的九千歲劉瑾。侯小若手捻朝珠一步三搖地邁著四方步從上場門出來，不動聲色地穩穩站定，渾身上下都透著一股子不可一世的氣息。戲臺下專程來捧侯小若的看客炸了鍋一般連聲叫好，坐在釣魚座兒的三閏爺瞧著，不禁微微一笑，點了點頭。

「腰懸玉帶紫羅袍，赤膽忠心保皇朝。」

就像侯小若之前對長爺說的一樣，果然這兩句引子才剛一唱完，就已經討得一個滿堂彩的好。

《法門寺》是一齣比較熱鬧的喜劇太監戲，戲裡上場的角色很多，行當也很齊全，人物對白很是詼諧，一般會與旦角小生戲的《拾玉鐲》連演。主角劉瑾是前朝被封為九千歲的總管大太監，為人殘酷冷血作惡多端，上欺天子下虐百姓可謂惡貫滿盈，但他卻在陪同皇太后在法門寺降香時無意間翻了一個冤案，做了一件好事。《法門寺》原本共有十一場戲，但是很多班社都會將第三場之後的《劉瑾逛花園》給刪了，就只唱十場，喜富班也不例外。

這齣戲喜富班已經唱了幾百次，可以說是駕輕就熟，所以長爺放心地和三閏爺一起坐在戲臺下，邊喝茶邊觀戲。

一直到第三場程雨晴的宋巧姣在大佛殿上見太后都非常順暢，他悲悲戚戚的一句「皇太、千歲容稟」讓看客們聽得如癡如醉，差點兒都忘了叫好。

「尊皇太與千歲細聽奴言，小女子家住在眉鄔小縣，遵父命與傅朋匹配良緣……」

程雨晴的嗓音餘音裊裊聲動梁塵，別說戲臺下的看客，就連坐在一旁目不轉睛看著他的侯小若都快要聽入神了。

但是當程雨晴唱到「望皇太與千歲緝拿到案」這一句的拖腔時，忽然覺得嗓子發緊，竟然把「案」字給唱花了。戲臺下頓時倒好聲四起，還混著拍桌子打板凳的聲音，長爺緊張得一下站了起來。侯小若看著程雨晴眼裡含淚卻不得不繼續往下唱的委屈模樣，拳頭在袖子裡都攥出汗了，指關節因為用力過猛而泛白。

「……到來世變犬馬結草銜環。」

程雨晴音尚未落，侯小若騰一下就站了起來，扭轉身衝著皇太后一拱手，「聽女子之言，與狀紙大略相同，請母后定奪。」

「我兒審清慰娘，勝似於燒香還願。」

念罷，老旦起身準備下場。

侯小若以一連串自如的身段兒將皇太后送下去之後，面朝觀眾左右一甩袖，整冠，雙手拂帶，再轉身時眼角餘光看了程雨晴一眼，程雨晴卻只是一徑低著頭，眼淚在眼眶裡幽幽晃蕩著。

不過侯小若的這一段兒表演卻成功吸引了看客們的注意力，給程雨晴的倒好也瞬間變成了給他的好。侯小若的劉瑾穩坐在正中間的大座之上，神態自若地把戲給連了下去，自然得彷彿剛才在這戲臺上並沒有出現任何失誤一樣。

「我說告狀的小妞兒，咱家傳你那父母官去了，一會兒他來了你自管放大膽子和他說話，不用害怕，都有咱家吶！」

侯小若雙眼直直地看向背對著看客跪在地上的程雨晴，故意突出唸白中的「不用害怕，都有咱家吶」，程雨晴像是心領神會了他話裡的意思，微微點了一下頭。

「全仗千歲。」

散了戲，侯小若一下臺就快步往後面跑去，正打算撩開門簾進後臺時剛好碰上掭了頭走出來的程雨晴。

「雨晴。」侯小若愣了一下。

程雨晴不發一語，低下頭繼續往外走。

「雨晴，」侯小若趕緊跟上去，「可別放在心上，就算是成了角兒的演員也是一樣有人給叫倒好的。」

程雨晴還是不答話，默默地走著，眼睛卻是紅紅的。

「就是有這麼些個無聊人，整天無所事事，想著花兩個茶錢也把自己當爺了，咱不跟他們一般見識，啊。」

侯小若絞盡腦汁搜腸刮肚地想要安慰程雨晴。

忽的，程雨晴停下了腳步，抬起臉，淚眼汪汪地看向侯小若，「小若……」

「嗯？」

「我……嗓子倒了……」

一顆眼淚如同珍珠一般，從程雨晴的臉上滑落下來。

幕間

花自飄零水自流
一種相思，兩處閑愁

一、

光緒二十六年一月，英、法、美、德、意等國聯合照會清政府，再次要求取締義和團。

二月，德軍揚言要以武力鎮壓圍攻德國鐵路公司並破壞了鐵路的山東高密百姓。

三月，以英、法領頭的西方等國將大批海軍戰艦開進渤海。

四月，英、法、美、德等國公使照會清政府，限兩月剿除義和團，並將艦隊聚集在大沽口進行威脅。

另一方面，越來越多的人加入義和團，口口聲聲要把夷人趕出去。而朝廷裡，以端郡王載漪為首的排外勢力也暫時佔據上風。京城內的老百姓卻是人心惶惶，個個憂心忡忡，甚至有流言說夷人的炮火馬上就要燒進京城了。

雖說已經是春天，但京城的夜風還是帶著絲絲沁人心脾的涼。一輛東洋車晃悠悠地在無人的胡同裡跑著，吱一聲停在了喜富班的院門前。侯小若從車裡下來，緊了緊身上的衣服，然後從懷裡掏出十幾個銅子兒付了車錢，推開院門快步走了進去。

十九歲的侯小若和十年前剛進喜富班的那會兒簡直就像是變了一個人似的，個子也了竄起來，儘管一直都吃不胖但最起碼已經不會給人乾瘦如猴的感覺了。

這近兩年裡杜二爺的病時好時壞，糊塗的時間總是比清醒的時間長，而且就算醒一會兒也是嘴歪眼斜連話都說不清楚。杜二爺癱在床上的這段時間幸好有長爺不離不棄地撐著整個戲班，還有馬鳴未、侯小若和程雨晴他們從旁協助，要不喜富班可能都已經散了。福字科和壽字科的十幾個孩子都已經到了出科的年紀，不過壽字科的五個全部選擇了留下來，而福字科除了工老生的譚福路和工花臉的何福山之外都離開了。

抬頭望月，侯小若輕嘆了口氣。剛邁步繞過二門，他就看見程雨晴正坐在西邊廊下給胡琴調弦。那把胡琴還是侯小若一年前在程雨晴過生日時，特地去拜託京城裡最好的工匠專門為了程雨晴訂做的，用料考究至極。

胡琴擔子用的是俗稱黑老虎的花紫竹，筒子上用的是正經驚蟄後的烏鞘蛇皮，不僅花大而且紋路黑白分明甚是好看，絕對的「白如線黑如緞」。琴軸不用說當然是頂好的紫檀木，總是似有若無地散發著淡淡的木香。絲弦和琴碼用的也都是相當上講究的材料，而且為了能讓這把胡琴的琴聲達到極致，侯小若先後試了不下兩三百套琴碼，耗費了幾個月的時間才終於完成了這把幾近完美的無價胡琴。

「小若，回來了。」

見他進來，程雨晴抬頭衝著他淺淺一笑。

「欸，怎麼坐這兒呀，」侯小若湊到程雨晴面前蹲了下來，「冷不冷？」

程雨晴輕輕搖了搖頭，「今兒又趕了三場？」

「嗯，趕了三場《法門寺》，」侯小若故意誇張地大大嘆了口氣，「他娘的一天被閹了三回。」

程雨晴不禁捂嘴一笑，「誰讓您侯老闆的劉瑾這麼叫座兒又招人愛呢。」

「那你愛不愛？」侯小若蹲著往前挪了半步，眼睛彎彎地看著月下的程雨晴。

「啐，」程雨晴故意帶著戲韻啐了他一句，蘭花指一繞一點，「說的什麼話。」

侯小若笑著抓住他的手，「可惜今兒廣和樓的胡琴不靈，下回還是你跟著我吧。」

「嗯。」程雨晴輕點了一下頭。

話音未落，一股刺鼻的中藥味兒就撲面而來，衝得程雨晴微微皺眉。

「小若回來了。」喜鵲端著一個中藥罐往這邊走了過來。

還沒等侯小若回話，程雨晴就噌一下站了起來，一語不發地抱著胡琴走開了。

「是，」侯小若略微一怔，摸著自己的腦袋也站了起來，「小師娘，師父今兒精神怎麼樣？」

「唉……」喜鵲嘆了口氣，接著搖了搖頭，「還那樣兒，話也說不清楚，也不知道是不是都不認人了。」

聽了這話，侯小若也禁不住皺了皺眉，「……長爺，歇了麼？」

「沒呢，」喜鵲往後攏了攏頭髮，露出曲線誘人的頸子，「在他屋裡跟鳴未說話兒呢。」

「行，那我去給長爺請個安。」

「去吧。」喜鵲微微一笑。

一天到晚伺候著吃喝拉撒都得在床上解決的杜二爺，她卻出落得愈發有女人味兒了。

「小師娘早歇著。」侯小若欠身一拱手，抬腳往東廂房走去。

東廂房裡點著一盞不是很亮的油燈，略顯昏黃的燈火讓長爺看起來蒼老了許多。杜二爺爬不起來床的這段日子，喜富班裡裡外外的諸多雜事就全都落在了長爺身上。雖說馬鳴未他們也能分擔一些，但從各方面來說也不過是杯水車薪罷了。

侯小若走進來的時候，長爺和馬鳴未正坐在桌邊喝著熱茶說話。

「長爺，」侯小若先給長爺施禮請安，然後對馬鳴未也拱了拱手，「師哥。」

「回來了，坐吧。」長爺指了指一旁的椅子。

「欸。」侯小若一撩袍子，在長爺這邊坐了下來。

「長爺，咱喜富班在京城怎麼說也算是名聲在外有頭有臉的班社了，」馬鳴未邊說邊搓了搓鼻子，「雖然福字科走了五個，但是加上新入科的前前後後攏共也有小二十口，就咱現在這院子……是不是窄巴點兒？」

長爺端起茶碗喝了一口後又放下，臉上看不出任何變化，「那你認為應該如何呢？」

「我想著吧，可以把喜富班後面那個小院兒給盤下來，兩下一打通不就寬綽多了麼，」馬鳴未說完之後又趕緊加了一句，「您老覺得呢？」

長爺低垂眼瞼並未答話，似乎在思考著什麼，半晌才又開口道，「鳴未啊……」

「長爺。」馬鳴未連忙應著。

「雖說咱喜富班的確一直不缺進項，也著實存了些個銀子，」長爺的語速慢慢悠悠，也不知是不是故意的，「但咱必須未雨綢繆啊，你師父那病也不知道什麼時候才能好轉，公中的錢還是能攢著就攢著吧。」

「……是，長爺。」馬鳴未雖然心中很是不服，但大面兒上還得過得去。

長爺想了想，說道，「後罩房那邊收拾一間出來給福路和福山吧，這樣的話倒座房也能稍微鬆快些。」

「欸，」這會兒馬鳴未只能長爺說什麼就應什麼，「我明兒就讓人給打掃打掃。」

「嗯，」長爺再次把茶碗端起來，閉上眼睛細細品著，「晚了，都去歇著吧。」

「欸。」

馬鳴未和侯小若一同應了一聲之後都站起身，馬鳴未衝著長爺拱了拱手，頭也不回地走出了東廂房。侯小若走到長爺桌前，從懷裡掏出一小包銀子擱在桌上。

「長爺，這是今兒三場《法門寺》的包銀，」侯小若把銀子包往長爺那邊推了一點兒，「一共三十兩，您收著。」

誰知長爺只是看了一眼，卻並沒有動，「這銀子，你自己揣起來吧。」

「那怎麼行，」侯小若趕忙說道，「我可不能壞了班裡的規矩。」

「揣起來吧，」長爺一句話說得好似在嘆息一般，「這是你憑本事掙的，而且以後還有的是要花錢的地方。」

「長爺……」

侯小若並不是一個心眼兒多的人，聽不出來長爺的弦外之音。

「聽我的，揣起來。」長爺的語氣突然變得強硬起來。

「欸。」侯小若只好又把銀子包塞回懷裡。

「明兒完了早功你是不是還上三閆爺那兒去？」

「嗯，」侯小若點點頭，「三閆爺不願意收徒，那我就只能厚著臉皮跟在他老人家身邊兒伺候著，只盼能多看一眼多學一分。」

「明兒我跟你一起去吧。」

「欸。」

「行了，」長爺抬頭看向小若，臉上掛著一抹慈祥的笑，「去歇著吧。」

「欸，您也早歇著。」

說罷，侯小若也走出了東廂房。

第二天早功散了之後，孩子們都聚到廚房裡吃早飯，廚房裡一時間人頭攢動到處都是孩子們嘻嘻哈哈的聲音，再加上鍋碗碰瓢盆的叮叮噹噹聲，顯得格外有朝氣。喜富班每逢初一十五的早上會做肉包子，所以孩子們這兩天的早功也都是卯著勁兒練，就為了讓肚子更餓一些能多吃兩包子。

「小若，走啊？」長爺走了過來。

「長爺，」侯小若也跟在孩子們身後等著吃早點，「您不吃早點麼？」

「這麼大人就別跟孩子們搶了，」長爺笑了笑，「走，咱爺倆外頭吃去。」

「欸。」

侯小若偷偷吐了吐舌頭，邁步跟在長爺身後走了出去，身後的孩子們則是一下子哄笑了起來。

攏共蒸了差不多十籠屜肉包子，又熬了一大鍋小米粥，喜鵲這一早晨就沒有一刻閒下來的。伺候完這些小的，還得去伺候那個癱在床上的老的，想要坐下來好好吃個早飯是不太可能的。喜鵲抽空急急忙忙啃了一個包子，就著半碗粥咽了下去，幾乎都沒嘗出來是什麼滋味。端著小鍋熬得粘粘稠稠米香四溢的雞絲精米粥，喜鵲快步往杜二爺那屋走去，清晨透亮的陽光照在她身上，竟感覺不到半點暖意。

馬鳴未坐在西廂房門外的廊下啃著手裡的包子，右手還端著一大碗小米粥。他穿著一身兒藏青色的長衫，上面還隱約能看到幼線繡的精緻圖紋。雖然款式和一般的長衣並沒有什麼大區別，但懂行的人一眼就能看出來用的是上好的料子，而且剪裁得體針腳平整，可以說是十分的講究了。

他背靠廊柱坐著，一條腿曲著架在扶欄上，另一條腿則是向前伸長了擱在台階上。其實馬鳴未從未想過自己會如此好運，一年多前的那個晚上竟然能賭中了杜二爺真就是風疾，還是最嚴重的那種。儘管在心底某處他還是抱有一絲絲罪惡感，畢竟自己是杜二爺養大的，但是……哼……馬鳴未在心底冷哼了一聲，又往嘴裡塞了一大口包子，狠狠地嚼著。

就在這時，喜鵲神色慌張地從正屋走出來，站在門口衝著馬鳴未用力招了招手。馬鳴未看了一眼她臉色煞白眉頭緊皺的樣子，不由得心裡一驚。他趕緊放下手裡的半碗粥和沒啃完的包子，快步走了過去。

「怎麼了？」馬鳴未低聲問道。

喜鵲並未答話，臉上卻是變顏變色的，拽著馬鳴未就往正屋裡走。馬鳴未扭頭朝院子裡張望了一下，似乎並沒有人注意他倆，於是便跟著喜鵲進了正屋。

二、

往杜二爺那屋的門上掛著厚厚的墜地門簾，推開後就能聞到一股濃濃的中藥味混雜著難以言表的不知是黴味還是什麼的複雜氣味兒，衝得人腦門直發悶。喜鵲在杜二爺倒下後沒幾天就收拾了自己的東西，搬到後罩房原先借給琴師的那間屋裡去了。嘴上說是方便杜二爺靜養，但實際上就是不願意在一間屋裡待著，再說了還能方便馬鳴未夜裡偷摸著上她房裡去尋魚水之歡，何樂而不為。

「到底怎麼了？」馬鳴未用鼻子使勁兒呼了兩下氣，想把這噁心的味道從鼻腔裡趕出去。

喜鵲像是受了什麼巨大的驚嚇一般，用微微顫抖的手指了一下杜二爺的床榻。馬鳴未這才發現一向安安靜靜躺著的杜二爺似乎在小聲呻吟著，而且嘴裡好像還在嘟囔著什麼。喜鵲從身後推了馬鳴未一把，強迫他往床前跌了幾步。

「師……師父……？」馬鳴未心底裡湧上不好的預感。

杜二爺仰面朝天地躺在床榻之上，大概是因為長期臥床不見陽光，他看起來既消瘦又憔悴，一點兒也看不出來這曾經是一個二百多斤文武昆亂不擋的錚錚漢子。杜二爺的皮膚一絲光澤也沒有，慘白得嚇人，眼眶塌陷，眼睛周圍是一大圈可怖的青色。

聽見馬鳴未的聲音，杜二爺就像是沒上緊發條的玩偶一般，反應了好一會兒才機械式地將全身上下唯一能動的眼珠轉向馬鳴未這邊。被那雙渾濁不堪的眼睛死死盯著，馬鳴未頓時感到脊背一陣冰涼。

「……馬……鳴未……！」杜二爺的聲音裡一點兒氣力也沒有而且還口齒不清，但那令人窒息的恨意卻席捲而來，「畜生……白，眼兒狼……」

「……師父……」馬鳴未嚇得兩腿都挪不動步了，不知所措呆愣在原地。

杜二爺的眼珠又看向站在一旁瑟瑟發抖的喜鵲，「婊……婊子！賤……人……」

喜鵲更是嚇得六神無主，站都快站不住了。

「……畜生，婊……子……！」杜二爺含含糊糊的聲音就像是從地獄裡爬出來的惡鬼一樣，在馬鳴未和喜鵲面前張牙舞爪，「你們，對我……做……了什麼……為，為什麼，我……動不得……！」

馬鳴未畢竟還是比喜鵲更見過大風大浪，突然反應了過來似的轉身趕緊先把屋門關上，然後來到杜二爺床前，一撩袍子跪在了地上。

「師父，師父……」馬鳴未帶著哭腔央求道，「徒兒……孩兒一時糊塗，您老就原諒了我吧，饒了我吧，師父……」

「畜……生啊，」杜二爺的眼裡也浮上一層淚，「……姦夫，淫婦……都，該死！」

「師父！」馬鳴未往前一撲，攥住杜二爺的手，「師父您就原諒了我吧，看在您從小把我養大的份兒上，就原諒我這一次吧！」

「……該死！該，死……狗……男女，」杜二爺用死魚一樣的雙眼瞪著馬鳴未，喃喃不斷，嘴角邊的口水也不停地滴落下來，「我……我要，抓你們……見官，好……夫淫婦！」

喜鵲往前挪了一步，驚慌失措地抓著馬鳴未的胳膊，聲音裡滿是絕望，「這可怎麼辦？！這，這要是被人知道了……那我就是個死啊！被打死，被抓去浸死！」

聽著杜二爺如同冤魂索命一般嘟囔著「畜生，該死」，再看了看身旁三魂不見了七魄的喜鵲，馬鳴未突然覺得胸口好像被什麼堵住了似的，喘不上氣來。他抓著頭髮在屋裡來回轉了好幾個圈，想要思考些什麼但腦子裡現在卻根本就是一鍋子攪得稀爛的漿糊。

漸漸的，他的步子越走越快眼睛越瞪越大，腦門上的汗珠成串兒地滾落下來，從眼角滑進去，一陣沙痛。忽的，馬鳴未停下了腳步，再回頭看向杜二爺的眼神異常冰冷。他深吸了口氣，慢慢踱回到杜二爺床前，低著頭，兩手垂在身體兩側。

「師父……」

杜二爺的聲音止住了，屋裡一時間安靜得有些詭異。他努力地將眼珠再次轉向馬鳴未，只見馬鳴未面無表情的臉上掛著一行淚。

「徒弟對不住您了……」

話音未落，馬鳴未突然像猛虎撲食一般撲向杜二爺，扯起蓋在他身上的一床新被褥，狠狠地捂在了杜二爺臉上。力道之大，感覺杜二爺的臉都要被壓塌了。

喜鵲大驚失色，趕忙上前拉住馬鳴未的胳膊，「你，你要做什麼？」

「他要是不死就是我倆死！」馬鳴未低聲吼著，用手肘撞了喜鵲一下，手底下卻一點兒也不鬆勁。

聽了這話，喜鵲愣了愣，慢慢鬆開了拉著馬鳴未胳膊的手。只一會兒，杜二爺就完全不動彈地軟了下去，但馬鳴未還不放心地又使勁兒捂了好半天才鬆開手。

他喘著粗氣地和喜鵲對視了一眼，緩緩把被子撩開，床上滿是杜二爺死前大小便失禁的髒污，騷臭味刺鼻。馬鳴未一手捂著自己的鼻子，一手伸到杜二爺鼻子下面探了探鼻息，確定已經死透了，這才鬆了口氣。

「我先回自己屋，」馬鳴未一邊重新給杜二爺蓋上被子，一邊對喜鵲說道，「稍微過一會兒你再上院子裡哭去，要讓大家都覺得杜二爺是因病猝死的，但別太著急，聽明白沒有？」

喜鵲彷彿沒聽見馬鳴未的話似的，就這麼愣愣地看著已然沒了氣息的杜二爺，有些魂不附體的樣子。馬鳴未咋了一下舌，上前抓住她的肩膀用力晃了晃。

「聽見了沒有？明白沒有？」

喜鵲忽然回過神來，連忙點了點頭。

「那我先回屋了，」馬鳴未轉身就走，「你收拾一下。」

沒想到喜鵲卻在馬鳴未身後拉住了他的衣角。

「又怎麼了？」馬鳴未微微皺眉。

喜鵲咽了口口水，頭也不敢回地指了指床上死透了的杜二爺，「……我怕……」

「人都死了還有什麼好怕的，」馬鳴未把喜鵲擁進懷裡，輕輕拍了拍她的背，「乖，記住過一會兒你先喊一嗓子，喊完就上院子裡去哭。」

「欸。」

此刻，左耳房的房門被拉開了一條縫，程雨晴站在門裡靜靜地看著馬鳴未鬼頭鬼腦地貓著腰從正屋裡摸出來，四下看了看，然後佯裝若無其事地快步走回了西廂房。過了沒一會兒，右耳房裡傳出一聲聽起來極其刻意的淒厲慘叫。

侯小若基本上都是散了早功以後才上三閨爺這兒來，到中午吃飯前就走，不耽誤三閨爺忙其他的事情。因為這段兒剛好是三閨爺每天練功喊嗓的時間，侯小若來跟著伺候，其實就為了能多少偷學一點兒。

「三閨爺。」

長爺和侯小若一前一後走進三閨爺住的院子，衝著正用手巾擦汗的三閨爺抱拳拱了拱手。

「哎呦，長爺，」三閨爺把手巾往脖子上一搭，也拱了拱手，「您怎麼也來了。」

「油條油餅糖三角兒，」長爺笑著揚了揚手裡的幾個荷葉包，「還熱乎著呢。」

「破費了破費了，」三閨爺招呼著兩人到正屋裡坐下，「趕緊坐，我去倒酒。」

「倒酒？大清早就喝酒？」侯小若愣了，輕聲問長爺。

長爺卻只是故作神秘地笑了笑，並未答話。

三閨爺愛喝酒但從不酗酒，雖說不酗酒嘛卻又經常是酒不離手，就連飲場也一定要喝上這麼一口，所以正屋的一角特別擺放了一個專門用來溫酒的小爐子。三閨爺在桌上擺好三隻大碗，接著寶貝一般將溫在小爐子上的馬頭形狀的酒壺打開，小心翼翼地貼著碗口倒了出來，整間屋子馬上就酒香四溢，一股微醺的甜膩飄散在空氣中。

「來，趁熱吃。」長爺把荷葉包都解開，放在三閨爺預備的碟子上。

三閏爺又將酒壺放回小爐子上的熱水鍋中，坐下抓起一根油條咬了一大口，「嚯，真夠脆的。」

「那可不，現炸現買的，」長爺拿起一張油餅，吹了吹，咬了一口，「嗯！老張頭這油餅可也不錯。」

坐在三閏爺下手的侯小若等二位爺開始吃之後，才拿起一根油條大口大口嚼起來，「香。」

三個人說說笑笑吃吃喝喝，不一會兒就把三個荷葉包都吃了個乾乾淨淨，侯小若還意猶未盡地舔了舔手指。

長爺端起碗來先聞了聞，奶香撲鼻，喝了一口砸了砸滋味，唇齒留香，「我說三閏爺，您這酒真是幾十年不變的香醇可口，還是那位故人給捎來的？」

「嘿嘿嘿，」三閏爺笑了笑，故作神秘地說道，「這可不能告訴您，這是我老人家的，嘿嘿，小秘密。」

「哈哈哈，」長爺放下碗大笑了幾聲，「就您那小秘密，這梨園行兒裡還有不知道的麼。」

「什麼小秘密？」侯小若趕緊問道。

「瞧，這不就一個不知道的。」三閏爺咕咚咕咚喝了兩大口。

「三閏爺愛喝酒，這你知道吧？」長爺問一臉茫然的侯小若。

「知道。」

「嗯，那你知道三閏爺就只偏愛一種酒麼？」

「什麼酒？」侯小若看了一眼三閏爺，又看回長爺。

「馬奶酒，」長爺悠悠地晃著腦袋，「但是三閏爺喝的這馬奶酒，可著這麼大的京城你還就找不著。」

「找不著？」侯小若吃了一驚。

「對！」長爺笑瞇瞇地看著三閏爺，「那這馬奶酒究竟打哪兒來的呢？這，就是你三閏爺的小秘密啦。」

「嘿嘿嘿。」坐在一旁的三閏爺只是喝酒，笑而不語。

「三閏爺，」侯小若將身子湊近了三閏爺，「到底哪兒來的呀？」

「都說了是小秘密咯。」

「據說啊，」長爺捻著下巴上為數不多的幾根鬍鬚，「這是三閏爺的一位故人特地從歸化城托人給捎來的，每年一次，幾十年了從未斷過。」

「真的嗎？三閏爺。」侯小若聽了很是感興趣。

「傳言罷了，不可信不可信。」三閏爺高深莫測地笑著擺了擺手。

「長爺？」侯小若又轉臉看向長爺。

「哈哈哈，既然三閏爺說是傳言那便是傳言吧。」長爺似乎也不打算再說下去。

見兩位爺都止住了話題，侯小若也不好再追著往下問，結果就這麼不了了之了。

三、

「來，小若，讓三閨爺瞧一眼你的《戰宛城》。」幫著三閨爺一起收拾了桌子刷洗了碗碟之後，長爺忽然提議道，「吃飽喝足了閒著也是閒著，就來馬踏青苗那段兒。」

「呃……」侯小若一怔，偷偷看了一眼三閨爺。

從侯小若往三閨爺院子裡跑那天開始，他可從沒敢說讓三閨爺給他看看戲說說戲之類的。雖然以前三閨爺也曾應邀去看了一場他的《法門寺》，之後給他稍微提了幾句，但也就是這樣了。還是那句話，又不是師徒父子，人家憑什麼指點你。

「行啊，就從驚馬開始吧。」沒想到三閨爺竟然非常爽快地應了一句。

二位爺端著新沏的茶水在正屋前坐下，長爺衝侯小若擠咕了幾下眼睛，然後清了清嗓子說道，「來，我給你打鑼鼓點兒。」

侯小若先活動了一下身體，接著便隨著長爺用嘴模仿的鑼鼓經走了起來。

「馬踏青苗」可以說是《戰宛城》前半部分曹操戲的重中之重，需要同時手持寶劍、令旗和馬鞭，且身段兒動作繁複，非常考驗演員的表現力和基本功。按照長爺的吩咐，侯小若從驚馬開始，以一連串緊湊自如的趨步、錯步、掏腿、踮腿等技巧將接下來的狂奔、踏苗、降馬都表現得清楚細膩，就彷彿他胯下真是騎著匹馬一般。雖然都是複雜的大身段兒，但是令旗、劍繸以及髯口卻完全沒有糾纏在一起，每一個動作都完成得乾淨漂亮。

長爺扭頭看了一眼滿臉讚許的三閨爺，低聲問了一句，「像不像？」

三閨爺笑著點了點頭，「別說，還真像。」

「為了能學得像您，這孩子可沒少下功夫呀。」長爺抓住機會緊著煽風。

「小若的確是個聰明孩子。」

長爺趕緊順勢湊了過去，「看您這麼喜歡這孩子，不如……就開山門收了他吧？」

「小若，」三閨爺笑而不語，衝著侯小若招了招手，「過來過來。」

「三閨爺。」侯小若應著，連忙小跑了過來。

「我來問你，這《戰宛城》也有趟馬，」三閨爺看似隨意地問道，「《坐寨盜馬》也有趟馬，除去身段兒上的不同，有什麼區別呀？」

「嗯……」

侯小若下意識瞄了一眼一旁的長爺，長爺鼓勵般點了點頭。侯小若稍微想了想，「驚馬和盜馬……三閨爺，我想應該是馬帶人和人帶馬的區別。」

「不錯，」三閨爺用扇子骨兒拍了一下自己的大腿，

「我再來問你，焦贊和李逵的身段兒有什麼區別呀？」

「焦贊……」侯小若撓了撓頭，「焦贊性格詼諧好動，身上應該多用小身段兒，而李逵性格豪爽雄渾，應該多走大身段兒。」

「好！」三閏爺又拍了一下大腿，繼續問道，「同為曹操亦同是上山觀陣，《長阪坡》和《陽平關》又有何區別？」

侯小若答得是越來越流暢，幾乎想也沒多想就開口道，「《長阪坡》中的曹操正在壯年，躊躇滿志洋洋得意，步伐應該更為矯健，而《陽平關》中的曹操則是人近暮年，力不從心又報仇心切，所以腳步上應該要緩且重。」

「好好好！」三閏爺連喊了三個好，「說得好！的確下心思了！」

「多謝三閏爺誇讚。」侯小若一拱手，心裡都美得開了花兒。

「小若，」三閏爺收起臉上一貫的笑容，神情認真地說道，「你很聰明也願意琢磨戲，但你知道，我老頭子畢生誓不收徒。」

這一句話把侯小若心裡升起的一點兒希望又給打破了，他臉上閃過一絲掩飾不住的失望。

「不過嘛，」三閏爺嘴角揚起一個孩童般的笑，「徒弟不能收，收個義子螟蛉還是可以的。」

侯小若一怔，不知道自己是否聽錯了，或者是否理解錯了……三閏爺說的義子螟蛉是那個義子螟蛉嗎？

「當真？」看得出來長爺也吃了一驚，坐直了身子以韻白問道。

「當真。」三閏爺搖了搖扇子，搖頭晃腦地也用韻白答道。

「果然？」

「果然。」

「還愣著幹啥！」長爺興奮得一下站了起來，上前用力拍了兩下侯小若的背，「還不快跪下，叫乾爹！」

這才回過神來的侯小若趕忙跪在了台階以下，衝著三閏爺一拱手，脆生生地喊了一聲「乾爹」，接著便嘭嘭嘭磕了三個響頭。

「哈哈哈哈，」三閏爺看上去也很是開心，紅光滿面，「今兒先叫著，過兩天舉行正式的儀式時我再給你預備份兒大禮，這聲乾爹讓你不白叫，哈哈哈。」

「謝謝乾爹！」

「快起來吧。」長爺伸手把侯小若給拉了起來。

「好日子！今兒就別走了，一會兒咱爺仨一起上外頭吃頓好的，」三閏爺也站起身，拍了拍胸脯，「老頭子我請客。」

「那我可就卻之不恭，沾沾光啦，哈哈哈哈。」

之後，侯小若又走了幾遍《戰宛城》，三閏爺頭一次極盡詳細地給他說了說，每一個細節都掰開了揉碎了地講。侯小若頓時感覺茅塞頓開，對三閏爺的敬佩之情自然又更加深了幾分。

差不多快到午時，三閏爺將兩人帶到了自家院子附近一間專做鹵煮火燒的小館子。一直到落座侯小若心裡還奇怪著，不是說吃頓好的麼，鹵煮火燒能有多好吃……沒想到三閏爺竟看透了侯小若的心思，哈哈笑道，「是不是覺得鹵煮火燒沒啥特別的呀？」

「呃……哈哈哈……」被拆穿了心思的侯小若臊了個大紅臉，有些不好意思地搓了搓鼻子。

「鹵煮火燒其實是蘇造肉變化而來的，這你也知道吧？」三閏爺笑嘻嘻地問道，看樣子收了個乾兒子著實讓老頭兒高興得夠嗆。

「嗯，知道。」侯小若實誠地點了點頭。

「因為窮人吃不起好豬肉，所以廚子們就想法兒改，把五花肉改成了豬下水，成本可就低多了，」三閏爺摸著光溜溜的下巴，「鹵煮和蘇造肉最大的不同就是，蘇造肉需要先醬後鹵，而鹵煮呢就是直接下鍋煮。」

「哦哦。」侯小若點著頭，但還是沒明白這家的鹵煮能有什麼特別的。

「但老孫頭這家的鹵煮可是真真正正按照蘇造肉的方法來做的，先醬後鹵，下水也都是當天的，保管新鮮，味兒可正了。」三閏爺邊說邊招呼掌櫃的。

「三閏爺，您老來了。」

掌櫃的是一個矮矮胖胖的小老頭兒，小小的眼睛，滿臉富有喜感的笑褶子，一看就是個愛笑的人。

「老孫頭，來三大碗鹵煮火燒，多給邊兒湯。」三閏爺舉起三根粗粗的手指。

「好嘞，鹵煮火燒三大碗！」掌櫃的吆喝著走開了。

「而且呀，這兒用來煮鹵煮的老湯也是一絕，」看樣子三閏爺還打算接著捧一捧，「據說老孫頭會根據季節的不同自己配幾味中藥，磨碎了再用布袋包了放進湯裡和肉皮一同煮，可甭提有多香了。」

說到這兒，三閏爺不由得吞了口口水，看得一旁的長爺哈哈大笑。

「哈哈哈哈，看您那點兒出息。」

侯小若也實在忍不住，噗嗤笑了出來。

「您二位就笑吧，等吃完這一次保證都和我一樣，流著口水盼下一次。」三閏爺一點兒也不介意，跟著一起嘿嘿笑道。

不多會兒，三大碗鹵煮火燒被端了上來。往桌上一擱是香氣撲鼻，的確叫人垂涎三尺。圍著桌子坐著的仨人的肚子也非常適時地叫喚了起來，彼此一對視，又是一陣大笑。

「要是不夠的話再叫，管夠，」三閏爺說著，迫不及待先湊到碗邊嘬了一大口湯，「哎呦真是香啊。」

三人大快朵頤的時候，掌櫃的又拿了兩碟小菜過來，一碟醃白蘿蔔皮和一碟老虎菜。看了看老小三人狼吞虎咽的樣子，掌櫃的不由得哈哈大笑。

「您幾位有空可得常來，這吃相就給我賺了吆喝了。」

侯小若將第三隻空碗放下的時候，長爺和三閏爺茶都喝完了。他心滿意足地拍了拍圓鼓鼓的肚皮，打了個透著肉香的飽嗝兒。

「吃飽了沒有？」

三閏爺眼睛樂成了一條縫，笑眯眯地看著侯小若。真是自家的孩子，怎麼看怎麼好，就沒有一處是不愛的。

「飽了。」說著話，侯小若又是一個飽嗝兒。

「行，」三閏爺招呼了一聲掌櫃的，「老孫頭，結賬。」

「來咯。」

結算了飯錢，老孫頭將三閏爺賞的那塊碎銀子寶貝地塞進懷裡，將爺仨送出門外，拱了拱手，「老幾位，得空再來。」

「那是一定，」長爺也回禮般一拱手，「嘗了您這口，別的地兒可真就沒法兒吃了。」

「哎呦呦，過獎過獎。」老孫頭謙虛著，用搭在肩上的毛巾擦了擦腦門。

「回見了。」

「回見回見。」

出了這間不怎麼起眼的小館子，長爺和侯小若先將三閏爺給送了回去，商量好正式辦收子禮的日子後，兩人就告辭離開了。爺倆沿著黃土路一直往西南方向走著，頂多一炷香的功夫就能回到喜富班的院子，也能幫助消消食兒。可是走了不多會兒，忽然不知哪裡傳來一聲如同炸雷般的響聲，嚇得長爺和侯小若都不約而同地俯低了身子，身後的人群也騷動了起來。緊接著就聽見有人咋咋唬唬地喊著什麼「打死夷人了，打死夷人了」之類的，長爺趕緊拉著有點兒不知所措的侯小若快步往前跑了一段兒，直到轉過幾個彎去才停了下來。

「怎……怎麼回事……？」侯小若大口喘著粗氣。

長爺只是神情凝重地搖了搖頭，抬手抹了一把順著脖子滑下來的汗，輕輕說了一句，「閒事莫理，快走。」說完，長爺便默不作聲地往前走去，侯小若稍微喘了一會兒之後也忙追了上去。

四、

「啊……！」

隨著一聲慘叫，喜鵲跌跌撞撞地從正屋裡衝了出來，一下子癱軟在內院當中，把正在練功的孩子們嚇了好大一跳，一個個愣在原地。馬鳴未聽到這一聲喊，便忙不迭地從西廂房的廊下跑過來，上前一把扶住喜鵲。

「小師娘，怎麼了?」馬鳴未的演技真是沒得挑，「發生什麼事兒了?」

「你師父……你師父他……」

喜鵲一頭撲進馬鳴未懷裡大哭了起來。比起馬鳴未的演技，她的眼淚倒是真實得多，有愧疚有悲傷，但更多的還是恐懼。

「師父他怎麼了?」馬鳴未急了，故意大聲問道，身旁的孩子們也都湊了過來。

「他，他……」喜鵲哭得話也說不全，只是用手指了指背後正屋的方向。

「你們倆，把小師娘扶回後罩房休息去，」馬鳴未條理清晰地吩咐道，「其他人跟我進去看看師父，快點兒。」

雖然大家還是有些茫然，但既然大師兄都這麼說了，大家便依照著他說的動了起來。除了攙扶喜鵲的兩個孩子之外，其餘人都跟在馬鳴未身後進了右耳房，程雨晴也推開房門快步跟了過去。不用說，在看見杜二爺的死狀之後，孩子們是尖叫出聲的也有呆楞當場的也有，還有哭著拔腿就往外跑的，總之就是亂成了一鍋粥。

「師父?師父……!」

馬鳴未裝模作樣地上前喊了兩聲，又伸手探了探鼻息，接著雙腿一軟跪在床前，眼淚劈里啪啦地掉了下來，「師父……升天了。」

程雨晴不由得一愣，整個人僵硬在原地。他不可置信地死死瞪向跪著抽泣的馬鳴未，牙都快要咬碎了。屋裏屋外的孩子們都哇一聲哭了出來，紛紛喊著「師父，師父」，泣聲一片。

跑出去的那兩個孩子剛跑到二門廊下，正好撞上了邁步進來的長爺和侯小若。長爺一把拉住哭得像個小淚人兒一般的那個小小子，「怎麼了?怎麼哭成這個樣子?」

「……師父……」答話的男孩兒看起來也就不到十歲，才剛入科一年。見到長爺就像是見到了親人似的哭得更厲害了，「師，師父……沒了……」

「什麼?!」

長爺的笑一下子凍在了臉上，好似被人兜頭澆了一盆冷水般渾身顫抖了起來。

由侯小若攙著，長爺一步一步往正屋這邊走的時候，就已經隱約能聽到右耳房裡傳來高高低低的哭聲，令他的心又是一緊。侯小若扶著長爺的手也微微有些出汗，往前走的每一步都感覺如此艱難。

「長爺……」

孩子們見長爺撩門簾進來，紛紛邊眼淚汪汪地看著他邊往兩旁退，給他讓出一條道兒來。長爺腳步不穩地走了兩步，一下子撲倒在床沿邊，望著床榻上餘溫尚存的杜二爺，自己幾十年過命的好兄弟，長爺不由得一陣眩暈老淚縱橫。

長爺就這麼一動不動地哭了好久好久，從沒人見過他這個樣子，所以壓根兒沒人敢出聲勸一句。深深吸了一口氣，長爺隔著被子輕輕拍了拍杜二爺，彷彿在告別一樣，然後他扭頭看了馬鳴未一眼，「打發人，去買口棺木吧。」

「欸。」

馬鳴未站起身，垂著腦袋往門口走去。在經過程雨晴身邊時，他佯裝悲傷地拍了兩下程雨晴的肩膀。

也不知道是誰通知喜鵲說長爺回來了，正好馬鳴未撩開門簾準備出去的時候，喜鵲恰好與馬鳴未擦肩而過，飛奔著進了右耳房，一下子撲在杜二爺身上嚎啕大哭了起來。長爺動也沒動，只是用眼角餘光瞧了瞧她，微微一皺眉。

杜二爺的死就像是一記重錘，狠狠地砸在每一個人的心上，狠狠地砸在喜富班的頭頂之上。院子裡往日的喧鬧消失不見，孩子們都各自悶頭練功，就連吊嗓子練唱的聲音也都沒有平時高亮，大家的視線總是會不由自主地飄向停在靈棚下的那口棺木上。棺木裡靜靜地躺著擦洗乾淨並換了一身兒乾淨衣服的杜二爺，辮子也重新梳過了，一絲不亂，身邊陪伴的是他抽了一輩子的煙袋鍋子。

這畫面映在侯小若的眼底，讓他覺得熟悉又遙遠……也不知道是不是院子裡的空氣讓他感到過於沉重，侯小若隨便找了個藉口逃了出去。似乎再不逃出去就會被什麼掐住喉嚨，無法呼吸一般。

長爺坐在棺木旁，雙目呆滯地拉著胡琴，一曲接著一曲。琴音悲切淒然，與靈臺上的香煙裊裊幽幽纏繞，聽得令人心疼。

是夜，程雨晴踉踉蹌蹌地從路邊一家小酒館裡出來，步履不穩地順著大街漫無目的地往前走著。大街上燈紅酒綠人來人往，熙熙攘攘好不熱鬧，炫目的燈火映照在程雨晴冷若冰霜的臉上，閃爍著扭曲的光。他東倒西歪地走到一個十字路口，一不小心撞在了一個拐過彎來的路人身上。路人正要張嘴罵街，卻被程雨晴醉眼迷離的絕世模樣奪了心魄，愣神之間被打從另一邊過來的侯小若給拉住了胳膊。

「實在對不住您，這位大哥，」侯小若淺淺一笑，「我師哥有點兒喝多了。」

路人看了看侯小若，像是忽然回過神來似的甩開侯小若的手，又看了程雨晴一眼，嘴不饒人罵罵咧咧地走開了。

「怎麼喝這麼些。」侯小若上前用胳膊撐住程雨晴的身子，聲音柔柔的。

「小若……」程雨晴話未出口，眼淚便如同斷線的珍珠一般落了下來。

侯小若將他拉進懷裡，輕輕用雙臂環住他的肩膀，一手慢慢拍著他的背，「哭吧哭吧……哭出來就能好受一些……哭吧。」

程雨晴趴在侯小若的肩頭，哭得渾身顫抖。

由於也不是什麼大戶人家，所以杜二爺的白事並不能大操大辦。雖然馬鳴未跟長爺提出了花錢解心疼一說，但長爺卻只是緩緩擺了擺手。

「走的人走了，留下的人還得活著不是。」

落葬當天，長爺請了幾個關係較好的樂手過來，他自己則親自吹著嗩吶，用一曲《哭皇天》送杜二爺上路。那嗩吶聲在之後的好多年都一直盈盈盤繞在侯小若的心間，抹不去，也不想抹去。

就像長爺說的，杜二爺走了，留下的喜富班還得照常練功演出，照常活著……這莫不過是世間最殘酷的事兒了吧。長爺在自己屋裡默默地喝著茶，發著呆，眼神有些空洞地也不知在看哪兒。

「長爺。」馬鳴未從外面走了進來。

「……鳴未啊，」長爺還是保持著同樣的姿勢，只是嘴唇動了動，「坐吧。」

馬鳴未在桌前坐了下來，看了長爺一會兒，「您還好嗎？」

「不礙的，」長爺嘬了一小口茶，聲音裡透著些許憔悴和無力，「你進來有事兒啊？」

「嗯……」馬鳴未稍微思索了一下，似乎在考慮該如何開口，「您看光是這幾天料理師父的白事就把您累成這樣，要是把您也給累趴下了可怎麼好。」

「沒事兒，我還行。」長爺扯出一個疲倦的笑，看著像是這幾天就一下子蒼老了十歲。

「您老這樣硬扛著可不行，」馬鳴未挖空心思，想要讓自己的話聽起來更加在理兒，「師父已經沒了……要是您再躺下，咱這喜富班可真就支持不下去了。」

長爺不再說話，只是淺淺笑著，小口小口地喝著茶。

馬鳴未見長爺並不反駁他，便更加理直氣壯地說了起來，「不都說人活七十古來稀麼，您老人家也快六十了，不好好保重身體可是不行。」

過了好一會兒，長爺放下茶碗笑了笑，「呵呵，那鳴未你說，我該怎麼做？」

「您看您，我這不就是想說讓您多休息嘛，」馬鳴未訕笑著，「把我們都教出來不容易，您老這麼大年紀了，還不該享享清福麼。」

「鳴未啊……」

「長爺。」

「你要想挑班兒就挑吧，」長爺說話的時候完全沒看一眼馬鳴未，「你是杜二爺帶回來養大的，我們都把你當成是他的親兒子一樣……現在他走了，你想挑班兒也沒人說得出什麼來。」

「有您這句話我就放心了，」馬鳴未長舒了口氣，「那您歇著，我先出去了。」

馬鳴未達到了目的，起身打算離開的時候，長爺忽然抬頭看向他。

「鳴未。」

「長爺，您還有什麼吩咐麼？」此時的馬鳴未已是滿臉的輕鬆。

「做人吶一定要把心放正啊，」長爺沒頭沒腦地說出這麼一句，讓馬鳴未忽然覺得脊背一涼，「心若不正則萬事皆休……」

「是，您老的教訓我一定記著。」

「去吧。」

說完這兩個字，長爺又恢復到之前放空的狀態。

「欸。」

臨出門前馬鳴未又回過頭來瞅了長爺一眼，見他一動不動的，也鬧不清楚他老人家究竟在想些什麼，便抬腳走了出去。

第二天一大早剛吃過早飯，馬鳴未就迫不及待地將大家夥兒都召集到院子裡，說是有重要的事情要說。侯小若、程雨晴和其他孩子們一起站在正屋前的空地上，長爺和喜鵲則是坐在廊下的條凳上。除了長爺之外，大家都有些不明就裏面面相覷。

馬鳴未今天特別穿了一身兒全新的絳紫色長衫，上面用同色的絲線繡著團壽字圖案，外面配了一件黑色綢緞馬褂，也是用同色絲線繡著大朵團花。頭髮上大概是抹了油，一條一絲不亂錚亮的大辮子垂在腦後，高挺著胸脯往那兒一站，看著就那麼神采奕奕。

「前些天，師父，」馬鳴未的臉上已然沒有了前幾日的悲切神情，「杜二爺沒了，對咱們喜富班來說，簡直就如同天塌了一般。」

站著的幾個年紀稍小一些的孩子又不由自主地抽泣了起來，侯小若趕忙過去輕輕拍了兩下背，權當安慰。

「但是，」馬鳴未話鋒一轉，「雖說杜二爺沒了，咱們的天塌了，但是就像長爺說的，走的人走了，留下的人還得活著。」

說著話，馬鳴未悄悄偷瞧了一眼坐在一旁悶不作聲的長爺。長爺只是一徑低著頭喝茶，看不清楚臉上的表情。

「長爺為咱們喜富班操了一輩子的心，現在年紀大了，也該是時候享享清福了，」馬鳴未的語調揚了上去，「而家，不可一日無主，所以從今兒個起……」

馬鳴未故意在這裡停頓了一下，掃了一眼全場，又清了清嗓子，「由我馬鳴未挑班兒主事，大家盡可放心，但凡有我馬鳴未一口吃的就一定有大家夥兒的，絕不會虧待任何一個人！」

站在院子裡的孩子們相互對看了一眼，稀稀拉拉地紛紛拍起了巴掌。

「另外還有件小事兒，就是……」馬鳴未擺了擺手，示意掌聲可以停了，「打今兒個起，喜富班正式改名鳴福社。」

話音剛落，馬鳴未就將身旁架著的那塊長四方物件兒上的紅綢一扯，露出一塊大大的漆黑牌匾，上面赫然寫著「鳴福社」三個金燦燦的大字。

五、

喜富班改名鳴福社之後，馬鳴未做的第一個決定就是停止招收新學徒，因為他覺得杜二爺已經沒了，僅僅是自己和長爺兩個人要給鳴福社所有的孩子們看功說戲都已經略顯吃力了，而且他還時不時有戲樓戲和堂會戲要上。儘管侯小若、程雨晴有的時候也會幫忙教戲，但要是再收的話根本管不過來。長爺聽了之後大概覺得在理，也就默許了。再有就是把杜二爺以前住的右耳房好好收拾打掃出來，讓長爺搬了進去，而他自己作為班主則搬到了東廂房，西廂房騰出來給了壽字科。

就在喜富班……哦不，現在應該是鳴福社……就在鳴福社經歷著內部動蕩的時候，碩大一座京城也正處於風雨飄搖的時刻。接連聽說有義和團的人被圍堵槍殺，而過不了幾天又傳夷人的高官被刺、城外的夷人教堂被燒什麼的，簡直連讓人喘口氣的空閒都沒有。

儘管這樣，還是有人堅持說夷人不可能有膽量和大清天朝開戰，而且就算真的打起來了也不可能打得到京城來。京城可是有老祖宗庇佑的，什麼邪魔歪道都進不來。

這些成天把老祖宗庇佑掛在嘴上的人信誓旦旦拍著胸脯地說完了還沒有兩天，一個令人魂飛魄散的消息傳到了京城……大沽口炮臺被夷人的艦隊攻陷……天津府，失守了。

晚上孩子們都去睡了之後，長爺、馬鳴未、侯小若和程雨晴四個人圍坐在正屋裡，每一個人臉上都是神情凝重。喜鵲從外面走進來，手裡的托盤上放著四碗剛沏好的茶。

「長爺，您喝茶。」喜鵲輕聲說著，將一杯茶先擱在長爺手邊。

「有勞。」長爺欠身點了點頭。

無論杜二爺是不是已經駕鶴西歸，喜鵲始終都是他的嫂嫂。

接著喜鵲又把茶端給了其餘三人，然後抱著托盤遠遠地坐在門旁的凳子上。

「連天津府都失守了，夷人攻進京城還不就是眨眼的功夫？」侯小若有些緊張地接著剛才的話題說道。

「攻進京城？就憑那些沒開化的蠻荒夷人？」馬鳴

未似乎有些不屑。

「之前大家還都說不會開戰呢，這不才沒有一個月，天津府就被夷人打下來了！」侯小若覺得馬鳴未太沒有危機感了，不禁急得拍了一下桌子。

「天津府是天津府，京城是京城，哪裡能比。」馬鳴未從鼻子裡冷哼了一聲。

「要是等到兵臨城下可就晚了，」侯小若的聲音拔高了一度，「長爺？！」

「小聲點兒，」長爺用食指在嘴前比了一下，「想把孩子們都吵起來嗎？」

「……對不起。」侯小若臉一紅，撓了撓頭。

「長爺，您怎麼看？」馬鳴未也轉頭看向都沒怎麼說話的長爺。

「咱一定得走！」侯小若忍不住又插了一句。

「走？上哪兒去？往哪兒走？」馬鳴未輕皺眉頭看著侯小若。

「往……」侯小若並沒有想那麼多，不由得一時語塞。

「看看，你連去哪兒都沒想好，還非嚷嚷著要離開京城，簡直胡鬧。」馬鳴未翻了個白眼，端起茶碗吹了吹但卻並沒有喝。

「……可以往西去，」程雨晴靜靜地開口說道，「若是師哥實在不願意遠去，可以先到宣化府，探看一下情勢再做決定。」

「雨晴，怎麼連你也……」

沒等馬鳴未把話說完，長爺幽幽地說了一句，「那就先去宣化府吧。」

「長爺！」馬鳴未扭頭不滿地看了長爺一眼，但馬上又發覺自己的失禮，連忙低下頭去。

「這人世間啊說不準的事兒太多，趁現在能活著就好好活著吧。」

自打杜二爺沒了之後，長爺的精氣神兒一下子差了很多，還總是說些個莫名其妙讓人摸不著頭腦的話。

「鳴未師哥，走吧，別等到時候想走也走不了了！」侯小若趕緊趁熱打鐵，「剛好再過幾天，咱們跟幾間大戲樓的期也都滿了。」

馬鳴未皺著眉頭，下意識往喜鵲那邊看了一眼，發現喜鵲衝他微微點了一下頭。

「咳……」馬鳴未清了清嗓子，「既然，大家都這麼說的話，我再反對似乎就太不近人情了。」

「您同意了？」侯小若眼裡閃著光。

「就按長爺說的，咱們先往宣化府走走，」馬鳴未搓著下巴，邊考慮邊說，「估計最多七八天也就到了，到時候再從長計議。」

「嗯！明兒一早我來通知大家夥兒。」侯小若顯得很是興奮。

大概是侯小若的興奮模樣讓馬鳴未覺得有點兒反感，他微皺了一下眉頭，「嗯，回頭還要去跟各個戲樓管事的都打個招呼，別叫人家以為鳴福社不幹了呢。」

「行，這些也都交給我。」侯小若簡直滿臉的迫不及待，恨不得明天出發才好。

「晚了，今兒就到這兒吧，」長爺幽幽的聲音傳來，「都各自回屋，早歇著。」

「欸。」

「是，長爺。」

「您老也早歇著。」

幾人紛紛應著，起身施禮，然後前前後後地都走了出去。

長爺稍微又坐了一會兒，對空長嘆一口氣，然後起身撩開門簾走進了右耳房。屋子的角落裡，長爺自己給杜二爺設置了一個小小的靈台，早晚兩炷香供著杜二爺的靈位，從未斷過。

「二爺啊，怎麼說走就走了呢……」

長爺點著一炷香，插進靈位前小小的香爐裡。眼皮已然有些下垂的眼睛裡閃著點點淚光，嘴裡喃喃自語。

深夜過了子時，東廂房的屋門被靜悄悄地拉開一道縫，一個人影如同鬼魅一般快速閃了出來，繞過右耳房旁的夾道，貓著腰一直摸到了後罩房東北角那間小屋。屋裡並沒有點燈，一片寂寥無聲，但是屋門卻無聲地打開，還沒等這人影來得及四下張望一下，就被屋裡人一把給拉了進去。

「快點兒……可想死我了……」女人的聲音喘息著說道，伴隨著窸窸窣窣衣服摩擦的聲音。

「你當我不想麼，」男人壓低的聲音聽起來卻更是急切，「雜事，嗯……纏身……嗯，你真香啊……嗯……」

「……呀，」女人低聲嬌喘了起來，「啊……你，要了我的命了……唔……」

女人刻意抑制的喘息聲卻愈發誘人，男人被撩撥得口乾舌燥，他不再說話，只是一徑埋頭苦乾。

窗外纖雲弄巧，窗內金風玉露，那有些惱人的吱吱呀呀一直持續了小半個時辰才終於心滿意足地重歸寂靜。男人仰面躺著，臉上微微有些許疲倦之色，女人則像只溫順的小貓一般趴在男人結實的胸口，聽著自己的男人有力的心跳和略顯沉重的呼吸聲。

「鳴未。」

「嗯？」

「我覺得，現在的自己可幸福了。」

喜鵲的食指無意識地在馬鳴未胸口劃著圈。

「嗯。」

「我以前都不知道，原來我也是可以這麼幸福的。」

「嗯。」

馬鳴未的聲音有些模糊，或許是因為盡情雲雨之後席捲而來的睡意。

「都是因為有了你……」

喜鵲感覺自己的雙頰熱熱的，很是舒服。

「呼……」

馬鳴未微微打起了呼嚕。

「我一定要和你一起好好活下去，我們，一定要好好活下去……」

喜鵲的聲音也輕了下去，漸漸地陷入了夢境。但是她心裡明白，天亮之前必須要叫醒馬鳴未，讓他在大家起來之前回東廂房去。

第二天練早功之前，侯小若就迫不及待地把過幾天要一起去宣化府的決定告訴了班社裡的所有孩子。大家雖然覺得有些突然，但是也沒什麼人反對，因為這一段兒街面上實在太不安穩，有的時候就連去戲樓的路上也要提心吊膽的。於是大家便分工合作，需要置辦東西的置辦，需要聯繫戲樓的聯繫，幾乎每個人都分到了出發之前需要完成的任務。

華樂樓是和鳴福社合作最久的戲樓，所以禮數上本應該馬鳴未親自過來的，但由於他還要去東城的三間會館，所以南城的華樂、廣和、廣德，還有正乙祠四間大戲樓都由長爺帶著侯小若去打招呼。

長爺這些天的氣色都不是特別好，所以侯小若特地給他挑了一件淺翠色的團花長衫，搭配深絳色馬褂，又把辮子打散了重新給梳了梳，手裡再拿上把摺扇。還真別說，這麼一捯飭的確讓長爺看起來精神了不少。

吃完早飯，侯小若陪著長爺喝過一碗釅釅的熱茶之後，爺倆一前一後出了門。

從鳴福社到華樂樓步行大概也就半炷香左右的功夫，爺倆溜達著就過去了。走到華樂樓門前時，一個熟識的店小二正揮著一柄大掃帚在台階下打掃著，見長爺和侯小若過來，趕緊放下掃帚往這邊跑了兩步，抱拳拱手。

「您二位今兒來這麼早哇。」

「辛苦辛苦，」侯小若也笑著一拱手，「舒爺來了麼？」

「來了，在後頭吶，」店小二是個圓圓臉的男孩，看著不過十七八歲，總是笑臉盈盈的感覺特別討喜，「您二位直接進去吧。」

「欸。」

爺倆慢悠悠地走到了華樂樓賬房門口，侯小若抬手規規矩矩地敲了三下，舒爺的聲音在屋裡響起，「進來。」

侯小若撩開門簾先把長爺給讓了進去，然後自己也跟著進了屋。坐在長條桌案後面算賬的舒爺一抬頭，看見原來是這兩位來了，趕忙站起來拱手施禮。

「哎呦，長爺，侯老闆，」舒爺從桌案後轉出來，「您二位怎麼今兒來這麼早？」

「有點兒事兒說。」長爺笑咪咪地答了一句。

「坐坐，坐下說話，」舒爺讓兩人都坐下，然後招呼門外另一個跑堂的孩子給沏茶，「是不是期約的事兒呀？這還勞煩您二位特意跑一趟，回頭晚場時一併說了不就是了。」

「的確是期約的事兒，」和老交情的舒爺說著話，似乎讓長爺的心情好了許多，「但是咱們可能一段時間都沒辦法再在這兒唱了。」

「這……」舒爺愣了愣，臉上的笑有些僵，「要是因為戲份的話咱們可以商量……」

「您想哪兒去了，」長爺擺了擺手，打斷了舒爺的話，「是因為這世道啊太不安穩了，這不前兒個天津府還被夷人給佔了，大夥兒擔心啊。」

聽了這話，舒爺也神情凝重地點了點頭，「是啊，如今這天下到底是怎麼了……」

「雖然可能不會真的打來京城，但我們還是想著出去躲一陣兒，」長爺用故作輕鬆的語氣說道，「畢竟咱這兒孩子多，若是有個閃失可就不好了。」

「是是，」舒爺想了想，問道，「那您打算什麼時候走？走多久？」

「唱完這幾天吧，」長爺捻著鬍子，「唱完這幾天就走，估計不會太久，等稍微太平一些就回來。」

「都想好了往哪兒走嗎？」

「孩子們說是往西，先上宣化府待一段兒。」

「這樣……」舒爺托著下巴不知考慮著什麼，接著他站起身，將桌案後面的小櫃子上的鎖頭打開，取出兩錠銀子，「這可不敢說是給您的盤費，一點兒心意，您帶在身上。」

「哎呦呦這可不行，」長爺趕忙站起身，雙手往外推著，「舒爺，這可萬萬使不得。」

「再多了我也拿不出來，」舒爺笑著，硬是要塞給長爺，「您要是再推，可就是看不起我姓舒的。」

「不行不行，哪兒能白拿您的銀子。」長爺說什麼也不接。

「小若，你拿著，」舒爺板起臉，佯裝著不高興的樣子將銀子一下塞進侯小若懷裡，「再不拿著我可真生氣了。」

侯小若有些尷尬地捧著兩錠銀子，看向長爺，「長爺……」

「唉……」長爺嘆了口氣，「舒爺啊舒爺，可讓我說點兒什麼好。」

舒爺再次讓長爺坐下，自己也回身坐到椅子上，「咱們十好幾年的交情，還有什麼旁的可說的，喝茶喝茶。」

「欸。」侯小若見長爺沒再反對，便將銀子揣進懷中，衝著舒爺一抱拳，「多謝舒爺賞。」

「行了，喝茶喝茶。」

六、

也不知道為什麼，侯小若半夜忽然醒了過來。

他仰起腦袋朝窗戶那邊看了一眼，月光格外的清亮……大概是丑時過吧，侯小若想著，打了個大大的呵欠。翻了個身本打算接著睡，又覺得口乾舌燥的，只好爬起來，摸黑尋找著桌上的茶壺。

睡前程雨晴一般都會泡一壺茶晾著，因為他知道侯小若晚上經常起來找水喝。

侯小若不想吵醒程雨晴，所以輕手輕腳地摸過茶壺倒了一大茶碗，咕咚咕咚一口氣全喝了下去。正想再倒一碗的時候，他忽然聽見院子裡傳來些許聲響。放下茶碗，侯小若推開窗戶往外一看，原來是程雨晴獨自一人在院子裡練習著圓場和水袖功。

雖然在那場《法門寺》之後，程雨晴就因為倒倉而不得不開始轉拉胡琴，但他還是每天堅持練功吊嗓子，沒有一日間斷過。儘管嗓子還沒有恢復，不過他的身段兒卻是日漸成熟幾近完美。若要說程雨晴是京城中的頭牌旦角之一，相信沒人說得出二話來。

程雨晴個子不算高，但腿卻出奇的長，要比一般人長出一大截子，再加上蹺鞋，那身姿簡直柔媚得堪比月中嫦娥更勝浣紗西施。月下的程雨晴身著緊襯俐落的白衣，兩條白色的水袖上下翻飛舞動自如，真好似天上仙子一般。似水的清輝將他裹於其中，令人不由得產生一種美得發光的錯覺。他越舞越急，像是在發洩什麼似的，腳底下的圓場也越跑越快，長長的辮子在身後不安分的跳躍著。

忽的，程雨晴雙手往上一甩，水袖騰空而起，在半空中掙紮著飛蕩幾下後幽然飄落，隨著垂下的雙手落在了身體兩側。程雨晴一動不動地保持著這個仰頭望天的姿勢，靜靜地站著，胸口上下起伏。

「雨晴。」

侯小若的聲音在身後響起，程雨晴的身體猛然顫了一下。

他抬手似乎在臉前胡亂抹了兩下，然後轉過身來，「小若，還沒睡麼？」

侯小若看了看他有些發紅的眼睛，「你才是，這麼晚還不睡。」

「睡不著，」程雨晴垂下眼瞼，勉強擠出一抹笑，「所以出來練練功，想著出身汗或許就能睡著了。」

「過來。」侯小若拉著程雨晴的手坐到一旁廊下的扶手上，然後蹲下去解他腳上的蹺鞋。

程雨晴連忙一縮腳，「我一會兒自己脫。」

「和我還客氣什麼，」侯小若露出一個大大的笑臉，一手握著程雨晴的腳，「從小就給你卸蹺鞋，我都習慣了。」

「嗯……謝謝。」程雨晴雙頰微微一紅。

「說什麼謝謝，你呀太要強，」侯小若一圈一圈地解開蹺鞋的綁繩，「要是能多依靠我一些我還更高興呢。」

「嗯……」

脫下左腳的蹺鞋之後，侯小若又開始解右腳那隻。

「你剛才，哭過了？」

程雨晴稍微愣了一下，但還是點了一下頭，「……嗯。」

「怎麼了？」

侯小若又把另一隻脫下來，接著便習慣性地將程雨晴的腳放在自己膝頭輕輕揉搓，幫他散瘀。

「沒，沒什麼。」程雨晴說著，眼神有些閃爍。

「嗯？」侯小若咧嘴一笑，仰起臉看著程雨晴，「不是才剛說了要多依靠我一些麼。」

程雨晴咬著下唇搖了搖頭，眼裡又蒙上一層水霧。

侯小若輕嘆了口氣，起身坐在了程雨晴身邊，一手攬過他的肩膀，「我知道了，你是在擔心咱們這趟離開京城的事兒對吧？」

程雨晴並沒有搖頭，但也沒有點頭，只是靜靜地靠著他。

「我就知道，」侯小若忍不住又嘆了口氣，「我如果要說沒什麼可擔心的，那一定是假話，但是有我在呢……」

侯小若用攬住程雨晴肩膀的手輕拍了拍他。

「都有咱家我呢！」侯小若故意用《法門寺》裡面劉瑾的口氣說道，把程雨晴逗的噗嗤一下笑了出來，「終於笑了……我啊最喜歡看你笑了，你笑的時候最好看。」

程雨晴雖然還是沒有答話，但是臉上的神情已經變得柔軟了許多，臉頰泛著若桃花般淡淡的粉色。

「當然不是說不笑的時候就不好看啦，但是笑的時候，」侯小若自己嘿嘿笑了兩聲，「真的最好看。」

「說什麼傻話，好看太多了。」

「……比小師娘還好看？」

「……嗯。」

即使還是初夏，但卻已經可以感覺到陽光跳躍在皮膚上時灼人的溫度。三閏爺家小小的院子裡擺上了香案香爐，香案後面是一掛戲祖唐明皇的軸畫。正屋前的房檐下一字排開坐著長爺、舒爺和譚四爺，程雨晴則是規規矩矩地雙手垂著站在長爺身側。三位爺都是不約而同地捻著鬍子，笑瞇瞇地看著在院子當中忙活的三閏爺和侯小若爺倆。

三閏爺為了今兒這個大日子可是好好裝扮了一番，一水兒的新袍新褂子、新褲新鞋子，就連襪子都是嶄新的，而且昨兒晚上還特意去街口重新刮頭剃鬍子，大腦門子鋥亮，這會兒看著還真是倍兒精神。

爺倆先是一起焚香祭過戲祖唐明皇，然後侯小若搬過一把八仙椅來，端端正正放在了香案前面。三閏爺大馬金刀地往椅子上一坐，侯小若撩袍跪倒，給三閏爺深深磕了三個響頭。

「乾爹在上，請受兒侯小若一拜。」

三閏爺臉上樂得像是開了花似的，不住地點頭。

「三閏爺媳婦兒過世的早，也沒給留下一男半女的，」舒爺悄悄在譚四爺耳邊說道，「所以才會這麼開心呢。」

「嗯嗯，」譚四爺笑著點點頭，「從沒見過三閏爺樂成這樣。」

「小若真是個有福的孩子啊。」長爺喃喃自語道。

程雨晴在侯小若磕完頭之後把茶端了過去，遞到他手裡。侯小若雙手端著茶碗，畢恭畢敬地高舉過頭，「兒侯小若恭請乾爹喝茶。」

「好，好。」

三閏爺高興得手都有點兒哆嗦，拿了三回才把茶碗拿住，湊到嘴邊喝了一口。放下茶碗，他伸手捧過桌上放著的一個長長的大匣子，放在腿上輕輕摸了摸，「小若啊，我不是說過會給你準備一份大禮，讓你這句乾爹不白叫麼？來，你看看。」

侯小若好奇地直起身子看了看，「乾爹，這是什麼呀？」

「看好了。」三閏爺臉上泛著光澤，寶貝地將匣子蓋兒打開。

就連坐在一旁的三位爺都伸長了脖子，想看看匣子裡裝的究竟是什麼。

「哇。」侯小若不由得一聲驚呼。

匣子裡整整齊齊地放著兩幅髯口，一副黑滿和一副黪滿。兩幅髯口絲絲不亂長而飽滿，一看就知道這是一等一的好貨色。

譚四爺忍不住起身走了過來，連連讚嘆道，「如此上乘的髯口可真是不多見啊。」

「還得是譚四爺，真識貨。」三閏爺見譚四爺誇自己的東西，臉上添了兩分得意之色。

「三閏爺，這就是那兩幅髯口嗎？」長爺問道。

三閏爺笑著點了點頭。

「每次想找你借來看看都不給的小氣勁兒，今兒怎麼捨得拿出來了。」舒爺調侃道。

「嘿嘿嘿，」三閏爺摸著自己光溜溜的大圓腦袋，「今兒不是得了兒子嘛，來，小若，你看看。」

侯小若上前小心翼翼地伸手摸了摸匣子裡的髯口，觸感軟而不滑，著實有著令行家愛不釋手的魅力。

「喜歡嗎？」三閏爺笑嘻嘻地問道。

「喜歡！」侯小若看進眼睛都拔不出來了。

「你的了。」三閏爺大手一揮。

「啊？」

別說侯小若了，就連其他三位爺都吃了一驚。

「送，送，送給小若了？」長爺嚇得都結巴了。

「啊，怎麼不許呀？」三閏爺嘿嘿地笑著。

「大手筆！」譚四爺忍不住鼓起掌來。

「真有您的，三閏爺，哈哈哈哈。」舒爺也跟著大笑了起來。

就只有侯小若還有點兒不敢相信，「真，真送我了？」

「嗯，」三閏爺拍了一下侯小若的肩膀，「這是正經天山氂牛毛製成的，跟了我幾十年了，能被大家夥兒謬讚為活阿瞞，這倆髯口的功勞可是不小啊。」

「乾爹……」侯小若感動得眼眶都紅了。

「小若，第一次看你的戲我就知道你是個聰明孩子，」三閏爺神情認真地說道，「這兩幅髯口既然傳給你了，你小子就一定要給我唱齣好戲！」

「是，乾爹！」侯小若衝著三閏爺一抱拳，語氣堅定。

「好孩子，好孩子。」

三閏爺用手胡擼了兩下侯小若的腦袋，眼眶也有點兒發紅。

七、

出發這天的一大早，天才剛濛濛亮，馬鳴未事先租下的四輛騾車就已經排著隊停在了鳴福社院門前。其中一輛稍小一些的有轎廂和轎簾，不消說自然是給馬鳴未、喜鵲、長爺還有三閏爺預備的，另外三輛比較大的就是一般沒有頂棚的騾車，由侯小若、程雨晴帶著福字科、壽字科還有其他孩子們搭乘。

前兒個收子禮的時候侯小若就已經問過三閏爺了，好在三閏爺剛收了個乾兒子心裡高興，也願意跟著，於是當即就決定和鳴福社一起離開京城。

這會兒大家剛練過早功，都還沒來得及吃早點，馬鳴未就指揮著孩子們收拾的收拾，裝車的裝車。長爺則是坐在正屋廊下，端著一碗小米粥看著大家夥兒忙忙亂亂的。

侯小若見長爺只是坐在那兒，也不往外拿包袱行李，便上前問了一句，「長爺，您的包袱呢？我給您擱車上去。」

長爺擺了擺手，「不用了。」

侯小若聽了一愣，「長爺，咱一會兒可就得出發了。」

「嗯。」長爺點了點頭。

見長爺還是沒有動換的意思，侯小若有點兒不明所以地撓了撓頭。正好這個節骨眼兒上三閏爺走了過來，大手一下拍在侯小若脊背上，「小子，躲懶呢。」

侯小若扭頭看了一眼三閏爺，用眼神往長爺那邊示意了一下。三閏爺隨著侯小若的眼神看了看長爺，然後大步走過去在長爺身邊坐下。

「長爺，吃著呢。」

「欸，吃著呢。」長爺笑笑。

「您老的包袱呢？讓小若給您拎過去呀？」

「不用不用。」

三閏爺也不由得一愣，抬眼瞧了瞧侯小若，侯小若也是滿臉不明白的樣子。

「您，什麼也不打算帶麼？」

「呵呵呵，」長爺笑了幾聲，「我連人也不打算帶呀。」

「啊？」

三閏爺和侯小若都嚇了一跳。

「長爺，您這話……」侯小若都快急了，「什麼意思呀？」

「你們去，我呀留下給你們看家。」長爺慢條斯理地說道，那語氣似乎根本不是在說什麼大不了的事情。

「那怎麼行！」侯小若一下子跳了起來，「我們都走了，就留您一個人，您老……您老一個人怎麼能行！」

「怎麼就不能行呢，」長爺還是不緊不慢的，「離了你們，我老頭子還就活不下去了麼，哈哈哈哈。」

「乾爹……！」侯小若嘴上功夫不行，只好求助於一旁的三閏爺。

「長爺，不是說好了一起走麼？」三閏爺朝著侯小若擺了擺手，示意他冷靜一下，「怎麼又不走了呢？」

「我只說了同意孩子們離開京城，可從來沒說過要一起走。」長爺端起碗來，慢悠悠地喝了一口小米粥。

「這……」三閏爺也感到有些棘手，繼續問道，「您為什麼不一起走呢？有什麼緣由嗎？」

「也，沒什麼緣由，」長爺靠在椅背上，稍稍仰著頭打量了一下整間院子，「我只是覺得，生於此終於此，挺好。」

「長爺！」侯小若終於急了，調門兒都漲上去了，「這會兒可不能瞎開這玩笑，萬一……不怕一萬就怕萬一，萬一夷人真要打來京城了您可怎麼辦？」

「打不進來打不進來，」長爺搖了搖頭，「即使真打進來了，他們又能拿我一個糟老頭子怎麼樣呢。」

「不行，您一定得跟我們一道走。」侯小若二話不說，上前就拽長爺的胳膊。

「小若，」長爺一改剛才祥和的面孔，臉往下一沉，「我既這麼做自有我的道理，怎麼，你還要來硬的不成？」

「您……」侯小若急得抓耳撓腮，「今兒就算綁也要把您給綁上車！」

「胡鬧！」長爺的臉都黑了。

這兒正吵吵著，馬鳴未走了過來，「怎麼了？」

「師哥，您來勸勸長爺，他說什麼也不跟咱們一起走！」侯小若見馬鳴未過來，簡直就像是逮著理兒了一樣，忿忿說道。

「長爺，怎麼了？」

「沒什麼，」長爺看了馬鳴未一眼，扭過臉去，「你們走，我留下看家。」

「這，為什麼呀？」馬鳴未微微皺眉。

「你們都走了，這麼大個院子還不得有個人看著嗎？」長爺吸溜吸溜地喝著碗裡剩下的粥。

「那……」侯小若往前邁了一步，賭氣道，「那我留下！我留下看家，您跟著大夥兒走。」

「別胡鬧了，」長爺望空長長地嘆了口氣，轉過身拍了拍侯小若的肩膀，「小若，你是個好孩子，也是個有福的孩子，你要留下了誰照顧你乾爹呀？」

「可是長爺……」侯小若還要爭辯什麼，卻被長爺打斷了。

「行了，放心吧，不會有事兒的，」長爺又擺了擺手，「趕緊去吧，一會兒誤了出發的時辰就不好了。」

「長爺，」程雨晴靜靜地走過來，跪下給長爺磕了個頭，「您老保重。」

「欸，起來吧。」

馬鳴未見狀，帶著孩子們都學著紛紛跪下，磕了個頭，「長爺保重。」

侯小若最後一個跪下，一個頭磕在地上，嘭一聲響，「長爺，保重！」

「得了，」長爺的聲音聽著有些哽咽，輕輕跺了兩下腳，「走吧。」

三閨爺看著嘆了口氣，上前握住長爺瘦弱的肩膀，拍了拍，「老小子，好好的，等著我們回來。」

「欸，我哪兒也不去，就在這兒看著，」長爺露出一個笑臉，「等著你們回來。」

在真正的酷暑來臨之前，馬鳴未帶著鳴福社一行往西離開了京城，四輛騾車頭也不回地朝著宣化府姍姍而去。

說是出城避難，可對孩子們來說，這簡直就像是出來郊遊踏青一般，坐在大騾車上嘰嘰喳喳個不停，說一陣兒笑一陣兒。徐風陣陣輕拂面龐，叫人覺得有些癢癢的卻也舒服得很。亮晃晃的陽光照耀著程雨晴白皙似雪溫潤如玉的肌膚，在又長又濃密的睫毛下投下一排深灰色的影子。

打從離開京城後程雨晴就一語不發，安靜地靠著騾車的矮欄桿坐著，用手撐著下巴也不知道在想些什麼。侯小若正好坐在騾子屁股後面靠右邊的位置，踢起來的塵土若是揚得高一些總是很容易就迷了他的眼。

「唔……」

侯小若又一次抬起手，剛想要揉眼睛的時候，程雨晴從他身後伸過手來一把抓住了他的手腕。

「別揉，」說著，程雨晴湊了上去，輕輕揭開一點兒侯小若的眼皮，用嘴使勁兒一吹，「好些麼?」

侯小若眨巴了兩下眼睛，又轉了轉眼珠，感覺沙塵似乎是被吹出去了，正想說什麼的時候才忽然發現程雨晴的臉竟然離自己這麼近，近得連他的味道都隱約在鼻尖纏繞……侯小若的臉一下子紅到了耳朵根兒，心跳猛然加快，而且越跳越大聲。

「你怎麼了?」程雨晴擔心地皺了皺眉，用手摸了摸侯小若的臉頰，「臉怎麼，這麼……」

他話沒說完，卻沒想到侯小若的手也撫上了他的臉。侯小若的手掌很大，差不多把程雨晴的半邊臉都覆住了，粗糙的拇指指尖輕輕廝磨，溫度也一點點傳了過來。程雨晴的眼睛越睜越大，一時間呆愣住不知該做何反應，雙頰微燙。

「小若師哥你怎麼了?滿臉通紅的，不舒服嗎?」坐在侯小若對面的梅壽林出聲問了一句，接著又遞過來一個水筒，「喝點兒水吧。」

「欸。」

為了掩飾自己的不自然，侯小若奪過水筒就是咕咚咕咚一通足喝，放下之後打的嗝兒都帶著水音。

「若是不舒服可要早說，」梅壽林將喝空了水桶接過來，收到一旁，「病可耽誤不起。」

「沒事兒，」侯小若喝完水穩住了心神，嘿嘿笑了幾聲，「剛才不就是被沙塵迷了眼嘛。」

「怕是迷了小若師哥眼的，不只是沙塵而已吧。」梅壽林掩嘴一笑，悄悄掃了一眼還沒有回過味兒來的程雨晴。

「胡，胡說什麼……」

侯小若像是被人看穿了心思一般，雙手尷尬得不知往哪兒擺才好。也正是因為他這副好笑的模樣，才讓梅壽林總是喜歡捉弄他。

梅壽林這幾年的長進非常快，他個性謙虛溫順，學戲勤奮又不怕吃苦，所以臺上臺下大家都很喜歡他。如今戲越唱越好，所以很有些個捧他的人戲稱他為小程雨晴。說是小，可梅壽林個子還是挺高的，和程雨晴站在一起的話差不多要高出半個多頭。而且他也不像程雨晴那麼纖細單薄，反而比較壯實。若是作為男人，高大魁梧自然是優勢沒錯，但是作為旦角這可就是絕對的劣勢了。再加上梅壽林唱的大都是苦戲悲情戲，試想一下，誰願意看一個五大三粗的「女人」在戲臺上悲悲切切淒淒慘慘的?所以為了掩飾自己的短處他可真是沒少下功夫和心思，這才有了今天一點點的名氣。

不過幸好梅壽林的臉長得非常秀氣，尤其是那一雙臥蠶眼秋水無塵楚楚動人，不知多少看客都是陷入了這對眸子之中無法自拔。據說現在捧梅壽林的戲迷當中有小一半都是當初捧程雨晴的，但是程雨晴倒倉之後快兩年都沒有登臺了，於是這些人便移情到「小程雨晴」的梅壽林身上了。然而還有另外一大半，則是王公貴族或富豪商賈家的女眷。

大概是因為梅壽林雖然白淨秀氣，但在不扮上時還是很有幾分男子英氣的，所以反而更受女性的歡迎。每次只要貼出了有梅壽林的戲，那些個來灑金灑銀灑珠寶的富家女可就多了去了，散了戲之後那金銀珠寶就滿戲臺都是，回回都得用竹筐盛回來。即使是這樣，梅壽林也從未和任何人傳出過有損名節的花邊新聞，向來潔身自好，這應該也是大家喜歡他的原因之一吧。

騾車搖搖晃晃地趕著往前走著，這路途不平倒把侯小若的瞌睡蟲給顛出來了。他打了個呵欠，身子往後一歪，靠在了程雨晴身上。或許是程雨晴身上幽幽的香味兒讓他覺得愈發舒服，不一會兒就打起了呼嚕。程雨晴見他額頭冒出了一層密密的汗珠，便從懷裡掏出帕子輕輕給他擦了擦，而侯小若竟一點兒反應也沒有。

「怎麼能睡得這麼熟。」

看著他，程雨晴不禁莞爾一笑。

八、

只要天一擦黑，無論住不住店侯小若都會變得緊張起來，因為他這趟出來身上可帶著不少銀錢。

之前舒爺給的兩錠銀子長爺讓他單獨收好，還特別囑咐他不用拿出來，等到真正有急用的時候再說。另外在臨出發前，長爺又偷偷塞了五十兩銀子給他，說是除了福字科和壽字科之外還帶著這麼些孩子，肯定短不了要花錢。而侯小若自己這幾年攢下來的銀子也都兌換成銀票帶了出來，想著有備無患。這些零零總總全都加起來的話，估計小宅院都能買下幾套了，難怪他這麼提心弔膽的。

不過這一路上就別說賊了，連趕路的人都很少撞見，所以也算是平安無事地走了三四天。

這天剛過了懷來縣，四輛騾車正排成一字長龍往沙城方向走的時候，頭一輛，也就是馬鳴未他們的車突然停了下來。馬鳴未一撩轎簾，從車上跳了下來，三閏爺也立刻跟著下了車。

「怎麼了？」侯小若跑上前問道。

「喜鵲不太舒服，」不知什麼時候起，馬鳴未在大家面前已經不再管喜鵲叫小師娘了，「稍微停一會兒，大家也都休息一下吧。」

侯小若有些擔心地看了看四周，黃土路的兩邊都是成片荒蕪人煙的密林，「師哥，這兒是不是有點兒太荒了？」

「嗯？」馬鳴未也四下張望了一下，若無其事地聳聳肩，「我們這麼些人，有什麼好怕的。」

「還是再往前趕一趕吧，」侯小若勸道，「等進了沙城再休息也安心不是？」

「從這兒到沙城最起碼還要半個多時辰，」馬鳴未皺了皺眉，「喜鵲撐不了那麼長時間。」

「那，就休息一會兒吧。」侯小若只好退了一步。

「嗯，」馬鳴未或許也察覺到自己語氣不善，撓了撓頭，「稍微休息一會兒就行。」

「欸。」

侯小若轉身對坐在後面三輛車的孩子們揮了揮手，「我們在這兒休息一會兒再走。」

聽了這話大家紛紛跳下車，伸伸腰活動活動胳膊腿兒什麼的，坐了幾個時辰的車也的確是挺乏人的。

第三輛騾車上除了梅壽林和兩個福字科的之外，還有三個年紀比較小的孩子，都是在改叫了鳴福社之後才剛入的科所以還沒有給改名字，就隨著剛送來時的乳名叫。年紀最小但看著虎頭虎腦的叫虎子，頭上有幾塊癩痢的叫花娃子，另外還有一個生得像豆芽菜似的身子挺瘦腦袋卻挺大的叫黃豆兒。

虎子拉著花娃子跑到侯小若身邊，拉了拉他的衣擺，「小若師叔。」

「嗯？」侯小若向來對孩子們都很有耐心，所以他們有什麼也都願意來找侯小若，而不是馬鳴未。

「我想撒尿。」

「我也是……」花娃子沒有虎子那麼咋呼，聲音裡似乎還透著奶味兒一般軟膩。

「到那邊林子裡去尿，」侯小若指了指路旁的林子，「別跑遠了。」

「欸。」

兩個孩子應了一聲，嬉笑著往林子裡跑去。

「尿完快回來啊。」侯小若不放心地衝著兩人的背影喊了一句。

「知道啦。」

侯小若笑著搖了搖頭，走到程雨晴身邊，「看著他們，就想起咱們小時候。」

「我小時候才沒有你們那麼淘。」程雨晴依舊坐在車上，雙臂向上懶洋洋地伸展了一下身子。

「那是，你可是我們當中最認真的一個，除了吃飯睡覺就是練功。」侯小若把下巴架在程雨晴靠著的車扶手上，仰起臉看向他。

程雨晴淺淺一笑，「聽起來我應該是最無趣的那個吧。」

「哪兒能呢，」侯小若只要看見程雨晴笑，他就條件反射一般想跟著笑，「那時候要是不下狠勁兒練功，還不得被師父給打死。」

說到杜二爺，程雨晴的臉色變得略微有些陰沉。侯小若也反應過來不該提，趕緊轉換話題，故作輕鬆地問道，「雨晴，你餓不餓？我給你拿個餅子吧。」

程雨晴輕輕搖了搖頭，「我不餓。」

「那，」侯小若抓了抓腦袋，「我可吃了，走這麼久還真挺餓的。」

「嗯。」

侯小若翻身上車，坐在程雨晴身旁，抓過一個包袱擱在自己腿上，卻使盡了渾身解數也解不開包袱上的結。程雨晴也不說要幫忙，就這麼撐著下巴悠然地看著又打不開又不想放棄就只能衝著包袱乾瞪眼的侯小若。

侯小若終於發現了程雨晴一旁乾看著，賭氣地將手裡的包袱往程雨晴面前一遞，「嗯！」

程雨晴忍俊不禁笑出了聲，他伸手將那個包袱接過來，三兩下就解開了，看得侯小若目瞪口呆，「雨晴，你也太優秀了吧。」

「是你太沒用了，」程雨晴從包袱裡掏出兩個餅子遞給侯小若，玩笑道，「看你離了我要怎麼辦。」

「離了你我指定活不了。」侯小若接過餅子，嘿嘿一笑。

「整天就知道胡說。」程雨晴笑罵一句，眼中波光流轉。

侯小若兩手舉著餅子跳下車，「嘿嘿，離了你我連餅子都吃不上了，可不得活活餓死麼。」

「有吃的還堵不住你的嘴。」程雨晴佯嗔道。

哈哈一陣嬉笑，侯小若舉著餅子來到三閏爺身旁，「乾爹，吃點兒東西吧。」

「好。」

三閏爺笑著接過侯小若遞過來的餅子，這一口還沒啃下去，就聽見一旁林子裡窸窸窣窣一陣響動。本以為是兩個孩子撒完尿回來了，誰知卻跳出來兩個渾身泥垢髒兮兮的漢子。

這兩個漢子雖然看著不像是滿臉橫肉的綠林匪類，甚至還有些瘦弱，但他倆身上散發出來的那種窮凶極惡的味道，任誰也知道這絕非善類。其中一個又高又瘦的漢子手握一把明晃晃的長刀，另一個五短身材的則是腰上別著一把舊舊的彎刀，一手一個拎著虎子和花娃子。見此情形，馬鳴未立刻一把將喜鵲塞回了車裡。

「小若師叔……」

花娃子哭得鼻涕眼淚一把抓，大概是被打了一巴掌，左邊臉頰紅腫了一大片。

虎子生性要比花娃子稍強一些，此刻雖然咬緊了後槽牙不讓自己哭出聲來，但是一張圓圓的小臉兒上也已經爬滿了淚痕。

侯小若頓時感到頭皮一陣發麻，下意識伸手就要去摸摑在騾車上唱戲用的傢伙。

「別動！都別亂動！」高高瘦瘦的那個男子揮舞著手裡的長刀，破著嗓子大聲喊著，像是為了給自己壯膽一般，「誰動我就劈了這倆小子！我可說到做到！」

「你們想要什麼？銀子嗎？」三閭爺一手攔住侯小若，聲音沉穩地問道。

「甭廢話！」抓著孩子的矮個子看上去比侯小若他們還要緊張的樣子，「銀子！把銀子全都拿出來！」

「不光銀子，珠寶！銀票！值錢的東西統統拿出來！」高個子補充道。

「對！」矮個子這才反應過來，「統統拿出來！」

「兩位大爺，有話兒好好說，」三閭爺舉起雙手擺了擺，「我們是從京城避戰亂逃出來的戲班兒，二位想想，唱戲的戲子能有什麼銀子，更何況我們還帶著這麼多張要吃飯的嘴。」

矮個子順著三閭爺的手環顧了一下周圍後，看向一旁的高個子，「大哥，咱崴了，這唱戲的沒銀子啊。」

「呸！沒銀子？」高個子吐了口口水，「沒銀子能穿得起這麼好的衣服？沒銀子還能坐這麼大的騾車？少瞪眼說瞎話！」

「對對對！快把銀子都拿出來給我們！」矮個子也跟著叫囂了起來。

「憑什麼？！」三閭爺正想繼續勸導的時候，馬鳴未忽然開口了，「你兩個毛賊也不睜開眼睛看清楚，你們就兩個人，我們這麼些人，真的動起手來就算不打死你倆也能打個半死！還腆著臉學人搶劫？我們不搶你倆的銀子就不錯了！」

「我們沒銀子！」矮個子順口就說了出來。

「少跟他們廢話！」高個子有些氣急敗壞，掄起長刀就架在了花娃子的肩頭，「不給銀子，我就剁了他倆！」

「師哥！」侯小若衝著馬鳴未大吼。

「威脅我？」馬鳴未依舊是若無其事不緊不慢的口氣，「這裡所有的孩子進我戲班兒都是生死有命打死勿論的，你覺得我在乎嗎？」

「大，大哥……」矮個子聽了馬鳴未的話急躁萬分，使勁兒跺了跺腳。

「趕緊給我滾！要不一會兒抓你倆見官，上堂先賞你們一人八十板子，」馬鳴未邊說邊用手點指著兩個漢子，「就你倆這身板兒，醫好了也是殘廢！」

高個子緊緊握著手裡的長刀，被馬鳴未嗆得滿臉通紅，連眼珠都紅了。接著他像是下定了什麼決心一般，猛的舉起手裡的長刀照著花娃子的胳膊就砍了下去。

「花娃子！」侯小若失聲喊了出來。

隨著花娃子的一聲慘叫，他的胳膊從肩膀往下被刀豁開了一道長長的傷口，血順著指尖滴滴答答淌了一地。

「怎麼樣！」砍完這一刀，高個子整個人就像是打了雞血一樣亢奮了起來，胡亂揮著血淋淋的長刀又叫又跳，「看見了沒有！這回信了吧！要是再不給銀子我就直接捅死他！我真的會捅死他！」

一旁抓著倆孩子的矮個子也跟著一起粗著脖子喊了起來，「銀子！快點兒給銀子！」

「我給！我給！」

侯小若不顧馬鳴未的阻攔，先是從懷裡掏出舒爺給的兩錠銀子扔了過去，接著又撲到自己那輛騾車上開始解包袱。

此時，虎子見所有人都已經亂作一團，而兩個賊人的注意力也都集中在了侯小若身上，他悄悄撞了一下哭得驚天動地的花娃子，小聲說道，「花娃子，花娃子……！」

「……嗯？」花娃子好容易止住了哭，但依舊疼得呲牙咧嘴，被砍傷的手臂簡直慘不忍睹。

「先別哭，聽我說，」虎子偷瞄了一眼抓著自己的矮個子，確定他完全沒有低頭的意思，「一會兒我喊跑的時候，你就拼命跑，千萬別回頭，知道嗎？」

「什麼……什麼意思？」花娃子似乎沒明白。

「哎呀你就別管什麼意思了，總之我叫你跑就趕緊跑，」虎子性子有些急，「師父和師叔們辛辛苦苦賺回來的銀子可不能白白便宜了這兩個傢伙……懂了沒？」

「嗯……」花娃子順從地點了點頭。

就在侯小若解開了包袱正往外掏銀子的時候，只見虎子高高抬起腳，使盡了全身的力氣往下一跺，正好跺在矮個子趾骨連接的部位，這一下幾乎都能聽見腳趾骨折的聲音。

隨著「哎呦」一聲哀嚎，矮個子鬆開了抓著兩個孩子的手，抱著自己的腳滾到一邊去了。虎子立刻衝著花娃子大喊一聲，「跑！」

花娃子基本上是下意識地撒腿就往侯小若的方向跑了過去，虎子也跟在他身後拼命往前跑著，誰知一旁的高個子反應還挺快，抄著刀就衝了過來，「臭小子！讓你跑！」

「虎子！」

九、

梅壽林不知從哪裡撿來一條大木棍，拖著就衝了過來，可是高個子卻先他一步追到虎子身側，毫不猶豫地狠狠一刀砍在了他背上，力道大得感覺都快要把虎子小小的身子劈成兩半了。虎子踉蹌了幾步，雙眼一翻，重重地向前倒了下去。

「虎子！」梅壽林這時也是紅了眼，舉起木棍就往高個子的腦袋上砸去，「我去你大爺的！」

高個子躲閃不及，這一木棍正中面門，他噗通一聲仰面倒在地上，眼冒金花半天也爬不起來。

滾在地上的矮個子瞧了一眼渾身是血倒在血泊裡的虎子，嚇得大喊了起來，「殺人啦！殺人啦！」

也顧不上還暈頭轉向倒地不起的高個子，矮個子爬起來邊喊著邊一瘸一拐地逃進了林子裡，一會兒就不見了蹤影。

「虎子！」

侯小若先將撲進自己懷裡大哭的花娃子交給程雨晴處理傷口，然後自己狂奔到虎子跟前，一把將他抱了起來。

「虎子，虎子？」侯小若顫抖著聲音喊著，「虎子，醒醒！」

「……小……若，師叔……」虎子微微睜開眼睛，氣若遊絲，「花……娃子……」

「花娃子沒事兒，別擔心，」侯小若急得眼眶都紅了，「你也不會有事的，一定不會有事的。」

「趕緊先包紮上，再這麼流血這小子可撐不到沙城。」三闓爺皺著眉，呲啦一下將一張大大的包袱皮撕成長條。

「這是金創藥，撒在傷口上可以止血，」程雨晴捧著一個小瓶快步走了過來，「花娃子已經上完藥了。」

「嗯！」

侯小若將虎子身上被血染紅的衣服給脫了下來，稍微用清水沖了一下傷口之後便把金創藥粉仔仔細細地撒了上去，最後用三闓爺準備好的乾淨布條將虎子整個身子都緊緊纏了起來。等包紮完畢之後，大家都像是鬆了口氣一般神情稍微鬆弛了些。

「他怎麼樣？」馬鳴未湊上前問道。

侯小若雖然很想現在就一句吼過去，但是虎子還昏迷不醒地靠在自己懷裡，他只能將怒氣往下壓了壓，抱起虎子安置在騾車上。

「師哥，趕緊出發，」侯小若頭也不回，陰沉著臉說道，「必須盡快趕到沙城給兩個孩子找大夫。」

「呃，哦，」大概是被侯小若的強硬口吻嚇了一跳，馬鳴未不由得一愣，但立刻點了點頭，招呼道，「大家趕緊上車，走了走了。」

「那個傢伙怎麼辦？」

梅壽林指了指還癱在地上哼哼唧唧的高個子。

「隨他去吧，沒時間管他了。」

三闓爺招了招手，示意他快點兒上車。

因為急著要給兩個孩子看傷，所以幾輛騾車快馬加鞭地往前趕，原本半個時辰的路程竟然僅用了一炷香左右的功夫就已經到了沙城。三闓爺早年間來過沙城，所以一進了城便趕緊領著大家找了個熟識的客棧住進去。因為人比較多，店主東便好心地將後面一個小跨院租給了他們，總共有四五間房。

「你們在這兒看著倆孩子，我去請大夫。」三閏爺幫著把大家安頓好之後，對侯小若說道。

「乾爹，」侯小若追了出來，「還是我去吧，您也累了，進屋歇會兒。」

「這兒你不熟，上哪兒請大夫也不知道吧，」三閏爺拍了拍侯小若的肩頭，「我去去就回，你留下照顧兩個小的。」

「欸。」

侯小若送三閏爺出去之後轉回來時，正好撞見從東邊屋裡出來的馬鳴未。侯小若下意識地皺了皺眉，連招呼也不想打，扭頭就往孩子們的房間走去。

「小若，」馬鳴未上前拉住侯小若的胳膊，「虎子怎麼樣了？」

不提還好，一提起虎子的名字侯小若就火不打一處來。他猛的甩開馬鳴未的手，滿臉怒氣地質問道，「不是生死有命打死勿論嗎？」

「呃……」

馬鳴未被噎得一時語塞，而他滿臉不知該如何回應的神情卻讓侯小若愈發怒氣攻心。

侯小若逼近一步抓住馬鳴未的衣領低吼道，「作為班主作為他們的師父，你是要多冷血才能說出那樣的話？啊？！」

「我……」馬鳴未憋得滿臉通紅。

「如果虎子真要有個三長兩短，你心裡過得去嗎？你晚上能睡得著嗎？！」侯小若用力晃著馬鳴未，聲音也無法控制地越提越高，「你有沒有良心啊！！」

「不是的！」馬鳴未用力掙開侯小若抓著自己的手，往後退了兩步，大口喘著氣。

「不是？不是什麼！你倒是說啊！」侯小若不依不饒地跟著又逼近了兩步。

「你們吵什麼呢！」程雨晴沉著臉從一旁的房門裡跨步走了出來。

「我說那些話只是為了嚇走那兩個毛賊啊！」馬鳴未拼了命地解釋道，「在那種惡人面前你若是不比他們更惡的話，怎麼勝得了！」

「胡說八道！」擦過馬鳴未的臉側，侯小若一拳打在他身後的牆上，「只要給他們銀子不就好了？虎子和花娃子也不會受那麼重的傷！」

「把銀子都給了他們，那我們這一路要怎麼辦？吃什麼？喝什麼？住哪裡？」馬鳴未似乎火也被頂了上來，「一文錢都沒有，你能住這麼好的跨院兒嗎？」

「你！銀子難道比人命還重要嗎？」侯小若吼道。

「如果沒有銀子，別說那些孩子了，你我都得餓死！」馬鳴未吼了回去。

「都給我住口！別吵了！」程雨晴的聲音雖然不高，

但卻讓頭腦發熱的兩人瞬間都住了嘴，「多大的人了都不會好好說話兒嗎？這屋裡還有傷病人呢。」

說完，程雨晴轉身就打算往屋裡走，馬鳴未趕緊叫住了他，「雨晴。」

程雨晴停住了腳步，但卻沒有回頭。

「你是明白我的對不對？你明白我為什麼會說那些話的對不對？」馬鳴未祈求般地問道。

程雨晴回過頭看了馬鳴未一眼，不發一語地走進了屋裡。

「雨晴你……」馬鳴未頓時像只洩了氣的皮球，軟軟地靠在牆上。

「師哥，你好自為之。」

丟下這句話，侯小若也跟在程雨晴身後進了屋。

馬鳴未就像是丟了魂兒一樣，呆呆地靠在牆上，眼神裡空空蕩蕩。

「鳴未。」

喜鵲的聲音從院子另一邊的房門前傳來，馬鳴未有些機械地抬起眼睛看了她一眼，然後慢慢扶著牆直起身子，往喜鵲那屋走去。

等馬鳴未進了屋子，喜鵲反手將屋門關上，接著走到他背後輕輕問了一句，「你沒事兒吧？」

馬鳴未背對著喜鵲幽幽開口，聲音空洞得就像是從很遠的地方傳過來的一樣，「我……做錯了嗎？」

「鳴未……」喜鵲很是擔心，但又不知該說什麼來安慰他。

長長地嘆了口氣，馬鳴未非常緩慢地轉過身來，神情落寞地把腦袋搭在喜鵲肩頭，「我……真是惡人嗎？」

一句話讓喜鵲差點兒沒掉下淚來，她連忙伸出手緊緊地抱住他，拼命搖了兩下頭，「當然不是！絕對不是！」

「……不是？」

「不是！」喜鵲肯定地說道。

「……可是，」馬鳴未的聲音裡透著哭腔，「我……殺……殺了……」

喜鵲一愣，拍著他的背的手也一下僵在了半空。

「……我，親手……殺……了，師……」馬鳴未像著了魔一樣喃喃重覆著。

「不，不……」喜鵲慌亂地又拍了幾下他的背，「不是，你那是……那是為了救我，是為了我！」

馬鳴未的臉埋在喜鵲肩頭，開始低聲抽泣，也聽不清他在說些什麼。

「鳴未，鳴未，」喜鵲用雙手捧著馬鳴未的臉，迫使他看著自己，「不是你的錯，聽見了嗎？那不是你的錯，你只是為了救我而已，聽見沒有？」

馬鳴未愣愣地看著喜鵲著急的臉，眼裡的淚水一顆顆滾落下來，「喜鵲……」

「是我的錯，都是我的錯，若不是為了我……是，你做了惡事，但這並不表示你就是個惡人……鳴未，你要怪就怪我吧……怪我……」

喜鵲邊說邊用手指拭去馬鳴未臉上的眼淚，可是卻越擦越多怎麼也停不下來，於是喜鵲便拼了命地用嘴吻去那些眼淚。馬鳴未的淚順著她的嘴角滲了進去，又熱又鹹。喜鵲的吻如同小小的火種，輕易地就點燃了馬鳴未的身體，從內往外燒得他難受極了。馬鳴未伸手勾住喜鵲的頸項，輕輕往上一帶，居高臨下地迅速覆住了她的唇。

為什麼她的唇能如此香甜誘人，軟膩滑彈，簡直就像被施了什麼魔咒一般，總是能簡簡單單就奪了他的魂魄亂了他的心神。她的眼神、她的氣息、她的身體……對了，就是她的身體……她的身體如此溫香軟玉膚如凝脂，就連碰觸到她身體的指尖都蕩漾著幸福。還有她的聲音……她被愉悅征服時顫抖著喊著「鳴未」的聲音，每次都能令馬鳴未癲狂。

「喜鵲……」

馬鳴未不由自主地彷若吟唱般喊著她的名字。

十、

三閏爺很快就把大夫給請了回來，給虎子和花娃子都細細檢查了一遍傷口，雖然血流得挺多，但傷口其實並不是特別深，大概因為傷人的刀不怎麼鋒利。也所幸血止得及時，要不小命也難保。大夫給兩個孩子重新換了藥包紮好，又開了幾劑內服的湯藥，侯小若讓梅壽林把大夫送回醫館，順便把外敷內服的藥都抓回來。

一直折騰到夜裡戌時都過了，大家才有功夫坐下來吃飯。店主東給炒了幾個熱菜燙了兩壺酒，又端來一大盆大饅頭和一桶小米粥。孩子們一見到吃的就把白天發生過的事兒全都拋在了腦後，嘻嘻哈哈地搶起饅頭來。程雨晴把花娃子和虎子那份兒分出來，用托盤端進屋裡，虎子一時半會兒爬不起來，於是程雨晴便一口口地餵他。

「雨晴師叔，謝謝你，」虎子嘴裡嚼著饅頭，有些口齒不清地說著，「還專門來餵我吃飯。」

「你呀，下次可別這麼有勇無謀的了。」程雨晴用指尖輕點了一下虎子的腦門。

「我是想著，大家夥兒那麼辛苦唱戲賺回來的銀子，哪兒能隨隨便便就給壞人搶了去。」虎子把嘴裡那口饅頭咽下去，又喝了幾口粥。

「銀子沒了還能再掙，你命要是沒了怎麼辦？」程雨晴嘆了口氣，又撕下一小塊饅頭送到虎子嘴邊。

「我這條爛命……」虎子輕輕皺了皺眉，「值得了幾個錢……」

「對啊對啊，就是把我倆賣了也值不了一錠銀子。」花娃子滿嘴塞的都是饅頭和菜，幾乎都要轉不動了。

「胡說，」程雨晴把臉一沉，「就沒有不值錢的人命。」

「雨晴師叔……」

虎子和花娃子都是第一次見到程雨晴這樣的臉色，著實嚇了一跳，吃都不敢吃了。

程雨晴稍微緩和了一下自己的神情，伸手摸了摸虎子的頭，「你們倆都是喜富班的孩子，都是兄弟手足，都是一家人，明白嗎？」

望著程雨晴的臉，兩個孩子似懂非懂地點了點頭。

「雨晴師叔，咱們不是叫鳴福社麼？」

「……嗯，還是喜富班叫著順嘴……」程雨晴低低地嘆了口氣。

兩個孩子面面相覷，壓根兒沒聽清楚他說了什麼。

「快吃吧，多吃點兒，」程雨晴微微一笑，「吃得飽飽的，傷才好得快。」

「欸。」

就像是為了能讓程雨晴安心一般，兩個孩子使勁兒大吃大嚼了起來。

小孩子們的癒合能力之強還真是叫人覺得不可思議，這才不過八九天而已，就連虎子都能自己坐起來吃東西了，花娃子更是早就晃著纏滿了白布條的胳膊和大家一起吊嗓子練功了。

之後大夫又來了一趟，給兩個孩子復查了一番傷口之後，說是癒合得不錯，也沒有化膿或是發炎的跡象，所以內服的湯藥喝完這幾劑的就可以停了，但外敷的藥膏還是要每天換一次，傷口也要每天清理，保持清潔乾燥才行。接著又掏出幾顆藥丸，說等湯藥喝完之後花娃子應該就沒什麼大礙了，不過虎子的傷口嚴重一些，所以每天睡覺前需要再服用一顆藥丸。

按照大夫說的，侯小若把所有需要注意的事項都用筆寫了下來，千恩萬謝之後將大夫送了出去。

「小若師哥。」

梅壽林的聲音在侯小若身後響起。

「嗯？怎麼了？」

「三閏爺喊您過去一趟。」

相對梅壽林高高大大的體格，他的聲音卻總是輕輕柔柔溫文爾雅，這反差著實讓人覺得可愛。

「好咧，」侯小若抬腳準備走的時候，回頭又囑咐了一句，「壽林，麻煩你去廚房把兩個孩子中午的湯藥煎一下吧。」

「欸。」梅壽林點點頭，轉身往廚房走去。

在門上輕敲了三下，屋裡傳出三閏爺蒼勁的聲音，「小若嗎？」

「是，乾爹。」
「進來。」
侯小若推門走進屋裡，卻發現馬鳴未和程雨晴都在一旁坐著。侯小若看見馬鳴未稍微遲愣了半秒，接著就單給三閏爺行了個禮，「乾爹。」
「坐，」三閏爺指了指身旁的椅子，等侯小若坐下之後，他清了清嗓子說道，「這趟咱們從京城出來才幾天，就遇上了攔路的賊匪，還累得兩個娃娃都受了傷，接下來要愈發小心才是。」
「乾爹說的是。」侯小若不由自主地瞪了馬鳴未一眼。
馬鳴未把頭一低，假裝沒看見。
「哎，」三閏爺瞧著，嘆了口氣，「雖然我不算是你們鳴福社的人，但怎麼說也比你們幾個小子多吃了幾十年飯，小若又是我乾兒子，所以我真得說你們幾句。」
三閏爺在這裡故意停頓了幾秒，看了看這三個小輩。
「小若。」老爺子的聲音忽的嚴肅起來。
侯小若不禁一激靈，「是，乾爹。」
「鳴福社的班規裡是否有『以下犯上長幼不分者，罰』這條啊？」
「……有。」
「那我現在便代替長爺罰你這個以下犯上長幼不分的臭小子，」三閏爺從桌上拿起一根細竹條，「手伸出來。」
「乾爹！」
「手伸出來。」
「是……」
侯小若心不甘情不願地把雙手伸到三閏爺面前，三閏爺完全不講情面地用細竹條抽了整整十下，把侯小若兩隻手的掌心都打腫了。
「打你是為了讓你長長記性，」三閏爺把手裡的竹條往桌上一扔，其實心疼得要命，但卻硬是不看侯小若，「你們幾個都記住了，同在一個戲班兒裡就都是兄弟手足，有什麼話兒不能好好說？」
「是，乾爹……」侯小若咬著牙。
一直沉默不語的馬鳴未忽然撲通一聲跪在了大家面前，程雨晴驚得一下子站了起來，「師哥！」
「三閏爺，小若，雨晴，」馬鳴未眉頭深鎖呼吸沉重，「是我錯了。」
「師哥……」侯小若看著跪在眼前的馬鳴未，感覺這幾天壓在心上的巨石瞬間消失不見。
「是我混，我不該說那些……那些沒人味兒的話，」馬鳴未低著頭，雙拳緊握擺在膝頭，「不管有什麼理由，我都不該……小若，原諒我。」
「師哥！」侯小若眼眶一紅，起身一把將馬鳴未拉了起來，「我也不對，我不該以下犯上滿嘴胡沁！」

侯小若一撩袍，又給馬鳴未跪下了，他衝著馬鳴未一抱拳，「請師哥原諒。」

馬鳴未也一把將他拽了起來，淺淺一笑，「三閏爺也打過你了，這事兒就算翻篇兒了，行嗎？」

「嗯。」侯小若用力點了一下頭。

「好了好了，都坐下吧，」三閏爺喜笑顏開，一顆心總算是放下了，「咱們還得商量商量往後的事情。」

「欸。」

兩人應著，分別又都坐下，程雨晴也跟著一起坐回椅子上。

「咱們在這裡待的時間也不短了，我想著這兩天再把人夫請來給看看，」三閏爺端起小桌上的茶碗潤了潤口，「若是兩個娃娃沒有大礙的話，還是盡早啓程的好。」

「乾爹，其實不用那麼著急也沒關係吧，」侯小若歪著腦袋說道，「等虎子他倆好完全了再走唄。」

「小若，咱們現在是只有出沒有進項，這樣下去還不得坐吃山空麼，」三閏爺淺淺笑了笑，臉上的神情卻十分認真，「咱們現在是人處異鄉比不得在家，什麼事情都必須未雨綢繆才是。」

「三閏爺說的有道理，」馬鳴未在一旁搭腔道，「沙城地方小，別說戲樓了，連間像樣的茶館兒都沒有，難道要孩子們去撂地麼？」

「嗯，所以我的意思是，咱們還是盡早出發去宣化府，到那裡找著譚四爺的那位舊相識，說不定能幫著咱找地方唱戲，」三閏爺看著侯小若，「到時候無論是下園子還是你們幾個出去和別人搭班兒都行。」

「雨晴，你覺得呢？」侯小若轉頭問程雨晴。

「只要大夫說虎子和花娃子沒有大礙的話，我也覺得應該盡早動身去宣化府，」程雨晴點了點頭，「總不能老是住在客棧裡吧，可真是要坐吃山空了。」

「那，」侯小若見程雨晴都這麼說，便也同意了，「就按照乾爹說的辦吧。」

十一、

三天之後，結算完了店飯賬，大家夥兒收拾好行李細軟再次踏上了前往宣化府的路。

還有幾天就到大暑的天氣著實讓人感到燥熱難安，就連呼吸都能感覺到被裹在空氣中的熱度從鼻子眼兒裡鑽進去，瞬間炙進心脾。若是車走到沒有樹蔭的地方，陽光總是能夠很輕易地透過衣衫，熱辣辣地烘烤著每個人的皮膚，不一會兒就是一層油汗。

原本應該是三閏爺和馬鳴未還有喜鵲一起坐有轎廂的頭車，但是考慮到兩個孩子身上還有傷，所以在出發前三閏爺便讓虎子和花娃子進了頭車，自己則上了侯小若他們那輛車。

早上涼快所以一氣兒走出了好遠，一直到差不多快丑時幾輛騾車才找了個陰涼的地方停了下來。剛好路邊還有個小小的茶棚，三閭爺要了兩大桶涼茶，讓大家敞開了喝。另外這茶棚竟然還帶賣攤煎餅和茶雞蛋，可把孩子們給樂壞了。

趕了一早上的路早就都餓得前心貼後背了，茶棚老闆這頭一張餅才剛攤出來，那頭就被搶光了，一個個燙得呲牙咧嘴的卻也吃得那麼高興。侯小若將一個剝了殼的茶雞蛋遞給程雨晴，接著又開始剝另一個。程雨晴等他把手裡那個剝完之後也一併拿過來，起身走到虎子身旁。

「來，把這倆雞蛋吃了。」程雨晴把兩隻茶雞蛋都遞了過去。

虎子小圓臉兒一紅，微微低著頭把雞蛋接過來後，聲音小小的說了一句，「謝謝師叔。」

程雨晴笑著摸了摸他的頭，「背還疼不疼？」

虎子用力搖了兩下腦袋，捧起一顆雞蛋塞進嘴裡，大概是咽得太快被嗆了一下，結果大聲地咳嗽了起來。

程雨晴連忙端過一杯涼茶送到虎子嘴邊，「喝口茶，慢點兒喝。」

咕咚咕咚喝了多半碗涼茶之後，虎子這口氣總算順過來了，他有些不好意思地撓了撓鼻尖，「謝，謝謝師叔……」

「不用客氣，」程雨晴輕輕拍了拍他的肩膀，「你慢慢吃。」

「欸。」

虎子悄悄望著程雨晴又回到侯小若身邊坐下，兩人邊說邊笑，程雨晴用自己的帕子給侯小若擦了擦嘴邊掛著的蛋黃碎。灼人的陽光照射在侯小若的笑臉上，看起來竟會那樣刺眼。虎子下意識地扭頭想避開那惱人的明亮，卻沒想到一撇過臉來就對上了嘴裡塞滿了煎餅的花娃子。

「虎子虎子，這煎餅真是太好吃了！」花娃子努力地還想往嘴裡繼續填煎餅，「你不吃麼？」

「我不吃。」虎子也不知道自己在和誰賭氣，眼神卻不自覺地往那邊飄去。

「不吃啊……」花娃子拼命地嚼了嚼，把嘴裡的煎餅給咽了下去，舔了舔嘴角，「那你的雞蛋也給我吃吧？」

話音未落，花娃子以迅雷不及掩耳的速度張開嘴一口就啃了下去，虎子還沒回過神來，右手拿著的那個茶雞蛋就已經沒了一多半兒。

「啊啊！」虎子大叫了起來，「你這個傢伙！」

虎子擔心花娃子還在繼續打自己茶雞蛋的主意，於是慌慌忙忙地將剩下的茶雞蛋全部塞進了嘴裡，邊困難地嚼著邊瞪了花娃子一眼。

花娃子被虎子這一眼給瞪愣了，「你不是說不吃麼。」

虎子滿嘴都是碎雞蛋也說不出話來，只能衝著花娃子用鼻子狠狠地哼了一聲來表示自己的不滿。

休息了差不多快一個時辰，日頭也越來越高，這會兒不光人吃飽喝足，連拉車的幾匹騾子也都是肚皮圓滾滾的。三閏爺揮著手招呼大家趕緊上車，遲了就怕天黑前趕不到雞鳴驛。臨出發前，程雨晴細心地將幾個喝空了的水筒都灌滿了涼茶備著。

一路上路顛車搖，晃得孩子們都昏昏欲睡，走了不大會兒就能聽到幾乎每輛車上都傳來或高或低的呼嚕聲。儘管程雨晴也覺得有些睡意襲人，但這天氣對他來說已是太熱，所以雖然腦袋昏昏沉沉的卻怎麼也睡不下去，雙眼無神地看著前方輪廓有些模糊的頭車。他將長衫領口的兩顆扣子解開，用手搧著風，前額冒出的汗珠匯集成豆大的一顆，順著臉頰滾落下來，繞過鎖骨時微微躊躇停頓，終究還是滑了下去。

正當程雨晴又熱又被顛騰得迷迷糊糊的時候，忽然臉頰被什麼冰冰涼涼的東西貼了一下，驚得他一下子清醒了不少。程雨晴一扭頭，看見侯小若正嬉皮笑臉地拿著一個還往下滴著水珠的番茄，紅得透亮。

「涼不涼？」侯小若晃著手裡的番茄。

「嗯，」程雨晴用手背蹭了一下臉頰，點點頭，「哪兒來的？」

「出沙城之前買的，」侯小若將番茄遞了過去，「快吃吧。」

「在沙城買的，」程雨晴接過那個還隱隱冒著涼氣的番茄，「怎麼會這麼涼？」

「嘿嘿嘿，」侯小若笑著搓了搓自己的鼻尖，「剛才那茶棚不遠處有口水井，我把這些都放下去了。」

侯小若攤開懷裡的布包，露出來的番茄、黃瓜都是涼颼颼的。

「喔，這可真不錯。」三閏爺見了也喜笑顏開的。

「足足鎮了一個時辰，都涼透了，」侯小若掏出一根頂花帶刺兒的嫩黃瓜遞給三閏爺，「吃完保證透心涼。」

「脆生！好吃！」三閏爺心滿意足地嘎吱吱嚼著黃瓜，「其他車上的孩子都有嗎？」

「您放心，乾爹，臨上車前都給了。」

說著，侯小若將車上另外三個孩子拍醒，一人塞了一個番茄，接著自己也抓起一條黃瓜啃了起來。

程雨晴捧著番茄咬了一小口，酸甜涼爽的汁液瞬間湧進他的口中，不言而喻的美味讓他禁不住小聲地「嗯」了一聲。

「好吃吧，嘿嘿。」侯小若咽下最後一口黃瓜。

「嗯，好吃。」程雨晴靜靜地笑著，點了點頭。

近黃昏時分，侯小若一行終於趕到了雞鳴驛。和沙城差不多，雞鳴驛也是一座小城，但是這裡可謂麻雀雖小五臟俱全，不僅有各種商號客棧林立街邊，還有馬號和驛倉，城內城外都能看到大大小小的廟宇，遠處逐漸沒於夕色中的雞鳴山也頗有幾分巍峨。但是對於侯小若他們來說，雞鳴驛也不過是一個落腳點而已，壓根兒也沒有閒逛的心思，匆匆住了一晚之後，薄霧晨曦時分就又再次上路了。

雞鳴驛的下一站就是此番出行的目的地宣化府了，所以今天大家夥兒看起來似乎都格外興奮。孩子們在騾車上坐著躺著，邊啃著玉米棒子邊嘰嘰喳喳地聊著笑著，油漬漬的玉米汁兒順著嘴角溢出來都顧不上擦。

「熱吧？要不要喝點兒酸梅湯？」喜鵲衝著兩個孩子晃了晃手裡的水筒，裡面傳出嘩啦嘩啦的聲音，「還涼著呢。」

「謝謝師奶。」花娃子手裡抓著吃了一半的玉米棒子，忙不迭地點頭，口水都差點兒沒流下來。

「來，這是你的，」喜鵲從包袱裡掏出兩個小小的木碗，倒出一碗酸梅湯遞給花娃子，接著又倒了一碗給虎子，「虎子，你也喝點兒吧。」

「欸，謝謝師奶。」虎子有些心不在焉地接過木碗，眼睛卻一直透過矯廂背後的小窗看向後面的騾車。

「趕緊喝，當心別灑了。」馬鳴未對虎子說道。

「欸。」

虎子這才端起木碗送到嘴邊，一氣兒全喝了下去，放下木碗後打了個泛著酸氣的飽嗝兒。

「你瞅啥呢？」花娃子捧著木碗咂著嘴湊了過來。

「沒……」虎子不自覺地小臉兒一紅，遮掩一般順手推了一下花娃子，「湊那麼近幹嘛！」

「你臉咋這麼紅？發燒了麼？」花娃子將手裡的玉米棒叼在嘴裡，伸手就想去摸虎子的額頭，卻被虎子一巴掌給拍開，委委屈屈地吹了吹自己被拍紅的手背，「咋了嘛？」

「吃你的玉米，哪兒那麼多事兒。」虎子把臉扭向一旁。

「關心你嘛，關心你還不對了……」花娃子嘟嘟囔囔地縮到角落裡繼續啃玉米去了。

輕輕嘆了口氣，虎子的視線下意識又飄向小窗外。

坐在一旁的喜鵲嘴角掛著靜靜的笑，手托著下巴看著那兩個孩子。忽的，她湊到馬鳴未耳邊悄聲說道，「鳴未，我想給你生個孩子……」

喜鵲這話一出唇不要緊，馬鳴未一口酸梅湯沒咽好，猛烈地咳了起來。

「咳咳，咳咳……咳，啥……？」

「你不想麼？」

「想……想是想過，」馬鳴未終於止住了咳，但喉間還是一陣膩人的酸甜，「但是現在……還不到時候。」

「我也沒說現在嘛，」喜鵲噗嗤一笑，「我是說以後，將來。」

「將來啊……」

「嗯，將來，」喜鵲滿臉憧憬地輕輕說道，「我想給你生一個兒子一個女兒，好不好？」

「好……」馬鳴未偷捏了一下喜鵲的手，「只要是你生的，都好。」

一陣如電流般酥麻的感覺從馬鳴未的指尖劃過喜鵲的掌心，喜鵲的臉上桃紅一片，綻開藏不住的甜笑。

十二、

若是按照計劃，原是可以在關城門之前到達宣化府的，但是沒想到吃完午飯後不久竟然毫無預兆地來了一場雷陣雨，澆得他們頓時亂了方寸。除了頭車有轎廂之外，另外三輛車連個遮雨的頂棚也沒有，再這麼下去車上的東西全都要淋壞了，但是這杳無人煙的地方前不著村後不著店，壓根兒也看不見有能避雨的地方。無可奈何的他們只好硬著頭皮往前趕，終於在大約一里地以外發現了一座有些破敗的廟宇，上書「石佛寺」。見山門虛掩著，大家立刻馬不停蹄地將車趕了進去。

眾人進了山門之後才發現這座廟還真不小，除了大雄寶殿之外左右兩旁還有偏殿，往後似乎還能看到一層院子，各處都透著久經滄桑的味道。正當大家勉強將車趕到廊子屋簷下時，身後忽然傳來一聲佛號。

「阿彌陀佛。」

大家都嚇了一跳，齊刷刷轉身一看，只見一個高大颯爽年約四十開外的和尚，他身著一襲青灰色的僧袍，腳踏僧鞋，雖然舊但看起來卻很乾淨。這個和尚面相眉清目秀，看著頗有幾分書生氣。

「不知諸位施主光臨鄙寺，有何貴幹？」和尚的聲音溫文儒雅，很是好聽。

「大師，」三閏爺趕緊迎了過去，抱拳拱手，「只因突然天降大雨，我們見貴寶剎山門虛掩便擅自進來避雨，叨擾大師清修還望多多恕罪。」

「施主言重了，」和尚淺淺一笑，「既是這樣，不妨隨我到偏殿喝杯茶，這個時節的雨，應該很快就能停了。」

「豈敢勞煩大師。」

「相遇便是緣，不妨事，」和尚轉身，手指了指左側偏殿方向，「請隨我來。」

「那就有勞大師了。」

說著，三閏爺領著大家跟在和尚身後往偏殿走去。

這處偏殿大概是以前和尚們誦經打坐的地方，地上整齊地擺著幾排蒲團。靠裡面似乎供著一座觀音像，但因為年久失修而且殿內光線不佳，所以看不太清楚。

「諸位請稍作歇息，我去泡茶。」

「有勞有勞。」

和尚剛準備轉身往外走，馬鳴未上前喊住了他，「大師。」

「施主何事？」和尚停住腳步。

「能否勞煩大師借一間禪房，因為我們這兒還有個女眷。」

和尚快速掃了一眼站在馬鳴未身後角落裡的喜鵲，點了點頭，「施主可將女眷帶至偏殿外廊下的第一間禪房休息。」

說完，和尚單手放在胸前一欠身，抬腳走了出去。

孩子們三三兩兩地找地方坐了下來，有的將被雨淋濕的衣服脫下來，隨便就往哪兒一搭晾著。

「虎子，過來。」程雨晴將虎子拉到自己身邊，伸手打算解他的上衣，沒想到虎子卻滿臉通紅地用雙手在胸前一擋。

「幹啥？」

「過來，」程雨晴有些好笑，把虎子擋著的手抓了下來，「又不是女孩子遮什麼，我給你看看傷口。」

「哦……」

虎子頓時覺得有些不好意思，乖乖轉過身，讓程雨晴檢查脊背上那條長長的刀傷。傷口算是好得七七八八了，基本上都結了痂，但有的地方可能是虎子覺得癢所以又撓破了些，總的來說應該是不需要擔心了。

「嗯，沒什麼問題，」程雨晴用一塊乾淨手巾給虎子稍微擦拭了一下背上的雨水，囑咐道，「別再用手抓了，知道麼？」

「癢……」

「癢也忍著，」程雨晴將虎子的上衣晾在一邊，「回頭再抓壞了。」

「欸。」虎子順從地點了點頭。

不過半柱香的功夫，和尚一手拎著一個巨大的銅茶壺，另一手捧著二十幾個摞在一起大小不一的茶碗走了進來。

「有勞大師了。」侯小若趕忙上前將和尚手裡的茶碗接了過來，在一旁的木桌上擺開。

「施主，請喝茶。」和尚將青綠色的茶水沖進茶碗裡，細碎的茶葉沫子在水面上打著轉。

「有勞有勞，」三閏爺端起茶碗先是聞了聞，一陣清新的茶香，接著淺嘗了一口，「此茶甚香啊。」

和尚笑了笑說道，「哪裡，不過山間野茶罷了。」

「還未請教大師法號？」待和尚也隨著大家一起坐定，三閏爺開口問道。

「阿彌陀佛，貧僧法號淨空。」和尚雙手在胸前合十。

「原來是淨空大師，我們這一行人冒然闖入貴寶剎，還望大師多多原諒。」

和尚擺了擺手，「貧僧並非什麼大師，不過孤獨修行之人，只管叫我淨空和尚便是。」

「那，恭敬不如從命，」三閏爺又喝了一口茶，開始嘮起了家常，「這偌大的寺院，就只有淨空和尚一人嗎？」

「是，」和尚點點頭，「這石佛寺也曾有過香火鼎盛的時候，善男信女絡繹不絕，據說寺裡最多的時候也有過上百位僧人。」

「那為何如今……」

「世道不穩災荒不斷，」和尚淒然一笑，「人都吃不飽了，誰還顧得上佛祖……寺裡的僧人們死走逃亡，最後也就只剩下我一人在此了。」

看著和尚落寞的神情，三閏爺實在不知道該說什麼好，只能端起茶碗喝了幾口。

和尚大概也感覺到自己的話題過於沉重，便笑著問三閏爺，「不知施主一行要往哪裡去，是做什麼營生的？」

「我們是京城的戲班兒，這趟出來是準備往宣化府去的，」三閏爺撓了撓自己的禿腦門，「不瞞您說，也是為了避戰亂。」

「嗯，」和尚略微一點頭，「聽說天津府已經被夷人給佔了去。」

「是啊，擔心說不定什麼時候就要打進京城……戲班兒裡孩子多，可不能讓這些小的有個什麼好歹兒。」

三閏爺望了一眼四周盤坐休息的孩子們。

「戲班兒啊，」和尚的語氣似乎有些感慨，「想貧僧出家之前，也曾坐過幾年科班兒。」

「哦？」侯小若忽然來了興趣，「淨空和尚也曾唱過戲麼？」

「嗯，」和尚笑著點點頭，大概回想起了什麼開心的記憶，「在歸化城唱過幾年梆子。」

「您唱什麼行當？」侯小若追著問道，沒有什麼能比戲更讓他感興趣了。

「花臉。」

「花臉！花臉，」侯小若興奮得差點兒跳起來，忙指著自己的鼻子，「我，我也是唱花臉，架子花！」

「阿彌陀佛。」

只一句話就讓侯小若開心成這個樣子，和尚臉上的神情也愈發柔軟了下來。

「淨空和尚，講講您以前唱戲時候的事兒唄，」侯小若簡直是興致盎然，身子微微傾向和尚那邊，「您後來為什麼又會跑到這兒來出家了呢？」

和尚稍愣了一愣，微垂眼瞼慢慢搖了搖頭，「都是些前塵俗事，不提也罷。」

侯小若還想說些什麼，卻被三閏爺給攔了話頭，「淨空和尚，喝茶喝茶。」

「施主喝茶。」

和尚嘴角微微上揚，衝著三閏爺點了一下頭。

大概也就一盞茶的功夫，偏殿外面的雨聲逐漸變弱，只剩下屋簷往下滴水的聲響，劈里啪啦的。三閏爺起身看了看窗外，方才烏壓壓的厚厚雲層已經散去。

「雨停了，那我們就繼續趕路了，」三閏爺從懷裡摸出一個小元寶，「多有叨擾，這就權當是我們給廟裡添的香油錢吧。」

「阿彌陀佛，善哉善哉，」和尚並沒有伸手去接那錠銀子，而是神情略微猶豫了一下，「這位施主，貧僧……貧僧有一事相求，但不知當不當講。」

「但講無妨。」

邊說著話，三閏爺將那錠小元寶隨手就擱在了禪桌上。

「若是施主的戲班兒有機會去到歸化城，是否能幫我將一封書信交給一個叫二奴旦的唱戲人？」

「自然是可以，淨空和尚可知此人在歸化城何處居住？」

「貧僧離開之前，他還在歸化城的同和園唱戲……大約是，二十年前了。」

和尚臉上露出些許複雜的神情。

「二十年前？這個人可能早就離開了吧，」侯小若不由得驚呼了一聲，「他是淨空和尚的什麼人呀？」

「……一個故人，而已，」和尚似乎不願多說，「若是他不在了，施主將書信撕毀棄了便是。」

「好的，」三閏爺鄭重地點點頭，「只要我們去歸化城就一定給您帶到。」

「多謝施主，我這就去取信，請稍待片刻。」

說完，和尚快步走出了偏殿。

和尚前腳剛走，馬鳴未就帶著喜鵲進來了，「三閏爺，小若，雨停了。」

「嗯，咱們準備走吧。」

三閏爺讓侯小若先帶著孩子們上車，他站在偏殿門口等著和尚。

不一會兒，和尚急急走了過來，手裡捏著一個白色的信封。

「這便有勞施主了。」和尚似乎眼圈微紅，雙手捧著將信封交給三閏爺。

「您放心，既然應了您自然不辱託付。」三閏爺也用雙手接了過來，卻忽然發現這書信略有些份量，便不解地看向和尚。

「故人的東西，」和尚刻意躲開眼神，「想著隨書信一併還予他。」

看著和尚的樣子，三閏爺忽覺動容，「淨空和尚，不如跟著我們一起走吧，說不定還有機會親手將此物交予那位故人。」

和尚的身子微微一顫，隨即手搭佛珠，「不了……自我出家那日起，便已決定青燈古佛了此殘生。」

「淨空和尚……」

「施主保重，」和尚雙手合十，輕宣佛號，「阿彌陀佛。」

十二、

四輛騾車將鳴福社一行送到宣化府之後，結算了車錢就各自離開了。鳴福社眾人這趟在宣化府的落腳點是管譚四爺的一位文姓舊相識暫借的。這位文清松，文八爺在當地可是有頭有臉的大藥材商，自家住的是座七進的大宅院，另外用來吃瓦片兒的院子在城內城外都有不少。所以當三閏爺他們帶著譚四爺的親筆信登門造訪時文八爺不僅將他們待若上賓，而且還第一時間就將他們安置在了城門裡以北一個兩進的院子，裡面傢具鍋碗什麼的都一應俱全。

當天晚上文八爺請所有人在外面大吃了一頓，有些菜孩子們甚至連見都沒見過，吃得甭提多起勁兒了，就差沒舔盤子。酒足飯飽後，文八爺又安排了車將眾人拉回院子裡。

孩子們早早就爬上床睡了，這一路顛簸勞累，總算是能夠伸直了腿好好睡一覺。三閏爺、侯小若和馬鳴未則是陪著文八爺在正屋裡喝著茶聊著天。

「若是這屋裡院兒裡還有什麼需要的，只管跟我說，千萬不要客氣，」文八爺雖說是個商賈，但或許是經常走南闖北的原因，渾身散發著一股子豪邁氣息，「譚四爺的朋友就是我文清松的朋友。」

「多謝多謝，」三閏爺趕緊抱拳拱手，「這趟來就給您添不少麻煩，實不知該怎樣謝您才是。」

「說這個就遠了，」文八爺豪爽地擺了擺手，「要知道譚四爺和我可是一個頭磕到地上的把兄弟呀，這點兒事算不得什麼麻煩。」

「文八爺，您和譚四爺是怎麼認識的呢？」侯小若有些好奇地問道。

「這要說起來可就話長咯，」文八爺用手摸了摸下巴上的山羊鬍，「您幾位想想，我認識他的時候，他連秀才都還不是呢。」

「哇，那還不得二十幾年了？」侯小若吐了吐舌頭。

「這一轉眼，」文八爺笑道，「都三十年咯。」

說完這句，文八爺頗有些感慨地輕輕嘆了口氣，端起茶碗吹了吹卻沒往嘴邊送。

「時間過得真是快呀，」三閏爺隨著也嘆了口氣，「這一眨麼眼的功夫，我都成老頭子了，哈哈哈。」

道。

「那您和譚四爺是打小就認識嗎？」侯小若接著問

「也不算吧，」文八爺搖了搖頭，簡單地解釋道，「以前我們家還是個小藥鋪的時候，就住在離譚四爺家不遠的胡同裡，他母親身體一直不太好，所以他常上我這兒來抓藥，一來二去的就認識了。」

「您以前也住在京城裡？」

「對，後來我父親不在了，這才舉家大小搬了出來。」

「為啥呢？住在京城不好麼？」

文八爺捻了捻鬍子，衝著侯小若微微一笑，「住在京城，有什麼好？」

「呃，」侯小若一下子被問住了，憋了半天才說出一句，「有……有大戲聽。」

「哈哈哈哈哈，」文八爺聽後大笑了起來，「有道理，有道理！」

「說到這個，」三閏爺把手裡的茶碗放下，看向文八爺說道，「還真是有件事兒需要煩勞八爺您。」

「您說說看。」

「是這樣，」三閏爺不自覺地舔了一下嘴，「您看我們這趟出來帶了這麼些孩子，人吃馬嚼都是挑費……」

「全都包在我身上了，」沒等三閏爺說完，文八爺就拍了一下胸脯，「您幾位在宣化府這段時間所有的吃穿住我都管了，不用擔心。」

「那可萬萬使不得！」三閏爺慌忙擺手，「八爺，您誤會了，我不是這個意思……」

「八爺，我乾爹的意思是想看看您有沒有熟識的戲園茶樓之類的地方，我們只要有地方唱戲就不用擔心盤費了。」侯小若連忙幫著解釋。

「哦，這自然是沒有問題，」文八爺笑了笑，「明兒我就給您辦了。」

「那可就太謝謝您了。」三閏爺起身給文八爺作了個大揖。

馬鳴未和侯小若也趕緊起來一揖到地，「多謝文八爺。」

「自己人，用不著這麼客氣。」文八爺又哈哈哈大笑了起來。

幾人喝了一會兒茶之後，文八爺起身告辭，三閏爺帶著兩個小輩兒一直送到了院門外，文八爺的車就在巷口候著。

臨上車之前文八爺扭頭對三閏爺說道，「明兒一早我會差人送些米麵過來。」

「您實在太周到了，多謝。」三閏爺拱了拱手。

「戲樓那事兒您就聽我的信兒吧。」說完，文八爺鑽進了車裡。

「好嘞，您慢走。」

「八爺慢走。」

第二天一大早，孩子們早功都還沒練完，文八爺差來送東西的人就到了。這幾挑吃食裡不光有肉有菜，就連柴米油鹽醬醋茶都一併給備齊了，另外還有兩大擔劈好的木柴。

該擺放的擺放該收拾的收拾，喜鵲幫著一起將送來的東西都分門別類整理好之後，大家便圍坐在一起就著鹹菜吃著侯小若剛出門買回來的豆漿饅頭。

「三閨爺，一會兒我想帶喜鵲出去置辦些東西。」馬鳴未邊吃邊抬頭對三閨爺說著。

「嗯？還要置辦什麼？」三閨爺咽下一口豆漿後問道，「這不都有了麼？」

「三閨爺您怎麼了，」馬鳴未咧嘴一笑，「咱們大老爺們兒是怎麼都能湊合，這不還有女眷呢麼，總是需要些女人家的東西。」

「哦哦哦，」三閨爺連連點頭，「是了是了，這倒是我大意了。」

三閨爺是個名副其實的戲癡，就知道唱戲，早年間媳婦兒沒了也一直沒再找，所以哪裡懂得什麼女人家的事情。

「您需不需要什麼？回頭一併給您帶回來。」馬鳴未放下手裡空空的藍邊碗，抹了一把嘴。

「我沒什麼需要的，問問小若他們吧。」三閨爺擺了擺手。

「欸，」馬鳴未有些不好意思地抓了抓腦袋，「三閨爺，那一會兒我們出去了，能不能再麻煩您給孩子們看看功？」

「說什麼麻煩不麻煩的，」三閨爺笑了，「都是小若的師弟師侄兒，交給我吧。」

「太謝謝您了，那您慢慢吃。」

馬鳴未端著空碗，起身往廚房那邊走去。轉過一個彎，正好看見雨晴坐在廚房前面的小水井旁，兩手捧著碗小口小口地喝著豆漿。熱呼呼的豆漿讓他的臉頰如初春桃花般粉紅欲滴，隔著碗裡騰起來的水氣看過去，似乎不只是皮膚，就連圍繞在他身邊的空氣也一併染上了淡淡的粉色一般。

「雨晴。」馬鳴未一屁股擠在程雨晴身邊坐下。

「師哥。」程雨晴低垂眼瞼，淺淺笑了笑。

「一會兒我跟你小師娘打算出去買點兒東西，你有沒有什麼想要的？」

「……怎麼說得好像只是我一個人的小師娘，難道就不是師哥的小師娘麼？」

說這話時，程雨晴的眼睛依舊望著碗裡所剩不多的豆漿。

「呃，呵呵，」馬鳴未乾笑了兩聲，「想要什麼好吃的？師哥給你買回來。」

程雨晴靜靜地搖了搖頭，「不用了，我沒有什麼想要的。」

說完，程雨晴將最後一點兒豆漿喝完後站了起來，邁步走進廚房。

「要不，我給你買點兒桂花糕吧，」馬鳴未也站起身跟了過來，「你小的時候最愛吃了。」

「我已經不是小孩子了，」一絲嫌惡的神情在程雨晴臉上一閃而過，他轉過身看向馬鳴未，「多謝師哥。」

「那就算了，」馬鳴未用水涮了涮手裡的空碗，接著往竈臺上一擱，「回頭可別抱怨師哥不想著你。」

馬鳴未伸出食指在程雨晴的粉頰上輕劃了一下，然後就嬉笑著一溜兒小跑出了廚房。一出門就撞上了正往裡走的侯小若，「師哥。」

「嗯。」

「怎麼樂成這樣？」侯小若覺得有些好笑。

「沒什麼，哈哈哈。」馬鳴未擺擺手，笑著跑開了。

侯小若一頭霧水地走進廚房裡，卻又被站在竈臺邊漲得滿臉通紅的程雨晴嚇了一跳。

「你又怎麼了？」

「沒事兒。」

程雨晴微微一皺眉，抬腳走了出去，留下侯小若一個人丈二和尚摸不著頭腦。

吃過早飯，三閏爺讓孩子們休息玩鬧了一陣兒之後就把大家都召集到院子裡開始練功。小一些的都是梅壽林看著練基本功，需要練唱的則集中在程雨晴身邊，由他來操琴。侯小若則是三閏爺手把手地教，一個動作一個動作掰開了揉碎了地教。

「膀如弓，腰如松樹胸要腆，腕要扣，腿起重，落該輕。」三閏爺坐在一旁的大條凳上，邊搖著蒲扇邊說道，他的嗓子並不是很洪亮，但是沙啞中卻透著一股子威嚴。

三閏爺雖然看似自在愜意地邊喝涼茶邊慢悠悠地給侯小若說著，但是他的視線卻片刻也沒有從侯小若身上挪開，就連最微小的失誤都逃不過他老人家的眼睛。

「此乃天助某成功也，要成功跟隨了他，某暗地裡埋藏。」

一連串盜馬的身段兒之後侯小若站定亮相，三閏爺拍著蒲扇給叫了個好。侯小若抹了一把汗津津的腦門，衝著三閏爺嘿嘿一笑。

「還行吧？」

「有模有樣，不錯不錯，」三閏爺但凡看見侯小若就滿臉都是笑，「過來休息一會兒。」

「欸。」

侯小若在三閏爺腳邊的台階上坐了下來，拿起搭在一旁的手巾擦了擦臉。

「喝點兒茶水吧。」三閏爺給侯小若到了一碗涼茶。

「欸，謝謝乾爹，」侯小若接過來一口氣喝乾了，然後用手背蹭了蹭嘴角，「也不知道京城怎麼樣了……」

「嗯……回頭麻煩文八爺給打聽打聽吧。」

「希望長爺能平平安安的……」侯小若握緊手裡的茶碗，嘆了口氣。

「一定會的，那個老頭子什麼大風大浪沒見過，」三閨爺拍了拍侯小若的肩膀，「區區夷人，能奈他何。」

「當初真是綁也應該把他老人家給綁著帶走，」侯小若其實一直都放心不下，「這萬一要有個什麼好歹……呸呸呸，胡說八道些什麼。」

「年輕的時候那麼溫順的一個人，怎麼老了老了還倔起來了。」三閨爺不由得也嘆了口氣。

十四、

文八爺真不愧是文八爺，這才一天就有了回信兒，晚上還興衝衝地親自過來把這個好消息告訴了三閨爺他們。

「三閨爺，三閨爺在不在？」

人未到聲音就已經傳到了內院兒，三閨爺和侯小若、程雨晴趕緊從正屋裡迎了出來。

「文八爺，這大晚上的您怎麼還過來了，」三閨爺快步走下階梯，將文八爺往屋裡讓，「快，屋裡請，小若，去準備茶點。」

「欸。」

侯小若拉著程雨晴一起往廚房跑去。

三閨爺和文八爺在正屋裡剛一落座，馬鳴未也走了進來，衝著文八爺一拱手，「文八爺來了。」

「嗯，」文八爺微微一頷首，然後扭頭對三閨爺說道，「茶樓那事兒給您老人家辦下來了。」

「這麼快！」

三閨爺不由地瞪圓了眼睛，他雖知道這位文八爺交際甚廣，在當地自然也是頗有威望，但絕沒有想到會如此順利。

「那還不快，」文八爺捻著鬍鬚笑了笑，「昇華樓，宣化府裡最大的戲樓，我和管事的說好了，由您鳴福社唱晚場。」

「哎呦呦，那可真是，」三閨爺高興得搓了搓手，「怎麼謝您才好。」

「欸，」文八爺一揮手，「這算得了什麼。」

「那您看，我們什麼時候過去昇華樓打個招呼吧。」

「對，要不明兒就跟著我一起去一趟，」文八爺想了想，「晌午之前，我派車來接您幾位。」

「好的好的，」三閨爺點點頭，「那就麻煩您了。」

「不麻煩，哈哈哈。」

此時，程雨晴和侯小若一人端著一杯茶走了進來。

「文八爺喝茶。」程雨晴雙手將茶碗捧到文八爺身旁的小桌上。

「好，好，」文八爺正要伸手去端茶碗，抬眼時望了程雨晴一眼，不由得一愣神，「兩彎似蹙非蹙籠煙眉，一雙似喜非喜含情目……這孩子，可真是太漂亮了。」

程雨晴臉微微一紅，施了個禮便走開了。

「他叫程雨晴，」三閏爺對文八爺說道，「也是從小就進了鳴福社。」

「雨晴也唱戲麼？」文八爺看著坐在侯小若身旁的程雨晴。

「早些年也曾唱過。」程雨晴低聲答道。

「哦？為什麼不唱了呢？」文八爺繼續問道。

「倒倉。」

「哦……」文八爺捋著自己的鬍鬚點了點頭，「不用太擔心，倒倉嘛，過了這一段兒說不定就能恢復了。」

「嗯，借八爺吉言。」程雨晴抬起頭，莞爾一笑。

「……這可真是，」文八爺拍了一把自己的大腿，忽然哈哈大笑了起來，「太漂亮了，哈哈哈哈。」

第二天，三閏爺帶著馬鳴未和侯小若跟隨文八爺一起來到了位於城北的昇華樓。雖然比不了京城的四大戲樓，但這座兩層高的昇華樓還真是挺精緻氣派的。大門外有上馬石和拴馬樁，進門的地方掛著一塊雕工精緻的水牌，寫著當天的戲碼。

一見到文八爺的車，台階上的店小二就忙不迭地跑了下來，點頭哈腰地打著招呼。

「八爺，八爺！今兒是哪陣香風又把您給吹來了，」店小二幫著把車上的墊腳凳給搬下來，端端正正地擱在車旁，「我們掌櫃的剛才還叨念著想您吶。」

「就你油嘴滑舌，」文八爺從袖筒裡摸出一塊碎銀子扔給店小二，「我那包間兒給我用心打掃了沒有？」

店小二接住銀子，嘴樂得都要咧到耳朵後頭去了，「那可不，我天天都要掃好幾遍吶！」

「你小子，」文八爺笑著用手指了指他，「去，給你們掌櫃的回一聲，就說文清松來了。」

「好嘞，」店小二立馬轉身往裡跑去，「掌櫃的！」

「還是這麼毛毛躁躁的，」文八爺苦笑著搖了搖頭，回頭對剛從車裡下來的三人說道，「幾位，咱們進去吧。」

「文八爺請。」三閏爺一抱拳。

「請。」

文八爺也拱了拱手，接著便轉身走進了昇華樓。

這昇華樓裡面的裝潢也稱得上是可圈可點，戲臺的位置朝向、戲臺上的佈置以及周邊桌椅的擺放都能看得出來絕對是頗為內行的，就連二樓包間距離戲臺的遠近和角度都考慮得非常仔細，讓見多識廣的三閏爺都不由得想要誇讚一番了。

「來，咱們上我那包間兒邊喝茶邊等。」

一聽就知道文八爺是這裡的熟客，他領著三閆爺幾個噔噔上了二樓。剛坐下才一小會兒，掌櫃的就帶著店小二過來了。

「八爺，您今兒怎麼這個點兒就來了？」掌櫃滿臉堆著笑，吩咐小二把準備好的茶和水果點心一一擺放在桌上。

「這幾位，」文八爺並著二指往三閆爺他們那邊示意了一下，「就是我差人來跟您提過的，打京城來的當紅戲班兒鳴福社的。」

「久仰久仰。」掌櫃的趕緊抱拳拱手。

「豈敢豈敢。」

三閆爺他們也連忙抱拳還禮。

「還未請教，掌櫃的貴姓？」三閆爺問道。

「小姓於，您大概就是鳴福社的班主了吧？」這位於姓掌櫃的大概是因為太胖，腦門上不停地出汗，看著總有些油乎乎的。

「不不不，」三閆爺笑著指了指一旁的馬鳴未，「這位才是鳴福社的班主。」

「於爺，我叫馬鳴未，不才正是鳴福社的班主。」馬鳴未氣定神閒地往前邁了半步。

「哦哦哦，怪我看走眼了，」於掌櫃的陪著笑，「年紀輕輕就挑班兒，馬老闆不簡單啊，真不愧是京城裡來的名角兒。」

「您過獎了，」馬鳴未擺了擺手，「都是大家夥兒抬愛。」

「這個是我乾兒子侯小若，鳴福社的架子花。」

「久仰久仰。」

「客氣客氣。」

「於爺，真是麻煩您了，一來就把晚場給了我們，」三閆爺端起面前的茶碗，「老頭子我以茶代酒，謝謝您了。」

「哎呦呦，這怎麼敢當，」掌櫃的掏出手巾板兒擦了擦大圓臉上的汗，「文八爺差人帶話兒來，我自是要盡力而為的。」

「三閆爺用不著客氣，」文八爺指了指於掌櫃的，「我們這都老交情了。」

「是是，」於掌櫃的訕笑了兩聲，轉向馬鳴未問道，「不知馬老闆想要什麼時候開始呢？」

「一切看您這邊的安排，鳴福社隨時都可以上臺。」

一旦談起正事來，馬鳴未還真是像模像樣的。

「這樣啊，」於掌櫃的稍微想了想，「咱昇華樓現在唱晚場的戲班兒正好十天後到期約，馬老闆看看能不能就正好接上？」

答話之前馬鳴未先看了一眼三閆爺，見三閆爺微微頷首，便笑著對於掌櫃的說道，「自是沒有問題。」

「那太好了，」於掌櫃的拍了一下手，「那麼戲單……」

「最遲今兒晚上給您送過來，您看行嗎？」

「行，行，」於掌櫃的點點頭，又擦了一把汗，「不著急，這一兩天能送過來就行。」

「老於，把戲份先給人算了吧。」

文八爺品著茶，慢悠悠地說了一句。

「那是那是，」於掌櫃的麻利地從懷裡掏出一個銀子包，小心地擱在桌上，「咱這小地方比不上京城，您幾位多包涵，多包涵。」

文八爺一把抓起來，在手裡掂了掂，「掌櫃的，再給添點兒。」

「我，這個……」聽了這話，於掌櫃的那大臉盤子上的汗出得更多了。

「文八爺您說笑了，」三閏爺趕緊給打圓場，「咱們初來乍到的還不知道這兒看客捧不捧場愛不愛聽呢。」

「有我在，誰敢不捧場，哈哈哈哈。」

文八爺把銀子包遞給了三閏爺。

「那是那是，」於掌櫃的趕緊隨著說，「有八爺一句話，一準兒晚晚都得放滿座牌兒。」

「哈哈哈，」文八爺是個吃捧的人，樂得更大聲了，「好，那這事兒咱就這麼定了，回頭您幾位別忘了把戲單送過來。」

「那是一定，」馬鳴未點點頭，「一會兒我親自送過來。」

「嗯，那行了，」文八爺站了起來，「老於，怎麼樣？喝一杯去？」

「不了不了，」於掌櫃的跟在文八爺的身後，將幾位送了出來，「店裡事兒太多，離不開。」

「好吧，」文八爺笑著拍了拍於掌櫃的肩膀，「那下次再請您。」

「我請您，我得請您，」於掌櫃的咧開嘴笑了笑，「還給我找來京城的角兒們。」

「都行，告辭告辭。」文八爺衝著他抱拳拱手，轉身踩著墊腳凳鑽進了車裡。

「還要麻煩您多多照應了，」三閏爺也一拱手，「告辭。」

「互相照應，互相照應。」

於掌櫃的把擦汗的手巾板兒往手裡一捏，衝著三閏爺抱了抱拳。

十五、

鳴福社在昇華樓的首場戲選的是全本的三國戲《龍鳳呈祥》，一直唱完「回荊州」，另外配上三閏爺的《清風寨》做為開鑼戲。

由於《龍鳳呈祥》需要的演員行當眾多，所以除了虎子和花娃子這樣才剛入科的孩子之外，哪怕只是坐了兩三年科的都得上臺，有的人還得趕兩個以上的角色，而且又只有十天的時間可以準備，於是馬鳴未決定打今兒起誰也不許出院門，從早到晚都必須排練對戲，必須確保在宣化府的首場戲萬無一失。

雖說最近這段時間程雨晴的嗓子的確出現恢復的跡象，但是離真正能夠重新登臺還差得很遠，所以這次也只能先給大家夥兒操琴了。杜二爺過了之後，給班裡的旦角說戲教唱的責任自然而然地落在了程雨晴肩上。五個壽字科除了杜壽蘭是工小生的之外，其他四個都是旦行，再加上要照顧更小一些的那幾個孩子，程雨晴這一天天的還真挺忙。

這回《龍鳳呈祥》裡的孫尚香派給了梅壽林，不過這是他第一次來這個角色，程雨晴必須每天格外抽出時間來給他排練扣細節。

「壽林。」程雨晴停下手裡的琴。

「師哥。」梅壽林也停了下來，用手背蹭了蹭額頭的汗。

「你說說，《龍鳳呈祥》這齣戲裡的孫尚香是個什麼樣的人物？」程雨晴淺笑著問道。

「嗯……」梅壽林想了想，「不愛女紅愛習武藝，應該是個豪爽的女子。」

「對，」程雨晴點了點頭，「孫尚香和你以往唱的那些戲裡的人物大不相同，她剛直勇猛而且桀驁不馴，就連身邊的侍女都是個個持刀執棒的，那麼你在唱的時候既要有大家閨秀的風範，又要顯露出一點兒驕橫跋扈的味道。」

「欸。」梅壽林認真地聽著程雨晴的每一句話。

「孫尚香上場時的腳步切忌拖泥帶水小心翼翼，不能太快，但要走出一股子衝勁兒。」

「是，師哥。」

「孫尚香上場後的六句西皮慢板沒有什麼身段兒，那麼眼神和臉上的表情就尤為重要，」程雨晴放下琴弓，給梅壽林做了個示範，「昔日梁鴻配孟光，今朝仙女會襄王，暗地堪笑我兄長，安排巧計哄劉王，月老本是喬國丈，縱有大事諒無妨。」

一雙桃花眼不笑自媚不怒自威，兩瓣紅唇色若丹霞齒如瓠犀，雖然聲音依舊透著一絲沙啞，但已經足以讓梅壽林看得瞠目結舌，忍不住在心底暗暗叫好。

唱完後程雨晴看了一眼呆站著的梅壽林，不由得掩嘴一笑，「壽林。」

「師哥。」梅壽林聽見程雨晴喊自己，這才回過神來。

「你再來一遍。」程雨晴重新把琴弓抄在手裡。

「是，師哥。」

就這麼緊鑼密鼓地一遍遍排一遍遍對，終於到了正式開鑼的這天。也不知道為什麼，就連在都尉大人府上唱堂會都不覺得是多大點兒事兒的侯小若竟然都緊張得失眠了。

這天一大早天還沒亮，馬鳴未就把院子裡的人都喊起來練早功吊嗓子。吃過早飯，文八爺派來的車也到了，於是大家夥兒趕緊把幾個大戲箱子抬到車上，打算早早就到昇華樓去做準備，也好熟悉一下戲臺。

幫著把戲箱子都抬進後臺之後，三閏爺吩咐侯小若去給掌櫃的送一下他們特意準備的雨前龍井，順便打個招呼。侯小若捧著茶葉包，剛跑到賬房門前就聽見裡面傳出掌櫃的在和什麼人說話的聲音，於是侯小若便候在了門外，想著等掌櫃的說完事兒自己再進去。

「……為什麼突然就不續了呢？」

說話的應該是個年輕男子，聲音非常洪亮。

「不是跟您說一遍了嘛，」掌櫃的聲音也傳了出來，「文八爺給推薦了京城來的戲班兒。」

「京城的戲班兒又如何？不見得比我們強呀！」男子的聲音有些急。

「那也是文八爺推薦來的嘛。」掌櫃的特別強調了一下「文八爺」三個字。

那個男子一聽到文八爺的名號頓時沉默了一會兒，接著又似有不甘地說道，「掌櫃的，我們好歹也跟您這兒唱了小一年了，不能就這麼趕我們走吧。」

「那我有什麼辦法呀，要不您自己個兒跟八爺說去。」

「……不然，」男子想了想，繼續說道，「我們唱午場也可以。」

「午場的那個班兒才剛續了半年的期約，」掌櫃的嘆了口氣，「天魁，我難道就不知道做生不如做熟麼？但是我哪兒敢得罪文八爺呀。」

男子沉默不語，似乎也知道再說什麼都沒有用了。

「要不這樣吧，我給您推薦一下其他的戲樓，」掌櫃的安慰著男子，「他們外地來的還能總待在宣化府不成？等他們走了，您再帶著班社回來。」

「欸……」

又過了好一會兒，一個高大的男子撩開門簾從賬房裡走了出來，足足比侯小若高出了一個頭，侯小若趕緊低著頭退到一邊。掌櫃的把男子送到賬房門外，拍了拍他的肩膀，男子衝著掌櫃的抱拳拱手，轉身往外走去。

掌櫃的一扭臉兒，正好看見站在一旁的侯小若。

「呦，侯老闆怎麼跟這兒站著呢，有事兒呀？」掌櫃的頓時聲調都長了八分，笑臉相迎。

「也沒什麼要緊事兒，過來跟您打個招呼。」侯小若邊說著話，視線卻不自覺地飄向那個男子的背影。

男子似乎也停下腳步，回頭看了一眼就匆匆離開了。

「屋裡說，屋裡說。」掌櫃的趕緊把侯小若往賬房裡讓。

「掌櫃的，那位是？」侯小若問道。

「哦，他叫余天魁，跟我這兒剛好唱到昨天，今兒過來拿戲份的，」掌櫃的用手示意了一下，「您坐。」

「不用了，我還得趕緊回後臺去，」侯小若把手裡捧著的茶葉包擱在了桌上，「這是我乾爹專門給您預備的茶葉，一點兒心意，還望您不嫌棄。」

「哎呦呦，說什麼嫌棄，愧領了愧領了。」掌櫃的雙手拿起那個茶葉包，打開身後的小櫃子，小心翼翼地放了進去，接著又把櫃門關上。

「那我就先回去了，於爺您忙著。」

走出門外的侯小若下意識地又往那個叫余天魁的男子離開的方向看了一眼，那邊剛好有個店小二正賣力地打掃著，還以為侯小若是在看自己，抬手指了指自己，侯小若見了忙笑著擺了擺手。

鳴福社的水牌一早就寫好掛了出去，於掌櫃的還特地囑咐工匠一定要加上「京城名角兒」和「文清松力捧」幾個字。昇華樓本就是宣化府數一數二的大戲樓，當地有身分的名流雅士、商賈鄉紳有事兒沒事兒都願意聚到這裡來喝喝茶聽聽戲，再加上知道這是文八爺捧的角兒們，這一上午就賣出了近八成座兒。

離侯小若他們正式開鑼不到一炷香的時間，文八爺慢悠悠地搖著摺扇踱著方步走進了自己的包間兒。

「怎麼樣，人不老少吧。」文八爺對跟在身後的於掌櫃的說道。

「那是，賣了差不多快九成了。」

「嗯，第一天嘛，九成也差不多了。」文八爺點點頭，坐了下來。

「可不，別的戲班兒唱仨月都不見得賣得上九成座兒。」

「今兒什麼戲碼？」文八爺進來的時候壓根兒也沒留意水牌。

「《清風寨》和《龍鳳呈祥》。」

「好，」文八爺拍了一下巴掌，「都是我愛的戲！誰的孫權？」

「侯小若侯老闆的孫權。」

「好，甚好，」文八爺眼睛笑得彎彎的，「倒要看看這個侯小若是不是真像譚四爺信裡寫的那麼神。」

茶水和各種瓜果點心都擺上了桌，掌櫃的低眉順目地問道，「文八爺，您看看還缺點什麼不缺？」

「可以了，主要為了聽戲嘛，」文八爺擺了擺手，「您忙您的去吧。」

「是嘞。」

應了一句，掌櫃的帶著店小二退了出去。

文八爺端起面前的茶碗淺嘗了一口，眼睛在戲臺上掃來掃去，忽然他看見了端坐在戲臺旁一身青色長衫的程雨晴，他似乎正在調琴。

「嗯……倒倉，」文八爺喃喃自語道，「嘖嘖，真是可惜了。」

又稍微喝了一會兒茶，戲臺上終於響鑼了，台底下的看客們聊天說話的聲音也逐漸低了下去，大家都睜大了眼睛等著看看這些從京城裡來的角兒們究竟有什麼不一樣。隨著三闔爺一聲中氣十足的悶簾叫板，鳴福社在宣化府的首場戲這就算正式開戲了。

十六、

儘管是初次在宣化府開鑼，但是鳴福社卻斬獲了前所未有的滿堂彩，文八爺也覺得臉上格外有光彩。別說第二天了，就連半月後的座兒都早早就被包了去，算是一炮打響了名號。於是，便立刻開始有當地的琴師鼓師甚至唱戲人找上門來想要搭班兒。這些事情馬鳴未全部都交給了三闔爺把關，自己反倒落個清靜，每日裡除了給孩子們看功說戲之外，只要一有時間就帶著喜鵲出去，也就不怎麼避諱了。

虎子和花娃子的傷都已經痊癒，而且也都開始背戲詞了。馬鳴未給他倆挑了一齣開鑼戲《三岔口》作為開蒙戲，虎子工武生來任堂惠，花娃子則是工武丑來劉利華。既然都已經開始學開蒙戲了，再沒有個正經名字實在是不像話，於是馬鳴未便給他倆一個改名為王溪樓，另一個改名為魏溪閣。

《三岔口》雖然只不過是齣開鑼戲，但卻難得集合了四武（武生、武丑、武旦、武花）於一台，而且還有不少高難度的打鬥武戲，各個行當在每一個細節上都必須配合完美，所以想要演好並不容易。

「雨晴師叔，雨晴師叔，」虎子改了名之後，第一時間就興衝衝地跑來找程雨晴，「我有名字了！」

「哦？給你改了個什麼名字？」程雨晴把手裡的胡琴擱到一邊。

「王溪樓！」虎子將小胸脯挺得高高的。

「嗯，好名字，」程雨晴看著他滿臉開心的樣子，不由得也隨著笑了出來，「一聽就知道是個能成角兒的名字。」

「我呢我呢？」花娃子也跟在虎子身後跑了過來。

「你跟著摻合什麼。」虎子不滿地搡了他一下。

「給你改了個什麼名字呢？」程雨晴有些好笑地看著他倆。

「魏，魏溪閣。」花娃子期待地看著程雨晴。

「嗯，也是個響亮的好名字。」

程雨晴摸了摸他的頭，虎子站在一旁有些嫉妒地瞥了他一眼。

「那我以後也能成角兒嗎？」

「只要你倆夠努力，一準兒都能成角兒。」程雨晴淺笑著點了點頭。

「嘿嘿嘿，」花娃子露出有些害羞的笑臉，「我倆一定會拼了命的努力，將來一起成角兒。」

「誰要和你一起……」虎子故意撅起嘴。

「為啥不和我一起？」花娃子急忙扭臉看向虎子。

「就不和你一起！」虎子做了個鬼臉，「我要和雨晴師叔一起！」

「嗯？」程雨晴微微一怔。

「一起……唱戲……」虎子發覺自己失言，趕緊補了句，「一起唱戲嘛！」

「嗯。」程雨晴也伸手摸了摸他的頭。

不知道說什麼好的虎子磨嘰了半天，只好施了個禮，轉身跑走了。

「虎子，等等我呀。」

花娃子也急急忙忙施了個禮，追著虎子跑了過去。

「別再叫小名兒了，」程雨晴在他倆身後喊了一聲，「記得以後要叫名字！溪樓，溪閣！」

「知道啦！」

兩個孩子一同高聲答道。

幾天後的一個晚上剛散了戲，文八爺拎著一大摞兒中藥包走進了昇華樓的後臺，孩子們都非常熱情地起身跟他打招呼。

「文八爺來了！」

「文八爺！」

「好，好，」文八爺邊笑著和大家打著招呼邊四下張望了一下，然後徑直朝著坐在角落裡擦拭胡琴的程雨晴走了過去，「雨晴。」

「八爺。」程雨晴見了文八爺也趕緊站起來，作了個揖。

「坐下說話兒。」文八爺說著，從一旁拉了把椅子過來，坐在了程雨晴旁邊。

「您有什麼事兒麼？」程雨晴有些不解，因為文八爺就算偶爾進來後臺也是找侯小若或者三閏爺，基本上沒有單獨和自己說過話。

「來，你看看，」文八爺將手裡拎著的中藥包遞到程雨晴手裡，「這是我專門給你配的。」

「這是？」程雨晴瞧了瞧手裡的中藥包，疑惑地看向文八爺。

「我特地選了些好藥材，給你養嗓子的，」文八爺拍了拍那幾包中藥，「主要是麥冬、沙參和羅漢果，還有一些滋養補氣的，每日煎服一劑，喝完了再告訴我。」

「這……合適麼？」

「這有什麼不合適的，」文八爺爽朗地笑了，「論起來我也算你個長輩，就這麼點兒東西可別婆婆媽媽的。」

「是，那我就收下了，」程雨晴把中藥包放在了自己旁邊的小桌上，「多謝八爺。」

「不客氣，」文八爺見程雨晴收下了，覺得很高興，於是便站起身，「那我就先走了。」

「您慢走。」程雨晴也跟著站了起來，想送送文八爺。

「不用送了，你忙你的吧，」文八爺用手拍了一下程雨晴的肩膀，「回見。」

程雨晴只好站在原地施了一禮，「八爺慢走。」

文八爺前腳剛走出去，馬鳴未就走了過來，他看了一眼桌上的藥包，問道，「文八爺給你送來的？」

「嗯。」程雨晴又坐了回去，拿起胡琴輕輕擦拭起來。

「還專程來給你送一趟，這文八爺，夠有心的呀。」馬鳴未口無遮攔地調笑著。

「八爺豪爽，待誰都一樣周到有心，」程雨晴輕悠悠地回了一句，「不似有的人眼太窄，裝不下其他人。」

沒想到這一句帶刺的話馬鳴未非但沒放在心上，反而嬉笑著湊了過來，「怎麼，吃醋了？」

程雨晴微皺眉頭將臉轉向另一邊，不理會馬鳴未，他知道就算自己再說什麼，也只會讓這個男人更加蹬鼻子上臉罷了。

卻沒想到馬鳴未又往前湊了一步，整個腦袋都搭在程雨晴的肩頭，溫熱的氣息縈繞在程雨晴耳畔，讓他的脊背不自覺地變得有些僵直。

「別這麼小氣嘛，」馬鳴未的手臂環上了程雨晴纖細的肩膀，輕推了他一下，「真捨得不理師哥啊？」

「去去去，別招惹我……」程雨晴用肩膀頂了他一下。

「你個小醋罈子，」馬鳴未站直了身子，像小時候那樣用手摸了摸程雨晴的頭，「以後也給你說個漂亮媳婦兒還不行嗎。」

「躲開我點兒，」程雨晴抱著自己的胡琴也站了起來，「以為誰都和你一樣。」

說著，程雨晴白了他一眼，邁步走出了後臺。

鳴福社在宣化府唱了一段時間後，不僅自家班社的名號越來越響，也著實幫昇華樓賺了不少銀子，於掌櫃的自是不會慢待了這棵天上掉下來的搖錢樹，除了戲份之外有什麼好吃的好喝的都不忘了給鳴福社送一份兒。

馬鳴未這段時間臺前臺後被捧得有些暈頭轉向找不著北的意思，感覺說起話來氣兒都比以前粗了。雖說不能大大方方地娶喜鵲過門兒，但是在吃喝穿戴上馬鳴未還真是從未虧待過她。以前還要她忙裡忙外地照顧這一大班社老老小小的，現在馬鳴未口袋裡有銀子了，怎麼可能還捨得讓心愛的女人去幹這些粗活兒。他自己掏錢雇了個老媽子，專門負責給大家夥兒洗衣服做飯什麼的。

孩子們吃得好練功也更勤了，一個二個都拼了命地學戲練唱，一門心思想著有朝一日自己也能成角兒。尤其是王溪樓和魏溪閣，每天早上都是大家還沒起這倆就已經在院兒裡練功了，晚上大家都吹燈睡了這倆還在背戲詞。

這天夜裡也是一樣，倆孩子背戲詞一直背到困得迷迷糊糊的，眼皮子都打架了才決定今兒就到這兒了，明兒再繼續。

魏溪閣張著大嘴打了個呵欠，問王溪樓，「去睡覺吧？」

「嗯，」王溪樓也隨著打了個大大的呵欠，點了點頭，「再不睡明兒該起不來了。」

「你先去，我要上個茅房。」

「嗯。」王溪樓應了一聲，往倒座房走去。

魏溪閣迷迷瞪瞪地衝著茅房那邊走了幾步，突然聽見牆外一陣細微的腳步聲。他停了下來聽了聽，又四下張望了一下，並沒有發現什麼不妥。

「聽錯了吧……」邊嘟囔著，魏溪閣邊慢悠悠地進了茅房。

扯開褲腰站在茅坑前，魏溪閣正痛快地尿著，忽的不知道打哪裡被風刮來一股子焦臭的荒草味兒。

「嗯？」

魏溪閣抓著褲子從茅房裡晃了出來，閉上眼睛提著鼻子仔細聞了聞，的確是有股淡淡的像是燒枯草的味道，似乎還混著煙味兒。

「什麼味道……」

等到魏溪閣再睜開眼睛時，眼前的一幕真是嚇得他三魂渺渺七魄茫茫。正對著茅房的那面牆火光沖天，廚房的屋頂子都已經全燒著了。滿院子都是劈里啪啦四濺的火星，濃濃黑煙捲著熊熊烈焰把半邊夜空燒得通紅。

「火……火，」魏溪閣頓時嚇得腿也軟了，一屁股坐在了地上，破著嗓子喊道，「失火……失火了！失火啦！！」

十七、

侯小若披著衣服從自己屋裡衝出來的時候，魏溪閣還失魂落魄地坐在地上，不知所措地望著都已經要蔓延到東廂房的火勢。灼熱的溫度讓周圍的空氣都扭曲了起來，火舌在房頂和牆面上妖魔一般跳躍著。

「乾爹！」

侯小若不顧一切地往三閏爺住著的東廂房衝過去，但還沒能跑到近前就被一股股熱浪給推了出來，根本無法靠近。

「乾爹！乾爹！」侯小若跳著腳朝房裡大喊著，急得滿頭是汗。

「小若！」程雨晴一手拖著一床被子，另一手拎著一隻水桶跑了過來。他將被子往侯小若身上一披，又立馬拎起水桶，用水將那床被子和侯小若都澆了個透濕，「快去吧！」

程雨晴在侯小若背上推了一把，他這才回過神來，「欸！」

侯小若披著被子來到東廂房門前，一腳將房門踹開，接著奮身衝了進去。

「怎麼，怎麼著火了？」馬鳴未也披著衣服跑了出來，喜鵲緊跟在他身後，滿臉驚恐地看著愈燒愈旺的大火。

「趕緊，讓孩子們都去打水救火！」程雨晴朝馬鳴未大喊道，「快啊！」

「欸，知道了，」馬鳴未拍著巴掌大吼著，「壽字科的，上前街的井裡打水去！從牆外澆屋頂子上的火！福路福山，你倆帶著幾個小的用院兒裡的井！都趕緊的！」

「欸！」

大家夥兒手忙腳亂地拎桶的拎桶，拿盆的拿盆，按照馬鳴未說的開始各自打水救火。過了不大會兒，住在附近的鄰居們也都趕來幫忙救火，你一盆我一桶地從四面八方往大火中澆水，白色的蒸汽發出「嘶嘶」的聲音四下騰起。

好在魏溪閣發現得早，再加上人多勢眾，大概也就一柱香的功夫，原本看著燒得如同通天火柱一般的大火也逐漸收斂氣燄，最後只剩下噓噓白煙罷了。

「小若呢？三閏爺呢？」程雨晴慌亂地在人群中尋找著侯小若和三閏爺，「小若？小若！」

「雨晴！」侯小若扶著三閏爺正在路邊坐著休息，他朝程雨晴揮了揮手。

「小若！」程雨晴快步跑過來，猛的一下將侯小若擁進懷裡，不知是否是因為後怕，他的身體輕輕顫抖著，「太好了……你沒事，太好了……」

程雨晴的舉動和他身子的軟香讓侯小若的心直接跳漏了一拍，他輕輕拍了兩下程雨晴的背，柔聲說道，「我沒事兒，別擔心。」

大概是忽然意識到自己的失態，程雨晴趕緊推開侯小若，雙頰紅紅地俯身看了看三閏爺，「您老也沒事兒吧？沒有哪兒受傷吧？」

「沒事兒。」三閏爺有些疲倦地笑了笑，身邊放著那床濕淋淋的但邊邊角角都已經有些焦黑的被子。

「你們打哪兒出來的？」程雨晴看向侯小若，臉似乎還是有些微微發燙。

「我衝進屋裡之後，剛把乾爹背起來就發現門那邊兒火已經燒起來了，根本出不去，」侯小若繪聲繪色地描述了起來，「我想那也不能困死在屋裡呀，於是就踹了後窗戶，直接翻到外頭來了。」

「功夫還真不錯。」

或許是見到兩人都沒有大礙，一顆懸著的心終於放了下來，程雨晴露出一個淺淺的笑。

「那可不，要是功夫不夠好還怎麼保護乾爹，」侯小若看著程雨晴，咧嘴一笑，「和你呢。」

「又貧嘴。」

說笑之間，侯小若忽然覺得在紛紛散去的人群中似乎看見了一個有些熟悉的身影。

「雨晴，幫我照顧乾爹。」

「你上哪兒去？」

沒等程雨晴把話問完，侯小若抬腳就往那個身影站著的方向跑了過去。

「雨晴。」三閏爺朝程雨晴招了招手。

「三閏爺。」

「你去院兒裡確認一下，看看是不是所有的孩子都平安無事。」三閏爺的臉上滿是不安和擔心。

「欸，」程雨晴攙著三閏爺的胳膊將他扶了起來，「我扶著您一塊兒進去吧。」

「好，也好。」

侯小若來到那人身側，衝著他拱了拱手，「余天魁。」

「嗯？」那個人有些呆愣地回過頭，看了侯小若好半天才開口，「侯，侯小若……您怎麼知道我的名字？」

「昇華樓掌櫃的告訴我的，您怎麼在這兒？您也住這附近嗎？」侯小若剛問完，就看見了余天魁腳邊扔著的空木盆，「您剛才也幫忙救火來著吧，真是太謝謝了。」

余天魁嘴動了動，似乎想說什麼但還沒來得及說出來的時候，只見馬鳴未慌慌張張地朝這邊跑了過來。

「小若！趕緊，找大夫！大夫！」馬鳴未臉色蒼白如紙跌跌撞撞，似乎站都快站不穩了。

「師哥您冷靜點兒，喘口氣，」侯小若被嚇了一大跳，「到底怎麼了？」

「喜鵲……」眼淚順著馬鳴未煞白的臉頰接連不斷地滾落下來，「喜鵲，怕是要不好……」

「小師娘？」侯小若一下愣住了。

馬鳴未兩手抓著侯小若的胳膊，腿一軟，晃晃悠悠地跪了下去，「喜鵲要是……要是……我……」

再往下便已經哭得連話也說不上來了。

「大夫……大夫，」侯小若也急得原地直轉圈，「這個點兒上哪兒去請大夫……」

「我去請！」余天魁像是忽然回過味兒來了似的，「我知道去哪裡請大夫！」

「那，那就麻煩您了。」侯小若感激萬分地看向余天魁。

「這位兄弟，快去快回啊……」堂堂七尺男兒的馬鳴未這會兒竟眼淚汪汪地望著余天魁，「要是晚了……」

「欸！」

余天魁沒頭就往巷口跑去，只一會兒便不見了蹤影。

院子裡依舊瀰漫著黑煙和灰塵，但是火已經完全被撲滅了，三閨爺和程雨晴正帶著大家收拾打掃。侯小若遵從三閨爺的吩咐趕往文八爺府上送信兒，畢竟是把人家的院子給燒了。由於撲救及時，所以在粗略收拾了一下之後才發現徹底被燒壞的其實只有廚房和東廂房，其它屋子基本上都沒有受到什麼太大的影響。

有幾個孩子在往外跑的時候受了點兒輕傷，其他人並無大礙，不過喜鵲卻為了護著一個孩子被不知打哪兒掉下來的木梁砸中，直到現在還不省人事。

馬鳴未坐在喜鵲床前哭得一把鼻涕一把眼淚的，嘴裡一直叨叨念念的也不知道在說些什麼。程雨晴捧著一盆水走了進來，往桌上一放，他將搭在木盆邊的乾淨手巾在水裡浸了浸，然後拎出水面擰了個半乾。

「給她擦擦吧。」程雨晴把手巾遞給馬鳴未。

「嗯？」馬鳴未緩緩抬起淚眼看向程雨晴，似乎沒明白他說了什麼。

程雨晴嘆了口氣，把手巾塞到馬鳴未手裡，「給她擦擦臉，她會舒服一些。」

「欸。」馬鳴未慢半拍地點了點頭，握著手巾小心翼翼地在喜鵲臉上擦拭了幾下，眼淚又掉了下來。

「……別，」程雨晴臉上神情複雜，「別擔心，不會有事兒的。」

「嗯……」

馬鳴未邊用袖子胡亂擦去臉上的淚水，邊小心地給喜鵲擦拭著臉上的煙灰污漬和斑斑血跡。

沉默地看著馬鳴未，程雨晴抿了抿嘴唇。他轉身正想往外走時，院子裡忽然傳來了余天魁的聲音，「大夫來了！病人在哪屋呢？」

「在這兒！」程雨晴下意識地大聲答道。

聽見大夫來了，馬鳴未噌一下就站了起來，大夫剛邁步跨過門檻就被他用雙手給攥住了。

「大夫，大夫，」馬鳴未像個無助的孩子一樣，緊緊攥著大夫的衣袖，「您可來了，您趕緊給看看吧……」

「莫慌，」看起來已是年過花甲的大夫倒很是冷靜，「待我先看看病人。」

馬鳴未將大夫引到床前，掀開床簾，指著床上的喜鵲說道，「大夫，求您救救她，您救救她。」

大夫淺笑著點了點頭，先從藥箱裡拿出脈枕放在床沿兒上，然後讓馬鳴未幫著把喜鵲的胳膊從被子裡掏出來，搭在脈枕上。大夫在床前撩袍端坐，伸出三指，開始為喜鵲診脈。馬鳴未不敢靠太近又不願意離太遠，有些不知所措地站在大夫身旁乾咽了口口水。

由於屋裡在給女眷診病，所以程雨晴和余天魁都只能站在房門以外等著。程雨晴看了一眼站在一旁的余天魁，他的臉色鐵青而且身體還在微微顫抖，令程雨晴不禁覺得有些奇怪。

「多謝您出手相助，」程雨晴朝他一拱手，「敢問您高姓大名？」

「我，」余天魁被程雨晴的突然問話嚇了一跳，但還是老實答道，「我叫余天魁。」

「您也住在這附近嗎？」

「不，不是……」余天魁避開程雨晴的眼神，言辭閃爍。

「那您是認識鳴福社的哪一位嗎？」

「不是……啊不，」余天魁忽然點點頭，「我在昇華樓見過侯……老闆。」

「哦，您是昇華樓的人。」

「不，也不是……」余天魁舔了舔乾乾的嘴唇，「我以前在昇華樓，唱過戲……」

「原來您也是同道中人，」程雨晴嫣然一笑，「我叫程雨晴，是鳴福社的琴師。」

程雨晴恬靜的笑臉讓余天魁不自覺地臉頰微熱，他連忙低下頭，胡亂點了點，接著又下意識地望向正在診病的那間屋子。

十八、

侯小若一路馬不停蹄地跑到了文八爺的府邸，在跨上階梯之前先停住腳步穩了穩心神，這才上前拍打門環。

「門上有人嗎？我是鳴福社的侯小若，」侯小若拍了兩下門環，將手攏在嘴邊衝著門裡喊道，「我有急事兒要見文八爺。」

過了好一會兒，門房才一邊嘟嘟囔囔地抱怨一邊將半扇門拉開了一條縫，探出半個腦袋，「誰呀，大半夜的嚷嚷什麼呢。」

「這位爺，」侯小若趕緊一拱手，「我是鳴福社的侯小若，我有急事兒要面見文八爺，能否勞煩您給通稟一聲？」

「哦哦哦，是侯老闆啊，」聽見侯小若的名字，門房連忙拉開門，將侯小若讓了進來，「什麼事兒啊還要您大半夜的過來？」

「我們那院兒不知怎麼著火了，三閭爺吩咐我過來給文八爺送個信兒。」

「哎呦呦呦，」門房嚇了一大跳，「這怎麼話兒說的，受傷沒有啊？」

「人倒是都沒什麼大事兒。」

「人沒事兒就好，委屈您跟這兒先等會兒，我這就去通稟。」

「勞煩您了。」

門房往院子裡面跑去之後，侯小若在廊下的長條凳上坐了下來，長長嘆了口氣。差不多半盞茶的功夫，門房麻利地跑了回來。

「侯老闆，老爺讓您進去，您跟我來。」

「有勞。」

侯小若跟著這位門房走過三層院子，一直來到了文府的偏廳。文八爺就站在屋門前，一看見侯小若過來，趕忙上前拉著他，「怎麼樣？大家都平安無事吧？沒受傷吧？」

「文八爺您有心了，」侯小若隨著文八爺走進屋裡，心裡感到暖暖的，「我們都沒什麼，就是喜鵲……」

「嗯？她怎麼了？」

「說是為了護著一個孩子被木梁給砸暈了，怎麼也弄不醒，」侯小若憂心忡忡地答道，「不過已經給請大夫了。」

「走，我去看看，」文八爺說著站起身，對自己的僕從說道，「去把涼血清毒丸拿來，還有燒傷膏。」

「是，老爺。」僕從快步走了出去。

見大夫一直閉著眼睛不說話，馬鳴未不禁有些急躁了起來。

「大夫，」馬鳴未實在忍不住了，輕聲開口問道，「她，不會死了吧？」

大夫睜開眼睛看了馬鳴未一眼，以為他是喜鵲的丈夫，便捻著自己雪白的鬍子說道，「尊夫人並無大礙，不過是過度驚恐加上熱邪入體，喝幾劑藥就會沒事了。」

「哦哦，」馬鳴未一顆懸著的心這才放了下來，「那，就麻煩您趕緊給開方子吧。」

「嗯，」大夫站起身，笑著朝馬鳴未拱拱手，「另外，老夫這裡給您道喜了。」

「道……喜？」馬鳴未一愣。

「尊夫人診出了喜脈，已有兩個月的身孕了。」

「身孕？」馬鳴未整個人都僵硬了，不敢相信自己的耳朵，「……什麼意思？」

「恭喜您，就要為人父了。」

「我，為人父？」馬鳴未的眼睛瞪得溜圓，連眨眼都不會了。

「嗯。」大夫肯定的點點頭。

「我要，當爹了……」

「是。」

霎時間，無數的淚水從馬鳴未的眼眶裡滾落下來，讓他感到眼前一片朦朧，只知道呆愣愣地站在原地，失了魂一般。想必大夫也見過不少第一次當父親的人的反應，他掩嘴一笑，便走到一旁去開方子了。

馬鳴未邊用袖子抹著臉上亂七八糟的眼淚邊將大夫送出來的時候，剛好碰上侯小若領著文八爺走進院子，程雨晴和余天魁正和他打著招呼。

「嗚未，」文八爺見馬嗚未走出來，衝他招了招手，「怎麼樣？」

「文八爺，您怎麼來了，」馬嗚未趕緊走上前，抱拳拱手，「勞您記掛，大夫說沒什麼大礙。」

「文八爺。」大夫也過來給文八爺作了個揖。

「趙大夫，原來把您老給找來了，」文八爺笑著回了個禮，對馬嗚未說道，「這位可是咱宣化府的名醫。」

「文八爺過獎了，折煞老夫。」

「您老那方子，能和我的涼血清毒丸一起用麼？」文八爺細心地問道，「我給帶了一瓶過來。」

「無妨。」

「那好，來，我送您老出去。」

「文八爺，我送大夫吧，順便去把藥也抓了。」馬嗚未說道。

「師哥，還是我去吧，」侯小若攔了一把，「院兒裡這會兒離不開您。」

「好，」馬嗚未想了想，「那你快去快回。」

「欸，」侯小若轉身衝著文八爺拱拱手，「文八爺，您坐會兒，我去去就來。」

「去吧，我去看看三閨爺。」

「大夫，咱走吧。」說罷，文八爺往正屋走去。

「好，請。」

「您請。」

兩人正要往外走，余天魁快步追了過來，「侯小若。」

「嗯？」

「我……和您一道去吧。」余天魁似乎有些吞吞吐吐的。

「這怎麼好意思。」

「我也沒事兒，一道去吧。」

「嗯……」侯小若這會兒才發覺余天魁大概是有什麼事兒想跟自己說，於是便笑著說道，「那就一道去吧。」

「嗯。」

從醫館出來之後，余天魁就一直悶不吭聲，只是靜靜地跟著侯小若慢慢往前走著。侯小若悄悄看了他好幾眼，思考著要如何才能讓他開口。

「天魁，」侯小若清了清嗓子，「您不介意我這麼稱呼您吧？」

「不介意。」余天魁擠出一個笑。

「您也叫我小若就行，」侯小若也笑了笑，「您是工什麼行當的？」

「花臉，」余天魁低下頭，「我聽說，您也是工花臉？」

「是，架子花，您呢？」

「銅錘。」

「我也想過唱銅錘來著，」侯小若指了指自己的喉嚨，「可惜祖師爺不賞飯，哈哈哈。」

「哈哈哈，哈……」

笑了幾聲，兩人又沉默了下來。

「那什麼……天魁，今兒可真是太謝謝您了。」

「謝我？」

「是啊，」侯小若的笑臉和小時候一樣，還是那麼純真，「又幫忙救火又幫忙找大夫，要不是有您在，我們還不知道要亂成什麼樣兒呢。」

余天魁原本就鐵青的臉色看起來愈發可怕了，他緊咬著下唇一語不發，雙手緊握成拳，關節因為過於用力都有些泛白了。

「您怎麼了？不舒服嗎？」侯小若擔心地問道。

忽然，余天魁停下腳步，毫無預警地跪在了侯小若面前。膝蓋嘭一聲撞擊在石子兒路面上，聽著都覺得疼。

「小若……對不起……」

余天魁的聲音帶著哭腔。

「天魁，這是何意啊？趕緊起來。」

侯小若伸手去拉低著頭跪在地上的余天魁，但卻怎麼也拉不動。

「我該死，我混蛋……」說著說著，余天魁的眼淚終於還是掉了下來，一顆顆砸碎在地上。

「有話好好說，快起來。」

「那火……火，是因我而起的……」

余天魁的身體和聲音一起顫抖個不停。

「什麼？」侯小若愣住了。

「是因為我，鳴福社的院子才被燒了，」余天魁大哭了起來，「都是因為我，都是我的錯……」

「您……您先起來，」侯小若穩了穩心神，用盡全身的力氣才把余天魁這個大個子給拽了起來，「天魁，何出此言啊？」

余天魁低垂著腦袋，看也不敢看侯小若，「您也知道，我以前是在昇華樓挑班兒唱晚場，後來因為鳴福社來了，又是文八爺的引薦，昇華樓說就不能再跟我們續了……」

侯小若點點頭，其實他心裡也一直覺得這事兒辦得有點兒不地道。

「雖然昇華樓把我們介紹給另一個小一些的戲樓，但是我心裡……一直覺得很不服氣，」余天魁皺了皺眉，語氣裡滿是不甘，「憑什麼京城的戲班兒就可以一來就唱晚場……」

「嗯，然後呢？」

「……然後，我就托人找了幾個地面兒上的，」余天魁的聲音越來越低，「就是，就是地痞吧……我原本只想說讓他們嚇唬嚇唬您，卻沒想到，沒想到……」

「沒想到這幫人喪心病狂，半夜把我們的院子給點了，」侯小若搖了搖頭，替余天魁把話說了下去，「那您今兒晚上怎麼也在呢？總不會是來幫忙放火的吧？」

「怎麼可能！」余天魁猛的抬起頭，眼神筆直地看向侯小若，「我是來阻止他們的！」

「哦？」

「可是他們壓根兒不聽我說，我一個人又擋不住他們十幾個人……」余天魁又慢慢低下頭去。

「哎……」侯小若嘆了口氣，「所以您才留下來幫著滅火。」

「嗯，」余天魁點點頭，咬了咬牙，「您若是要打我罰我，甚至繩捆索綁抓我見官我都認了……任憑您處置。」

侯小若想了想，「此話當真？」

「男子漢大丈夫，自是一人做事一人當！」

余天魁拍了拍胸脯，語氣堅定。

「我不打您也不抓您見官，」侯小若笑了笑，「不過，罰是要罰的。」

「悉聽尊便。」余天魁滿臉引頸就義的神情。

「好，」侯小若話鋒一轉，問道，「天魁，您是不是特別不服咱京城來的戲班兒？」

「啊？」這回輪到余天魁愣住了。

「是不是？」

「……是。」

「很好，」侯小若用手一指余天魁，「那我就要讓您心服口服。」

「什麼意思？」

「咱們，鬥戲。」

「鬥戲？」

「對，您和我唱一齣對台戲。」

「怎麼唱？」余天魁不太明白。

「咱倆同一天同一個時辰，在不同的戲樓唱同一齣戲，看看最後究竟誰賣的座兒更多。」

「賣得多的為勝？」

「那是自然。」

「若是我勝了？」

「昇華樓的晚場還是您的。」

「好！」余天魁的眼睛都亮了。

「但若是我勝了，」侯小若嘴角一揚，「就得委屈您拜我為師，而且賠償鳴福社今晚所有的損失。」

「一言為定！」

十九、

號稱宣化府第一名醫的趙大夫果然名不虛傳，當晚才撬開牙關灌下第一劑藥，第二天早上喜鵲就悠悠醒轉了過來，讓守了一整夜沒閉眼的馬鳴未又是一頓哭。

「你醒了，你終於醒了，」馬鳴未也顧不得許多，一下子撲在喜鵲身上，「要是你一直都不醒……我……我……」

「這麼大的人了，」喜鵲露出一個無力的笑，「怎麼還哭成這樣。」

「喜鵲，」馬鳴未抬起臉看著喜鵲，「喜鵲，你是真的醒了吧？我不是做夢吧？」

「傻瓜，」喜鵲將手伸出被子，輕撫馬鳴未的臉頰，「我醒了。」

兩人相互抱著，緊緊抱著，廝磨了好一會兒，馬鳴未終於想起了自己還沒有告訴喜鵲那件天大的喜事。

「喜鵲！」馬鳴未猛的起身，兩手用力地握住喜鵲的手，力道之大嚇了喜鵲一跳。

「怎麼了？」

「昨兒個大夫來給你瞧病的時候說，」馬鳴未湊到喜鵲耳邊，悄聲說道，「你有喜了。」

喜鵲睜圓了眼睛，用手捂著自己的嘴巴，不可置信地望著馬鳴未，「……什麼？」

「你有喜了，」馬鳴未的聲音輕輕柔柔的，「有了咱倆的孩子了。」

「我……懷了你的孩子了……」

眼淚像斷了線的珍珠順著她的臉頰滑落，喜鵲的身子靠在馬鳴未懷裡輕輕顫抖著。

「嗯，嗯，」馬鳴未也隨著落下淚來，「咱倆的……咱倆的孩子。」

「鳴未……太好了，真的太好了……」

相擁著又哭了一陣兒，馬鳴未擦了擦眼淚，笑著問道，「餓不餓？我去給你弄點兒吃的。」

「嗯，不知怎麼的特別餓。」

「那肯定得餓，」馬鳴未用食指輕刮了一下喜鵲的鼻梁，「你現在可是一個人吃兩個人飽。」

喜鵲一下子羞紅了面頰，卻掩不住滿臉的笑意，她輕捶了馬鳴未一下，「討厭。」

馬鳴未嬉笑著在她臉上輕啄了一下，「你休息一會兒，我去去就來。」

「嗯。」

馬鳴未幫著喜鵲整理好被褥，正準備往外走時，又轉了回來，「喜鵲。」

「嗯？」

「這事兒別和任何人說，知道嗎？」

「哦……」喜鵲點了點頭，「我不說。」

「反正和他們也沒關係，犯不上讓他們都知道。」

「嗯。」

「那你歇著吧，我去給你弄好吃的。」

說完，馬鳴未轉身走了出去。

為了保證公平起見，侯小若和余天魁鬥戲的戲樓都交由文八爺安排。斟酌再三，文八爺給選了城南兩間差不多大的戲樓，雖比不上昇華樓但也算頗有名氣，而且剛好各自位於主路交匯處的一東一西，相距並不很遠，很是適合用來唱對台戲。至於怎麼選戲碼，倒真是費了一番功夫。

雖說侯小若和余天魁都是工花臉，但是銅錘花和架子花所唱的戲可謂大相徑庭，所以既不能選完全主唱腔的花臉戲，也不能選完全主身段兒的。最後還是文八爺給出了個主意，讓侯小若和余天魁分別在三張紙上重覆寫下自己想唱的一齣戲，做成鬮兒混在一起，然後他倆每人各抓一個鬮兒，再讓文八爺抓一個，看哪齣戲被抓到的次數多就選哪齣戲。

「《除三害》和《牧虎關》各一次，」侯小若晃了晃手裡的紙鬮兒，對文八爺說道，「八爺，就看您的了。」

「好嘞！」文八爺快速從剩下的紙鬮兒中抓出一個，接著拍在桌上，「天魁，打開。」

「是，八爺，」余天魁拿起文八爺抽出的紙鬮兒，慢慢展開，「八爺抓的是……《除三害》。」

其實說心裡話，這兩齣戲對於余天魁來說都是經常唱的，所以無論選了哪一齣他都不認為自己會輸給侯小若。

「小若，」余天魁把攤開的紙鬮兒放在了侯小若面前，「《除三害》。」

「這戲是我挑的，我自是沒有問題，」侯小若將紙鬮兒遞給文八爺看了一眼，笑道，「就是不知道天魁行不行。」

「當然行。」余天魁忙答道。

「那就這麼定了，」文八爺笑瞇瞇地看著眼前兩個互不服輸的年輕花臉，端起茶碗喝了一口，「還有十天的時間你倆可以各自準備，不管是行頭砌末或是鑼鼓場面，需要什麼都只管衝我開口。」

「八爺，」余天魁猶豫了一會兒，終究還是把自己的擔憂說了出來，「現在整個兒宣化府都知道鳴福社是您捧的，這是否……」

「你是擔心會不會不公平，是嗎？」

「天魁不敢……」余天魁趕緊低下頭。

「你說的也有道理，」文八爺捋著鬍子想了想，「那這樣，在你倆鬥戲之前咱們挑一天辦場宴，把宣化府包括周邊叫得上號兒的都請來，讓大家知道知道你倆都是我文清松力捧的好角兒，不就行了嗎？哈哈哈哈。」

「多謝八爺！」余天魁一撩袍，單膝跪地給文八爺施了個禮。

「起來起來，這不就外了麼，」文八爺抬了抬手，示意余天魁起來，「小若的朋友就是我的朋友。」

侯小若只是把余天魁幫著救火和請大夫的事情告訴了文八爺，其它的多一個字也沒說。這次院子裡著火也被當作晚飯之後沒有好好封竈而引起的事故，不了了之。

「八爺，又勞您破費了。」侯小若也起身施了個禮。

「銀子掙來就是要花的，要不掙它做什麼！哈哈哈哈，」文八爺爽朗地大笑著，「這回呀，咱一定要好好地，熱熱鬧鬧地唱一場！」

「是，八爺。」

暖黃的燈光在侯小若和余天魁的眼底搖曳閃爍。

原本不過是兩個年輕藝人之間的一場鬥戲，可在文八爺揮金似土的大手筆之下，竟變成了比初一十五的市集廟會還要有過之而無不及的盛大活動。宣化府的市井街邊、路頭巷尾幾乎無人不在談論這場對台戲，住在周邊村鎮的人們更是像等著趕集一般翹首以待著，據說還有人專門開設了地下賭局。

「文八爺的面子可真廣啊。」

茶館裡幾個文生模樣的年輕人圍坐在一起優雅地喝著茶吃著點心，聊著閑天。

「不過一句話，那兩間茶樓的晚場就都給空出來了。」

「不也就一個晚上嘛。」穿灰色長衫的男子語氣裡似乎帶著幾分不屑。

「一個晚上？」穿青色長衫的男子笑道，「你去說說看，大抵人家連半個時辰都不會給你。」

大家一陣哄笑，灰色長衫的男子臉上多少有些掛不住，臊得一直紅到了耳根子。

「祝兄，聽說你前兩天還去參加了文八爺的宴席？」另一個穿紺色長衫的男子完全不掩飾自己的羨慕，「怎麼樣？說說。」

被稱作「祝兄」的男子身著一襲水色長衫加絳色馬褂，頭戴圓帽上嵌美玉，一看就知道有功名在身。

他手握一柄摺扇輕輕搖著，淺淺笑了笑，「把整一間月鳴樓都給包下來了，你們覺得怎麼樣。」

「整間月鳴樓？嘖嘖。」

幾個年輕人不由得都瞪目結舌，除了嘖嘖幾聲之外也說不出什麼來了。

「那兩個唱戲的都去了嗎？」

「可不都去了，」祝秀才看向問話的人，自以為風趣地說道，「給倆戲子穿上身兒好衣服，再往文八爺身邊兒一坐，別說，還挺有幾分人樣兒。」

「我說幾位，」青色長衫用中指關節輕敲了敲桌面，刻意小聲問道，「都下注了麼？」

「有辱斯文。」祝秀才微微皺眉，似乎很是不快。

「我們跟祝兄您沒法兒比，」青色長衫訕笑了一下，「您不光有功名還有個當財主的爹，我們不過是百無一用的窮書生，有機會難道還不搏一把麼？」

「哼。」祝秀才把臉撇向一邊，用力搧了兩下手裡的摺扇。

其他幾個書生互相對視了一下，便把腦袋湊在一起竊竊私語了起來。隔著幾張桌子，坐在窗邊角落的程雨晴悄悄掃了他們一眼，嘴角微微上揚，然後將視線投向坐在身邊也端著茶碗的侯小若。

二十、

明亮得刺眼的夏日陽光肆無忌憚的從窗口湧進來，撩撥得侯小若和程雨晴的額頭都滲出一層密密的白毛汗。儘管已經立秋，但天氣還是酷熱難當，秋老虎的威力實實不可小視。

一小塊淺粉色的點心被程雨晴白若筍尖的纖細手指夾起，再從容地送到嘴裡慢慢品著。秋水般的眸子彎彎地看向邊扯著自己的領子搧風邊喝著熱茶的侯小若，那滑稽模樣讓程雨晴差點兒沒笑出聲來。

「若是你，你會買誰贏？」程雨晴將最後一口點心咽下去，用指尖擦了擦嘴角。

「當然買我自己贏了，」侯小若連著丟了兩塊點心到嘴裡，大口嚼著，「這還用問麼。」

程雨晴靜靜地笑了笑，「小若，你去聽過余天魁的戲麼？」

「沒有，」侯小若又喝了一口茶，搖了搖頭，「你去過？」

「嗯，」程雨晴用手托著自己的下巴，有些慵懶地斜靠在座椅上，「去過一次。」

「怎麼樣？」侯小若下意識地身子微微前傾。

淺淺呼出一口氣，程雨晴並沒有直接回答侯小若的問題，「自己去聽一次不就知道了。」

「嗯……」侯小若用手指推著自己的眉間沉默了一小會兒，接著一巴掌拍向桌面，「好！這天兒實在太熱了，不喝茶了，咱上梅馨樓喝冰鎮酸梅湯去。」

「嗯。」

程雨晴掩嘴一笑，隨著侯小若一起站了起來。

梅馨樓，是一幢兩層高的小戲樓，四四方方的。雖說不大，但據說在前朝永樂年間就已經建成，所以幾乎在樓裡的每一個角落都能感受到淡淡的古樸氣息。

侯小若和程雨晴被店小二領著走上樓前的台階，臨進去之前侯小若佯裝若無其事地望了一眼掛在一旁的水牌，這天梅馨樓掛出的戲碼是整本兒的銅錘戲《草橋關》。

這齣戲講的是東漢光武帝劉秀登基之後，命姚期鎮守草橋關，但因日久思念忠臣，於是又命馬武、杜茂、岑彭三人赴草橋，將姚期替回來陪王伴駕。姚期攜全家剛回到都城之後不久，就因兒子姚剛打死國丈，只得綁子上殿請罪。劉秀敵不過國丈之女郭妃的哭求，不顧君臣之情要將姚期全家問斬。此時適因牛邈攻打草橋，馬武回朝搬兵，聞信後冒死闖宮保奏，逼迫劉秀發下赦旨，命姚期父子戴罪出征。

這是一齣不僅重唱功而且又很考驗身段兒的戲，就比方說姚期騎馬回府時忽聽得僕從來報，說姚剛打死了國丈，需要唱戲人用一連串的動作以及僅僅「回府」這兩個字的念白來表示姚期震驚的心情。這裡既不能太過又不能太收，分寸感極為重要，多一分少一分都會影響到姚期這個人物。

整本的《草橋關》非常吃功，所以大多數銅錘花臉在唱這齣戲的時候，一般都不會連演二本姚剛打死國丈往後的部分，但只要余天魁唱這齣戲，就一定會一直唱到蒙恩赦免為止。

「兩位裡邊兒請，」店小二殷勤地把侯小若和程雨晴帶到唯一空著的一張桌子旁，待他倆落座之後問道，「兩位喝點兒什麼？」

由於梅馨樓是屬於純聽戲的戲樓，所以並沒有真正能填飽肚子的吃食，基本上就只提供鮮果蜜餞、茶水點心這些小吃。

「來一壺冰鎮酸梅湯，」說完後，侯小若看向程雨晴，「還想吃點兒什麼不？」

「嗯……」程雨晴想了想，「薩其馬，有麼？」

「還真有，」店小二看起來很是興奮，「一看就知道這位爺見過吃過，咱這薩其馬可是特意從京城老字號買的，昨兒個才剛到。」

「那給我們來一碟兒吧，」侯小若也跟著興奮了起來，「快去快去。」

「好嘞！」

店小二把白手巾往肩上一搭，快步走開了。

「京城……」侯小若看著店小二的背影，喃喃自語般，「不知道長爺怎麼樣了……」

「他老人家一定不會有事兒的，」程雨晴輕拍了拍侯小若的手背，「別那麼擔心。」

「嗯，」侯小若苦笑著點了點頭，又像是安慰自己似的，「長爺是老江湖了，怎麼可能會有事兒，是吧。」

「嗯。」

程雨晴將手收了回來，兩人各自默默地將視線投向戲臺。正好第一場戲快結束時，店小二麻利地端著酸梅湯和薩其馬又跑了回來。

「兩位爺的冰鎮酸梅湯，」店小二腿腳快，嘴也一點兒不慢，「還有京城老字號四季齋的上好薩其馬一碟兒。」

五塊被切得方方正正的薩其馬堆放在雪白的圓碟子裡，黃澄澄的顏色加上若有似無的甜膩香氣讓人不由得口中生津。

「您嘗嘗。」

放下東西之後，店小二並沒有馬上走開，而是滿臉像等著被誇讚的孩子似的表情站在兩人的桌旁。侯小若完全不客氣，抓起一塊薩其馬就塞進嘴裡嚼了起來。

「嗯！」只第一口就讓侯小若瞪圓了眼睛，「真香！又酥又甜還不粘牙，好吃！」

程雨晴好笑地看著他，也拿起一塊薩其馬咬了一小口，「嗯，真不愧是四季齋的薩其馬。」

「我說什麼來著！」店小二就像是自己被誇了一般那麼開心，接著又給兩人把酸梅湯倒進杯裡，「京城裡雖說有不少點心鋪都做薩其馬，但要比起這四季齋來可差人遠了，更甭提咱小小的宣化府了。」

店小二說著話的功夫，碟子裡剩下的幾塊薩其馬就已經都被侯小若填進了嘴裡，話都快說不清楚了，「再，再來一碟。」

「好嘞，」平日裡會要這種高級點心的人本就不是特別多，一次要兩碟的就更少了，所以店小二開心得眼睛都眯縫了起來，「馬上來。」

說著話，店小二又跑開了。

「都多大了，吃起東西來還跟小孩兒似的，」程雨晴嘴裡埋怨著，眼睛裡卻是藏不住的笑，「來，喝口酸梅湯順順。」

「欸，」侯小若老實地接過酸梅湯，咕咚咕咚全喝了下去，「解氣。」

待店小二把第二碟薩其馬擺上桌時，侯小若吃得就斯文多了，學著程雨晴的樣子一手捏著一手托著，小口小口地啃。

「說起京城，您二位聽說了麼，」店小二刻意壓低了聲音，湊近兩人，「說是倆月前佔了天津府的那幫夷人要往京城去了。」

「什麼？」侯小若嚇了一跳，拿著薩其馬的手也頓時僵住了。

「這要是真打進京城……」店小二說著，自己先打了個冷顫，「光想想都覺得脊背發涼。」

「柱子，你又跟客人瞎說什麼呢？」

遠遠的，掌櫃的聲音傳了過來。

「沒，沒說什麼，」店小二趕緊應了一聲，回頭對表情複雜的兩人說道，「是我多嘴了，我該死，二位爺千萬別被我掃了聽戲的雅興。」

「小二，續茶。」

「來了您吶！」店小二拎起腳邊的大茶壺，轉身走了。

侯小若和程雨晴無聲地對視了一眼，悶悶地都不知該說什麼才好。

此時，戲臺上正好輪到余天魁的姚期出場，霎時間吸引了侯小若的眼光。只見他左手撩著袍子三步走到帳邊，穩穩地單腿亮靴底，然後又往前三步，來到帳中。左右甩袖，整冠捋髯，拿眼睛掃了一下臺，一連串身段兒穩健霸氣氣宇軒昂，活脫脫一位徵戰沙場半生的威嚴老將，根本看不出來這是一個不過二十出頭的年輕藝人。

「終朝邊塞，鎮胡奴，掃盡煙塵，定山河。」

余天魁一開口，侯小若就愣住了。

說心裡話，他從未聽過如此高亢渾厚的嗓音，而且能聽得出來完全是不事雕琢天生天產的聲音，讓侯小若嫉妒得一瞬間感到胃都抽搐了一下。程雨晴在一旁靜靜地喝著冰冰涼涼的酸梅湯，看著侯小若瞬息萬變的表情，淺笑著微微搖了搖頭。

草橋餞別時，馬武要敬姚期一杯酒，姚期一聲洪亮的「叨擾了」再次動搖了侯小若的心，他下意識地咬緊了後槽牙。

姚期上前半步接過馬武手裡的酒杯，祭於地下，轉身將酒杯遞給旗牌官後唱道，「馬皇兄賜某的餞行酒，大家同飲太平甌，長亭拜別某就拱拱手。」

接著，姚期辭別馬、杜、岑，翻身上馬，「回朝去參王在那五鳳樓。」

這四句西皮快板讓侯小若和程雨晴都忍不住大聲喊起好來，就更別說其他的看客了，連連不絕的叫好聲一時間差點兒沒掀去了這小小梅馨樓的屋頂子。

「哈……」侯小若長長嘆了口氣。

「怎麼？不好麼？」程雨晴托著腮幫子，明知故問道。

「哈……」侯小若又嘆了口氣，張了張嘴，還是什麼也沒說出來。

程雨晴咬著下唇笑了笑，「若是你，會買誰贏呀？」

侯小若無言地看了程雨晴一眼，又望了望臺上的余天魁，「哈……」

「嗯？」

程雨晴拍了拍自己的長衫，站起身，「走吧。」

「我給你操琴。」

「欸。」

二十一、

侯小若從來沒有這麼抑鬱過，竟然一晚上基本沒怎麼合眼。

在這之前，無論是作為龍套初次登臺還是第一次被派主角，侯小若都從未覺得如此心慌意亂，照樣是嘻嘻哈哈吃吃喝喝，該睡睡該玩玩。可是自從他前兩天跟程雨晴一起去看過一次余天魁的戲後，侯小若就覺得像有塊巨石壓在胸口一樣，喘氣兒都不利索了。也再沒有心思帶著程雨晴四處去遊玩，就只是一心悶在院子裡練功對戲。

《除三害》原本是一個歷史典故，出於《晉書·周處傳》和《世說新語》，之後又有前朝人黃伯羽改編為《蛟虎記》，在民間流傳甚廣。故事說的是晉代有個宜興人名為周處，性情粗豪力大如牛，但因年幼時就失了雙親無人管教，所以為人蠻橫又酷愛飲酒，酒醉之後是打街罵巷，當地百姓都很怕他，還將他與當時危害地方的孽蛟、猛虎一起並稱「三害」。地方太守王浚認為周處並非惡人，可勸其向善，於是便喬裝尋訪，與周處相遇於道旁。王浚佯裝不識周處，並以蛟、虎為藉口細數其罪。周處聞言大為震驚且痛心疾首，遂奮不顧身前往射虎斬蛟為民除害，一時成為美談。

由於戲中周處這個人物既重唱腔又重身段兒，所以銅錘花和架子花都可以來，當初侯小若之所以會選這齣戲也是出於這個原因。不過話又說回來，雖然這是一齣銅錘、架子都能來的戲，但無論是臉譜、唱腔還是身段兒都有極大的區別，如果不是自己要跟余天魁鬥戲，侯小若真恨不得能坐在戲臺下親眼看一次余天魁的《除三害》。

聽院牆外的梆聲就知道早已經過了子時，儘管心裡明白若是再不睡的話恐怕會影響到明天的鬥戲，但侯小若還是在床上翻來覆去，怎麼也睡不著。又翻了一次身後，侯小若一撩被子坐了起來。他心想著反正也睡不著了，不如到院子裡再走幾遍戲。

「手腕壓低一些。」

當侯小若練到射虎那段兒時，三閆爺的聲音在身後響起。

「乾爹，您怎麼也沒睡？」

「上了年紀的人，覺少，」三閆爺披著一件短衫緩步走了過來，為了不吵醒其他人，他儘量輕聲說道，「剛才那裡，手腕壓低一些，轉身的時候動作收一點兒。」

「欸。」

侯小若按照三閆爺說的又走了一遍，的確感覺順暢許多，於是便一直往下順到周處斬蛟歸來才收住。

「小若，」三閆爺朝侯小若招了招手，「過來。」

「欸，」侯小若小跑到三閆爺身旁，「乾爹，您看我剛才這遍怎麼樣？」

「有我七成了，哈哈哈哈。」三閆爺小聲笑著。

侯小若也隨著笑了笑，然後他的臉色逐漸沉了下來，「乾爹，聽說佔了天津府的夷人……可能要打進京城了……」

三閆爺沉默了一小會兒，「這世道，真是越來越亂了。」

「我……」

沒等侯小若把話說出來，三閆爺就語氣堅定地說道，「長爺那把老骨頭，絕不會喪在夷人手裡頭。」

「……嗯。」

「若是夷人真打進了京城，」三閆爺皺著眉，「那這裡也就不那麼安全了。」

「欸？」
「宣化府離京城太近，保不準夷人會一路打到這裡來。」
「嗯……」侯小若從未想過這個問題，讓他不自覺地在這悶熱的夜裡打了個冷顫，「那咱還得走啊。」
「嗯，若是夷人真有打進京城的苗頭，咱們就得離開宣化府繼續往北走。」三閏爺點了點頭，把滑下肩頭的短衫往上拉了拉。
「可是，往哪兒去呢？」侯小若沒了主意。
三閏爺沉思了許久，看向侯小若，「咱去歸化城吧。」
「歸化城？」
侯小若似乎在哪裡聽過這個地方好幾次，但一時又想不起來。
「嗯，」三閏爺臉上的表情柔和了起來，「在那兒，我還有些個舊相識。」
三閏爺這麼一說，侯小若忽然想起多年前長爺曾經提過三閏爺最愛喝的酒就是歸化城的一位故人每年托人給送到京城的。
「而且，」三閏爺看著侯小若笑了笑，「還能給和尚送個信。」
淨空和尚那張帶著幾分書生氣的臉和最後那句聽著卻有一絲悲涼的「阿彌陀佛」浮現在侯小若的腦海中。
「行，」侯小若拍了一下大腿，「咱們就去歸化城。」
「但在這之前，你小子一定要把明兒這場鬥戲給我唱好。」
原本都把鬥戲的事兒丟在腦後了，三閏爺這一提醒又讓侯小若煩上心頭。
「……欸。」
「臭小子，沒信心麼？」三閏爺在侯小若的後腦輕拍了一下。
「乾爹，您去聽過余天魁的戲麼？」
「沒有，怎麼？」
「哈……」侯小若誇張地嘆了口氣，「我要是能有他那嗓子……」
「難怪你這些天都沒什麼精神，」三閏爺瞪了侯小若一眼，「人余天魁是銅錘，嗓子當然比你好，有什麼可消沉的。」
「不光是嗓子，」侯小若弱弱地看著三閏爺，「問題就是他身上也好。」
「比你還好？」
「自是我更好，」侯小若逞強似的拔了拔胸脯，「但是他那嗓子……哈……乾爹，在京城這麼些年我就沒見過天生嗓子那麼好的花臉。」
「小若，」三閏爺稍作停頓，「你知道為什麼同是花臉，卻要分銅錘、架子和武花嗎？」

「因為各自偏重不同。」

「對，每一個花臉都有自己擅長的和不那麼擅長的，」三閆爺嚴肅了起來，「都有長處和短處，能看到別人的長處固然是好，但是切忌用自己的短處去硬碰別人的長處。」

「我懂……」侯小若垂首答道，聲音低低的。

「你還記不記得咱爺倆第一次見面時我就跟你說過，若是天生身材就高大嗓子就豁亮自是最好，」三閆爺摸了摸自己光溜溜的圓腦袋，「但若不是的話難道就唱不得花臉了嗎？」

「嗯。」

被三閆爺收為義子這麼長時間了，侯小若跟著這位譽滿京城的「活阿瞞」紮紮實實學了不少，無論是唱腔上的沙音、炸音還是身段兒上的長神、長氣、長腰都運用自如。就因為侯小若並非洪亮高亢的嗓音，所以三閆爺便因材施教地讓他在唱和念時故意偏重「沙、低、沉、寬、厚」來練習，既不傷嗓子又格外的有味道。

「記住，余天魁的周處是『聽』的，而你周處是『看』的。」

「我的周處……」侯小若愣愣地重覆了一遍。

三閆爺拍了拍侯小若的肩膀，站了起來，「晚了，再走一遍就去睡吧。」

「欸。」

「手腕壓低一點兒。」

三閆爺進屋之前，回身抬手給侯小若示範了一下。

「是，乾爹，」侯小若笑著點點頭，取代眼裡那點迷惘和不安的已是滿滿的自信，「您早歇著。」

「嗯。」

第二天的宣化府簡直就像是過年一般那麼熱鬧，大街小巷人頭攢動車水馬龍，尤其是鬥戲的兩間戲樓附近幾條街上全是附近村鎮來的小商販，叫賣聲此起彼伏，只是看著就已經覺得要雀躍起來了。

未時過後，鳴福社一行十幾人帶著行頭砌末來到文八爺給安排的戲樓後臺，熟練地各自忙了起來。三閆爺、侯小若和馬鳴未一起到賬房先跟掌櫃的打過招呼之後，便由店小二帶著去查看戲臺。不過因為午場的戲臺還未散，所以只能遠遠地看一眼，確認一下戲臺的位置大小、周圍的擺設呀看客呀之類的狀況。

「這裡的戲臺比昇華樓要小一些，」三閆爺輕聲對兩人說道，「一會兒邁步時要注意。」

「欸。」

「是，三閆爺。」

看了一陣兒，三人轉身往後走，侯小若忽然像是想起了什麼似的，「師哥，我前兩天聽人說夷人真有可能打進京城。」

「嗯，我也聽說了，」馬鳴未點點頭，「還好咱們提前出來了。」

「是，不過宣化府離京城還是太近了，」侯小若看了三閏爺一眼之後，回頭繼續說道，「所以我和乾爹商量，咱們要不再往北走走，往歸化城那邊去。」

馬鳴未一聽這話，臉色立刻沉了下來。他停下腳步沉默了一會兒，禮貌但卻語氣冰冷地說道，「三閏爺，晚輩接下來要說的話可能會有些無禮，若是讓您感到不快，晚輩這裡先給您賠個不是。」

三閏爺擺了擺手，「但說無妨。」

「咱這趟出來是整個鳴福社一起，三閏爺的確是長輩，」馬鳴未神情嚴肅地看向侯小若，「但就算他老人家是小若你的親爹也不過是個隨行親眷，為何每次都是您二位就自作主張地把決定給做了，然後通知我？都不是和我商量而是通知我？這不對吧？好歹我也是鳴福社的班主，難道不應該是由我來做決定，由我來拍板兒嗎？」

「師哥您……」侯小若的臉漲得通紅，但一句話都還沒說出來就被馬鳴未給嗆了回去。

「我說的有什麼不對嗎？我是不是鳴福社的班主？」

「好了好了，都少說兩句，」三閏爺笑著打圓場，「鳴未說的在理兒，咱們的確想得不夠周全。」

「乾爹！」侯小若還是有些不服氣。

「鳴未，那這樣，」三閏爺撓了撓腦袋，「小若剛才說的呢你就做個參考，至於鳴福社走不走，往哪兒走，自是你來決定。」

「……嗯，」馬鳴未點了點頭，又清了清喉嚨，「三閏爺，如果我剛才的話衝撞到您了，您可別放在心上。」

「不會不會，你說的對，」三閏爺晃了兩下巴掌，「不過一旦夷人打進京城，宣化府肯定是不安全，所以還是盡早做決定的好。」

「我明白。」

「那就行了，」三閏爺笑了笑，「去準備吧。」

「欸。」

馬鳴未欠了欠身，率先往後臺走去。

「乾爹，師哥剛才也太無禮了，」等馬鳴未走遠，侯小若才忿忿地抱怨了起來，「您根本不用忍他。」

「哈哈哈，」三閏爺爽朗地笑了幾聲，「他也沒說錯嘛。」

「沒他那樣說話的，咱爺倆不也是為了大家的安全。」

「行了，這事兒翻篇兒了，你也趕緊去準備吧。」

「欸。」

二十二、

「怎麼了？」

程雨晴拽了拽勾完臉後就一直虎著臉站在戲臺旁的侯小若。

「還不是嗚未師哥。」侯小若還是有些氣鼓鼓地答道。

「嗚未師哥？」程雨晴下意識地四周圍看了看，並未見馬嗚未的身影，「他怎麼你了？」

侯小若輕嘆了口氣，「他沒怎麼我，但是他說話實在太無禮了。」

「到底怎麼了？」

看著程雨晴擔心的臉，侯小若只好將剛才的事情給他講了一遍，末了還不忘加上一句，「是不是沒他那樣說話的？」

「嗚未師哥就那個脾氣秉性，都是從小一起長起來的你還不知道麼，」程雨晴靜靜地笑了笑，「你就讓讓他吧。」

「我讓讓他，」侯小若忍不住翻了個白眼，「誰讓讓我呀。」

程雨晴噗嗤一笑，用手指戳了戳侯小若鼓鼓的腮幫子，「我讓讓你，行了吧。」

指尖的溫度透過侯小若的皮膚沁了進去，讓他不由得一愣，接著又立馬像是要掩飾自己一般故意斜著瞥了程雨晴一眼，把腦袋湊近了問道，「你，你讓讓我……讓我什麼？」

「……嗯，」程雨晴輕咬下唇想了想，「明兒早飯讓你個包子。」

「肉的？」

「嗯。」

「那行，」侯小若露出一個率真的笑，「我去穿行頭了。」

「嗯，去吧。」

待侯小若離開之後，躲在柱子後面的王溪樓轉了出來，拉著程雨晴問道，「雨晴師叔，您和小若師叔聊什麼呢？看把他樂的。」

「溪樓，你怎麼在這兒，」忽然從身後被拉住衣袖，程雨晴嚇了一跳，「都準備好了麼？」

「嗯，」王溪樓點了點頭，又問了一遍，「您剛才和小若師叔聊什麼呢？」

「沒聊什麼，」一想起剛才侯小若的表情，程雨晴就禁不住嘴角微微上揚，「就說明兒一早讓他多吃個肉包子。」

「包子？」王溪樓覺得有些莫名其妙。

「你小若師叔貪吃，能多吃個包子可開心了，」程雨晴敷衍了兩句，摸了摸他的頭，「趕緊去準備吧，午場一會兒就該散了。」

「……欸。」

王溪樓本還想說些什麼，但程雨晴已經快步走開，於是他也只好轉身離開了。

這場對台戲其實在還沒有正式開戲之前就已然能看得出來雙方實力相當，兩間戲樓的晚場都已經賣出了差不多七八成的座兒，而兩邊的店小二也都卯著勁兒變著花樣地招攬客人。

「對面放出滿座牌了沒有？」余天魁佯裝若無其事地問道，其實都快緊張到胃疼了。

「還沒呢。」

店小二一趟趟跑進跑出，又要招呼看客又要幫著觀察敵情，忙得滿頭大汗。

其實站在余天魁這個位置就算是伸長了脖子也根本看不見外面，就更別說路那頭兒的戲樓了，再加上晚場就快要開鑼，所以又轉悠了兩圈兒之後，余天魁還是進後臺去候著了。

申時二刻，兩邊兒的戲樓幾乎同時開鑼，原本還人聲鼎沸的街道就像是退了潮的沙灘一般霎時間靜了下來，路上的行人幾乎都擠進了那兩間不大的戲樓裡。

「滿座兒了沒有？」余天魁從後臺門簾裡伸出腦袋，一把拉住從門前跑過的店小二。

「應該還差點兒。」店小二應了一句後就趕緊端著茶壺茶碗走向下一張桌子。

「還沒滿……」余天魁嘟囔了一句，又抬頭提高了嗓子問道，「對面呢？」

「也沒呢。」隔著好幾張桌子傳來店小二的聲音。

「……嗯，好吧。」

說著，余天魁又將腦袋縮了回去。

酉時，終於要開始了。

一聲高亢的悶簾叫板，讓戲樓裡所有的看客包括掌櫃的和店小二都感覺耳朵似乎忽然「嗡」了一下。緊接著，余天魁的周處抖著柄大摺扇登場亮相。原本就身材魁梧，再加上厚底兒，這余天魁簡直就像是半截鐵塔的相仿，往那兒一站一瞪眼，光氣勢就壓人一頭。

「虎背熊腰繫紫絲，佯狂市井任逍遙，有酒不知天地小，任他肉眼就看英豪。」

四句西皮散板唱罷，周處左手抓著開氅的前襟，搖晃著巨大的身軀走進了戲臺上的小酒館裡。

和余天魁的黃臉兒周處不同，侯小若並沒有那麼高大，嗓音還顯得有些嘶啞，但他卻以三閏爺親傳的各種技巧近乎完美地彌補了自己生理上的不足，讓戲臺上的自己看起來威猛壯實，可以說一點兒也不輸余天魁。

「哇哈哈哈，三日三夜鬥蛟精，險些性命一旦傾，聽得父老們歡聲震，想是祝我把功成，抖擻精神人叢奔。」

沙而不啞的厚沉嗓音卻愈發讓侯小若的周處活靈活

現栩栩如生，戲臺下的看客一時恨他恨得咬牙切齒，一時又憐他憐得跺腳嘆息，每雙眼睛都被他粘了去，隨著他上山射虎下海屠蛟，如同身臨其境一般。

「且住，指望射虎斬蛟謝罪鄉裡，誰知父老們說道，周處一死，三害已除，這是俺平時為害鄉裡作惡太深，因此幹犯眾怒是積怨難平，事到如今，我我……我惱他們作甚？我我，我恨他們何來？這，這……哎呀！這這……」

當戲臺上的周處拔出長劍準備自刎謝罪的時候，女座那邊好幾個女眷都不由自主地站了起來，用手帕捂著嘴眼裡噙著淚。

「事到如今無別恨，恨只恨平日我作惡深，一失足成千古恨，不如一死我喪殘生，唉！」

就在馬鳴未的時吉上前攔住周處之前，二樓女座有個年輕婦人竟「哎呀」地失聲喊了出來，惹得大家都回頭看她。婦人自己則是羞臊得滿臉通紅，趕緊用帕子遮著臉帶著丫頭離開了，而其他的看客都忍不住大笑了起來。

「周賢侄你問名姓，老朽與你說真情，」馬鳴未不愧是見慣了大場面的，完全不受影響地繼續穩穩唱道，「我名時吉居此郡，我與你父的情誼深，只為你幼年失學行不正，陳說三害指迷津，喜賢侄已猛醒，莫負老朽這一片心，立志修身勤發奮，日後功業不難成，千言萬語說不盡，唯願你莫辜負這大好青春。」

馬鳴未憑藉這副「雲遮月」的嗓子在京城就不分男女地征服了萬千戲迷，這小小的宣化府更是不在話下，頓時就讓戲臺下的看客們聽得如癡如醉。

而另一邊，余天魁的周處也正唱到最抓人心也是銅錘《除三害》裡最為人熟知的一段兒，「一席話說得我羞愧難禁，蒙大人不加罪反讚不絕聲，眾鄉親把酒河邊來慶幸，都道俺葬波濤命喪殘生，想到此某心中又悔又恨，想到此一陣陣汗如雨淋，恨只恨父早亡無人教訓，恨只恨每日裡敲詐百姓，到如今名列三害大罪在身，叫我是怎樣為人……想到此不容某不速覺猛醒，想到此我就該改過自新，我這裡再與大人來論。哎呀，大人吶，俺周處要訪名師，我改學好人。」

一般唱到這兒，戲臺下的看客都會起哄似的跟著一起唱，但是只要余天魁一開口，台底下都是鴉雀無聲，因為誰也夠不上他的調門兒。

一個多時辰的戲，看客們的心都跟著這兩個大相徑庭的周處起起伏伏跌跌蕩蕩，不知不覺就唱到了尾聲。一直到周處拎著長劍走進入相門都看不見了，戲臺下的看客們才長出了一口氣，不少人都發現自己已經是大汗淋漓，著實暢快不已。

「怎麼樣？怎麼樣？」

余天魁一下臺都還來不及卸妝揉頭，就趕緊抓著店小二問道。

「滿座兒啊！」店小二喜笑顏開，「滿座牌兒一早就擺出去了。」

「滿了……滿了？」余天魁還有點兒不信。

「滿滿的。」

店小二撩開一點兒門簾，指了指外面都散戲了還坐著不肯走的看客們。

「什麼時候放的滿座牌兒？」

「呦，這我可就不太記得了，」店小二撓了撓臉頰，「大概是酉時四刻左右吧。」

「這麼晚……那對面呢？」余天魁有些急躁了起來。

「那我可真不知道了，」店小二攤了攤手，「這一晚上忙得我腳不沾地，哪兒還有功夫去看對面呀。」

余天魁想了想，點了點頭，「是，小二哥辛苦了。」

「不辛苦不辛苦，」店小二嬉笑著，「今兒一晚上最起碼掙了平日裡三倍那麼多，再辛苦也值了。」

「嗯，」余天魁也勉強笑了笑，「那您忙吧。」

「欸，余老闆您辛苦。」

道了一聲辛苦，店小二哈著腰往賬房那邊跑了過去。

二十三、

懷著七上八下的不安心緒，余天魁回到後臺，愣愣地坐在黃銅鏡前，就連其他一同唱戲的藝人走過身旁跟他打招呼都像聽不見似的。發了好一會兒呆，余天魁這才抬手先把頭給掭了，又扯過幾張草紙，開始緩慢地擦拭著臉上的油彩。

自己難道又輸了麼……余天魁心裡暗暗想著，不過人家侯小若可是打京城來的，好歹是角兒吧，那就算輸了，也沒什麼可丟人的吧……

嘆了口氣，余天魁把沾滿了油彩的草紙往桌臺上一扔，身子往椅背上一靠，看著銅鏡裡那張已然被抹花了的臉譜，不由得想起多年前自己躊躇滿志上京城的時候。

余天魁的父親和祖父也都是唱戲的，祖父工旦角，父親工銅錘花臉，他則是自幼從父學藝，不僅學銅錘花也學架子花。但是十四歲前後突然倒倉，余天魁無奈只好跟著其他行當的藝人學了一些開鑼戲和詼諧戲，只為了能方便搭班糊口。父親在的時候還好，余天魁能夠跟著父親一起四處唱戲，什麼社戲野檯子都唱過了。雖然日子過得清苦，但是對余天魁來說只要能唱戲就行。

只不過好景不長，那之後沒幾年余天魁的父親就重病過世。由於當時的余天魁一直都是依靠著父親搭班，自己基本上沒有任何人脈關係，一旦父親沒了就更是人走茶涼，幾乎無法自立。在躊躇了一段時間之後，余天斛決定進京。

這一年他十七歲，倒倉期已過，余天魁的嗓音簡直比以前還要更好。不僅聲若洪鐘醇厚飽滿而且音域極寬，有好些戲的出場他都能用調面兒再翻八度來唱，或是尾腔的部分還能再次翻高之類的，所以余天魁對於進京搭班很有自信，甚至覺得自己有挑班兒的能力。可就在他信心滿滿地進了京之後才發現，在京城討生活和他想像中的完全不一樣。

初初進京時，余天魁曾嘗試過去一些大的戲班兒自我推薦，本想著自己一張嘴對方就會馬上欣喜若狂地邀他搭班，可誰知道人家連張嘴的機會都不給他，左右說不夠兩句話就把他轟出去了。

之後也上戲園茶樓去打聽過，可是像他一無名氣二無人脈的年輕藝人充其量也就只能混個坐包，不至於餓死能了，想要一鳴驚人大展拳腳，壓根兒就是癡人說夢。於是那幾年，余天魁便一直輾轉於京城裡各種上不了檯面的小戲臺，偶爾走運也能上廟會唱一場。

「余天魁！」

廟會戲臺的管事叉著腰大喊了一聲。

「在這兒。」

由於余天魁個兒高力氣大，這種時候一般都會喊他一起幫著搭台，所以他答話的時候手裡還托著半塊台板。

「今兒派你《法門寺》的張彪。」

余天魁愣了一愣，並沒有立即應聲，結果惹惱了管事的。

「余天魁，你聽見沒有？！」

「欸，聽見了。」

「《法門寺》你會不會呀？」

「會，會是會……」

「到底會不會！」

「管事的，《法門寺》……」余天魁咽了口口水，硬著頭皮說道，「派我劉瑾吧，我唱得可好了，一準兒能要下滿堂彩來。」

「事兒真多，你要是不會就別上了。」管事的皺著眉，不耐煩地轉身就要走。

「會，我會！」余天魁趕緊上前兩步，連聲喊道，「我上，我上。」

「哼，就你還想唱主角兒，也不掂量掂量自己幾斤幾兩。」

管事的不屑地瞪了余天魁一眼，邁著方步走開了。

直到現在余天魁也還記得當時那種幾乎要把牙咬碎的忿恨不甘，以及空有一身本領卻無處施展的絕望無力。那天晚上，他勾完臉穿好行頭之後就站在戲臺旁邊，癡癡地看著那個坐在戲臺正中間的大紅臉兒劉瑾。看著看著，也不知怎麼的眼淚就流了下來，差點兒沒把臉譜給洗花了。

那天晚上散戲之後回到住處，余天魁就一直高燒不退，躺在床上說了好幾天的胡話。還好同住在一個院子的何媽媽時不時過來照料他，煎藥熬粥、送水餵飯什麼的，好賴對付著活了下來。何媽媽的確是個熱心腸的老婦人，但主要也是因為余天魁稟性善良老實、待人有禮，院子裡有什麼重活兒都搶著幹，天長日久積攢下來的好人緣。

「何媽媽，今兒又麻煩您了。」

余天魁軟軟地躺在床上，聲音聽起來有氣無力。

「客氣什麼，都一個院子裡住著，」何媽媽把手裡的大碗往桌上一放，「給你下了碗麵，我多擱了幾塊兒老薑，熱熱乎乎地吃下去，很快就能好了。」

「謝謝何媽媽，」余天魁勉強將上半身撐起來，用手扶著碗邊聞了聞，噴鼻兒的薑香，「真香。」

剛準備下筷子，余天魁發現給自己的這碗麵裡竟然還窩著一個雞蛋，不由得眼眶一熱。

「趕緊吃，吃完了歇一會兒，我再給你把藥端來。」何媽媽邊說邊手腳麻利地收拾著屋子。

「欸。」余天魁趕緊用衣袖抹了抹眼角，往嘴裡扒了一大口麵。

該收拾的都收拾完，何媽媽捶著自己的肩膀坐在了余天魁床邊，「好吃不？」

「嗯，好吃。」余天魁嘴裡塞滿了麵條和雞蛋，話都說得模糊不清的。

「哈哈哈，」何媽媽慈祥地笑了笑，「慢慢吃，要不夠我再給你下。」

「夠了夠了，太麻煩您了。」

「不麻煩，」何媽媽用手巾給余天魁擦了擦腦門上捂出的汗，「看著你呀就讓我想起我小兒子來，他呀跟你邊兒邊兒大。」

「您兒子怎麼不在您跟前兒呀？」余天魁壓根兒都不知道原來何媽媽還有兒子。

「我有兩個兒子，都上天津府去啦，說是去天津府碼頭上做工，這一去就總也不回來，」何媽媽輕嘆了口氣，但又馬上笑著說道，「不過這倆小子還算是想著我，這不，前兩天剛托人給我捎回來點兒銀子。」

「您的兒子可真孝順。」

「孝順什麼呀，哥倆跑去天津府那麼遠，就丟下我一個老婆子在這兒，」雖然嘴裡這麼說，但卻聽得出來何媽媽對兩個兒子的疼愛，「我說天魁呀，你這麼些天都沒去戲園子了，沒關係嗎？」

聽到這兒，余天魁不禁皺了皺眉，其實這也是他最擔心的。

見余天魁不答話，何媽媽忍不住又嘆了口氣，「也不是我說你，年紀輕輕又有膀子力氣，幹點兒什麼不好，怎麼就非要唱戲呢。」

余天魁默默地吞下嘴裡的一口麵，端著碗吸溜吸溜地小口喝著麵湯。

「我倒不是說唱戲有什麼不好，但哪兒那麼容易就能唱成角兒，你說是不是？」何媽媽拍著自己的腿，「像我倆兒子那樣憑力氣吃飯多好，你呀也別跟一棵樹上吊死，趁著現在還年輕找點兒正經事兒幹。」

余天魁一愣，不由自主地問出一句，「唱戲，就不正經嗎？」

問的何媽媽也是一愣，倒不知該說什麼好了。

「我吃完了，」余天魁自知失言，趕緊把剩下的麵湯都倒進嘴裡，「謝謝何媽媽，您手藝真是太好了。」

「嗯，好，你愛吃就好，」何媽媽站了起來，端起空碗和筷子邁步就往屋外走，「你好好休息，我一會兒給你把藥端過來。」

「何媽媽。」

「嗯？」何媽媽轉身看向床上的余天魁。

「……謝謝您。」

「行了，躺著吧。」何媽媽笑著點點頭，撩開門簾出去了。

撐著身體的兩條手臂忽然像是使不上力氣似的一軟，余天魁仰面躺在了床榻上。聽著窗外人聲鳥鳴、車走馬跑，余天魁忽然覺得心裡空落落酸楚楚的，兩行眼淚毫無預兆地順著臉頰落在了枕頭上，聲息皆無。

二十四、

又歇了兩天，燒總算是退了，余天魁感到身上輕快了許多，便顧不得自己才大病初愈還有些暈暈乎乎的，趕緊出門就往戲園子去了。

「哎呦。」

余天魁才剛一腳踏進戲園子的後臺，管事的就陰陽怪氣地拉長了調門兒說道，「我還當是誰呢，原來是余大老闆回來了。」

「管事的您辛苦。」余天魁連忙低著頭，拱手作揖。

「您才辛苦呢，這是上哪位達官貴人府上唱堂會去了？有好買賣也想著拉拔拉拔小的們呀。」

後臺角落裡坐著一排和余天魁一樣的坐包藝人，有的垂著腦袋不說話，有的則跟著管事的一起起哄。

「余老闆，您這一去七八天都不帶捎個信兒的，我們還以為您被老佛爺給招了去呢，」管事的走到余天魁面前，用細細的煙桿戳著他的肩窩，「怎麼還捨得回來呀？」

「管事的，我這幾天病了，實在起不來床……」

不等余天魁解釋下去，管事的就一煙桿狠狠敲在他肩膀上，「你當你是誰呀？當了兩天坐包就想著能成角兒了是不是？我呸！」

管事的一口啐在了余天魁臉上，余天魁卻連動也不敢動。

「也不看看你自己這副德行，哪一塊兒看著像角兒了？啊？」管事的口不擇言地罵道，「你們家墳頭上長那根兒蒿子了嗎？就憑你小子這點兒本事也想在京城混出什麼名堂？白日做夢吧你！」

余天魁就像根木頭一樣杵在那裡，任憑管事的怎麼罵他也只是死瞪著自己的腳尖，一句話也不說。罵了半天，管事的都罵累了，一屁股坐在一旁的椅子上，其他的坐包藝人馬上有眼力勁兒地遞上茶水。

管事的喝了口茶潤了潤嗓子，瞥了余天魁一眼，「哼，別像根木頭樁子似的傻站在那兒，出去把戲臺掃掃。」

「欸。」

余天魁機械地轉身抓起門旁的掃帚，往外走去，身後管事的還在沒接沒完地跟旁人瞎白話，「他老子以前在昌平懷柔那邊兒也就算個二三流的銅錘，唱得實在是太一般，就只能一天到晚跟城外野檯子混。」

余天魁的腳步慢了下來，緊緊攥住手裡的掃帚，身子輕輕顫抖著。

「叫什麼來著？余……對，余慶麟，」管事的說得口沫橫飛，「就他，一天到晚點頭哈腰求這個求那個，就為了能混一場戲唱，但這唱得不行誰要啊是不是，派他個龍套就已經很給面兒了。」

余天魁背對著眾人站著，身子抖得更厲害了。

「嗯？」管事的終於發現余天魁還站在那裡，順手抄起桌上的油彩筆就扔了過去，「叫你去掃戲臺聽不見啊！」

「管事的……」余天魁喃喃地開口，但是聲音很小，幾乎聽不清他在說什麼。

「哈啊？你嘟囔什麼呢？」管事的又扔了一桿筆過去，正好砸在余天魁後腦上。

「我爹……」

「啊？你爹怎麼著啊？」

管事的似乎越扔越覺得有趣，摸到什麼就把什麼往余天魁身上砸去。

「我爹他……他唱得一點也不差！」余天魁實在忍無可忍地吼了起來，回身一手撥開飛向自己的油彩罐，「他老人家不光唱得好人也好，無論哪裡需要救場都是二話不說直接就上，您不知道就不要胡說！」

「哦？那他老人家人緣兒一定很好呀，」管事的翹著二郎腿，壓根兒不將余天魁放在眼裡，「即是如此為什麼還擠兌的你跑來京城給我們當坐包呢？嗯？」

「我，我……」

夢想著掛頭牌挑班兒才進了京城的這些話真是撕裂了嘴余天魁也說不出口，又氣又急，眼淚直在眼眶裡打轉。

「哼哼哼，真不知道該說你孝順還是說你不孝順，」

管事的用鼻孔哼笑著，連看也懶得看余天魁，「看你這麼靦著爹應該是孝順，但這麼給你爹丟人算不算是不孝呢？」

余天魁咬著下唇拼命隱忍。

「瞅瞅你自己，白長了這麼大的個子，一身笨力氣還學人唱戲，」管事的彎著小指掏了掏鼻子，「還不如趁早回鄉下租點兒地來種種，別跟這兒現眼了。」

「你……欺人太甚！」

余天魁從來也不懂得出口傷人，憋了半天也就憋出來這麼一句。

「哎呦喂，還嫌我們欺負了人，」管事的誇張地揮了揮手裡的煙桿，引得其他人也跟著哄笑了起來，「告訴你小鄉巴佬兒，京城就是個欺負人的地方，有本事你就欺負人，沒本事你就得受著被欺負！不想幹就給我滾，我這兒從來不缺人。」

「走就走！」余天魁賭氣把掃帚往地上一扔，轉身剛想走，又想起來之前一台戲的戲份還沒結，於是又轉了回來，把手往管事的面前一攤，「給我。」

「給您什麼呀余大老闆。」管事的又開始拿腔拿調。

「上月末那台戲的戲份，」余天魁抖了一下手，「給了我就走。」

「哼，戲份？」

管事的猛的將燒得通紅的煙袋鍋子往余天魁攤開的掌心裡一按，呲啦一聲。

「幹什麼你！」余天魁趕忙把手縮了回來，可手心已經被燙得又紅又腫。

「你小子無故曠工這麼些天，還有臉找我要戲份？」管事的臉一沉，「沒有，滾蛋！」

「你，你不要太過分了！」余天魁氣得直跺腳。

「我這人天生就這麼過分，您還千萬別跟我講道理，我呀，」管事的用煙桿子點著余天魁的鼻尖，「還真就是個不講理的人，滾蛋！」

「你要不給我銀子，我就揍你！」

余天魁上前一把揪住管事的衣領，旁邊坐著的人呼啦一下都站了起來。

管事的衝他們一擺手，意思不用他們管，「長本事了，還敢跟我動手動腳了是吧。」

「給我銀子！」余天魁壓著寒氣兒低吼了一聲。

「就不給，」管事的露出一副流氓無賴的嘴臉，「我倒要看看你今兒敢把我怎麼著。」

「你！」

余天魁一手揪著管事的衣領，一手攥著拳頭高高舉了起來，眼睛都快瞪出血來了。

「我告訴你余天魁，今兒你要是不打我，你丫就是我孫子！」

管事的還嫌事兒不夠大一般，跳著腳地挑釁余天魁。

拳頭舉了半天，眼也瞪了半天，周圍的人都緊張得半死，誰知余天魁自己忽然好像洩了氣的皮球似的軟了下來，抓著管事的手也跟著鬆開了。

「哼，沒骨頭的玩意兒，」管事的整理了一下衣領，「趕緊滾蛋，看見你我就不煩別人！」

說完，管事的自顧自又坐下抽煙喝茶去了。

余天魁頭重腳輕失魂落魄地回到自己居住的那間小院子，一頭栽倒在床上就昏昏沉沉地睡了去。如果可以的話，他真恨不得就這樣睡死過去算了，可人就是這麼洩氣，再怎麼忿恨惱怒、空虛失落也好，肚子也還是會餓的。

正睡得迷迷糊糊的時候，余天魁忽然聞到一陣香得讓人忍不住流口水的味道。他下意識地睜開惺忪的睡眼，正好看見何媽媽端著一個大碗走了進來。

「你醒啦。」何媽媽滿面春風地坐了下來。

「好香啊，」余天魁深深吸了口氣，「您又做了什麼好吃的？」

「雞蛋大蔥炒餅，」何媽媽把筷子往余天魁手裡一塞，「剛出鍋的，趕緊趁熱吃。」

「欸。」

余天魁正好這會兒飢腸轆轆，翻身坐直了身子，大口大口地吃了起來。

「慢點兒，別噎著，」何媽媽笑瞇瞇地看著他吃得狼吞虎咽的樣子，「鍋裡還有好些呢。」

「何媽媽，是有什麼好事兒麼？看您這麼開心。」

「看出來了？」何媽媽笑得眼睛瞇成了一條縫，「我兒子剛托人帶口信兒來，說是這兩天就要回來了。」

「真的？那可真是太好了！」余天魁就像是自己的事情一樣也開心了起來。

「說呀這趟出去稍微攢下倆錢兒，想要回來娶媳婦兒，」何媽媽說著，歡喜得眼圈兒都紅了，「最好再趁熱打鐵給我生個小孫孫，哈哈哈哈。」

「真好，」余天魁看著何媽媽那麼高興的樣子，也覺得胸口暖暖的，「要真的有了孫子，您可又要忙了。」

「我才不管呢，讓他倆自己的媳婦兒帶。」

何媽媽樂得都見牙不見眼了，嘴裡卻還要逞強。

兩人說笑了好一陣兒，何媽媽才又像想起了什麼似的問道，「天魁，你怎麼樣啊？」

「我？」余天魁一時沒明白何媽媽問的是什麼。

「你今兒上午不是去戲園子了麼，怎麼樣？責怪你了麼？」

「呃……」余天魁愣了一下，不知該怎樣回答。

「責怪你了吧？是不是又說你什麼了？」何媽媽語氣裡滿是擔憂。

「沒，沒什麼，我……」忽的，余天魁笑了，「我不想再在京城待著了。」

「啥？」何媽媽嚇了一跳。

「……我覺得，」余天魁撓了撓頭，佯裝若無其事地說道，「何媽媽您說的對，憑力氣吃飯幹點兒什麼不好，何苦在一棵樹上吊死。」

「對咯，」何媽媽拍了拍余天魁的手，「你能這麼想我也就放心了，那你打算上哪兒去呀？」

「還沒想好，」余天魁使勁兒扯著嘴笑著，他不想讓老婦人再為自己擔心，「離開京城再說唄，天地間這麼大，還找不到一塊兒落腳的地方麼。」

「你這一走，還回不回來呀？」

何媽媽一句話問得余天魁的眼淚差點兒沒掉下來。

「回……咳，」為了掩飾，余天魁清了清嗓子，「肯定是會回來的，就是說不準什麼時候了。」

「好，也好，出去闖闖，」何媽媽鼓勵他似的用力拍了一下余天魁的背，「什麼時候想回來了再回來。」

「欸。」

「一個人出門在外，可要注意身體。」

「欸。」

「飯一定要好好吃。」

「……欸。」

二十五、

若不是當年遇見了他，或許自己就真的再不會唱戲了吧……不知他，一切可安好。

余天魁靠著椅背閉了閉眼睛，長長地呼出一口氣。都已經這麼多年了，那張清秀的臉孔和爽朗的笑聲還依舊盤踞在他心底最柔軟的地方。

「余老闆，余老闆。」

店小二的聲音在身後響起。

「嗯？」余天魁猛的睜開眼睛，「怎麼？」

「余老闆，文八爺來了，」店小二搓了搓手，「還帶著另外兩位爺，說是有事兒要找您。」

「文八爺？在哪裡？」

不用想余天魁也知道另外兩位爺之中一定有一個是侯小若，讓他不由得一陣心慌。

「在外面廳裡喝著茶等您呢。」

「好，我這就過去。」余天魁趕忙站了起來。

「余老闆……」

店小二並沒往下說，但是用手比劃了一下余天魁的臉。

瞟了一眼銅鏡裡的自己，余天魁才反應過來自己都還沒有卸完妝，半邊臉上還殘留著周處的臉譜。他立刻抓起桌上的乾淨草紙，快速在臉上擦拭著，「小二哥，麻煩您出去跟三位爺說一聲，我馬上就出來。」

「得嘞。」

店小二清脆地應了一聲，快步跑了出去。

跟著三閨爺和文八爺一起來這邊戲樓，侯小若其實也一樣緊張不安，因為他也不知道自己究竟是輸了還是贏了。

「乾爹，您先跟我說說唄，」侯小若不住地用手蹭著褲子，但總還是感覺手心汗津津的，「到底怎麼樣？」

「不急，等天魁出來一塊兒說。」三閨爺悠閒自得地喝著茶。

「文八爺。」侯小若又求助般的看向坐在另一邊的文清松。

「嘿嘿，等著。」文八爺笑著朝他擠咕了一下眼睛。

「欸。」

見三閨爺和文八爺都不肯透露半點兒口風，侯小若只好悶悶地也低下頭喝茶。大約不過半盞茶的功夫，余天魁急忙忙從後臺小跑著來到三人桌旁，拱手作了個大揖。

「三位，久等了。」

「無妨無妨，坐下說話，」文八爺指了指一旁的椅子，示意他坐下，又對店小二說，「給余老闆沏茶。」

「是咧。」

不一會兒，店小二就端著一碗新沏的茶快步走了過來，放在余天魁面前。文八爺掏出一塊碎銀子丟給店小二，「去忙吧，這裡有事兒自會再喊你。」

「謝文八爺賞！」

店小二接住銀子趕緊揣進懷裡，歡天喜地地跑開了。

待大家又都喝了幾口茶，文八爺率先說道，「先說好，今兒晚上為了公平起見，我可是兩邊兒都沒去，真是可惜了這麼好的戲，我竟然都聽不著。」

「難為您了，八爺。」三閨爺淺淺笑了笑，端起茶碗敬了敬文八爺。

「的的確確是難為我了，哈哈哈，」文八爺大聲笑著，「說說吧，結果到底怎麼樣？」

「最初小若和天魁約好的是看誰賣出的座兒更多，多者為勝，對吧？」三閨爺看了看兩人，兩人一起點點頭。

「也是托文八爺的福，今兒晚上兩邊兒都賣滿了。」

聽了三閨爺的話，侯小若和余天魁不僅都沒有鬆一口氣，反而愈發緊張地盯著三閨爺的嘴，等著他的下一句話。

「唷，這可怎麼分勝負呢？」文八爺有些困擾地問道。

「天魁，」三閨爺喊到余天魁的名字時，余天魁禁不住咽了口口水，「聽掌櫃的說，這邊放出滿座牌差不多是酉時四刻。」

「嗯。」余天魁點了點頭。

「而小若這邊放出滿座牌，」三閏爺看向侯小若，「是酉時二刻。」

兩人同時身體一鬆。

侯小若是整個人都輕鬆了，而余天魁則是癱軟在了椅子上。

輸了……不愧是，京城來的……京城來的，就是不一樣啊，就是勝不了啊……余天魁暗自想著，感覺到胸口堵得慌。

「不過。」

看起來三閏爺還有下話。

「小若啊，」三閏爺拿起茶碗的蓋子撥了撥漂在水面上的茶葉，「今兒這場鬥戲，你輸了。」

「啊？！」侯小若騰一下跳了起來，「乾爹，我怎麼輸了？」

余天魁也不由得重新坐直了身子，兩眼直直地看向三閏爺。

「是啊，三閏爺，小若這邊先放出的滿座牌，怎麼會輸了呢？」文八爺也有些不解地看向三閏爺。

「文八爺，今兒晚上您沒過來所以不知道，小若這邊戲樓裡進的多是住在宣化府的熟面孔，八爺您的舊相識，而天魁那邊，」三閏爺絲毫不掩飾自己對余天魁的欣賞，「卻是什麼樣的看客都有，不僅有宣化府的還有周邊城鎮的。」

「那又說明什麼呢？」文八爺追著問道。

「文八爺，您覺得為什麼天魁這邊的滿座牌會晚了二刻？」三閏爺不答反問。

「自是，自是想要聽小若的人更多嘛。」

「非也，」三閏爺晃了晃腦袋，「是因為那些賣貨的商販貨郎都要等到收檔之後才能去聽戲，酉時四刻……也就是說他們寧可早收檔少掙銀子也要進去聽天魁的戲。」

文八爺、侯小若和余天魁都愣愣地聽著，連搭話都忘了。

「最初我還奇怪，怎麼大多數商販貨郎都聚集在天魁那邊兒的戲樓附近，後來才知道原來是為了方便收檔之後能立刻就進去聽戲，難能可貴啊，」三閏爺喝了口茶潤了潤嗓子，繼續說道，「另外就算從賬面上來看，小若也是輸了的。」

「賬面？」侯小若喃喃地重覆了一遍。

「嗯，從今晚兩間戲樓的賬面上來看，你輸了天魁，」三閏爺舉起一根手指，「一兩銀子。」

「一兩……銀子。」

侯小若和余天魁呆呆地對視了一眼。

「兩邊兒都賣滿了，你那邊兒還先放的滿座牌，竟然都沒有天魁這兒賣得多，」三閏爺衝著侯小若微微一笑，「還不認輸麼？」

「哈哈哈，不愧是三閭爺，」文八爺拍著巴掌大笑了起來，「夠細心！小若，確是你輸了。」

侯小若看了看三閭爺又看了看文八爺，最後視線緩緩地落在和他一樣目瞪口呆的余天魁臉上，「天魁，我……我輸了。」

余天魁的身子狠狠地一顫。

「贏……我，贏了……贏了京城裡來的，我……」

一股熱流撞進余天魁的眼眶，他連忙以手掩面，但是肩膀不自然的顫抖已經洩漏了他此刻的心緒。

「好了好了，不過贏一場對台戲罷了，看把你美的。」文八爺在一旁調侃道。

侯小若此時也總算緩過神來，勉強笑了笑，「天魁，咱說話算話，昇華樓的晚場還是您的。」

「嗯？」余天魁抬起淚眼，衝著三人逐個抱拳拱手，「多謝……多謝。」

「謝什麼啊傻小子，」三閭爺也忍不住笑了起來，「這是你自己個兒贏來的，打明兒開始要挺起胸膛去唱戲，知不知道？」

「欸。」余天魁眼眶和鼻尖都是紅通通的。

「高興！」文八爺一巴掌拍在桌面上，「明兒個中午我做東，咱們上昇華樓好好喝一頓，都得去啊。」

「那便卻之不恭了。」

「多謝文八爺。」

「文八爺破費。」

三人都朝文八爺拱了拱手。

月光涼涼的，夜風溫溫的，初秋高高的夜空中滿布繁星點點，甚是好看。原本文八爺說要安排車送他們，但是侯小若和三閭爺都說想要走一走，所以在戲樓門前拱手告辭便各自回去了。

侯小若默默地走在三閭爺身側落後半步的位置，拖沓著腳步，似乎沒什麼精神的樣子。三閭爺又怎麼可能察覺不到，他用食指搓了搓一邊的眉毛，朗聲道，「今晚唱得不錯，要下來好幾個滿堂彩。」

「……嗯。」侯小若撇了撇嘴。

「怎麼？還在想著輸了余天魁？」

「嗯……」侯小若不情不願地點了點頭。

「小若，雖說你輸了今晚這場鬥戲，」三閭爺邊走邊說道，「但這並不等於你的周處就不如天魁的。」

「要不是不如他，我怎麼會輸……」侯小若皺著眉頭。

「對你來說需要學的看的確實還有太多，但要是單論今晚的戲，」三閭爺笑著拍了一下侯小若的肩膀，「你和天魁可以說是平分秋色。」

「那我還輸了。」

「哈哈哈，是啊是啊，」三閭爺爽朗地笑了幾聲，「小若啊。」

「乾爹。」
「若是你一味只知道看著別人，那下次還會輸。」
侯小若一愣。
「懂得博取眾家之長是好的，但若是因此而失了自己，便得不償失了。」
三閨爺簡簡單單的幾句話卻讓侯小若茅塞頓開，他先是愣愣地微張著嘴點了點頭，跟著又馬上重重地點了點頭。
「你不會唱的戲，乾爹能教會你唱，但是教完之後就是你自己的戲了，」三閨爺輕輕用手指點了點侯小若的心窩，「關鍵是你自己的戲，有沒有在用心唱。」
「我記住了，乾爹。」
「嗯，回去吧。」
「欸。」

二十六、

折騰了一晚上都乏得不行，侯小若和三閨爺一回到院子裡就都回房睡去了，小小的院子裡就只剩下喜鵲那屋的窗口還若有似無地搖晃著一盞小小的燭火。
「歸化城？」喜鵲突然而來的驚呼嚇了馬鳴未一大跳，趕緊伸手輕捂住她的嘴。
「小聲點兒，你想把大家都喊起來呀。」馬鳴未輕聲抱怨道。
「對……對不起，」喜鵲吐了吐舌頭，把聲調降了下來，「可歸化城，也太遠點兒了吧。」
「嗯，我也覺得太遠了，你的身體不一定撐得住，」馬鳴未伸手溫柔地摸了摸喜鵲依舊平坦的小腹，「而且我也不想讓我們的孩子太辛苦了。」
喜鵲雙頰緋紅眼底微潤，將手覆在馬鳴未的手背上，「我們的孩子……鳴未，你喜歡男孩兒還是女孩兒？」
「自然是男孩兒，」馬鳴未臉上閃著光，「等他長大了，我給他找個好先生教他讀書識字，將來在京城考個狀元。」
「不讓他唱戲？」
「唱戲有什麼好，」馬鳴未皺了皺眉，「就算真成了角兒也不過是下九流的戲子，別以為人家左一聲老闆右一聲老闆地叫著就真是那麼回事兒了，其實心裡頭誰也看不起唱戲的。」
「那，就叫他讀書，考狀元。」喜鵲見馬鳴未不高興了，趕緊順著他說道。
「嗯，」馬鳴未摟著喜鵲柔軟的身子，在她額頭上輕啄了一下，「喜鵲，你想回家麼？」
「回家？回京城？」喜鵲不解地看向馬鳴未，「不是說夷人都要打進來了嗎？」
「回你家，」馬鳴未晃了晃摟著喜鵲的那隻手，「你老家，綏德。」

「去，綏德……」喜鵲不由得一愣，「可是，可是我老家已經沒什麼人了，說不定連村子都沒有了。」

說實話，自打從老家逃荒出來，喜鵲幾乎連想都沒有再想過回老家這件事情。尤其是她和馬鳴未好了之後，「綏德」也好「老家」也罷，早已經被她拋在了腦後。只有在馬鳴未身邊，才能讓她感覺是家。

「我是這麼想的，」馬鳴未將頭靠在喜鵲臉側，「你現在有了孩子，肯定不適合跟著他們山高路遠到處跑，如果可以的話呢最好能找個安靜的地方，讓你安安穩穩地把咱倆的孩子生下來。」

「嗯……為什麼會想著要去綏德呢？」喜鵲仰起臉看著馬鳴未。

「反正也是走一趟，不如就乾脆去你熟悉的地方，」馬鳴未寵溺地刮了一下喜鵲的鼻尖，「就咱倆，我會一直陪著你和咱們的孩子。」

「就你和我……還有咱們的孩子，」喜鵲滿臉幸福地點了點頭，「嗯，你說去哪兒咱就去哪兒。」

「咱倆可以在綏德城外租間小院子，偏一點兒小一點兒都沒關係，只要你能安心養胎，」馬鳴未陷入自己美好的想像中，「然後給我生一大胖小子。」

「嗯……」喜鵲像是忽然想起什麼一般，「那，咱就不回京城了麼？」

「說什麼傻話，自然是要回京城的，」馬鳴未理所當然地笑了笑，「等孩子出生了，我就帶著你和孩子回京城。」

「小若他們……不會說什麼吧……」喜鵲似乎有些擔心。

「說什麼？他們能說什麼？不用擔心，」馬鳴未摟緊了懷裡那個完完全全屬於他的女人，「我是鳴福社的班主，都我說了算。」

「嗯……」

「晚了，早點兒睡吧。」馬鳴未掀開被子下了床，又回身抱著喜鵲的肩膀讓她躺平。

喜鵲從被子裡伸出手拉住馬鳴未的衣角，「不能多待一會兒麼？」

「都快三更了，趕緊睡吧，」馬鳴未把喜鵲的手塞回被子裡，「一會兒要是有人起夜看見就不好了。」

「唉……」喜鵲輕嘆了口氣，「什麼時候咱才能不這麼偷偷摸摸的……」

「就快了，等你把孩子生下來，帶著你倆回京城之後我就名正言順娶你過門兒，」馬鳴未信誓旦旦地說道，「既是木已成舟，想長爺也說不出二話來。」

「真的？」

「我什麼時候騙過你？」

喜鵲無聲地搖了搖頭，滿臉通紅。

「那我也回房睡了，你歇著吧。」

「欸。」

說完，馬鳴未推開房門躡手躡腳地走了出去。

第二天中午，三閆爺帶著侯小若和馬鳴未一起前去昇華樓赴宴，這頓酒足足喝了一個多時辰，五個人都喝得有點兒高了才散席。余天魁因為還有晚場要準備所以先離開了，其他四個人則換到了窗邊小一些的方桌喝著冰鎮酸梅湯聊著天，於掌櫃的又準備了幾碟精緻的小點心。

「文八爺，」馬鳴未衝著文清松抱拳拱了拱手，「這段時間承蒙您照顧，真是不知該如何謝您才好。」

「都是朋友，不說這個見外的，」文八爺捋著鬍子笑了笑，「聽馬老闆這意思，是打算離開宣化府了？」

三閆爺和侯小若先是對視了一眼，接著都看向馬鳴未。

「嗯，」馬鳴未點點頭，「不瞞您說，的確是有這個打算。」

「怎麼這麼急呢？若是各位願意，一直跟我這兒住著也沒關係呀。」

馬鳴未看了一眼三閆爺和侯小若，「我們叨擾您的日子其實也不短了，再加上聽說夷人似乎就要打進京城了……說句您不愛聽的，若真有這麼一日，那宣化府也就不那麼安寧了。」

「嗯……所以您想要再往離京城遠一些的地方去，」文八爺用手指磕了磕桌面，「也不能說您沒有道理，但這走到哪兒算一站呢？」

「我們不過是一眾窮唱戲的，比不了您家大業大有財有勢，就走到哪兒算哪兒吧，」馬鳴未扯出一個無奈的笑，「您也知道鳴福社老的老小的小，而且還有女眷，還是保萬全的好。」

「嗯，也是，那您各位打算往哪裡去呢？」

「三閆爺和小若商量，說是想往歸化城去。」馬鳴未用手往三閆爺和侯小若那邊比了一下。

「歸化城啊，不錯！好風景好地方，好酒好肉好姑娘，哈哈哈哈，」文八爺大笑了幾聲，「什麼時候動身？」

「是這樣的，」馬鳴未故意在這裡停頓了一下，「我是想著讓三閆爺和小若帶著鳴福社其他人去歸化城，喜鵲自打那次著火之後身子就一直不大好，受不了這麼舟車勞頓的，所以我打算陪著她回趟老家。」

「啊？！」

不光是侯小若，就連三閆爺都吃了一驚。

「師哥，您要跟我們分開走啊？那怎麼行。」侯小若都快蹦起來了。

「有什麼不行的？」馬鳴未微微一皺眉，「你又不是小孩子了，瞎嚷嚷什麼。」

「您，您不是班主麼？」侯小若眉頭都擰起來了，

「班主怎麼能丟下班社不管?」

「若是強行讓喜鵲跟著你們上路，萬一有個什麼三長兩短，你負責嗎?!」馬鳴未把眼睛一瞪。

「那，您丟下我們這麼些人，萬一有個什麼三長兩短的師哥您就不擔心嗎?」

「你都多大了，這不是還有三閏爺在麼，有什麼可擔心的，」馬鳴未偷著瞟了一眼三閏爺，三閏爺臉上的神情沒有任何變化，「喜鵲都已經十幾年沒有回過老家了，我陪著回去一趟怎麼就不行了?」

「為什麼……非要您陪著，」侯小若從牙縫裡擠出一句話，眼神直直地看向馬鳴未，「小師娘回老家，為什麼需要您陪著?」

「那，那是……」馬鳴未被問得有些心虛，說話也結巴了起來，「那……不就因為，我現在是班主麼……再說了，總不能讓她自己一個人去吧?啊?」

「行吧，」三閏爺忽然出聲，算是救了馬鳴未，「就讓鳴未陪著喜鵲走，我們其他人往歸化城去。」

「乾爹!」

「你坐下，多大人了還毛毛躁躁的。」三閏爺把侯小若按回椅子上。

「嗯，對，就按三閏爺說的辦，」馬鳴未趕緊點頭，「至於我不在的這段時間，鳴福社的班主就由小若你來代理，替我好好看著那幫小的。」

「我?我不行。」侯小若慌得直擺手。

「沒什麼不行的，反正還有三閏爺幫著你。」

「我……」

三閏爺打斷了侯小若的爭辯，「那就這麼著吧，鳴未你打算什麼時候走?」

「估計也就這一兩天，想著收拾好了就盡快動身。」

「好，」文八爺終於找到節骨眼兒插話，「我來給你們安排車馬和路上需要用到的一切。」

「那就勞煩文八爺了。」

「文八爺您費心。」

馬鳴未和三閏爺都各自抱拳謝過文清松，就只有侯小若還氣鼓鼓地往嘴裡填著點心，斜著眼睛瞪著馬鳴未。

從昇華樓出來之後，三人坐著文八爺的車回到了小院，一路上誰也沒說一句話，氣氛有些微妙的陰沉。

院子裡，程雨晴正帶著一班年紀小的在練唱，福字科和壽字科則是該練功的練功該對戲的對戲，忙忙活活的畫面倒叫人一晃神彷彿又回到了當年喜富班似的。

「回來了。」程雨晴看著三人走進院子，便放下了胡琴打了個招呼。

「嗯，繼續繼續。」三閏爺和藹地笑著揮了揮手，轉身回自己屋裡去了。

馬鳴未只是一點頭，也沒說話，抬腳就進了正屋。

侯小若虎著臉走到程雨晴身邊，一語不發地坐了下來。看著他那個樣子，圍在一旁練唱的孩子們面面相覷，也不知該繼續張嘴唱還是該怎麼好。

「先休息一會兒吧，」程雨晴說著，讓孩子們都散了去，然後用手肘碰了碰侯小若，「怎麼不高興了？」

下意識地瞥了一眼正走進正屋的那個背影，侯小若從鼻子裡狠狠呼出一口氣，「哼……空閒的時候把東西收拾一下，這兩三天我們就要離開宣化府了。」

二十七、

「離開宣化府？」

雖然知道總有一天是要離開的，但程雨晴還是覺得有點兒突然。

「嗯。」

「這，什麼時候決定的？」

「今兒中午。」

「這麼急？」程雨晴不由得皺了皺眉頭，「為什麼？出什麼事兒了麼？」

「誰知道他怎麼回事兒！那麼想知道就去問班主啊！」

侯小若低吼了一聲，猛的跳了起來，頭也不回地走進屋裡，只留下滿臉莫名其妙的程雨晴呆坐在原地。

「班主……？」程雨晴愣愣地看向侯小若疾步而去的背影。

「咱們要離開宣化府了麼？」魏溪閣拽了拽王溪樓的衣袖。

「嗯……估計是了。」

「小若師叔為啥那麼生氣呀？」魏溪閣偷偷吐了一下舌頭。

「不知道，」王溪樓冷哼了一聲，「就只會柿子撿軟的捏，哼，什麼玩意兒。」

「你說小若師叔啊？」

「不然說你啊，傻不傻。」

說完，王溪樓往程雨晴那邊跑了過去。邊跑他邊從懷裡掏出一個小小的腰佩墜子，緊緊攥在手心裡。

「雨晴師叔。」

站在程雨晴身後，王溪樓輕輕喊了一聲，他不想再像上次那樣嚇著程雨晴。

「嗯？」反應慢了半拍的程雨晴轉身看著他，淺淺一笑，「就休息夠了？」

「雨晴師叔，您是癸未年生人，屬羊的吧？」

「嗯，你怎麼知道的？」程雨晴不知他為何這麼問，只是笑著點了點頭。

「這個送您。」王溪樓把緊攥著的那隻手攤開來，伸到程雨晴面前。

小小的手心裡躺著一隻也就半截兒拇指那麼大的青

色小羊，看得出來這玉的成色其實挺差的，青綠的玉石裡隱約看得見點點瑕疵。

「這是？」

「這是我拿第一次領的戲份買的，」王溪樓雙頰紅通通的甚是可愛，「雖然不是什麼貴重的東西……雨晴師叔，您願意收下麼？」

程雨晴用手輕輕捏起那隻青玉小羊，舉到眼前。一縷金色的陽光鑽了進去，在小羊的體內搖曳碰撞，玉石裡的絲絲絮紋交相反射，竟如菱花鏡一般好看。

「這麼好看的物件兒，我為什麼會不願意收下呢，」程雨晴站起身，直接將青玉小羊別在了腰間，「謝謝。」

程雨晴伸手摸了摸王溪樓的頭，然後重新坐下，拿起擱在一旁的胡琴架在腿上，「去把其他人喊回來吧，咱繼續練唱。」

「嗯。」

一股幾乎令王溪樓窒息的幸福感直撞他的頭頂，讓這少年差點兒沒掉下淚來，但這情緒卻無處發洩，他只能用力地點了點頭。

馬鳴未在正屋裡剛坐定，喜鵲就端著杯剛沏好的茶走了過來，輕輕往桌上一放，然後轉身在桌子的另一邊坐下。

「說了麼？」

「說了。」馬鳴未將茶碗捧在手裡，揭開碗蓋撥了撥。

「怎麼樣？」喜鵲的身子微微傾向馬鳴未這邊。

「就這兩三天吧。」

「真的？」喜鵲有些不相信地輕捂著自己的嘴，「三閏爺他們沒說什麼？」

「三閏爺倒是沒說什麼。」

「小若說什麼了？」

「那小子老大不高興了。」馬鳴未撇了撇嘴。

「他……是不是說什麼不好聽的了？」喜鵲臉色一變，顯得有些手足無措。

「臭小子竟然敢質問我，」馬鳴未想起來就覺得生氣，「什麼小師娘為什麼一定要你陪，不是我陪難道還是他陪嗎！他以為他是誰啊，他……他……」

說著說著，馬鳴未忽然瞪圓了眼睛轉向坐在一旁的喜鵲，倒把喜鵲給嚇了一跳，「怎，怎麼了？」

「小若那小子……」

「嗯，怎麼？」

「不會對你有意思吧？！」

「胡說什麼！你這個人真是……」喜鵲也不知道是氣得還是急得，一張臉頓時漲得通紅，「真是，口無遮攔的，什麼都敢說……」

「那你說他為何那麼在意，」馬鳴未不自在地翻了個白眼，「就他事兒多，人三閏爺都沒說什麼。」

「那……」喜鵲輕聲問道，「咱們還能去綏德麼？」

「當然了，」馬鳴未理所當然地點點頭，將手裡的菜碗送到嘴邊，喝了一口，「這兩三天等你準備好了，我們就出發。」

「嗯。」喜鵲抑制不住興奮地點了好幾下頭。

「喜鵲。」馬鳴未嘿嘿笑著湊了過來。

「嗯？」

馬鳴未壓低了聲音，「今兒咱們的兒子怎麼樣呀？」

「去，」喜鵲嬌嗔著拍了一下馬鳴未，「才兩個月呢能怎麼樣呀，我肚子都還是平的呢。」

「你要多吃點兒呀喜鵲，多吃點兒有營養的，」馬鳴未打量了一下喜鵲，「你太瘦了。」

「我吃的不少了，今兒個中午還吃了仨菜肉包和一大碗粥呢。」

「光吃包子管什麼的，」馬鳴未用手摸了摸下巴，「下午我去給你買只雞，晚上燉湯喝吧。」

「嗯。」

喜鵲乖巧地點了點頭，雙手不自覺地輕輕磨蹭著自己尚顯平坦的肚子。馬鳴未對她的每一點好都讓她真真切切地感受到作為女人的幸福和快樂，有的時候她甚至會打從心底覺得不安和害怕，這樣平庸無奇的自己活得如此幸福真的沒關係嗎？真的不會因此而遭到天譴嗎？

眼看著就要吃晚飯了，上廚房找水喝的魏溪閣忽然喜笑顏開地衝著王溪樓跑了過來，神神秘秘地湊近他，說道，「今兒晚上有口福啦，哈哈哈。」

「有口福？最好不也就是菜肉包麼。」王溪樓把他湊過來的小圓臉推開。

「菜肉包算什麼呀，」魏溪閣嘻嘻笑著，一指頭戳到王溪樓的臉上，「一看你就沒見過吃過。」

「你見過吃過，」王溪樓哼笑了一聲，「那你說說，今兒晚上有什麼好口福呀？」

「今兒晚上呀，咱們呀，嘿嘿嘿，」魏溪閣真是想想口水都要流下來了，「有雞湯喝咯！」

「雞湯？」王溪樓也忍不住咽了口口水，「真的假的？」

「真的呀，騙你做什麼，」魏溪閣用手比比劃劃著，「剛才我不是上廚房找水喝麼，就聽見竈臺上咕嘟咕嘟響，我打開鍋蓋一看呀，煲著老大一隻雞呢。」

「今兒什麼日子啊……」

「不光雞，還下了好些鮮山菇，可香可香了！」魏溪閣拿衣袖蹭了蹭嘴角，「雞肉燉得爛爛的美美的，哈哈哈，估計再等一小會兒就能吃了。」

話還沒說完，就聽見喜鵲在院兒裡喊大家夥兒吃晚飯，魏溪閣衝著王溪樓抬了兩下眉毛，快步跑了出去。

「吃飯咯，吃飯咯！」

可是當他看見桌上放著的飯菜，魏溪閣立馬就沒了吃的興致。和平時吃的根本沒有兩樣，還是包子鹹菜小米粥，另外還有一盆煮大白菜和一碟大蔥炒雞蛋。魏溪閣和王溪樓相互對視了一下，王溪樓還狠狠瞪了他一眼。

魏溪閣覺得委屈得很，他明明是看見煲雞湯了，怎麼會沒有呢……魏溪閣不由得嘟起了嘴巴，也不伸手去拿碗筷。

「怎麼不吃啊？一會兒該沒了。」侯小若嘴裡塞著一個包子，另外手裡還攥著倆。

「……雞湯……」魏溪閣聲音小小地嘟囔著。

「什麼？」

魏溪閣瞟了一眼王溪樓，見他還是用眼睛斜瞄著自己便愈發覺得委屈，「雞……雞湯。」

「什麼湯？」

「……雞湯！」魏溪閣乾脆豁出去了，提高了聲音說道，「雞湯，我剛才在廚房裡看見在煲雞湯來著。」

「雞湯？」侯小若有意無意地掃了一眼喜鵲。

「啊……嗯，」喜鵲連忙慌亂地點了點頭，「是，是有雞湯，有雞湯。」

「你看，我說了有吧！」魏溪閣趕緊衝著王溪樓喊道。

「有，有，」喜鵲訕笑了兩聲，「我是想著再燉一會兒，燉爛點兒再端出來。」

魏溪閣滿臉得意洋洋地瞅著王溪樓，王溪樓卻只是若無其事地聳聳肩，將一大口包子塞進嘴裡。

「應該也差不多燉得了，我這就去端出來。」喜鵲轉身就往廚房走去。

望著喜鵲匆匆走出去的身影，程雨晴的臉色忽然沉了下來，而馬鳴未則是不動聲色地邊細嚼慢咽著，邊往自己的碗裡夾了一筷子煮大白菜。

就只有孩子們開心得像什麼似的，歡天喜地地笑著蹦著，啃著包子等著雞湯。

二十八、

三天後，按照約定文八爺事先安排好的幾輛大騾車早早地就停在了鳴福社暫住的院子門前。其中一輛騾車上還放滿了吃食乾糧什麼的，另外還有一些治療平常頭疼腦熱的成藥，沒想到文八爺卻也是個粗中有細的人。

文八爺吩咐跟著過來的幾個小廝幫著一起往車上裝東西，自己則緩步來到程雨晴住的屋門外。儘管門是開著的，文八爺還是抬手在門框上輕敲了三下。

「八爺，進來坐。」程雨晴扭頭發現是文八爺站在門口，趕緊給讓了進來。

「都收拾好了麼？」

文八爺跨步邁過門檻，一撩袍，在屋裡的小圓桌前坐了下來。

「差不多了，」程雨晴伸手翻過一個倒扣著的茶碗，拎起茶壺往裡倒了一杯，「這茶沏了一會兒了，您湊合著喝一口。」

「多謝，」文八爺也不挑，端起茶碗就喝了個乾淨，「之前給你的藥都喝了？」

「都喝了。」程雨晴也在桌邊坐下。

「感覺怎麼樣？」

「嗯……我也說不上來，」程雨晴側著腦袋想了想，老實地答道，「早上吊嗓子的時候是比以前舒服多了，但唱的時候還是覺得有點兒力不從心。」

「嗯，」文八爺點了點頭，「這個急不來，慢慢養慢慢恢復著。」

「欸，」程雨晴又給文八爺倒了一碗茶，「八爺，您喝茶。」

文八爺端起來喝了一口，放下茶碗後從懷裡掏出一個不大的葫蘆，擱在桌上，「這個你帶著。」

「這是？」程雨晴有些不解地看了看那個葫蘆，又看向文八爺。

「你們這趟去歸化城路途可不近，少說也得走一個月吧。」

「嗯。」程雨晴點點頭。

「這一路肯定不好找地方煎藥，所以我把給你養嗓子的藥製成了藥丸兒，」文八爺指了指那葫蘆，「每日一丸兒，可別直接吞，含在舌下即可。」

「這，」程雨晴只覺得胸口暖暖的，「這可太麻煩您了。」

「這有什麼麻煩的，我做的不就是這個生意嘛，哈哈哈，」文八爺爽朗地笑了幾聲，「這裡面裝的差不多夠吃小一年的，那時候你的嗓子指定也養好了。」

「多謝文八爺。」

程雨晴實在不知道該怎麼謝才好了，只得跪下給文八爺磕了一個。

「哎呦呦，這可不敢當，快快起來，」文八爺將程雨晴給拉了起來，輕輕拍了拍他的手，「什麼時候你們再來宣化府，別忘了給我唱一齣《醉酒》就行。」

「是，八爺。」

「那行，你收拾吧。」

「八爺慢走。」

「嗯。」

文八爺說著，搖著摺扇走出了程雨晴的屋子。

自從前幾天昇華樓那次小小的不愉快之後，侯小若和馬鳴未就基本上再沒有說過話。雖然他倆平時也就沒啥話說，但是馬上就要分道揚鑣好一段時間，也不知道什麼時候才能再見面，侯小若盯著馬鳴未的背影好一會兒，還是咬著後槽牙硬著頭皮走了過去。

「師哥。」侯小若的語氣還是帶著一絲生硬。

「嗯？」馬鳴未知道是侯小若，但卻頭也不回，麻利地整理收拾著自己和喜鵲兩人的包袱。

「師哥，」侯小若頓了頓，問道，「您，還有什麼要交代的麼？」

馬鳴未停下手裡的動作，像是輕嘆了口氣，接著轉身看向侯小若，「替我看好那班孩子們，別讓他們把戲給荒了。」

「欸。」

「……小若，」馬鳴未似乎想說什麼，張了半天嘴又給咽了回去，「咱們都是打小一塊兒長起來的，若有什麼到不到的……別太往心裡去。」

侯小若下意識地攥緊了拳頭，又立馬放鬆，無聲地點了點頭，眼神卻飄向別處。

「那行了，幫著你乾爹收拾去吧。」馬鳴未在侯小若肩上拍了一下。

「嗯。」

院子裡正忙亂著的時候，余天魁拎著一大摞醬肉餅在院門前探了探腦袋，似乎在猶豫著要不要進去。程雨晴將兩個包袱擱在車上，一轉身正好看見他，上前兩步作了個揖。

「天魁兄。」

「啊，原來是雨晴，」余天魁不好意思地笑了笑，「看裡面正忙，不敢叨擾。」

「您可別這麼說，跟我進來吧。」

程雨晴領著余天魁走進院子裡，侯小若一見也趕忙跑了過來，「天魁，您怎麼來了。」

「聽於掌櫃的說您今兒就離開宣化府了，想著來送送，」余天魁把手裡的醬肉餅遞了過去，「這個讓孩子們帶著路上吃。」

「您破費，」侯小若接過醬肉餅，湊到鼻子前一聞，醬香肉香頓時誘得他滿口生津，「香！」

余天魁撓了撓腦袋，嘿嘿笑了兩聲，「這家醬肉餅也是我最愛吃的。」

「多謝天魁兄，還勞您特意跑一趟，」看著侯小若饞蟲上臉的那副樣子，程雨晴好容易才憋住了笑，「可惜東西都收拾起來了，也沒法兒招待您一杯茶。」

「不用不用，」余天魁連忙擺了擺手，「我也待不住。」

「天魁來了，」三閏爺拱著手走了過來，「怎麼樣啊？」

「三閏爺，」余天魁趕緊抱拳回禮，接著靦腆一笑，「昨兒又有間戲樓邀了我們的午場，我這就得回去，還有好些事兒要準備。」

「好！」三閏爺欣慰地笑著，「好好唱，你小子將來前途無可限量。」

「借您吉言，」余天魁衝著眾人挨個兒拱了拱手，

「那我就不多打擾了，各位保重。」

「天魁，後會有期。」侯小若也衝著余天魁一抱拳。

「後會有期。」

說完，侯小若把余天魁送出了院門外。

「保重。」

「保重。」

將最後一件包袱扔上車，馬鳴未和喜鵲的東西就都收拾好了。也沒有和大夥兒正式打聲招呼，匆匆點了點頭，喜鵲就踩著墊腳凳低頭鑽進了車裡，馬鳴未一伸手放下了轎簾。

「三閏爺，」馬鳴未走到車隊這邊，「天色也不早了，若是您這兒不需要我幫忙的話，我們這就先啓程了。」

三閏爺扭轉身來爽朗一笑，拍了拍馬鳴未的胳膊，「去吧，路上多加小心。」

「欸，您老也是，」馬鳴未轉身衝著眾人大聲說道，「此一去路途遙遠，多多互相照應著，我不在的這段時間小若就是代理班主，大夥兒要聽教聽勸，最重要的是功要勤練戲要勤唱，知道嗎！」

「是，師父。」

「是，大師兄。」

眾人抱拳拱手，齊聲答道。

馬鳴未點了點頭，本準備這就上車的，想了想，還是來到程雨晴的身邊。

「雨晴。」

「師哥。」

程雨晴柔聲應道，但眼瞼卻垂著，沒有看馬鳴未。

「好好照顧自己。」

「是，師哥。」

「師哥會想著你的。」

程雨晴沒有答話，身子卻似乎輕顫了一下。

「等師哥回來，再給你帶好吃的。」

「謝謝師哥。」

話說到這裡，也實在沒什麼可說的了。馬鳴未抬手想要像小時候那樣摸摸程雨晴的頭，又覺得不大合適，手僵了半天還是落在了程雨晴的肩膀上。輕輕拍了兩下，馬鳴未扭頭離開了。

「諸位，回見了。」

一甩鞭子，馬鳴未趕著騾車漸行漸遠，只留下滿地塵煙。

程雨晴往騾車離去的方向緊著走了兩步，但又馬上收住了腳步，聚集在眼底的晶瑩終究還是落了下來。

拜別了文八爺，侯小若他們奔著西北方向走了下去。這趟從宣化府出來可比之前離開京城時看著要闊綽多了，不僅騾車的檔次上去了，而且文八爺還非常周到地給多預備了一輛騾車，專門就拉行裝和吃食什麼的。

身子歪著斜靠在拉行裝包袱的騾車上，侯小若背枕著一堆包袱，嘴裡叼著一根枯草桿，也不知道在瞎哼著什麼調調。本來說好是侯小若一個人駕這輛騾車的，因為拉的東西比較多根本也坐不下那麼些人，但侯小若非要說一個人趕車太悶了，硬是拉著程雨晴也上了這輛騾車。

還有三輛大騾車分別是三閏爺帶著年紀最小的孩子們搭一輛，壽字科和福字科哥兒幾個帶著其他的孩子搭另外兩輛。三閏爺坐在車上晃著馬鞭，有一句沒一句地聽著孩子們背戲詞，背得不對的還時不時給指點一二。

「喬裝改扮逞英豪，只為金蘭舊故交，」王溪樓有些心不在焉地背著，眼睛卻總是往後瞟，「俺，楊延昭，奉了元帥將令，暗地……」

「等會兒，你誰？」三閏爺喊停了他。

「嗯？啊，」王溪樓這才反應過來，連忙低著頭把手掌伸到三閏爺面前，「俺，任堂惠……」

「嗯，」三閏爺用馬鞭的手柄象徵性地敲了三下，「繼續。」

「俺，任堂惠，奉了元帥將令，暗地保護焦贊，就此趲行者。」

見王溪樓背完了，魏溪閣清了清喉嚨，開始背自己那段兒數板，「啊哈！三岔路口開店房，開店房，打劫客旅與經商，有人住了咱的店，三更不死見閻王，見閻王。」

「好，不錯，」三閏爺把手裡掂著的一個梨子扔給了魏溪閣，「來，獎你的。」

「謝謝三閏爺！」魏溪閣歡喜地伸雙手接住梨子，得意地看了一眼垂頭喪氣的王溪樓，「分你一半兒唄。」

「……我才不要。」王溪樓賭氣地小聲說道。

「那我可就全吃了，」邊說著，魏溪閣張嘴一口啃了下去，帶著淡淡梨香的酸甜汁液頓時在口中散開，把他給美壞了，「太好吃了，你嘗一口唄。」

「都說不要咯。」王溪樓不耐煩地推開他的手。

「好吧，」魏溪閣也不惱，又啃了一大口，邊嚼邊對三閏爺說道，「三閏爺，聽說長爺以前也是工丑行的，是麼？」

「對，」三閏爺點點頭，「你們長爺當年那丑可真絕了，而且還文武丑兩門兒抱，都能來還都那麼好。」

「這麼厲害。」

「那可不，你小子要是能學到長爺六七成，也就夠吃的了。」

「嗯嗯，到時候等我們回京城了，我指定玩兒了命跟長爺學！」

「哈哈哈哈，」三閏爺大笑著，伸長胳膊摸了摸魏溪閣的腦袋，「也用不著玩兒命，先好好把基本功打紮實了，比什麼都重要。」

「欸。」
「你們幾個都是。」
「是，三閨爺。」
其他的孩子們也都跟著起哄一般拼命點頭。嬉鬧了一陣兒之後，三閨爺又給他們講起了長爺他們年輕時的故事。

二十九、

侯小若一行從宣化府出來才不過幾天，就在途中聽到消息說夷人一夜之間佔據了京城，還到處搜抓義和團的人，就連老佛爺和皇帝都從紫禁城逃了出來，弄得大家這幾天心情是異常沉重。一想到留守京城的長爺，侯小若就煩悶得白天吃不下飯晚上睡不著覺。

「小若，你好歹得吃點兒東西，」程雨晴把手裡的餅子一撕兩開，遞了一半給侯小若，「你這幾天一直就沒怎麼吃，回頭身子該垮了。」

侯小若接過半邊餅子，但就那麼拿著也不往嘴裡送，擰著眉頭甩了一下鞭子，「我真是一點兒都吃不下去。」

程雨晴輕輕嘆了口氣，「你擔心長爺，我知道，我又何嘗不擔心他老人家呢。」

「我……」侯小若使勁兒撓了撓後腦，「我當初就應該怎麼著都把長爺一起帶出來才是，也省得現在愁成這樣。」

「又來了，」程雨晴微微搖頭，「都說一萬遍了不是你的責任，長爺留下是為了……為了守著師父，再說了，難道你真以為你有本事能把長爺給綁出來？」

「我，唉……」

程雨晴看了看他，把自己手裡的半張餅也扔到一邊，「既是這樣，那我也不吃了。」

「你吃呀，你為啥不吃？」侯小若瞪大了眼睛。

「好像就你多有良心似的，」程雨晴故意白了侯小若一眼，「我才不吃。」

「呃……」侯小若一愣，立馬軟了下來，把餅子往嘴裡一塞，口齒不清地說道，「我吃我吃，吃還不行麼。」

見他那樣子，程雨晴不禁捂著嘴噗哧一笑。可還沒等他的笑落下去，就發現侯小若漲得滿臉通紅，一個勁兒錘著自己的胸口。

程雨晴趕忙抓過一旁的水筒，拔出蓋子遞了過去，「快，喝點兒水。」

侯小若抱著水筒咕咚咕咚喝了幾大口，這口氣才終於順了過來，「噎死我了。」

「慢點兒吃，也沒人和你搶，」程雨晴又從包袱裡摸出兩個煮雞蛋，「吃不吃煮雞蛋？」

「不吃，又沒味兒，」侯下若放下水筒，咂了咂嘴，「這餅子也沒味兒，還是天魁買的那醬肉餅好吃。」

「又有醬又有肉，能不好吃麼，」說著，程雨晴把剝好的雞蛋塞到侯小若手裡，「出門在外，有吃有喝就不錯了，你還挑。」

儘管剛才說了不吃，但侯小若還是三兩口就把程雨晴給他剝的煮雞蛋吃掉了。程雨晴吃完了自己那半塊餅子之後，從懷裡掏出臨行那天文八爺給他的小葫蘆，倒出一粒藥丸含進嘴裡。

「你吃什麼呢？」侯小若好奇地湊了過來，「糖豆兒？」

「多大了還吃糖豆兒，」程雨晴笑著輕拍了他一下，「文八爺給的藥。」

「藥？你怎麼了？不舒服麼？」侯小若馬上緊張了起來。

「沒有，是給我養嗓子的藥，我不是倒倉呢麼。」

「嗯……」侯小若挑了挑眉，「文八爺還挺疼呵你的。」

「這你也能吃醋呀，」程雨晴笑了，「誰不知道文八爺最捧的是你。」

「誰，誰吃醋了，」侯小若用別人幾乎聽不見的聲音嘟囔著，「我那是……」

「嗯？」程雨晴不明所以地把耳朵湊了過來。

侯小若忽然臉一紅，趕緊裝作若無其事地往後一靠，將腦袋上的草帽往下一扯蓋在臉上，「雨晴，你替我趕會兒車。」

「欸，」程雨晴伸手拿過馬鞭，「你睡會兒吧，多少天沒睡個整覺了。」

「嗯……」

不大一會兒，草帽下就傳來侯小若均勻的鼾聲。

這天原本不到酉時大家就發現了不遠處的一個小村鎮，想著早一點兒就早一點兒吧，打算進村打尖住店，但是侯小若覺得還這麼早，不如趁著天氣好再往下趕一程。於是趕了一程又一程，結果最後竟然錯過了宿頭，只能勉強在騾車裡湊合忍一晚了。

越往口外走就越能感覺到早晚溫差之大，這正值處暑的天氣雖然白天還挺熱，但到了晚上也能讓人冷出一身雞皮疙瘩來。於是只好把隨身帶著的被褥拆開，大人就兩個人擠一床，孩子們基本上是三四個人擠一床，蜷縮在一起互相取暖。

臨睡前為了暖和身子，三閏爺還讓每人都喝了幾口酒，就連年紀最小的王溪樓和魏溪閣都一人抿了一口，辣得他倆直咂舌。

魏溪閣咂巴了半天嘴，正準備往被子裡鑽的時候，王溪樓一把將被子抄了起來，「你今晚去跟三閏爺睡吧。」

「為啥？」

「總不能叫老人家自己一個人睡吧。」

「哦，」魏溪閣眨巴了幾下眼睛，「那你一個人睡嗎？」

「我去找師叔睡。」

話音未落，王溪樓就抱著被子往程雨晴那邊兒跑了過去。

「雨晴師叔。」

「嗯？」

程雨晴剛把被褥抖開鋪好，用手使勁兒拍著，想儘量把被褥弄得蓬鬆一些。

「今兒晚上，」王溪樓用力吸了口氣，扯了扯懷裡自己的被子，「我能和您一起睡麼？」

程雨晴下意識扭頭看了一眼等在一旁的侯小若，見他聳了聳肩，邊笑著答道，「行啊。」

得到程雨晴的許可，可把王溪樓給開心壞了，趕緊把被子放下，而且速度極快地就先鑽了進去。接著程雨晴也鑽了進去，靠著王溪樓躺了下來，儘管隔著好幾層衣服，王溪樓還是能感覺到程雨晴的體溫，暖暖地洇了過來。

侯小若撓了撓鼻尖，一回頭剛好看見魏溪閣站在不遠處，便衝他招了招手，「溪閣。」

「欸。」

「過來。」

魏溪閣一溜兒小跑來到侯小若身邊，「小若師叔，您喊我。」

「嗯，你今晚跟我一起吧。」

「啊？哦，」魏溪閣點了點頭，「嗯。」

於是魏溪閣便跟著侯小若一起和衣鑽進了剛才程雨晴鋪好的被褥裡。

「雨晴師叔。」

「嗯？」程雨晴把頭扭向王溪樓這邊。

「那個，我送您的那個，」王溪樓越說臉越紅，「您，還帶著呢麼？」

「帶著呢。」程雨晴淺淺一笑，王溪樓頓時變成了煮熟的蝦子。

「送的什麼？」侯小若聽見他倆說話，也把腦袋湊了過來。

「一個小腰佩墜子，」程雨晴輕輕說道，「溪樓拿他第一次的戲份買的。」

「戲份？」侯小若微微皺眉，「你還在科裡呢，哪兒來的戲份？」

「是三閨爺給的，」王溪樓趕緊解釋道，「說是我和溪閣第一次上臺，討個彩頭。」

侯小若轉過頭看向魏溪閣。

「是真的，給了我倆一人兩吊錢，」魏溪閣點了點頭，又把手從被子裡伸出來指了指王溪樓，「不過我那兩吊也被溪樓拿去了，說是要買東西。」

「什麼拿去了，我那不是管你借的麼！」王溪樓急了。

「那你什麼時候還我？」魏溪閣歪著腦袋問道。

「等我真正領戲份了，馬上就還你。」

「行。」

魏溪閣倒是好說話，心也大，翻了個身，不一會兒就自顧自地睡著了。

被魏溪閣這麼一攪鬧，王溪樓頓時沒了聊天的興致，跟兩位師叔道了聲「早歇著」，也閉上眼睛睡了去。

侯小若和程雨晴靜靜地並排躺著，都知道彼此沒睡，但卻都不說話，四下裡靜得就只聽得見周圍此起彼伏的鼾聲。秋季的天原本就乾淨得很，口外的夜空更是美得令人眩目。大大小小的星斗像是揉碎了的寶石，被人隨手撒在了如墨的黑布上，儘管是夜，卻竟讓人有種喧囂無比的感覺。

「還好師哥不在這兒，否則的話還不知道要被他罵成什麼樣兒呢，哈哈，哈。」見程雨晴並沒有搭言的意思，侯小若只好自己打了幾個哈哈。

「星依雲渚濺濺，露零玉液涓涓……」

程雨晴呼氣如蘭，從嘴裡軟軟吹出兩句詩。

「嗯？」

「孟昉的《天淨沙・七月》。」

「哦。」侯小若似懂非懂地點點頭。

「織雲弄巧，飛星傳恨，銀漢迢迢暗度……」

侯小若悄悄瞟了一眼程雨晴看似寂寞的側臉，深吸了口氣，「這個我也會。」

程雨晴略微有點兒吃驚地看向侯小若，然後笑了，「那你說一個。」

「銀燭秋光冷畫屏，輕羅小扇撲流螢，」侯小若又偷瞄了一眼程雨晴，「天階夜色涼如水，坐看……牽牛織女星。」

程雨晴沉默了半晌沒有說話，又將視線投向漫天星辰，「……小若，你可知道哪顆是牽牛星，哪顆是織女星嗎？」

侯小若本想逞強說知道，憋了好半天還是老實地搖了搖頭，「不知道。」

程雨晴笑了笑，伸長了胳膊指向夜空中無數的星，「那顆，最亮的就是織女星。」

侯小若找得眼都花了，也沒分辨出來哪顆星最亮，只好附和著點頭，「看到了，看到了。」

「東邊那顆，」程雨晴似乎又指著另一顆星說道，「閃著黃光的，便是牽牛星了。」

「嗯嗯，看到了，」侯小若連忙又點點頭，「黃色的。」

「傳說王母娘娘一年就許他倆見一次……」

「老娘們兒管得還挺寬。」

額頭，「你呀，胡說什麼。」程雨晴忍不住捂嘴一笑，用手指推了一下侯小若的

心麼。」「嘿嘿嘿，」侯小若傻笑了兩聲，「不為了逗你開

「回頭當心王母娘娘托夢來抽你。」

「我才不怕那老娘們兒呢。」

「還胡說。」

兩人刻意壓低聲音說笑了一陣兒。

「哈……一年才能見一次，要是我的話，」程雨晴輕嘆了口氣，「肯定忍受不了吧。」

「說什麼傻話，我保證你天天都能見到我，見到煩為止。」

「跟你有什麼關係呀，」程雨晴笑著白了侯小若一眼，「再說，你現在就夠煩的了。」

「嘿嘿嘿。」侯小若又是一陣傻笑。

「行了，不鬧了，快睡吧。」

「欸，」侯小若伸手給程雨晴把被子掖好，「早歇著。」

「嗯，你也是。」

「欸。」

三十、

這一路大家夥兒飢餐渴飲曉行夜宿，走了差不多快二十天，經過了無數村村鎮鎮，眼看著離目的地歸化城越來越近。真難怪文八爺這樣見多識廣的人物都說這兒是好風景好地方，真是一點兒也不假。天看著就那麼高那麼藍，一望無際的平原上滿是一叢叢的黃色小花，好看得緊，問了當地人才知道那叫金露梅。

「真好看，」侯小若一手揮著馬鞭，一手指著那成片的黃花對程雨晴說道，「京城雖好，可見不著這樣的景兒。」

「嗯……紅葉黃花秋意晚，千里念行客。」程雨晴悠悠念道。

「你怎麼知道這麼些詩啊詞的，」侯小若歪著頭看向他，「張嘴就來。」

「誰像你，從來也不看書。」

「我那一天天又要忙著練功唱戲又要給小的們說戲，哪兒來的時間，」侯小若認真地辯解道，「再說那又不是戲詞兒，背來有什麼用？」

「是是是，誰還不知道侯老闆您是個大戲癡。」程雨晴笑著調侃道。

其他幾輛車也都能聽見隱約的說笑聲，似乎大家的心情都還不錯。

天氣日漸涼了下來，三閨爺吸取了前一次的教訓，

只要過了申時，但凡是有能住宿的店家，無論是村是鎮都一律住下。這種氣溫要是再讓大家在野外露宿一晚，誰也扛不住。

這天侯小若他們正趕著騾車往前走著，見到前面右邊岔路下去不遠處似乎有一座鎮店。但是這會兒才剛未時三刻，所以三閏爺也有些猶豫要不要這麼早就去投店。

正當大家猶猶豫豫地行進時，岔路下忽然走上來一個看起來已經有些年紀的男子。雖然頭髮已經花白，但腰板兒卻依舊挺得很直，走起路來大步帶風，很有幾分民間俠士的味道。男子此時滿頭大汗看著很是焦急的樣子，跑上大路之後先是四下張望了一下，正準備往前跑的時候一眼就瞧見了往這邊過來的侯小若他們，男子稍微一愣神，緊接著竟然急急忙忙跑著就迎了過來。

「馭，」侯小若怕傷著那男子，便趕緊勒住繮繩，「我說您怎麼回事兒？就這麼撲過來也太危險了吧，這要萬一傷了您算誰的？！」

「您，您幾位，」男子連氣兒都還沒喘勻，拼命用手指著侯小若車上的戲箱子，「這，這些是唱戲的家什吧？」

「哈啊？」侯小若一皺眉，沒明白這人到底想問什麼。

三閏爺招呼其他幾輛騾車也都停了下來，然後翻身跳下車，走過來抱了抱拳，「這位爺，有什麼事兒麼？」

男子這才想起來抱拳行禮，「冒昧問一句，幾位，是唱戲的麼？」

「正是。」三閏爺笑著點點頭。

「梆子還是大戲？」男子又追著問道。

「大戲，」三閏爺雖然也覺得有些莫名其妙，但還是順著話答道，「我們是打京城出來的戲班兒。」

「您究竟有什麼事兒？」侯小若把手裡的馬鞭往腿上一橫，有點兒不太耐煩地問了一句。

「是這樣，就那兒，」男子指了指不遠處那座鎮店，解釋道，「打今兒開始有三天的廟會，幾家大商號一起出錢搭了個戲臺準備好好熱鬧熱鬧，誰知道說好了來的戲班兒竟然臨時給我撂挑子……幾位既是唱戲的，一定明白這救場如救火，我求求幾位了，幫幫忙吧！」

男子一個勁兒衝大家拱手作大揖，汗水不斷地順著臉頰流了下去。

三閏爺看了一眼侯小若，意思是徵求一下侯小若的意見，畢竟他現在是代理班主，但是男子卻誤會三閏爺不願意幫忙，「銀子肯定少不了您幾位的，要實在不夠把我那份兒也給幾位分了都行！」

「這是哪裡話，」三閏爺趕緊擺擺手，「就像您說的，救場如救火，您請上車，咱跟著您去就是了。」

「真的？」

「上車吧。」

說著，侯小若把車頭處的幾個包袱抓起來往後一扔，騰出了一塊地方。

男子翻身上車，侯小若一揚鞭，騾車順著岔路往右邊兒趕了下去。

遠遠看著並不覺得，等趕著騾車進來之後才發現其實這個鎮店還真是不小，街道也寬，車水馬龍往來不斷，行商小販吆喝聲聲，很是熱鬧。路兩邊的商家鋪頭裡擺放的好些東西都是侯小若他們見所未見的，孩子們全都瞪大了眼睛東張西望，覺得看什麼都新奇。

順著主街道往北走了大約有半柱香的功夫，眼前出現了一座古色古香的廟宇，廟宇前面是一塊非常寬敞的空地。空地上朝北已經搭好了一座比較別緻的戲臺，戲臺下擺滿了桌椅，越靠前的桌椅越精緻氣派，幾排桌椅再往後就是條凳了。離著戲臺遠一點兒的地方還有打把式賣藝走江湖的藝人、挑著擔子四下招攬客人的貨郎，和一個小小的茶棚。

「我呀本想著去前後的村鎮瞧瞧，一般都會有常駐的戲班兒，不過要是實在找不著也就只能賠人家銀子了，」男子邊說邊領著大家來到戲臺後面，找了個地方把騾車都停好，「但沒想到這一出去就撞見您幾位，真是緣分啊，哈哈哈。」

侯小若幫著大家夥兒把繮繩都在拴馬樁上繫緊了，回頭問道，「這位爺，還沒請教您貴姓吶？」

「免貴我姓孟，管我叫孟老二就行，」男子笑著擦了擦臉上的汗，轉身衝後臺裡喊了一聲，「二霜，快來！」

「欸。」

門簾一撩開，從裡面走出了一個身著一襲淺青色長衫的年輕男子。當他走出來的時候，包括侯小若和程雨晴在內的所有人都看呆了，有幾個孩子甚至看得哈喇子差點兒沒掉下來了，恨不得眼珠子能粘到人家身上去。

這個年輕男子的面孔雖說長得並沒有程雨晴精緻，但是他渾身上下散發出來的那種氣息卻莫名的迷人心竅勾人魂魄。一雙眼角微挑的丹鳳眼像是沒睡醒一般慵懶濕潤，眉眼之間的一顆朱砂痣更是為他多添了幾筆艷氣，真真不笑自帶三分媚。看著他，程雨晴不由得想起多年前馬鳴未給他看過幾頁的一本前朝穢書……書曰「玉貌妖嬈花解語，芳容窈窕玉生香」……若是這世間真有所謂的狐魅花妖，一定也會在這男子面前自慚形穢吧。

「紅爺，您這麼快就回來了，」年輕男子掃了一眼侯小若他們，淺笑著作了個揖，「這幾位爺想必是紅爺請來救場的吧，二霜這裡先謝過幾位。」

「這是我一個小徒弟兒，白二霜，」自稱孟老二的男子給大家介紹道，然後又拍了拍自己的胸口，「我姓孟，大家都管我叫孟老二。」

「紅爺……孟，孟老二？」三閏爺往前踉蹌了兩步，滿臉不可思議的神情，上上下下左左右右地仔細打量了一番這個孟老二，嘴唇微微哆嗦著問道，「敢問一句，您可是孟紅柳，紅爺？」

「您是？」孟紅柳不由得一愣。

「哎呀！」三閏爺一拍大腿，隨口就唱了四句西皮快板，「在曹營我待你恩高義好，上馬金下馬銀美女紅袍，官封你壽亭侯爵祿不小，難道說你忘卻了舊日故交？」

「雖然是你待某恩高義好，我也曾戰白馬立過功勞……」孟紅柳愣愣地跟著也唱了兩句，眼眶逐漸變紅，「活阿瞞……三哥！真是您嗎？真是三哥嗎？！」

「可不是我麼，紅爺！」三閏爺的聲音也有些顫抖，「您，怎麼落到這兒了？」

「您……您怎麼都老成這樣了……」

孟紅柳話還沒說完，站在一旁的白二霜就用手肘輕戳了他一下，「您也不年輕了呀。」

「說的也是，哈哈哈哈！」

大笑了幾嗓子，孟紅柳還想往下接著聊的時候，白二霜輕聲提了一句，「紅爺，未時六刻了。」

「是是是，三哥，」孟紅柳拍了拍三閏爺的肩膀，「有什麼話兒咱一會兒再說，救場要緊，那些出錢的爺們馬上就到了。」

「欸，您點戲吧。」三閏爺點頭笑道。

「那就……《拾玉鐲》，連演《法門寺》，能來麼？」

「沒問題，就按您點的戲，」侯小若雖然沒弄明白三閏爺和這位孟紅柳究竟在傷感什麼，但最起碼明白了兩位是舊相識，頓時感覺不那麼生分了，「乾爹，劉瑾是您來還是我來？」

「你來劉瑾，我串個劉媒婆吧，」三閏爺摸著下巴想了想，「趙廉派給福路，其他的……按平常一樣吧，你說呢？」

「行，」侯小若又問了一句，「逛花園兒那場唱不唱？」

三閏爺將視線投向孟紅柳，見他點了點頭，便說道，「唱吧。」

「欸。」

「鑼鼓場面我這兒都有，」孟紅柳指了指白二霜，「這孩子別的一般，胡琴可真是沒挑兒。」

「咱這兒也有個好琴師，」侯小若嬉皮笑臉地伸手攬過程雨晴的肩膀，「這是我師哥程雨晴，胡琴拉得可好了，我若離了他呀都不會唱戲了。」

「盡胡說。」程雨晴有些不好意思，白了侯小若一眼。

初聽得「程雨晴」三個字，白二霜不由得猛然一怔，端詳了程雨晴許久，只是淡淡一笑，「真真一個不可方物的美人兒……那，雨晴就跟我走吧，我領著去見見其他的場面。」

也不等他回答，白二霜就一把拉住程雨晴的胳膊，攜手攬腕往後台走去。

「都聽好了，」侯小若用力拍了拍巴掌，對所有人喊道，「申時一刻開鑼，《拾玉鐲》《法門寺》連演，都先去卸車，要用到的東西全部抬進後臺去。」

「是。」

孩子們應了一聲，各自熟練地開始搬的搬抬的抬。

「福路。」

「師哥。」

「今兒你來趟廉。」

「欸。」

「其他人都不變，抓緊準備。」

「是，師哥。」

說完，侯小若把前衣擺撩起來往腰間一紮，俯身拎起從車上卸下來的家什，跟在大夥兒身後走進了後臺。

三十一、

和其他的場面都打過招呼之後，程雨晴找了個角落坐下來，靜靜地擦拭自己的胡琴，視線卻不自覺地飄向坐在前面桌旁慢條斯理喝著茶的白二霜。

眉似初春柳葉，常含著雨恨雲愁，臉如三月桃花，暗藏著風情月意……這天底下大概也就只有他能配得上這四句了吧……程雨晴這麼想著，眼睛愈發移不開了。忽然，白二霜低頭輕輕一笑，抬起眼瞼正好對上了程雨晴的視線，驚得程雨晴趕緊把頭低下，像做錯了什麼似的滿臉緋紅。

白二霜倚著桌面站起身，兩步走到程雨晴身邊坐下，用手背輕托著下巴，嘴角揚起一抹笑，歪著頭看向程雨晴。程雨晴被他看得有些手足無措脊背僵硬，既不敢動也不敢看他。

「我又不是女人，幹嘛總盯著我看？」白二霜幽幽問出一句。

「我，沒有……」程雨晴下意識搖了搖頭。

「不用擔心，你這臉蛋比我好看了不止兩三倍，」白二霜臉上始終掛著那種淡淡的笑，「那個他呀，眼裡只看得見你。」

「那……什麼，那個他，」程雨晴的臉更紅了，「您別亂說。」

「哦，」白二霜笑意也更濃了，故意拉長了音調，「雨晴，多大了？」

「十七。」

「喲，比我小了十歲吶。」

聽了這話，程雨晴不由得抬頭又悄悄看了看白二霜，那如同凝脂一般嬌嫩細膩吹彈可破的肌膚，簡直就像是剛剝了殼的煮雞蛋，哪裡看得出來是快三十的人。

彷佛看透了程雨晴的心思，白二霜用手拍了拍自己的臉頰，語氣裡透著一絲自嘲，「也就只剩下這身皮囊還算鮮亮，不給紅爺丟人。」

「您，」程雨晴怯生生地問道，「跟著紅爺很久了麼？」

「嗯……差不多十五年了吧，」白二霜感嘆道，「時間過得還真是快。」

「紅爺也是琴師麼？」

「不是，他年輕的時候工武生，後來專工紅生，」說起孟紅柳時，白二霜的眼睛裡滿是憧憬和敬佩，「所以才有了紅爺這麼一個雅號。」

「哦，」程雨晴點點頭，忽然想起來剛才孟紅柳和三閏爺唱的就是《華容道》裡曹操和關公的戲詞，「可您不是紅爺的徒弟麼？怎麼沒跟著學戲呢？」

「他是因為倒倉沒倒好，」不知何時，孟紅柳出現在兩人身旁，「才改了拉胡琴。」

「那和我一樣，」程雨晴看著白二霜，心生幾分親近感，「我也是倒倉，所以這兩年就只能學著給大家操琴。」

「之前唱的什麼行當？」

「旦行。」

「沒事兒的，」白二霜帶著幾分沙啞的嗓音，反而更易令人沉淪於其中，「過了這一段兒，你肯定能重新回戲臺上去。」

「嗯，借您吉言。」程雨晴輕輕點點頭。

「申時了，還有一刻就開鑼了！」三閏爺邊穿行頭邊喊道，「該檢查的都再檢查一遍！」

「是咧！」

儘管是臨時被拉來救場，可是鳴福社的孩子們只要一上了戲臺就全都卯著勁兒，將一個半時辰的戲唱得熱熱鬧鬧，引得戲臺下的看客們時而哄堂大笑時而拍手叫好，就連打把式賣藝的藝人和貨郎小販們都忍不住收了自己的檔口，圍在人群之外一個個踮著腳尖伸長了脖子往戲臺上瞧。

直到戲中縣官兒趙廉打馬下場，進了入相門，看客們還是拍著巴掌說什麼也不肯散，頭一排的財主員外們是又灑金銀又扔珠寶的，實在沒辦法，只好讓譚福路和梅壽林又多唱了一折《遊龍戲鳳》，這才終於哄得諸位爺們意猶未盡地各自回去了。

散戲之後，大家夥兒雖然都很是疲憊，卻還是邊卸妝邊興致勃勃地聊著剛才在臺上怎麼出彩兒了怎麼又要著好了之類的。

三閏爺來到侯小若身後，大手在他肩膀上拍了拍，「今兒的劉瑾不錯。」

「謝謝乾爹，」侯小若扭頭看向三閏爺，嬉笑著調侃了一句，「不如您老的劉媒婆給勁。」

「臭小子，」三閏爺伸手敲了一下他的額頭，「不過逛花園兒那場老沒唱了，感覺有點兒生啊，回頭要好好再給你說說。」

「欸。」侯小若虛心地點點頭。

「辛苦辛苦，」孟紅柳滿臉興高採烈地就進來了，一勁兒道辛苦，「真好真好，好得沒話說！」

「沒給您現眼就成。」侯小若在不熟悉的人面前一般都很謙虛。

「什麼話，」孟紅柳笑道，「簡直好得不得了！沒見那些財主們喊好喊得都沒樣兒了麼，哈哈哈，真不愧是三哥帶出來的班兒。」

「鳴福社可不是我的班兒，」三閏爺連忙擺擺手，解釋道，「他們班主現在不在跟前兒所以我才幫忙照顧著，這是我乾兒子侯小若，他暫時代理著鳴福社的班主。」

「哦，原來是這樣，」孟紅柳又重新打量了一下侯小若，「嗯，有你乾爹當年的意思。」

「這小子還差得遠呢。」

嘴上雖這麼說，但三閏爺看著侯小若的眼睛裡卻滿是藏不住的得意和自豪。

「曹操戲，會唱麼？」

「會幾齣。」

「嗯，要不咱明兒唱《定軍山》、《陽平關》吧？」孟紅柳先問三閏爺，接著又看了看侯小若，「能來麼？」

「乾爹倒是給我說過這齣戲，」侯小若微微皺眉，「但是真正出了科的老生咱現在就只有一個，《定軍山》的話人不夠。」

「這樣啊，倒是可惜了……」孟紅柳咂了咂嘴。

「嗯……」三閏爺想了想，「小若這孩子的竇爾敦特別磁實，要不來《坐寨盜馬》吧，四家將就讓壽字科哥兒幾個串一下。」

「行。」侯小若向來佩服三閏爺的隨機應變。

「前面再讓福路和福山唱一齣《罵曹》，」三閏爺指了指在後面卸妝的譚福路，「鳴福社這老生的鼓打得真是沒得說。」

「那行，都聽三哥的。」孟紅柳也滿意地點點頭。

「要是最後還像今兒似的起哄，就讓福路和壽林再給一折《坐宮》。」

「好，」孟紅柳拍了一下巴掌，「就這麼定了。」

「那我接著卸妝了。」侯小若又重新坐下，抓起草紙胡擼著臉上的油彩。

「嗯，都收拾俐落了我帶大家夥兒去我落腳的客棧，」孟紅柳轉頭對三閏爺說，「今兒晚了點兒，鎮子上的好館子都上板兒了，只能先回客棧對付吃點兒，明兒中午再一塊兒出去打打牙祭，怎麼樣？」

「都行，有紅爺在我還有什麼可擔心的。」

三閏爺在孟紅柳面前顯露出來的安心神態就連侯小若都從未見過，足以想像兩人當年的交情。

當晚跟著孟紅柳和白二霜回到客棧，趕了一天的路又唱了一晚上的戲，孩子們都已經累得不行了，隨便吃了點兒東西就都一個個爬上床去，睡得東倒西歪的。

原本侯小若還死撐著想要陪陪，可是坐了還沒一會兒眼皮就開始打架，被三閏爺轟回屋裡睡覺去了。白二霜知道這老二位多年沒見，自是有很多話要說，細心地吩咐店家備下幾壺酒和兩三碟下酒菜之後，就也告便回房了，屋裡只剩下孟紅柳和三閏爺老哥倆。

「我說紅爺，」三閏爺往杯子裡倒了一杯酒，推到孟紅柳面前，「您是怎麼落到這兒來的？」

孟紅柳端起杯先是抿了一小口，咂了咂嘴，不答反問，「三哥，咱多少年沒見了？」

「十五六年了吧，」三閏爺接著給自己也倒了一杯，「自打您離開京城之後就斷了聯繫。」

「嗯……十五年啊，怎麼感覺就是一眨眼的功夫呢。」

「可不，這一眨眼，咱倆都是老頭子了，」三閏爺舉起杯，「來，紅爺，咱乾一杯。」

「乾！」

一仰脖兒，孟紅柳也跟著一口氣灌了下去。

「當初我心灰意冷離開京城，也沒有想過要往哪兒去，」孟紅柳放下杯，前塵往事隨著酒氣湧上心頭，「那時候啊就打算著邊走邊看，反正到哪兒也能搭班兒唱戲，總不至於餓死。」

「那是您，換了二一個也不敢這麼說，」說著，三閏爺又給孟紅柳的杯子倒滿，「到哪兒都能搭班兒唱戲，說說是真容易，做得到的能有幾個？」

哧溜一聲，孟紅柳又把杯中酒全部收進嘴裡，品了好一會兒才吞下去，「出了京城，跟著一些野班子一路走一路唱，唱也不是好好唱，都是瞎來，反正也沒有人真在意。」

見孟紅柳的杯子空了，三閏爺拎起酒壺又給斟上，「唉……紅爺您受罪了。」

「受罪……那也是我自找的，」孟紅柳用手蹭了蹭眼角，抽了一下鼻子，「我自找的啊……就這麼混著，一路走到了天津府。」

「天津府好呀，」三閏爺點點頭，「正經大戲班兒也多，戲樓也多，進了天津府您可算是伸開腰兒了吧？」

「呵呵，哪兒啊，」孟紅柳緩緩搖了搖頭，嘆了口氣，「天津府的大戲班兒的確多，角兒也多呀，那時候有名兒有姓兒的大武生可真是一搓一簸箕，哪兒就輪得上咱了。」

「連您都不行麼？」三閏爺有些不信地眨了眨眼。

「若是認真找找的話許是能找著……」孟紅柳臉色沉重，不知是想起了怎樣不堪回首的過往，「我剛到天津府那會兒除了喝酒就是喝酒，一天到晚喝得暈暈乎乎的，嘿嘿，壓根兒也沒有心思正經唱戲。」

「……是因為，她麼？」三閏爺小心翼翼地問道。

孟紅柳抬起眼皮看了三閏爺一眼，苦笑了一聲，「找，欠人家一條命啊……」

說著，又乾了一杯。

三十二、

那一年是光緒元年，是年僅四歲的光緒帝正式登基即位的一年。

也是孟紅柳的關公戲名聲大噪紅遍京城的一年。

整個京城，可以說無人不知無人不曉「紅爺」的大名，就沒有人不愛他的關老爺。四大戲樓的主事兒的一個個懷揣金銀上門去求他的晚場，皇親貴胄們得排著隊等著邀他的堂會，就連老佛爺都曾經宣他進宮唱過兩回《古城會》，還特別賜給他兩碟茯苓餅，何等的風光榮耀。

家住在城西路北的柴永全——柴大員外也算是佔著田躺著地、家裡掛著好幾塊千頃牌的坐家大地主，那也一樣是要花費銀錢無數，又托人又走關係才終於盼星星盼月亮地邀到了一場孟紅柳的堂會。

堂會當天，柴大員外家裡裡外外是張燈結彩喜氣洋洋，簡直就像是要娶新媳婦兒一樣那麼熱鬧。柴大員外是滿臉的春風得意，吩咐著家裡的下人們各種清掃佈置，光唱堂會的那個跨院就掃了八遍，恨不得一塵不染才好。

不僅是自己家裡的親戚朋友，柴大員外還特地邀請了不少京城裡有頭有臉的人物，一起來給這位有資格吃老佛爺碟子裡茯苓餅的孟紅柳捧場。

今兒的戲也好，先是《小放牛》開鑼，然後是《灞橋挑袍》，連演《過五關》、《古城會》。這三個劇目均取材於《三國演義》，說的是關公儘管在曹營受到高官厚祿相待，依舊決意辭曹尋兄，曹操知其有此意便有意避而不見。關公不得已，只好掛印封金，保護甘、糜二位夫人上路。曹操得知此消息亦無可奈何，遂率眾將送行至灞陵橋，且臨別以錦袍相贈，但關公恐其有詐，以刀挑袍，揚長而去。關公一行離開許昌之後，途徑東嶺、洛陽、沂水、滎陽、黃河渡口等五處關隘，先後斬了孔秀、孟坦、韓福、卞喜、王植、秦琪六員曹將，一直來到古城。馬童探知古城由張飛據守，關公聞訊心喜，不料張飛竟懷疑關公降曹，拒不開城。此時曹將蔡陽從後趕來，形勢危急，張飛卻只肯城頭上助關公三通戰鼓。最後關公力劈蔡陽，降曹的嫌疑洗清，兄弟們終於古城相會。

這三齣戲原本就都是孟紅柳的看家戲，再加上和他配戲唱曹操的這位也是同樣譽滿京城號稱「活阿瞞」的由三閏，前唱曹操後串張飛，幾乎可以說是完美了。

不到午時四刻，管事的就已經領著戲班兒的人搬搬抬抬地進了柴府。因為孟紅柳晚上還應了其他的場，為了就合他的時間，這場在柴大員外府上的堂會下午未時就得開鑼。待一切都準備妥當，客人們也都入座喝上茶了，這邊鑼鼓一響，《小放牛》裡的牧童和村姑在戲臺上是唱得脆亮舞得熱鬧，可偏偏就這孟紅柳還不見人影。

管事的頭上汗都出來了，一個勁兒在原地搓著手轉陀螺，嘴裡碎碎念著「這該怎麼好，這該怎麼好」。

眼看著這位管事的一直這麼轉悠著，由三閏眼都要花了，於是便上前拍了拍他的肩膀，「用不著擔心，紅爺從來就沒誤過場。」

「那怎麼到現在還不見人啊？」管事的腦袋頂上都要冒煙了，指著前面戲臺，「《小放牛》撐死了也就是出二刻戲，說唱完就唱完了，這時候人還沒到怎麼來得及！」

話還沒說完，孟紅柳晃著大身板兒撩開門簾走了進來，笑著朝眾人抱拳拱手，「都在呢，辛苦辛苦。」

「我的孟老闆，我的孟爺爺，您老人家怎麼才到啊！」管事的噌一下就竄過去了，「趕緊扮，趕緊扮。」

「不著急，開鑼戲不還沒完呢嘛，哈哈哈。」

孟紅柳邊笑邊慢悠悠地把身上的褂子先脫了下來，管事的趕緊就接了過去，然後推著孟紅柳坐在銅鏡前。

「趕緊的吧孟老闆，您瞅瞅我這汗。」管事的誇張地抹了一把額上的汗，甩了甩手。

「誤不了誤不了。」孟紅柳擺擺手，一手伸進紅色的油彩盒裡抓了一塊，在手心裡一搓一抹，開始揉臉。

還說著話呢，那邊兒《小放牛》可唱完了，唱牧童和村姑的兩個藝人邊道辛苦邊走了進來。一看見他倆進來，可不亞於往管事的心裡那堆火上又添了一把柴。

「哎呦我的爺，您再快著點兒。」管事的看著孟紅柳一筆一筆還跟那兒慢條斯理地勾著臉，急得都快要上房了。

儘管管事的跟在屁股後頭臉紅脖子粗地催著，孟紅柳依舊是自顧自地悠悠哉哉勒頭戴冠穿行頭。聽前面曹操剛好唱完「準備下閉門羹把關羽阻擋，馭其人測其心在吾錦囊」，帶著眾將與棋牌大搖大擺地從戲臺上下來，孟紅柳已經穿戴完畢，帶上髯口站在了出將口，分毫不差。

「哎呦我的媽呀，有驚無險。」管事的一屁股坐在了椅子上，大口喘著氣。

「汝南得信喜過望。」

戲臺上，孟紅柳的關公光一句悶簾兒唱就已經引得底下一片叫好聲。

坐在正中間的柴大員外可以說得上是紅光滿面，

得意之情溢於言表。他左右環顧了一下，看著四周圍自己的親朋好友甚至是京城裡的上流名仕們奮力叫好的樣子，頓時覺得心足意滿，沒有更舒服的了。

柴大員外唯一的千金柴月娥卻百無聊賴地斜靠在座椅上，有一眼沒一眼地瞧著戲臺上的人上上下下進進出出，時不時張嘴嚼一口丫鬟遞到嘴邊的糕點。

這位千金今年已經十九歲了，但卻尚未婚配，自己倒是不著急，可急壞了她的親娘柴大奶奶。其實柴月娥才十四歲的時候就已經出落得如同出水芙蓉一般亭亭玉立，來說媒的婆子們簡直多得快要踢破門檻。只不過這位柴大小姐不僅心氣兒高眼光高，主意還特別多，一般人家壓根兒瞧不上，不管媒婆說得有多麼天花亂墜，這位月娥小姐總是能挑出骨頭來。

什麼秀才太酸腐，商人太銅臭，做官的譜兒太大，習武的太粗魯，總之沒有一個她能看得上眼的。爹娘也沒法兒多說什麼，說什麼她都能一句話給頂回來，所以這才一拖再拖拖到了現在。

所以其實就著這次辦堂會，柴大員外還悄悄邀請了好幾位達官貴人的子嗣們，就盼著柴月娥好歹能看上一個，了了老兩口這唯一的心願。

戲過大半，正唱到關羽來到古城欲與三弟張飛相會，無奈張飛疑心太重，關公只得孤身力戰蔡陽。戲臺上一番打鬥淋灕酣暢之時，柴大小姐卻以絹帕輕掩朱唇打了個呵欠。

「沒完沒了，無趣得很。」柴月娥輕嘆了口氣，半瞇著眼睛看著戲臺上那個拎著青龍偃月刀一張臉紅得發亮的大高個兒，下意識地琢磨著那被油彩遮著的素臉究竟是個什麼模樣。

「不會呀，打得多好看。」站在身側的丫鬟青梅倒很是興奮，看到精彩的地方也想跟著叫好卻又不敢，只能悄悄跳幾下腳而已。

「你懂什麼，」柴大小姐翻了個白眼，「看懂什麼了你？」

「看，是沒看懂什麼，」青梅笑著吐了吐舌頭，「但是看戲嘛，不就是看個熱鬧。」

「嘁。」柴大小姐雖冷哼了一聲，但視線還是投向了戲臺，看著張飛想著法兒要討好關公，但關公實在是氣不過，對他依舊不理不睬。

「……我若不力把蔡陽斬，關某的性命就斷送在城前。」關公板著臉訓斥張飛。

那一板一眼的模樣竟然逗得柴月娥淺淺一笑，「這個紅臉兒的，有點兒意思。」

「那可不，」青梅連忙搭話道，「聽說呀，人家可是紅遍了整個京城的好角兒呢。」

「又如何，不過是個戲子罷了。」

「人家可進宮給老佛爺唱過戲呢。」

「嗯……」柴月娥用手托著下巴，多看了關公幾眼，「有點兒意思……青梅。」

「小姐。」

「一會兒散了戲，你去給那紅臉兒的送兩盒月芳齋的點心，」柴月娥看也不看青梅，隨口吩咐道，「就說是我賞的。」

「是，小姐。」

念完最後幾句白，隨著鑼鼓關公和劉備帶著張飛一起進了入相門。一下來孟紅柳就趕緊開始掭頭卸妝，準備要趕下一場。可這才摘了髯口脫了行頭，剛拿出老爺碼準備擦臉，就有個小跟包兒跑了過來，朝他拱了拱手。

「紅爺，紅爺，您辛苦。」

「辛苦辛苦，怎麼了？」

「前面有人找您。」

「找我？」孟紅柳下意識往外看了看，「本家老爺？」

「不是，」小跟包兒輕浮地一笑，擠了擠眼，「是個姑娘。」

「姑娘？本家小姐？」孟紅柳微微一皺眉。

「這我可不知道，長得還挺好看。」

孟紅柳瞪了那跟包兒一眼，「收拾東西去，話還不夠你說的。」

「欸。」小跟包兒趕緊頭一低，溜到一旁收拾去了。

孟紅柳輕嘆了口氣，將手裏的老爺碼塞進懷裏，擡腳往外走去。

三十三、

孟紅柳撩開後臺的門簾走了出來，四下張望了一下，只見一個懷裡抱著什麼東西的小小身影正背朝著他站在十幾步開外的梧桐樹下。孟紅柳心裡還想著趕場，所以腳步急急地走上前去。

「這位姑娘，是你找我麼？」

孟紅柳在離著青梅兩步遠的地方站定，但他中氣十足的嗓音還是嚇了青梅一跳。

「啊，是，」青梅稍微平復了一下心情，雙頰微紅地轉過身來，低著頭，雙手將懷裡抱著的兩個食盒捧到孟紅柳面前，「這，這是我們家小姐賞的點心，您……您嘗嘗。」

青梅的一張小臉完全被兩個大食盒給擋了個嚴嚴實實，讓孟紅柳反而更加好奇這嗓音清清脆脆的小丫頭到底長什麼模樣。他低下頭，把腦袋探過食盒，想瞅一眼姑娘的容貌，青梅像是發現了他的意圖，趕緊又把臉往另一邊藏，讓孟紅柳就只看見了半張水嫩桃花豔欲滴的粉面。

「好，替我謝謝你家小姐。」

說著，孟紅柳故意猛的從青梅的頭頂上方將兩個大食盒抽走，突然而來的舉動讓青梅一下沒有反應過來，一雙圓圓的杏眼愣愣地看向孟紅柳，稚齒婑媠的純淨面龐兒讓孟紅柳沒由來的感到一陣短促的眩暈。

兩人就這麼靜靜地四目相對，周圍的人聲似乎忽然變得好遠好遠，他倆身邊時間的流動彷彿也愈發慢了下來。

「紅爺！」

小跟包兒一嗓子把兩人都給拉了回來，青梅感到臉頰像要燒起來一樣滾燙，慌忙把頭低了下去，轉身跑開了。

「欸，」孟紅柳看著她跑開的背影，暗暗自嘲了一番，看向小跟包兒，「怎麼？」

「再不趕緊，可要來不及了。」

孟紅柳這才想起來趕場的事兒，埋怨了一句，「怎麼不早點兒來喊我！」

小跟包兒委屈地撅著嘴，跟在孟紅柳身後又走進後臺。

「誰知道您跟外頭幹嘛呢。」

「把這個給大夥兒分分。」孟紅柳將手裡的食盒往小跟包兒手裡一塞，掏出老爺碼麻利地擦著臉上的油彩。

「欸。」

小跟包兒應著接過了食盒，一轉身就先偷偷從裡頭摸出一塊點心塞進嘴裡，那叫一個香甜爽口，趁著沒人瞧見，他又緊著掏了兩塊出來往自己兜兒裡一揣，然後才點頭哈腰地把剩下的點心分給其他人。

夏至一過，京城裡的雨水也逐漸多了起來，加上初夏的溫度，就算是碰上不下雨的時候，也叫人覺得悶熱悶熱的，身上總感覺裹了一層什麼潮不津兒的，扒不掉掙不脫。

頭天晚上柴大小姐就對青梅說想要喝冰鎮桂花酸梅湯，明明家裡的廚子也能做，非要說沒有月芳齋的味兒正，偏偏可著整個京城就月芳齋的冰鎮桂花酸梅湯最難買到，所以青梅天還沒亮就急急忙忙出了府門。

站在門前差不多等了將近兩刻左右，月芳齋終於開門了，小夥計一邊下板兒一邊跟青梅打了個招呼。

「青梅姑娘，又來這麼早。」

「是，我們小姐偏愛您家的桂花酸梅湯。」

青梅微微低垂眼瞼，柔聲答道。

「今兒您可能要多等一會兒了，」小夥計摘下最後一塊門板，「大師傅早上家裡有點兒私事來遲了，酸梅湯這會兒才剛起鍋，還沒冰上呢。」

「不礙事，我等等就是了。」

「那您進屋來坐著等吧。」

「欸。」

夥計領著青梅來到鋪子裡面，在最左邊的一排櫃子旁擺著一張小圓桌和兩張木椅，讓青梅在這裡坐下，夥計又趕緊忙別的去了。

在等著酸梅湯的這會兒功夫，買糕點的客人進進出出絡繹不絕，而青梅卻始終低著頭，雙手安分地疊放在膝蓋上，像一尊裝飾用的娃娃一般安靜。又過了大約四刻左右，之前那個夥計捧著一個塞著紅布蓋子的水筒快步走了過來。

「青梅姑娘，」夥計將還帶著一層細膩水珠的水筒放在小圓桌上，用搭在手臂上的手巾抹了抹手，「您久等了，這酸梅湯剛鎮得，頭一筒就給您了。」

「勞煩您了，」青梅站起身，從荷包裡掏出一吊錢也放在桌上，然後用手帕裹著那水筒，抱在懷裡，「錢您點點。」

「不用點不用點，每次您都多給，」夥計並沒有馬上伸手去拿桌上的銅錢，而是有些靦腆地一笑，「您這就回去了麼？」

「嗯，小姐在等著呢。」

青梅淺淺施了個禮，往門口走去。

不知何時外面淅淅瀝瀝地下起了小雨，雨點砸在地面上，泛起小小的水花。

「唷，我都沒注意什麼時候開始下雨了，」夥計將青梅送到店門口，「青梅姑娘，您稍等一會兒。」

說完，夥計轉身往店鋪後面跑去。

來不及喊住他，青梅站在屋簷下輕嘆了口氣，抬頭看著一顆一顆往下墜落的晶瑩雨珠。自己九歲那年就被賣進了柴府，打小就跟在柴家大小姐身旁伺候著，這一伺候就是七年。七年的歲月轉瞬而逝，她也早已經習慣了柴府的生活，小姐待她不能說好但也說不上特別不好，最起碼從沒打過她。一個做下人的從沒挨過主人家的打，還能再奢求什麼呢。

就在她胡思亂想的時候，一隻大手毫無預警地從旁邊伸了過來，手裡還拿著一把傘。青梅以為自己擋了別人的道，忙往旁邊挪了兩步，卻沒想到那隻手抓著傘又往她這邊遞了遞。

「你沒帶傘吧？用這把好了。」

這男子的聲音青梅似乎在哪裡聽過，但就算是出身低微的她也曾聽過「非禮勿視」四個字，所以依舊是低垂著眼瞼，輕輕搖了搖頭。

「多謝公子的美意，這夏季的陣雨想是一會兒就能停，青梅等一等便是了。」

「原來你叫青梅，」男子似乎笑了，「是我呀，不記得了麼？」

聽到這句話，青梅悄悄抬起眼眉掃了一眼面前的男子，那張頗有幾分俊秀豪氣的面孔若是她曾經見過，一定不會忘記。

「公子莫不是認錯人了。」

「怎麼會，」男子的笑聲很是爽朗，沒有半分輕浮之氣，「你不是柴府千金的丫鬟麼？前兩天唱完了堂會，你家小姐還讓你給我送來兩盒兒點心。」

青梅低低地「啊」了一聲，不由得抬起頭看向那男子，四目相對視線交纏，惹得她不禁雙頰飛紅，忙不迭地又把頭垂了下去。

「原來您是堂會上那個唱紅臉兒的，」青梅隱約感到胸口有些奇異的悸動，下意識抱緊了懷裡的水筒，「若不是您提醒兒，我還真沒認出您來。」

「也難怪，那天我還勾著臉兒呢，」孟紅柳瞅見青梅手裡的水筒，「來給你家小姐買東西？」

「是，」青梅猛的想起來柴家大小姐還等著喝酸梅湯，趕忙衝孟紅柳施了個禮，「我得趕緊回去了，小姐還等著呢。」

「把傘帶上，這雨估計一時半會兒停不了，」孟紅柳把傘撐開，遞到青梅面前，「拿著。」

「……嗯，」青梅猶豫了一下，還是接過了孟紅柳的傘，「這傘，回頭我怎麼還您呢？」

「不妨事，就先擱你那兒，」孟紅柳擺了擺手，「快去吧，別讓你家小姐等久了。」

「嗯，多謝公子，」青梅剛準備走，想了想，又回頭問道，「敢問公子貴姓？」

「我姓孟，孟紅柳」

「……多謝孟公子。」

「不用客氣，快去吧。」

青梅微微欠身點頭，撐著傘緩步走進雨中。她前腳剛走，之前那個夥計就抱著一把傘從後面跑了出來，四周看了看，哪兒也不見青梅的蹤影，就只有孟紅柳站在那兒往外瞧著，嘴角微微上揚。

「孟老闆，剛才有一位姑娘站在這兒，您見著了麼？」

「嗯？」孟紅柳回頭看著小夥計面紅耳赤的樣子可樂，故意想逗逗他，「打這兒進出的姑娘多了，你說哪一位？」

「就那個，那個……穿著身兒青色襖褲……」小夥計越說臉越紅，「柴府的那個……」

「哪個呀？」孟紅柳挑起一邊的眉毛。

「那……唉，」小夥計一跺腳，「沒哪個，孟老闆，您忙您的去吧。」

「欸，」孟紅柳一把抓過小夥計懷裡抱著的傘，「這傘借我使使吧。」

說完，孟紅柳心情極好地大笑著，抬腳走出店外。

三十四、

青梅抱著冰鎮桂花酸梅湯回到柴月娥住的那個偏院時，柴大小姐才剛起一會兒，臉也還沒洗頭也還沒梳，坐在床邊不知道在想些什麼。

「小姐，您起了。」

青梅進來先把水筒擱在桌上，接著便趕緊把幾扇窗戶都推開一點兒，給屋裡換換空氣。

「又下雨了？」

柴月娥的聲音懨懨的，似乎沒什麼精神的樣子。

「是呀，我出去那會兒還沒下呢。」

窗戶一推開，外面的雨聲便愈發的響了，似乎比之前下得又更大了些……真被孟公子說對了……青梅心裡暗暗想著。

「小姐，這是月芳齋今兒頭一筒的冰鎮桂花酸梅湯，」說著話，青梅把水筒上的紅布蓋掀了出來，一股酸酸甜甜的桂花香瞬間溢了出來，「您現在喝嗎？」

「嗯……先擱那兒，」柴月娥坐直了身子，「一會兒再說吧。」

「可是……一會兒就該溫了。」

「溫就溫了，溫了再去買不就行了，」柴月娥微皺眉頭，「去打水來，我要洗臉。」

「是，小姐。」

早已習慣了柴月娥任性脾氣的青梅把蓋子又塞了回去，快步走出去準備清水。伺候柴月娥洗漱淨面，再用蘸著桂花油的木梳為她仔仔細細挽了個髮髻，最後把柴大小姐最近喜歡的簪環首飾都佩戴上。打量著銅鏡裡的自己好一會兒，柴月娥覺得很是滿意。

這幅面孔就算不是國色天香也可稱得上是閉月羞花了吧，她想。

「小姐，今兒您打算幹點兒什麼呢？」

青梅一邊問話，一邊麻利地沏好了一碗茶，端到柴月娥面前。

「嗯……這雨下個沒完沒了的也出不去門兒，」柴月娥撐著腦袋想了想，「我爹在家嗎？」

「老爺在前廳喝茶呢。」

「你把屋子收拾一下，我去找我爹有話兒說。」

「是，小姐。」

穿過幾間院子的遊廊，一連串清脆的環佩叮噹配上雨滴墜地的聲音，竟然交織出如此和諧的旋律。提起裙擺，柴月娥從旁門走進正廳，來到父親柴永全跟前飄飄下拜，道了個萬福。

「爹爹，女兒給您請安了。」

「是月娥呀，坐著，去給你娘請過安了嗎？」

柴大員外看著自己的女兒，一張臉簡直都笑開了花兒。他這個寶貝千金但凡不耍脾氣不鬧性子，還是相當可人疼的。

「一會兒就去，」柴月娥在桌旁坐下，候在一側的下人趕忙上前給斟了一碗茶，「爹。」

「嗯？」

「前兩天您請來的那個戲班兒，唱得還真是不錯，」柴月娥的指尖繞著手裡的絹帕，「女兒也覺得挺有意思的，要不……您再請他們一回吧。」

「再請一回?哈哈哈哈，」柴永全大笑了起來，「你是不知道他們有多難請，你爹爹我花了多少銀子求了多少人才請到這麼一回，還說什麼再一回，哈哈哈。」

「不過就是個戲班兒，怎麼就那麼了不起了。」柴月娥冷哼了一聲。

「那個戲班兒是沒什麼了不起，了不起的是那個挑班兒的角兒，」柴永全捋著自己的鬍子，「孟紅柳紅爺，就連太后老佛爺都愛聽他的關公戲。」

柴大員外特別強調「太后老佛爺」幾個字。

「孟紅柳……」

柴月娥下意識重覆了一遍他的名字，嘴角漾出一抹連自己都沒有發覺的淺笑。

「這個孟紅柳可真是厲害，」柴大員外還在喋喋不休地繼續說著，「據說是哪位親王在看他的關公戲時，竟然忍不住喊出一聲真關公來，這還了得起麼。」

「那……他除了堂會之外，也在戲樓唱麼?」柴月娥眼珠一轉。

「自然是唱的，只不過那座兒可難買了，」柴大員外就像是在說自己的事情一般那麼興奮，兩手比劃著，「這每天水牌一貼出去，只要有『孟紅柳』三個字，要不了一會兒那滿座牌兒就擺出去了。」

「這麼厲害?」柴月娥倒有點兒不信了。

「那可不。」柴大員外一氣兒說下來，嘴都說乾了，端起茶碗喝了一口。

「您去戲樓聽過麼?」

「去過，」柴大員外放下茶碗，「也是提前聽著信兒說有他的戲，頭三天就先把座兒給買好了。」

「這樣……」

「我還記得那天雖然唱的不是關公戲，但那《戰馬超》也是極好的，」柴大員外不禁回味了起來，「那功架，那身段兒，那叫一個穩……」

「爹爹，」不等柴大員外回味完，柴月娥忽的站起身，「女兒還要去給娘請安，就不多陪您了，您忙著。」

「欸，好好，」柴大員外揮了揮手，「去吧去吧。」

柴月娥略施一禮，羅裙飄擺地走了出去。

一回到自己那屋，柴月娥就忙不迭地喊道，「青梅，青梅。」

「欸，小姐。」

青梅放下手裡的活計，趕忙跑了過來。

「你去幾間大戲樓都問問，看看哪天貼孟紅柳的戲。」

「啊?」青梅有點兒沒明白。

「叫你去就去呀，」柴月娥語氣裡帶著些不耐煩，

「趕緊去。」

「孟紅柳的戲？」

「對，問問他哪天在哪兒唱，然後回來告訴我。」

「欸。」

「現在就去。」柴月娥直接往外轟青梅。

「欸。」

雖然還是有點兒莫名其妙，但青梅依舊順從地點點頭，快步走了出去。

柴府在西城，而京城裡的幾間大戲樓都在南城，儘管不是特別遠，但要不坐車不坐轎，光自己走著過去也是挺長一段路，再加上從早上開始就一直下著雨，實實是不好走。

青梅撐著紙傘一步步往前慢慢走著，花了差不多比平時多一倍的時間才好容易來到廣和樓門前。站在台階下，青梅伸長了脖子瞅了瞅貼出來的水牌，但由於打小沒怎麼念過書，也就柴月娥有時來了興致教她識幾個字，所以壓根兒也看不明白水牌上寫的是什麼。

正在她著急的時候，戲樓裡的店小二走了出來，一眼就看見她了。

「唷，這位姑娘，聽戲麼？」

一聽見有人跟她搭話，青梅連忙垂下眼瞼，施了個禮，「我家小姐差我來問問，什麼時候有孟紅柳孟公子的戲。」

「孟公子？」店小二不由得笑出了聲，「還是第一次聽人喊他公子的，哈哈哈。」

「那……那我應該喊他什麼？」

青梅一張鵝蛋臉臊了個通紅，一直紅到了耳朵根兒。

「唱戲的我們一般都叫老闆，孟紅柳孟老闆。」

「老闆？」青梅不明白了。

「對，就這麼叫，」店小二笑著點點頭，「您剛才問什麼來著？」

「我們家小姐想問問，您這兒什麼時候有孟老闆的戲。」

「孟老闆啊，」店小二想了想，「估計這幾天都沒有。」

「這樣……」青梅臉上露出一絲為難，「那您知道他會在哪間戲樓唱戲麼？」

「這還真沒準兒，那就得看哪間戲樓給的多了，唱戲的嘛，可不就為了銀子唄。」

「瞧您說的，」青梅有點兒不愛聽了，「幹哪行又不是為了銀子呢。」

「哈哈哈，還真在理兒，」店小二撓了撓自己的禿腦門，「要不您上華樂樓瞜瞜去。」

「欸，謝謝您。」

說完，青梅淺施一禮，撐著傘轉身離開了。

就這一上午，青梅愣是把南城幾間大戲樓都給轉了個遍，都沒能問著孟紅柳究竟在哪兒唱戲。既問不著信兒也不知道回去之後該怎麼跟小姐回，這又著急又上火的，再加上走得又累又熱腳又酸疼，也不知道是汗水還是雨水浸著衣服糊在身上，可難受壞了。青梅一時間沒了主意，站在街角一勁兒抽鼻子。

孟紅柳早起練完功吊完嗓子，歇完一茬兒正想著出門隨便找點兒什麼吃一口，跟著就該準備下午的場了，沒想到才剛拐過來就瞧見了自己那把傘。雖然被傘遮住了看不見樣貌，但是光那身兒襖褲也能猜出來應該是青梅。

他興沖沖地趕了兩步，想要上前搭話，可是才剛走近就聽見傘的那一邊隱隱傳來低低的抽泣聲。孟紅柳一驚，也沒多想什麼就俯下身子，將腦袋探向傘下。

「青梅？」

一張男子的臉突然出現在面前，著實把青梅嚇了一跳，不過在看清楚來人之後，她微微鬆了口氣。

「孟公……孟老闆。」

「嗯？」孟紅柳察覺到這稱呼上的變化，禁不住笑道，「怎麼又變成孟老闆了？」

「剛才廣和樓的店小二告訴我說，應該管您叫孟老闆。」不知為何，只要一和孟紅柳說話，青梅就會感到臉頰開始發燙，「不對麼？」

「都行，無所謂，」對於這個小丫頭，孟紅柳也說不上為什麼就是很感興趣，似乎只要看見她心情就會變好，「你一個人站這兒幹嘛呢？」

「啊，對了，」青梅忽然發覺那個能解決她所有煩惱的最佳人選此刻就在眼前，忍不住興奮得往前跳了半步，一手抓著孟紅柳的衣袖，「孟老闆，我正好有事兒想問您！」

孟紅柳有些好笑地看著她表情豐富地一驚一乍，「你問吧。」

青梅剛張嘴想問的時候，肚子突然嘰哩咕嚕地叫了起來，羞得她趕緊收回手捂著自己的肚子，低著頭一聲也不敢出。

「咳，」孟紅柳清了清嗓子，以遮掩自己差點兒笑出聲來，從他的角度能清楚地看到青梅通紅的耳朵尖，「我剛好要去吃飯，不如你跟著我一起去吃點兒什麼，邊吃邊問，如何？」

過了好半天，青梅輕得如同蚊子般的聲音才傳到孟紅柳耳朵裡，「我……沒帶，銀子……」

「噗，」孟紅柳發現，自己要在這丫頭面前憋笑真的有點兒難度，他深吸了口氣，繼續說道，「既是要你跟著我去吃飯，自然不用你掏銀子，去麼？」

「……嗯。」

「那，走吧。」說完，孟紅柳笑著邁步往前走去。

青梅扯了扯自己的襖褂，亦步亦趨地跟了上去。

三十五、

快到小飯館的時候，雨勢終於逐漸變弱，等到孟紅柳和青梅兩人在店裡坐下了，雨也慢慢停了，只剩下屋頂上的積水滴滴答答砸落地面的聲音，竟一點兒也不覺得惱人。

「紅爺，今兒來得早呀，」掌櫃的熱情地迎了上來，「唷，這位姑娘是？」

「這，是我一遠房親戚，叫青梅。」

「原來是青梅姑娘，」掌櫃的愛屋及烏，笑著問道，「青梅姑娘想吃點兒什麼呢？」

由於青梅還從未在外面的飯館裡自己點過菜，實在不知道該怎麼答話，只得求救般悄悄望了孟紅柳幾眼。

「掌櫃的，兩碗打滷麵。」

孟紅柳熟悉地點著菜，青梅便低眉順目地安靜坐著，但就只是這麼坐著聽著孟紅柳的聲音她都能感覺到自己的心跳竟越跳越大聲……該不是害病了吧？青梅略有幾分不安地搓著袖子。

趁著他沒注意到自己這邊，青梅忍不住偷抬眼瞼，打量了一下這位名噪京城的大武生。那稜角分明的臉廓和略顯粗獷的五官，都叫她不禁看得有些愣神，雙頰愈發燙了。

「另外您再看著給上幾個小菜吧。」

「行咧，」掌櫃的剛想轉身走，又退了回來，「紅爺，今兒不喝兩盅？」

孟紅柳看了一眼坐在一旁的青梅，擺了擺手，「不了，來一壺茉莉花兒吧。」

「好咧，打滷麵兩碗少油多蔥，燒羊肉一碟兒，蟹粉豆腐一碗，茉莉花茶一壺，」掌櫃的吆喝著走開了，「馬上來。」

掌櫃的離開後，青梅僵硬的肩膀往下一落，明顯放鬆了許多。她咬了咬下唇，不好意思地衝孟紅柳淺淺一笑，「讓孟老闆見笑了。」

「你不習慣在外面吃飯吧？」

邊說著話，孟紅柳順手將兩把傘立在桌子和牆壁之間。

「嗯，」青梅點點頭，「平時陪小姐出來，都是我伺候她吃，從來也沒有自己坐下來過。」

「今兒你想吃什麼就要什麼，不用跟我客氣。」

孟紅柳雙手十指交疊托著下巴，偏著腦袋看著略微有些拘束的青梅。想自己也算是在女人堆裡打過滾、胭脂鄉中棲過身的，怎麼就會對這麼一個不諳世事的小丫頭感了興趣呢？孟紅柳很是好奇。

「丫頭。」

「嗯？」

「多大了？」

「十六。」

「嗯……剛才你想問我什麼來著？」

「啊，」青梅這又再次記起自己這趟出來的目的，「是我家小姐想知道，您最近都在哪兒唱戲呀？」

「你家小姐？」

孟紅柳微微皺眉，腦海裡隱約有這麼個印象，那天唱堂會之前似乎柴大員外介紹了一句來著。

「對，我家小姐今兒差我出來，就是專門為了打聽打聽您都跟哪兒唱戲呢。」青梅滿臉認真地解釋道。

「嗯……就這一兩天的話，我都在城西的暢春園兒，之後連著半月都是在皇城裡貝勒爺府上唱堂會，」孟紅柳停下話頭，好整以暇地看向青梅，「怎麼？想去聽我唱戲了？」

「大概是吧，小姐那脾氣我也不太清楚，」青梅苦笑了一下，「她就說讓我打聽到了就趕緊回去告訴她。」

「那你現在跟著我在外面吃飯，沒關係嗎？」孟紅柳這會兒才覺出不妥來，心生些許擔憂。

「沒關係的，」青梅笑著搖了搖頭，「我家小姐其實也沒那麼苛刻，對我……還是挺不錯的。」

「那，就好。」

話剛說到這兒，飯館的夥計就端著大托盤快步走了過來，開始上菜。先是兩碗熱乎乎油膩膩的打滷麵和一壺花香四溢的茉莉花茶，接著又上了一碟子燒羊肉、一大碗黃澄澄的蟹粉豆腐和四個涼菜。看著這麼一桌子菜，青梅眼都圓了，悄悄咽了口口水。

「來，趁熱吃，可千萬別客氣。」

儘管孟紅柳這麼說，但是青梅見他還沒有動筷所以也只是坐著，沒敢伸手。

真不愧是大宅院教出來的，就連一個丫鬟都如此懂規矩，孟紅柳暗自欣賞地又多看了青梅幾眼。

「嘗嘗看這個，」孟紅柳拿起筷子夾了一塊燒羊肉放進春梅的布碟兒裡，「別看這館子沒多大，燒羊肉可是一絕，試試。」

「欸。」青梅這才將手伸向筷子，將那塊燒羊肉送到嘴裡，慢慢嚼了嚼，忽的睜圓了眼睛。

「好吃吧。」孟紅柳看著她，笑著問道。

「嗯！」青梅使勁兒點了點頭，把那口羊肉給咽了下去。

「好吃就好，」孟紅柳倒了杯茉莉花茶，擱在青梅面前，接著又給自己倒了一杯，「多吃點兒。」

「嗯。」

說著，兩人一起動筷，津津有味地邊吃邊聊了起來，相互之間的氣氛也逐漸變得柔和。不消多一會兒，桌上的菜碟和麵碗就都見了底兒。

「剛才那位掌櫃的為什麼叫您紅爺呢？」青梅咽下一大口裹著滷子的麵條。

「我不是常唱關公戲麼。」孟紅柳說著，又往青梅的布碟裡夾了一筷子菜。

「就是那個紅臉兒的？」

「對，」孟紅柳點點頭，「唱關公戲的行當就是紅生，加上我名字裡有個紅字，所以熟一些的人就戲稱我『紅爺』了，其實也就是半開玩笑吧。」

「孟公子，孟老闆……紅爺，」青梅掐個兒數著，「那我管您叫什麼好呢？」

「都行，隨你。」

「那……還是孟老闆吧。」

「嗯，對了，」孟紅柳端起茶碗喝了一口，「不知道你家小姐是否想著這一兩天上暢春園來聽我唱戲，如果是的話，怕是已經難買到座兒了。」

「欸？」青梅吃了一驚，「不是說提前買的話就能買到麼？」

「哈哈哈，所以啊，」孟紅柳笑了笑，「大家夥兒捧場，這不都提前給賣掉了麼。」

「這可怎麼好，」青梅不由得輕鎖秀眉，「萬一小姐真想去但又沒了座兒的話，不知又要怎麼不高興了……」

「嗯……這樣吧，」孟紅柳無意識地用手指撫著茶碗沿，稍微想了想，「若是你家小姐明兒能來暢春園聽戲的話，我倒是可以給你們在二樓女座留張桌子。」

「真的嗎？」聽了這話，青梅可開心壞了。

「嗯，但是只有明兒個能留，行麼？」

「太，太行了！」青梅開心得恨不能兩眼放光，「太謝謝您了孟老闆，您簡直是活菩薩！」

「活……菩薩……噗，哈哈哈哈，」孟紅柳實在是憋不住，大笑了起來，「你這丫頭，實實有趣。」

這句話也不知道青梅是覺得喜還是驚，反正是又羞了個滿面緋紅眼眶微潤，有些不知所措地低下頭去。

「呵，」笑過一陣兒，孟紅柳輕呼出口氣，可是紛紛擾擾堵在胸口的情愫卻無法隨著空氣一起拔出去，「你怎麼這麼容易臉紅，真有意思。」

說著話，孟紅柳像是魔障了一般伸出手去，將青梅散落在額旁的一縷髮絲捋到她耳後。青梅先是沒有反應過來，但緊接著便像是被燙著了似的往後一縮，「……孟老闆，男女……授受不親……」

聲音越說越小，這回連脖子都紅了。

孟紅柳也回過神來，自覺失禮，為了掩飾自己的狼狽，趕緊扭頭衝店夥計招了招手，「夥計，算賬。」

「來咯，」店夥計可不知這兩人都怎麼了，小跑著過來看了一眼桌上的杯碟碗盞，「孟老闆，正好一兩銀子。」

孟紅柳掏出銀子結了帳，將牆邊的兩把傘都拿在手裡，和青梅一同起身。站在飯館門前往外看了看，雨早都停好一會兒了。

「這個，丫頭你是用不上了。」孟紅柳晃了晃手裡兩把傘。

「嗯，謝謝您之前把傘借給我。」青梅一直低著頭。

「這就回去了？」

說心裡話，孟紅柳這會兒也鬧不清楚自己究竟是怎麼了，竟捨不得讓她離開。

「嗯，」青梅點頭，「小姐還等著我回話兒呢。」

「好，那，」孟紅柳有些焦躁地撓了撓頭，「你去吧。」

「欸。」

淺施了個禮，青梅轉身正準備離開，孟紅柳頭腦一熱，不受控制似的上前啪一下拉住了她的手腕，但立刻就後悔了，趕緊鬆開手。

「呃……」孟紅柳搜腸刮肚地拼命要想出一個話頭來遮掩自己的慌亂，「明兒，明兒是午場，別忘了。」

「嗯。」

一轉身，青梅捧著自己的手腕，逃也似的跑遠了。

看著她的背影好一會兒，孟紅柳長長地嘆了口氣，邁步往另一個方向離開了。

青梅腳步不停地一路跑著，感覺剛才被孟紅柳抓過的手腕越來越熱越來越燙，那溫度逐漸在自己體內蔓延，一直燒到她臉上，燒到她心裡。她此刻只覺得腦子裡一片空白，什麼也思考不了，腳底下則像是踩著軟綿綿的絮團一般使不上勁兒。

自己一定是害病了，一定是害病了！

青梅一陣心慌意亂，似乎氣兒都快喘不上來了，就這麼一路跑著從城南回到了柴府。

三十六、

「怎麼了你？」

由於青梅剎不住腳，幾乎是直接衝進了小姐柴月娥那屋，嘭一聲撞了進來，把坐在桌邊的柴大小姐給嚇了一大跳。

「小……小姐，」青梅大口喘著氣，汗珠子順著前額淌了下來，「我，我回來了。」

柴月娥站起身，走到門口往外張望了一下，又回過頭問道，「誰攆著你了還是怎麼的？」

青梅使勁兒搖了一下頭，指了指桌上的茶壺，「我，能喝口水麼？」

「喝吧。」柴大小姐看了她一眼，緩步走回桌邊坐下。

青梅抱著茶碗咕咚咕咚喝了兩大碗茶，拍著自己的胸口努力給自己順著氣。

「看你那樣兒，」看著青梅著急忙慌的樣子，柴大小姐不由得笑了出來，「讓你打聽的都打聽到了麼？」

「嗯，」青梅放下茶碗，連忙點了點頭，「說是這一兩天在城西暢春園兒，之後連著好長時間就跟貝勒府了。」

「就這一兩天？」柴月娥一怔，「暢春園本就是個人多的地兒，怕是已經買不著座兒了。」

「小姐，不用擔心，孟……」

一想起孟紅柳，青梅瞬間感到心似乎漏跳了一拍，話頭也一下就打住了。

「怎麼？」柴月娥抬眼皮看向她，「說呀。」

「……嗯，」青梅甩了甩頭，尷尬地笑了一下接著說道，「其實，我今兒碰見孟老闆了。」

「孟紅柳？」柴月娥一下將身子扭正過來，「在哪兒？」

「就在華樂樓外面，」青梅下意識摸了摸鼻梁，「我告訴他說小姐您想去聽他的戲，儘管已經賣滿了，但人家孟老闆還是說能給您留張桌子。」

「哦……是嗎。」

柴月娥看起來很是開心。

就柴大小姐來說，男人對她感興趣倒不是什麼稀罕事，不過青梅這話說的還是讓她覺得非常受用。

「既然，」柴月娥輕甩了一下手裡的粉色絹帕，「既然都特意給留桌子了，咱也別駁了人家的好意，是不是。」

「是，小姐。」

「留的是哪天的？」

「明兒的午場。」

「嗯……行吧，」柴月娥稍微想了想，面露得色地點了點頭，「那咱明兒就去暢春園聽他一齣戲吧。」

儘管柴大小姐嘴上說得輕描淡寫，但是第二天一大早就讓青梅上仁和酒鋪買了一罈上好的菊花白。等著青梅回來之後，讓她伺候著自己梳洗裝扮，再把衣箱子全打開，將裡面的褂子羅裙都給翻了出來。柴大小姐一件件地試，又一件件地嫌棄，紅的太紅紫的太紫。

「不去了！」柴月娥試完兩箱衣裙之後，把身上的褂子脫下來，一甩手扔在了床上。

「不，不去聽戲了麼？」青梅跟在她身後收拾著。

「去什麼去呀還，」柴大小姐煩躁地指著床上那堆攤得亂七八糟的衣服裙子，「沒一件兒像樣的！」

「瞧您說的小姐，怎麼不像樣的衣服穿在您身上也都是衣添人貴，」青梅從那堆衣裙裡撿出兩件捧在手裡，「這兩件兒不是前些日子剛做得的麼，小姐您看看。」

柴月娥抬眼皮看了一眼，「是麼？我忘了。」

「我還記得人王裁縫說，這可是現在京城最流行的樣子，」青梅抖了抖那兩套衣衫，呈到柴大小姐面前，「還說就小姐您穿著最合適，記得麼？」

「嗯……那要不，我再試試。」柴月娥伸出手，將兩套衣衫都接了過來。

「剛才您試得太快，眼花繚亂的怕是也沒看清楚，」青梅放下胳膊上搭著的其他衣服，伺候著柴大小姐試穿，「這回穿好了，您再好好看看。」

青梅手腳麻利地一會兒就都給她穿戴好了，柴月娥站在銅鏡前扭轉了兩下腰姿，又把手伸展開，瞧了又瞧，點點頭，接著又換上另一套，慢悠悠地轉了一圈兒。

「青梅，你覺得哪套更好？」

「小姐，剛才那套橙色的看著更華貴，但是現在天兒熱，還是這套水藍色的瞧著更舒服更好看。」

「小妮子，」柴月娥輕笑了一下，「就你能說會道的哄我開心。」

「青梅一個鄉下丫頭懂什麼呀，」青梅低頭淺淺笑了笑，「都是這些年小姐調教得好。」

在柴府和柴家千金一起度過的這七年，青梅也總算是摸清了主子的脾性，一般只要順著說就不會有什麼大錯。

「聽你的，就穿這套好了，」柴月娥心滿意足地把身上的衣裙都脫了下來，往青梅懷裡一塞，「趕緊去熏了，然後來給我梳頭。」

「是，小姐。」

說著，青梅把這套水藍色的衣裙掛了起來，在下面點上檀香慢慢熏著，只消一盞茶的功夫這衣服就能打裡往外的透著那麼香。

柴月娥在銅鏡前坐了下來，撥了撥頭髮，「春梅，快來給我梳頭吧，該來不及了。」

「哪兒能呢，」青梅笑著拿起一旁的木梳，「這才剛過巳時，咱吃過晌午飯再去都趕趟兒。」

「反正你快著點兒，」柴月娥把桌臺上的首飾盒一一打開，邊挑著簪環邊吩咐道，「今兒用白蘭花油吧。」

「欸。」

一切打點停當，吃過了晌午飯，青梅為主子預備好一乘小轎，主僕二人便出發前往離柴府也就不過兩三條街遠的暢春園。柴大小姐身子輕，轎夫們腳程又快，不一會兒就已經將轎子落在了暢春園門前臺階旁。

青梅撩開轎簾，攙著柴月娥從轎子裡下來。這才剛一露頭，極有眼力勁兒的店夥計就噔噔噔從台階上跑了下來，上前作了個揖。

「這位小姐，可是柴府柴大員外的千金？」

「沒錯兒，這就是我家小姐。」

見柴月娥連眼皮都沒抬一下，像沒聽見一樣，身邊的青梅趕忙答道。

「等您老半天兒的了，」店夥計也不惱，還是笑盈盈的，「給您留的桌子在二樓，我這就帶您二位上去。」

「有勞您了。」青梅淺笑著點點頭。

邊往裡走，店夥計的嘴還不閒著，「您可是不知道，那張桌子本來是我們掌櫃的留給朋友的，可紅爺說柴大小姐要來聽戲，硬是給要了去，您這面子可真是大了去了。」

雖然柴月娥還是不發一言，但那滿臉得意和舒心的神情，簡直就是溢於言表。

來到樓上，店夥計把二位讓到了最靠前面的一張桌子邊，桌子後面剛好是一根頂著房梁的大柱子。

「您二位看這座兒怎麼樣，」店夥計給柴月娥拉開座椅，還特意拿那塊搭在胳膊上的乾淨手巾又撣了撣原本就一塵不染的椅面，「離著戲臺又近，有這麼根兒柱子隔著還清淨。」

柴月娥很是滿意地捋著裙擺坐了下來，眼睛往戲臺上掃了掃，「幾時開戲？」

「還得有一會兒，」店夥計把手巾搭在肩上，「給您沏壺茶？」

柴大小姐輕出了口氣，也不知道是答了聲「嗯」還是就呼了口氣。店夥計有些不明所以，只好看向青梅。

「勞煩您給上壺花茶吧。」青梅垂著眼瞼，柔聲答道。

這是她的習慣。平常也就只有在跟府裡的老媽子丫鬟說話時才會看著對方，但凡是和小姐、老爺，尤其是和異性說話時，青梅的視線永遠都停在自己的腳尖。

年紀輕輕的小姑娘直勾勾盯著男子的眼睛說話，太不成體統了。

想到這裡，孟紅柳笑眼彎彎望著自己的眼神又浮現在青梅的腦海裡，被他碰過的手腕也隱隱熱了起來。

「好咧，」店夥計脆生地答著話，「我再給您揀幾件點心。」

「有勞您了。」

青梅有禮又青澀的模樣，讓店夥計都忍不住多看了兩眼才離開。

暢春園是城西為數不多的幾間戲樓之一，面積規模都比不上城南的四大戲樓，但據說這兒其實是哪位一品大員出資興建的，所以雖然不過是一棟二層小樓，但卻建得極為講究，裡面擺的也都是真正的名人字畫唐宋古董。

邊看著臺上的開鑼戲，青梅伺候著柴家大小姐喝茶吃點心，就等著接下來孟紅柳的《長阪坡》。但豈止她倆等著，整間暢春園的看客都在翹首以盼，一是因為這座兒太難買，二是這位紅爺的戲是真好，而三呢，則是因為紅爺的搭檔三閆爺。雖說三閆爺並沒有孟紅柳那麼風光，但是專程來捧他的人也不在少數。

其實這會兒看客們根本也沒有心思看開鑼戲，估計暢春園的掌櫃的也知道這點，所以特別選了一折只有二刻左右長的戲來開鑼。儘管是這樣，那些個唱開鑼戲的梨園子弟們在戲臺上也是一樣賣力，半點兒沒有懈怠的意思。

原本還漫不經心地喝著茶聊著天兒，這《長阪坡》才剛響了第一聲鑼，一樓二樓的看客們就已經開始不約而同地叫起好來，一個個滿面紅光精神振奮。就連柴大小姐也不由得把腰直了起來，身子微微前傾著往戲臺那邊看了過去。

三十七、

「旌旗空中展。」

「軍威顯，號炮驚天。」

「雄兵百萬。」

「武將千員。」

戲臺上，文聘、張郃、許褚、張遼、曹洪、李典、夏侯惇、樂進八員曹營大將唱完了四句點絳唇，各自報了名姓之後便規規矩矩地退了下去，等候曹操升帳。

隨著鑼鼓嗩吶，四個紅文堂與四個大鎧先上，列立兩廂。嗩吶止，該曹操上場了，台底下鴉雀無聲。只見三閭爺的曹操先是瞇著眼，慢悠悠地亮靴底踱了五步，緊接著往前墊了兩步，手托玉帶站定，兩眼微微一瞪，又冷冷一笑。雖一句戲詞都還沒出口，但那亂世梟雄的威風和霸氣立刻席捲而來。這台底下喊好的、喊「活阿瞞」的聲音是有男有女，此起彼伏。

「這個白臉兒的，是誰呀？」

聽著四周圍的喊好聲，柴月娥都覺得有點兒情緒高漲起來了。

「嗯……不知道。」

青梅搖了搖頭。

「不知道你不會去問問呀。」

「是，小姐。」

青梅連忙叫住剛給隔壁桌續完水的店夥計，「這位小哥，麻煩問問您。」

「您說。」

「戲臺上那位白臉兒的，是誰呀？」

「那個呀，」店夥計笑了笑，「是曹操，咱今兒這齣《長阪坡》是三國戲，這曹操啊趙雲啊都是那會兒的人。」

「……嗯，那，」青梅咬了咬下唇，還是問了出來，「孟老闆，是唱哪個？」

「趙雲呀，這《長阪坡》七進七出救阿斗，說的就是常山趙子龍。」

店夥計正想顯擺顯擺，掌櫃的在樓梯下喊了，「六子，哪兒呢？」

「欸！來了！」

趕忙應了一聲，店夥計衝青梅不好意思地笑笑，一轉身跑了。青梅歪著頭消化了一下剛才店夥計匆匆忙忙告訴她的幾句話，回到桌邊。

「小姐，那白臉兒的是曹操，今兒這《長阪坡》是一齣三國戲。」

「嗯……曹操，」柴月娥點點頭，「那孟紅柳還是唱紅臉兒麼？」

「說是孟老闆今兒唱趙雲。」

「趙雲……哪個是趙雲呀？」柴月娥纖纖玉指往戲臺那邊點指了幾下。

「嗯……」青梅站在柴月娥身後，伸長了脖子使勁兒聚著眼神辨認著戲臺上一張張面孔，認了半天也沒瞧見孟紅柳，「應該還沒上呢。」

柴月娥臉上生出幾分不耐煩，手肘往桌面上一撐，托著下巴斜眼兒望著臺上的戲。

曹操帶領眾將官追趕劉備下場，第一場戲這算是結束了，接著第二場戲是老生劉備先在出將門裡唱一句西皮導板，引出四個龍套和糜竺、糜芳，還有簡雍，跟著就是孟紅柳的趙雲趙子龍登場了。可這位大身量兒的趙雲還沒出來呢，台底下就已經是一片叫好聲。一些個女看客們把事先準備好的金銀珠寶全都掏了出來，在手裡攥著，估計只要孟紅柳一出來就得玩兒命地往上扔。

前面四個龍套和糜竺、糜芳都站定，趙雲跟在簡雍身後急步登場。他身著颯爽的白色硬靠，背插四面白色靠旗，左手持一柄白色長槍右手持深青色馬鞭，劍眉星目炯炯有神。

這趙雲的扮相和之前在堂會上見到的關公可大不一樣。關公是一張大紅臉，長長的大髯口最起碼遮住了半張臉，而且傳說關公一睜眼就是要殺人了，所以他這眼睛就總是半瞇縫著，倒是看著不怒自威霸氣十足，美則美了但卻少了幾分俊。而常山趙子龍要的就是一個姿顏雄偉英氣逼人。這頭也勒上了，眼眉倒插入鬢，鼻梁挺直額頭方正，眉間揉了一抹紅更顯得俊俏無比。

「小姐，那個，」青梅看見孟紅柳出場，顧不得自己臉紅心跳，趕緊指給柴月娥看，「那個就是孟老闆。」

「哪個？」

「就那個，背後有四面小白旗兒的。」

「……嗯，」柴月娥一眼瞧見孟紅柳的趙子龍，眼睛可就挪不開了，「他就是，孟紅柳……」

臺上戲唱得精彩，臺下客看得癡迷，此時正好唱到了鏖戰正酣的地方。張飛單人匹馬對抗曹營四員大將，堪堪得以將劉備救出，一同下場進了入相門。緊接著就是趙雲力戰曹營眾將官，打得那叫一個精彩好看。槍來槍往靠旗翻飛，真真叫人看得眼花繚亂，看客們一嗓子接一嗓子的叫好聲都快要壓過戲臺上的鑼鼓場面聲了。

柴月娥的視線緊緊追著趙雲左翻右刺，幾乎連眼都不會眨了，一口氣就這麼一直憋著，直到趙雲下場這才長長呼了出來。

「哎呦呦，」柴大小姐用手捂著胸口，「從來沒覺得看戲還能看得喘不上氣兒來的。」

「……嗯。」

青梅下意識地答著話，其實她這會兒心裡眼裡也全是孟紅柳，柴月娥說了什麼她根本沒聽進去。

「青梅，青梅，」柴月娥連喊了兩聲也沒見反應，眉眼一挑，「青梅！」

「啊，小姐。」青梅嚇了一跳，趕緊把眼神收了回來，低下頭。

「看齣戲，至於的麼你？」柴月娥小聲斥責道。

「青梅不敢了，請小姐息怒。」

「哼，說出去你也是我們柴府的丫鬟，別這麼丟人現眼的。」

「是，小姐。」

大概也搭著柴月娥心情不錯，否則擱平時就這點兒事指定能教訓半天。

「你看那些女眷，」柴月娥用絹帕遮著手，悄悄指了指旁邊，「都灑金灑銀的，咱什麼也沒準備，是不是不人好呀？」

青梅偷瞧了一眼，在柴月娥耳邊小聲回道，「小姐，我看也有好些人沒扔的，應該沒什麼關係。」

「你懂什麼，」柴月娥白了她一眼，「沒扔的那是扔不起，咱又不是沒有，都怪你沒問清楚規矩，倒顯得咱不夠大氣了。」

「小姐教訓的是。」

柴月娥眼帶嫌惡地看了一眼腳邊那壇菊花白，「就只帶了這麼一壇子酒，真夠窮酸的。」

「小姐，聽說孟老闆特愛酒，這送禮麼，送得貴不如送得巧，您說呢？」

「是麼？」柴月娥又開心了起來，「那就好。」

端起重新沏來的茶，柴月娥吹了吹，剛準備喝，趙雲又上場了。結果她就這麼端著茶碗，一直癡癡地望著戲臺上的孟紅柳。看到他跌跌撞撞終於來到張飛守著的長阪橋前時，手一哆嗦，茶碗差點兒沒打翻。等再回過神來，手裡的茶早都已經涼透了。

儘管這齣《長阪坡》唱了足足有一個多時辰，但是到了散戲時看客們竟都有種意猶未盡的感覺。雖說柴月娥也覺得孟紅柳的戲也好扮相也好的確是沒挑兒，不過她這回主要就不是為了聽戲來的，所以這頭戲一散她那頭馬上就站起來了，吩咐青梅拎著那壇菊花白，下了樓就往後臺那邊走。

「快點兒，快點兒，」柴月娥邊走邊催青梅，「一會兒趕不上，人該走了。」

「小姐，不用那麼著急，他唱完戲還得洗臉換衣服什麼的，沒那麼快。」青梅緊著解釋。

主僕二人一前一後來到後臺門簾子前，柴月娥猶豫了一下，想伸手撩門簾又覺得失了身分，實在是不妥當。

「青梅，你去，」柴月手在青梅背上推了一把，「把孟紅柳喊出來。」

這一推，青梅不留神腳底下一絆，往前踉蹌了幾步，剛好此時有人打後臺出來，青梅一頭就撞進了來人懷裡。

「當心。」

孟紅柳一把扶住青梅的胳膊，讓她不至於倒下去。晃了兩晃，青梅好容易穩住了身子，頭也沒抬就立馬就往後彈了兩步，一張小臉羞了個通通紅，話都說不出來了。

「孟老闆，」柴月娥把青梅往身後一拉，自己往前邁了一步，巧笑倩兮地說道，「我這丫鬟不懂規矩，讓您見笑，月娥這廂給您賠個不是。」

孟紅柳著急忙慌地還沒有洗臉就出了後臺，其實也就是想著去看看青梅來了沒有，卻沒想到竟在這裡碰上了，不禁喜上心頭。

「原來是柴府千金，月娥小姐，」孟紅柳也是個懂規矩的人，趕緊抱拳拱手，雙眼看向地面，並不直視柴大小姐，「若孟某方才有何冒犯之處，還請見諒。」

「孟老闆說哪裡話，月娥還要多謝孟老闆特意為了小女子，」柴月娥這裡故意停了一下，抬眼角偷掃了一眼孟紅柳，「留了位置那麼好的座兒。」

「月娥小姐屈尊降貴來聽孟某的戲，已經是孟某莫大的榮幸，何須言謝。」孟紅柳這話雖是對柴月娥說的，但眼睛卻不自禁地瞟向站在她身後的青梅。

「孟老闆這麼說可太客氣了，」柴月娥以絹帕捂嘴輕笑眼波流轉，笑聲仿若銀鈴一般，「若孟老闆什麼時候得空，不妨來柴府坐坐，我家爹爹也說想要向您請教戲上的事兒呢。」

「言重了，蒙柴大員外抬愛，有機會孟某定會登門拜訪。」

「對了，」柴月娥勾了勾手指，示意青梅將菊花白呈過去，「聽聞孟老闆偏愛佳釀，這是仁和酒鋪的菊花白，望您不嫌棄。」

「無功不受祿，這怎麼好意思。」孟紅柳連忙擺手。

「就權當作是勞煩您留座兒的謝禮吧，」柴月娥揉了兩下手裡的絹帕，嫣然一笑，「您笑納。」

「那，孟某可就愧領了。」

青梅上前兩步，雙手將小酒罈遞了過去，「孟老闆，請笑納。」

「多謝。」說著，孟紅柳也以雙手去接。

青梅正要把手往回縮的那一瞬間，孟紅柳的手指無意中碰了一下她的手背，驚得青梅猛的撤手，孟紅柳連忙捧住酒罈，好懸沒摔了。

「青梅，你怎麼回事兒？」柴月娥臉一沉，「這麼點兒小事都辦不好？」

「青梅沒用，小姐請息怒。」青梅趕緊低下頭退到一旁。

「酒孟某收下了，月娥小姐就別再責怪她了。」見柴月娥變臉簡直比變天還快，孟紅柳忍不住微微皺眉，但嘴上還是打著圓場。

「既然孟老闆都這麼說了，」柴月娥衝孟紅柳飄飄施了一禮，「叨擾了這麼半天，實在對不住，月娥這就告辭了。」

「月娥小姐慢走，恕孟某不能遠送。」

「孟老闆請留步。」

說完，柴月娥款動金蓮往外走去。青梅也淺施一禮，轉身準備跟著柴大小姐往外走時，孟紅柳搶上兩步，輕聲問道，「今兒的戲好不好？」

青梅先是吃了一驚，但立刻放慢了腳步，低聲道，「特別好。」

「你喜歡麼？」

「我……嗯……」

青梅有些不知所措，還是老實地點了點頭。

「青梅，快點兒。」

柴月娥的聲音從前面傳來，青梅匆匆朝著孟紅柳點了點頭，忙不迭地快步走了出去。

三十八、

柴大員外一直覺得自己女兒的脾性自己是最知道不過的，見到什麼稀奇的無論是事兒還是物件兒一準就會喜歡上，但也就新鮮一陣兒，沒有三兩天就又會看上別的。可是這回不知道按著她哪個脈門了，自打前幾天帶著青梅出去聽過一次戲之後，就張口孟紅柳閉口孟紅柳，不管正聊著什麼總能扯到孟紅柳那兒去。

這半個來月孟紅柳都在皇城裡頭唱戲，柴大小姐也進不去也見不著，柴大員外本以為慢慢也就淡了，沒想到這位大小姐還真就磨上了。

「爹，女兒和您說話呢，」柴大小姐在柴永全跟前兒泡蘑菇，「您聽見沒有呀？」

「哎呦我的大小姐，」柴永全被煩得不行，把手裡的書往桌上一扔，「我聽見了，聽見了，但就算聽見了也沒用啊。」

「怎麼沒用了，您不是總說有這麼些那麼些達官貴族的相識麼？」柴大小姐撅著嘴，「讓他們幫這麼個小忙都不行？」

「小忙？進皇城還叫小忙啊我的乖乖，」柴永全簡直都想翻白眼了，「就算你爹我再有錢有地有哥們兒，哎，你要想進內城還行，進皇城？就為個戲子？你吃壞什麼了！」

「什麼戲子，爹爹您可別亂說，」柴大小姐還不愛聽了，「人家可是在太后老佛爺面前都有名有姓的好角兒，這要是有個一差二錯還不得打您板子。」

「好好好，打我板子打我板子，」柴永全用手指撐著解不開的眉頭，「總之皇城進不去，你呀就別想了。」

「嘖，」柴大小姐偷偷咂了下舌，又不死心地問道，「一點兒法兒都沒有？」

「沒有。」

「一丁點兒都沒有？」

「沒有沒有，」柴永全不知道第多少次在心裡懊惱，人家也養女兒我也養女兒，怎麼會把個獨生女養得這麼蠻橫不講理，「一丟丟一摳摳都沒有。」

柴大小姐一屁股坐回椅子上，整張臉全是不滿。她端起青梅給倒的茶喝了一小口，喃喃自語道，「那也就只有等到他打皇城裡出來了……」

「我說月娥，你到底打什麼主意呢？」

柴永全這輩子也沒覺得哪個姑娘有他女兒這麼難對付。

「我皇城又進不去，有什麼主意可打的，」柴月娥冷哼了一聲，隨即又眼珠一轉，「爹，要不……等孟老闆回來了，咱請他來府上吃飯吧？」

「啊？」

「堂會您請不著，過府吃個飯總可以吧？」

「可是可以，不過這請個戲……」

「嗯？」柴月娥圓眼一瞪，柴大員外趕緊改口。

「為什麼要請孟老闆吃飯呢？」

「為什麼就不能孟老闆吃飯呢？」

柴大員外這一下就沒詞兒了，噎了半天，也只好點了點頭，「行行行，你說怎麼就怎麼。」

「多謝爹爹。」

說完，柴月娥立刻站起身，拉著羅裙給柴大員外略施一禮，歡天喜地地帶著青梅離開了花廳，只留下柴永全自己坐在那兒一頭霧水。

京城今年的天兒實在熱得邪性，這才剛出了雨季，怎麼就能一下熱得這麼厲害。只要一開門就是一股子熱浪襲面而來，都能把人生生給推回屋裡去。就這麼熱，但凡柴大小姐一句話，青梅也得立馬按吩咐出門，走東奔西地置辦東西。

忙活了一上午，該買的都買了，青梅站在路邊打算穿過街道時，自路東向西來了一隊運糧的馬車隊，一輛接一輛的，青梅只好先站在原地等著。忽然，她感覺有人在拽自己的袖子，低頭一看，是一個八九歲的小男孩。

「怎麼了？」青梅俯下身，柔聲問道。

「給。」

說著，小男孩把手舉高，攤開手掌，手心裡是一朵小小的青蔥色絨花簪。

「給我？」青梅有些莫名其妙，並沒有隨便伸手就拿，「為什麼？」

「是他讓我給你的。」小男孩往街對面指了指。

馬路對過的酒館二樓，孟紅柳正一手撐著下巴，另一手衝她揮了揮。青梅就覺得胸口像是被什麼狠狠撞了一下，低下頭來用手撫了撫臉頰。

「……嗯，」青梅想了一下，搖了搖頭，「我不能要，勞煩你送回去吧。」

「呃？」

「麻煩你了。」

「哦。」

小男孩不明所以地點點頭，轉身往街對面跑去。看著那孩子離開，青梅莫名覺得有些心浮氣躁。又等了一小會兒，但那隊糧車依舊是一輛一輛過個沒完，青梅失了耐性，打算瞅空從兩輛糧車中間穿過去。

就在這個時候，拉著後面一輛糧車的馬不知怎麼突然驚了，趕車的說什麼也拉不住，馬車瘋了一般往青梅這邊撞了過來。

「丫頭！」

孟紅柳大喊了一聲，翻身從酒館二樓一躍而下，著地後絲毫不停頓，身形一動如同開弓射箭的相仿，一眨眼就竄到了驚馬的車旁。雙手一撐，孟紅柳借力從車頂上飛躍了過去，右手死死拽住驚馬的韁繩，左手用力一帶青梅的細腰，千鈞一髮之際將她從馬蹄子底下搶了出來。

「馭，馭！」孟紅柳三拽兩拽，還真把驚馬給管住了。

「沒事吧？沒受傷吧？」幾個趕車的車夫打車上跳下來，跑到孟紅柳身旁時臉色慘白。

「沒事兒，」孟紅柳把韁繩交還給車夫，「小心著點兒，真撞上了怎麼辦？」

「是是是，多虧了您了，」車夫點頭哈腰地賠著不是，「這位壯士，我們可怎麼謝您才好。」

「用不著，下回仔細著點兒。」孟紅柳擺了擺手。

「您說的是，您說的是，」車夫們又是拱手又是作揖，「要沒什麼事兒，那我們就走了，誤了時辰我們可擔不起。」

「走吧走吧。」

「後會有期，後會有期。」

說完，車夫們趕著糧車都走了。

孟紅柳轉頭看向青梅時，發現她還是睜圓了眼睛滿臉驚嚇的樣子，趕緊拍了拍她的臉，「丫頭，丫頭？怎麼了你？」

「……孟老闆？」

像是才認清眼前人是誰一般，一串串眼淚毫無預兆地從青梅的一雙杏眼中滾落下來。

「怎麼了？怎麼哭了？」看見青梅的眼淚，孟紅柳頓時亂了方寸，「是哪兒疼麼?」

青梅也不答話，就這麼仰著小臉兒無聲泣著，不一會兒就把臉頰和鼻子都哭得通紅通紅的。孟紅柳見狀，連忙把她給拉進一旁的小巷中。

「丫頭，到底怎麼了?說話呀。」

「……我，我，」青梅不停地抽泣著，「嚇死我了……」

聽了這話，孟紅柳一顆懸著的心才終於落了下來。

「我……我還以為，我……要被馬踢死了……」

青梅越說越後怕，眼淚大顆大顆順著臉頰滑下來。

「說什麼傻話。」

孟紅柳抬手，想用衣袖給青梅擦擦眼淚，青梅卻忽的將臉扭向一邊。

「……莫污了孟老闆的衫袖。」青梅小聲說道。

「真是個傻丫頭，」孟紅柳笑了，用兩指捏著青梅的下巴把臉給掰回來，扯著自己的衣袖給青梅擦拭滿臉亂七八糟的眼淚，「污了洗洗不就得了。」

青梅一動不動，怔怔地瞅著眼前這個給自己擦著臉的男子，慢慢止住了淚，取而代之的卻是愈發短促的呼吸和似乎要蹦出胸口的心跳。

「不哭了不哭了，得了，都擦乾淨了就又變漂亮了。」

孟紅柳邊擦還邊笑著調侃道，但是擦了沒幾下就感覺到青梅的臉頰在自己指下越來越紅越來越燙。他一抬眼，剛好對上青梅梨花帶雨的一雙杏眼，仿若秋水顧盼生輝。

就這一眼，便奪去了孟紅柳的心魂。

「咳咳。」

孟紅柳清了清嗓子，幾乎用盡了全身的力氣強迫自己往後退了兩步，扭過頭眼神瞟向別處，不知該說什麼才好。

略顯甜膩的沉默縈繞在兩人之間，輕輕碰撞著彼此的氣息，似乎就連這悶熱的天氣都變得不那麼討厭了。

「……青梅，多謝孟老闆救命之恩。」

青梅像是忽然反應過來了一般，邊柔聲說著，邊深深施了一禮。

「嗯，」孟紅柳剛想伸手把青梅拉起來，又覺得不妥，把伸到一半的手縮了回來，「不用跟我這麼客氣。」

「救命之恩無以為報，以後若孟老闆有任何事情是青梅幫得上的，青梅一定萬死不辭。」

「行了，小小年紀別死死的，」孟紅柳被青梅一本正經的模樣逗得笑了出來，接著他從懷裡掏出那個小小的絨花簪，遞到青梅面前，「這個，為什麼不要?」

「……嗯，孟老闆不是也曾說過無功不受祿麼，」青梅來回輕搓著自己的手，「所以，青梅不能要。」

「那不如，」孟紅柳點了點頭，「就當作我救了你一命的謝禮吧。」

「啊？」青梅覺得自己沒聽懂，「您救我一命，不應該是我感謝您麼？」

「對呀，」孟紅柳笑眼彎彎的，「你感謝我，所以收下我送你的禮物。」

「這……」

青梅也不知道這到底對還是不對，歪著腦袋想了半天。

「能收下麼？」

「……嗯。」

雖然沒想明白，但青梅還是點了點頭，把絨花簪接了過來，捧在手裡打量著。

「好看麼？」

「好看。」

從來也沒人送過青梅禮物，心裡自然是歡喜得不行。

「來，我給你戴上，」說著，孟紅柳拿起絨花簪，插在了青梅的髮髻旁，「不是什麼貴重的東西，你戴著玩兒。」

戴好之後，青梅自己用手摸了摸，臉上是掩不住的笑意。

「看看，」孟紅柳特意退了幾步，瞇縫著眼睛端詳了一下，「真好看。」

「多謝，孟老闆……」青梅又羞又喜，都不知該怎麼好了。

「嗯，行了，」看著青梅軟款嬌羞的神情，孟紅柳覺得自己的心就像被誰攥在手裡捏了一把似的，「那什麼……丫頭，你是出來買東西的吧？」

一句話倒給青梅提了醒兒，她趕緊拎起扔在腳邊的大包小包，「是，我家小姐還等著呢，我……得趕緊走了。」

「去吧去吧，別誤了。」

「欸！」

青梅剛跑到巷口，一轉身又給孟紅柳施了一禮，「孟老闆，謝謝您了。」

「快去吧。」

「欸。」

三十九、

這段時間，柴家大小姐只要一得著空兒就上戲樓，而且每次都會準備好些珠寶首飾，不是成色好的貴重的還不帶。就柴大員外來說，要是費點兒金銀就能讓他的耳朵根子清淨下來的話，更是何樂而不為，所以柴月娥逛戲樓是逛得樂此不疲。

孟紅柳的戲是看了無數場，可柴大小姐總也逮不著機會和他好好說會兒話。平常送點兒點心呀酒水呀什麼的去後臺，也就只能站在那兒略微寒暄個兩句，對柴月娥來說實在是杯水車薪，根本解不了這心火，於是便磨著父親柴永全下帖請過兩回，但孟紅柳都推說要趕場唱戲，婉拒了。柴大員外本也無心真要請他，所以並未放在心上，可是他不放在心上，柴大小姐心裡別提多彆扭了，於是最近這兩三天邪火特別旺，看哪兒都不順眼。

專門在內院伺候的幾個老媽兒都是過來人，打眼一瞧就知道這位柴大小姐又犯什麼病了。

「我說，你們知道小姐這兩天為什麼火氣這麼盛麼？」

蹲在井邊搓著衣服的郭媽兒雖然矮矮胖胖，但嗓門兒卻是又高又亮。

「你知道？」於媽兒個兒高身子也壯，力氣大得不輸男子。

「我怎麼不知道，小姐她呀，」郭媽兒故作神秘地壓低了聲音，「一準兒是害了相思病了！」

「別胡說！」瘦得尖嘴猴腮的李媽兒捶了郭媽兒的肩膀一下，「再叫人聽見。」

「相思病？」於媽兒是個特別愛嚼舌根子的人，連忙湊了過來，「相思誰？」

「這還用我說麼，」郭媽兒每次一得瑟起來，小眼睛就會瞇成一條縫，「就那個唱戲的……」

「唱戲的？哪個呀？」

「哎呦你真是，笨死，」郭媽兒恨鐵不成鋼地瞪了李媽兒一眼，接著吐出一個字，「孟。」

「孟？」於媽兒趕緊搶著說，「孟紅柳？」

「欸，這可不是我說的。」郭媽兒滿臉的壞笑，又搓了兩下衣服。

「你是說，咱家的千金大小姐看上了個戲子？」李媽兒的倆大眼珠子瞪得都快掉出來了。

「對咯。」郭媽兒故意拉長了調調。

「哪兒能呢，大員外府上的千金大小姐，看上個戲子？」於媽兒捂著嘴，卻越說越起勁。

「你們倆就註定沒得發跡，一點兒眼力勁兒都沒有。」郭媽兒翻了個白眼。

「得，就你有眼力勁兒。」於媽兒哈哈笑了起來。

「噓。」

李媽兒扯了扯於媽兒的袖子，打了個噓聲，接著往旁邊一遞眼神。

另外兩個老媽兒才發現青梅正遠遠地從廊子那邊走過來，連忙都閉上嘴低下頭，專心幹著手裡的活兒。

「這不是青梅嘛，今兒沒出去呀？」

郭媽兒裝作剛看見她的樣子，笑著打了聲招呼。

「郭媽兒，」青梅衝郭媽兒和另外兩個老媽兒都點了點頭，「小姐今兒起得晚，這不剛伺候她吃完早點，估計一會兒要出去走走。」

「天兒熱，注意著點兒避暑。」

「欸，謝謝您。」

說著，青梅穿過院子往前面走去。

她才剛一走遠，三個老媽兒就又聚在一起，竊竊私語了起來。

昨兒幾乎下了一天一夜的雨，沒想到今兒一起來竟是個大晴天。大概是由於昨天的雨水滋潤，今早一推開屋門，空氣裡隱約透著絲絲清甜，令人感覺神清氣爽。

孟紅柳起了個大早，喝了兩瓢涼水之後就開始在院子裡練早功，窩腰踢腿跟頭把式。基本功習得差不多了，便擦了把臉，又開始走戲。一整趟走下來也一個多時辰了，孟紅柳這才正經洗臉漱口、梳頭打辮子，再換了身兒乾淨衣服，準備出門兒遛個彎兒，順便吃點兒東西墊墊肚子。

出了胡同，順著道邊走著，賣早點的當口鋪頭都已經開了，這邊兒包子剛出籠那邊兒餃子正下鍋，四下都是裹著肉香和菜香的水蒸氣。

又稍微逛了一會兒，孟紅柳的饞蟲被逗上來了，於是在路邊的餛飩挑兒旁撩袍坐下。誰知一抬眼，正好瞧見前面不遠，也就隔著兩三家店鋪的扇子行門前一紅一青兩個窈窕的身影。孟紅柳樂了，想著上前打個招呼也是好的，便又站了起來。

不過往前走了還沒有兩步，就看見一個年輕男孩兒低著頭從扇子行裡面往外走，出門時故意撞了一下站在台階上的青梅。匆匆賠了個不是，男孩兒下了台階後把手往胸前一抱，加快腳步小跑了起來。

孟紅柳上前一把就扣住了那男孩兒的手腕，扯著他轉了半圈兒。

「幹什麼你！」男孩兒有些氣急敗壞。

「幹什麼？」孟紅柳揚起半邊嘴角，「這一大清早的你倒是先開市了。」

「你什麼意思？！」男孩兒猛拽了兩下自己的手，硬是沒拽動。

「哼，小小年紀幹點兒什麼不好，非要學人家做偷兒。」

說話的同時，孟紅柳手速極快地從那男孩兒的懷中扯出一個大紅色的錢袋，一看就是女兒家的東西。

那男孩兒還正想著還嘴罵回去，沒想到這麼快就漏底兒了，頓時如同洩了氣的皮球一句話也說不出來，憋了個大紅臉。

孟紅柳猛的一撒手，男孩兒差點兒沒一屁股坐地上。他恨恨地瞪了孟紅柳一眼，轉頭正打算跑。

「小子，」孟紅柳喝住了他，「想要混個事由兒的話，上廣德樓後臺找我。」

「啊？」

「找個事由兒，別再偷了。」

男孩兒咬著下唇愣了一會兒，眼裡明顯有淚水在晃著。

「廣德樓，找姓孟的，」孟紅柳笑著指了指自己，「去吧。」

「嗯……」

男孩兒使勁兒點了一下頭，跑開了。

孟紅柳手裡掂著那個紅色錢袋往扇子行那邊兒走，還沒到近前就聽到柴大小姐又在尖著嗓子訓斥青梅。

「你說我還能用你幹什麼！」柴大小姐眉頭緊鎖，看著是真生氣了，「好容易說天兒好出來走走買把扇子，你就能把錢袋給丟了！」

「小姐，我錯了……您別生氣了，」青梅低著頭一勁兒賠不是，「我知道錯了。」

「你知道錯了有什麼用？你讓我現在拿什麼來買扇子？」柴大小姐簡直是不依不饒，「挑了東西到最後拿不出銀子來，這要嚷嚷出去了不得叫大家夥兒都笑話我麼！你是不是就為了讓別人看我笑話？啊？！」

「不，不是……青梅怎麼可能……小姐，您就饒了我吧，別生氣了……」

青梅被嚇得一下跪在了柴大小姐腳邊，大大的杏眼中噙著淚水。

「哼！」

柴月娥還想繼續往下說的時候，孟紅柳大步走了過來。

「月娥小姐，您是在找這個麼？」

孟紅柳將手裡托著的那個紅色錢袋往身旁的櫃台桌上輕輕一放。

「孟老闆，」看清楚眼前站著的是孟紅柳之後，柴月娥簡直像變了個人似的，連聲調都不一樣了，「您早呀，這麼巧。」

「是啊，」孟紅柳指了指桌上的錢袋，「這個，是月娥小姐的麼？」

「哎呀，還真是，您在哪兒找到的？」

一看見孟紅柳，柴月娥就已經心花怒放了，哪兒還顧得上什麼錢袋不錢袋的。

「方才我見一個小毛賊從青梅姑娘腰間摸了去，所以就順手給拿回來了。」

邊說著話，孟紅柳邊忍不住看了還跪在地上的青梅幾眼，又不好伸手把她給拉起來，心裡急但卻不能表現出來。

「原來是被偷兒給扒去了，青梅，」柴月娥衝青梅抬了抬手，「起來吧，把錢袋收好，可別再丟了。」

「是，小姐。」青梅感恩戴德地站起身，拿起桌上的錢袋貼身藏好。

「還不快謝謝孟老闆。」

「多謝孟老闆。」青梅低著頭，給孟紅柳深施一禮。

「舉手之勞而已，何須言謝。」
見青梅也不用再跪著了，應該也不會再因此挨罵了，孟紅柳心裡舒坦了很多。
「孟老闆，」柴月娥嫣然一笑，「您這是要往哪裡去呀？」
「哦，我剛練完早功，想著出來吃點兒東西。」
「那太好了，」柴月娥趕緊打斷了他，「相請不如偶遇，您剛才又幫了我這麼大的忙，不如……就讓我請您喝碗茶，吃兩件點心，也算是一點兒心意。」
「這個……」孟紅柳撓了撓頭，笑了笑，一時也實在找不出理由推脫，只好點了點頭，「恭敬不如從命。」
柴月娥開心得簡直要拍巴掌了，不過在孟紅柳面前還是要保持矜持，淺淺笑道，「那就去雲泰茶樓吧，離著也不遠。」
「都聽月娥小姐的，」孟紅柳點頭，做了個請的手勢，「月娥小姐請。」
「孟老闆請，」柴月娥轉頭對青梅吩咐道，「把扇子錢付了。」
「是，小姐。」
「孟老闆，走吧。」
「您先請。」
整了整衣裙，柴月娥一欠身，先從台階上走了下去。
孟紅柳看著她走出去兩三米遠了，才回過頭小聲問道，「丫頭，沒事兒吧？」
「謝謝孟老闆關心。」
青梅輕輕搖了搖頭，粉面上漾出一抹淺笑，嘴角兩邊的小小酒窩醉了孟紅柳的心。

四十、

柴月娥往前走了好一會兒才發現孟紅柳並沒有跟過來，回頭一看，正好見他從台階上踱步走下來。這兩步走的，看在柴大小姐眼裡卻是格外的清俊英氣、風流倜儻。
「孟老闆，您剛才跟青梅說什麼了麼？」
「哦，我是囑咐她要留神錢袋。」
「是，」柴月娥點點頭，「是該囑咐囑咐她，怎麼能讓偷兒把錢袋扒了去呢。」
「呵呵，」孟紅柳笑了笑，「偷兒厲害，姑娘家哪裡防得住。」
「誰說的，」柴月娥習慣了逞強好勝，眉毛一挑，笑道，「就從未有偷兒打我這兒扒去過什麼。」
話音還未落，孟紅柳就搶了一步走到她前面，轉了半圈回過身來，笑嘻嘻望著她，「哦？」
「孟老闆難道不信？」
孟紅柳笑而不語地將手抬到臉邊晃了晃，他手指上像變戲法兒一樣掛著一塊小巧的雙魚玉佩，玉佩下面還墜著金色的綠子，隨著他手指的晃動輕輕搖擺著。

「呀。」

柴月娥一低頭，才發現自己繫在腰間的玉佩不知什麼時候就到了孟紅柳的手裡。

「原物奉還。」

孟紅柳雙手托著玉佩，交還到柴月娥面前。

柴大小姐臉頰緋紅地低下頭看了看他手裡的玉佩，輕咬下唇抬眼眉看了看孟紅柳，感到愈發燥熱了起來。她默不作聲地用兩指捏著玉佩的繩帶，慢慢拎起來，又偷偷瞧了一眼依舊是笑臉盈盈的孟紅柳。猛的把手往回一收，柴月娥將那玉佩攥在自己手裡，視線再次在孟紅柳的臉上掃過，竟忍不住輕啓朱唇，喃喃自語道。

「春日遊，杏花吹滿頭，陌上誰家年少，足風流……」

「小姐，您怎麼了？」青梅抱著包好的扇子追了上來，「這滿臉通紅的。」

「沒事兒，」忽然被攪擾了興致，柴月娥冷著臉朝青梅一甩手，順便將拿著玉佩的手藏進衣袖裡，一扭臉兒，略有些眼角含春地看向孟紅柳，「想必，也不是哪個偷兒都有孟老闆這般的好身手。」

「月娥小姐這是在誇讚孟某麼？」孟紅柳笑得無奈。「孟老闆矯健，若是再有偷兒，不知可還願相助？」

「自當竭盡全力。」

柴月娥用絹帕掩嘴，嫣然一笑，「不愧是孟老闆，真會說話兒。」

「在月娥小姐面前，孟某算得是笨嘴拙舌了。」

孟紅柳抱著拳心裡暗忖，本就不是很擅長和這樣的有錢人家交際，要是再這麼客套下去的話，他可真就要詞窮了。

剛想到這兒，他的肚子很適時地叫了起來。

「光顧著說話了，趕緊走吧，」柴大小姐自覺風趣地說道，「這要是餓壞了孟老闆，可叫我拿什麼賠給太后老佛爺。」

孟紅柳扯著嘴角算是勉強陪了個笑臉，回頭無奈地朝青梅眨了下眼，便跟在柴月娥身後一同往茶樓走去。

待柴大小姐坐定，孟紅柳拉開她對面的座椅也坐了下來，青梅則是站在一旁，方便隨時伺候柴月娥。

喝了兩口茶，孟紅柳捏起一塊點心三口兩口就咽了下去，接著又灌下去一大口茶，他可是真餓了。從早上起來到現在都快兩個時辰了，就只喝了幾瓢涼水，這會兒都已經前心貼後背了。

店小二正好過來給上鮮貨果品，柴月娥便讓他再給拿幾碟點心。

「月娥小姐，別再要了，吃不了那麼些。」孟紅柳見狀，連忙放下茶碗說道。

「吃不完也無妨，回頭包了帶去分給您班社的人吧。」柴月娥不在意地擺擺手。

「那，我就替他們先謝謝月娥小姐了。」

「真是的，和我用得著這麼客氣麼，」柴月娥笑著捧起茶碗，用碗蓋撥了撥飄著的茶葉，喝了一小口，「孟老闆這些日子一直都很忙吧？我爹下帖請了您好幾回都被您推了。」

孟紅柳吞下嘴裡那口點心，笑著解釋道，「像我們這樣唱戲做藝的人，掙一天花一天的，這要是一天不上臺就有可能揭不開鍋吃不上飯，所以一日也不敢歇著。」

「孟老闆說笑了，」柴月娥臉上笑意漸濃，能這樣和孟紅柳坐在一起喝茶，簡直好比美夢成真一般，「其他人月娥不知道，但孟老闆斷不會有這樣的煩惱吧。」

從小到大，但凡是柴月娥想要的就沒有說要不著的東西，可這個孟紅柳卻總是不能如她的意，見又見不到逮又逮不著，叫她是又愛又恨心裡直長草。不過這越是不如願柴大小姐就越是迷他，越想要把他攥在手心裏。

「月娥小姐實在是太抬舉孟某了。」

孟紅柳舉起茶碗，看著像是敬柴大小姐，其實是為了遮掩自己臉上的尷尬。

「如孟老闆這般大紅大紫的角兒能和我這樣坐著喝茶，真是月娥的造化呀。」柴月娥邊說邊從眼角斜著偷瞧孟紅柳。

「不不不，得月娥小姐錯愛，是孟某三生有幸。」

嘴裡說著這些不涼不熱的話，孟紅柳覺得那些本該又香又甜的點心都變得味如嚼蠟了。

就在這時候，店小二忽然跑了過來，哈著腰站在孟紅柳身旁，「孟老闆，咱們掌櫃的有點子事兒想和您商量商量，勞煩您跟我下去一趟唄。」

「沒看見我們這兒正說話兒呢麼。」柴大小姐一翻眼皮子。

孟紅柳正愁找不著個節骨眼兒走開一會兒，趕忙安撫道，「月娥小姐稍安勿躁，孟某去去就來。」

不等柴月娥說什麼，孟紅柳馬上就站了起來，跟著店小二從樓梯上下去了。

他們剛往下走，青梅就急急忙忙對柴月娥說道，「小姐，茶都涼了，我去讓他們給您兌碗熱的。」

說著，青梅也快步往樓下走去。

「嗯？嗯，」柴月娥衝著青梅的背影說道，「揀幾件酥軟的點心包起來，一會兒帶回去給我娘。」

「是，小姐。」

青梅噔噔噔從樓梯上一溜兒小跑著下來，上前拽了拽孟紅柳的衣袖。

「孟老闆。」

「嗯？」孟紅柳一扭頭，雖有點兒詫異但更多的卻是開心，「丫頭，你怎麼也下來了？」

「……這個，」青梅紅著一張小臉兒，從懷裡掏出一個物件兒，捧在手裡，「給您。」

「給我的？」孟紅柳仔細一瞧，是一個非常精緻的荷包。

和一般女人用的荷包不同，這個荷包稍大一圈兒，形狀是圓的而且沒有那麼多零零碎碎的緣穗裝飾，荷包本身是青綠色，收口處加了一層深青色的麻，帶子是嫩嫩的鵝黃色。最特別的，是荷包的正面繡著幾縷飄擺的柳條，柳條之間還有兩隻小小的蝴蝶，甚是清新別致。

「嗯，還望您不嫌棄……」

說著，青梅的頭垂得更低了，捧著荷包的手有些微微顫抖。

孟紅柳被一陣前所未有的喜悅幾乎快要衝昏了頭腦，但表面上依舊強作鎮定地問道，「這，是你自己做的？」

「……嗯。」青梅輕輕點頭。

堂堂九尺男兒漢的孟紅柳在這一瞬間開心得差點兒沒哭了。

他本想伸手去接那荷包，轉念一想，又把手放下，對青梅說，「丫頭，既是你親手給我做的，那你就給我帶上吧。」

聽了這話，青梅先是愣了一下，但還是小心翼翼地將那個荷包往孟紅柳的腰間繫。大概是因為太過羞澀緊張，弄了好半天才終於繫上了。

「繫……繫好了。」青梅收回手，往後退了半步，又忍不住瞧了好幾眼。

「嗯，好看，」孟紅柳低頭看了看，覥著臉自誇了一句，「對了，丫頭，你要是得著空再來聽我唱戲吧。」

「我，一般自己出不來。」青梅怯生生地答道。

「沒事兒，看你的時間，」孟紅柳笑著聳聳肩，「這一段兒我基本上都在廣德樓。」

「嗯。」

「你要來了就上後臺找我，可別自己買座兒，知道麼？」孟紅柳囑咐道。

「知道了。」

孟紅柳還打算說什麼，就聽見樓梯上傳來柴月娥冷冷的聲音。

「青梅，你幹什麼呢這麼慢？」

青梅嚇得膝蓋一軟幾乎就要跪下去，她哆哆嗦嗦地回了一句，「小姐，這就好了……」

「快著點兒。」

扔下這句，柴月娥又蹬著樓梯走回二樓。

青梅被嚇得有些不知所措，也不知道柴大小姐究竟看沒看見剛才那一幕。

「丫頭，丫頭，」孟紅柳喊了她兩聲，終於把她的魂兒給喊了回來，「你們小姐讓你下來做什麼？」

「兌……兌碗熱茶，再包，幾件點心回去。」

「行了，我去跟店小二說就是了，你先上去吧。」

「欸。」

青梅點點頭，轉身就往樓上跑去。

四十一、

雖說柴月娥臉色有些不善，但是從茶樓一直回到家也沒說什麼，所以青梅覺得大概她并沒有看見，只是因為自己手腳太慢惹小姐不高興了而已，沒什麼大事兒，於是懸著的一顆心也就放了下來。

進了屋，青梅伺候小姐更衣後坐下喝茶，忙活了一陣兒，正準備把買回來的糕點拿到廚房去時，柴大小姐在她身後開口了。

「青梅。」

「小姐。」

「方才在茶樓，」柴月娥故意停頓了一下，「你和孟老闆說什麼了？」

「說……」青梅頓時就慌了，「沒，沒說話兒呀。」

「那就奇了，」柴月娥語氣懶洋洋的，似乎並沒有生氣的樣子，「我明明見你倆在樓梯下面說話兒來著。」

「哦，哦哦，」青梅佯裝做剛想起來的樣子，「是，是孟老闆說他這一段兒都會在廣德樓，希望小姐得空能……能再去聽他唱戲。」

「哦……」柴大小姐點點頭，又繼續問道，「你，是不是還給人家什麼東西了？」

「東西……」青梅忽然覺得渾身冰涼，牙根兒都開始哆嗦，「東……」

「是什麼東西呀？」柴大小姐慢條斯理地問著。

「是……是，是荷包，」青梅腦子轉得還算快，「是孟老闆荷包掉了，我撿起來還給他，不是……不是我給的。」

「哦哦，荷包，」柴大小姐似有若無地點了點頭，看了一眼半空的茶碗，「給我重新沏碗茶，然後就忙你的去吧。」

「欸。」

青梅端著柴大小姐的茶碗，匆匆走出了門外。

柴大員外的書房應該是整座柴府裡最古色古香的所在。

儘管柴永全基本上就看不懂什麼名人字畫之類的，但他還是懂得書房裡要是多掛點兒這些東西的話看起來會很有書卷氣，所以揮金如土地拉了兩車回來，不僅書房裡掛滿了，就連書房外的廊下也掛得滿處都是。

書房裡那張巨大的書桌是用一整塊兒黃花梨木做的，並沒有過度切割或打磨，保留了木頭天然的紋理和形狀，離近了還能聞到一股幽幽的木香，可謂雅致之極。

書桌上的文房四寶都是貴重無比，光那塊安徽歙硯就價值不菲。要是用這塊硯台換銀子，足夠普通小老百姓吃小二年的。

當然柴大員外是滿不懂，只知道沒有花銀子的不是，但凡貴一定就是好的。

大多數時候柴永全待在書房都不是念書，而是「看書」。所謂看書呢，就真的只是背著手站在書架前看著那一冊冊的書本，心裡高興。因為那些架子上的書大多都是絕了版的手抄本，也是他撒出人去重金搜羅回來的，所以只是看著柴大員外心裡就美得不行。

柴大員外這時正手捻鬍鬚滿眼歡喜地欣賞著新買回來的一批古書，還時不時用一柄精緻的雞毛短撣掃一掃塵。忽然聽得門外環佩叮噹，柴大員外嘆了口氣，把手裡的撣子插進書架上的花瓶裡，轉身走到書桌前坐了下來。

「爹爹在上，月娥給您請安了。」

果不其然，柴月娥如風擺柳地走進書房，給柴永全飄飄道了個萬福。

「起來起來，」柴大員外揮揮手，「月娥來了，坐下說話。」

「欸。」

「今兒沒出去聽戲麼？」

邊說著，柴永全拿起一本常年都放在書桌上的書，假裝翻了兩篇，其實根本也沒在看。

「嗯，想著去聽晚場，白天天兒太熱，」柴月娥坐下後稍微理了理裙擺，漫不經心地說道，「爹爹，女兒倒是有一事想要和您老人家商量商量。」

來了……柴大員外嘆了口氣，該來的還是躲不過呀。回回這位柴大小姐來找他，不是要這個就是要那個，總之就是要自己幫著辦事就對了，所以最近柴大員外只要一聽到女兒的腳步聲就會覺得肝兒顫。

「何事呀？」

「您看這一轉眼，青梅跟著我也七八年了吧，真是老大不小的了，我是真喜歡她，但總不能就這麼耽誤了人家姑娘。」

「嗯？」柴大員外沒太明白女兒到底想說什麼。

「她也這麼大了，身大袖長的，我在想是不是該給她找戶人家兒。」柴月娥說得若無其事的，似乎壓根兒就不是什麼大不了的事情。

「青梅？」柴大員外想了想，「她才十六吧？」

「就快十七了。」

「就算是十七，也不用現在就給她張羅人家兒吧？」

一般像柴府這樣大戶人家府上用的丫鬟都是簽了賣身契的，就算不幹到死也得幹到老，哪兒有做了七八年就送出去的。再說青梅是柴大小姐的貼身丫鬟，理應是等小姐出嫁的時候作為陪房跟著一起過去才對，找哪門子的人家兒。

「十七歲還小呀，」柴月娥故作誇張地說道，「難道要等到人老珠黃了再找，誰要哇？這不就耽誤人家一輩子了麼？爹爹總不希望別人說您為富不仁吧？」

「呃……」柴大員外向來也說不過女兒，立刻被噎得沒詞兒了。

「所以嘛，」柴月娥把語氣放輕柔，「我就想問問爹爹有沒有相識的合適人家，正房做不了不打緊，妾室也可以。」

「唉，這些事情你和你娘決定就好，為了區區一個丫鬟還用得著特地跑來問我麼。」

柴永全這會兒倒是擺起大家主的姿態，說完，又把書給拿了起來。

「那行，我找我娘商量去，」柴月娥站起身，又給柴大員外施了一禮，「女兒告退。」

「去吧去吧。」

款動金蓮，柴月娥嘴角上挑著走了出去。

才過了幾天朗日晴空的日子，這兩天又開始淅淅瀝瀝地下起雨來，今年也不知是怎的雨水似乎特別多。在路邊小飯館和朋友隨便吃了點兒午飯，孟紅柳掐著時間走進廣德樓。來到後臺門前，正要撩門簾往裡走，廣德樓的一個小夥計快步跑了過來。

「紅爺。」

「辛苦，有事兒？」

「紅爺您辛苦，」小夥計笑了笑，指指一旁的角落，「有人找您，等半天了。」

「找我？誰呀？」孟紅柳瞇著眼看了看，光線太暗也沒看清楚。

「我說那小子，」小夥計衝著角落那邊招了一下手，「紅爺來了，你不是要找他麼？」

坐在角落陰影處隱約有個人影略微晃了晃，站了起來，似乎躊躇了一下才往這邊邁了兩步，雙手不安地相互搓著，又邁了兩步，視線瞥向一邊。

「您不是說我可以來這兒找您……我，」男孩兒舔了一下嘴唇，「……我來了。」

「哦哦，是你小子，」孟紅柳笑了，「還挺聽話。」

「叫什麼？」

男孩兒唰一下臉就紅了，低著頭也不說話。

「袁江海。」

「豁，名字倒是很響亮嘛，」孟紅柳笑道，「多大了？」

「十四。」

「十四？」孟紅柳吃了一驚，上上下下又打量了一番這孩子，「才十四就這麼高了，再過兩年豈不是都要趕上我了，哈哈哈哈。」

被孟紅柳這一笑，袁江海更加不知所措了，下意識地使勁兒搓著自己的手，手背上被搓紅了一片。

「袁江海，你，」孟紅柳雙手抱胸，淺笑著看向袁江海，「會什麼?能做什麼?」

「我……有力氣，不怕吃苦，您讓我做什麼我就做什麼，」袁江海猶豫了一下，怯怯地又補了一句，「我……再不想偷了。」

「嗯，」孟紅柳點點頭，他果然沒有看錯，這個孩子的確不是骨子裡的壞胚子，「那你以後就跟著我吧，做我的跟包兒，委不委屈你?」

「謝謝紅爺!」袁江海聽了這話，噗通一聲跪了下來，「江海一定盡心盡力伺候紅爺!」

「行了行了，快起來吧，」孟紅柳一伸手把袁江海給拉了起來，「在我這兒可不興這個。」

「嗯!」袁江海站起身，抹了一把差點兒沒掉下來的眼淚。

「三兒。」孟紅柳將一直站在一旁的小夥計喊了過來。

「紅爺，您吩咐。」

「把後臺的規矩都跟這孩子說說。」

「欸。」

孟紅柳回頭看向袁江海，拍了拍他的胳膊，「好好跟著三兒學規矩，對了，你吃飯沒有?」

袁江海先是一愣，接著輕輕搖了搖頭。

「三兒，給他弄點兒吃的，回頭算我賬上。」

「得咧，我一準兒都給安排妥當。」

「江海，先去吃飯吧。」

「欸。」

「快著點兒吃，別給三兒添麻煩。」孟紅柳囑咐道。

「欸，知道。」袁江海趕緊點頭。

「紅爺，您這是說哪兒的話，哪兒能給我添什麼麻煩。」

「三兒，那就勞煩你了。」

「都交我了，紅爺儘管放心。」

「嗯。」

對二人點點頭，孟紅柳一挑簾子進了後臺。

四十二、

孟紅柳真心覺得，那天伸手幫了袁江海一把實在是太正確的決定了。

這孩子不僅性格本分又能吃苦，而且腦子還很靈光非常聰明，就比方說後臺那些瑣碎繁複的規矩，三兒只跟他說了一遍他就全記住了。在後臺進出伺候，袁江海從沒犯過任何忌諱，讓孟紅柳很是放心。

由於袁江海沒有固定的住所，孟紅柳便乾脆把他帶回了自己那個二進的院子，將西廂房收拾出來給了他，於是整個院子裡的活兒又都被袁江海給包了。除了不會做旦之外，袁江海真是什麼都能做也什麼都願意做，打水洗衣掃院子、收拾跑腿兒置辦東西，就沒有他不搶著幹的。

「紅爺辛苦。」

孟紅柳一從臺上下來，候在一旁的袁江海就趕忙上前接過青龍偃月刀和髯口，然後將一直捧著的小茶壺遞了過去，「您喝茶。」

「嗯。」孟紅柳抄起那小茶壺，一氣兒喝了多半壺，咂了咂嘴，打了個泛著茶香的水嗝兒。

「貝勒府派人送信兒來，說是這月末想邀您三天堂會。」

說著，袁江海又把孟紅柳脫下的行頭抱在懷裡。

「哪家貝勒爺？」孟紅柳坐在銅鏡前，把小茶壺擱在桌上，邊問邊把頭揉了。

「瀅貝勒。」

「又是他，」孟紅柳無奈地笑笑，想了想後點點頭，「行吧，反正月末咱跟這兒也就唱完了，你去給人回一聲吧，就說咱應了。」

「欸。」

「啊對了，你去的時候把戲單子帶上，免得回頭再跑一趟。」

「知道了。」

「江海，」店夥計三兒在門外撩著簾子喊了一聲，「來一下。」

「來了，」袁江海轉頭對孟紅柳說道，「紅爺，我出去一下。」

「去吧。」

袁江海幾步跑到三兒身旁，「喊我有事兒？」

「那兒，」三兒指了指站在前面不遠處的一個女子，低聲對袁江海說道，「柴家大小姐，又來了，說是要見紅爺。」

「嗯……」袁江海順著三兒指的方向看了一眼，撓了撓頭，「紅爺馬上要趕下一場，時間挺緊的……這樣吧，我去問問她要做什麼。」

「行，那就勞煩您了。」

說完，三兒轉身忙別的去了。

稍微想了想，袁江海來到柴月娥身後，輕咳了一聲。聽見響動，柴大小姐轉過身來，見是一個白白淨淨的清秀男孩兒，臉上還帶著一絲稚氣，不由得放下了幾分防備。

「請問，您就是柴府千金月娥小姐嗎？」袁江海抱拳拱手，施了一禮。

「是我，你是？」柴大小姐淺淺笑著，微微一挑眉。

「袁江海給月娥小姐見禮了，」袁江海言笑晏晏，「我是紅爺身邊兒伺候的跟包兒。」

儘管袁江海說話時是笑容可掬，可總覺得他彷若深潭般的一雙眸子卻是靜如秋水，沒有絲毫情愫，真不知道該說他溫和有禮還是冷若冰霜。

「哦，袁江海，」柴大小姐略一點頭，「去把孟老闆喊出來吧，就說我來了。」

「真是對不住您，紅爺剛下場，現在正換衣服呢，」袁江海恭恭敬敬地微低著頭解釋道，「而且下一場戲在城西暢春園兒，路可不近，萬一這要和您聊開心了忘了時辰，真要誤了場可有損紅爺的名聲，所以您看……」

柴大小姐一揮手，打斷了袁江海的話，「那正好，暢春園兒離柴府很近，坐我的車去。」

「呃，這個……」袁江海可沒料到這一齣。

「你去跟孟老闆回一聲吧，我在門外馬車裡等著。」

說完，柴月娥就帶著丫鬟轉身走了出去，完全不給袁江海再說話的機會。

也不知道自己是不是闖了禍的袁江海皺著眉頭嘆了口氣，一轉身趕緊往後面跑去。他挑開門簾子走進後臺時，孟紅柳已經換好衣服，正站在臉盆架前撩水洗著臉，一條黝黑粗亮的大辮子虛纏在脖子上。

袁江海上前將搭在一旁的手巾遞了過去，孟紅柳接過來擦了擦臉上的水，「把東西收拾一下，咱得趕緊走了。」

「紅爺……」

見他支支吾吾的，孟紅柳倒是有些好奇，「怎麼了？」

「柴家大小姐……來了。」

「嘖，」孟紅柳臉上顯出一絲不耐煩，喃喃道，「今兒可真沒那閒功夫……」

不過轉念一想，既然柴月娥來了那就肯定能見到青梅，孟紅柳心情瞬間陰轉晴。

「她又送什麼來了？」邊說，孟紅柳邊將掛在椅背上的小褂兒拿起來穿上。

「她說，要拿車送您來著。」袁江海微低著頭，斜眼偷瞧著孟紅柳臉上的表情。

「送我？哦，」孟紅柳點點頭，「你跟她說了咱一會兒去暢春園兒吧？」

「我……是不是說了什麼不該說的了？」

袁江海一臉怵怵忐忐的樣子，反而讓孟紅柳一下笑了出來。

「江海，你都跟著我好些日子了，還不明白我孟紅柳的為人麼？」孟紅柳整理了一下衣襟，大手一伸，胡擼了幾下袁江海的腦袋，「跟我說話用不著這麼畏首畏尾的，知道嗎？」

「欸，」袁江海這才安下心來，「柴大小姐那兒，怎麼辦？」

「她跟哪兒呢？」

「說是在門外的馬車等著您。」

「走，把東西都拿上。」

「欸。」

雖抵不過柴大小姐的好意，但是孤男寡女同乘一車實在有違禮法，所以孟紅柳就勉為其難地和車把式一起坐在了車頭，委屈小丫鬟和袁江海一起跟在馬車旁邊腿兒著。

「月娥小姐，今兒怎麼不是青梅跟著您一起出來？」

其實一出戲樓孟紅柳就發現了站在馬車旁的是一個自己從未見過的丫鬟，坐上了車之後猶豫了好半天，還是問了出來。

「青梅呀，」柴月娥的聲音從轎廂裡面傳出來，「她這兩天有點兒不舒服，怕不是害了暑病。」

孟紅柳趕緊深吸了口氣，將差點兒衝口而出的擔心又咽了回去，淡然說道，「最近天氣炎熱，月娥小姐也要多多注意身子才是。」

轎廂裡柴月娥的聲音稍停頓了一會兒，才又傳了出來，「有勞孟老闆掛心，啊對了。」

「嗯？」

「再有兩個月便是我祖母的壽誕，本想著邀孟老闆一場堂會，但又擔心您排不開，我看……不如這樣。」

柴月娥的聲音雖然宛若鶯啼，但是孟紅柳此刻心裡全是青梅，聽著反而覺得鬧心。

「月娥小姐請講。」

「不如您晚上得空了，來府上教上我幾句戲，讓我在祖母壽宴之時能哄得她老人家開開心心，多吃一杯酒也是好的。」

「這……」孟紅柳微微皺眉，不知該如何作答才妥當。

「耽誤不了您多少功夫，」柴月娥似乎輕笑了一下，「若是您不嫌棄，青梅也能跟著學學。」

這句話一說出來，簡直就像是點中了孟紅柳的穴位一般，令他幾乎不由自主地就應下了這荒唐的差事。

不大一會兒，馬車停在了暢春園門前，孟紅柳翻身跳下車，衝著轎廂抱拳作了個揖，「今日有勞月娥小姐了，孟某告辭。」

孟紅柳正打算帶著袁江海往戲樓裡走，柴月娥一手挑起轎簾子，探出半個腦袋，「孟老闆，那麼明晚月娥便在府裡恭候您的大駕。」

「孟某一定準時到訪。」

柴月娥滿面春風地點點頭，將轎簾子放下，吩咐車把式趕車回府。

第二天晚上，趁著孟紅柳還沒來，柴月娥做的第一件事情就是支開青梅，讓她上老夫人那院兒去幫忙。因為離柴老夫人的壽誕只剩下不到兩個月的時間，也的確有太多瑣碎雜事需要人手。

準時準點兒，孟紅柳帶著袁江海一起出現在柴府大門以外的台階下。門房似乎早已經被知會過了，一看見孟紅柳就趕緊樂呵呵地跑下臺階，把兩人給迎了進去，一路帶到後面柴月娥住的跨院。

這個院子很別緻，一步跨進來便能感覺到柴府一擲千金的財氣和柴月娥女兒家的幽雅。一扇垂花門樓連接著兩邊的遊廊，院子裡有一塘小小的荷花池，荷花池邊點綴著幾塊大大的山石，山石的前面種著一叢美人蕉。院子的另一邊是幾株四季開花的日香桂，有高有低，香氣四溢沁人心扉。

院子裡伺候的丫鬟領著兩人來到跨院的正屋裡坐下，沏上了茶水之後便退了出去，留下孟紅柳和袁江海相對無言地喝著茶。

過了大約也就半盞茶的功夫，只聽得一陣細碎的腳步聲由遠而近，柴月娥款動金蓮走進屋裡。而她這一身裝扮，真不可謂不下心思。

卸去了平日裡的又是金又是銀的珠翠簪環，臉上也只是薄施脂粉淡掃蛾眉，一張清水臉兒肌骨瑩潤容貌豐美，如此不多見的柴月娥倒叫孟紅柳下意識多看了兩眼。

柴月娥帶著兩個小丫鬟走進正屋，先給孟紅柳飄飄道了個萬福，而他對自己這一番刻意打扮的反應，令柴大小姐很是滿意，心裡偷偷竊喜。可是當她看到袁江海也默默坐在一旁時，不免臉上浮現一絲不快，但也很快逝去，依舊笑臉盈盈。

「孟老闆，您果然守時。」

「月娥小姐。」孟紅柳抱拳拱手，他注意到跟著柴月娥進來的兩個丫鬟都不是青梅，正猶豫著要不要開口問時，袁江海忽然插了一句。

「月娥小姐，為何不見青梅姑娘？她身子還未恢復嗎？」

孟紅柳暗自吃了一驚，因為袁江海壓根兒就沒見過青梅，自己也不曾在他面前提起過，若只是因為自己下午問過一嘴的話，那這孩子也太……有心了吧。

「唷，怎麼連江海兄弟都記掛著，」柴月娥在桌旁坐下，端起丫鬟擱下的茶碗輕吹了吹，邊品著茶邊有意無意地看向孟紅柳，「青梅好多了，您有心，她今晚到我祖母那邊幫忙伺候去了。」

「那就好，今年這天氣又熱又潮，我這種粗人都覺得不舒服，更別提小姑娘了，哈哈哈。」袁江海也有樣學樣地端起茶碗，剛想喝，卻被茶水燙了舌頭，趕緊又放下。

聽了這話，卻總算是讓孟紅柳的心能放下了，但也因為沒見到青梅而略感到幾分失望。

「既是這樣的話，恕孟某唐突，」孟紅柳衝柴大小姐微微一笑，「就請月娥小姐點戲吧。」

四十三、

「不知月娥小姐想學哪折戲為令祖母慶壽？」

「嗯，」柴月娥輕蹙蛾眉想了想，「不如就……《遊園驚夢》吧，如何？」

「《遊園驚夢》？」孟紅柳不由得和袁江海對視一眼，「月娥小姐，可這《遊園驚夢》是一齣生旦戲……」

沒等孟紅柳說下去，柴月娥便抿嘴一笑，「對呀，一生一旦，您……不就是生麼？」

「月娥小姐大概不知道，孟某雖屬生行，但工的是武生和紅生，《遊園驚夢》裡的生是小生，相去甚遠呀。」

「不妨事，」柴月娥擺擺手，「且不說孟老闆您文武昆亂不擋，我呢也就是學那麼幾句玩玩兒，誰還真想著上臺唱戲呢。」

「這……」孟紅柳左思右想也找不出什麼好理由來推脫，「好吧，既是月娥小姐不嫌棄，孟某自當竭盡全力。」

「那我這裡先謝過孟老闆賜教。」

「不敢當，不敢當，」孟紅柳再次抱拳拱手地行禮，「想必月娥小姐也知道，《遊園驚夢》是崑曲《牡丹亭》中的一折，當中有好些唱段兒，不知月娥小姐想要學哪一段兒呢？」

「太長的想我也學不下來，嗯……步步嬌，可好？」

「看來月娥小姐對崑曲有些個研究，」孟紅柳暗暗吃了一驚，實在是沒想到這個柴大小姐也是同好之人，「裊晴絲吹來閒庭院，搖漾春如線，停半晌整花鈿……」

「沒揣菱花偷人半面，迤逗的彩雲偏，我步香閨怎便把全身現。」柴月娥接著孟紅柳的話音念完了後幾句。

「嗯，月娥小姐果然熟悉。」孟紅柳讚賞地重新打量了柴月娥幾眼。

「不過呢，」袁江海忽然從旁插話道，「這步步嬌和後面的醉扶歸是連著的，就只學一段兒步步嬌，唱的人聽的人都會覺得美中不足吧。」

「可醉扶歸最好是能有兩個旦一起……」

說到這兒，孟紅柳好像忽然明白了袁江海想說什麼，於是便故意止住了不再往下說。

「對呀，所以嘛，」袁江海滿臉人畜無害的笑容，「不如就讓月娥小姐和青梅姑娘一起學，就像杜麗娘和春香一樣，不就行咯。」

柴月娥坐在一旁聽著，著實恨得牙根兒都癢癢，兩隻纖纖玉手在衣袖裡都攥成了拳頭，但是又不能表現出來，也只能淡淡一笑。

「江海兄弟說的在理兒，」柴大小姐用手稍微攏了攏臉頰旁的髮絲，「但是青梅人在我祖母那邊伺候，一時半會兒估計也過不來，不如孟老闆先教我步步嬌，也不耽誤二位的時間。」

「江海多事，這裡哪兒有你說話的份兒，」雖然知道袁江海是為了自己才那麼說的，但大面兒上孟紅柳還是要說他兩句，「還不快給月娥小姐陪禮。」

「是，」袁江海十分聽話地趕忙站起身，一揖到地，「江海給月娥小姐陪不是了，還請月娥小姐饒恕江海無心之失。」

「行了，我也不是這麼容易就惱了的人，」柴月娥輕輕擺手，喊了一聲站在身側的丫鬟，「香玉。」

「小姐。」

小丫鬟趕緊走了過來。

「你帶江海兄弟去偏廳喝茶吃點心吧，」柴月娥說完，臉上略顯難為情地看向孟紅柳，「我這第一次張嘴學唱戲，若是唱得荒腔走板圖惹人笑話，還請孟老闆見諒。」

「可若只剩月娥小姐與孟某共處一室，豈不是更有礙觀瞻。」

雖然也好女色，但孟紅柳在這方面還算是個潔身自好的，談不上什麼正人君子也絕非苟且之輩。

「孟老闆多慮了，」柴月娥嫣然一笑，用手環指了一下四周，「除你我之外還有這麼些丫鬟侍女，若孟老闆還是擔心，這屋門敞著便是了。」

「那……江海你就先去偏廳候著吧。」

「是，紅爺。」

孟紅柳儘管心裡不太高興柴大小姐這樣的安排，但也只能看著丫鬟把袁江海帶了出去。果然袁江海一離開，柴月娥明顯心情轉好，她站起身學著旦角的模樣舞了舞袖子，然後擺了個以袖遮面的姿勢。

「孟老闆，您看我這身段兒，」柴大小姐粉面含春，羞答答地問道，「還說得過去麼？」

悄悄嘆了口氣，孟紅柳也跟著站了起來，「月娥小姐既已熟知戲詞兒，那孟某便直接教您唱腔了。」

沒想到柴月娥竟用一句韻白答道，「但憑於你。」說完，又捂嘴一笑。

那之後孟紅柳又造訪了柴府好幾趟，一段兒步步嬌都快教完了還是沒能見到青梅一面。柴大小姐這幾句戲已經唱得有模有樣的，而孟紅柳卻是越來越心浮氣躁。有一次在院子裡偶爾發現貌似青梅的小丫鬟時，他差點兒控制不住追上去。

長長地嘆了口氣，孟紅柳幾乎有些腳步沉重地再次來到柴府門前，琢磨著要是這趟再見不著青梅的話，橫豎也就不用來了，反正那段兒步步嬌該教的也都教完了。

撩袍跨過門檻，孟紅柳正準備抱拳拱手向柴大小姐行禮時，卻發現屋子裡的小圓桌上擺著四個涼菜四個熱菜和一壺酒，還有兩副碗筷一對兒酒盅。看不懂這鬧的又是哪齣，孟紅柳猶猶疑疑地踱步走到桌邊，伸手摸了摸酒壺，竟還是溫熱的。

就在他納悶的功夫，柴月娥也不知從哪裡冒了出來，依舊是素面朝天輕點丹唇。一頭如瀑的青絲在腦後鬆鬆地挽了個低髻，餘下的頭髮隨意披散在頸旁肩側，有種說不出來的慵懶和嫵媚。一身兒飄逸的淺蔥色襖裙，料子估計是上好的蘇杭絲綢，看著就那麼細膩輕柔，真真可謂「春花裁水袖，秋月浣柔光」。

如風擺柳的相仿，柴月娥來到孟紅柳近前略施一禮，「孟老闆，您來了。」

「給月娥小姐見禮，」孟紅柳轉身看見她，連忙抱拳拱手，「月娥小姐，這酒席卻是何意？」

柴月娥笑了笑，徑自在桌邊坐了下來，又衝孟紅柳揮揮手，示意他坐下說話。

「勞煩孟老闆這樣的大忙人為了月娥一趟又一趟地來府上教戲，實在是感激不盡，」都沒用丫鬟，柴月娥自己拿起酒壺斟了兩杯，「略備薄酒，還望孟老闆不嫌棄。」

「不過是舉手之勞，月娥小姐太客氣了。」

孟紅柳只好也在桌旁坐下，瞧了一眼杯中酒，卻並未伸手。

「記得第一次去戲樓看孟老闆的戲時，月娥曾帶去一罈仁和酒鋪的菊花白，不知可合孟老闆口味？」

「清冽醇厚，的確是好酒。」

回想起那菊花白的味道，不禁讓愛酒的孟紅柳口中生津。

「那您今兒可千萬要嘗嘗這酒，」柴月娥將酒杯舉了起來，輕晃了兩晃，「這可是我爹托了幾層人情才買到的陳年蓮花白，號稱酒中的滋補聖品，難得一見的玉液瓊漿。」

像孟紅柳這樣的愛酒之人怎麼可能會不知道蓮花白呢，只是這種酒因為工序繁複用料極為講究，幾乎就買不到。所以一聽柴月娥說面前這酒盅裡裝的就是自己朝思暮想的蓮花白，孟紅柳實在按耐不住肚子裡的酒蟲，將酒盅端起來湊到鼻尖前，深深吸了口氣，那如同蓮花一般清冷又柔和的香氣瞬間沁入五臟六腑。

「想必孟老闆也聽說過『太一滄波下酒星，露醞秘訣出仙扃，情知天上蓮花白，壓盡人間竹葉青』這幾句詩吧，」看見孟紅柳臉上的神情，柴月娥知道差不多了，「說的可就是這只得天上有的蓮花白。」

孟紅柳不由得咽了口口水，喉頭咕嚕一下。

「來，月娥敬孟老闆第一杯，多謝孟老闆這幾日細心賜教。」

說著，柴月娥以衣袖遮著，一仰脖兒，將杯中酒一飲而盡。

既然柴月娥都喝了，那孟紅柳再推可就不像樣了，於是他也一手捧杯，「孟某謝過月娥小姐賞酒。」

這一杯酒下去，孟紅柳簡直是從裡往外的這麼舒暢。蓮花白果然名不虛傳，味柔香幽清醇回甘，難怪李白會說「蓮花酒美玉壺開，太白醉去復還來」，難怪蘇軾會說「請君多釀蓮花酒，準擬王喬下履鳧」，難怪會有那麼些文人雅士為這蓮花白留下諸多詩詞歌賦，只消這一杯孟紅柳就全能理解了。

「好酒。」

咂摸了老半天滋味，孟紅柳才終於吐出這兩個字來。

「能得孟老闆誇讚，也不枉費我一番安排，」柴月娥有些意味深長地笑道，接著立刻又給孟紅柳斟滿一杯，「月娥敬孟老闆第二杯，多謝孟老闆不負月娥苦心。」

「乾！」孟紅柳這會兒可顧不上那許多，舉起酒盅又是一杯下肚，美得喜笑顏開，「來，再滿上。」

「月娥敬孟老闆第三杯，」柴月娥已經喝得臉邊紅入桃花嫩，秋波似水柔情萬種，「多謝孟老闆……這一晚詩情酒興。」

「乾！」

四十四、

夜色漸深酒意愈濃。

柴月娥其實就只喝了最開始的三杯，之後的五六壺全都是孟紅柳一個人喝掉的。一口酒一口菜，孟紅柳喝得醉眼朦朧心情大好，就連眼前的柴月娥竟也怎麼看怎麼順眼了。

「好……酒興也。」

毫無預兆地，柴月娥忽然柔聲細語地以崑曲韻白念了一句，接著便低低唱起了孟紅柳這些天教她的步步嬌。

「裊晴絲，吹來……閒庭院，」邊唱，柴月娥邊用手撐著桌面，晃悠悠站起身，「搖漾……春，如線……」

舉著酒盅，孟紅柳半瞇縫著眼睛瞧著眼前腰姿搖曳、千嬌百媚的柴月娥，用手輕敲著桌面合著她的唱打著拍子。

唱到「沒揣菱花偷人半面」時，柴月娥恰好轉到孟紅柳的身側，她將手裡的絹帕當作水袖輕輕一甩，落在了孟紅柳的肩頭。孟紅柳轉過臉，下意識用手一抓，攥在了手裡。柴月娥風情萬種地笑著，一點一點慢慢地往回抽著絹帕，每抽一下身子就往孟紅柳那邊更湊近一步。

也不知是不是酒精的作用，孟紅柳就覺得口乾舌燥動彈不得，眼睜睜看著柴月娥離自己越來越近，近到都能聞到她身上隱隱的檀香。

「我步香閨，怎便……把全身現……」

最後兩句戲詞，隨著溫熱的氣息從柴月娥的朱唇中吹出，狠狠地擾亂了孟紅柳的呼吸和心緒。可偏偏就在這個節骨眼兒上，一個丫鬟端著木托盤推門走了進來，屋裡原本越來越高漲的春情瞬間就從打開的房門湧了出去，消失在沉沉夜色裡。

「小姐。」

孟紅柳抬頭一看見這個丫鬟，醉意頓時醒了七八分，下意識推開湊在近前的柴月娥，又驚又喜地低低喊了一聲，「青梅。」

「小姐，孟老闆，」青梅也不抬頭，端著托盤快步來到桌邊，把托盤裡的一隻精緻的小碗拿起來擱在桌上，「這是剛燉得的冰糖蓮子燕窩粥，老夫人命我端過來給小姐嘗嘗。」

柴月娥這個氣呀……氣得蛾眉倒蹙粉面生煞。

「我一會兒再吃，你回老夫人那邊兒去吧。」

「老夫人說了，讓我們今晚各自歇息，不用再過去了。」

青梅抱著托盤微微垂首，輕聲答道。

「那你就去歇息吧！」柴月娥火不打一處來，「出去呀！」

「月娥小姐，」孟紅柳連忙起身，衝著柴月娥抱拳作了個揖，「天時已晚，孟某不便久擾，就此告辭。」

「孟老闆，」柴月娥趕緊回身輓留，「這還早呢，再說酒也還沒喝完……」

不等她說完，孟紅柳笑著擺了擺手，「再喝，孟某怕是要在月娥小姐面前失態了。」

「……嗯，好吧，」柴月娥知道已是無望，只得作罷，「孟老闆慢走。」

「多謝月娥小姐賞宴，孟某告辭。」

邁步往外走的時候，孟紅柳悄悄看了一眼一直低著頭站在門旁的青梅，也沒多說什麼，略一點頭便離開了。

孟紅柳前腳走，青梅朝柴大小姐施了一禮，也打算出去時卻被她給叫住了。

「回來，」柴月娥重新在桌旁坐下，面若冰霜，「你上哪兒去？」

「我……」

青梅也不知是因為緊張還是天兒熱，汗珠子順著額頭滾了下來。躊躇了一會兒，青梅又快步走回桌旁，將桌上的杯盤碗盞收到托盤上。

「我，先把桌子收拾了，」青梅麻利地收拾著，手有些微微顫抖，「收拾完了再回來伺候小姐就寢。」

「你先放著，我有話說。」

「是，小姐。」

春梅將手裡的東西都暫時擱在桌上，低著頭，雙手交疊在身前。

「你今年，十七了？」柴月娥聽似漫不經心地問道。

「是，過了這個冬天就十七了。」

「想你剛進府的時候，還是個那麼點兒大的小丫頭，」柴月娥以絹帕捂嘴佯做笑狀，「一轉眼都已經出落成一個標標緻緻的大姑娘了。」

青梅也不知道柴大小姐想說什麼，只能閉嘴默默聽著。

「說起來呀我還真捨不得你，」柴月娥斜眼看著青梅，「不過就算只是個使喚人，我也不忍誤了你的終生大事。」

「……啊？」青梅慢慢抬起頭，愣愣地看著柴大小姐。

「怎麼？我娘沒告訴你麼？」柴月娥故作驚訝地睜圓了眼睛。

「沒……」

「唉，我娘也是老糊塗了，怎麼還沒跟你說呢，」柴月娥輕拍了一下桌面，「前些日子我娘和我商量，說是你也老大不小的了，所以想著給你說一戶人家兒。」

「……小姐，您說的……我，我不明白……」

「傻丫頭，這有什麼不明白的呀，」柴月娥笑了，「雖然你只是我柴府的丫鬟，但好歹也是我的貼身丫鬟，所以我跟我娘說了，絕不能找太次的人家兒，然後你猜怎麼著？」

「青梅不知……」

「城東，袁孝廉家。」

「……袁，孝廉……」

「是啊，儘管不是什麼大富大貴的人家，但總算書香門第，」柴月娥滔滔不絕，如同洩恨一般，「你要是能嫁到這樣的人家，我也就放心了。」

說起這位袁孝廉，青梅也多少知道點兒。據說他一生清苦，好容易在三十歲頭上中了舉，可算是揚眉吐氣了，沒想到找了一房媳婦兒卻給他生養了一個傻兒子。這兒子不僅傻得出了圈兒，快二十了還說不全自己的名字，而且偏好女色，從小就愛往姑娘的裙子裡鑽，長大之後就更了不得了，但凡放他上街，看見長得不錯的女子伸手就要往懷裡摟。袁孝廉恨這兒子恨得實在腦仁都疼，可是又不能拿他怎麼著，於是就盤算著給他找個媳婦兒管著他。

「可是小姐……袁孝廉的，兒子……」

說著，青梅覺得自己的身子不受控制似的哆嗦了起來，明明是三伏天兒卻讓她打從心底裡往外冒寒氣。

「袁孝廉的兒子確是不太聰明，」柴月娥忽然臉往下一沉，面若冰霜，「但就憑你一個丫鬟的身分，還想著挑三揀四不成？」

柴大小姐話音未落，青梅咕咚一聲就跪了下來，眼淚噗嚕噗嚕成串兒地往下掉。她跪爬了幾步，抱著柴月娥的腿泣聲道，「小姐……小姐，我不嫁……我不嫁。」

「男大當婚女大當嫁，難道還要柴府養你一輩子嗎？」柴月娥的語氣變得清冽冰冷，不帶一絲一毫的溫度。

「小姐……我，我伺候小姐一輩子，」青梅連哭也不敢大聲，咬著下唇苦苦哀求，「求求您了，小姐……別叫我嫁了，我，我甘心情願一輩子侍奉小姐左右……

做，做牛做馬……」

「我可沒有這個福分，」柴月娥腳尖一挑，把青梅踢到一邊，「這幾天你給我好好吃好好睡，等我娘和人家談妥了日子，你嫁也得嫁不嫁也得嫁！」

「小姐，我給您磕頭了，求求您，」青梅哭得肝腸寸斷，她從未感覺如此恐懼過，「小姐，小姐……就看在我伺候您這麼多年的份上……小姐……您行行好吧，小姐……」

柴月娥不耐煩地站了起來，「別吵吵了，我聽著就心煩，把桌子收拾了你就回屋吧，今晚不用你了。」

說完，柴月娥頭也不回地往自己的閨房走去，只留下青梅獨自趴在地上好似搗蒜一般不停地磕著頭。

嘭的一聲房門被關上，青梅明白自己再說什麼也沒有用了，只得搖搖晃晃地站了起來，用袖子抹去臉上亂七八糟的眼淚。

雙眼無神地稍微發了一會兒愣，青梅機械地又開始收拾起桌子來。將殘羹剩菜通通收到托盤裡，她又伸手去抓酒盅和酒壺，但當她將孟紅柳剛才喝剩下的酒盅握在手裡時，忍不住再次落下淚來。眼淚靜靜地滑過她的臉頰跌進酒盅裡，只蕩起一圈小小的漣漪便消失得無影無蹤。

青梅定定地望著手裡那半杯殘酒，深深吸了一口氣，然後一閉眼一仰臉兒，將杯裡的酒全倒進了自己嘴裡，不習慣的酒味兒嗆得她連著咳了好幾聲。冰涼的液體順著喉嚨一直滾落了下去，越往下落就越熱，等進到了胃裡就好像要燒起來一樣。

輕輕甩了甩腦袋，青梅努力讓自己的心神定下來。她扭頭看了一眼柴大小姐閨房的方向，然後端起裝得滿滿當當的托盤，快步走出門外。

四十五、

孟紅柳回到自己的住地時，同院住著的袁江海和三閨爺都已經睡了。

走了這一路，孟紅柳的醉意基本上已經所剩無幾，剛才一直被酒精支撐著的身體也逐漸感到越來越疲倦。他舀了一瓢水，咕咚咕咚一口氣全喝了下去，接著又舀了一瓢，用手撩著潑在臉上，頓時感到精神了不少。

站在院子裡發了會兒呆，孟紅柳一遍又一遍地在腦子裡過著今晚在柴府發生的事情，怎麼也想不通自己怎麼就鑽了柴大小姐的套兒呢，怎麼就這麼沒見過女人這麼沒出息呢。思前想後也沒能理出個頭緒，孟紅柳決定還是先回屋睡覺，明兒一大早還得上貝勒府去準備堂會。

正當他將水瓢擺回原處，一邊解著大褂上的扣子一邊踱步往自己那屋走時，院門外忽然傳來幾下輕輕的敲門聲。孟紅柳一愣，他不知道自己是不是聽錯了，於是他停下腳步側耳仔細聽了聽，果然又傳來啪啪兩下敲門聲。他微微皺眉，想著這都什麼人呀這個點兒還來串門子。

「誰呀？都睡了。」孟紅柳的語氣裡透著幾分不悅。

「孟老闆，是孟老闆嗎？」門外響起一個年輕女子怯生生的聲音，「是我，青梅。」

「青梅？」

孟紅柳趕緊扯開門閂，一把將院門拉開，力道使得太大，結果倒把站在門外的青梅給嚇了一跳。

「丫頭，你怎麼來了？」

儘管在開門之前就已經知道是青梅，但真正看見她還是讓孟紅柳吃驚不小。他把身子探出去四下張望了一下，胡同裡並不見其他人的身影。

「你自己一個人來的？」

「……嗯。」

孟紅柳見青梅氣息不穩面帶潮紅，估計她是一路跑著來找自己的，心有不忍，便趕緊將她讓了進來。

「有什麼話兒上我屋裡坐著說。」

「欸。」

孟紅柳將青梅領進自己那屋坐下，給她倒了杯水。

「我也才剛回來一會兒，沒有熱水沏不了茶，湊合著喝口水吧。」

「嗯。」青梅點點頭，捧起水杯來喝了一口。

「丫頭，你是怎麼知道我住這兒的？」孟紅柳自己也端了杯水，在桌旁坐下。

「以前……我，跟戲樓的夥計打聽過……」

青梅越說頭垂得越低，似乎自己乾了什麼見不得人的事情。

「哦，」孟紅柳笑了笑，無論什麼理由，只要能見到青梅就讓他莫名地覺得心情舒暢，「這麼晚了你來找我，是你家小姐又有什麼事兒麼？」

可青梅聽了他的問話後卻老半天都沒有吱聲，只是默默地搓著自己的衣袖。

「丫頭？你怎麼了？」孟紅柳有些擔心了起來，「跟我說說。」

「孟老闆……」邊說著話，青梅身子軟軟地往下一滑，跪在了地上。

「丫頭！」

孟紅柳嚇了一跳，伸手就要去扶她，可是還沒碰到她的胳膊，卻被青梅用雙手緊緊攀住了自己上衣的前襟，一雙噙著淚光的杏眼如同受了傷的幼獸般無助地看向他。

「孟老闆，您……您帶我走吧，帶我走吧……」

說完這兩句，青梅就抽泣得再也說不下去了，眼淚如同斷了線的珍珠一般大顆大顆地掉落下來。

「這到底是怎麼了？你先起來，」孟紅柳抓著青梅的雙臂將她架了起來，「起來說話兒。」

「孟老闆，我家小姐她……」青梅哽咽道，「她要把我嫁給袁孝廉家……的，傻兒子……」

「什麼？！」

這句話在孟紅柳聽來猶如晴天霹靂，讓他不由得一時間呆若木雞。

「我……我不想嫁，我不嫁……可是小姐說，嫁也得嫁，不嫁……也得嫁……」青梅哭得淒淒慘慘，聲音都有些啞了，「……我這要真的嫁過去，那這一輩子……就毀了……所以，所以我也顧不得臉面，來求您……孟老闆，您，權當可憐可憐我……帶我，走吧……」

說到最後，青梅不顧一切地晃了晃抓著孟紅柳衣服前襟的雙手，聲淚俱下。

「……青梅，當牛做馬……答謝您的大恩大德……」

說著，青梅又要往下跪。

沒等她跪下去，孟紅柳一把就將她摟進了懷裡，像哄小孩兒似的輕輕拍了拍她的背。

「噓……別哭，我知道了，」孟紅柳輕撫著青梅的脊背，臉貼著她的頭，「好了，不哭了，我在這兒呢。」

在孟紅柳的柔聲撫慰下，青梅的泣聲逐漸變弱，呼吸也慢慢平穩了下來。

「……孟老闆，」青梅在孟紅柳懷裡仰起小臉兒，梨花帶雨的模樣竟為她憑添了幾分嬌媚，「您……會幫我的吧？」

孟紅柳心疼地用拇指給她抹去滾落下來的淚珠，然後捏住她的下巴輕輕晃了晃，「嗯，赴湯蹈火。」

「多謝孟老闆，救命之恩……」

孟紅柳短短一句話竟引得更多淚水從青梅眼中滑落。

「好了好了，不哭了，」孟紅柳淺淺一笑，稍微想了想後說道，「這樣吧，今晚你得先回柴府，等我給貝勒府唱完這三天的堂會，打點好一切之後我就去帶你走。」

「三天……」

「這趟堂會是早就應下了的，我若臨時說不去的話不僅壞了規矩，也會給其他人添麻煩，」孟紅柳細細解釋道，「就等我三天，行嗎？」

雖然擔心這三天裡會不會生出什麼變故，但青梅還是點了點頭。

「嗯……」

見已定妥，孟紅柳也安下心來。他和青梅一起重新坐下，喝了點兒水，又聊了一會兒閒白兒後，他對青梅說道，「太晚了，我送你回去吧。」

「不敢勞煩您，」青梅搖搖頭，「我自己認得路回去。」

「我怎麼可能放心讓你自己一個人走夜路回去，」

孟紅柳站起身，寵溺地笑笑，「我送你。」

「……嗯，多謝孟老闆掛心。」青梅也站了起來，跟在孟紅柳身後走了出去。

一前一後地順著胡同往前走著，兩人似乎都不知道這種時候應該說些什麼才好，所以都只是低著頭默默地走著。夏末的夜少了幾分白晝的悶熱和焦躁，偶爾一陣晚風吹過，裹著不知哪裡的花香輕拂面頰，卻有些暖暖的。星星很亮但也很碎，撒得到處都是晶晶亮亮，讓夏夜的沉靜倒也顯得不那麼寂寥。

「……孟老闆。」

「嗯？」

「我……剛才這麼冒然造訪，實在是太失禮了……」青梅微微蹙眉，輕咬著下唇，「還請您原諒。」

「哪裡，我開心還來不及呢。」孟紅柳偏著頭看她。

「開心？」青梅有些吃驚地看向孟紅柳，接著又立刻紅著臉將視線收回來，「為，為什麼？」

「嗯……讓我先問問你，」孟紅柳臉上帶著幾分壞笑，「在你知道你家小姐要把你嫁給袁孝廉的兒子之後，我是不是第一個你想見的人？」

儘管孟紅柳問得淡淡然，但這話卻像是在青梅臉上和心裡點著了一把火，她實在不好意思出聲，只能快速地點了點頭。

「你想要見我，這就已經足以叫我歡喜得不行了，」孟紅柳雙手交疊在身後，儘量隨著青梅的步調走著，「你想要見我隨時都可以來，沒有什麼失禮不失禮的，明白嗎？」

「嗯？」

青梅香靨凝羞，先是點點頭，接著又搖了搖頭。

「孟老闆……」

「您為什麼，對青梅這麼好？青梅不過……」青梅忽然想起柴大小姐之前的一番話，「不過是個服侍人的丫鬟……」

「孟某人也不過是個伺候人的戲子呀，」孟紅柳爽朗地笑了起來，「哪裡有什麼不同。」

「不同不同！您，怎麼能屈尊與我這樣的人……相提並論……」

「丫頭，」孟紅柳猛的停住腳步，轉向青梅，「你是個好姑娘，頂好頂好的姑娘，我從沒見過你這麼美好的丫頭，所以你千萬不要妄自菲薄看不起自己。」

「孟老闆……」青梅感覺自己就快要融化在孟紅柳似火般的眼神裡。

「行了，」孟紅柳指了指前面，「轉過那個彎就是柴府的後街，我就不送你過去了，免得被人看見了反生是非。」

「嗯，」青梅往前走了兩步，又忍不住回過頭來，「孟老闆，您會來接我的吧？」

「來，這個給你，」孟紅柳想了想，把自己手上的金扳指摘了下來，遞給青梅，「權當你我的信物。」

「……嗯，多謝孟老闆。」

這回青梅並沒有推辭，而是雙手將扳指接了過來，寶貝地貼在胸前。

「別擔心，我一定會來帶你走的，」孟紅柳伸手，愛憐地輕蹭了一下青梅的臉頰，「快回去歇了吧。」

「欸，」走了沒幾步，青梅再次回過頭來，眼睛裡滿是不捨，「孟老闆……我等著您。」

「知道了，去吧。」

青梅點點頭，臉上綻放出一個幾乎讓孟紅柳感到耀眼的笑，接著便轉身沒入了漆黑的夜色之中。

四十六、

「那晚，就是您見她的最後一面？」

「……嗯。」

孟紅柳黯然神傷地點了點頭，一仰脖兒，將三閏爺剛給他斟滿的酒全灌進了喉嚨裡。酒氣的辛辣激得他咧了咧嘴，苦笑了一下，「這劣酒，比蓮花白可差得太遠太遠咯。」

「您呀，」三閏爺無奈地笑著搖了搖頭，「什麼都好，就是太貪杯。」

「是啊……就是貪杯啊，」孟紅柳自己抓過桌上的酒壺，斟上一杯，又立刻喝了個乾淨，「記得後來我從貝勒府一回來，就緊趕慢趕地準備好東西上柴府去提親……可是去一回不讓見，去二回不讓見……去了無數回，死活就是不讓見……」

說到這裡，孟紅柳的聲音竟哽咽了起來。

「我立刻就讓江海出去打聽，這才知道青梅來見我之後的第二天，柴府的人就已經把她綁進花轎送了出去……」

「那她怎麼會死了的呢？」

三閏爺一句話衝出口才發覺問得不妥，但收是收不回來了，所以臉上出現幾分尷尬的神情。

「她呀，雖然外表看起來柔柔弱弱，」孟紅柳似乎並沒有介意三閏爺的問話，只是一徑地往下說著，「但實際骨子裡卻是個極剛強的丫頭……所以啊，哈……她就在，往袁家去的花轎裡……把我給她的那個金扳指給吞……哈哈哈哈，吞，吞，吞了下去……」

孟紅柳的嘴雖然在笑，眼裡卻泛著斷腸的淚光，似乎隨時都會滑下來。也不知是不是為了掩飾，孟紅柳抬頭又一杯酒灌了下去，一抹嘴，哈哈哈地啞笑出聲。三閏爺默默地坐在一旁，勸也不是慰也不是，看著昔日舊友這副情淒意切的模樣，不禁也紅了眼眶。

「扁舟訪舊入橫塘，新柳今如舊柳長……縱題紅葉隨流水，誰弄青梅……出短牆……咳咳咳，咳……」

大概是被剛喝下去的酒嗆著了，孟紅柳大聲咳嗽了起來，三閏爺趕忙起身給他拍了拍背，幫著順氣兒。

「行了，別再喝了，」三閏爺見他又去摸酒壺，趕緊把酒壺抓在手裡，「小酌怡情，喝過量了反為不美。」

「呵，美不美的也就這一輩子，」孟紅柳略微有些醉眼惺忪地看向三閏爺，「您說是不是呀，三哥？」

「好了好了，」三閏爺把酒壺往邊上一放，伸手把孟紅柳給架了起來，「有話兒咱明兒再接著聊，我也累了，您也早歇著吧。」

邊說，三閏爺邊有些吃力地將比自己高出去一個頭的孟紅柳連拉帶拽連哄帶騙地弄到床鋪上躺平，幫他脫去了鞋襪又給他蓋好被子。

「好好歇著，明兒一早我來喊您。」

三閏爺說完，孟紅柳嘴裡也不知道嘰哩咕嚕地說了句什麼，翻身就沉沉睡去了。看著連脖子都紅透了的孟紅柳，三閏爺嘆了口氣，扭頭端起桌上的油燈走了出去。

在這個大鎮店的三天廟會上，侯小若他們不僅完美地救了場，而且還成功地抓住了那些大商號老闆們的心，廟會結束了還死活要邀鳴福社再唱三天堂會不可。實在敵不過對方的好意，於是侯小若和三閏爺只好又帶著大家留了三天，這才開始打點行裝，準備啓程前往歸化城。

在出發之前，三閏爺毫無意外地向孟紅柳提出願不願意和他們一起走的提議，孟紅柳自然是一百個願意，好不容易見到故友舊交，怎麼可能願意就這樣匆匆分開，於是便帶著白二霜跟隨三閏爺他們一同動身了。

聽到白二霜也能一起去歸化城的消息，最開心的大概莫過於程雨晴了。雖然只是短短幾天的時間，但他倆幾乎已經成了無話不談的朋友。白二霜不僅人好心細，對誰都周到有禮，而且懂得又多，和他聊天程雨晴從來不會覺得無聊枯燥，於是便硬拉著白二霜也上了那輛裝行李的騾車。

「雨晴，最近我看你的嗓子恢復得不錯，你自己覺得呢？」

見程雨晴又照例拿出那個小葫蘆，含了一粒藥丸在嘴裡，白二霜邊問邊掏出他一直隨身帶著的水煙壺，呼嚕呼嚕地抽了起來。

「嗯……我也覺得好像比以前要舒服許多，平時吊嗓子時也通暢多了，」程雨晴因為用舌頭壓著那粒藥丸，所以說話有點兒困難，「就是……」

「就是什麼？」侯小若說著，熟練地將有些往右偏的騾子趕正。

「就是還不敢唱，不敢試，對不對？」白二霜吐出一大口白白的煙霧。

「……嗯。」程雨晴蹙眉不語。

「雨晴你現在的心情我雖然很理解，但我覺得你完全用不著擔心，」白二霜又咕嚕咕嚕了幾口，幾乎整個人都被煙霧包裹了起來，「這兩天我聽你吊嗓子，應該已無大礙，只要你能放下心結就一定還能再唱。」

「……您真覺得，我能再唱？」程雨晴的語氣裡滿是期待，但卻又有幾分害怕聽到答案。

「我不是覺得，」白二霜在煙霧中露出一個不甚真實的笑，「我是知道，我知道你能再唱。」

「雨晴呀，不是我說你，」侯小若在半空甩了一鞭子，「你就是想太多顧慮太多，要我說根本沒必要，想唱張嘴就唱，聽我這個。」

說著，侯小若便自顧自地唱了起來。

「看過了文房寶某細寫端詳，將要言寫在了書信之上，這封書就是他要命的閻王，尊列位在山崗休得盼望，」侯小若將馬鞭握在手裡一抱拳，「將禦馬到了手即轉山崗。」

那副滑稽的模樣逗得程雨晴咯咯咯笑出了聲，就連斜靠在一旁的白二霜都忍不住跟著笑了起來。

「誰像你這麼粗枝大葉沒心沒肺的。」

程雨晴好容易止住了笑，還不忘伸手捶了侯小若的肩膀一下。

「這邊兒，這邊兒再給來兩下，」侯小若嬉皮笑臉地用韻白說道，「老夫正好趕車趕得累極了哇，哈哈哈哈。」

「雨晴，你聽我的，」白二霜擺了擺手，將臉前的煙霧撥開，「試著唱兩句看看。」

「我……」

「唱兩句唄，雨晴，」侯小若也隨著起哄，「就只唱兩句。」

拗不過這兩人，程雨晴白了侯小若一眼，先是稍微清了清嗓子，小聲輕唱道，「香夢回，才褪紅鴛被，重點檀唇……」

不知是不是被自己久違的嗓音給嚇了一跳，程雨晴只唱了幾句便愣住了。

「胭脂膩……」

笑眼彎彎的白二霜在旁邊接了一句，才讓程雨晴回過神來，眼裡噙著淚繼續往下唱著，「匆匆輓個拋家髻……這春愁怎替，那新詞且記……」

「雨晴！」侯小若樂得嘴也歪了，差點兒把手裡的馬鞭都扔了出去，「你，你能唱了！你嗓子恢復了，恢復了！」

「小若……我，我能唱了……二霜哥……」

白二霜笑而不語，只是輕輕點了點頭，接著又咕嚕咕嚕地抽了起來。

「呀……見婦人站門樓美貌無雙。」侯小若看著程雨晴唱了一句，然後衝他擠了擠眼。

程雨晴心領神會地笑了笑，用袖子一擋臉，接下去唱道，「見此人與亡夫品貌一樣，心兒內好一似蝴蝶穿房。」

「我……」這回輪到侯小若眼眶濕潤了，「我，我終於……等到了，又能和你一起唱戲了……」

「傻樣兒，這麼大人了還哭鼻子，沒羞……」

雖然嘴上這麼說著，程雨晴的聲音裡也透著泣聲，兩人淚眼婆娑相視無言。

「侯小若，」白二霜忽然喊了一聲，嘴角揚起一道美麗的弧線，揶揄道，「麻煩您這會兒好好看著路趕車，一會兒到地兒了雨晴再給您看個夠。」

「二霜哥，瞎說什麼呢您。」

程雨晴嬌羞得幾乎恍若情竇初開的少女一般，雙頰通紅地白了白二霜一眼。

在路上又走了四天，侯小若一行終於在第五天的午時左右從東城門進入了歸化城。一進城，大家都被驚了個瞠目結舌。

好一座熱鬧非凡繁華似錦的塞外古城。

寬闊平坦的街道足能夠讓兩輛大騾車並排而行，道路兩邊是玲琅滿目的各種商鋪，賣什麼的都有。幾乎每間商鋪門前都是門庭若市，進出來往的人群摩肩接踵，簡直無處不是人聲鼎沸，再伴著肩挑小販們的吆喝聲和車行馬踏的嘈雜聲，實實繁鬧至極。

順著街道拐過幾個彎，依照三閏爺當年模模糊糊的記憶還真把他們領到了一間看著頗乾淨的大車店前。店門前掛著三塊大大的籮筐幌，晃晃蕩蕩非常惹眼。

「沒想到離開幾十年了，這裡竟然一點兒都沒變。」三閏爺跳下車，感嘆地說道。

「三哥，您以前跟這兒住過麼？」孟紅柳也跟著跳下車。

「嗯……恍若半生啊，哈哈哈，」三閏爺摸著光腦袋笑了幾聲，回頭對其餘車上的人說道，「來，把騾車都趕過來。」

「客官，幾位呀？」店小二手巾搭肩，迎了出來。

「差不多……」三閏爺大概數了數，「十七八位，人多，勞煩您把後面那院子給我們吧。」

「喲，這位看樣子還是咱們這兒的老主顧，那院子今兒早上才剛空出來，您裡邊兒請。」

大家夥兒紛紛下車，拉著騾子嘴上的嚼子跟在店小二身後往大車店裡走去。真是沒想到，區區一間大車店竟然往後還有兩三層院子。

「小二哥，來，」三閏爺招了招手，把店小二喊到近前，掏出一塊碎銀子遞給他，「這個你拿著。」

「喲，謝謝爺賞，」店小二眉開眼笑地把銀子接了過去，「您還有什麼吩咐？」

「麻煩你把騾子都牽到牲口棚裡去吧，多弄些好麩子草料和清水，好生照顧著。」三閏爺囑咐道。

「您放心，咱這大車店在歸化城都開幾輩兒人了，錯不了，」店小二把銀子揣進自己懷裡，「您這些位都跟咱這兒吃嗎？或者我給您上外頭點吃食送來也行。」

「就跟這兒有什麼吃什麼，我們都不挑。」三閏爺笑道。

「先說好，咱這兒沒有特別好的，都是一般的蔬菜粗糧，肉可沒有。」店小二趕緊把話說在前頭，估計是以前吃過虧，「一早一晚兩餐。」

「肉一點兒都沒有也不成……咱這兒好些孩子正是吃的時候，」三閏爺想了想，又掏出一塊銀子，「這樣吧，吃飯的時候給我們這院兒開個小灶，每頓最起碼給添倆肉菜。」

店小二是只要有銀子怎麼都好說，於是連忙一把抓過那塊差不多有五兩的銀子，笑得更歡實了，「行，您給錢了就是爺，都按您說的辦。」

「那就有勞小二哥了。」

三閏爺抱拳拱了拱手。

四十七、

車都卸好，包袱行李也都安放妥當之後，三閏爺又帶著大家夥兒從大車店出來，說是要去嘗嘗當地的美食，祭一祭大家的五臟廟。七轉八轉了好一會兒，終於在一間並不十分起眼的飯館門前停了下來。

「就這兒，」三閏爺指了指飯館的招牌，回頭衝大家說道，「這兒的拉條子，嘖，絕了。」

侯小若抬頭瞧了瞧，招牌上書三個門大的墨字——秋棠元。

這飯館並不大，但是四四方方看著挺周正，是一棟兩層的小樓，門旁有一溜兒繫馬樁。說是繫馬樁，不過現在上面卻拴著兩三頭駱駝。京城裡出來的孩子大多都沒見過駱駝，所以覺得新鮮得很。

秋棠元門前種著好幾棵西府海棠，現在這個季節雖然已經沒有了花，卻掛滿了紅艷艷一嘟嚕一嘟嚕的海棠果，湊近了一聞，隱隱還透著酸酸甜甜的果香。

「難怪這間館子叫秋棠元，」白二霜用手撥弄了兩下樹上結的海棠果，笑道，「還挺雅的。」

「乾爹，咱快進去吧，」侯小若摸了摸自己的肚皮，「我都快餓暈了。」

「你呀，整個兒一餓嗝。」

梅壽林走過來，一巴掌拍在侯小若的背上，拍得侯小若往前蹦了好幾步。

「我說壽林，你手勁兒是不是又長了，」侯小若呲牙咧嘴地想要給自己揉揉，但又怎麼也夠不著，那樣子別提多滑稽了，「回頭咱倆得再扳一次手腕兒看看。」

「行，沒問題。」梅壽林笑著，跟在三閏爺身後走進飯館裡。

才剛跨過門檻就聞到了一股熱騰騰的麵香，走在最後面的幾個年紀小的孩子已經忍不住開始砸吧嘴了。

「唷，幾位爺，總沒來了，」跑堂的小二很是會說話，「今兒對不住幾位，樓上都滿了，委屈幾位就坐樓下吧？」

「可以可以，我們人多，坐樓下還寬敞。」

一聽就知道，三閏爺心情好得很。

店小二把十幾位老老小小帶到窗邊的兩張大長條桌旁，扯下搭在肩上的手巾象徵性地擦了擦，然後請大家夥兒入座。

「給每人上一大碗拉條子，」座兒都還沒坐熱，三閏爺就迫不及待地開始點菜，「配菜要過油肉和辣子炒肉，其它的番茄尖椒蒜苔什麼的你看著給上就行。」

「好咧，幾位爺喝點兒什麼？」店小二眼尖，一眼就看出在座的有幾位愛喝酒，「咱這兒汾酒和奶酒都有。」

「都，都要。」

光聽見酒名，孟紅柳就差沒流口水了。

「那就各來一罈吧。」白二霜捂嘴一笑，替孟紅柳答道。

「好咧，馬上來。」

「麻煩先給我們來壺茶水，」侯小若喊住剛準備走開的店小二，「我叫渴。」

「是咧。」

不一會兒，店小二就手腳麻利地先拎著一大壺茶水過來，給每人都斟上了一碗。

「拉條子一會兒就得，有事兒您再叫我。」

「得了。」

喝著茶，侯小若稍微打量了一下這間飯館。地方不算大，一樓大概也就只放得下五六張桌子，正中間有一個四四方方的檯子，三面都有矮欄桿。檯子大約有八九寸高，上面放著一張精緻的座椅，朝北沒有欄桿的那面是兩級台階，兩旁各放著一株種在盆裡的西府海棠。

往二樓去的樓梯在屋子的東北角兒，樓梯旁有個門，掛著一塊對開的藍色棉布門簾子，隱約能看到後面似乎還有一層院子。二樓連接樓梯的是一個口字形的迴廊，所以從一樓能直接看到二樓的樣子，迴廊四周則是幾間掛著門簾的雅間。

「拉條子來咯！」

沒等他打量完，店小二就雙手捧著一個巨大的托盤邊吆喝邊走了過來。

「來了來了，終於來了。」

三閏爺喜笑顏開地趕緊把筷子先抓在手裡，像個孩子似的。

「拉條子到底是什麼呀？」

不光是侯小若，其他的孩子們也都伸長了脖子往一隻隻大碗裡瞧。

「嗨，白胚兒呀，」魏溪閣語氣裡略顯一點兒失望，「我還當是什麼好吃的呢。」

「拉條子可不是普通的麵條兒，」三閏爺眼睛都瞪圓了，指著那大碗，「別的先不說，你就聞聞。」

「聞聞……？」魏溪閣湊上前去使勁兒吸了口氣，結果呼氣時連哈喇子都一起帶了出來，掛在嘴邊。

「你搞什麼啊！噁心死了！」

坐在他身旁的王溪樓趕緊把他的臉推開，免得哈喇子掉進碗裡去。

「太香了！」魏溪閣忽然回過神來，忙用袖子擦了擦嘴，「這，什麼麵呀，三閏爺？我這輩子就沒聞過這麼香的白胚兒！」

「哈哈哈，你這輩子才幾年啊。」王溪樓在一旁笑道。

「說多少遍了這叫拉條子，」三閏爺邊說，邊將大碟子裡的配菜分到各個大碗裡，「佐料兒都在下頭，一會兒拿筷子好好拌拌再吃，知道嗎？」

「欸。」

侯小若和程雨晴也幫著一起分完了配菜，大家手裡也都有筷子了，於是全看向年紀最長的三閏爺，等他先起快。

「大家一路上辛苦了，不用客氣，吃吧吃吧，都大口吃。」三閏爺說著，下筷子將自己面前的拉條子拌匀了，夾了一筷子送進嘴裡，臉上頓時幸福洋溢。

大家看三閏爺吃了，也都趕緊拌起麵來，有的心急，結果拌得桌上哪兒哪兒都是，總之什麼吃相的都有。而孟紅柳則是忙不迭地扒開酒罈上的封蓋，一陣酒香撲鼻而來。

「紅爺，我來吧。」

白二霜放下筷子，雙手捧起酒罈，給孟紅柳倒了滿滿一大碗，接著給自己也倒了一碗。

「來，乾。」孟紅柳剛把酒碗端到嘴邊，就被白二霜給攔了下來。

「慢點兒喝，一會兒又該手抖了。」

「欸，嘿嘿嘿，」孟紅柳憨笑了兩聲，聽話地只淺嘗了兩口，「嗯……這酒簡直了！美！」

「哈哈哈哈，」三閏爺把奶酒的酒罈也打開，讓侯小若給自己倒了一碗，「紅爺，再嘗嘗這酒，到了這兒不嘗嘗奶酒可算是白來一回呀。」

「來來來，給我倒上。」

孟紅柳可逮著理由了，他趕忙先把自己碗裡原先那碗酒全喝乾，打著酒嗝把酒碗給遞了過去。

看他那饞酒的樣子像個老小孩兒一樣，白二霜也只能苦笑著嘆口氣。

「這位爺還真懂，咱們秋棠元的奶酒可是四釀的德善舒爾，雖不及熏舒爾，但也是味兒醇色清，而且喝多了也不上頭不傷身。」

店小二剛好走過桌旁，還特別伸過腦袋來吹噓了幾句。

「既是不上頭也不會傷身，」孟紅柳看了看白二霜，對他說道，「那多喝點兒也沒關係嘛，是吧？」

「就算不傷身也少喝，就算是水喝過量了也不好。」白二霜故意板起面孔，嬌嗔的模樣簡直要人老命。

「好好好，少喝少喝，」孟紅柳立馬敗下陣來，跟三閆爺抱怨道，「三哥您看看，這些年就是他老管著我，讓我錯過了多少好酒。」

「我看要不是有二霜在您身邊，您呀早就喝得不知醉死在哪個街角了。」三閆爺笑著調侃道。

就在大家大快朵頤的時候，耳畔忽然傳來一陣悠揚的琴聲。眾人扭頭觀看，只見正中間那檯子上不知什麼時候上去了一個年輕女子，正懷抱著一把看似琵琶的樂器坐在那座椅上撥弄著琴弦。

「雨晴師叔，那是什麼呀？」王溪樓拽了拽程雨晴的衣袖。

「琵琶吧？」魏溪閣嘴裡嚼著拉條子還非要搶著答道。

「瞎說，哪兒有那麼細細長長的琵琶。」王溪樓白了他一眼。

「二霜哥，您見多識廣，一定知道那是什麼吧？」程雨晴一臉期待地看向白二霜。

「那個叫火不思，也叫琥珀詞，是蒙古族常見的樂器，西調的場面也經常用到。」白二霜不緊不慢地解釋道。

「哦哦，火不思……」程雨晴點點頭，慢慢重覆了一遍，「這個名兒可真有趣。」

那年輕女子彈奏了一會兒之後，淺笑著掃了一眼四周，便張嘴唱了起來，嗓音珠圓玉潤洋洋盈耳，曲調抑揚婉轉猶如高山流水。

「這姑娘，嗓子真不錯呀，」側耳聽了一段兒，侯小若贊嘆道，「可惜女子上不了戲臺。」

「光是嗓子麼？怕是模樣也不錯吧。」程雨晴突然不冷不熱地說了一句。

「嗯？哪兒呀，」侯小若連忙擺了擺手，「誰也比不上我雨晴師哥，師哥您是，一……一笑傾城再笑傾國，再多笑笑，那……那就啥也剩不下了，嘿嘿嘿。」

「哼。」

程雨晴輕輕冷哼，視線又回到正在自彈自唱著小曲兒的那個女子身上。

四十八、

女子一曲唱罷，餘音繞梁，但是獲得的掌聲卻並不很熱烈。畢竟是在這樣的小飯館裡娛樂食客罷了，也不會有多少人認真去聽。而唱曲兒的女子看起來早就已經習慣了，並不介懷，依舊微笑著站起來欠身施禮，接著又坐下開始彈唱另一曲。

這個女子身著一襲紅色的蒙族長袍，外罩刺繡花紋精美的藍色大襟短坎肩，既艷麗又炫目。長長的黑髮編成了兩條油亮的大辮子，兩條比辮子還長出一截兒的紅色刺繡辮飾隨辮子一起垂在身後，辮飾的底端還分別掛著三條珠串兒。頭上戴著一頂小小的尖帽，襯托得女子粉嫩的小圓臉兒更加嬌俏。

聽著悅耳的小曲兒，侯小若他們又邊吃邊聊了起來。

「乾爹，您是什麼時候離開這歸化城的呀？」侯小若說著，伸手拽過裝過油肉的那個碟子，把最後一點兒肉屑全都扒進自己碗裡。

「那可早咯，我離開這兒的時候才……」三閏爺掰著手指算了算，「不到二十吧。」

「豈不是三十多年了？！」

「是啊，時間過得可真快呀，哈哈哈，」三閏爺端起酒碗，喝了一大口奶酒，「這麼多年來呀最叫我魂牽夢繞的還就是這家的拉條子！」

「也就是說這間飯館兒少說開了四十年了？」侯小若嘴裡含著一口拉條子，重新又環顧了一眼四周。

「嗯……估計不止，」三閏爺摸著自己的下巴說道，「我還常來的那會兒這裡就已經是二代掌櫃的了，據說老掌櫃的是當初拖家帶口從山西出了殺虎口，最後落到這兒的。」

「原來這是間山西館子呀？」侯小若掃完了桌上所有碟子裡的剩菜之後，終於心滿意足地打了個飽嗝兒，「不是說嘗嘗當地美食麼，怎麼又變成吃山西菜了？」

「小若你初來乍到還不知道，」孟紅柳這麼一會兒基本上已經多半罈奶酒喝下去了，紅光滿面神采奕奕，「這兒，加上這附近大大小小的鎮店除了蒙古人之外最多的就是山西人，懷裡揣著銀票最多的，嘿嘿嘿，也是山西人。」

「這麼厲害？」

「那是，這裡鼎鼎有名的歸化城三大號可全都是山西人開的，」孟紅柳越聊越興奮，又乾掉一大碗，「要是離了山西人，估計城都得荒咯。」

「這可真是，一處不到一處迷，十處不到九不知啊，哈哈哈。」侯小若哈哈大笑了起來。

「對對對，紅爺這麼一說我倒想起來了，」三閏爺笑道，「以前經常請我們堂會就是三大號之一元盛德的少東家段五爺，明明是個山西人，偏愛聽大戲。」

「聽您這麼說……乾爹，那山西人一般都聽什麼戲呀？」

「山西人當然是聽北路梆子啦。」孟紅柳放下酒碗，捋了捋自己的鬍子。

「小二哥，來來。」三閏爺衝著走過身邊的店小二招招手。

店小二連忙停下腳步，「爺，您有什麼吩咐？」

「麻煩問問，這同和園是不是有位叫……」三閏爺瞇縫著眼想了想，「二奴旦的角兒？」

「唷，這我可就不清楚了，您得去同和園問問。」

「哦哦，好的，麻煩了。」

「對不住您，沒幫上忙。」

店小二賠了個不是，快步走開了。

「三哥，二奴旦是誰呀？」孟紅柳捧著半碗酒湊了過來。

「紅爺，再喝就醉了，來，」一旁的白二霜將孟紅柳手裡的酒碗拿走，然後塞給他一杯熱茶，「喝點兒茶吧。」

「欸。」孟紅柳倒也順從，咕咚咕咚喝了幾口茶。

「乾爹，二奴旦是不是那個……就那個什麼空和尚，托咱帶信給他的那個人呀？」

「淨空和尚，」三閏爺點點頭，「既然我們都到了歸化城，那肯定就要盡人事幫他找找這個二奴旦。」

「那一會兒咱們吃完了就去那個同和園問問看吧。」

「什麼和尚什麼信啊？」孟紅柳被他爺倆說得有些莫名其妙的。

「是這樣的，我們從京城出來之後，有一天在一間荒廟裡避雨呢就遇到一個和尚，他說他以前在歸化城唱過幾年戲，等我們離開的時候交給我們一封信，說是若有朝一日我們來到歸化城，就幫他把這封信交給同和園的二奴旦。」

侯小若簡簡單單地解釋了一番。

「原來是這樣。」

「看和尚那樣子，也是個有故事的人，」程雨晴說著，端起茶碗來喝了一口，「只是不知為何會遁入空門。」

「不是有想躲的債，就是有想償的孽。」白二霜邊呼嚕呼嚕地抽著水煙，邊看似無意地說出這麼一句。

這兒正聊著，檯子上的女子似乎已經唱完了，飄飄施了個禮，抱著火不思從檯子上走了下來，可謂如風擺柳豐韻娉婷。但她沒走兩步，就被一個不懷好意的食客伸手拉住了胳膊。

「這位姑娘唱得好哇，曲兒甜嗓音甜，這人嘛，就更甜了。」拉住她的這個食客長得滿臉橫肉吃得滿嘴流油，一笑起來連眼睛都快看不見了。

正當他伸出另一隻手想要搭在女子腰上時，原本還坐在孟紅柳身旁低著頭抽水煙的白二霜竟然身形一晃，也不知怎麼那麼快就閃到了女子和肥膩食客之間。手裡的水煙壺一甩，趁著轉身的功夫白二霜已經撥開了食客的毛手，並將女子藏到了自己身後，所有這些動作全部加起來也不過一眨眼罷了。

「你！」

不等那食客喊出聲，白二霜已經將水煙壺壓在他嘴上，輕笑道，「這位爺如此愛聽小曲兒，想必也是個雅士，一會兒可別忘了多多打賞呀。」

吃了癟的食客本想發作，但是一眼瞧見白二霜巧笑倩兮美目盼兮的模樣，頓時渾身酥麻像被勾去了魂魄一般，什麼火氣也沒有了。

「走。」

白二霜用水煙壺從背後輕推了女子一下，示意她趕緊離開，然後自己也踱步回到了孟紅柳身旁坐下。

「二霜哥，您身手可真夠快的，我都沒看清您剛才是怎麼過去的！」魏溪閣興奮地拍著巴掌贊道。

「雕蟲小技罷了，你要想學，我可以教你呀。」

「要學，我要學！」

「我也要學！」

說著，王溪樓和其他幾個孩子都擠了過來。

「我可以教你們，但是你們要先練好戲，」白二霜指了指他們，柔聲道，「每天練完了戲，有功夫了我再教你們，知道嗎？」

「知道！」孩子們幾乎異口同聲。

酒足飯飽，茶也喝了夠兩大壺，三閆爺正準備叫店小二過來算賬的時候，一位年約四十上下的壯實男人帶著方才那個唱曲兒的女子走了過來，衝著在座的各位抱拳拱了拱手。

「各位，方才不知是哪位出手相助小女，實在是感激不盡，」男子聲如洪鐘，濃眉大眼鼻直口方，「在下姓林，名遠棠，這間秋棠元就是我們家開的。」

「原來是林掌櫃，失敬失敬。」

三閆爺和孟紅柳帶著其他人一起站起身，抱拳還禮。

「這是小女芸娘，」林遠棠衝著身後的女子招了招手，「還不趕緊過來給幾位爺道謝。」

「小女子芸娘這廂與諸位爺行禮。」芸娘聽了爹的話，上前兩步飄飄下拜。

「別別別，我們可擔不起這禮，」孟紅柳趕緊攔住，笑著指了一下的白二霜，「要謝呀，謝他一個人就行。」

「芸娘給這位爺行禮了，多謝您剛才出手相助。」

「舉手之勞罷了，何須如此多禮。」白二霜這一笑，差點兒沒讓林芸娘一個大姑娘家也看得粉面緋紅地失了神。

「不管怎麼說，您幫了小女，林某實在無以為報，」林遠棠大手一揮，「今兒這一餐，算我的，還想吃什麼喝什麼，隨便要。」

「這怎麼能行，」三閆爺連忙擺手，「吃飯收錢，天經地義，哪兒有吃了飯不給錢的道理。」

「天底下哪兒又有讓恩公付錢的道理。」林遠棠雙眉倒豎，眼睛都瞪起來了。

看樣子這個林遠棠也是個倔脾氣的人，語氣上竟一點兒也不相讓，弄得三閏爺反倒一時不知該說什麼才好了，只得尷尬地笑了笑。

芸娘悄悄拉了拉林遠棠的袖子，輕聲說道，「爹，您這脾氣怎麼總也改不了呀。」

此時白二霜忽然往前半步，莞爾笑著一拱手，「既然林掌櫃如此盛情，那我們便卻之不恭了，多謝林掌櫃。」

「欸，這位白兄弟說的就中聽多了，來來來，大家坐，」林遠棠大手在白二霜肩膀上拍了拍，「芸娘，你先進去吧。」

「是。」

說完，芸娘有意無意地又瞧了白二霜一眼，這才轉身而去。

於是眾人又都重新撩袍落座。

「麟子，去把我櫃台後面那幾碟兒點心都拿出來，」林遠棠咋咋唬唬地喊著店小二，「再給上兩壺好茶。」

「林掌櫃，您實在太客氣了。」三閏爺笑道。

「幾位都是初次到歸化城麼?看著都挺面生的啊。」邊問，林遠棠邊幫著店小二一起給大家斟茶。

「不瞞您說，他們都是第一次，我呢，」三閏爺謝過林遠棠給倒的茶，「三十來年前在這兒住過一段兒。」

「三十來年前?哈哈哈，那會兒估計我還光著腚到處跑呢，」林遠棠端起茶碗，讓了讓眾人，「敢問您這些位是打哪兒來的?京城麼?」

「唷，倒叫您聽出來了，」三閏爺點點頭，「我們的確是打京城來的，不怕您笑話，其實是為了暫避戰亂。」

「聽說了，京城現在不太平，」林遠棠邊招呼著孩子們吃點心邊說道，「出來就對了，歸化城又熱鬧又安穩，絕不比京城差。」

「那是絕對不差，」孟紅柳指了指擱在一旁的空酒罈，「酒實在太好了。」

「哈哈哈哈，看來這位爺也是個愛酒之人吶，」林遠棠看起來很是開心的樣子，「我這兒雖說六釀的熏舒爾是真沒有，但是五釀的沾普舒爾還是有的!」

「哦哦!」孟紅柳瞬間唰一下眼都亮了，「那必須得嘗嘗。」

聽孟紅柳這麼說，林遠棠馬上就招手想讓店小二端酒罈子過來，白二霜趕緊給攔住了。

「林掌櫃，今兒咱已經就喝了不少了，您這珍藏的佳釀還是留到下回再喝吧。」

「也好，也好，」林遠棠有些不好意思地笑笑，「我這人就這樣，自來熟。」

「來，林掌櫃，我以茶代酒，謝謝您的飯，」三閏爺把茶碗端了起來，「請。」

其他人也都有樣學樣地把茶碗端了起來，「請。」

四十九、

又陪著喝了一會兒茶，三閏爺他們便告辭了林遠棠。順著胡同拐到大街上，剛走了幾步，三閏爺忽然停下腳步。

「紅爺，我呢想去訪個故友，順便也再問問和尚要找的那個人，」三閏爺回身對孟紅柳說道，「您看您是回去歇歇還是？」

「我得回店裡躺會兒去，」孟紅柳面露倦色地半靠在白二霜肩上，「今兒太高興，確實有點兒喝多了，哈哈哈。」

「行，那您回去歇著，」三閏爺衝侯小若招了招手，「小若，你跟著我。」

「欸，」侯小若點點頭，扭頭衝鳴福社一眾人囑咐道，「大家聽好，都跟著紅爺和雨晴回店裡去，和平常一樣午休半個時辰，然後該練功的練功該對戲的對戲，都不許偷懶，知道了嗎？」

「是。」

「你放心跟著三閏爺，我會看著他們的。」程雨晴嫣然一笑。

「欸，」侯小若又追了一句，「你回去也先歇會兒，一路上太勞累。」

「嗯。」

「那我們就先走了。」三閏爺搭手抱拳。

說完，三閏爺帶著侯小若大步遠去。

沿著歸化城商鋪眾多的大南街，爺倆踱步遛著聊著。三閏爺一會兒指指這兒一會兒又指指那兒，有滋有味兒地給侯小若講著歸化城的風土人情，讓他一時聽得哈哈大笑一時又聽得瞠目結舌。

「所以說，這兒的大戲館子唱的都是梆子？」侯小若這會兒是看啥啥新鮮，聽啥啥有趣兒，所以問題也特別多。

「也不全是，唱大戲的館子當然也有，少而已，」三閏爺多年未歸，也興奮得有些搖頭晃腦的，「剛才吃飯的時候紅爺不是也說了，歸化城裡富庶的晉商特別多，所以偏愛聽北路梆子的自然就多了。」

「晉商？」

「就是山西來的富戶商賈，」三閏爺不厭其煩地解釋道，「這山西人吶太會做生意，最開始不過是些肩挑小販，走出了殺虎口才幾年光景，就開出了一等一的大商號。」

「這也……太厲害了吧。」侯小若不由得目瞪口呆。

「哈哈哈，誰說不是呢。」

「嘖，您說我怎麼就沒生在山西呢。」

「你小子又沒城府又沒心眼兒的，就算生在山西也是白給。」

侯小若撓著腦門嘿嘿憨笑了幾聲，又繼續問道，「欸，先前您說的那個，那個……那個元什麼的什麼五爺，也是山西人吧？」

「元什麼呀元，元盛德的段五爺，」三閨爺無奈地搖了搖頭，「真不知道就你這破記性是怎麼能記得住戲詞兒的。」

「嘿嘿嘿，我這腦子就只記得住戲詞兒，」侯小若嬉笑了幾聲，「那個段五爺，您說，愛聽大戲？」

「嗯，說來也是有趣兒，那位段五爺雖說是老西兒，但偏就是愛聽大戲，」回想起這些塵封往事讓三閨爺的神情愈發柔和，「沒事兒就愛往咱那戲館子跑。」

「那，您以前都跟哪兒唱戲呀？」

「就前面不遠，」三閨爺拉著侯小若的手腕緊走了兩步，「拐過這個彎兒就能看見了。」

跟著三閨爺從前面的三岔路口往左一拐，侯小若就看見路西有一棟非常四致的二重二層綠頂棕木製樓，還挺大的，瞅著可有些年月了。

「就是這……」

侯小若正準備順著三閨爺手指的方向看看這大戲館子叫什麼的時候，也不知打哪兒傳來一嗓子中氣十足的高喊聲。

「由……由三閨！」

三閨爺和侯小若都下意識往聲音來處一看，只見一個精瘦的老頭兒舉著拐杖就往二人這邊衝了過來，不過跑的時候能看得出來腿腳並不是很利索。

「乾爹當心！」

說著，侯小若剛要挺身上前阻攔，誰知道三閨爺比他還要快，張開雙臂一把就將來人接在了懷裡。那老頭兒大概也是沒想到三閨爺會來這麼一手，愣了愣，手裡的拐杖咣噹一聲掉在了地上。但片刻後他似乎還是不甘心，以手握拳狠狠在三閨爺背上敲了幾下。

「陸，宗元……宗元！」

三閨爺則是想要安慰對方一般，用手輕輕胡擼著他的背。

「由三閨……由三兒！你，你回來幹什麼！」那老頭兒像是突然回過神來了一般猛的推開三閨爺，惡狠狠地瞪著他，「你還有臉回來！」

「欸欸欸，這位大爺，有話兒好好說，」侯小若上去想給打個圓場，「一把年紀了，別再氣出個好歹兒來。」

結果侯小若這一句話猶如火上澆油，被稱作陸宗元的老頭兒眼珠子簡直要冒火似的，「你，你又是誰？哪兒就有你說話的份兒了！」

「小若，休得無禮，」就連三閏爺都不輕不重地斥了侯小若一句，「叫陸叔兒。」

「陸叔兒，」侯小若趕緊衝陸宗元拱手施了一禮，「小侄給您見禮了。」

「什麼叔兒啊侄兒的，姓陸的可不認識你，」陸宗元瞪著三閏爺，語氣毫不客氣地問道，「這是誰呀？你兒了？」

「是，也不是，」和陸宗元的氣勢洶洶完全相反，三閏爺依舊是滿臉的和顏悅色，「是我乾兒子。」

「乾兒子？」陸宗元上下打量了幾眼侯小若，「湘琴那丫頭沒給你生個仨倆的嗎？學人收什麼乾兒子。」

「說來話長，說來話長啊，」三閏爺笑嘻嘻地拍了拍陸宗元的大臂，「老小子還挺結實，身子骨兒一向可好哇？」

「哼，還死不了，」陸宗元冷哼了一聲，「你是怎麼想起來回歸化城的？哦，在京城混不下去了是吧？」

「乾爹在京城可是被稱作活阿瞞的好角兒！」侯小若實在是沒壓住火，一句給懟了回去。

「哼，活阿瞞。」

陸宗元竟也不惱，不過用鼻子哼笑了一下，轉身拄著拐杖往戲館裡走去。

侯小若被陸宗元的態度弄得一肚子火氣又不敢真發作出來，悄悄偷瞥了三閏爺一眼，而三閏爺卻只是雙手抱在胸前，臉上沒有一絲不快的神色。

走了兩步，陸宗元又停了下來，「走吧，回都回來了，難道還要讓你們站在大街上說話兒不成。」

「欸，嘿嘿，」三閏爺訕笑了兩聲，拽了一下侯小若，「走，帶你看看乾爹以前唱戲的場子。」

「欸，」侯小若微微皺眉，指了指走在前面的陸宗元，「乾爹，這老頭兒什麼脾氣呀，這麼古怪。」

「小若，你什麼時候變得這麼沒有禮數了？」

似乎對侯小若稱呼陸宗元為老頭兒非常不滿，三閏爺邊走邊輕聲教訓著侯小若。

「乾爹您別生氣，我錯了還不行麼，」侯小若趕緊陪不是，「不過我那陸叔兒的脾氣，真是挺怪的。」

「唉，」三閏爺輕輕嘆了口氣，「他呀打小就是這樣，刀子嘴豆腐心，什麼都好，就是脾氣太衝嘴太壞。」

「哦，」侯小若點點頭，「陸叔兒和您是發小兒麼？」

「嗯，我和你陸叔兒自小一起長大，後來又一起坐科學戲……」

三閏爺還沒說完，就被侯小若從旁插了一句，「陸叔兒以前也唱過戲呀？」

「那是，他以前工老生的，嗓兒又亮調門兒又高，」三閏爺笑著摸了摸自己的光腦袋，「那時候我倆總是一起，哈哈哈，一起犯錯兒一起挨打，真比親兄弟還親吶。」

「那怎麼看著好像他恨您恨得都咬牙切齒的……」侯小若小聲嘟囔了一句。

而三閏爺只是搖了搖頭，卻並沒有多做解釋。

「欸，」侯小若似乎忽然想起了什麼似的，「乾爹，陸叔兒是不是就那個每年給您往京城捎奶酒的人呀？」

「沒錯兒，就是他。」

「那他倒是恨您呀還是怎麼著啊，」侯小若越問反而越莫名其妙，「什麼脾氣呀這人！」

「哈哈哈哈，」三閏爺忍不住一陣大笑，「處久了你就知道了。」

「樂什麼呢，還不趕緊進來。」

說著，陸宗元一挑門簾，把三閏爺和侯小若讓進了戲館後臺。

五十、

這個戲館的後臺大概也是很多年沒有拾叨過，桌椅板凳的顏色基本上都已經褪得看不清了，牆角那邊還堆著好些缺胳膊少腿兒的爛椅子和條凳，老舊得估計就算拿去當劈柴燒都不見得有人樂意用。

儘管幾扇大窗戶都敞開著，但是屋裡的光線還是顯得有些昏暗，再加上灰土和揚在空氣裡粉塵，總感覺眼前一層霧朦朦的。侯小若忍不住抬手在臉前揮了揮，卻也不過是將塵土攪和得更加勻實罷了。

「咦？都這個點兒了怎麼還一個人都沒有？」侯小若搓著鼻子問道，「這兒不唱午場麼？」

「說的也是，」三閏爺也覺得有些奇怪，將不解的目光投向隨便往椅子上一坐的陸宗元，「午場難道改時間了？」

「哪兒還有什麼午場，」陸宗元自顧自地點著了一袋子旱煙，吧唧了兩口，「現在就連晚場都不是天天唱了。」

「怎麼會這樣？」三閏爺拉了張還算結實的椅子，在陸宗元身旁坐下，「以前咱這兒可算得上是歸化城數一數二的大戲館子呀。」

「以前，你也知道那是以前，」陸宗元瞇縫著眼吐出一大口灰白色的煙霧，「好漢莫提當年勇啊。」

「到底怎麼了？發生什麼事兒了？」

「我知道，」侯小若順勢一屁股坐在身後的桌面上，「肯定是因為這裡喜歡大戲的人越來越少，少到現在就沒人聽了。」

「瞎猜什麼呀，誰說這兒沒人要聽大戲，」陸宗元白了侯小若一眼，「歸化城沒錯是老西兒多，但架不住駐紮在綏遠城的全是旗人呀，哪個旗人不愛聽大戲的？」

「綏遠城？」侯小若下意識看了三閏爺一眼。

「綏遠城其實是座駐軍城，裡面住的都是八旗將士和他們的家眷。」三閨爺粗粗地給解釋了兩句。

「哦哦，」侯小若點了點頭，「既是不缺看客，為什麼您這戲館……倒會敗落了呢？」

「哼，」陸宗元在桌角上用力磕了磕那舊兮兮的大煙袋鍋子，沒好氣兒地瞪了三閨爺一眼，「還不都怨他！」

「啊？」侯小若不明所以地轉頭看向神色頗有些尷尬的三閨爺。

「要不是你當年帶著湘琴私奔……」

「私奔？！」侯小若眼睛越瞪越大，簡直不敢相信自己的耳朵，「乾爹，您……您私奔？」

「年，年少輕狂……年少輕狂。」三閨爺狼狽地笑了笑。

「就是你這位年少輕狂的乾爹拐跑了我們老班主的女兒，」陸宗元斜眼兒瞧著三閨爺，「之後老班主就一直渾渾噩噩無心經營，科班兒裡的人是走的走逃的逃，但也好歹撐了幾年。」

「後來呢？」侯小若忍不住追問道。

「唉……誰又承想，這老班主竟突然就不辭而別，」陸宗元長長地嘆了口氣，「一句話一個字也沒留下，好好一個科班兒就這麼散了。」

「……乾爹，」侯小若滿臉不知該說什麼才好的表情，「您老這事兒辦得實在有點……不太地道。」

「不太地道？是太不地道了！」陸宗元想起來又瞪三閨爺一眼，「哼，你這乾兒子還算是會說句人話，不像你。」

「我知道，我都知道，我千不該萬不該，不該不顧後果地帶著湘琴離開，」三閨爺邊點頭邊陪著說軟話，「可我後來在京城掙著了錢，不也每年都捎銀子回來麼。」

「誰要你的銀子！」一提起銀子，陸宗元眉毛都豎了起來，「你這些年捎回來的那些銀子我一兩都沒動，正好你來了，回頭全都給我拿走！姓陸的就算要飯也要不到你門口！」

「宗元，你知道我根本就不是那個意思……」

「陸叔兒，您別動氣，再接著給我講講，」侯小若趕緊擋在兩個老頭兒中間，「您剛才說科班兒都散了，怎麼您還留在這兒呢？」

「我……咳，」陸宗元不自然地清了清嗓子，「我自然是……那什麼，萬一……萬一要是誰離開了又回來，是不是……我若是也走了，咳，不就找不著人了麼。」

「啊……」侯小若聽了半天也沒明白陸宗元究竟想說什麼。

「宗元，你腿上是不是……不大好啊？」似乎猶豫了半天，三閨爺還是問了出來。

「人老了，身體上這些零件兒哪兒可能還像年輕時那會兒，」陸宗元捶了捶自己的右腿，「多多少少都會有些問題的，習慣了。」

「陸叔兒，我看您鬍子都留得老長了，是不是好多年都不唱戲了？」

「早就不唱了，科班兒散了之後獨我一個人沒走，這戲館掌櫃的看我無處可去，便留我在這兒做後臺管事，混口飯吃。」

「就你這倔脾氣吧，」三閨爺悄悄將椅子往陸宗元那邊拉近了些，「三番兩次勸你去京城找我，說什麼都不來。」

「我就算要飯……」

「也不會要到我門口對吧，行了行了，」三閨爺望著陸宗元消瘦的臉孔，眼裡滿是心疼，「都幾十年了，就非要跟我鬥這口氣兒麼？」

「哼……！」陸宗元把臉別到另一邊，使勁兒抽了抽鼻子。

「所以說了半天，是因為科班兒散了所以這兒也跟著敗落了？」侯小若試著理了理頭緒，「陸叔兒，我說句不中聽的，一個科班兒散了，再去邀其他的不就好了。」

「說得容易，你邀一個我看看，」陸宗元把眼一瞪，「願意上口外來的戲班兒本就不多，誰還不為了多掙幾個，一看見咱這戲館又破又殘舊，要你你肯來麼？」

「也是，」侯小若仰臉兒四下裡又看了看，「確是殘舊了些，但是只要收拾收拾再打掃打掃，把這些破桌子椅子都換換什麼的。」

「你那是上嘴唇一碰下嘴唇，拿什麼換？哪兒來的銀子？」估計陸宗元也想了不少法子，但始終也沒能真正解決問題，「要是再這麼不上座兒，大概這戲館連一個月也撐不住了。」

「銀子！您有銀子呀。」侯小若一拍大腿。

「我？我哪兒有銀子？」陸宗元一愣。

「乾爹給您的那些銀子呀，」侯小若笑著看了一眼三閨爺，「雖說不知道有多少。」

「不夠我再添呀，我這趟出來差不多把全副身家都帶出來了。」三閨爺趕緊插了一句。

「啊？」這回輪到侯小若愣了。

「我那是想著反正家裡也沒人，還不如都帶在身上安全些，嘿嘿。」

「看見沒有，你乾爹從來都是這麼雞賊。」

「嘿嘿嘿。」

「哈哈哈。」

侯小若和三閨爺一起撓著光腦袋笑了起來，就連陸宗元臉上的表情都略微柔和了幾分。正笑著，一個臉色蒼白的中年男子火急火燎地走了進來。

「陸爺，」撩開門簾進來之後，中年男子才發現屋子裡還坐著侯小若和三閏爺，怔了怔，「唷，不知道您這兒有客，打擾了。」

「小吳掌櫃，這倆沒關係的，您有事兒就說吧。」陸宗元站起身擺了擺手。

「嗯……這不，茸參行的又派人來了，」小吳掌櫃臉上的神情有些複雜，「問我想好了沒有，什麼時候能給他們個準信兒……」

「茸參行？」侯小若看了看三閏爺，又看了看陸宗元，「什麼準信兒？」

「唉……剛才不是也說過麼，咱這兒可能真是太老太舊了，所以儘管我和小吳掌櫃都想了不少法兒，但就是賣不出座兒去，虧空一直補不上，沒銀子也就沒辦法邀到正經戲班兒，生意更是越來越差，」陸宗元邊清著煙袋鍋子裡抽完的煙絲，邊唉聲嘆氣地解釋道，「上個月吧，一間茸參行的找到咱這兒，說是想把這戲館盤下來改成小班館子，價錢的確是不錯，不過……」

「不過我捨不得啊，」小吳掌櫃也跟著嘆了口氣，「這戲館兒雖然不大，但好歹是我爹一輩子的心血，風風雨雨也六七十年了……」

「乾爹，小班館子是什麼？」

「所謂小班館子，就是專唱小曲兒、讓那些富戶商賈有錢人消遣應酬找樂子的地兒，」三閏爺匆匆給侯小若解釋了兩句，又轉頭對小吳掌櫃說道，「我倒是有個想法兒，不知當講不當……」

「賣！」

三閏爺話沒說完，陸宗元一巴掌拍在桌子上，讓原本就不怎麼結實的桌子吱吱呀呀晃了幾晃。

「賣？」

「賣！」

「那……既然陸爺都這麼說了……」小吳掌櫃微微皺眉，但還是點了點頭。

「宗元？」

「賣給我！」

陸宗元拍了拍胸脯。

五十一、

「陸爺，您說什麼？」小吳掌櫃張了張嘴，愣是沒聽明白。

「我說，這戲館賣給我，」說完，陸宗元一指身旁也同樣滿臉驚詫的三閏爺，「他給銀子。」

「啊？」小吳掌櫃睜圓了眼睛，又看向三閏爺。

陸宗元歪著身子湊近三閏爺，悄聲說道，「我想了想，這銀子就該你出，是你欠我們的。」

「哈哈哈哈，」三閏爺笑著也站了起來，「其實我剛才就是想說這個，小吳掌櫃，做生不如做熟，若您真打算賣就賣給我們吧。」

「您是？」

「我年輕的時候和宗元一起，都是在這兒唱戲長起來的，」三閏爺一抱拳，「敝姓由，由三閏。」

「哦哦哦，原來是三閏爺，失敬失敬。」小吳掌櫃趕緊也一抱拳。

「哦？您知道我？難道令尊跟您提起過我？」

「我爹呢倒是沒提過，」小吳掌櫃微微一笑，「但是這些年，陸爺可真沒少提您。」

「我那是，罵不夠他！」陸宗元翻了個白眼，「每天不罵他個三千遍五千遍的，我心裡過不去那個勁兒。」

「是是是，」小吳掌櫃哈哈笑了起來，「三閏爺，您離開歸化城都好幾十年了吧？這趟是什麼風把您給吹回來了？」

「妖風！」陸宗元大剌剌地坐下，又開始往煙袋鍋子裡塞煙絲。

「什麼風也罷，回來就好，來來，咱坐下說話，」小吳掌櫃招呼三閏爺重新坐下，「我去給幾位沏茶，很快很快。」

「勞煩您了，」三閏爺衝侯小若一揮手，「小若，你去幫著端茶。」

「欸。」

侯小若從桌上跳下來，跟在小吳掌櫃身後往屋外走去。

等到他倆都走出去了，陸宗元把煙袋鍋點了起來，有意無意地瞥了三閏爺兩眼，「我說，口子你可已經拉了，別回頭真要往外掏銀子的時候又說沒有哇。」

「放心放心，都交我了。」三閏爺安撫一般拍了拍陸宗元的胳膊。

「你這趟回來沒……沒帶著湘琴一起回來麼？」陸宗元邊抽著煙，邊淡淡地問道。

「唉……」

未曾開口，三閏爺長長的一聲嘆息讓陸宗元的心不由得沉了下去。

「怎麼？」

「其實當年湘琴跟著我從歸化城往京城走的路上，身子就已經不是太好，」三閏爺神情黯然地回想著，「剛到京城那會兒，又要找地兒落腳又要求告搭班兒，沒能怎麼好好照顧她，沒想到她就這麼一病不起……」

「難道說，湘琴她……」陸宗元握著大煙袋的手僵在了半空。

「……三十多年了，」三閏爺重重地點了一下頭，「這是我造的孽呀……」

「你……你，」陸宗元瞪大了眼睛看著三閏爺，如鯁在喉，「你說你當年為什麼非要走哇！」

「唉……」
「唉……！」
兩個老頭兒一起搖著頭唉聲嘆氣的時候，侯小若和小吳掌櫃一起端著木托盤回來了，可是才一撩開門簾，差點兒沒被屋裡那股子沉重的氛圍給推出去。
將托盤往桌上一放，侯小若左右打量了一下兩個老頭兒，「這又是，怎麼了？」
「沒事兒沒事兒，」三閏爺趕緊擺擺手，指了指托盤上的茶碗，「正好聊到口渴了，來，給來碗茶。」
「欸，」侯小若把沏好的茶端到三閏爺和陸宗元面前，「乾爹，陸叔兒，喝茶。」
「嗯。」
倆老頭兒幾乎同時端起茶碗，用碗蓋撥了撥，又吹了吹，這才喝了一口。
「吃點心，」小吳掌櫃說著，把裝著點心的兩個小碟子也擱在了桌上，「那什麼，陸爺，三閏爺，您二位剛才是說認真的吧？不是逗我玩兒呢吧？」
「自然是認真的，」三閏爺把茶碗放下，「小吳掌櫃，您開個價兒吧。」
「開價兒我可不敢，這兒反正您也熟悉，」小吳掌櫃指了指四周，「多少您看著給就行。」
「嗯……」三閏爺想了想，把手伸進懷裡掏出兩張銀票，抖了抖，遞了過去，「這裡是二百兩的銀票，小吳掌櫃您要覺得少了咱再商量。」
「哎呦呦，不少不少，」小吳掌櫃把銀票接過來看了看，「二百兩買我這破館子，您……可虧著呢。」
「欸，這是什麼話，」語氣雖然還是那麼硬，陸宗元臉上的神情卻柔軟下來，「二百兩買間大戲館子哪兒虧了，不虧！小吳掌櫃，以後還得勞您幫忙呢。」
「這是自然，若是有什麼用得上我的地方，一定隨叫隨到，」小吳掌櫃喜笑顏開地把銀票小心折好，塞進懷裡，「您幾位稍等我一會兒，我這就去把房契和地契都拿過來。」
「不急不急，我還有事兒想要拜託您吶。」三閏爺叫住了起身準備離開的小吳掌櫃。
「什麼事兒？您說。」
「我想勞煩您幫忙找幾個石匠瓦匠，還有木匠漆匠什麼的，把這裡好好翻修收拾一下，」三閏爺指了指角落裡往下滴水的地方，又指了指半扇窗框都快掉下來的後窗，「該堵的堵上，該釘的釘上。」
「行，我明兒一早就都給您找齊，」小吳掌櫃點點頭，「其他的還有什麼嗎？」
「沒了沒了，那就有勞您了。」
「三閏爺可別這麼客氣，您算起來也是我的長輩，有事兒您儘管吩咐就是了。」
「說起來，還真有件事兒想問問您，」三閏爺終於想起來和尚的事兒，坐正了問道，「同和園，您知道吧？」

「歸化城還有誰不知道同和園的，三閏爺，您問同和園做什麼？」見三閏爺忽然一本正經的樣子，小吳掌櫃也不由得坐直了身子。

「是這樣的，我們在來歸化城的路上曾經遇見一個和尚。」

「和尚？」

一句話說得陸宗元都來了興致，豎起耳朵聽著。

「這個和尚呢，說他早年間也在歸化城唱過戲，這不，」三閏爺打懷裡把和尚的信掏了出來，「托我們給他一個故友捎封書信。」

陸宗元和小吳掌櫃一起伸長了脖子，瞧了瞧三閏爺手裡的信。

「二……二什麼旦？」小吳掌櫃看了好幾眼，也沒能認全和尚的筆跡。

「二奴旦，」陸宗元吧嗒了兩口煙，「我知道他，同和園當年叱吒風雲紅極一時的旦角兒。」

「是麼？我怎麼沒聽說過他。」三閏爺吃了一驚。

「二奴旦呀，嗨，」小吳掌櫃拍了一下自己的大腿，「我也知道，大概二十幾年前吧，可紅了，茲是大盛魁的堂會宴請一準兒都有他。」

「二十幾年前呀，難怪我不知道，」三閏爺點點頭，「那他現在還在不在同和園呀？」

「哎呦，這可真不好說，」小吳掌櫃偏著頭想了想，「差不多十年了吧，都沒再見他登過臺唱過戲。」

「說不定早就離開歸化城了。」陸宗元補了一句。

「這可就難辦了。」三閏爺微微皺起眉。

「乾爹，要不咱一會兒上同和園問問去唄，」侯小若提議道，「就算是二奴旦不在了，說不定也有人知道他上哪兒去了呢。」

「有道理，那咱說走就走，」三閏爺站了起來，衝著小吳掌櫃和陸宗元抱拳拱了拱手，「我爺倆先上同和園走一趟，打聽打聽。」

「行，那我剛好去準備一下房契和地契，等回頭您再來咱就一塊兒辦了。」

「好好，就按您說的辦，回見。」

說完，三閏爺拉著侯小若就要往外走，陸宗元突然出聲喊住了他。

「由三兒。」

「嗯？」

「那什麼，」陸宗元也不回頭看他，只是一徑問道，「你，去完同和園……還回不回來了？」

「怎麼？」

「沒，沒什麼，我就是那麼一問。」

「呵呵，」三閏爺淺淺一笑，「你在這兒坐著歇會兒喝會子茶，我和小若回頭來接你上我們那兒去，一起吃個晚飯，也好帶你見見班裡的孩子們。」

「……嗯，也行。」

陸宗元背對著三閆爺看似不情不願地點了點頭，嘴角卻悄悄揚起一抹笑。拍了拍陸宗元的肩膀，三閆爺帶著侯小若大步走出了後臺。

五十二、

告辭了陸宗元和小吳掌櫃，三閆爺和侯小若一起穿過好幾條街道，終於來到了據說是歸化城裡最繁華喧鬧的大西街。才剛拐出來，侯小若就被大西街的寬綽和林林總總的商家給震住了。

真不愧是歸化城之最，這條大西街長得一眼看不到盡頭，光是官道就寬得足以讓兩輛大騾車並排而行。街道兩旁的大商鋪小商販各式各樣，賣的東西多得讓人眼花繚亂，侯小若只覺得兩隻眼睛都不夠使的。

三閆爺也知道侯小若要是對什麼感了興趣，就算是八匹大牲口也拉不回來，便乾脆任由他這兒瞧瞧那兒看看。忽然，街邊一個蒙古行商的攤子吸引了侯小若的注意。

「乾爹，那是賣什麼的呀？」侯小若拉住三閆爺問道。

「哦，那個呀，」三閆爺瞧了瞧侯小若手指的方向，「那是蒙古人的皮貨行商，賣的都是皮料啊毛料啊之類的。」

「皮貨行商，」侯小若愈發感興趣了，「在京城都沒見過呢。」

「京城裡皮貨一般都是直接上獵戶家裡買，哪兒會有在街頭賣的，傻小子。」

說著話的功夫，侯小若一眼看見在那個皮貨攤子的角落裡盤著一條雪白雪白的毛領子，頓時眼睛都亮了。

「我過去看看！」

「去吧去吧。」

侯小若疾步跑了過去，手舞足蹈一般跟那個蒙古人比劃了一陣兒之後，抱著一個鼓鼓囊囊的紙包又麻利地跑了回來。

「乾爹，久等了。」

「買什麼啦又？」

「沒什麼，嘿嘿。」

摸著腦袋傻笑了兩聲，侯小若跟著三閆爺繼續沿著大西街往前走。可走了沒幾步，又被侯小若發現了一間大點心鋪子，可把他給開心壞了，拽著三閆爺就邁步走了進去。等到出來的時候，則是大包小包地抱了個滿懷。

「你買這麼些點心，回頭吃不完該浪費了，」三閆爺有些疼錢地皺著眉，「又不是什麼擱得住的東西。」

「吃不完？不夠吃才對，」侯小若笑道，「您跟著我們這一路，難道還沒發現鳴福社那些小子們有多能吃？要我說，就這點兒呀不到晚飯前就能全給吃光了。」

「哈哈，」三閏爺一拍腦門，「倒是忘了那群小土匪了。」

「這一道兒打從京城出來，先是宣化府又是歸化城，就沒消停過，那些小子們也實在是受罪了，」侯小若揉了揉鼻子，「好說我也是代理班主不是，買點兒好吃的，犒勞犒勞他們也是應該的嘛。」

「行啊我的代理班主，有個樣子，」三閏爺笑得瞇縫了眼，「買夠了吧？這時辰可不早了，咱得快走幾步。」

「欸，咱走。」

大西街盡頭的路北，侯小若爺倆一前一後站在了同和園樓前。三閏爺早就已經看過多少遍了所以見怪不怪，侯小若可是驚得嘴都快合不上了。同和園真不愧是歸化城屈指可數的大戲館子，紅磚碧瓦雕梁畫棟，那真叫一個豪華氣派。雖然說起來不過是一間口外的戲樓，但這架勢絕對不輸京城的四大戲樓，說不定還有過之而無不及，就連站在外面招呼客人的兩個店夥計都穿得像模像樣，很是講究。

午場應該才開始了不到一刻，那店夥計竟然就已經把滿座牌給放了出來，可想而知在同和園裡唱戲的角兒們有多火。

三閏爺登上兩級台階，抱拳拱手地向那個店夥計打聽是否知道二奴旦的消息，卻沒想到他竟然連二奴旦是誰都不知道。實在沒辦法，三閏爺和侯小若只好上同和園裡面跟掌櫃的還有後臺管事的打聽，問了一圈兒下來得到的消息也和之前小吳掌櫃說的差不太多，都是說二奴旦差不多十年前就離開了同和園，但是去哪兒了沒人知道，只記得當時走得很是匆忙。

這下三閏爺和侯小若可傻眼了，不過也知道再問下去也沒什麼意義，只得告辭離開。可就在他倆快要走出同和園時，一個店裡的老夥計跑過來叫住了他倆。

「二位爺，請留步。」

這個店夥計年紀也不小了，所以跑這兩步還有點兒氣喘。

「嗯？您有什麼事兒麼？」

「您二位是想找二奴旦，對吧？」

「是，」侯小若以為這位老夥計肯定知道些什麼，不由得一陣興奮，「您知道他去哪兒了？」

「不知道，」老夥計搖了搖頭，把侯小若的滿腔期待給澆得冰涼，「但我知道有個人應該是知道的。」

「哦？不知道是哪一位呢？」三閏爺趕緊追問道。

「咱同和園有位琴師，乾了小四十年了，」老夥計說話慢悠悠的，聽得侯小若在一旁火急火燎的，「他以前和二奴旦走得特別近，關係可好了，要說有誰知道二奴旦的下落，那指定就得是他。」

「不知這位琴師姓什名誰，住在哪裡呢？」

「他呀姓孫，住在……」老夥計抓著腦門想了半天，「對，就住在小東街，小東街路西第二條胡同拐進去，頭個門兒就是他家。」

「欸，太謝謝您了。」

「孫琴師最近身體抱恙，在家歇了好些天了，你們一去準能找著他。」

「這樣啊，」三閨爺點點頭，「那我們過幾天再去拜訪好了，病中打擾他實在不好意思。」

「多謝您了，告辭。」

說罷，侯小若衝老夥計拱了拱手，和三閨爺一起離開了同和園。出來之後，三閨爺本想讓侯小若跟著自己一起去接陸宗元，但是看了一眼手裡提著大包小包的侯小若，他不由得苦笑著搖了搖頭。

「小若啊，你先回店裡去吧，」三閨爺衝侯小若擺了擺手，「我去接你陸叔兒就行。」

「您一個人我不放心吶，還是一塊兒去吧。」

「傻小子，你乾爹我都這麼大年紀了，難道還怕走丟麼，」三閨爺笑著拍了拍侯小若的腦袋，「看你這大包小包像上貨似的，就別再跟著我跑一趟了。」

「那行，」侯小若也笑了起來，「那我就先回去了，您自己小心點兒。」

「行了，去吧。」

目送著三閨爺的身影沒入了大西街的人潮之中，侯小若往上提了提手裡的東西，朝著大車店的方向快步走去。

憑著下午跟三閨爺一起出來的記憶，侯小若硬是轉了差不多二三刻的功夫才找著他們一行人住著的那間大車店。這溜溜兒一下午走得侯小若可以說是精疲力盡，喘著大氣就進了後院的院門。院子裡，大孩子們對戲小孩子們練功，幾乎站滿了一院子，竟然一個躲懶的都沒有，侯小若看著很是欣慰。

「小若，回來了，」程雨晴將手裡的胡琴往邊兒上一擱，快步走了過來，「怎麼去了這麼久？」

「嗯，跟著我乾爹轉了一遛兒夠，可累死我了，」侯小若把大腦門子往程雨晴面前一湊，「看我這一頭汗。」

「要不先去換換衣服吧，回頭該著涼了。」程雨晴極其自然地抬起手，用自己的袖子給侯小若擦了擦額頭的汗。

「一會兒的，」侯小若臉頰紅通通地笑著，伸長了脖子招呼著大家夥兒，「都過來，看看我給你們買什麼好吃的了。」

「好吃的！」魏溪閣第一個衝了過來，差點兒都沒剎住，「小若師叔，什麼好吃的呀？」

「練功背詞兒沒見你這麼積極呢。」

王溪樓跟其他孩子一起踱步走了過來，衝魏溪閣翻了個白眼。

一霎時，孩子們把侯小若團團圍了起來，都伸長了脖子瞅著他懷裡抱著的大包小包。魏溪閣扒著侯小若的胳膊使勁兒嗅著味道，想要猜猜那麼些紙包裡究竟藏了些什麼好東西。

「別急，別拽我呀，人人都有份兒，」侯小若氣樂了，一把將離自己最近的梅壽林給拽了過來，「壽林，來，你給大家夥兒分分。」

「欸。」

梅壽林大長胳膊一伸，就把侯小若手裡那些紙包全部都給攬了過來，然後就像帶雞崽一般，把孩子們都領到另一邊去分點心了。

「雨晴。」侯小若輕拍了一下程雨晴的肩膀。

「嗯？」

午後薄薄的陽光落在程雨晴的眼睛裡，看著晶晶亮亮的。

「給你尋著個好物件兒，你指定喜歡。」

「是什麼呀？」

五十三、

「跟我來。」

侯小若拉著程雨晴腳步輕快地走進了自己和三閆爺那屋，臉上堆滿了神秘兮兮的笑。按著程雨晴在桌邊坐下後，他這才將那個貼身藏著的紙包給掏了出來，還故意賣派地在程雨晴眼前晃了兩晃。

「到底是什麼呀，」程雨晴被他撩撥得心癢癢的，淺笑著一伸手，「給我瞧瞧。」

「吶，」侯小若顯擺夠了，終於將紙包擱在桌上，自己也順勢坐在了程雨晴對面，就像是等著被稱讚的孩子一樣催促道，「快打開。」

程雨晴輕咬下唇，小心翼翼地解開綁在紙包上的細繩。揭開兩層油紙，一條潔白如雪的絨毛圍領露了出來。

「好看不？你喜不喜歡？」侯小若睜圓了眼睛，瞧瞧白毛領子又瞧瞧程雨晴。

第一眼看見那白毛領子時，程雨晴稍微怔了怔，垂著眼瞼並沒說話，只是默默地將它拿起來，放在臉頰邊輕輕蹭了蹭，又軟又暖……靜靜地，一抹淺笑在他的嘴角漾開。

「……嗯，好看，」程雨晴的聲音軟軟的，眼睛彎彎的卻像是能溢出蜜來，「喜歡。」

聽了這話的侯小若簡直就坐不住了，他興奮地騰一下從椅子上跳起來，繞過桌子轉到程雨晴身旁。

「我給你圍上試試。」
「嗯。」程雨晴微微點頭，將毛領子交給了侯小若。
侯小若將毛領子輕柔地圍在程雨晴纖細的脖子上，接著又將前端垂下來的絲帶細細繫好，最後還打了個好看的蝴蝶結。
「好了，緊不緊？」
程雨晴搖搖頭，手指撫上頸畔的細細絨毛，臉頰泛上兩朵桃粉，「我圍著，合適麼？」
「合適合適，簡直沒有更合適的了，」侯小若開心得就像是自己收到了禮物一樣，他張開兩手拍了拍程雨晴的胳膊，「這天兒可越來越涼了，你要保護好嗓子，知道麼？」
「嗯。」程雨晴順從地點了點頭。
「怎麼樣，今兒吊嗓子了麼？」侯小若重新在桌邊坐下，抓過桌上的茶壺給自己倒了一大碗涼茶。
「嗯，二霜哥給操的琴，」程雨晴指了指侯小若手裡的茶，「我去給你沏碗熱的吧。」
「不用不用，你坐著，」侯小若灌下去一大碗涼茶，打了個水嗝兒，「能唱麼？沒覺得什麼不舒服吧？」
侯小若最擔心不過的還是程雨晴的嗓子。
「沒覺得不舒服，」程雨晴的食指下意識地繞著毛領子的絲帶兒，「今兒吊完嗓子之後唱了三段兒，都能用調面兒唱。」
「真的呀？太好了！」侯小若拉著程雨晴的手，樂得嘴都快合不上了，「這可真是，太好了，嗯嗯，太好了！」
「行了行了，知道你高興，別嚷嚷了，怪不好意思的。」程雨晴任由他拉著自己的手，臉頰上的桃粉愈發紅了出來。
「這有什麼不好意思的，我恨不得嚷嚷到街上去呢。」侯小若咧著嘴笑道。
「對了，三閏爺呢？怎麼沒跟你一道兒回來？」
「乾爹接他一個舊相識去了，」侯小若輕晃了晃程雨晴的手，「說是晚一些回來跟咱們一起吃晚飯。」
「舊相識？」程雨晴眨了眨眼睛，頭微微偏向一邊。
也不知是不是因為多了那條毛領子的襯托，眼前的程雨晴看著要比平常更添了幾分嬌俏可人。侯小若呆愣愣地瞧著，只覺得整個人都逐漸熱了起來。為了掩飾自己的情緒，他用袖子遮著臉使勁兒咳了兩嗓子，沒想到反倒惹來了程雨晴的關心。
「怎麼了？著涼了吧？」程雨晴微微蹙眉，右手很自然地搭在侯小若的額頭上，「都說了讓你先換衣服。」
「沒，沒事兒，哈哈哈，」侯小若笑聲裡透著幾分尷尬，「哪兒那麼容易就著涼了。」
「還說沒著涼，你自己摸摸，這臉都燙了。」
說著，程雨晴的手順著侯小若的前額滑下來，在他手指的觸碰下，侯小若的肌膚一寸一寸逐漸升溫，烤得侯小若口乾舌燥。

「你看看你這……」

程雨晴邊用手擦拭著侯小若臉上的汗珠，邊微抬眼瞼看向侯小若，這視線才剛一對上，他就感覺像是有一股電流瞬間竄過自己全身，沒由來的一陣酥麻，連後半句話都咽了下去沒能說出來。

「你……」程雨晴受了驚一般猛的跳起來，身子踉蹌著往後退了兩步，眼神遊走，「你，還是先把衣服換了吧，別真的著涼了。」

「……欸。」侯小若也終於反應了過來，一張臉比煮熟的螃蟹還紅，氣息也有些淩亂。

「我先出去了。」

說完，也不等侯小若應一聲，程雨晴低著頭快步走了出去。

「你倆可真是，蜜裡調油的相仿。」

程雨晴才剛走出屋外，就聽見了白二霜明顯帶笑意的調侃，但他並沒有抬頭也沒有說話，只是一徑腳步急急地走向院子對面自己的房間。

進了房，程雨晴似乎也沒能鬆一口氣，依舊是有些無所適從地往前走了兩步，以手輕扶桌沿，慢慢地坐在了圓凳上。

「不知道的，還真以為你倆是小兩口呢。」

白二霜不知什麼時候跟了過來，身子斜倚在門框上，雙手隨意地抱在胸前，自帶著那麼一股子媚氣。他好整以暇地看著程雨晴滿面緋紅的樣子，嘴角上揚，眼裡全是促狹。

「二霜哥，您……您胡說什麼呢，再叫人聽見……」

程雨晴鼓著腮幫子，努力地瞪了白二霜一眼。

「這怕什麼叫人聽見，」白二霜款步來到桌邊，也坐了下來，「紅塵兒女情情愛愛，再正常不過了。」

沒想到白二霜無心一句話，卻讓程雨晴的神情愈發複雜了起來，臉色由紅轉青。

「你呀，就是想太多，」白二霜把自己的手輕輕蓋在程雨晴的手背上，「你也不是不知道，小若他……」

「二霜哥，」程雨晴沒讓白二霜把話說下去，抬起臉，綻出一個略顯苦澀的笑，「……我想再唱一段兒，您能給我操琴麼？」

白二霜無奈地笑著嘆了口氣，此刻卻也只能點點頭。

大概差不多快到酉時，三閆爺總算是帶著陸宗元回來了。

剛一進院兒，三閆爺就緊著招呼大家過來見禮。一直在屋裡坐著愣神的侯小若聽見動靜，也趕緊從房裡跑了出來，卻沒想到一腳踏出來就毫無預警地先和程雨晴打了個照面。本想趕緊停下腳步，卻沒想到腳底下拌蒜，往前跌撞了好幾步，侯小若最後竟結結實實地摔了個大馬趴，惹得院子裡的孩子們都哄笑了起來。
「小若師哥，這過年還早著呢，怎麼就行這麼大的禮呀。」
梅壽林斷是不會放過任何一個揶揄侯小若的機會，大聲笑道。
「去去去，」侯小若也不知道是摔的還是臊的，紅著一張臉爬了起來，撣了撣身上的土，衝陸宗元拱了拱手，「陸叔兒，您來了。」
看著他這副模樣，就連一直臭臉的陸宗元都忍不住笑了出來，「小子，這禮行得可不錯，以後記著回回都這麼行禮就對了。」
「陸叔兒，怎麼連您也笑我，」侯小若嘟嘟囔囔地站到一邊去了，「還以為您是一不苟言笑的主兒呢。」
「好了好了，都見過了也認識了，」三閨爺一見陸宗元笑了，心裡更是高興，一揮手，「走，咱今晚出去好好吃一頓。」
「欸！」
孩子們只要是聽見有好吃的就立馬歡欣雀躍，蹦著跳著跟著兩個老爺子往外走。
眼尖的王溪樓幾步擠到程雨晴身邊，「雨晴師叔。」
「嗯？」程雨晴低頭看著他。
「您這個毛領子真好看，什麼時候買的？」王溪樓指了指程雨晴的脖子。
「啊，這個呀，」程雨晴抬手摸了摸頸項間毛茸茸的溫暖，眼神不自覺地柔似秋水，「是你小若師叔送我的。」
「哦……」王溪樓微微皺眉。
「好看麼？」
「好看，」王溪樓忙扯出一個笑，「雨晴師叔帶什麼都好看。」
「就你嘴兒甜，」程雨晴捂嘴輕笑，「一會兒吃飯多獎你一大塊兒肉。」
「嗯……謝，謝謝師叔。」
說完這句，王溪樓便不再說話，只是默默地低著頭跟在大家身後。

五十四、

小吳掌櫃果然很有信用，第二天一大早就找來了各種工匠在戲館子裡候著，等三閨爺和陸宗元一來就可以立馬開始研究要如何修繕，另外還需要添置些什麼樣式的傢具擺設等等。
陸宗元將這近四十年來三閨爺托人帶給他的銀子都拿了出來，全湊在一起算了算，竟然有差不多七八百兩，就連三閨爺自己都嚇了一跳。陸宗元原本想把這些銀子全都花在戲館的修繕翻新上，但三閨爺覺得還是得多少留一些在身邊，要不萬一全花乾淨了，等再有需要用銀子的地方可就抓瞎了。所以商量再三，陸宗元最終決定先拿出一半來。

儘管這戲館並不是特別大，但實在有太多地方年久失修，工匠們四處查看完畢之後給出的結論是最少也需要二十天的時間。秉著慢工出細活的想法，三閏爺和陸宗元在工期上並沒有討價還價，只是一再囑咐工匠們一定要多費心。

原本是盤算著只要這大戲館子能盡快重新開業，那鳴福社的孩子們就有地方登臺唱戲，多少也能有些進項，不過卻沒想到竟然需要二十天這麼久。

就在侯小若和三閏爺犯難的時候，小吳掌櫃像是想到了什麼，從旁插了一句提議道，「若是您幾位不嫌錢少的話，不如去唱幾天社戲吧。」

「對呀，」三閏爺一拍巴掌，「我怎麼把這茬兒給忘了，咱可以去唱社戲呀。」

「既然您同意了，那我就去給聯繫聯繫，」小吳掌櫃熱心地說道，「我有個熟識的排官。」

「真的嗎?那可太好了，又要麻煩您了。」三閏爺連忙一抱拳。

「不麻煩，都是自己人嘛，」小吳掌櫃擺擺手，「我先去問問，估計這一兩天就能有信兒。」

「那就這麼說了，小吳掌櫃幫著聯繫排官，咱倆跟著師傅們去挑些石料木料什麼的，」陸宗元站了起來，「越快開工不就能越快重新開業麼。」

「陸爺說得在理兒，那咱就各自忙著，」小吳掌櫃也站起了身，「三閏爺，您等我的信兒。」

「好的，有勞有勞。」

社戲，也被歸化城的當地人稱作野檯子戲，就是在城裡城外的寺廟前朝北搭個戲臺，請些個戲班來酬神獻戲，順便讓老百姓們能免費看戲。社戲所請的戲班大多是有長期合約的山西戲班，雖沒有什麼名角兒，但每年都會按照約定的時間提前兩天進城候著。

一般在正月初四，城裡上柵子的平安社就會率先開戲，之後各個廟宇也都會跟著開始搭台，差出排官去安排戲班。有的寺廟只唱梆子，有的也唱梆子也唱大戲，因為有不少愛聽大戲的旗人會時不時從綏遠城過來，就只為了聽戲。

社戲的檯子一旦搭起來，基本上就是全年無休，大大小小的戲班輪番登臺，從正月一直唱到當年十月左右。十月之後天兒太冷，沒人出來聽戲，社戲也就歇了。

歸化城儘管不是座特別大的城池，但是這城裡城外可有不少寺廟，什麼三官廟啦什王廟啦，南茶坊廟、大召寺、小召寺等等，所以一天之內有好幾間寺廟同時有戲看並不是什麼稀罕事兒。而這次小吳掌櫃給說下來的是在小東街的關帝廟前，那是個專唱大戲的戲臺，正好後一個戲班沒能接上，於是便順水人情地把這個空檔讓給了鳴福社。給的戲份還算說得過去，唯一的條件就是一天兩場，沒有休息，但是白場和晚場之間管頓飯。

別說是管飯了，就算是不管飯也要上，畢竟有小吳掌櫃的人情在裡面。一聽著信兒，侯小若立馬就應了下來，說好三天後開戲。

「那咱唱什麼戲呢？」

這天晚上吃過了飯，侯小若把三閏爺、程雨晴，還有孟紅柳和白二霜都召集到屋裡，打算商量一下這三十天的戲單子。

「嗯……」三閏爺想了想，「既是小若掛頭牌，那肯定是唱花臉戲，我看《坐寨盜馬》、《戰宛城》、《陽平關》、《法門寺》都可以。」

「《法門寺》……」程雨晴低聲喃喃了一句，臉上浮現出些許複雜的神情。

「第一天白場就唱《法門寺》吧。」侯小若看了程雨晴一眼，故意大聲說道。

果不其然，程雨晴悄悄瞥了他一眼，抿了抿嘴唇，但也沒多說話。

「嗯，為什麼頭場選《法門寺》呢？」孟紅柳有些不解地問道。

「雨晴當年倒倉的最後一齣戲就是《法門寺》，」侯小若看向程雨晴的眼神裡既有堅定又有著化不開的無限柔情，「所以我希望他重回戲臺的第一齣戲，也是《法門寺》。」

「小若……」程雨晴禁不住有些動容。

「雨晴，這個坎兒你必須自己跨過去，」侯小若看著程雨晴，彷彿他的眼裡就只看得見程雨晴，「別擔心，我會一直都在那兒陪著你。」

「嗯。」程雨晴淺笑著，點了點頭。

「行，那就《法門寺》，前面連演《拾玉鐲》，晚場呢？」三閏爺將讚許的目光投向侯小若。

「晚場……乾爹，您來個《陽平關》唄，」侯小若扭臉兒，嬉笑地看著三閏爺，「我也有日子沒正經聽您的曹操戲了，就讓我過過癮吧。」

「行！」三閏爺拍了一下胸脯，「老將出馬，一個頂倆！」

「可別將熊熊一窩就好，哈哈哈哈！」孟紅柳在一旁大笑著調侃道。

「去去去，你才熊，」三閏爺也跟著笑了起來，「我和小若是舉賢不避親上陣父子兵，對吧？小若。」

「對！乾爹說得好！」侯小若笑著拍起了巴掌。

「你這乾兒子倒是收著了，就知道瞎捧。」孟紅柳邊說笑，邊將酒盅送到嘴邊喝了一口。

「哈哈哈，這你可羨慕不來。」三閏爺滿臉的自豪。

「我有個主意，」笑了一陣，侯小若重新換上一副認真的神情，「因為咱們目前人手和行當都有限，所以我想著就排六天的戲單子，然後重覆五回就行了，剛好三十天的。」

「嗯，這主意不錯，」三閆爺表示讚同地用手指敲了敲桌面，「這樣需要對的戲也相對減少了，孩子們的壓力也小一些。」

「好，就按照小若說的來。」

孟紅柳說著，又喝乾了一杯。坐在他身邊的白二霜也不多說什麼，靜靜地將孟紅柳面前的酒壺給收走了。

把六天份的戲單子拉出來之後，大家又坐著天南地北地瞎聊了一會兒便散了。程雨晴才剛走進院子，就被侯小若給叫住了。

「雨晴。」

「嗯？」

程雨晴一轉身，夜風將他淺青色的衣擺輕輕帶起，若蝶飛舞。涼如水般的月光毫無保留地傾瀉下來，撒滿了一院子，給身在其中的程雨晴鑲嵌上了一層淡淡的銀色光華。

「今晚好好睡，明兒早點兒起，」侯小若一想到又能和程雨晴同台唱戲了，就興奮得不行，「一練完早功咱就……」

「就對戲嘛，我知道了。」程雨晴笑著打斷了他。

「嘿嘿嘿，」侯小若撓著頭笑了幾聲，「我實在是等不及了。」

「都等了這麼多年了，」程雨晴歪著頭看向他，「也不差這一天半天。」

「嗯，你說得對，」侯小若拍了拍程雨晴的胳膊，「那，早歇著。」

「嗯，你也是。」

「欸，那，明兒早見。」

「嗯。」

「好，那我也去歇著了。」

「去吧。」

「……欸。」

磨蹭了半天，侯小若的腳才終於往自己那屋的方向走去。看著他雀躍的背影，程雨晴忍不住笑著搖了搖頭。

在無人的院子裡踱了兩步，程雨晴抬頭望月，任由一縷縷冰冰涼涼的清輝從自己的面頰掠過。數不清的星星倒映在他的雙眸之中，卻仿若化作了淚光的晶瑩，閃耀眼底。

三天的時間一眨眼就過去了。開戲這天清晨天都還沒亮，侯小若就已經手舉一個大銅盆站在了院子中間。

「起了，都趕緊起了！」侯小若邊敲銅盆邊大聲喊著，「該練早功了，起了都！」

在侯小若叮叮哐哐一頓敲之後，除了孟紅柳之外所有的人都成功地被轟起來了，一個個打著呵欠撓著腦袋走出了房門。相比起其他人的無精打采，侯小若簡直是神清氣爽精神百倍，叉著腰吆喝道，「別磨磨唧唧的，去洗個冷水臉就不困了！趕緊的！」

「知道啦，小若師哥，別再敲了，」梅壽林一邊繫著衣領上的扣瓣兒，一邊指了指院門，「一會兒連掌櫃的都要被你敲起來了。」

「也是，嘿嘿嘿，」侯小若趕緊把舉著銅盆的手放下，衝著剛走出屋門的白二霜打了個招呼，「二霜哥，早！一會兒麻煩您給我和雨晴操操琴。」

「行啊，我先去洗個臉。」白二霜以手掩口打了個呵欠，夾著一個空水盆往放在院子角落裡的大水缸走去。

「雨晴！」

終於等到程雨晴穿好衣服打好辮子走出屋外，侯小若立馬小跑著迎了上去。

「早，昨晚睡得好麼？」

「嗯，挺好的，」程雨晴仰起臉兒，朝侯小若微微一笑，「你呢？」

初升的旭日輝芒將程雨晴整個人都籠罩於其中，令其粉妝玉砌的肌膚上彷佛有霞光流動一般，看得侯小若竟不自覺有了一絲醉意。

「小若？」

「啊，我？我睡得可好了！呼呼的，一覺睡到大天亮！」

幾縷金燦燦的陽光照在侯小若臉上，本就朝氣飽滿的雙頰愈發紅潤起來。

「那我先去準備準備，一會兒咱就開始對戲。」

「欸！」

五十五、

小東街上的關帝廟向來也是人頭攢動喧鬧非凡的所在，寺廟前街上做買的做賣的行商的挑擔的，只要是想得到的小商小販幾乎在這兒都能見著。再加上連綿不斷來上香還願的善男信女們，小小的一座關帝廟倒也格外的香煙繚繞。

在廟前的空地上已經朝北搭好了一座周周正正的戲臺，雖不大但好歹是為了酬神，所以搭得還真挺盡心。戲臺前面象徵性地擺了幾排條凳，有趣的是還從正中間空出一條過道兒，為的是分開男左女右兩個區域。就算是一道兒來的也要分開坐，這是看社戲的規矩。

關帝廟裡面專門收拾出了一間空房，是給戲班化妝換行頭以及擺放東西的，權當後臺用。裡面的桌椅銅鏡、手使的傢伙、掛行頭盔頭的架子都一應俱全，一看就知道有戲班常駐在此。

侯小若一行用小車推著行頭衣箱和砌末之類的，早早就來到了關帝廟前。先和排官打了個招呼，接著由排官指引著，又見過了管事的和文武場面，還有長期在這兒搭班的底包龍套。都引見完之後，排官就先行離開了。管事的給侯小若簡單地解釋了一遍唱社戲的相關規矩和忌諱，三閏爺擔心侯小若記不圓全，所以也站在一旁一起聽著。

把該放的都放進屋裡之後，三閏爺帶著大家夥兒上大殿裡給關二爺上了炷香，所有人都挨著個兒給關二爺磕頭，祈求一切順利。

午時三刻，鳴福社在歸化城的首場戲正式開鑼。和當年一樣，前面還是墊一折譚福路和何福山的《擊鼓罵曹》，接著是《拾玉鐲》，完之後就是侯小若和程雨晴的《法門寺》。但由於馬鳴未不在，所以譚福路還得再趕一個趙廉。

雖說來關帝廟的人不少，但是真正坐下來聽戲的人卻並不多，一折《擊鼓罵曹》都唱完了，那幾排條凳也都沒坐滿一半。而且除了稀稀拉拉的零星掌聲，都沒有什麼人叫好，戲臺上的譚福路和何福山簡直越唱越沒興致，就連鼓點兒都沒有以往的聽著帶勁。

「爹，您倒是快走兩步呀，一會兒該趕不上了！」

芸娘今兒穿了一身兒橙紅色的蒙古袍子，衣襟上滾著深藍色刺繡嵌邊，外罩一件藍色繡花短坎肩，腳上蹬著一雙深棕色的小皮靴，顯得既俏皮又可人。

「我說女兒，你這麼趕做什麼？那戲臺又不會跑。」林遠棠快步跟在芸娘身後，嘴裡雖然抱怨著，但臉上卻是笑容滿溢。

「傻爹爹，戲臺自是不會跑，但戲會唱完呀！」芸娘邊往前小跑，邊咯咯咯地笑著。

「這，這才剛未時三刻呢，」林遠棠看著在前面跑著跳著的女兒，只好又加快了腳步，「慢著點兒，別再摔著。」

父女倆說說走走，不消一會兒就來到了關帝廟前。

芸娘嘟著小嘴兒一指戲臺上，「您看您看，就真沒趕上。」

「不過是前面的開鑼戲，沒看著就沒看著吧，」林遠棠以手扇風，微微喘著粗氣，「壓軸兒和大軸兒沒誤了就行。」

「哼。」芸娘朝林遠棠扮了個鬼臉，自己走到右邊的女座兒，鼓著腮幫子坐了下來。

林遠棠苦笑著搖了搖頭，坐在了左邊最後一排的條凳上。才剛坐下，就有人從後面拍了一下他的肩膀，林遠棠回頭一看，站在身後的原來是陸宗元。

「喲，陸爺怎麼也來了。」林遠棠連忙起身，拱手行禮。

「林掌櫃，您也來湊熱鬧？」陸宗元抱拳回了個禮。

「是啊，小女芸娘非要來，」說著，林遠棠指了指坐在另一邊的芸娘，「您也知道我就是拗不過她，哈哈哈。」

陸宗元順勢也坐了下來，「沒想到芸娘姑娘也愛看大戲。」

「她，」林遠棠笑了出來，「她哪兒懂什麼大戲呀，因為這個戲班兒呀前兩天在我那飯館兒吃飯時，給芸娘解過圍，所以那丫頭說什麼也要來看看他們的戲。」

「哦，原來是這樣，」陸宗元笑著點點頭，「那您一定也已經見過由三閏了吧？就是跟著這個戲班兒一起來的那老頭兒。」

「三閏爺？見了見了，」林遠棠有些不解地問道，「怎麼，您也認識三閏爺嗎？」

「何止認識，」陸宗元別有深意地看了一眼戲臺，「半輩子的孽緣吶。」

「哦？若您不介意，跟我說說。」林遠棠反而是滿臉的感興趣。

「哈哈哈，以後有機會再細聊吧，」陸宗元指了指臺上，「先看戲。」

「欸，也好。」

林遠棠的視線也回到了戲臺上。

戲臺上齊壽竹的《拾玉鐲》正好剛唱完，接下來就是侯小若心心念了這麼多年的《法門寺》。芸娘坐在戲臺下第一排條凳上，睜大了眼睛在戲臺上掃來掃去，四下找尋白二霜的身影，但是看了半天，哪個都不像是白二霜。芸娘原本就不是個特別有耐心的人，嘴一撅，坐那兒生起悶氣來。

就在她悶悶不樂的這會兒，忽然身背後傳來兩個女子的竊竊私語。

「姐姐，您看那兒。」

「哪兒呀？」

「就那兒，最右邊的那個琴師。」

「哪個呀……啊，妹妹，是不是穿著絳紫色長衫的那個？」

「對對對，就是那個，就是那個！」

其中一個女子的聲音雖輕但卻尤其興奮。

「呀……」另一個女子輕嘆了一聲，接著又悠悠開口道，「這可真是……看花東陌上，驚動洛陽人。」

聽著這兩個女子你一言我一語地輕聲談笑著，倒引起了芸娘的興趣，於是她也抬眼往文武場面坐著的角落望去。一身兒絳紫色的長衫，袖子挽在手肘處，手裡握著一柄黑色的胡琴，神情既認真又有幾分玩味的輕鬆……那不是白二霜又能是誰。

終於看見了自己念念不忘的那個人，芸娘禁不住胸口小鹿亂撞，她下意識地將手搭在胸前，似乎想要撫平自己略顯不穩的呼吸。

「原來他是琴師。」芸娘嘴角上揚，喃喃自語道。

這頭芸娘是目不轉睛地瞧著白二霜，而那頭戲臺上已經唱到了第三場，也就是當初程雨晴唱花了一個音，之後就發現自己倒倉的那場戲。

臨上臺之前，程雨晴跟在侯小若身後走到出將門，聽著外面的嗩吶吹著曲牌江風，不由得脊背發涼渾身一顫。侯小若看了程雨晴一眼，但是已經輪到他上臺了，也來不及說什麼，只能偷偷用手捏了一下程雨晴的掌心。沒等程雨晴反應過來，他已經快步走了出去。

深吸了一口氣，等戲臺上的方丈念完「阿彌陀佛」，程雨晴一聲悶簾叫板「走哇」是嗓音又亮調門兒又高，別說是坐在台底下的看客，就連過往的行人都不自覺停下腳步，伸長了脖子好奇地往戲臺上看去。

程雨晴身著一襲黑色褶子，也俗稱青衣，繫白色腰包，下擺兩側分別繫在兩手的手指上，配合水袖的甩動，簡直好似穿花蝴蝶一般。腳底下踏著圓場，程雨晴緊接著又是一句悲悲戚戚的念白。

「冤枉……！」

台底下，陸宗元和林遠棠都忍不住扯著嗓子同時喊了一聲「好」。

「林掌櫃，您知道嗎，」陸宗元拍了拍林遠棠，「這孩子前一段兒還倒倉呢，沒想到竟恢復得這麼好。」

「是嘛？這我還真不知道，」林遠棠也露出了幾分詫異的神情，「他叫什麼？」

「敢情您不知道哇，」陸宗元笑了，「程雨晴，據說倒倉之前在京城還算是小有名氣的旦角兒。」

「程雨晴……」林遠棠小聲重覆了一遍這個名字，然後一拍腦門，「哦！我想起來了，就是那天吃飯時不怎麼愛說話的那個。」

「嗯，那估計是他，雨晴平時話是挺少的，」陸宗元非常少有地稱讚道，「安靜卻不失禮，是個不錯的孩子。」

聽了陸宗元的話，林遠棠嘴角勾起一抹意味深長的笑。

「宋巧姣跪至在大佛寶殿。」

也不知道是不是因為前面陸宗元和林遠棠喊了好，程雨晴這一句西皮導板唱完，底下坐著的那幾十個看客都一起拍著巴掌喊起好來，甚至還有拉長音吹口哨的。

其實這時候侯小若心裡都已經是樂開了花兒了，但表面上也還是不動聲色，穩若泰山大馬金刀地坐在一旁，擺著九千歲的威風。

唱著唱著，就唱到了程雨晴倒倉時唱花了的那段兒西皮慢三眼，這下可不只是侯小若，出將門旁的三閨爺手心裡都攥了一把汗。

「望皇太……」

戲臺上的程雨晴唱得是聲淚俱下，聽的人傷情斷腸，而侯小若則是心都提到了嗓子眼兒，一個勁兒地在心裡求關二爺保佑，千萬別出岔子。

「……與千歲，緝拿到案。」

「好！」

此句唱罷，三閏爺頭一個中氣十足地喊了聲好。

誰也沒想到，估計就是程雨晴自己也沒想到，最後竟然這麼痛快就唱上去了，而且程雨晴甚至感覺自己的嗓子還有餘地，一點兒也沒費勁。

「好！好！」

林遠棠實在忍不住，騰一下站起身，跺著腳地連聲喊好。

「哎呀，真是好啊，是不是啊陸爺？」林遠棠回頭看向陸宗元。

「嗯，真是不錯，唱也好身上也好，這孩子前途不可限量啊。」

陸宗元點著頭，語氣裡滿是讚許。

五十六、

自打上一次給孟紅柳救場以來，差不多十好幾天都沒登臺了，這一有機會上臺唱戲可把鳴福社的孩子們給興奮壞了。一是因為大多數唱戲人都是人來瘋，臺上一唱臺下一喊，特別給勁兒，二是因為但凡能上臺就有戲份拿，誰還嫌銀子多呢。

這都散了戲了，大家夥兒依舊是嘻嘻哈哈嘰嘰喳喳地邊笑邊侃邊收拾東西，往關帝廟裡面走。尤其是侯小若，心情簡直大好，腳步輕快得都要能飛起來了似的，看什麼都順眼。

踱著步，侯小若一搖三晃地從入相門下來，正準備到後面去卸妝洗臉，忽然程雨晴不知從哪兒快步跑了過來，冷不防一下紮進了侯小若懷裡，把他給驚了個呆若木雞。程雨晴用兩條細細的胳膊緊緊環住侯小若，一語不發，只是身子有些輕微的顫抖。

怔了片刻，侯小若臉上浮出一個安心的笑。他默默地伸出雙臂，輕柔擁住程雨晴羸弱的身子，柔聲在他耳邊說道，「這個坎兒……雨晴，你跨得好，跨得漂亮。」

「……嗯。」

程雨晴的腦袋似乎微微點了兩下，低低的聲音混著濃重的鼻音從侯小若胸前傳來。

「我一直都在等，等了這麼多年，」侯小若長長嘆了口氣，用手輕拍著程雨晴的背，「終於讓我等到了又能和你一起站在戲臺上。」

程雨晴抽了一下鼻子，緩緩抬起臉，但當他一看見侯小若還頂著一張劉瑾的大紅臉，那樣子可別提多滑稽了，原本還是水霧氤氳的雙眸噗嗤一下笑成了一彎新月。

「你笑什麼？」侯小若被程雨晴笑了個莫名其妙。

程雨晴笑著搖了搖頭，「侯老闆辛苦，趕緊去卸妝換衣服吧。」

「欸。」

說著，兩人一前一後的轉身往後走去。

「辛苦辛苦，」侯小若一進後臺，便衝著正坐在屋裡聊天的文武場面和龍套們抱拳拱了拱手，「真是有勞各位了，一會兒晚場也麻煩多多提點。」

「哪兒的話，侯班主您辛苦。」

「回頭唱完了晚場，若是各位不嫌棄，」侯小若一拍胸脯，「我做東，請爺兒幾個喝一頓，都得去啊！」

「唷，那怎麼好意思的。」

「您這麼說不就遠了麼，賞臉去的，是瞧得起我侯小若。」

「那就，先謝過侯班主了。」

「多謝多謝。」

大家夥兒一頓客氣，侯小若作了個羅圈兒揖，走到三閏爺身邊坐了下了。

「乾爹，怎麼樣？」侯小若面帶得意之色地看向三閏爺。

「不錯，會做人。」三閏爺讚許著點點頭。

「啊？」侯小若一怔，但是馬上又反應過來，「不是，是問您我剛才的戲怎麼樣。」

「哈哈哈哈，」三閏爺大笑了幾聲，重新擺了張認真臉，「嗯……你的劉瑾火候是夠了，但就是這個分寸的拿捏要再好好想一想，別回頭堂堂一個九千歲弄得像小花臉一樣就不好了。」

「欸，」侯小若虛心聽著三閏爺的訓教，「是，乾爹，我知道了。」

「行了，你先好好歇會兒吧，晚上瞧你乾爹我的《陽平關》。」

「欸！」侯小若剛想轉身走，又像是想起什麼似的問道，「乾爹，您覺得雨晴今兒唱的如何呀？」

「沒聽見我給他叫好麼？」三閏爺笑瞇縫了眼，「人家雨晴呀，比你唱得好。」

「嘿嘿嘿，我哪兒能和雨晴比，」侯小若聽了這話，反而樂得更歡實了，「那我先去掭頭了。」

「去吧，臭小子。」

鳴福社在關帝廟的頭場戲應該算是成功的，因為雖說願意停下來聽戲的人不算特別多，但是散戲時的熱烈掌聲和口哨聲已經證明了哪怕是聽不慣的大戲，歸化城的人也毫不吝嗇他們的讚美和認可。

愛逛廟好熱鬧的大爺大媽三姑六婆們沒別的拿手，閒來無事串串門兒嘮嘮家常的功力那是絕對不輸人，於是便一傳十十傳百。千萬別小看了這口口相傳的威力，還不出兩三天，「關帝廟社戲挑梁的旦角兒簡直仙姿玉貌美若天女」的消息就幾乎傳遍了整個歸化城。之後的幾天，專程來看程雨晴的人越來越多，都想要一睹京城名旦的風采，管事的甚至要求多換兩場旦角戲。

男人們爭著搶著要看程雨晴，女人們則是邀夥搭伴地來瞧白二霜。蒙古女子果然夠豪邁直爽，一點兒不似口內姑娘那樣扭捏，喜歡就是喜歡，瞧就直眉瞪眼兒地瞧。其中還不乏有幾位膽兒大的直接在散了戲之後找到後臺，就為了能和白二霜說兩句話。白二霜這人向來都是彬彬有禮笑臉迎人，不過那雙沒有溫度的眸子著實為他擋退了不少大姑娘小媳婦兒。久而久之，敢上前搭訕的女子的確是少之又少了，可當他走在街上時，依舊攔不住來自四面八方的熾熱目光。

對於此，白二霜也只能嗤之一笑，扮作看不見便是了。

這天一大早，孟紅柳就給白二霜派了個差事，讓他去買些奶酒和茶葉，因為自從在秋棠元喝過一次之後他就徹底上癮了，現在每天都得喝個一壺半壺才舒服。

口外的天氣總是涼得很快，才剛過白露就已經差不多需要換上冬天的棉服皮襖了。白二霜今兒穿了一身兒天藍色的夾棉大褂，外罩一件藏青色的薄棉坎肩，俊媚之餘還多添了兩分英氣。腰間掛著他心愛的水煙壺，長長地墜下來，咣裡咣噹的也不嫌礙事。

邊慢悠悠地往前走著，白二霜邊啃著剛買的肉燒餅，越嚼越香。其實他一早就察覺到街對面的店幌子後面藏著兩個小丫頭片子，嘻嘻笑著偷偷往他這邊瞅，白二霜苦笑著在心裡翻了個白眼，下意識加快了腳步。

眼看著還有兩步就要跨進酒鋪了，身後傳來一個有幾分熟悉的聲音。

「白大哥！」

白大哥……？白二霜覺得有些好笑，從來也沒有人這樣稱呼過自己。他回身一看，一個驕陽似火的紅色身影正從不遠處快步往這邊跑過來，身後兩條烏黑油亮的辮子隨著跑動甩來甩去，看著就那麼活潑。

一見是認識的，白二霜便在酒鋪前的台階上停了下來，

「白大哥。」芸娘笑眼彎彎地跑過來，大概是因為跑得太急，額頭上沁出一層細細的汗珠。

白二霜淺淺笑著微微點了一下頭，權當做打招呼了。

「白大哥，您買酒呀？」芸娘稍微平復了一下呼吸，抬手指了指白二霜身後的酒鋪。

「嗯。」

「您好酒麼？」芸娘把手背在身後，兩條胳膊伸得直直的，滿滿全是少女的俏皮。

「好酒，又有誰不好呢？」白二霜回答得模棱兩可。

「嗯……那，」芸娘眼珠一轉，「您打算買什麼酒呀？」

「想買兩罈奶酒。」

說著，白二霜欠了欠身，抬腳想要往酒鋪裡走，芸娘趕緊上前一步，從台階下拉住白二霜的袖子。這個舉

動實在是出乎了白二霜的意料，他小小地吃了一驚，不過還是不著痕跡地將衣袖抽了回來。

估計芸娘也明白自己不該這麼做，她雙頰微微泛紅，眼神遊移，「……白大哥，若是您想買奶酒的話，不如我介紹一家更好的酒鋪給您，您也知道我家就是開飯館兒……」

沒等芸娘滔滔不絕地說下去，白二霜從袖口拽出一方手帕，蜻蜓點水般在芸娘額頭上輕輕一撫，沾去滴滴香汗，接著莞爾一笑，「我聽說這家酒鋪有上好的德善舒爾和沾普舒爾，所以……芸娘姑娘無需費心了。」

芸娘被白二霜突如其來的動作給驚住了，張了張嘴愣是沒說出話來。但或許是性格使然，生性好強的芸娘還是在白二霜轉身之前喊住了他。

「沾普舒爾算什麼，我說的那間酒鋪就連六蒸六釀的熏舒爾都有呢，」芸娘一撅嘴，「運氣好的話。」

白二霜無奈地嘆了口氣，做了一個請的手勢，「若是芸娘姑娘不嫌棄，不妨與我一道進去選酒。」

「好哇！」芸娘想也不想就脫口答道，然後便愉悅無比地蹦跳著進了酒鋪。

「哈……」

看著芸娘的背影，白二霜忍不住又長嘆了一口氣。

五十七、

儘管有芸娘在一旁嘰嘰喳喳地建議這個推薦那個，白二霜還是心無旁騖地挑好了孟紅柳囑咐他的那兩罈酒，定力不可謂不驚人。提著兩罈五釀奶酒，白二霜先一步走出酒鋪，深吸一口氣，歸化城深秋的清冽空氣瞬間沁入他的身體，充斥著他略失彈性的肺部，實在舒服得很。

可惜的是這份寧靜持續了還不到兩秒，芸娘的聲音又在耳畔響起。

「白大哥，您還要買什麼嗎？」

白二霜微垂眼瞼看了興高采烈的芸娘一眼，也不知道她是真傻還是裝傻，竟然一點兒也讀不到自己眼裡的冰冷。也不多說什麼，白二霜徑直步下臺階，沿著街道往南走去。

「白大哥，」毫不意外地，芸娘追了上來，「您還要買其他什麼嗎？我可以帶您去買的，反正我也沒什麼……」

「芸娘姑娘，」白二霜猛的一轉身，再次打斷了她，「可能是白某人初到此地，不大懂得歸化城的規矩……」

「規矩？歸化城沒什麼規……」

「芸娘姑娘。」

白二霜雖然還是笑臉盈盈，眼神卻冷得仿若三九。

「……是。」芸娘就算再遲鈍，這涼得刺骨的感覺也讓她禁不住一個激靈。

「大概是這裡的習俗與眾不同，但是我想……」白二霜自然地綻開一個媚惑的笑，「好姑娘，還是不要隨便就追著男人東跑西逛的好，您覺得呢？」

雖說是句問話，但是白二霜並沒有真等著芸娘回答，他將雙手抱拳舉到耳邊，側著臉一拱手，然後拎起擱在地上的兩罈酒，拂袖而去。留下芸娘獨自一人站在原地，追也不是喊也不是，一張粉面漲得通紅，撅著嘴狠狠跺了兩下腳。

剛低著頭一轉身，芸娘便聽見了一個爽朗溫潤的聲音。

「這不是芸娘姑娘麼。」

芸娘一抬頭，打量了來人幾眼，落落大方地笑了笑，「原來是你呀。」

不知不覺，鳴福社在關帝廟前已經唱了二十多天的社戲，名聲可以說是越來越響，尤其是被大家稱作「大邦名旦」、「旦中仙子」的程雨晴，大有趕超城裡梆子名角兒們的勢頭。

儘管鳴福社在關帝廟甚至小東街一帶都算得上是大紅大紫了，但社戲畢竟是社戲，再了不起也不過是在街頭廟前唱給小老百姓聽的野檯子戲，比撂地兒也就好那麼一丁點兒，所以一般也沒人會盼著什麼有財有勢的人家兒來這裡看戲。

和往常一樣，侯小若和三閨爺這天也帶著大家夥兒早早就到了關帝廟，為的是提前確認細節做準備，就算是臨場出個什麼問題也能立馬解決，不至於耽誤了登臺。他們才剛從小東街拐進來，就看見管事的正高舉著一個木牌，似乎是想掛到戲臺旁的柱子上，不過因為身高不夠，蹦了好幾下都沒能掛上去。

梅壽林趕緊走上前一抱拳，「我來吧。」

管事的滿頭大汗地回頭一看，笑著把木牌遞了過去，「有勞有勞。」

梅壽林一抬手就給掛了上去，又扭臉兒問道，「您看行麼？」

「行行行，多謝了。」管事的用袖子抹了一把臉上的汗。

侯小若湊上前，看了一眼掛好的木牌，「這上面就一個優字，是什麼意思呀？」

「這個您不知道，」管事的手指著那個木牌，「但凡有小班接台時，咱就把這個牌子掛出來，好讓大家夥兒知道。」

「小班接台？什麼意思？」

「您大概也知道，咱這歸化城有大戲館子和小班館子，」管事的見侯小若點了點頭，繼續往下說道，「小班館子裡唱曲兒的歌女若是上這兒來，在白場和晚場之間唱上幾段兒的話，就得掛上這牌子。」

「哦哦，」侯小若若有所悟的樣子，「也就是說今兒有歌女來唱曲兒？」

「對。」

「那什麼，歌女……是女的吧？」

「哈哈哈哈，」管事的忍不住笑了出來，「這歌女歌女，不是女的還是男的呀？」

「女的……」侯小若臉上的神情有些複雜，「也上臺麼？」

「啊？不不不，」管事的連忙擺擺手，「哪兒能呢，歌女一般就在台前面唱。」

「哦，哈哈，」侯小若鬆了口氣，「那行，那我先上後頭準備去了。」

「欸，辛苦辛苦。」

侯小若拱了拱手，正準備追上梅壽林一道兒往後面走，管事的緊走了兩步喊住了他。

「侯班主。」

「欸，有事兒？」

「差點兒把大事兒給忘了，」管事的咽了口吐沫，「元盛德差人來說是想見見您，我估摸著大概是想邀您鳴福社的堂會，這不又快到三大號請客的日子了麼。」

「元盛德？哦，行，」侯小若一下沒反應過來元盛德是什麼，「那什麼，一會兒麻煩您直接帶到咱那屋去就行，我候著。」

「行。」

「勞煩您了。」

「這是什麼話，您先忙著。」

「欸。」

大家夥兒在後臺正扮戲的扮戲、收拾的收拾，都忙忙活活的時候，管事的一撩門簾子，帶著一個穿著打扮都很是講究的中年男子走了進來。

「各位，辛苦辛苦。」

管事的一進來就先抱著拳道了幾聲辛苦，然後便引著身旁的中年男子往侯小若這邊走了過來。

「您辛苦。」

侯小若和三閨爺一起站了起來，朝管事的和來人抱拳拱了拱手。

「這位是？」

「這位是元盛德的二掌櫃，閻二爺。」管事的恭恭敬敬地介紹道。

「元盛德？」三閨爺先是一怔，接著馬上換上笑臉，「不知貴號少東家段五爺一向可好哇？」

「勞您掛心，好著呢，」閻二爺笑道，「不知這位爺怎麼稱呼？」

「嗨，瞧我這腦子，忘了給您介紹了，」管事的一拍自己的腦門，先指著侯小若，「這位就是侯小若侯班主。」

「侯班主真是年輕有為呀。」

「哪裡，您過獎了。」

「這位呢，是侯班主的乾爹，三閆爺，」管事的又指了指三閆爺，「人家可也是京城的花臉名角兒吶。」

「不敢不敢，由三閆。」三閆爺重新見了個禮。

「原來是三閆爺，」閻二爺也給回了個禮，「久仰久仰。」

「來，」侯小若給閻二爺讓了個座兒，「您坐下說話兒。」

「嗯。」

閻二爺也不客氣，一撩長大的袍子，大馬金刀地坐了下來。

「我去給幾位準備點兒茶水。」說著，管事的轉身離開了。

「剛才聽三閆爺問起敝號段五爺，可是相識的？」閻二爺看向隨著一起落座的三閆爺。

「有幸見過幾面，」三閆爺用手指蹭了蹭自己的光下巴，「以前我還在這兒唱戲的時候，應過幾次少東家的堂會。」

「原來是這樣，」閻二爺點點頭，「段五爺現在可不是少東家了，而是敝號東家之一，主管歸化城一帶的生意。」

「也是啊，都快四十年了。」

「不知您今兒屈尊來找我們，是有什麼事兒麼？」侯小若接著問道。

「嗯，說起來也是巧，」閻二爺笑著的時候眼睛裡都透著精光，一看就是個精明的生意人，「前一段兒段五爺的千金帶著丫頭來這兒降香，偶爾聽了幾段兒鳴福社的大戲，回去之後就跟她爹學，說這京城來的大戲怎麼好怎麼好，而咱這位五爺又偏愛大戲，所以便差我來問問，不知鳴福社接不接堂會呀？」

侯小若和三閆爺對視了一眼，點了點頭，「倒也接堂會，但是……」

話沒說完，管事的端著茶壺茶碗走了過來，「茶來了。」

「有勞有勞。」

管事的先倒出一碗茶捧到閻二爺面前，「茶不好，您湊合著喝一口。」

「多謝。」閻二爺接過茶碗但卻沒喝，直接擱在了一旁的桌面上。

「來，喝茶喝茶。」管事的又給侯小若還有三閆爺都倒上茶，最後給自己也倒了一碗。

侯小若拿起茶碗喝了一口，繼續說道，「因為咱這趟應的社戲說好了是無休的，所以可能要麻煩您回一聲，堂會我們接，但是時間上需要商量。」

「這個無妨，」閻二爺微微擺手，「咱們五爺也沒說具體時間，但我想可能會是下個月元盛德請客的那幾天。」

「下個月的話就完全不成問題了，」侯小若放心了，「關帝廟的社戲到這月尾就結束了。」

「如果有機會的話，希望您能再回來串幾場，」管事的喝了口茶，「別說那些看客了，就連我都愛看鳴福社的戲。」

「那是您捧。」三閏爺說話總是透著謙虛。

「行，那就這麼說了，」閻二爺站起身，拱手說道，「我就不跟您這兒多打擾了，告辭。」

「勞您跑這麼一趟，以後還麻煩您多多提點。」三閏爺拱手還禮。

「客氣了。」

「閻二爺慢走，」侯小若也拱了拱手，「我還得扮戲，就不送您了。」

「嗯，留步，告辭。」

「閻二爺，我送您出去。」

管事的忙不迭地放下茶碗，跟了出去。

五十八、

「唷，真不錯呀。」

見三閏爺邁步進來，坐在戲臺前邊喝茶邊監工的陸宗元起身迎了過來。看樣子陸宗元今兒心情不錯，竟然給了三閏爺一個笑臉。

「怎麼樣？」陸宗元四處指了指。

「可以呀，」三閏爺轉著圈兒打量了一番，「嘖嘖，真沒有花錢的不是。」

比起之前那個敗落陳舊的戲館子，現在雖說不上是雕梁畫棟，卻也非常雅致。當初陸宗元挑選那些不怎麼明艷的顏色時，三閏爺還擔心會不會看起來太暗太壓抑，但由於多開了幾扇窗戶，而且又都朝陽，所以室內顯得既明亮又令人感到沉穩安心，一點兒也不覺得浮躁。

室內的桌椅凳櫃等木製傢具儘管都沒有用什麼特別好的木材，但也稱得上雕工精細，細節之處不由得叫人眼前一亮。另外，陸宗元還不知從哪兒淘換來一些山水字畫，往牆上一掛，還真是那麼回事兒。

戲臺是徹底推倒了重新搭的，真不愧是陸宗元親自監工，既周正又嚴謹，完全沒有一絲錯漏。顏色配的也好裝飾選的也對，尤其是背景牆上那幅巨大的吉慶芙蓉圖，三閏爺都要忍不住鼓掌了。

「好，真好，」三閏爺笑眼彎彎地看向陸宗元，「打算什麼時候開張呀？」

「開張不急，咱這兒可還連個名兒都沒有呢。」陸宗元有些誇張地攤了攤手掌。

「對呀，以前這兒叫什麼來著……寶，」三閆爺撓著頭皮想著，「寶羽樓？」

「寶悅樓，」陸宗元瞪了他一眼，「什麼記性。」

「嘿嘿嘿，對對對，寶悅樓，」三閆爺咧開嘴嘿嘿一樂，「就還叫寶悅樓唄。」

「那怎麼行，」陸宗元一撇嘴，「好說也是咱倆盤下來的，又徹底翻新了一遍，自然是得有個新名兒。」

「你說的也有道理，嗯，」三閆爺點點頭，指了指陸宗元又指了指自己，「那就叫……宗閆樓？」

「什麼破玩意兒，」陸宗元恨不得都翻了白眼，「為了紀念，我想著保留以前的一個寶字。」

「寶宗樓？寶元樓？」

「還元寶樓呢！」陸宗元用拐杖敲了一下三閆爺的腿，「就不能不打我的名字裡找呀？」

「嘿嘿，我就那麼一說，你就那麼一聽嘛，」三閆爺就像哄小孩兒似的哄著，「那你說，叫什麼。」

「看見那芙蓉了沒有？」

陸宗元一指戲臺上的背景牆。

「嗯，看見了。」

「我想著，是不是就叫……寶蓉園。」

「寶蓉園……寶蓉園，」三閆爺笑了，「夠大氣，我看可以。」

「既然你也覺得行，那就這麼定了，」陸宗元開心了，「我下午就去找人把匾給做上。」

「嗯。」

看著陸宗元開心的樣子，三閆爺頓時覺得心滿意足。

「要願意的話你自己到處看看，我得上後頭瞧瞧去。」

「你忙你的，我待一會兒就走了。」

「行，回頭定了開張的時間再告訴你吧。」

「欸，忙去吧。」

看著陸宗元一跛一跛地往後走，三閆爺還是覺得心裡很不舒服。他嘆了口氣，抬頭望向面前的戲臺。

「寶蓉園……」三閆爺喃喃自語著，臉上帶著一抹笑，「好名字。」

也不知道是不是因為看客們已經知道今兒是鳴福社在關帝廟前唱的最後一晚，所以大軸戲都唱完了還起著哄不肯走。管事的實在沒辦法，只好和侯小若他們商量，再隨便唱一折。結果一折一折又一折，一直唱到都要打二更了才終於散了去。

侯小若和鳴福社眾人筋疲力盡地回到了大車店，年紀小一些的孩子夜宵都沒吃一口就直接倒在床上沉沉睡了。就連平時最能硬撐的侯小若也差點兒沒一頭栽進飯碗裡，三閆爺趕緊讓程雨晴給扶回房去了。

輕輕給侯小若掖好被子，程雨晴看他張著大嘴睡得呼嚕喧天的模樣覺得好笑，便伸手捏著他的臉頰拽了拽，誰知道侯小若不僅沒有反應，反而睡得更香了，惹得程雨晴差點兒沒笑出聲來。臨出去之前，程雨晴又細心地在桌上留下一大壺沏好的茶，免得他半夜裡起來叫渴時找不著水。

從侯小若那屋出來，程雨晴來到院子一角的水井邊坐下，感覺就像是又回到了京城那個還叫做「喜富班」時的院子。也是一樣的清冷月輝，也是一樣的冰涼星夜，只不過那時的日子卻總是過得那麼輕鬆。睡醒了就練功就對戲，挨打也好被罵也罷，那個人總是一直都在身邊……

想著想著，從程雨晴的眼中靜靜滑落兩串晶瑩，沿著臉頰撲簌撲簌滾下來，沒有聲音也沒有溫度。

又多坐了一會兒，程雨晴明顯感覺到自己身上穿著的單薄衣服已然是擋不住口外略顯刺骨的夜風，於是便站起身，撫了撫褂子上的皺摺，邁步準備往自己那屋走。

「哎呦喂，我還當看錯了呢。」

這一嗓子像是帶著金屬音的聲音劃破了夜晚的寧靜，讓程雨晴不禁微微皺眉，回轉身來想看看是什麼人如此無禮。沒想到才剛一扭臉兒，就對上了一張酒氣熏人的臭嘴，熏得程雨晴連退了好幾步。

「別走哇，京城名旦。」

男子滿臉胡茬，打著酒嗝兒，腳底下搖搖晃晃地就想伸手去搭程雨晴。

「您尊重點兒！」

說著，程雨晴滿臉厭惡地拍開了男人的手，往後又退了兩步，卻沒注意到已經退到了院牆邊。

「我哪裡不尊重了，」胡茬男嬉皮笑臉地又想往前撲，「我可別提有多尊重多喜歡你了，來來來，陪大爺一起喝幾杯。」

「躲開！」

程雨晴閃避著他的手，身子還想往後退時才發現已經退無可退，便想往旁邊閃。誰知躲過了身前的這個胡茬男，卻沒能躲過站在他身後的另一個醉漢。那個一臉油膩的肥碩大漢瞅準了程雨晴閃身的方向，過去一把就抓住了他嫩若白筍的手腕。

「過來吧你。」肥碩大漢順手一帶，硬是把程雨晴給拽了過來。

「幹什麼你！放手！」

程雨晴被嚇得花容失色，卻怎麼掙也掙不脫那雙肥膩的大手。

「嘿嘿嘿嘿，」精瘦的胡茬男噴著酒臭氣也靠了過來，「在關帝廟前咱哥們兒擠不上前看不真著，沒想到竟然住同一間店，這不就是那什麼……緣分嘛！哈哈哈。」

「放開我！放手！你們……你們這兩個無恥之徒！」

任憑程雨晴如何拼了命想要甩開這兩個人的手似乎都是徒勞，他的力氣根本就抵不過兩個粗壯健碩的口外男子。就在肥碩大漢滿面猥瑣地伸手要摸上程雨晴的臉頰時，只聽見站在他身後的胡茬男一聲悶哼，接著就沒了動靜。

「大哥？！」

這「哥」字才剛吐出來半個音，肥碩男就感覺到脖領子一緊，跟著發現自己腳底下騰空整個兒人都飛了起來，還沒反應過來怎麼回事兒，就已經哥倆兒好地一起被扔進了矮牆對面的牲口棚裡，愣是摔得眼冒金星連哼哼都哼哼不出來了。

「雨晴，沒事兒吧？」

聽見白二霜的聲音，程雨晴才慢慢睜開眼睛。

「……二霜哥？」

「嗯，你怎麼樣？」此刻的白二霜不再是往日裡笑盈盈的模樣，而是滿臉的擔憂，臉色都有些發白，「他們沒傷著你吧？」

程雨晴默默地搖了搖頭，眼眶一熱，淚水一下子湧了上來，「他們……怎麼能這樣兒……」

「唉……」白二霜淺笑著嘆了口氣，將程雨晴輕柔地擁進懷裡，拍了拍他的頭，「小若那小子可是給你保護得真好哇。」

「嗯……？」程雨晴沒聽明白。

「你呀就這樣就好了，」白二霜笑著輕點了一下程雨晴的腦門，「什麼髒東西也不要入你的眼。」

聽了這話，程雨晴卻低下頭去默不作聲。

白二霜以為他只是剛才被嚇著了還沒緩過來，便柔聲說道，「晚了，趕緊去歇了吧。」

程雨晴依舊是低垂眼瞼，輕輕點了點頭。

「行了，那我也去睡了。」

抬眼看著白二霜踱步而去的背影，程雨晴的雙眸逐漸暗了下去，用他自己都幾乎聽不見的聲音喃喃自語道，「這雙眼睛見過的髒東西……您壓根兒無法想像。」

五十九、

三閨爺和陸宗元商量來商量去，終於決定在立冬這天讓寶蓉園重新開張。小吳掌櫃還給推薦了一個原本在殺虎口附近唱大戲的戲班過來，好和鳴福社有個輪替，否則連軸轉非得累垮了不行。

可是這頭才剛定下日子，那頭元盛德又差人來了，說是堂會的時間定了，偏巧也是立冬前後這三天。一共唱六場，定錢先給三百兩，堂會結束了再給六百兩。來人說的是雲淡風輕似乎根本都不當回事兒，侯小若這代理班主差點兒以為自己聽錯了。

來人從懷裡掏出一個紅布包往桌上一放，抖開包袱皮兒，六錠大銀元寶立馬露了出來，每一錠都足足五十兩，這時侯小若才相信了這事兒確實不是在開玩笑。

詳細定下了時間和契約，來人懷揣著侯小若拉的戲單子心滿意足地離開了，侯小若則是心情複雜地摟著那六錠銀元寶跑回了自己和三閏爺那間屋。一進門就發現不光三閏爺坐在屋裡，陸宗元、孟紅柳和白二霜也都坐在桌旁，就連程雨晴都在。聽見他撩門簾，大家夥兒不由得都一起扭頭瞅著他。

「唷，都在吶，」侯小若被齊刷刷的目光看得有些渾身不自在，「聊什麼呢？」

「懷裡抱著什麼呀？」三閏爺開口問道。

「這個呀，嘿嘿，」侯小若又突然想起來，喜滋滋地來到桌邊一撒手，銀元寶如數滾落在桌面上，「元盛德給的定錢。」

「這麼些？」孟紅柳都吃了一驚，「唱幾天啊？」

「三天，六場。」侯小若一手比劃一個三，另一手比劃一個六。

「三天就給三百兩，出手還挺闊綽。」

「什麼呀，」侯小若滿臉都是笑，「都說了這是定錢。」

「到底說給多少？」

「堂會結束後再給六百兩！」

「九百兩啊？！」

除了侯小若，屋裡的人都有些不敢相信，面面相覷。

「這可比咱們當年給的多得多呀。」三閏爺看了看陸宗元。

「你呀，可別翻那老黃曆了。」

似乎只要一天不和三閏爺鬥嘴，陸宗元都會覺得不舒服。

「堂會什麼時候？」三閏爺問道。

「嗯……就這時間，有點兒不大合適。」

「怎麼？」

「和咱寶蓉園開張那天，撞了。」侯小若越說越輕，有點兒怵怵忐忐地偷偷瞅了瞅陸宗元。

「立冬啊？」陸宗元的臉上看不出來任何表情。

「嗯。」

三閏爺也禁不住看向陸宗元。

「都看我做什麼，」陸宗元一巴掌拍在侯小若胳膊上，「撞了日子怕什麼的，撞了咱往後推幾天不就得了？三天六場給九百兩，誰要不接誰是傻子！」

「欸！有您這話就行！」侯小若一顆懸著的心終於落了下來，「乾爹，給了這麼些定錢，咱今兒得帶大夥兒去吃頓好的吧？」

「臭小子，有了錢也不說攢起來，」陸宗元瞪了侯小若一眼，「一拿到手就要花掉，怎麼的，那銀子燙手哇？」

「我這不也是，犒勞犒勞大家嘛，」侯小若故意滿臉委屈地辯解道，「活活唱了一整個月都沒有休息。」

「這樣吧，」三閨爺想了想，「天兒也冷了，就先用這銀子給大家夥兒都置辦些冬天的衣服鞋子什麼的，剩下的，聽你陸叔兒的，攢起來。」

「欸，乾爹這主意好。」

「另外也有個事兒要跟你說說。」三閨爺示意侯小若坐下說話。

「什麼事兒？」侯小若很自然地就坐在了程雨晴身邊。

「這不正好你陸叔兒也提起來，說咱們總是住在這大車店裡也不是個事兒，龍蛇混雜什麼人都有，再加上昨晚雨晴碰見的那事兒吧……」

「昨晚？昨晚怎麼了？」侯小若不由得有些緊張了起來，立馬看向身旁的程雨晴。

「也，沒什麼……」程雨晴微微皺眉，雙手交疊搓著拇指。

「雨晴昨晚在院子裡遇見倆醉鬼，」白二霜在一旁抽著水煙，悠悠開口道，「想要對他無禮來著，後來我給解了圍。」

「什麼？！」侯小若噌一下跳了起來，「哪兒的醉鬼？是不是也跟這兒住？看我不抽死這倆丫挺的！」

說著，侯小若繞過桌子就要邁步往外走，被程雨晴一把給拉住了。

「別鬧了，」程雨晴看著他，輕輕搖了搖頭，「昨晚二霜哥已經教訓過他們了，就行了。」

「雨晴，」侯小若雙手握著程雨晴的肩膀，「你怎麼不喊我呢？我不就在屋裡呢麼。」

「你一睡著了，打雷都不醒，」程雨晴輕輕一笑，「喊你也聽不見呀。」

「我……」侯小若被噎得滿臉通紅。

屋裡坐著的老老少少也都笑了起來，尤其三閨爺笑得大聲，「他呀，估計也就鑼鼓場面能叫得醒。」

「下回給你腰上別一面小銅鑼，」侯小若用手拍了一下程雨晴的腰，半開玩笑地說道，「遇上事兒你就使勁兒敲，你一敲我就來了。」

這話一說完，衆人樂得可更厲害了。

「所以呢，」三閨爺把胳膊架在桌面上，身子側向侯小若這邊，「咱們這不是商量麼，不如就住到你陸叔兒那兒去。」

「住陸叔兒那兒去？鳴福社所有人麼？」侯小若睜圓了眼睛，「陸叔兒您是住著多大的院子呀？」

「我住的那地兒你乾爹四十年前也住過，」陸宗元臉上依舊掛著笑，指了一下三閨爺，「就是以前我們那戲班兒的老院子。」

「真的呀？」侯小若來精神兒了，「那敢情好，行行行，咱什麼時候動身？」

「趕早不趕晚，收拾好了東西，今兒咱就搬吧，怎麼樣？」

三閨爺看著大家，徵求著其他人的意見。

「行啊，那就今兒吧，我和二霜那點兒東西都用不著怎麼收拾，哈哈哈。」孟紅柳嘬了一口白二霜給溫的奶酒，笑道。

其他人相互看了看，也都跟著點了點頭。

「紅爺，這麼早就喝上了？」侯小若瞅著孟紅柳手裡的酒盅。

「小酌怡情，怡情。」

三閨爺一拍巴掌，「那行，既然大家夥兒都沒意見，咱吃完了午飯就趕緊收拾。」

「行咧。」

「欸。」

眾人紛紛站起身，邊笑著聊著邊往屋外走。

「對了，小若。」三閨爺忽然從身後喊住了侯小若。

「欸，乾爹還有事兒？」侯小若停下腳步。

「早上林遠棠差了個小夥計過來，說是這兩天想請咱倆吃個飯。」

「林遠棠？誰呀？」

「你這小子，」三閨爺給氣樂了，伸手給了侯小若一個腦瓜嘣兒，「就是秋棠元那飯館兒的掌櫃呀。」

「哦哦哦，」侯小若連忙點了點頭，「他為啥要請咱爺倆吃飯呀？」

「倒是沒說，去了就知道了。」

「欸，行。」

林遠棠終於盤完了這月的賬，只感覺腰頸酸疼。他左右活動了一下脖子，高舉著胳膊使勁兒伸了個懶腰。側耳聽了聽，窗外遠遠傳來二更梆點，沒想到這一盤賬竟盤了差不多一個多時辰，把林遠棠累得夠嗆。將賬簿小心地鎖進桌案後面的櫃子裡，他端起油燈出了屋，順著廊子往後院走去。

穿過通往後院的月亮門，林遠棠無意間一抬頭，忽然發現女兒芸娘住的繡樓之上竟然還隱隱約約閃著一點燈火。林遠棠覺得有些奇怪，芸娘向來早睡，今兒怎麼這麼晚了還沒歇著呢……稍作猶豫，林遠棠還是抬腳上了女兒的繡樓，木台階吱吱呀呀的聲音在萬籟俱寂的夜晚顯得無比吵鬧。

還沒等他登上一半兒台階，芸娘房裡的燈竟噗一下滅了。林遠棠愈發心生疑惑，緊走了幾步來到芸娘閨房門前。房裡不僅一片黑暗，而且一點兒聲音都沒有，林遠棠簡直要以為自己剛才是不是眼花瞧錯了。

本想轉身下樓，但林遠棠又實在有些擔心。遲疑了一會兒，他輕輕在房門上敲了幾下。

「芸娘，女兒，」林遠棠壓低了聲音問道，「睡了麼？」

無人應答。

「芸娘啊，睡了沒有？」林遠棠不死心地又問了一句。

「……嗯，」好一會兒，房裡傳來芸娘的聲音，聽著像是睡得迷迷糊糊的，「是爹麼？我都睡一覺了，有事兒明兒再說吧。」

「欸，」聽見女兒的聲音，林遠棠總算是安心了，「是爹不好吵著你了，早歇著吧。」

「您也早歇著。」

「欸，欸。」

應了兩聲，林遠棠轉身噔噔噔快步離開。閨房裡，芸娘悄悄將窗推開一條細縫兒，一直看著林遠棠下了樓進了自己那屋，再關上了屋門，她才大大地鬆了口氣。

芸娘一扭臉兒，衝著床底下嬉笑道，「出來吧，走了。」

只聽見芸娘閨床底下咣噹一聲，大概是床下之人不小心把腦袋撞在床梁上了，這下芸娘樂得更厲害了。

「趕緊出來呀。」

床下之人邊揉著腦袋邊爬了出來，「哎呦，可嚇死我了。」

六十、

嗚福社一行人搬來陸宗元的住處已經有三四天了，一切都收拾整理得井然有序，大家夥兒也逐漸適應了歸化城的天氣和吃喝。由於這兒以前就是戲班用過的院子，所以對於嗚福社的孩子們來說還挺有親切感的，練功對戲什麼的倒比在大車店裡住著的時候更勤了。

不僅僅是白二霜，似乎孟紅柳都已經習慣了跟著嗚福社的生活。在他每天的悉心指點下，眾人的基本功眼看著越來越好越來越紮實。包括王溪樓在內的幾個工武生的孩子只要一有空閒就纏著孟紅柳問這問那，搶著要他給自己看功。

比起剛從京城裡出來那會兒，最年幼的這一批孩子都已經長起來了，個個兒瞅著都是結結實實的半大小夥兒，有的都快趕上侯小若高了。

和平日裡一樣，早起洗了把臉喝了口涼水，侯小若就把大家都轟了起來準備練早功。儘管已經是天寒地凍的季節，但是就連年紀最小的王溪樓和魏溪閣都完全沒有賴床，一聽見侯小若的大嗓門兒，噌一下就從被窩裡竄了起來。

「小若，過來。」

才剛活動開身體，侯小若就聽見三閨爺喊自己。一回頭，他看見廊下兩張大籐椅上坐著三閨爺和陸宗元，一旁的兩條長凳上還翹腿兒坐著孟紅柳和白二霜。

「過來，就差你了。」

「乾爹，什麼事兒？」侯小若大步跑了過來。

「嗯，這事兒其實我已經想了挺長時間了，和你陸叔兒還有紅爺一起琢磨了好幾天，」三閏爺手裡捧著一碗熱茶，「今兒呢咱爺兒幾個一塊兒聊聊。」

「什麼事兒呀？」

侯小若已經好長時間沒見三閏爺如此嚴肅的表情了，心裡不由得有點兒打鼓。

「《取滎陽》這戲熟麼？」三閏爺問道。

「學過，唱的少。」侯小若老老實實地答道。

「嗯，那北昆的《千金記》知道麼？」

「小的時候長爺給說過幾齣，」侯小若微皺著眉，掰著指頭數道，「《鴻門》、《夜宴》、《撇鬥》、《楚歌》、還有《別姬》和……《烏江》。」

「好，這幾齣的戲詞兒你還記得多少？」

「咳，嘿！」侯小若起了個範兒，「蓋世英雄，項羽呀項羽，始信短如春夢，力拔山兮氣蓋世，時不利兮騅不逝，騅不逝兮可奈何……嘿嘿，一半兒一半兒吧。」

「行，」三閏爺點點頭，「是這麼回事兒，我年輕的時候自是也唱過《取滎陽》，但是在這齣戲裡頭項羽基本上沒什麼戲，就只有第一場露個臉，堂堂楚霸王，也忒沒勁了。」

「嗯……所以呢？」侯小若完全沒明白三閏爺想說什麼。

「所以呢，我就看上《千金記》裡的楚霸王項羽了。」

三閏爺微微一笑，端起茶碗喝了一口。

侯小若瞅了瞅三閏爺，又瞅了瞅其他人，「什麼意思？」

「我們想讓你在元盛德的堂會上唱楚霸王項羽。」三閏爺用手指了指侯小若。

「哦哦，唱北昆，」侯小若撓了撓腦袋，「也不是不行，反正小時候學過。」

「不，不是北昆，」三閏爺的眼神亮亮的，似乎很是興奮的樣子，「咱用皮黃腔來唱。」

「哈啊？」侯小若吃了一驚，「您是說，想把《千金記》的唱腔給改了？」

「對！」三閏爺騰出一隻手，使勁兒拍了一下侯小若的腿，拍得侯小若差點兒沒跳起來。

「那……能行麼？」侯小若有些含糊。

「怎麼不行？」陸宗元一瞪眼，「有什麼不行的？」

「那什麼，從來也沒乾過……」

「沒乾過怕什麼的，」陸宗元白了侯小若一眼，「徽班兒進京之前還沒有大戲呢，這不是一樣給鼓搗出來了。」

「……也，」侯小若歪著腦袋想了想，「也是這麼個理兒……」

「怎麼，你怕了？」陸宗元故意斜著眼睛看著侯小若，「怕自己唱不好，丟人吧？」

「我有什麼好怕的！」侯小若被陸宗元一激，立馬就來勁了，「就算是怕，我那也是怕您老人家年紀大了，身子骨兒不夠結實熬不住。」

「臭小子！」

陸宗元掄起拐棍兒就要揍侯小若，被三閏爺伸手給攔了下來。

「好了好了，都多大歲數了，還和小輩兒一般見識，」三閏爺笑呵呵地把陸宗元的手給按了下去，又看向侯小若，「唱腔你不用擔心，全都交給我們，你主要就是得把身段兒拉起來。」

「欸。」侯小若神情認真地點了點頭。

「楚霸王這個形象想要在戲臺上立得住，唱腔、身段兒、眼神、表情，缺一不可。」孟紅柳冷不防悠然開口說了一句。

「對，」三閏爺很是讚同，「臉譜咱不用《千金記》裡那個，臉正中間兒一大塊黑，不好看，我想著還是用《取榮陽》裡那個霸王的臉譜。」

「我看可以，這樣也能和崑曲有所區別。」

陸宗元見三閏爺手裡那碗茶已經過半了，便往碗裡續了些熱水。

「那這又要改唱腔又要對戲，還要做行頭吧？得花多少時間呀？」侯小若有些擔心，「打今兒開始算，到立冬也就二十來天，來得及麼？」

「唱腔其實我們已經弄得差不多了，就你方才說的那幾折再加一折《追信》和一折《十面》，」三閏爺滿面紅光，感覺都迫不及待了，「攏共八折戲，唱腔和身段兒直接一起來。」

「又不是完全的生戲，指定來得及，」孟紅柳輕鬆地笑道，「無外乎練得勤些就是了。」

「……行！」侯小若緊握雙拳舔了一下嘴唇，臉上浮現出一個躍躍欲試的笑，「那，咱這戲叫什麼？」

「就叫……《楚漢爭》！」

三閏爺和孟紅柳看著大家夥兒各自練完了早功，正準備收拾收拾外出吃早點的時候，元盛德的閻二爺邁步走進了內院。

「喲，幾位，都在呢。」

閻二爺跨過二道門，衝著院子裡的眾人一抱拳。

「閻二爺，這麼一大早的您怎麼來了，」三閏爺趕忙起身拱手回禮，將閻二爺往正屋裡讓，「外頭冷，來，屋裡坐。」

三閏爺引著閻二爺在正屋裡坐下，又把陸宗元和孟紅柳引見給閻二爺。客套了一番之後，幾人分賓主落座，侯小若把新沏好的茶端了上來。

「閻二爺，您這麼早過來，可是堂會一事有什麼變動呀？」三閏爺有些拿不準地問道。

「大忙忙的打擾各位了，」閻二爺謝過了侯小若的茶，面帶微笑地解釋道，「我的確是無事不登三寶殿，想必各位也都知道點兒，敝號元盛德每年都會有這麼兩三回宴請，尤數年末這回請的人最多也最重要。」

「是，鳴福社上下定當全力以赴。」

「這個我完全相信，」閻二爺揮了一下手，示意三閏爺無須過分緊張，「其實我這趟來是想問問，寶蓉園是您幾位的大戲館子吧？我聽說現在正修繕翻新呢？」

「您，」三閏爺和陸宗元交換了個眼神，「您是怎麼知道的？寶蓉園那牌匾我們才剛做好，都還沒掛上去呢。」

「呵呵呵，」閻二爺笑了笑，「做生意的人嘛，多少得有點兒眼觀六路的本事。」

「您說的是，」三閏爺點點頭，又指了指陸宗元，「那寶蓉園正是我這位兄弟陸宗元的。」

「陸掌櫃的，您這寶蓉園大概什麼時候能重新開張？」

「本是想著立冬這天開張，但是和貴號的堂會撞了日子，」陸宗元和外人說話時，幾乎看不出來是個急脾氣的怪老頭兒，「所以決定往後推幾天，唱完了堂會再說。」

「是嘛，那可真是趕巧了，」閻二爺臉上的笑意更濃了，「您不用往後推日子了。」

「您的意思是？」

除了閻二爺之外，在座的那幾位多少都緊張了起來。

「段五爺的意思，元盛德這回想就在寶蓉園開席宴客。」

閻二爺這一句話輕飄飄地說出來，可把屋裡的其他位都給震了。

「在寶蓉園……宴客，在寶蓉園？」陸宗元有點兒不信地重覆了好幾遍。

「對，」閻二爺淺嘗了一口面前的茶，潤了潤嗓子，「所以差我前來問問，一是時間上是否來得及，二是能開多少桌。」

「時間上指定是沒問題，」陸宗元在心裡快速算了算，「樓上樓下前前後後都加起來的話，差不多能放下五十張方桌。」

「五十桌，嗯，」閻二爺想了想，「應該勉強夠了。」

聽了這話，眾人就像吃了定心丸一般，頓時都暗暗鬆了一口氣。

「陸掌櫃的，一會兒您要是有時間的話，能否帶我先過去看一眼？」閻二爺問得客氣，但語氣聽著就叫人難以拒絕。

「行，」陸宗元回答得爽快，「您要是著急，咱現在就走。」

「好，恭敬不如從命，」閻二爺率先站了起來，「就勞煩您了。」

「哪裡話。」

眾人紛紛起身，三閏爺衝閻二爺一抱拳，「那就讓宗元陪著您，我們這兒還得練功排戲，只能告便了，您見諒。」

「您忙您的，告辭。」

「我送您出去。」

「有勞。」

「請。」

「請。」

六十一、

雖然不明白林遠棠為什麼請自己吃飯，但既然都應了自然不能不去，於是按照約定好的時間，侯小若便跟著三閏爺一起再次來到了秋棠元。

「二位爺來啦！」站在店外招攬客人的店小二殷切地迎了上來。

「嗯，」三閏爺一點頭，「你家掌櫃的呢？」

「就在裡頭呢，等您二位老半天兒了都，您跟我進來吧。」

「有勞。」

店小二一直將侯小若爺倆帶上了二樓的雅間，安排兩人坐定後，給沏了一壺好茶。

「林掌櫃呢？」趁著店小二給倒茶的功夫，三閏爺問道。

「我剛才已經告訴我們掌櫃的您二位到了，」店小二倒好茶，又手腳麻利地上了四小碟點心，「他正在後頭和林姑娘說話兒呢，馬上就過來，您二位先吃著喝著。」

「嗯。」

差不多過了一盞茶左右，樓梯上傳來咚咚咚一連串腳步聲，聽得出來應該是快步小跑上來的。果不其然，不消一會兒林遠棠就頂著一腦門子汗撩開門簾走了進來。

一腳門裡一腳門外時林遠棠還是一副沉著臉的模樣，似乎不怎麼高興，但是一看見坐在雅間裡的三閏爺和侯小若，他立刻就換了一張笑臉。

「抱歉抱歉，我下帖子請兩位吃飯，竟然還遲到了這麼半天，」林遠棠抱拳拱手緊著賠不是，「讓二位久等了。」

「無妨無妨，林掌櫃，請坐。」

見林遠棠進來，三閏爺和侯小若一同站了起來，拱手回禮。

「麟子，上菜上菜，趕緊上菜，」林遠棠衝店小二招了招手，「上酒。」

「欸！」

應了一聲，店小二腳下生風一般迅速跑了出去。

「來來來，我先以茶代酒，給二位賠個不是。」林遠棠嘩嘩給自己倒了一大杯茶，敬了一下，一氣兒喝了下去。

三閆爺和侯小若也都端起茶碗，隨著喝了一口。

「林掌櫃，不知您今兒邀咱爺倆過來，所為何事呢？」三閆爺把茶碗放下，客客氣氣地問道。

「呵呵，這事兒呢……」

林遠棠正打算說什麼的時候，店小二大碗小碗地開始上菜了。又是燉牛肉又是燒羊肉，熱炒冷盤擺了一大桌子，看得侯小若眼都快直了，在一旁偷偷咽了口口水。

「菜都上來了，先吃先吃，」林遠棠讓店小二給斟上酒，「趁熱吃，吃完了再說事兒。」

「那我爺倆可就卻之不恭了，」三閆爺伸手拿過酒盅，淺嘗了一口，「嗯，好酒。」

「喜歡就多喝，」林遠棠邊說邊忙著給二人布菜，「嘗嘗咱這兒的燒羊肉，外邊兒可吃不著這個味兒。」

「多謝多謝。」

侯小若見三閆爺都已經動筷了，便也抓起筷子大吃大嚼了起來，簡直風捲殘雲一般。林遠棠和三閆爺是邊聊邊喝，吃得並不多，所以桌上的飯菜大多都進了侯小若的肚皮，還不到二刻功夫就讓給他吃了個盤空盞盡。

吃飽喝足之後，林遠棠讓店小二重新給沏了茶。待店小二拎著熱水壺出去之後，林遠棠還特意到門口看了一眼，確認沒什麼人才重新回到桌邊坐下。

「今兒個我特意請您二位過來，一就是想請二位吃個便飯，交朋友嘛，」林遠棠說著，清了清喉嚨，「這二呢……對了，鳴福社前一段兒是不是在關帝廟前唱社戲來著？」

「對，唱了三十天。」

「我去看了，真是熱鬧啊！」

「您去了？」侯小若樂了，「怎麼不上後頭來跟我們打個招呼。」

「我當時看大家都忙忙活活的，也不好意思打擾，」林遠棠像是要遮掩什麼似的把茶碗端到嘴邊，一口也沒喝又放下了，「雨晴，唱得真是不錯。」

「不知道林掌櫃看的是哪場呀？」

「我其實也不太懂大戲，就是第一天的那個，」林遠棠撓了撓頭，「有個大紅臉審案的。」

「哦，《法門寺》對吧，」侯小若點點頭，「那大紅臉就是我，哈哈哈，雨晴來的是宋巧姣。」

「對對對，真是好，」林遠棠臉上的讚許之情沒有絲毫虛假，「嗓門兒高哇，難怪有那麼些人專程去捧他的場。」

「是，嘿嘿嘿。」一說到程雨晴，侯小若就有點兒收不住嘴，「誰想得到兩三個月前他還倒著倉呢。」

「是嘛？哎呦，那可真是一點兒都聽不出來。」林遠棠表現出幾分驚訝。

「當然啦，就算是在倒倉的時候雨晴也一點兒沒偷懶，每天練功可比誰都勤，您是沒看見……」

「小若。」

要不是三閏爺出聲攔了一下，侯小若能滔滔不絕地說個完沒了。

「嘿嘿嘿，」侯小若也反應了過來，有些不好意思地搓了搓鼻尖，「總之，就沒有雨晴那麼好的了。」

「好好好，」林遠棠連喊了三聲好，幾乎樂成了一朵花兒，「雨晴為人如何？性情怎麼樣？」

侯小若正準備接著往下誇，三閏爺在他前面插了一句，「不知林掌櫃為何這樣問呢？」

「嗯……是這樣的，」林遠棠稍微停頓了一下，「小女芸娘，二位都見過了，覺得如何呀？」

「啊？」侯小若沒明白林遠棠的意思。

「芸娘姑娘才貌雙佳，性子爽朗，」三閏爺已經大概猜到了林遠棠的用意，「是個好姑娘。」

「嗯嗯，我呢第一次在這兒見著雨晴的時候，就對他的印象特別好，沉穩安靜，」林遠棠這回端起茶碗，倒是真喝了口茶，「後來又去關帝廟前聽了一回他的戲，愈發喜歡那孩子了。」

「林掌櫃，您是不是想收雨晴個乾兒子呀？」侯小若愣頭愣腦地問道。

「也就，算是吧，」林遠棠看了看侯小若，又看向三閏爺，「一個女婿半個兒嘛，我是想著把小女芸娘許配給雨晴。」

「啊？！」

侯小若感覺就像是耳邊忽然打了個炸雷一般，差點兒就要坐不住跳起來，被三閏爺悄悄給按住了。

「林掌櫃，在我來看雨晴的確是個難能可貴的好孩子，但是，」三閏爺客套地笑著，「說句不好聽的，我們這行畢竟是下九流，而且又不是本地人……」

「那怕什麼的，俗話說嫁稀隨稀、嫁叟隨叟，我就是看上了雨晴這個人。」林遠棠打斷了三閏爺，豪氣地說道。

「就算林掌櫃您抬愛，想芸娘姑娘也不會樂意的吧。」

「欸，」林遠棠微微皺眉，大手一揮，「婚姻大事全憑媒妁之言父母之命，哪裡就輪到她說話了！」

「可……」

三閏爺還想說什麼，侯小若實在按耐不住，噌一下站了起來。

「不行！」

「啊？」

林遠棠愣了一愣，他完全沒預料到侯小若的反應會這麼大。

「不行，不行，」邊說邊用手敲著桌面，「我說不行！」

「不，不行？為什麼不行？」林遠棠感到一絲不快，「難道雨晴已有家室？」

「沒有。」

「有婚約？」

「也沒有。」

「那為何不行？」林遠棠皺著眉頭耐著寒氣兒，「難道，還嫌棄我女兒不成？」

「我說不行就是不行！」侯小若一巴掌拍在桌上，「就算是天王老子的女兒都不行！告辭！」

一甩袖，侯小若轉身出去了，把三閨爺和林遠棠愣是晾在了屋裡。

「你！」林遠棠就差沒氣得七竅生煙了，瞪著眼睛轉頭看向三閨爺，「他這是怎麼回事兒？！」

「林掌櫃息怒，息怒，」三閨爺趕緊打圓場說好話，「小若向來脾氣古怪，還請您多多包涵，千萬別放在心上。」

「不是，我好心好意想給小女說個親，跟您做個親家，他倒好，還沒說明白呢就拍拍屁股走了！」林遠棠越說聲兒越大，「您說，我這是哪兒得罪他了！」

「您是好意，您也哪句話都沒說錯，」三閨爺陪著笑臉，「但是婚姻大事我也不能隨便就給人孩子做主了，得回去問問雨晴怎麼想，然後盡快給您個回信兒，您看行不行？」

「哼，算了算了，」林遠棠沒好氣地揮了一下手，直接就下了逐客令，「就算姓林的高攀不上，您請回吧。」

三閨爺一愣，臉色也是不大好看，但又不好再說什麼，便起身拱了拱手，「告辭，告辭。」

「不送！」

六十二、

三閨爺從秋棠元裡一走出來，就看見蹲在西府海棠後面悶悶不樂的侯小若。三閨爺嘆了口氣，走上前去使勁兒在他肩頭拍了一下。

「走吧，侯老闆。」

「……乾爹。」

侯小若不情不願地站了起來，垂頭喪氣地跟在三閨爺身後。

一路上爺倆都默默無語，走在前面的三閨爺是眉頭緊鎖越走越快，而走在後面的侯小若則是滿臉彆彆扭扭，有一步沒一步地跟著，兩人之間的距離拉了差不多有六七丈遠。

「我說你……」

走了好一會兒，三閏爺正想著回頭數落侯小若幾句時才發現他落後了那麼多，好容易憋足的一口氣差點兒全洩掉了。往侯小若那邊緊走了幾步，三閏爺指著他的鼻子問道，「你怎麼回事兒啊？」

「我……」侯小若偷偷瞥了三閏爺一眼，「我也不知怎麼的，就突然覺得燥得慌……」

「什麼亂七八糟的，你呀你，」三閏爺手指頭都戳到侯小若腦門上了，「你什麼時候才能長大呀，啊？就不知道好好說話兒呀？！你都多大了！」

「乾……乾爹，我錯了，您別生氣了，」侯小若也不敢躲，就那麼直挺挺地站著，任憑三閏爺戳，「當心氣壞了身子……」

「好，我不生氣，」三閏爺把手一甩，連珠炮似的問道，「你說，為什麼不能給雨晴說親？為什麼你一定要說不行？你連問也沒問過雨晴就那麼一口給回絕掉了？」

「用不著問我也知道雨晴肯定不會答應……」侯小若不服氣地小聲嘟囔著。

「你……」三閏爺一時語塞，「給雨晴說個媳婦兒不好麼？有個人照顧他不好麼？」

「我照顧他呀。」侯小若一拍胸脯。

「那人家也總得娶妻生子吧？總不能一個人過一輩子吧？」三閏爺瞪圓了眼睛。

「怎麼就必須娶妻生子了？我不也單著呢麼，您不也單著麼，沒覺得有什麼不好的呀，」侯小若越說越覺得自己逮著理兒了，「再說了，怎麼可能讓他一個人，有我呀，我陪著他。」

「你就敢說能一直陪著他？！」

「我為什麼不敢，我就一直陪著他。」

三閏爺被他這幾句歪理說得反倒沒詞兒了，抿著嘴瞪了侯小若半天也沒再說出什麼來。

「行！你有理！」三閏爺不再理睬侯小若，轉身大步往前走去，「回去！」

「欸，」侯小若美不滋兒地跟了上去，「乾爹，別生氣了。」

「哼！」三閏爺氣鼓鼓地邁著大步，「就因為你，我以後再也吃不上那口拉條子了！」

「我錯了，我錯了還不行麼，」侯小若嬉皮笑臉地哄著三閏爺，「回頭咱去找更好吃的館子，再不然，我給您做！」

「你，就你？」

說著，三閏爺白了侯小若兩眼，嘴角卻忍不住微微上揚。

經過了七八天幾乎是連軸轉的嚴苛練習和對戲，《楚漢爭》基本上已經可以從頭到尾簡單地順下來了。陸宗元、孟紅柳和三閏爺這仨老頭兒實在是太厲害太執著了，除了睡覺、上茅房之外，幾乎一天到晚都湊在一起。一會兒說唱腔一會兒又說身段兒，不過說著說著就能說急了眼。

「不行！什麼就妃子了！」陸宗元咣咣咣地用拐棍兒敲著地面，「虞姬不過就是個隨軍侍奉的女子，項羽壓根兒也沒冊封她，不能喊妃子！」

「好好好，」三閏爺揉著眉心，「那你說，讓霸王喊她什麼！」

「就按照《千金記》裡的喊美人，喊美人喊虞姬都可以！」

「我覺得陸老哥哥說的有道理，還是就喊美人吧。」孟紅柳在一旁幫腔。

「行，就按你倆說的，喊美人。」

這一場爭論，最終以三閏爺的投降暫告一段落。這頭剛爭完了戲詞，那頭又開始爭行頭，總之每天這院子裡都是熱熱鬧鬧的。

而在霸王的身段兒上，仨老頭兒的意見倒是出奇的一致，保留了絕大部分《千金記》裡項羽的動作。比方說其中最有特點的無雙掌起霸，就是這齣戲裡楚霸王獨有的身段兒，為的是突出楚霸王「恨天無把，恨地無環」那種目空一切的自傲性格。

原本有五十折的冗長《千金記》被這麼一修改之後，反而讓情節看著更加緊湊精彩，戲中人物的情緒表達也更為流暢，尤其是最後的《別姬》、《十面》和《烏江》三折，那種身處絕境生死離別的慘烈場面，可以說被這老三位處理得淋漓盡致。而且侯小若和程雨晴本來在戲臺上就有種天生自來的感染力，愈發是錦上添花。

但凡排演新戲，開頭的幾天總是最辛苦最難熬的，因為上午這麼唱了下午就有可能全部推翻重來，需要一遍一遍反覆唱反覆走，自己給自己挑毛病。

眾人練唱對戲的時候，白二霜就在一旁給他們操琴，他們休息的時候白二霜就陪著程雨晴琢磨虞姬的身段兒、動作和眼神。

「曉妝梳洗烏雲軃，玉容寂寞淚漣漣，環佩丁東春日暖，滿腹愁腸鎖眉尖。大王爺與韓信同交戰，中奸計被困在九裡山，到如今怕的是功棄一旦，錦繡基業難保全。耳邊廂又聽得人聲吶喊，想必是大王爺轉回營盤。」

《別姬》一折開場的幾句西皮慢板被程雨晴唱得是愁雲慘霧悲從中來，但是唱到最後兩句的時候又趕緊將滿面愁容強按下去，換上一副淡然的笑臉來迎接項羽回營。從大的身段兒到一個極其細微的小動作，程雨晴都拿捏得非常到位，用白二霜的話來說，簡直就像是虞姬上身了似的。

而另一個魔障了的自然就是侯小若，一個「哇呀呀」能跟那兒來回反覆打幾十遍。因為三閏爺跟他說過好幾回，用在不同場面的「哇呀呀」要體現出完全不同的情感，必須通過嗓音的收放變化來表現人物的心理。

好比說項羽上場之前的那聲悶簾「哇呀呀」，需要表現項羽被困垓下無計可施無可奈何的情緒，上場之後在九龍口又有一個搓手的「哇呀呀」，為了體現他的仿若猛獸被困還想垂死掙紮一般的暴躁心理，需要打得厚而不亮。接著在和虞姬相對而泣時的「哇呀呀」，必須充分體現出哀婉悲淒和不捨。

就這麼沒日沒夜地練了又改、改了又練，侯小若晚上睡著覺都能說夢話說出戲詞來。仨老頭兒眼都熬紅了，尤其是孟紅柳不知道喝乾了多少罈酒，終於在二十天頭上把這一齣將近兩個時辰的《楚漢爭》給排了出來。接下來就要容易得多了，試行頭扣細節，基本上不會再有什麼大毛病。

眼瞅著還有三天就是元盛德宴請的日子，寶蓉園那邊光靠小吳掌櫃一個人肯定是頂不住的，於是陸宗元也只能把大部分時間和精力都放在寶蓉園。還好這幾天閻二爺派了十幾個長工過來，陸宗元讓幹什麼就幹什麼，著實幫了不少忙。

另外閻二爺還差人搬過來好些擺設裝飾，最絕的就是這天竟然送了兩棵暴馬丁香樹來。這兩棵暴馬丁香樹都有差不多兩三丈高，樹幹粗壯結實，雖說現在這個季節葉子都掉光了，但也還是能看得出其風雅之態。

二話不說，幾個工人七手八腳就把這兩棵樹栽在了寶蓉園的大門兩側，說這是段五爺的意思，既能給新館子帶來和氣生財的好運，開花的時候還能吹進滿室沁香。陸宗元原本就喜歡丁香，有人送來這麼大兩棵丁香樹自然是歡喜得緊，拉著栽樹的工人問長問短，一天澆幾次水啦每次該澆多少啦之類的。

但這都不算完，早上剛送完一趟中午又趕著車送了一趟來。這趟送來的是閻二爺親自把關精挑細選的三個大廚，據說這三位都是從口內一等一的大酒樓花大價錢請的。錢，人家元盛德都包了，人呢，宴請完之後就直接留在寶蓉園幹活兒，大商號就是這麼財大氣粗。

這下可把小吳掌櫃給樂壞了，跑前跑後進進出出都是掛著滿臉的笑，笑得下巴都快掉下來了。

儘管正式的宴請在三天以後，但是飯菜現在就已經需要準備起來了。元盛德的宴席每桌都要求按照三兩三的改菜席來做，包括四乾果四冷盤、熱菜四大碗六中碗，另外還特別囑咐了九碗肉菜全部都要換成海鮮，做起來可費功夫了。所以除了三個大廚之外，元盛德還特地撥了二十幾個人專門負責在廚房裡打下手。

自打開始編排《楚漢爭》就完全沒出過院門的侯小若好容易逮著個空兒，立馬帶著程雨晴上街逛逛，順便來寶蓉園轉轉，瞧瞧戲臺。

「哇，」程雨晴邁步走進寶蓉園，忍不住小小地驚嘆了一聲，「這都差不多趕上華樂樓了。」

「漂亮吧，我乾爹和陸叔兒這一輩子的心血和存項可都花在這寶蓉園了。」

也不知道侯小若在得意個什麼勁兒。

「難怪呢，真漂亮。」四下打量著，程雨晴由衷地贊嘆道。

「過來，看看這新戲臺，」侯小若拉著程雨晴，快步把他帶到戲臺前，伸手一指，「我特別喜歡那幅芙蓉圖。」

順著侯小若手指的方向，程雨晴的視線落在了那幅巨大的吉慶芙蓉圖上，「嗯，的確很美，但為什麼你會特別喜歡呢？」

「因為，」侯小若笑了笑，看向程雨晴，「我只要一看見那芙蓉就會想到你。」

「我？」程雨晴有些不明白，「為什麼？」

「不知道你還記不記得，那年我們在都尉府上唱堂會，」侯小若拉起程雨晴的手，輕輕晃著，「我的盜馬，你的醉酒。」

「我記得，」程雨晴莞爾一笑，「那年我才……十三歲？」

「對，」侯小若輕握著程雨晴軟若無骨的手，心滿意足地感受著從指尖傳來的溫度，「才十三歲，就已經美得不可方物，像芙蓉那麼雍容華貴。」

「你……」程雨晴雙頰緋紅地瞥了侯小若一眼，「你跟誰學得這麼油嘴滑舌的。」

「我這還算油嘴滑舌呀，」侯小若嘿嘿一笑，「那二霜哥豈不是滿嘴流油了麼。」

「胡說什麼呀你，」程雨晴這回是直接瞪了侯小若一眼，「我覺得二霜哥平時看起來雖然有些輕浮不羈，但那應該是……他保護自己的方式。」

「保護自己？什麼意思？」

「……唉，」程雨晴輕嘆了一聲，「二霜哥從來也不多提他自己的事情，所以其實我也不太懂，但就是有這種感覺。」

「哪種感覺？」

「感覺他似乎對所有人都一樣好，但實際上是對所有人都一樣冷淡……」程雨晴幽幽地說道。

「哈啊？」侯小若徹底聽不懂了，「你說得也太深奧了吧。」

「說了你也不明白。」

程雨晴無奈地笑著搖了搖頭。

六十三、

「那咱說點兒別的，」侯小若用手撐著戲臺的臺板，噌一下坐了上去，「欸，你知道為什麼前段時間秋棠元那個姓林的請我和乾爹吃飯麼？」

程雨晴搖了搖頭，「為什麼？」

「因為那個老小子，想把他的女兒許給你。」

侯小若嘴裡說得輕飄飄，眼睛卻很是緊張地瞟向程雨晴。

「啊？」程雨晴一時沒有反應過來。

「把女兒許給你，給你做媳婦兒。」

「什麼？！」像是受到了什麼驚嚇似的，程雨晴臉色瞬間變得慘白。

「所以就請我和乾爹吃飯，問問我們爺倆的意見什麼的。」

看見程雨晴的反應，侯小若頓時覺得心裡舒服多了，一手不自覺地輕敲了兩下臺板。

「那你們是怎麼說的？」程雨晴趕緊追著問道。

「乾爹說，有個媳婦兒就能有個人能照顧你，也不是什麼壞事……」

侯小若自己放心了就開始戲弄程雨晴。

「我又不是少胳膊少腿兒，用不著人照顧。」程雨晴眉頭緊鎖，用力咬著下唇。

「乾爹還說，總不能讓你一個人過一輩子嘛……」

侯小若故意慢騰騰地說著，自己差點兒沒忍住要笑出來。

「我……我就算一個人過一輩子又怎麼了？哪裡又用你們操那個閒心了。」

「我就知道你會這麼說，」侯小若知道見好就得收了，手底下一使勁兒，從戲臺上跳了下來，「所以我當然就給回掉了。」

「回掉了？」

「嗯，」侯小若點點頭，「我拍著桌子跟那姓林的說不行，把那老小子給氣的，哈哈哈，你是沒看見吶。」

「真的？」

「嗯，我誆你做什麼，」侯小若雙手抓著程雨晴的肩膀晃了晃，「我還跟乾爹說了，只要有我在，怎麼可能讓你一個人。」

「……嗯，」程雨晴垂下頭，往戲臺邊走了兩步，「也不知道師哥，在綏德過得怎麼樣……」

「呃……」侯小若的笑臉不自然地抽搐了一下，故意誇張地橫打鼻梁念了一句戲詞，「妞兒妞兒，不用害怕，都有咱家我呢！」

侯小若故意搞怪的樣子終於令程雨晴又笑了出來，也隨著他用旦的韻白念道，「全仗千歲。」

天公作美，立冬這天的天氣著實的好，陽光普照晴空萬里，刮了好幾天的凜冽冬風也止住了，簡直就像是知道元盛德要請客似的。

寶蓉園從一大早天還沒怎麼亮就已經開始有人忙進忙出，搬搬抬抬地做準備了。廚房是鍋碗碰瓢盆叮噹作響，後臺是搬箱抬櫃人聲不斷，戲臺上則是文武場面坐在一起試琴的試琴調弦的調弦，喧鬧非凡。

又過了差不多一個半時辰，幾輛氣派的大馬車排成一列停在了寶蓉園門前的街道上。頭一輛車的轎簾子一撩，還沒等僕人把墊腳的凳子拿下來，從裡面就跳下來一個中年男子，穿著一身厚厚的翻毛皮袍，領口敞著一顆扣，腰間用寬寬的厚皮腰帶繫住，腳蹬一雙深色皮靴，頭戴深色翻毛皮帽。此男子面如銀盆鼻似玉柱，劍眉星目透著一股英氣。

一看見他，早就站在門前候著的小吳掌櫃忙不迭地跑下兩級台階迎了過去，點頭哈腰地施了個大禮。

「早啊段五爺，一直等著您吶。」

「這位是？」

閻二爺趕忙走上前，「五爺，這是寶蓉園的小吳掌櫃。」

「原來是小吳掌櫃，」段五爺微微笑著一抱拳，「辛苦。」

「不辛苦不辛苦，」小吳掌櫃樂得滿臉笑紋，樂得像要咬人似的，「您裡邊兒請，裡邊兒請。」

在眾人的簇擁之下，段五爺踱著步子邁進了寶蓉園，閻二爺快步跟在一旁，不時在他耳邊小聲說著什麼。段五爺邊走邊四下打量著，臉上掛著滿意的笑，偶爾點一下頭，似乎是在回應閻二爺的話。

寶蓉園一進門的地方擺放了一扇大大的屏風，每一屏畫的都是一折戲。轉過屏風是一條短短的走廊，廊柱上雕刻的是花團錦簇繁花朵朵。若是站在廊下往右手邊看，能夠隱約看到戲臺上的吉慶芙蓉圖。

穿過廊子，小吳掌櫃領著眾人來到入相門附近的主桌席。為方便看戲不阻礙視線，主桌席特別設置在比地面高出半丈左右的地臺上，以同樣的雕花矮扶欄與普通桌席隔開，給人一種高高在上傲視群雄的感覺。主桌席的桌椅都是閻二爺派人送過來的，不僅明顯比其他普通桌席要大出一圈兒，而且就連桌腿和椅腿上都有著精緻的雕刻，華貴非凡。

「閻二。」

「五爺。」

段五爺一聲喚，閻二爺連忙上前答話。

「三閏在哪兒？」

「回五爺，這會兒應該在後臺。」

「小吳掌櫃，」段五爺面帶淺笑地看著小吳掌櫃，「勞煩您帶我們去後臺瞧瞧。」

「好的好的，段五爺，」小吳掌櫃竟然緊張得滿頭大汗，胡亂用袖子抹了抹，「您這邊兒請。」

「閻二，你跟我過去，其他人該幹活兒的都去幹活兒吧。」

段五爺吩咐了一句，便帶著閻二爺往後面走去。

相比起侯小若跟著三閏爺來的那次，修繕之後的後臺是煥然一新光線充足，上妝用的兩排台凳銅鏡、水盆架之類的全都是找好工匠給新做的。放行頭的那半間小屋更是鳥槍換炮，以前掛行頭不過是往牆上砸幾根大鐵釘子，現在一水兒是正經用檀木打的架子和櫃櫥，往後不光不用擔心會損傷刮壞行頭，檀香還能防蟲咬，一舉兩得。

由於《楚漢爭》這回是排完之後第一次正式登臺，包括三閏爺在內多少都有些緊張，所以這會兒在後臺還在抓緊時間對戲。

「哎呀，美人吶，」侯小若眉頭緊鎖，雙手托著程雨晴的小臂，「那漢兵雖有百萬之眾，何足懼哉！只是行軍之際，交鋒對壘，怎能帶得你行走？也罷，聞得漢王乃好色之徒，你可以前去伏侍於他去罷！」

程雨晴雙眸含淚地看著侯小若，「大王說哪裡話來？自古道，忠臣不事二主，烈女不嫁二夫。大王欲圖天下大事，豈可以妾身為累？賤妾情願盡節以報大王寵愛之恩便了！」

往下的西皮慢板還沒來能唱出來，就被段五爺的一聲喊好給打斷了。

「好！」

段五爺一邊拍著巴掌一邊邁步走了過來。

「段五爺！」三閏爺緊著往前兩步，抱拳拱了拱手，「這麼多年沒見，您可一點兒都沒變。」

「哪裡，老了，」段五爺見到三閏爺，立刻滿臉笑意，「三閏，這一趟你走得可真夠久的，湘琴呢？怎麼沒一起過來呀？」

「五爺，湘琴她……早就沒了。」

「……唉，」段五爺嘆了口氣，「自古紅顏多薄命啊。」

「對了，五爺，我給您引見引見，」三閏爺把侯小若拉到身邊，「這是我乾兒子，也是鳴福社的代理班主，侯小若。」

「段五爺，乾爹總是和我提起您，今日一見，果然名不虛傳。」侯小若抱拳給段五爺施了個大禮。

「哈哈哈，好好跟你乾爹學，學唱戲學做人，」段五爺倒是很不見外地拍了拍侯小若的肩膀，「年輕人，前途無量。」

「多謝段五爺。」

「今兒第一場什麼戲呀？」段五爺捋著鬍子問道。

「元盛德宴請加上寶蓉園重新開張這樣雙喜臨門的大日子，咱自然是準備了獨一無二的戲碼兒。」侯小若拱手一笑，接著看向三閏爺。

「哦？」段五爺也饒有興趣地看著三閏爺。

「今兒第一場戲是鳴福社特別編排的大戲《楚漢爭》。」

「《楚漢爭》？」難得段五爺都怔了一怔。

「對，打從崑曲《千金記》改的，小若的楚霸王，」三閏爺一手搭著侯小若的肩膀，另一手將程雨晴往前推了半步，「雨晴的虞姬。」

「雨晴？」段五爺的視線落在了程雨晴臉上。

「程雨晴見過段五爺。」程雨晴抱拳施了個禮。

「這是鳴福社的頭牌旦角兒，程雨晴。」三閏爺在一旁介紹道。

「漢宮三萬六千日，得意蛾眉亦陳跡，」段五爺淺笑著打量了程雨晴一番，「至今一曲唱虞姬，恨草搖搖向春碧……好一個虞姬呀！哈哈哈哈。」

程雨晴沒聽明白段五爺到底是不是在稱讚自己，偷抬眼瞼瞅了段五爺一眼，可他笑了幾聲之後也沒再說什麼，只得微微揚了揚嘴角，「段五爺過譽了。」

「嗯，好，」段五爺似乎很是滿意的樣子，點了點頭，「三閏，你們先準備著，有什麼話兒咱回頭接著聊。」

「是，送段五爺。」

「留步留步。」

說罷，段五爺心情極佳地大步出了後臺。

六十四、

午時未到，寶蓉園裡樓上樓下幾十張桌席就都已經坐滿了。元盛德年中會有幾次大的宴請，而立冬這一次請的一般都是與元盛德有多年生意往來的客商，大半是山西商人，也有蒙古或是南方來的商人。另外由於私底下有交情，所以段五爺還特別邀請了駐守綏遠城的一等承恩侯信恪將軍、副都統，還有他們的家人一道赴宴。

客人們帶來的女眷基本上都集中坐在二樓靠兩邊兒的雅間裡，就只有段五爺府上的三奶奶恃寵而驕非要坐主桌席，段五爺也懶得跟她矯情，便讓她跟著自己坐。

待眾人全部入席，十來個夥計按照閣二爺事前吩咐好的，一同先給桌席上酒。接著，段五爺端著面前的酒盅站起身。

「今兒真冷啊，」段五爺笑臉盈盈地用一隻手舉著酒杯，「不過天兒好，為什麼天兒好？因為元盛德請客！在座的諸位，有的不遠千里甚至萬里來歸化城喝這一頓酒吃這一頓席，是給面兒我姓段的，我這兒謝謝諸位了。」

各桌席上的客人們都紛紛舉了舉酒杯，以示回禮。

「又是一年年關近，別的不多說了，咱吃大菜喝大酒，」段五爺伸手一指戲臺，「看大戲，掙大錢！乾！」

話音一落，段五爺一仰脖兒，一杯酒下去了。

「乾！」

所有人一同舉起酒杯，男人們都是一飲而盡，最後還相互亮一下杯底，女眷們則是以袖遮面，朱唇輕點杯中酒，一般也就意思意思。

飲完了頭杯酒，夥計們就開始一趟一趟地上菜了。先是涼菜再是熱菜，大魚大肉大牛大羊，碟摞碟碗疊碗。大家夥兒又吃又笑，又侃又聊地好不熱鬧。尤其是主桌席的這位段府三奶奶，巧笑倩兮地端著酒盅來回敬，三張主桌還真是不夠她忙活的。

午時二刻，大門外兩掛鞭炮響，戲臺上一陣鑼鼓聲，就算是昭告寶蓉園正式開張了。

開鑼戲過後便是首次亮相的《楚漢爭》，三閆爺站在出將門旁緊張得兩手全是汗，一直在櫃台裡外忙著的陸示元也停下了手裡的活兒，臉上露出幾分嚴肅，手底下不自覺地隨著鑼鼓敲著桌面。

有人在意也就有人完全不在意，三奶奶剛敬完一杯酒回到自己這桌，打算坐下歇會兒。腿是歇著了，嘴可不閒著。

「唉，」未曾開口，三奶奶先打了個唉聲，「真不明白您為什麼要請大戲，大戲有什麼好聽的，咿咿呀呀的也不知道在唱些什麼。」

三奶奶自以為風趣地捂嘴輕笑著調侃道，誰知段五爺根本不拾她這茬兒，眼睛都不往她這邊掃一下。特別是程雨晴的虞姬登場之後，段五爺更是乾脆把三奶奶當透明的，就連她跟自己說話也是愛搭不理。

「五爺，五爺，」三奶奶拿出看家的撒嬌本領，嘟著小嘴兒用手蹭了蹭段五爺的胳膊，「我要吃魚，您給我挑一塊兒吧，嗯？」

「嗯，啊？魚是吧，」段五爺一門心思想好好聽戲，便隨便從盤子裡夾了一塊魚肉，放到三奶奶的布碟裡，「吃吧。」

「五爺，我怕魚刺，」三奶奶又輕輕晃了晃段五爺，「您給我剔剔唄。」

「嗯，嗯，」段五爺嘴裡應著，其實根本也沒在聽三奶奶說了些什麼。他兩隻眼睛一直盯著戲臺，時不時還拍著手掌喊聲好，「好！」

「好什麼好，」三奶奶微微蹙眉，推了段五爺一下，「五爺，五爺。」

「別鬧，」段五爺拍開她的手，「好好聽戲。」

「這戲太沒意思了，有什麼可聽的，」三奶奶翻了個白眼，「跟咱北路梆子壓根兒也沒法兒比嘛，五爺。」

「再鬧，你就給我上樓待著去。」

段五爺不怒自威的模樣終於讓三奶奶乖乖閉上嘴，但是為了洩憤，她用筷子將布碟裡那塊魚肉戳得稀爛。

由於段五爺帶頭叫好，其他桌席的客人們不管是真喜歡也好做做樣子也罷，都跟著起哄似的輪番喊起好來，但是卻很少有喊在裉節兒上的，聽著反而彆扭。

「侯爺，來，我敬您一杯。」
段五爺淺笑著，對同坐一桌的承恩侯信恪舉了舉酒盅。
「五爺客氣，請。」
承恩侯端起酒盅一飲而盡，守在身後伺候的僕從趕忙上前，又給侯爺斟滿一盅。
「想必侯爺您在京城的時候也聽過不少好戲，」段五爺指了指前方的戲臺，「這個，您覺得如何？可入得了您的法眼？」
「說起來倒是慚愧，」承恩侯看了一眼戲臺，對段五爺說道，「我雖自認是聽過許多大戲，但這齣《楚漢爭》……還真是聞所未聞吶。」
「哈哈哈哈，」段五爺大笑了幾聲，「也難怪您沒聽過，相信這在座的沒有一位曾聽過這齣戲的。」
「哦？此話怎講？」
「這齣戲是鳴福社專門為元盛德宴請而排的，」段五爺的得意之色溢於言表，「今兒是初演，您說您以前上哪兒看去。」
「哦哦哦，原來是這樣，」承恩侯笑著點了點頭，「不過這《楚漢爭》倒是和《千金記》有著異曲同工之妙。」
「哈哈哈，不愧是承恩侯，見多識廣，」段五爺哈哈笑道，「沒錯！我聽鳴福社的人說，這戲的確是由《千金記》改編而來。」
「嗯，果然，」說著，承恩侯將目光再次投向戲臺，滿眼讚許地看著侯小若英武霸氣的項羽將幾句西皮慢板唱得悲涼慘然，不由心中動容，「都說旦怕笑淨怕哭，但這個花臉竟然能如此收放自如，真是入了化境啊。」
「他若知道侯爺這麼捧，估計晚上睡著了覺都得樂醒了，哈哈哈哈，」段五爺又端起酒盅，「來，侯爺，再乾一杯。」
「好，乾。」
聽著戲，承恩侯明顯興致大漲，和段五爺交杯換盞，乾了一盅又一盅，直喝得是滿臉通紅。
差不多快申時五刻的時候，戲也唱完了，人也喝美了，桌上的菜也幾乎都吃乾淨了。於是段五爺便吩咐撤下殘席，換上茶水點心，讓大家夥兒解解油膩。接著，段五爺又附在閻二爺耳邊嘀咕了兩句，只見閻二爺點了一下頭便快步走開了。
還不到一盞茶的功夫，閻二爺就已經領著卸完妝換好衣服的侯小若和程雨晴一起來到了主桌席。
「五爺，人來了。」
段五爺稍一抬手，閻二爺連忙退到一邊。
侯小若和程雨晴兩人站在桌旁，規規矩矩地向段五爺抱拳施禮，「段五爺。」
「小若，雨晴，好！唱得真是好！」段五爺稍微一揮手，「賞。」

閻二爺幾乎像條件反射一般上前兩步，從懷裡掏出兩張銀票遞到兩人手裡。

「多謝段五爺賞。」

「來，給你倆引見引見，」段五爺恭敬地衝坐在一旁的承恩侯比了一下，「這位就是駐守綏遠城的一等承恩侯，還不快給侯爺施禮。」

沒想到這兒還坐著一位朝廷裡的一品大員，侯小若和程雨晴趕緊就跪下了，「草民參見侯爺，望侯爺恕我二人不敬之罪。」

「不知者無罪，快起來吧。」

承恩侯喝得實在是高興，都快有點兒打晃了。

「謝侯爺。」

「賞。」

說著，承恩侯也讓跟著來的僕從拿了些賞銀，侯小若和程雨晴才剛站起來身子還沒敢伸直，趕緊又跪了下去，雙手高舉過頭，畢恭畢敬地將銀子接了過來。

「謝侯爺賞。」

「起來起來，你們倆誰是霸王，哪個是虞姬呀？」

「侯爺，瞧您說的，」侯小若憨笑著指了指程雨晴，「我師哥這麼好看，自然是他的虞姬了。」

一句話把程雨晴說得粉面飛霞，伸手偷偷拽了一下侯小若的袖子，示意他別胡說。

「哈哈哈，好好好，」沒想到侯小若這毫不見外的話倒給承恩侯逗樂了，他仔細看了看微微低垂著頭的程雨晴，「嗯……積石如玉，列松如翠，郎艷獨絕，世無其二……確是好看！」

「謝侯爺謬贊。」程雨晴的頭垂得更低了。

「唱了老半天夠累的了，都坐下，」段五爺讓人搬了兩把椅子過來，「一起喝口茶吃幾塊兒點心。」

沒等侯小若和程雨晴答話，三奶奶實在憋不住了，開口嗆道，「區區戲子，有什麼資格跟我們同桌而坐。」

侯小若和程雨晴對視了一眼，見程雨晴朝自己微微搖了搖頭，侯小若只得勉強把這口氣給咽了下去。

「什麼戲子不戲子的，你一個女人家又懂什麼，」段五爺白了三奶奶一眼，「我說坐下那就是我的客人，哪裡容你多嘴。」

六十五、

「那……」三奶奶咬了咬嘴唇，「那這也坐不下呀。」

「坐不下？」段五爺臉色不好看地瞅了瞅三奶奶，大手一揮，「你，上樓去。」

「五爺！」三奶奶氣得嘴唇都哆嗦了。

「吵吵什麼，」段五爺眉頭一皺，「閻二，帶三奶奶上樓去。」

「是，」閻二爺上前，硬是將三奶奶的椅子往後挪了一些，「三奶奶，您這邊請。」

三奶奶氣得夠嗆但卻又不敢隨便發作，頂多也就只能在離開前狠狠地瞪了一眼程雨晴和侯小若，「哼！」

「來來來，都坐下，」段五爺拉著程雨晴坐在之前三奶奶的位置上，「虞姬呢挨著我坐，霸王這種大人物就留給侯爺，啊，哈哈哈哈。」

實在抹不開面兒，侯小若和程雨晴只好客隨主便地在桌邊坐了下來。不過新給他倆沏的茶剛端上來，一口都還沒喝上，一個寶蓉園的店夥計就來喊侯小若了。

「侯老闆，三閏爺喊您，」店夥計怯怯地蹭到侯小若身邊，小聲道，「說是後臺有事兒。」

「知道了，」侯小若扭頭衝段五爺和承恩侯一拱手，「實在對不住，我得上後頭看看去。」

「去吧。」

程雨晴見侯小若站起身，也跟著一起站了起來，沒想到卻被段五爺給攔了，「雨晴留下，小若，你忙去吧。」

「呃……」

侯小若還想說什麼，但段五爺完全沒給他那節骨眼兒，只朝他隨意揮了揮手，就別過臉兒去和承恩侯聊了起來。侯小若站在原地有些為難地看了一眼程雨晴，而程雨晴也只能無奈地輕點了一下頭，用眼神告訴他不用擔心。

「侯老闆，後頭等著您呢。」

店夥計又催了一句，侯小若只好再次拱手施禮之後，轉身跟著店夥計往後臺走去。

「乾爹，您喊我？」

侯小若一踏進後臺就看見三閏爺滿臉嚴肅地坐在那兒，一點兒笑模樣都沒有，禁不住縮了縮脖子。

「欸。」

「來，」三閏爺用手指了指身旁的方凳，「坐下。」

也不知道三閏爺是不是不高興，侯小若幾步挪了過去，坐也不敢全坐下去，稍微用屁股挨著點兒凳子邊，就算是坐下了。

「段五爺叫你倆出去，沒什麼事兒吧？」

「沒事兒，好像就只是想讓我倆陪著喝喝茶。」

「嗯，」三閏爺點了點頭，沉默了好一會兒，忽然提高了嗓音，「小若！項羽是什麼人？」

「楚……楚霸王。」侯小若差點兒被三閏爺給問愣了。

「霸王，」三閏爺從鼻子裡冷哼一聲，「你那是霸王嗎？你那像霸王嗎？啊？！」

「我……請乾爹賜教。」侯小若忙站了起來，躬身衝三閏爺一抱拳。

「項羽的確是驕傲自大目空一切，但他也是楚霸王，不是流氓！你剛才在戲臺上搖頭晃腦的什麼鬼樣子！一點兒王者之風都沒有！根本壓不住台！」

「……乾爹，小若知錯了。」侯小若被三閏爺教訓得頭越垂越低，就差沒紮進褲襠裡去。

「知錯知錯，知錯不改有什麼用！跟你說過多少次了，要收放有度！收放有度！」

「是，乾爹。」

三閏爺拍得身邊的小木桌吱呀作響。

「你別以為有幾個人捧你就找不著北了，你離真正的角兒還差著六扔多遠！」

「是！乾爹！」

深吸了口氣，三閏爺平復了一下自己的情緒，「你自己先好好反省一下，等晚上散了戲，我再從頭給你說說。」

「欸，謝謝乾爹。」

「雨晴呢？」三閏爺這才發現程雨晴沒在。

「段五爺給留下了。」

「去，把雨晴喊進來，我也要說他兩句。」

「欸，」侯小若轉身走了兩步，猶豫了一下又折了回來，「乾爹，您可別罵他。」

「我罵他做什麼？」三閏爺一瞪眼。

「不是，您怎麼罵我都行，就別罵雨晴了。」侯小若央求道。

「我罵雨晴做什麼！人家雨晴比你有悟性多了，」三閏爺揮了揮手，「我不罵他，不過有兩個地方要跟他說說罷了。」

「欸，那我去喊他。」

有三閏爺這句話，侯小若算是安心了。

當侯小若從後臺走出來的時候，他才發現前面已經散了席，客人們幾乎都已經離開了，就只剩下閻二爺差過來幫著伺候席的人和跟著段五爺一起過來的隨從。店夥計們開始擦桌抹凳收拾茶碗空碟，掃地的掃地清潔的清潔，安安靜靜地忙活著。

侯小若正興衝衝地往主桌席那邊走著，忽然就聽見一陣喧鬧吵嚷，嚇了他一跳。抬頭一看，果不其然又是那位三奶奶，似乎吃了槍藥似的衝著程雨晴一頓指指點點，段五爺站在一旁眉頭緊鎖臉色陰沉。

「雨晴！」侯小若大步跑過去，直接翻身跳上地臺，將程雨晴往自己身後一拉，然後看了看段五爺，「五爺，出什麼事兒了？」

「你藏他做什麼！我還沒罵完呢！」三奶奶連珠炮似的上前就想拉扯程雨晴，卻被侯小若攔住，火氣更盛，「幹什麼你！你敢包庇這個偷東西的戲子？！」

「偷東西？偷什麼東西？」侯小若的臉都被氣紫了，「雨晴怎麼會偷東西！你少含血噴人！」

「行了行了，一人少說一句，」段五爺皺著眉想要把三奶奶拉開，「好好說話兒會不會呀？」

沒想到三奶奶火氣正旺，根本不搭理段五爺，指著侯小若和程雨晴，「你們戲子就沒一個乾淨東西！我那錢袋就掛在椅背兒上了，我上樓之前還在，現在怎麼沒了？這椅子除了我就只有他坐過，不是他偷的還有誰！」

「你親眼看見了嗎？你有證據嗎？只憑你一張嘴就要誣陷我們偷東西？還講不講理了！」侯小若也不甘示弱，幾句話給頂了回去。

「小若，算了，別吵了……」程雨晴臉色發白，緊著在侯小若身後拉他的衣袖。

「我還用親眼看見？」三奶奶兩隻眼睛瞪得眼珠子都快掉出來了，「你們一個二個下九流的戲子，手腳不乾淨都是打胎裡帶出來的！沒皮沒臉的壞坏子！」

這幾句話罵得侯小若無名火起，但還沒等他還嘴，就聽見「啪」一聲脆響，緊接著整間寶蓉園都安靜下來了。三奶奶捂著半邊腫起來的臉，被這巴掌打得都不會說話了，一個勁兒地嗚咽。

段五爺的眉毛都立起來了，眼珠子像要噴火似的，大手一甩，「在這麼多外人面前大呼小叫的成何體統！不知道的還以為我姓段的失了管教！」

「我……嗚嗚……」三奶奶眼裡含著淚，氣急敗壞卻又什麼都說不清楚，光跺腳了。

「閻二，弄出去弄出去，」段五爺看似很不耐煩地擺了擺手，「別在這兒給我現眼。」

「是，五爺。」

閻二爺應了一聲，招過兩個大個兒的丫鬟，一邊一個把三奶奶給架出去了。

「雨晴，千萬別放在心上，都看我了。」段五爺換上一副笑臉，安撫了程雨晴一句。

「段五爺，我侯小若以人格擔保，雨晴是絕不會偷東西的。」侯小若拍了一下胸口。

「我自然相信雨晴不是這種人，不過是那娘們兒小題大做沒事找事罷了，」段五爺隨手從桌上端起之前沒喝完的殘茶，「雨晴，小若，實在是對不住，我這就以茶代酒給你倆賠個不是。」

「段五爺言重了。」

侯小若和程雨晴雙雙抱拳，向段五爺施了一禮。

就在這個時候，閻二爺匆匆小跑過來，在段五爺耳邊低聲說了幾句。只見段五爺一拍桌面，喝了一聲，「簡直荒唐！閻二，大聲說，說給小若和雨晴聽。」

「咳，」閻二爺清了清嗓子，「侯老闆，程老闆，三奶奶的錢袋……找著了，說是先前下車時落在車裡了，就壓根兒……沒帶出來。」

侯小若聽了這話，不由得一口氣又頂了上來，正打算得理不饒人的時候，卻被程雨晴搶先了一步。

「找到了就好，我們也就放心了。」程雨晴莞爾一笑，似乎之前的爭吵都未曾發生過。

就連段五爺都不由得一愣，但也馬上笑了起來，「嗯，好！那……你們先去做晚場的準備吧，回頭我差人給你們送些茶水點心過來。」

「讓您費心了。」

「嗯，」段五爺忍不住又看了程雨晴一眼，「行，走了。」

說著，段五爺帶著閻二爺一眾人等擁擁簇簇地出了寶蓉園。

六十六、

元盛德在寶蓉園熱熱鬧鬧地請了三天客，簡直就等於是昭告天下「寶蓉園這大戲館子有段家做靠山」，所以段五爺的親朋好友就不用說了，歸化城這一帶但凡有點兒身分的人都要來湊個熱鬧坐一坐，喝壺清茶聽段兒大戲，順便看看能不能和段五爺「巧遇」一下子，也好套個近乎什麼的。

另外這位承恩侯大概也是特別愛聽戲，好容易在這邊關塞外找著一處地方有正經京城出來的戲班駐場，於是便三五天就要逛一趟寶蓉園。有帶著家眷一起來的時候，也有就一個小童兒跟著的時候。承恩侯來了一般就坐在二樓靠右手邊的雅間裡，要碰上是侯小若的戲一準兒能聽到最後，可要不是侯小若的戲，那基本上連一碗茶都喝不完就起身走了。

有這麼兩位大人物給撐場面，寶蓉園的生意可以說是要多好就有多好，雖說不上天天滿座兒，但最次也能上個七成左右，算是很可以的了。從前哪怕是最火的時候也不過如此，所以小吳掌櫃出來進去都是滿臉笑紋，店裡忙裡忙外的夥計們幹活也都格外賣力氣。

自打進了歸化城，這幾個月感覺事兒趕事兒地連軸轉著也沒個停，如今好歹寶蓉園也順利開張了，鳴福社的孩子們有地兒住又有場子唱戲，一切看著都安穩下來了，侯小若這才又想起了和尚託付的那事兒還沒給人辦完。

趁著天兒不錯，侯小若本想帶著程雨晴一起去找一趟孫琴師，完事了再到處逛逛，誰知道段五爺那邊又派了人來把程雨晴給接到府裡去了，於是侯小若也就只能邊嘟嘟囔囔地抱怨，邊揣著和尚的信獨自出門了。

按照之前同和園那個老夥計說的位置，侯小若在小東街附近來回跑了好幾條胡同也沒能找到孫琴師住的那個小院子。就在他幾乎快要放棄的時候，忽然前面不遠處一戶院門被推開，一位老婦人端著個臉盆走了出來，嘩啦一下把臉盆裡的水都潑在了地上。老婦人身著一身素襖，頭上還別著一朵小白花，看著像是家裡剛辦過白事的樣子。

侯小若緊走了幾步，趁著老婦人進院之前抱拳施了一禮，「老媽媽。」

「嗯？」老婦人撩眼皮瞧了他一眼，「有事兒？」

「想跟您打聽個人。」

「你說。」老婦人用左手夾著臉盆，右手搭在盆沿上。

「這附近住著一位在同和園拉琴的孫琴師，不知道老媽媽認不認識？」

聽了這話，老婦人怔了一怔，「你……找他做什麼？」

「我和孫琴師沒什麼交情，」侯小若答得老實，「其實是有人托我給一個叫二奴旦的人送信，我送去同和園呢說是他早就不在那兒唱了，後來還是位老夥計告訴我這位孫琴師說不定知道二奴旦的下落，所以……」

「嗯……」老婦人似乎輕嘆了口氣，轉身將身後的院門推開，「跟我進來吧。」

「啊？」

「你要找的孫琴師，就是我老頭子。」

說著，老婦人將侯小若領進了院子。

這院子雖說不算小，但是空空如也，除了角落裡有兩籠雞之外幾乎什麼也沒有。一明兩暗的三間屋子似乎也很久沒有修繕過，很是破舊，屋簷下還有些沒拆乾淨的白布條和紙紮的白花。

老婦人將手裡的臉盆隨意往門邊一放，把侯小若讓到正屋裡坐下，順手抓起木桌上的大水壺倒了一碗水。

「我這兒基本上沒人來，所以也沒有茶，將就著喝點兒水吧。」老婦人將水碗遞給侯小若。

「欸，我剛好叫渴。」侯小若也全不客氣，端起碗來大口大口喝下去多半碗。

老婦人見他那副憨憨的模樣，忍不住笑了笑，在桌子的另一邊也坐了下來，「你剛才說，想要找我家老頭子？」

「是，他老人家不在麼？」

「你來晚了，」老婦人下意識拉了拉自己的襖子，「走了好些天了。」

「走了？什麼時候回來？」

「回可回不來了，」老婦人長嘆了口氣，「死了，就扔下我這麼一個孤老婆子。」

「死……死了？」侯小若半晌說不出話來。

「……嗯，年輕的時候總也不生病，」老婦人微垂著頭，像是自言自語般地叨念道，「老了老了，也就病不起了……瀝瀝拉拉病了幾個月，家裡的銀子也全花乾淨了，他呀，唉……也病死了。」

「您……您老節哀。」侯小若實在不知道該說什麼好。

大概老婦人也察覺到自己的失態，輕咳了一聲，拍了拍自己的袖子，「年輕人，你叫什麼？」
「我姓侯，侯小若。」
「侯公子，」老婦人點點頭，「你找我家老頭子是為了問二奴旦那孩子的下落吧？」
「是，不過沒想到……」侯小若一時間也沒了主意，「您，認識二奴旦麼？」
「呵呵，」老婦人淺淺一笑，「認識不認識的，他跟我這兒可住了小十年吶。」
「哦？」
「那孩子還坐著科的時候就一直跟著我家老頭子學唱，」提及往事，老婦人臉上露出幾分欣然，「他呀打小就聰明，不管學什麼都是一教就會，所以我家老頭兒特別喜歡他，一來二去那爺倆的感情越處越好，後來乾脆就收做了義子。」
「哦，所以才搬您這兒來住了？」
「嗯，」老婦人又一點頭，「那孩子出了科之後就一直跟著我倆一起住，是個好孩子呀……可他千不該萬不該，真是不該……」
說到這裡，老婦人止住了聲，眼圈卻有些微微泛紅。侯小若趕緊給她倒了一碗水，默默擱在老婦人手旁。
略微沉默了一陣兒，老婦人忽然抬頭望向侯小若，「侯公子，你是不是說有人托你給那孩子帶什麼東西？」
「對。」
邊說，侯小若邊從懷裡把信掏了出來，又將在舊廟中偶遇和尚的事情簡單給老婦人描述了一遍。卻沒想到聽了他的話後，老婦人眉頭一皺，臉色愈發白了，嘴抿成了一條線。
老婦人一雙眼睛直直瞪著侯小若放在桌上的那封信，眼神裡似有忿恨又似有不捨。忽的，她站起身，一聲不吭地就往裡屋走去。侯小若也不知道怎麼回事，只是跟著站了起來，也不敢隨便亂走動。
好一會兒，老婦人撩開門簾子又回到正屋。
「……走，」老婦人看了一眼侯小若，「我帶你去見他。」
說罷，也沒再理侯小若，老婦人抬腳走了出去。出了院子，侯小若亦步亦趨地跟在老婦人身後，連去哪兒都不敢多問一句。這位老婦人別看上了幾歲年紀，腳底下倒是快得很，連著穿過幾條胡同之後再往左一拐，就領著侯小若出了城。
沿著城外一條土路是越走越荒涼，越走侯小若也就越覺得心裡沒底兒，道路兩旁的樹木茂密得感覺就像進了山似的。又走了差不多一柱香的功夫，侯小若實在忍不住開口問道，「老媽媽，二奴旦究竟跟哪兒住呢？」
「就到了。」
侯小若踮著腳伸長了脖子往前張望了一下，並沒看見像是有人家的樣子，心裡頭不禁一陣陣起疑。

等到鑽出了那片林子，視野忽然一下開闊了起來。侯小若一路走得滿頭大汗，正解開領口的扣子用手往脖子裡扇著，一陣山風卷著幾片枯葉吹了過來，瞬間將他的一身燥熱全數帶走。定了定神，侯小若四周圍看了看，倒確是一處雲清風靜的好地方。

「您，不是說帶我去見二奴旦麼？」侯小若皺著眉左右打量了一番，「這兒怎麼看也不像是有人住的地方啊……」

老婦人話也不多說一句，只是抬手指了指前面溪畔一座孤零零的石碑。侯小若不由得心中一驚，快步走上前，蹲在石碑旁抹了一把上面的浮土，定睛一看，碑上淺淺地刻著「愛子尚蘭筠之墓」幾個字。

「這尚蘭筠……」侯小若回頭看向在身後站定的老婦人。

「就是二奴旦，」老婦人微微點頭，眸中似有淚光，「……都十年了，這碑還是當年我那老頭子自己一刀一刀刻出來的。」

「好容易找著你了，卻沒想到你也不在了……」侯小若禁不住有些神傷，石碑上那些粗糙的刻跡彷彿還留著當初刻碑人肝腸寸斷的悲痛，「那這信，怎麼辦？」

「你就燒給他吧。」老婦人的語氣如同遙遠的嘆息一般。

「欸。」

點了點頭，侯小若鄭重其事地雙手捧著信放在了石碑前面，接著從隨身帶的布兜裡摸出火摺子，用嘴吹了吹。舉著火摺子，侯小若抬頭又看了老婦人一眼，見她點了點頭，便伸手將信給點著了。

六十七、

一縷青煙，半捧紙灰。

幾乎只是一瞬，那封信已經被燒得乾乾淨淨。侯小若用一根小枯枝在還帶著點點火星的紙灰裡翻了翻。

「嗯？」侯小若手裡抓著枯枝嘟囔了一句，「什麼東西？」

來回把拉了兩下，侯小若從灰飛煙滅的紙骸中翻出來一塊綠瑩瑩的硬物。一旁的老婦人緊著上前兩步，一哈腰撿在了手裡。

「當心燙！」侯小若趕緊站了起來。

「這是玉石的，怎會燙手。」老婦人把玉石上的髒污擦了擦，遞到侯小若面前。

侯小若這才看明白，那其實是一塊魚形玉佩。魚的身子彎曲著，魚尾高高揚起，形成了一個半圓。

「還挺好看。」侯小若衝著老婦人傻樂了一下。

老婦人瞅了侯小若一眼，一聲不吭地用另一隻手從自己兜裡摸出一個手絹包。輕輕抖開之後，裡面竟然露出一塊幾乎一模一樣的魚形玉佩。唯一不同的是和尚的那塊是魚尾上揚，而這塊的魚尾卻是向下彎著的。

「這，難道是……」侯小若的腦子可並不慢，心中大概明白了六七分。

老婦人面色陰沉地捧著兩塊玉佩走到碑前，臉上讀不出任何表情。侯小若在她身後歪著腦袋瞧了瞧她，又瞧了瞧那兩塊玉佩，正打算開口說什麼的時候，只見老婦人猛的將手高舉過頭，隨著「啪」一聲脆響，左手那塊玉佩已經被摔在石碑上，砸了個粉身碎骨。

「老媽媽您……！」

還沒等侯小若這一句喊出來，老婦人右手那塊玉佩也被狠狠砸了下去，碎成了一地的玉屑，就只剩下兩小塊兒不完整的魚頭似心有不甘般茫然瞪著一雙失了靈氣的眼睛。

「您這是做什麼呀？！」侯小若一時顧不得禮數，上前一把拽住老婦人的胳膊，卻不知怎麼沒拉住，老婦人身子往下一滑，跪坐在了石碑旁。

「……蘭兒，」老婦人蒼老的聲音之中是滿滿的怨與傷，「蘭兒啊，你人沒等回來，倒是把這玉佩……給等來了……你說你這孩子，當年怎麼就那麼不聽勸……怎麼就那麼，死心眼兒……」

「老媽媽……」

老婦人身子斜靠著石碑，眼淚似斷了線的珠兒，串串滾落，「人家不過一句話，你就活生生等了那麼些年，等到哇……連自己的命，也沒了……你值不值啊……啊？值不值啊？！」

侯小若被晾在了一旁，也不知道勸好還是不勸好，急得直抓耳撓腮。

「你去告訴那和尚！」老婦人忽然抬起頭，一雙眼睛惡狠狠地盯著侯小若，「就算是誦一生經念一世佛也還不完他欠的債！償不清他造的孽！」

侯小若被嚇得一哆嗦，趕緊點了點頭，「欸。」

「……唉，」老婦人長長嘆了口氣，長到像是要把胸口的氣全都呼出去一樣，她再次將頭垂了下去，無力地朝侯小若擺了擺手，「你走吧。」

「啊？」侯小若眨巴了兩下眼睛，「那怎麼行，把個老人家撇在荒山野嶺的自己走了，這事兒我可乾不出來。」

「你走吧，」老婦人聽著似乎很是疲倦的樣子，話說得很慢，「我能把你給領進來，我自己還不知道怎麼出去麼？走吧。」

「那……」

「行了，我一個孤老婆子還有什麼可擔心的，」重新看向侯小若的老婦人扯出一絲笑，卻實在比哭還叫人看不下去，「去吧，去吧。」

「……欸，」侯小若點了一下頭，「那，我可走了。」

「去吧。」

「您，多保重。」

侯小若不放心地看了看老婦人，才剛一轉身準備離開時，就聽見身後幽幽傳來山西梆子《哭靈堂》裡的幾句唱。

「秋風起落葉黃，鋪灑地面，蜀營地悲戚戚珠淚漣漣……劉玄德我好比失群孤雁，悲痛中不住的怨恨蒼天……在靈棚我叫一聲殺人的天，天，天……天哪……」

老婦人滄桑嘶啞的嗓音讓那原本就能叫人痛徹心扉的幾句戲詞聽著愈發淒然，侯小若禁不住鼻子一酸，差點兒沒跟著落下淚來。抱了抱拳，他頭也沒忍心回地加快腳步往山外走去。

一是道路不熟，二也是心情沉重，結果侯小若回到城裡時已是天近黃昏。他輕皺著眉往前走著，感覺腦袋多少有些昏昏沉沉的，每一步都像是踏在雲上一般踩不實，所以也就沒有注意到街邊拐角處，一直有一雙鬼鬼祟祟的眼睛在盯著他。

就這麼搖搖晃晃地才剛在胡同口一探頭，就看見魏溪閣小跑著迎了過來。

「小若師叔，您可回來了，」魏溪閣一張小圓臉兒被塞外的冬風刮得通紅，「可凍死我了。」

「你在外頭站著幹什麼？」說著，侯小若將自己圍巾摘下來，在魏溪閣脖子上繞了幾圈兒，又用袖口給他擦了擦都已經乾成了白碴兒的鼻涕。

「三閨爺讓我在這兒等您，說要是您回來了就讓您趕緊上他屋去。」

「欸，」侯小若邊抬腳往院子裡走，邊回頭問魏溪閣，「你雨晴師叔回來沒有？」

「早回來了，就等您呢。」

「好。」

侯小若大步流星地走進院子，撩開三閨爺那屋門上厚厚的長門簾，笑著衝坐在屋裡的大家夥兒點了點頭，閃身鑽了進去。

「你回來了，事兒辦得怎麼樣？」三閨爺把手裡的茶碗放下，開口問道，「見著了麼？」

侯小若搖了搖頭，挨著程雨晴坐了下來，「別提了。」

「外面冷吧？」程雨晴給他倒上一碗熱茶，「先喝口熱茶。」

「欸。」侯小若臉頰微紅地接過茶，吹也沒吹就喝了一大口。

「當心燙著。」程雨晴淺笑著白了他一眼。

「沒事兒。」侯小若望著程雨晴的眼裡滿是笑意。

「說說，到底怎麼回事兒？」

於是，侯小若便將他怎麼見著孫琴師的老伴兒，又怎麼在二奴旦墳前燒了那封信的前前後後都講了一遍。

最後講到老婦人把兩塊玉佩都摔碎了的時候，屋子裡一片靜寂，任誰也不知道該說什麼才好。

「……咳，」為了打破沉悶的氣氛，三閏爺故意咳嗽了一聲，「不管怎麼說，這信咱們的確給帶到了，也就算是沒有負人所托吧。」

「嗯。」侯小若應和著點了點頭，下意識看了一眼身旁的程雨晴。

程雨晴微微低著頭，臉色有些蒼白地輕咬著下唇，不知又在胡思亂想些什麼。侯小若嘆了口氣，靜靜握住了他交疊在膝蓋上的手。

「對了，乾爹您讓溪閣在外頭等我，是有什麼事兒麼？」

「對，你不說我差點兒都忘了，」三閏爺一拍巴掌，順手抄起桌上的一個信封，「你看看。」

「又是信？」

侯小若現在一看見信就忍不住一哆嗦。

「是請帖。」三閏爺抖了兩下手裡的信封。

「請帖？」侯小若接過信封，抽出帖子粗略看了一遍，「承恩侯要宴請咱們？」

「嗯，」三閏爺點點頭，「所以才這麼著急等你回來。」

「那，去唄。」

「去當然是要去的，總不能空著手去吧，」三閏爺瞪了他一眼，「再說了，誰去誰不去，不得你這個當班主的拍個板兒呀。」

「我，」侯小若一樂，「我就一代理的，您老幾位都是長輩，您定就是了。」

「那……」三閏爺先將目光投向坐在自己對面的陸宗元。

「別看我，我可不去，」陸宗元擺了擺手，「我又不是鳴福社的，我去得著麼。」

「既是這樣，我和二霜是不是也就不用去了。」孟紅柳指了指自己和正坐在後面抽水煙的白二霜。

「紅爺，您可得跟著去一趟。」三閏爺笑得有點兒賊。

「為什麼？」

「您和二霜現在也算是半拉鳴福社的人，又是長輩，對不對？那這麼大的事兒您怎麼可能不出面呢？撐撐場面也是要的吧。」

「我是真……」

不等他說完，三閏爺使出了殺手鐧，「承恩侯宴請咱，您想想，那得有多少好酒哇。」

果不其然，一說到酒孟紅柳的腦子就不夠用了。

「也是，」孟紅柳回過頭，嬉皮笑臉地看向白二霜，「那要不，咱倆也跟著去瞧瞧吧，啊？」

白二霜放下水煙壺，雖然無可奈何但也還是笑眼彎彎地點了一下頭。

「那就這麼定了，」三閏爺哈哈大笑，「紅爺、二霜，再加上我、小若和雨晴，夠陣仗了。」

「三閏爺，我就別去了吧。」程雨晴忽然輕聲說道。

「為什麼？」侯小若趕緊問。

「要是我也去了，誰看著那幫小子們？」程雨晴指了指門外。

「讓壽林看著唄。」

「壽林一個人怕是看不過來，我不放心。」

「……你要不去，」侯小若一賭氣，「那我也不去了。」

程雨晴忍不住莞爾一笑，「這麼大人了怎麼還小孩子脾氣。」

「雨晴說的對，」三閏爺給拍了板兒，「你去，雨晴留下。」

「……知道了。」

六十八、

看著孩子們練完功吃過午飯，又細心囑咐了大家幾句之後，三閏爺拉上不情不願的侯小若，同著孟紅柳還有白二霜一起上了將軍衙署派來接的兩輛大馬車。

「溪樓，你幹嘛呢？」

嘴裡叼著根草桿兒，正半坐半窩在廊下休息的魏溪閣忽然看見王溪樓探頭探腦鬼鬼祟祟地從程雨晴那屋溜了出來，便坐直身子喊了一聲，沒想到王溪樓被這一嗓子嚇得差點兒沒蹦起來。

「喊什麼你！」王溪樓慌忙幾步跑了過來，上前一把捂住魏溪閣的嘴。

「你揣著什麼呢？」魏溪閣的聲音從王溪樓的掌下傳出來，悶悶的，兩隻眼睛則盯著王溪樓鼓鼓囊囊的胸口。

「沒什麼，別瞎吵吵。」王溪樓鬆開手，一屁股坐在了魏溪閣身旁。

「是不是藏著好吃的？分我點兒唄。」魏溪閣拽了拽王溪樓的胳膊。

「就知道吃，」王溪樓翻了個白眼，「不是吃的。」說著，王溪樓四下張望了一下，確定沒人往這邊看，於是將揣在懷裡的東西神神秘秘地掏了出來。

「你看。」

「這……」魏溪閣一眼就認出來了，「這不是雨晴師叔的白毛領子嘛，小若師叔送的。」

「哼，有什麼了不起的。」

「聽說這毛領子可不便宜呢，」魏溪閣忽然意識到不對，「怎麼在你這兒了？你偷的啊？」

「什麼偷！」王溪樓一不小心把調門兒給漲上去了，

趕緊自己一捂嘴，又把聲音給壓下來，「我拿的。」
「你拿的？你拿的時候雨晴師叔不知道吧？」魏溪閣眨巴了兩下小眼睛，「那不就是偷麼。」
「你懂什麼，這麼個破玩意兒雨晴師叔壓根兒也不在意。」王溪樓狠狠扯了兩下手裡的毛領子，扯下來好幾撮白毛。
「誰說的，雨晴師叔可寶貝它了，」魏溪閣有些急了，「趁雨晴師叔還沒發現，趕緊給放回去吧。」
「這個東西根本配不上雨晴師叔，我去燒了它，」王溪樓眼睛一瞪，把毛領子又塞回懷裡，接著站了起來，「了百了。」
「不行！」魏溪閣也趕緊站了起來，兩手拉住王溪樓，「回頭雨晴師叔要知道了，非得揍你不可！」
「你不說他怎麼會知道？」王溪樓逼近魏溪閣的臉，小聲威逼利誘道，「你要是誰也不說，下回我的戲份也給你。」
「我……」魏溪閣皺了皺眉，似乎內心有所掙扎。
「你可想好了，拿著兩份兒戲份，能買多少好吃的。」王溪樓又給加了一把火。
「嗯……」魏溪閣想了老半天，用力甩了甩頭，雙眼直直地看向王溪樓，「不行，那是雨晴師叔的東西，你不能說燒就給燒了。」
「你這腦袋什麼做的？榆木疙瘩吧？」王溪樓用手指使勁兒戳了幾下魏溪閣的額頭，「我又沒燒你的東西！」
「那也不行！」
就在他倆拉拉扯扯誰也不讓步的時候，程雨晴正好收拾完廚房走了出來，一眼就看見他倆似乎就快要撕巴起來了，趕緊跑了過來。
「溪樓溪閣，為什麼打架？」程雨晴一手一個拉開了這倆孩子，「有話兒不能好好說麼？」
一見程雨晴，王溪樓下意識地就將兩手抱在胸前，心虛地搖了搖頭，「沒，沒打架。」
「溪閣，你說，為什麼打架？」程雨晴看向魏溪閣，因為他更老實，向來說不出假話。
「我……我，」魏溪閣眼睛直看著王溪樓，結結巴巴地說道，「沒……真沒打架。」
「真的？」
「……嗯。」
「那你倆剛才爭什麼呢？」
「我……」魏溪閣急得汗都快下來了，可又實在不想出賣王溪樓，「我沒……他……」
王溪樓一咬牙一跺腳，把掖在懷裡的毛領子拽了出來，「我想偷偷把這個拿去燒了，他死活不讓！」
程雨晴吃了一驚，把那毛領子接在手裡，上面的白毛已經被王溪樓手裡的汗水給浸得歪七倒八，有幾處都有些禿了。他嘆了口氣，不由得暗自心疼，可還是和顏悅色地問道，「這是我的毛領子吧？好好的為什麼要燒了呢？」

「我……」眼淚在王溪樓的一雙虎眼裡逛蕩著，「我不……」

「嗯？」程雨晴沒聽清他說什麼。

「我不喜……」

「別害怕，我不生氣，」程雨晴淺淺笑了笑，「你說，為什麼要燒掉這毛領子？」

「……因為我……我，我不喜歡！」

用盡力氣吼出這一句之後，王溪樓哇一聲哭了出來。看見王溪樓哭，一旁的魏溪閣也忍不住跟著哭了起來。

「雨……雨晴師叔，您別……別怪他，」魏溪閣抽抽嗒嗒地哭著，「他，不是故意的……」

「我不怪他，」程雨晴笑著摸摸了倆孩子的頭，「但是以後再不許這麼做了，知道麼？」

「……嗯。」

「知道……」

「行了，都別哭了，」程雨晴掏出帕子給他倆擦了擦眼淚，「快去洗把臉，一會兒該開始練唱了。」

「欸。」又偷偷看了王溪樓一眼，魏溪閣轉身先跑開了。

王溪樓往前跑了兩步，又轉過身來，衝著程雨晴一揖到地，「雨晴師叔，我錯了。」

「行了，去吧。」

「等我以後掙了錢，一定給您買條更好的！」

「好啊，那我等著。」

「嗯！」

說完，王溪樓也跑走了。

程雨晴低下頭看了一眼手裡慘不忍睹的白毛領子，苦笑著搖了搖頭，邁步往自己屋裡走去。

雖說知道將軍衙署一定什麼都不缺，但若空著手去拜訪總是不成體統，所以三閨爺這天一大早就已經吩咐侯小若出去上各處轉了轉，好歹買了些水果糕點之類的。

不過也就三、四刻左右的功夫，侯小若幾人就已經在綏遠城的將軍衙署門前下了車。除了兩座威風凜凜的鎮宅石獅子之外，這將軍衙署門前最引人注目的應該就是那面高大的影壁牆，上書「屏藩朔漠」四個大字，可謂撇撇如刀、點點似桃，足見留書人寫得一手好字。

由一個兵丁模樣的年輕男子領著，侯小若他們先是穿過儀門旁的小門，接著又沿著甬道繼續往後面走，一直來到了第三進院子的門前。然後由另一個僕人打扮的男孩兒將幾人帶到了一間偏廳，熟練地將茶水點心都上完之後，男孩兒低著腦袋退了出去。

「真不愧是封疆大吏一品侯爺住的地兒，規矩真大呀。」孟紅柳不由得感嘆了一句。

「和京城比呢？」白二霜難得開口問了一句。

「照理說應該是京城的規矩更多，」三閏爺摸著自己的禿下巴，「但這裡不光是侯爺府，還是軍事重地呢。」

「那一會兒要說錯了話去錯了地兒，豈不是要被砍腦袋了？」白二霜笑道。

「真有可能，所以大家都警醒著點兒，」三閏爺看了看侯小若，「尤其是你，管著點兒你那嘴，別什麼都往外說。」

「欸，知道了。」

侯小若嘿嘿一樂，也沒怎麼當回事兒。

六十九、

侯小若他們在偏廳等了幾乎半個時辰，承恩侯才剛忙完手裡的公事。之前那個小男僕後來又進來好幾趟給添茶加水，這左一碗右一碗的茶喝得侯小若跑了好幾趟茅房，肚子裡一點兒油水都快被打乾淨了。

「乾爹，要不咱走吧？」侯小若苦著臉，小聲對三閏爺說道，「估計侯爺今兒太忙，沒時間跟咱吃飯了。」

「少胡說。」三閏爺閉目養神，看也不看他。

差不多又過了半柱香的時間，隨著一陣不急不緩的腳步聲，承恩侯信恪大步走進了廂房，身後還跟著一個朗目疏眉的年輕人，一身兒颯爽的將官打扮。

「久等了，見諒見諒啊。」承恩侯衝著屋裡的幾位一拱手。

侯小若他們趕緊站了起來，抱拳還禮。

「侯爺言重了。」

「坐，都坐，」承恩侯大馬金刀地往主座兒上一坐，笑著指了指在自己身旁落座的年輕人，「這是小犬清泰，這兩天才剛從京城回來。」

眾人再次起身給清泰行禮。

「清泰，這就是阿瑪常跟你提起的侯小若。」承恩侯簡直如同炫耀一般向兒子介紹道。

「侯老闆。」清泰朝侯小若微微點頭。

「不敢當不敢當，我還差得遠呢，您就叫我小若吧。」

侯小若難得謙虛，三閏爺臉上不自禁露出一個讚許的笑。

「這兩位是？」承恩侯看向孟紅柳和白二霜。

「這位是孟紅柳，鳴福社的武生、紅生教席，」介紹完孟紅柳，三閏爺又指了指白二霜，「這是他徒弟白二霜，現在是鳴福社的琴師。」

「哦哦……」承恩侯瞇縫著眼睛上下打量了孟紅柳一番，「若是我沒記錯，孟老闆可是當年名震京師的……紅爺？」

「侯爺好眼力，正是草民，」孟紅柳老臉一紅，微微笑道，「但名震京師……實在是侯爺您過譽了。」

「果真是紅爺？哈哈哈哈，」承恩侯大笑著拍了拍自己的大腿，「我年輕那會兒最愛的就是你的戲！你，還有那位……那位由……」

沒等承恩侯說完，孟紅柳一指在一旁憋著笑的三閏爺，「他，就是他。」

「你就是那位號稱活阿瞞的由老闆？」承恩侯瞪大了眼睛。

「哈哈哈，那都是大家夥兒瞎捧，沒想到竟然還入了侯爺您的眼。」三閏爺摸了摸自己那大禿瓢兒腦袋。

「真沒想到竟能在這邊關塞外見到兩位京城的大角兒，」承恩侯開懷大笑，使勁兒拍了一下桌子，「高興！」

大家聊得正盡興的時候，一個下人來到承恩侯身旁恭恭敬敬施了個禮，小聲說道，「老爺，青梅軒已經按您的吩咐，都佈置妥當了。」

「好！」承恩侯把剛喝了一口的茶碗放下，站了起來，「走，帶你們去看點兒稀罕物。」

「稀罕物？」侯小若愣愣地跟著大家一起站了起來。

「去了你就知道了。」

承恩侯開心得像個孩子一般拉著侯小若，沒有半點兒侯爺的架子。

「欸。」

眾人跟在承恩侯身後穿廊過院、左拐右繞，而這將軍衙署卻大得似乎沒個盡頭一般。走著走著，忽然一陣清新淡雅的花香不知從哪裡飄然而至，就連侯小若都忍不住深深吸了口氣。

「真香。」

「嘿嘿嘿，」承恩侯聽了侯小若這話，顯得愈發高興了，「能不能聞出來，這是什麼香呀？」

侯小若又使勁兒聞了聞，想了老半天，最後還是搖了搖頭，「草民不知。」

「是，梅花吧。」白二霜輕聲答道。

「沒錯兒！好厲害的鼻子，」承恩侯笑了笑，「來，這邊兒。」

「是。」

又拐過一個彎，眾人在一個月亮門前停下了腳步。門旁掛著一個小木牌，上面寫著三個蒼勁的小字——「青梅軒」。

「青……」孟紅柳不由得一怔，身體不自覺輕顫了一下。白二霜看似若無其事地擺弄著自己的水煙壺，眼角餘光卻有意無意地往孟紅柳這邊掃了一眼。

「大家都知道，這梅花兒一般開出來的不是白色就是紅色，」承恩侯站在門前，故意賣派地說道，「不過我這兒的梅花兒呀，可不是一般的梅花兒。」

「哦？不知有何特別之處呢？」

「幾位一看便知。」

說罷，承恩侯朝兒子清泰點了點頭，清泰上前雙手一推，厚重的木門應聲而開，隨之撲面而來的正是那股幽幽的清香。緊接著，令人心醉的滿園淺翠映入了眾人的眼簾。

看著其他人臉上或震驚或欣然的神情，承恩侯露出了幾分得色，徑自解釋道，「因為內子偏愛這種綠萼梅，所以我專門托人從江南運過來的。」

「梅花，竟然還有這樣的顏色，」侯小若差點兒看傻了，「要是雨晴也在這兒就好了……」

「沒想到今兒竟能在這將軍衙署裡，先人一步曉聞春色。」三閨爺笑著贊嘆道。

或是因為還不到時候，其實園裡只有零星幾朵不識時節的綠萼已經綻開，其他大部分都還是一顆顆含羞未放的嬌嫩花苞。孟紅柳抬著頭向上望去，嘴角帶著一抹極難察覺的淺笑。

幾人之中似乎就只有白二霜對這一院子梅花沒什麼太大的興致，他輕靠在一旁的廊柱上，順手從腰間解下水煙壺，自顧自地抽了起來。

「白老闆不喜花麼？」不知什麼時候，清泰來到了白二霜身邊。

白二霜吐出一大口煙，看也沒看清泰一眼，淺笑道，「喜又如何，不喜……又如何？」

「……咳，」清泰沒由來的被噎了一句，臉上浮現一絲尷尬，「那，不知白老闆平日裡喜歡做什麼消遣？」

白二霜略作沉默，抬眼看向清泰嫣然一笑，眉間眼角媚態橫生，看得清泰竟忍不住咽了口唾沫。

「不知清泰大人……」白二霜故意將身子傾向清泰那邊，「平日裡，都做什麼消遣呢？」

「我……」

白二霜的突然靠近，讓清泰莫名感到有些口乾舌燥。他這裡一句話還沒答上來，就聽見承恩侯喚他的名字。

「清泰。」

「阿瑪。」

慌亂地朝白二霜點了一下頭，清泰快步走到承恩侯面前一抱拳。

「去看看宴擺好了沒有。」

「是，阿瑪。」

清泰急匆匆地穿過綠萼林，往後面的正廳走去。

將軍衙署裡擺宴可著實是非同尋常，山中走獸雲中燕、陸地牛羊海底鮮，一道接著一道看得人目不暇接，滿滿當當擺了一大桌。酒就更別提了，口內口外的好酒是應有盡有，一種酒配一個專門的酒童在身後伺候著，把孟紅柳給歡喜得夠嗆。

擺宴的這間內廳正對著外面的綠萼林，而且屋子的角落裡也擺著幾盆小小的綠萼梅。窗外隨風舞動的花枝，加上室內沁人心脾的雅香，實實叫人酒興高漲。

「侯爺，草民鬥膽敬您一杯！」孟紅柳喝得滿臉通紅，搖晃著一舉杯，「您這院子的名兒取得太好了，大雅！」

話音剛落，一杯酒下肚了。

「喝！」承恩侯酒量可真不小，喝了這麼半天就像沒事人兒一樣。

「侯爺，為什麼不叫綠梅軒或是綠萼軒，卻叫青梅軒呢？」侯小若邊問，邊往嘴裡扔進一大塊兒羊肉。

「小若你有沒有聽過『枝裊一痕雪在，葉藏幾豆春濃』啊？」

「沒聽過。」侯小若老實地搖了搖頭。

「嗯……你看外面那些未開的花苞，像什麼？」

「花苞？」侯小若伸長了脖子看了看外面，又想了想，「圓圓的，像……豆子？哦哦，所以是葉藏幾豆春濃！」

「對咯，」承恩侯笑了，「這首詩就叫《賦瑤圃青梅枝上晚花》，猶得我心，所以當初才會將此園取名為青梅軒。」

「好一句葉藏幾豆春濃，」孟紅柳說著，又把酒杯舉起來了，「來，我們一起敬侯爺一杯！」

「好，乾！」

白二霜隨著大家一起舉了舉酒杯，卻並沒有往嘴邊送，直接就放了下來。

「我想，白老闆大概也不喜酒吧？」清泰將喝空了的杯子隨手擱在桌上，身後的酒童趕緊上前又給斟滿。

「清泰大人許是不知道，我這人生性古怪。」

「哦？怎麼個古怪法兒？」

「一不隨著喝，二不迫著喝，三……不醉不喝。」

「怎麼講？」

白二霜輕輕一笑，「我喝酒，不會隨著大家喝，只在我想喝的時候喝。」

「這二呢？」

「既不強迫人喝，也不被人強迫著喝。」

「這不醉不喝呢？」

白二霜用手一擋嘴，笑道，「傻小子，喝酒自是要喝到醉了……方才有趣呀。」

「哦……」清泰似懂非懂地點了點頭，把自己的杯子舉了起來，「那，我若敬你，喝不喝呢？」

「您若敬我，」白二霜用纖細的手指蹭了蹭清泰舉起的酒杯邊緣，順勢輕輕往回一推，「自是不喝。」

「……為什麼？」清泰眉頭微皺，似有幾分不快。

白二霜手托下巴，細細的丹鳳眼笑成了月牙兒形，「敢問清泰大人，貴庚了？」

「出了年就十九了，」清泰被問得有些莫名其妙，「你問這個做什麼？」

「感情還是個孩子，」白二霜噗嗤一下笑了出來，端起面前的酒杯，一口氣全乾了，用兩隻手指夾著杯柱朝清泰亮了個杯底，「喝酒喝的是個興致，所謂酒逢知己千杯少……這麼敬來敬去的，酒都沒有味道了。」

清泰見狀，不服輸般趕緊把自己那杯也給喝了，喝完之後還砸了砸嘴，「痛快！」

七十、

宴席上，眾人吃著喝著聊著，酒是杯杯盡盞盞絕，開了一罈又一罈，說笑聲也隨著愈發高了起來。

「侯爺，您這青梅軒倒叫我又想起了另一首詩，」孟紅柳搖搖晃晃地站了起來，端著滿滿一杯酒來到窗邊，神情複雜地看著外面隨風搖曳的綠萼梅，「南園春半踏青時……」

「風和聞馬嘶。」侯爺一時興起，接了個下句兒。

「……青，青梅如豆……」孟紅柳把手裡的酒灌了下去，感覺喉嚨有些火辣辣的，「柳如眉……」

「日長蝴蝶飛，」侯爺一口酒下肚，哈哈笑了幾聲，「紅爺竟也是個愛詩之人！來，乾！」

儘管通紅著一雙眼睛，孟紅柳再轉過身來時臉上已是一如往常微醺的笑顏，「侯爺海量！」

靜靜收回了視線，白二霜的臉色卻有些泛白，渾身上下散發著拒人千里的清冷氣息。一旁的清泰卻依舊不識好歹地用手肘碰了碰他，問道，「白老闆喝了這麼半天，怎麼一點兒也不上臉呢？要不說，真看不出來你喝酒了。」

「哼，」白二霜哼笑了一聲，挑起一邊眉毛，斜著眼珠看向清泰，「瞧不出來？」

「嗯。」

清泰毫不掩飾的率真回答讓白二霜眼中笑意漸濃。

「那不如，您聞聞看。」

「……啊？」清泰俏面一紅。

白二霜以兩指將領口的紐襻解開，又隨手往下扯了扯。他微抬下巴，將曲線姣好的白皙頸子湊到清泰臉側，「您試試，能不能聞出來我喝酒了。」

清泰先是一愣，接著就像是入了魔障一般真的將腦袋探了過去，深深吸了口氣，一股混著絲絲酒氣的清幽檀香瞬間撞進了他的胸口，斥滿了心扉。也不知是美酒醉人，亦或是酒不醉人人自醉……再次看向白二霜的時候，清泰的眸中竟透出幾分醉意朦朧。

這頓飯從傍晚一直吃到了將近戌時，承恩侯早已經因為喝得太多被下人們送回房歇著去了，廳裡就只剩下清泰還在陪著侯小若一班人。

原本想著把殘席撤下去，換點兒茶水好解解油膩，但孟紅柳和白二霜都覺得還是喝酒好，於是清泰打算命人再搬幾罈過來，準備捨命陪一回君子。不過還好被三閆爺給攔了，否則還不知道要喝到什麼時辰去。

「天色已晚，嗚福社明兒個一早還有早功，我們就不多叨擾了，」三閆爺說著，和侯小若一邊兒一個把快喝吐了的孟紅柳給架了起來，「勞煩轉告令尊，改日再來登門道謝。」

「這就……要走了麼？」清泰看了看三閆爺他們，又看了看白二霜。

「若您不嫌棄，下回上咱那兒喝去。」侯小若笑道。

「啊……嗯，」清泰似想說什麼卻沒說出來，胡亂點了點頭，「那，我安排車送你們。」

「勞您費心了。」

「嗯……」

嘴裡應著，清泰兩眼還是不自覺地往白二霜那邊瞟，可是白二霜壓根兒也不看他，眼神迷離地攥著手裡的酒杯，也不知在想些什麼。

夜路難行，侯小若他們折騰了近半個時辰才終於回到了住地。謝過了趕車送他們回來的車把式，三閆爺和侯小若架起孟紅柳往院子裡走去，白二霜一言不發地跟在身後，卻完全沒有要上前幫忙的意思。

「行了，」將酩酊大醉的孟紅柳往他的床鋪上一放，三閆爺順手給他把被子蓋上，轉身對白二霜說道，「你也早歇著吧。」

白二霜靜靜地眨了一下眼睛，示意聽見了。待侯小若和三閆爺都出去了之後，白二霜緩緩將屋門帶上，下意識地拿起水煙壺，想了想又放回桌上。圍著桌子繞了半圈兒，他還是坐了下來，眼神略有些木然。就這麼坐了好久好久，久得彷彿時間都靜止了似的。

「……水……」

床上傳來孟紅柳乾啞的聲音。白二霜轉頭看了看他，眼神簡直就像是在看著一個完全陌生的人，「青梅如豆柳如眉……這活著的，到底還是比不了那死了的……是吧？」

「……二霜，水。」

「您救了我一命，我伺候了您十五年……也就夠了吧？」

「二霜……拿，水來……二霜……」

「也就，夠了吧……？啊？」

「……霜……」

「十五年啊，」白二霜彷若喃喃自語般，「也不算短了……紅爺，不如您告訴我，到底等要多久……才能替代那個人，被您放在心上？」

「……二霜，水……」躺在床上的孟紅柳似乎有些煩躁地扯了扯自己的領口。

白二霜終於還是站起身，倒了半碗涼水遞到孟紅柳嘴邊，伺候著他喝了下去。喝完之後，白二霜給他擦了擦嘴，又細心地把被角掖好，這才重新回到桌旁坐下。

五更，天尚未大亮。程雨晴把冰涼的井水倒進一旁的木盆，正想伸個懶腰時，肩挎著一個小包袱推門而出的白二霜卻剛好落入了他的視線裡。

「二霜哥，」程雨晴把手放下，往前邁了半步，「您上哪兒去？」

「……雨晴，」白二霜露出一個淺笑，臉上帶著徹夜未眠的疲憊，「我，出去一趟。」

「什麼時候回來？」

「嗯……」白二霜微微垂著頭，一雙好看的鳳眼裡滿是血絲，「雨晴，聽我一句……有的話，該說還是得說出來，別落得最後……和我一樣。」

「您說的……我不明白。」

白二霜緩緩幾步走到程雨晴面前，憐愛地摸了摸他的頭，「我走了。」

「您還回來麼？」程雨晴望著白二霜消瘦單薄的背影，眼圈漸紅。

深深吸了口氣，又輕輕呼了出來，白二霜回首一笑，「保重。」

白二霜前腳剛出了院門，侯小若就從屋裡走了出來。

「真冷啊今兒，」侯小若緊了緊衣領，雙手抱胸地小跑到程雨晴身邊，「雨晴，早啊。」

程雨晴回轉身看向他，嗓音裡透著一絲泣聲，「二霜哥他，走了。」

「出去了？這麼早？」侯小若給程雨晴也緊了緊衣領，笑道，「肯定又是給紅爺買早點去了。」

「不是，小若，」程雨晴搖了搖頭，抓著侯小若給自己整理衣領的手，「二霜哥走了，帶著包袱走的。」

「啊？」侯小若吃了一驚，快步跑到院門外，左右張望了一下，卻連半個人影都沒瞧見，只好又跑了回來，「他，說沒說去哪兒了？」

「沒有……」程雨晴滿臉的擔憂，「我從沒見他那個樣子……小若，二霜哥是不是再不會回來了？」

「這我哪兒知道……」侯小若將不知所措地程雨晴擁進懷裡，輕輕拍了拍他的背，「別那麼擔心，他這麼大人了會照顧好自己的。」

「我擔心的不是他，」程雨晴很自然地把臉靠在侯小若肩頭，微微皺著眉，「是……紅爺。」

「紅爺？紅爺又怎麼了？」

「平時都是二霜哥在伺候紅爺，」說著，程雨晴往孟紅柳那屋瞧了一眼，「他這一走，紅爺怕是連襪子、鞋在哪兒都找不到了。」

「沒事兒，咱不都在這兒麼，要是紅爺有什麼事兒咱給搭把手就是了。」

「……唉，」程雨晴吐氣如蘭般嘆了口氣，「有時候我真羨慕你。」

「羨慕我什麼？」侯小若拉著程雨晴的手左右輕晃

著，和小時候一個樣兒。

「羨慕你這麼沒心沒肺的，」程雨晴好笑地白了他一眼，「不過就這麼簡簡單單地活著，挺好。」

「你這是誇我呢嗎？」

「自是誇你呀，」程雨晴抿嘴一笑，「對了，上回還沒謝謝你呢。」

「謝我什麼？」

「謝謝你信我沒偷東西，謝謝你保護我。」

「你說三奶奶那婆娘？仗勢欺人的玩意兒，讓她玩兒去！」侯小若一拍胸脯，「不管發生什麼，也不管別人說什麼，我指定都是信你的。」

「……嗯。」

「感動吧？」侯小若嬉笑了起來，「是不是感動得都要哭了？」

「傻德行。」

過了不多會兒，其他的孩子們也都起來了，一個個搭著手巾端著水盆打從侯小若和程雨晴身邊走過，邊伸著懶腰邊和兩人打招呼。

「小若師叔早，雨晴師叔早。」

「早，」應了一聲，侯小若拍了拍程雨晴的臉頰，「二霜哥的事兒就別多想了，先去準備早功吧。」

「欸。」程雨晴順從地點點頭。

「我先去給老三位燒點兒熱水，都是一睜眼就要喝熱茶的主兒。」

「你去吧。」

看著侯小若的身影進了廚房，程雨晴站在原地稍稍猶豫了一會兒，一轉身，邁步往孟紅柳那屋走了過去。

七十一、

「跟三奶奶回，翔子回來了。」

聽了這話，坐在梳妝銅鏡前欣賞著自己花容月貌的段府三奶奶抬了抬眼皮，問道，「人呢？」

「在門外候著呢。」

「帶他進來。」

「是。」

翔子弓著背大彎腰地給三奶奶請了個跪安，「小的給三奶奶請安了。」

「起來，」對著銅鏡，三奶奶把手裡的珠花往髮髻上一別，「說吧，小聲點兒。」

「是，三奶奶，」翔子往前又近了半步，壓低了聲音說道，「小的們按您的吩咐，真是沒日沒夜地盯著那幾個戲子……」

「有什麼發現？」三奶奶不耐煩地打斷了他。

「還真……什麼也沒發現，」翔子腆著臉嘿嘿一笑，「那幾個戲子的日子過得要多沒意思有多沒意思，不是吃飯睡覺就是練功唱戲，特別是您囑咐過的那個叫程雨晴的，除非是上他們那大戲館子或是咱府上，其它時候基本連門兒都不怎麼出。」

「沒用的東西！」三奶奶恨恨地拍了一下桌子。

「三奶奶您可千萬別著急上火，我這不還沒說完呢麼。」

「說！」

三奶奶越是急躁翔子就越是慢條斯理兒的，「三奶奶您是明白人，這最近天兒呀是越來越冷，兄弟們為了您可沒少挨凍啊，您看是不是……」

他訕笑著伸出右手，刻意搓了兩下拇指和食指。

「哼，」三奶奶翻了個白眼，朝丫鬟說了一句，「月蓮，去，再給他拿三十兩銀子。」

「是。」

「哎呦呦，三奶奶您可太敞亮了，」翔子又是鞠躬又是作揖，雙手接過丫鬟遞過來的三錠銀元寶，往懷裡一揣，「兄弟們都忘不了您的好。」

「少來這套，趕緊說。」

「欸欸欸，我說，我說。」

說著，翔子俯下身子，用手擋著嘴，趴在三奶奶耳邊嘀咕了好一陣兒。只見三奶奶雙眼一亮，嘴角向上揚起一個煞是好看的弧線，計上心頭。

費了老半天的勁兒，程雨晴才終於把一身酒氣的孟紅柳給弄醒了。先扶著他坐起來，程雨晴給他端進來半盆涼水擦臉。

「雨晴？」孟紅柳努力睜開半邊眼睛，有些不好意思地抬手接過程雨晴手裡的濕手巾，「二霜呢？」

「二霜哥他，」程雨晴手略微一僵，「他……」

「嗯？他怎麼了？」

咬了咬下唇，程雨晴還是將白二霜離開的事情一五一十都告訴了孟紅柳。說完之後他有些擔心地看向孟紅柳，不知道他下一刻是會暴怒而起，還是失望咒罵。令程雨晴沒有料到的是，孟紅柳既沒有生氣也沒有傷心，只是漠然地點了點頭，便繼續用手巾擦著臉。

「……紅爺，」反而是程雨晴先沉不住氣了，輕聲問道，「您，沒事兒吧？」

「嗯？」孟紅柳抬起臉，雙目略顯呆滯地笑了笑，「沒事兒，忙你的去吧。」

「……欸，」程雨晴又給他搓了一把手巾，遞了過去，「您有事兒再喊我。」

「好。」

留下孟紅柳獨自坐在炕上，一下又一下機械地擦著臉，程雨晴端著水盆出了屋。

把盛滿了水的大銅壺往火上一架，侯小若轉身來到前院，打算再給灶裡添點兒柴火的時候就看見譚福路從院門外走進來。

「福路，今兒怎麼起這麼早，」侯小若朝他揮了一下手，「上哪兒去了？」

譚福路正好一腳門裡一腳門外，抬頭看見侯小若似乎還嚇了一跳，「師，師哥，我……出去買早點了。」

「哦，買什麼了？」侯小若瞅了一眼，卻發現他兩手都沒拎著東西。

「咳……」譚福路大概也覺著尷尬，乾咳了一聲，「我那什麼……本來想著去買早點的，都走出老遠了才發現忘了帶銀子。」

「這麼大人了，還這麼馬虎，」侯小若從懷裡掏出自己的錢袋，扔給譚福路，「先拿我的去買吧。」

「欸。」譚福路接住錢袋，撓了撓腦袋，扭臉兒要往外走。

「福路。」

「啊？」

「買點兒白糖發糕，你雨晴師哥愛吃。」

「知道了。」

吃過午飯，程雨晴搭著段五爺派來的馬車再次來到段府。和平常一樣，程雨晴從旁門進了府。由小廝領著直接就往廚房走去。

段五爺好吃又懂吃，所以段府的廚房可不是一般人家能比得了的。說是廚房，其實是一整個跨院，光廚子就雇了七八個，一個個都養得皮兒光水滑兒的。

「唷，雨晴來啦。」

一個高高壯壯的中年男子從廚房裡走了出來，邊在圍裙上蹭著手邊衝著程雨晴一呲牙。

「呂叔兒，」程雨晴淺笑著抱拳施了一禮，「又來麻煩您了。」

「說什麼麻煩，」呂廚子一搭程雨晴的肩膀，把他推進了廚房，「來，進來進來。」

「呂叔兒，昨兒咱做的加桔皮的那個，我怎麼吃都還是覺得彆扭，」程雨晴熟練地穿上呂廚子遞過來的圍裙，「估計小若也不會喜歡，咱能不能試試別的？」

「是嗎？五爺倒總是喜歡得很，」呂廚子撓了撓下巴，說道，「既是這樣，那不如試試看加堅果兒吧。」

「什麼堅果兒？」

「比方說核桃仁兒、瓜子仁兒、花生，」呂廚子在角落的幾個簍子裡分別抓了一把，「又或者山楂乾兒、葡萄乾兒、棗乾兒，這都行。」

「嗯……」程雨晴拖著腮幫子想了想，「有沒有什麼方法能讓它聞著更香一些？」

「香一些……可以，」呂廚子環顧了一下廚房裡其他的筐子籃子，然後拿起一個不是很起眼的小陶罐兒，「來，你聞聞這個。」

程雨晴把鼻子伸到罐兒口聞了聞，是一陣濃郁的桂花香氣。

「桂花？」
「對，是曬乾了的桂花，味兒更濃，」呂廚子用兩根手指捏了一小撮兒出來，金黃金黃的甚是好看，「只要一點兒就能特別香。」
「太好了，」程雨晴莞爾一笑，「那就加桂花吧，和著飴糖、蜂蜜一起熬成糖漿，最後再灑一點兒白芝麻和切碎的山楂乾兒。」
「嗯，聽著就好吃，」呂廚子把要用到的麵粉、雞蛋什麼的全都擺在了桌案上，「你先做做試試。」
「欸。」說著，程雨晴把袖子高高輓了起來，開始打蛋揉面。
呂廚子隨手抄起一根黃瓜，在衣服上蹭了蹭，搬個小凳子坐到一旁啃了起來。
「你這孩子還真是有耐性，」呂廚子用袖子擦了擦嘴角的黃瓜汁，「這一來一去都快十天了吧，就為了學做個薩其馬。」
「我可也沒想到，這薩其馬看著簡單，要想做好吃了還真難。」
邊說，程雨晴邊使勁兒揉著麵。
「那是你自己非要把它給弄複雜了，」呂廚子哈哈笑著，「要照我說的，三天都不用你就學會了。」
「我好不容易學一回做一回，那還不得多上點兒心呀。」
「你說你天天練功唱戲不夠累的，還非要天天來學做這個，」呂廚子又啃下一大口黃瓜，「圖什麼許的。」
「不都告訴您了麼，我那師弟馬上就二十了，他最愛吃薩其馬，」程雨晴微微笑著的眼裡藏著幾分甜膩，「所以我就想親手做一盤，給他賀一賀。」
「你對這師弟還真挺好。」呂廚子隨口說道。
「他對我更好。」
將餳好的麵團切成細條，再篩去多餘的浮粉，程雨晴把所有的細條都倒進了熱油鍋裡，邊炸邊用筷子小心地翻動著。另一邊的竈臺上則是在熬煮著桂花糖漿，整間廚房裡是又暖又香。啃完了黃瓜的呂廚子背靠著牆，舒服得打起盹兒來。
「咳咳。」
在門外清了清嗓子，段五爺抬腳走了進來。
「段五爺。」程雨晴趕緊把手裡的東西都放下，給段五爺作了個揖。
段五爺笑著微微一點頭，然後來到呂廚子身邊，故意俯下身子在他耳旁說道，「睡得挺好呀你。」
呂廚子睜開睡得迷迷糊糊的眼睛，揉了好半天才看清楚眼前的是誰，幾乎是條件反射般從凳子上彈了起來，「五爺！五爺，給五爺請安。」
「請什麼安啊，接著睡。」段五爺調侃道。
「沒，沒睡，」呂廚子嬉皮笑臉地嘿嘿了兩聲，「我就是閉著眼，養養神。」
一甩袖子，段五爺沒再搭理他，而是徑直來到竈臺邊看了看，「好香啊。」
「是用桂花熬的糖漿，」程雨晴把熬得剛剛好的糖漿從火上拿了下來，擱進事先準備好的開水盆裡，「一會兒用來裹薩其馬的。」
「嗯，」段五爺點點頭，「你接著做，不用管我。」
「欸。」
「五爺，您坐，」呂廚子討好地搬了一張椅子過來，「您坐這兒。」
「嗯，」段五爺一撩袍，坐了下來，「雨晴，你這薩其馬什麼時候也能讓我嘗嘗呀？」
「我這粗手笨腳做出來的糙東西，哪裡入得了您的尊口。」
「唉，話不能這麼說，」段五爺擺了擺手，「薩其馬本不是什麼稀罕東西，還得看是誰做，但凡是雨晴你做的，一準兒都好吃！」
「段五爺過譽了。」程雨晴不好意思地笑了笑，雙手麻利地將炸得金黃酥脆的細條一一撈了出來。
淋上桂花糖漿，接著入型壓緊，再撒上乾山楂碎，稍微晾涼一些後切成小塊兒，程雨晴端著一塊送到段五爺手邊。
「若是不嫌棄，您嘗嘗。」
「好，」段五爺喜笑顏開地接過那塊薩其馬，張嘴咬了一大口，然後細嚼慢咽地品著味道，「嗯！」
「如何？」程雨晴有些緊張地問道。
「好！」段五爺拍了兩下巴掌，「好吃！香！」
「您總是這麼瞎捧，哪兒能那麼好吃呀。」
程雨晴露出一個無奈卻又掩飾不住的笑。
「你看看你，還不信，老呂，」段五爺朝呂廚子招了招手，「你來嘗嘗。」
「欸，謝五爺賞。」
呂廚子趕緊上前，雙手接過程雨晴遞過來的薩其馬，小心翼翼地送進嘴裡嚼了嚼，忙不迭地就把大拇指給豎了起來，「五爺您實在太會吃了，是真好吃，好吃！」
程雨晴笑而不語地輕搖了搖頭，走回竈臺邊把剩下的幾塊兒薩其馬夾進碟子裡碼好，然後拿起抹布打算清理一下桌面，卻被段五爺給攔了。
「剩下的讓老呂他們收拾就行了，」段五爺起身拉著程雨晴就要往外走，「拿上那碟子，跟著我上前面喝茶去。」
「可是……」程雨晴看了一眼滿是麵粉的桌案。
「沒事兒，你去吧，」呂廚子把抹布抓在手裡，「這兒就交我了。」
「那，那可太麻煩您了。」
「甭客氣。」

七十二、

白二霜離開之後，孟紅柳表面上雖沒有什麼大的變化，照樣該吃吃該睡睡，但是明眼人都看得出來他的話更少了，酒卻喝得更勤了。儘管還不到杯不離手以酒度日的地步，卻也是喝的酒比吃的飯要多。侯小若他們看在眼裡急在心裡，可就連三閏爺在這節骨眼兒上也不敢隨便勸說，只怕越描越黑。

不如意事常八九，可向人言無二三，日子也就這麼一大天過去了。

為了能讓侯小若吃上剛出鍋的薩其馬，這天上午看著孩子們都練完了功，程雨晴趕緊瞅空鑽進廚房，擼胳膊挽袖子地準備了起來。好聞的桂花香立刻就把魏溪閣這個小饞包給引了進來，趴在竈臺邊使勁兒聞著。

「雨晴師叔，您做什麼呢這麼香？」

「今兒是你小若師叔弱冠之年，我想給他做點兒點心」程雨晴邊答話，邊熟練地切著麵。

「什麼叫弱冠之年？」魏溪閣用袖口抹了抹嘴角。

「弱冠呀，就是說你小若師叔成年了，不再是小孩子了。」

「哦哦，」魏溪閣點了點頭，「那可不唄，小若師叔都那麼高了，不能是小孩子。」

一邊說話，魏溪閣兩隻眼睛死死盯著在熱油鍋裡漂浮翻滾的麵條。

「雨晴師叔，」王溪樓走了進來，瞧了一眼魏溪閣，「你怎麼也跟這兒呢？」

「雨晴師叔在給小若師叔做點心呢，可香了！」魏溪閣指了指面前的油鍋。

「當心燙著，」程雨晴輕推了魏溪閣一下，「你倆都站遠點兒。」

「欸。」

兩個孩子都乖乖聽話地往後退了半步。

「為什麼單給小若師叔做點心？」王溪樓皺了皺眉。

「雨晴師叔說了，今兒小若師叔弱冠！」魏溪閣搶著答道。

「弱什麼？」

「弱冠，這也不懂，」魏溪閣現學現賣地數落道，「就是說打今兒起，小若師叔是個人了。」

聽到這兒，程雨晴忍不住笑出聲來，「是大人，成年了。」

「您做的什麼點心呀？」王溪樓站在原地，伸長了脖子往竈臺這邊張望著。

「桂花薩其馬。」

「薩其馬！」魏溪閣差點兒沒嚷出來。

「喊什麼！」王溪樓翻了個白眼。

「薩，薩其馬！薩其馬！」魏溪閣瞬間饞得都結巴了。

「聽見了，聽見了，」王溪樓一手抓著魏溪閣的後脖領子，一手捂住了他的嘴，「閉嘴。」

魏溪閣嗚嗚了兩聲，看著王溪樓眨了眨眼睛，又使勁兒點了一下頭，王溪樓這才鬆開了手。就在他倆鬧騰的功夫，程雨晴已經把壓成型的整塊薩其馬扣在案板上，仔細地切成了均勻的小塊。晶瑩的桂花糖漿裹著火候恰到好處的酥條，表面上落著幾點殷紅的碎山楂乾，簡直看一眼就能叫人口內生津。

「怎麼樣？看著還不錯吧？」滿滿碼了一大盤子，程雨晴回過頭問兩個孩子。

「這何止不錯，簡直了！雨晴師叔，」魏溪閣拍著巴掌央求道，「讓我嘗一點兒吧，一點兒就行。」

「嗯……」程雨晴猶豫了一會兒，「可這是專門為你小若師叔做的……」

「就一點兒，一丁丁點兒。」

說到吃，魏溪閣向來是契而不捨。

「那……一會兒等你小若師叔吃過了，剩下的再分給你倆。」

端起裝著薩其馬的盤子，程雨晴款步走出了廚房。他才剛拐進內院的廊子，就幾乎和疾步匆匆的侯小若撞了個滿懷。

「小若，」程雨晴趕忙伸手護著那一大盤薩其馬，「這麼急要上哪兒去？」

「剛才寶蓉園的夥計來了，」侯小若把胳膊往棉馬褂的袖子裡捅了好幾下也沒能捅進去，「說是午場的倆花臉也不知吃壞了什麼鬧肚子，我和乾爹得抓緊過去救個場。」

程雨晴把盤子放在廊子的扶欄上，伸手拎著侯小若的馬褂抖了抖，幫著他穿上，「午飯怎麼辦？」

「路上隨便先墊點兒，飽吹餓唱嘛。」侯小若微微抬起下巴，由著程雨晴給自己把領口整理好，再把扣子都扣上。

「你嘗嘗這個。」程雨晴說著，把盤子端了起來。

「薩其馬！嗨，我就好這口兒！」

侯小若喜滋滋地捏起一小塊，正要往嘴裡放，三閏爺打身後拍了他一下，「磨煩什麼呢，趕緊的。」

「欸，」隨口應了一聲，侯小若把那塊薩其馬扔進了嘴裡，口齒不清地說道，「嗯！好吃，哪兒買的？下回多買點兒。」

還沒等程雨晴告訴他這其實是自己親手為他做的，侯小若就著急忙慌地跟著三閏爺一起離開了。輕嘆了口氣，程雨晴一轉身，看見魏溪閣和王溪樓倆孩子站在廊柱旁咧嘴壞笑著。

「雨晴師叔，」魏溪閣往前蹭了兩步，「您看我小若師叔也吃過了，那是不是……嘿嘿嘿。」

「唉……好吧好吧，」程雨晴無奈地搖了搖頭，示音魏溪閣把兩手都伸出來，然後從盤子裡數出來十幾塊給他，「把這些跟大夥兒分分。」

「欸！」魏溪閣興奮得眼裡都冒光了。

「可不許就你倆吃，知不知道？」

「知道了！」

「謝謝雨晴師叔。」

兩個孩子邊笑邊跳著跑開了。

為了保證進貨足夠新鮮，林遠棠幾乎每月都要跑一趟殺虎口，除了辦貨也需要時常串串門，維繫一下人情。一般來說，這一來一回都要花差不多兩天的時間，早的話第二天傍晚左右能回到歸化城，若是事兒多的話回程可能就要拖到第三天了。

「唷，掌櫃的，您今兒就回來了。」

瞅見林遠棠一腳踏進秋棠元，小夥計趕緊迎了上來，伸手接過林遠棠的小包袱，順便用肩上的白手巾給他撣了撣衣服上的浮土。

「嗯，」林遠棠邁步走向後面的賬房，「這趟辦得順，我看沒什麼事兒就提前回來了。」

「您辛苦。」小夥計很有眼力勁兒地給沏上了一杯熱茶。

「小姐呢？」喝了一口茶，林遠棠隨口問了一句。

「小姐剛出去了，就和您前後腳兒。」

「嗯？上哪兒去了？」

「瞧您說的，就小姐那脾氣，她要上哪兒去我怎麼敢打聽。」小夥計吐了吐舌頭。

「……行了，你忙你的去吧。」

「欸。」

不過一個來月的功夫，寶蓉園已經儼然成為歸化城裡數一數二的大戲館子，無論晝夜都一樣是門庭若市人來人往。也正因如此，陸宗元和三閆爺總要在安排戲碼上多下功夫，即使有段五爺給撐著後腰也從沒有過片刻敷衍了事或是待客不周。

和平常一樣，大軸戲都已經結束了看客們還是死活不肯走，又拍巴掌又高聲喊好的，侯小若只好又扮上，再上去多給了一折《盜馬》。

卸完妝換好了衣服，程雨晴才剛把行頭交給大衣箱的執事，就被店裡的夥計給叫了出來，說是有人找。推開後門一瞧，門外站著的竟是程雨晴熟識的那個段府小廝。他看起來有些心神不寧臉色蒼白，邊搓著手邊來回在原地轉著圈。

「你怎麼來了？」程雨晴上前拍了一下他的肩膀。

「程老闆！」小廝似乎被程雨晴的舉動驚著了，用手胡擼著自己的胸口，「您……不是……五爺，五爺！有頂要緊的事兒要和您說，讓您趕緊跟著我去一趟滄月樓。」

「現在？」

「現在！」

程雨晴想了想，「行吧，那我去打個招呼。」

「沒時間了，」小廝上去就扯著程雨晴的胳膊，「您這就得跟我走。」

就這麼被這小廝拉著一溜兒小跑，兩人一前一後地來到了大召東夾道的小班館子——滄月樓。這兒是歸化城相對來說較為僻靜的街道之一，除了那些茸參皮毛、茶莊酒肆等大商號的有錢老闆們沒事兒總愛上這兒來尋歡作樂，一般正經人家也不太會往這頭兒來。

站在滄月樓了無一人的後街上，程雨晴可別提多彆扭了。

「段五爺在哪兒呢？」

「就，就在這樓上，」小廝指了指上面，「一會兒有人下來接您，那什麼……我先走了。」

程雨晴還沒來得及再多問一句，小廝就已經一溜煙兒跑沒影了。又等了一小會兒，身後一扇小門被輕輕打開，翔子從裡面鑽了出來。

「您，是程老闆？」翔子上去就一把抓住程雨晴，看著神色慌張地問道。

「不敢，程雨晴，」程雨晴著實被嚇了一跳，「您是？」

「我是段府的下人，您許是沒見過我，」翔子語速很快，好像很著急的樣子，「五爺，五爺他出事兒了。」

「啊？」程雨晴一怔。

「您趕緊上去，晚了就來不及了！」翔子也不解釋清楚，使勁兒把程雨晴給推進了小門裡，「二樓，緊裡頭那間屋，快！快去呀！」

「哦哦。」

程雨晴被突如其來的狀況弄得有些暈頭轉向，撩袍抬腳就往樓上跑去。

七十三、

「掌櫃的，有您的信。」

小夥計快步跑了進來，將一個信封放在了賬房的桌案上，信封上歪歪扭扭地寫著「林掌櫃親啓」幾個字。

「誰送來的？」拿起信封瞧了瞧，林遠棠微微一皺眉。

「不知道，」小夥計搖搖頭，「我正忙著收拾桌子的時候，一回頭就看見這信被擱那兒了。」

「你出去吧。」林遠棠揮了揮手。

「是咧。」

對著信封口吹了一下，林遠棠把一張薄薄的信紙給掏了出來。抖開才看了一眼，林遠棠就噌一下站了起來，眉頭幾乎扭成了麻花。胡亂將信紙往懷裡一塞，林遠棠大步流星地出了賬房。

頂著一張大藍臉兒的侯小若從戲臺上下來，一進了後臺，視線就很自然地尋找著程雨晴的身影。

「壽林。」侯小若把髯口摘下來，順手挂在銅鏡邊，衝梅壽林招了招手。

「師哥，」梅壽林個兒高腿長，兩步就邁了過來，「您辛苦，今兒戲真好。」

「辛苦辛苦，雨晴呢？」

「雨晴師哥？」梅壽林下意識地四下看了看，「沒看著。」

「嗯……」侯小若一把抓住從後臺門口經過的店夥計，「看見程老闆了嗎？」

「程老闆被人叫出去了。」

「出去了？誰呀？」

「好像是段五爺府上的。」

「這都什麼時辰了，」侯小若皺著眉，繼續問道，「來車接走的？」

店夥計搖了搖頭，答道，「腿兒著走的。」

「啊？」侯小若感到有點兒不對勁，「是去的段府嗎？」

「不是，好像是說……」店夥計想了想，「滄月樓來著。」

「滄月樓？」

「您問完了吧？我得忙去了。」

「去吧。」

滄月樓的樓梯又窄又陡，隔著十幾步才有一盞小小的花燈籠，造型雖很是精美好看，但光線卻十分昏暗。程雨晴第一次來這種地方，心裡一陣陣的不安。緊著往前走了幾步，終於來到了最裡面那間房的門外。

屋裡似隱約能聽見男子呻吟的聲音，程雨晴不由得擔心起段五爺是否真的有事，連忙抬手敲了敲屋門。

「五爺，五爺？」程雨晴邊敲邊輕聲喚道，「您在裡面嗎？我是雨晴。」

忽的，屋裡似乎瞬間靜了下來，任憑程雨晴把耳朵貼在門上，也聽不見一點兒動靜。

程雨晴有些急了，敲門的手也加重了幾分力道，「五爺，您沒事兒吧？開門呀，五爺！」

話音還沒落，屋裡就傳來咕咚、吡啦幾聲響，然後就又靜了下來。程雨晴見怎麼喊門也不開，越敲心裡越起急，於是往後退了兩步，嘡一腳把門給踹開了。

門開那一霎，程雨晴眼前一花，彷彿看見一個人影噌一下由窗口跳了出去。他趕緊跑上前去，只得見一個倉皇的男子背影慌不擇路地消失在了夜色之中。程雨晴轉過身，這才發現床上竟然還有人。

「什麼人？」程雨晴的聲音透著幾分不安。

「……是，是我，」床幃之中傳來一個女子的聲音，「芸娘……」

「芸娘……？」

程雨晴端起窗旁一盞小油燈，緩步走上前去。豆大的燈火下，他好容易才辨認出床上之人確是林芸娘。她此刻披頭散發衣衫不整地垂頭半臥在床榻之上，一手抓著被角遮擋在自己胸前，面色慘白如紙。

程雨晴下一句話還沒有問出來，就聽見屋外一陣凌亂的腳步聲，緊接著幾個手持燈火的人一齊湧了進來，領頭的就是臉色鐵青怒目圓睜的林遠棠。

「好小子！」林遠棠只看了一眼嚇得瑟瑟發抖的女兒，就上前一把攥住程雨晴的衣領，把他整個兒給拎了起來，「你幹的好事！」

「我……我，沒……」程雨晴被這陣仗驚得臉色煞白，話也說不清楚了。

容不得程雨晴解釋，林遠棠一拳就砸在了他臉上，打得程雨晴一個站不穩，往後狠狠地摔在了地上。林遠棠上去就是一頓拳打腳踢，邊打邊罵，而程雨晴只能用雙手緊緊護住頭，蜷縮著身體沒有半點兒還手之力。

「住手！」

一聲怒喝，侯小若箭一般衝了過來，扣住林遠棠的手腕順勢一推，竟把比自己差不多高出一個頭的林遠棠給推得倒退了好幾步。

「你！」林遠棠雙眼煞氣濃濃，恨不得把程雨晴扒皮拆骨，「滾開！」

「小若……」

混亂之間看見了侯小若的臉孔，程雨晴禁不住心頭一暖，如同落水之人抓住了一根救命稻草般伸手抓著侯小若的袖子。可是他臉上浮現出的笑還沒能完全綻開，就被侯小若接下來的一記耳光打得僵在了嘴角。

「混蛋！」咬著牙扇完那巴掌之後，侯小若緊握著程雨晴的肩膀用力地晃著，「你趕緊給我滾回去！聽見沒有！」

程雨晴不敢相信地抬手摸了摸自己火辣辣的臉頰，微微發燙，一直在眼眶裡打轉的淚水終於落了下來。

「侯小若，你躲開！」林遠棠咆哮道，「今兒我要不打死他，我以後就沒法兒再做人！」

「林掌櫃，您消消氣兒！」侯小若用盡了全力擋在林遠棠前面，「我打過他了，有話兒咱好好說！」

「說什麼說！還有什麼可說的！」林遠棠指著侯小若的鼻子吼道，「明媒正娶給他他不要，現在竟然做出如此下賤的勾當，果然你們戲子沒一個好種！」

「程雨晴！」侯小若死死扣著林遠棠的胳膊，回頭對癱坐在地上發愣的程雨晴嚷道，「你想什麼呢！快滾回去！快點兒！」

彷若雨中落葉般搖晃了幾下，程雨晴用手撐著一旁的椅子，終於站了起來。芸娘的哭也好，林遠棠的罵也罷，他似乎都充耳不聞，只是深深地看了侯小若一眼，

然後一語不發地走了出去，

「臭戲子！你別走！」林遠棠被侯小若纏著怎麼也掙不脫，只能嘴裡發發狠，「我非弄死你不可！」

「行了！」侯小若見程雨晴走了，便使勁兒將林遠棠推坐在了床沿，伸手一指他，「有什麼衝我來！」

「好你個侯小若啊，你們鳴福社的戲子欺人太甚！」林遠棠剛想站起來，又被侯小若給壓了回去。

「林掌櫃，您冷靜一下好不好，容我說句話，」說著，侯小若朝其他跟進來看熱鬧的人揮了揮手，「看什麼看，都散了吧！」

「還有什麼可說的！」林遠棠的眉毛還是立著的，大口喘著粗氣。

「芸娘姑娘，真是程雨晴把你帶到這兒來的？」侯小若不理林遠棠，而是轉頭問芸娘。

但芸娘只是一勁兒用被子遮著腦袋，縮在床角一句話也不說。

侯小若不死心，繼續問道，「他是怎麼把你帶到這兒來的？什麼時候帶你來的？」

依舊沒有任何回答。

「還問什麼問！不是他還能有誰？！」

「林掌櫃，雨晴今兒一整晚都在寶蓉園唱戲，小起碼也有幾百人可以為他作證，」侯小若把林遠棠拉到一旁，正色道，「他哪裡分得出身來誘拐芸娘姑娘？

「可他剛才人不是就在這兒嗎？再說這屋裡除了他根本沒有其他人，由不得你詭辯！」

「雨晴是在散了戲之後被人叫到這裡來的，這事兒您大可以去問問寶蓉園的夥計。」

「被人叫來的？被誰？」

「應該是段五爺府上的一個小廝。」

「段，段五爺……」

一提到段五爺，林遠棠高漲的氣燄稍微有點兒往下落的意思。

「您又是怎麼知道雨晴他們在這裡的？」侯小若才想起來問這個。

「有人給我送了封信。」林遠棠從懷裡掏出那張被攢得皺巴巴的信紙，往侯小若面前一扔。

侯小若展開信紙，只見上面寫著「芸娘被拐，滄月樓二樓」幾個字。

看完之後，侯小若嘆了口氣，「林掌櫃，這您還不明白嗎？」

「明白什麼？」

「這一定是有人設計陷害雨晴呀。」侯小若攤了攤手。

「……怎麼講？」

一番折騰，林遠棠也總算冷靜了下來。

「您想，若真是有人看見雨晴拐了芸娘姑娘來此，想趕緊告訴您的話，為什麼又要大費周章地寫信送信？」侯小若分析道，「為什麼不直接上秋棠元去報信兒呢？」

「嗯……」林遠棠皺著眉，捋著自己的鬍子。

「要我說，這裡頭一定有蹊蹺，」侯小若此時臉色也非常難看，「若是讓我查出來是誰陷害雨晴，侮辱了芸娘姑娘，我一定不會放過他。」

「這事兒沒完！」林遠棠狠狠一巴掌拍在桌面上，「芸娘別怕！有爹給你做主！」

七十四、

三更左右，段府的門房高床暖枕睡得正香，忽然聽見有人輕叩門環。

「誰，誰呀？」門房極不耐煩地抱怨道，「知道現在什麼時辰嗎？」

「我……我是程雨晴，」大門外傳來程雨晴幽幽的聲音，「我找段五爺。」

「程老闆？」門房趕緊抽下門閂，把門推開往外一瞅，「唷，還真是程老闆，您這麼晚找五爺，有急事兒？」

「……嗯，」程雨晴點點頭，「勞煩給回一聲吧。」

「行，您先跟這兒坐一會兒，外頭涼。」

門房把程雨晴讓到門道裡坐著，自己噔噔噔往後面跑去。不消一刻的功夫，那個門房就氣喘吁吁地跑了回來。

「程老闆，您這邊兒請。」

「有勞。」

程雨晴才剛在偏廳坐下，段五爺就快步走了進來，看得出來起得急，連大褂前襟都還敞著，沒來得及扣上紐襻。

「雨晴，你的臉怎麼了？」段五爺一眼就看見程雨晴臉上的傷，「誰打的你！說！」

「……五爺。」

「在這歸化城裡竟然有人敢動你，反了還，」段五爺又心疼又著急，不由得無名火起，「告訴我，誰幹的！」

「五爺……」

段五爺話音未落，程雨晴已經跪在了他面前。

「雨晴，你這是做什麼呀？快起來！」段五爺趕緊俯身去扶他。

「五爺，」程雨晴微垂著頭，雙眸帶淚，「我這趟，是來向您辭行的。」

「辭行？」段五爺怔了怔，「你要上哪兒去？」

「回京城。」

「回，回什麼京城呀，這兒不好麼？」段五爺見自己怎麼拽程雨晴也不起身，只好一撩袍蹲在了他身邊，「怎麼了？」

程雨晴沉默了片刻，還是簡單扼要地將今晚發生的事情述說了一遍。

「你先起來，」聽完程雨晴的敘述，段五爺並沒有說什麼，只是抱著他的肩膀，硬把他給扶了起來，「這件事兒既是由我府上的人而起，自是與我有關……別擔心，雨晴，我一定會還你個公道。」

點點頭，程雨晴給段五爺作了個大揖，「不忘五爺大恩。」

「嗯，」段五爺拍了拍程雨晴的肩膀，「那就別走了，你要是不想回去就跟我這兒住著，空房反正有的是。」

「多謝五爺厚意，但是我在這兒的名聲已經有損，而且……」程雨晴輕輕甩了甩頭，「就算事後五爺您查出了真相又如何，閒人的舌根子更能置人於死地。」

「我看誰敢，」段五爺雙手捧著程雨晴的手，「只要有我姓段的在，就算給個膽兒也沒人敢傳你的閒話。」

朝著段五爺淺淺一笑，程雨晴還是搖了搖頭，「程雨晴不過一介戲子，何德何能受五爺如此恩待。」

「看你說的，這不就遠了麼，」段五爺的拇指輕刮過程雨晴的手背，「我這是……」

「段五爺，」程雨晴硬生生打斷了段五爺的話，「這段時間承蒙您厚愛，我無以為報，若有來世……再為您結草銜環。」

說完，程雨晴再次跪下，向段五爺磕了三個響頭。

「雨晴……」段五爺心中五味雜陳臉上神情複雜，一甩袖子，轉身背對著程雨晴，「今兒也晚了，你先住下，若一定要走，明兒一早我安排車馬送你就是了。」

「謝……五爺。」

在滄月樓折騰了半宿，一直到快五更天了侯小若才精疲力盡地回到了住地。一進院子，他下意識地往程雨晴那屋看了一眼，屋裡沒有半點燈火。輕嘆了口氣，侯小若正打算回自己屋時，一個小小的人影就像猛虎下山似的朝他撲了過來，握得緊緊的兩個小拳頭沒頭沒腦地往侯小若身上掄去。

「夠了，」侯小若抓住他細細的胳膊，往旁邊一胡擼，「我現在沒那個精神跟你鬧。」

「你個混蛋！」王溪樓不依不饒地追了上去，又是撕打又是腳踢。

「鬧夠了沒有！」侯小若隨便在王溪樓的胸口上一推，就把他給扒拉到一邊兒去了，然後一邊解著馬褂一邊繼續往前走。

「……雨晴師叔走了。」

走沒幾步，身後傳來王溪樓帶著哭腔的聲音。

「什麼？」侯小若兩步跨到王溪樓面前，抓著他的肩膀問道，「你說什麼？」

「雨晴師叔，他走了。」

王溪樓兩隻眼睛哭得通紅通紅，臉上還掛著未乾的淚痕。

「走了……走了？」侯小若好像聽不懂似的，瞪大了眼睛，「走了什麼意思？」

「走了！不在這兒待了！」王溪樓失聲喊了出來，「都怪你！都是你的錯！你為什麼要打雨晴師叔？你有病啊！」

「我……我那是……」侯小若張了張嘴，竟一時不知該如何解釋。

「我本來想跟著雨晴師叔一起走的……可他說，說我還在科裡，不能離開鳴福社……」王溪樓越說越委屈，哇哇哭了起來。

「雨晴，走了……他說沒說去哪兒了？」侯小若使勁兒晃了兩下王溪樓，「別哭了！說話！」

「他……回京城了……」

聽完這話，侯小若全身脫力般一屁股坐在了地上。王溪樓不解恨地抓起放在一旁扶欄上的薩其馬，一塊接一塊地砸向侯小若，最後把裝薩其馬的盤子都扔了過去。

「這是雨晴師叔今兒一大早特地給你做的！說什麼今兒是你弱冠，起了一大早，專門給你做的！雨晴師叔對你這麼好……你，你還是個人嗎？！」

說罷，王溪樓哭得一把鼻涕一把眼淚地跑走了。

呆呆地和衣坐在床沿，程雨晴雙目無神地望著窗外的漆黑，嘴裡喃喃地反覆唱著《法門寺》裡的幾句戲詞。

「尊皇太與千歲細聽奴言，小女子家住在眉鄔小縣……」。

其實不光是程雨晴，段五爺也幾乎是整晚沒再合眼，心裡翻過來掉過去地來回想著程雨晴跟他說的那點兒事。竟有人敢在自己的眼皮子底下做出這樣的事情來，要是再不好好管管，豈不是都能背著自己上房揭瓦了……段五爺本就是暴脾氣，這下更是氣得青筋直冒。

天尚未全亮，段五爺原本想著起碼讓程雨晴用過了早飯填飽了肚子再動身，可他卻執意要立刻啓程。看著程雨晴梨花帶雨的憔悴模樣，段五爺感到胸口堵得難受，又實在拗不過他，只好準備了一些水和乾糧，又給帶足了盤纏，不捨地一直把程雨晴送了到大門以外。

「雨晴啊。」

段五爺叫住了正準備上車的程雨晴。

「五爺。」程雨晴轉過身來。

「非走不可麼？」

程雨晴默默無語地點了點頭。

「唉……」段五爺長長地嘆了口氣，「這一別，不知何時才能再相見了。」

「五爺，您保重。」

「嗯，你也是。」

說罷，程雨晴踩著墊腳凳鑽進了馬車的轎廂中。

「雨晴。」

聽見段五爺喊自己，程雨晴把轎廂一側的簾子撩開。

「到了京城，給我捎個信兒。」

「嗯。」

「有功夫，我上京城看你去。」

「好。」

「……行了，去吧，」段五爺扭頭囑咐車把式，「穩著點兒。」

「五爺您放心吧，」車把式一揚手裡的鞭子，「駕！」

看著馬車載著程雨晴絕塵而去，段五爺站在原地發了好一會兒愣，一直到閻二爺在身後喊了他一聲才回過神來。

「五爺，您找我？」

閻二爺恭恭敬敬地站在門前臺階下。

「跟我進來。」段五爺眼藏煞氣，厲聲道。

七十五、

趁著孩子們起床之前，侯小若把發生的所有事情原原本本地都告訴了三閏爺。三閏爺聽完之後好長時間說不出一句話，愣愣地抓起手邊的茶碗，一口沒喝又放下了。

「乾爹……您沒事兒吧？」侯小若有些擔心地看著三閏爺。

「怎麼，會出了這樣的事兒……」三閏爺像是喃喃自語一般。

「雨晴……」侯小若此刻真是欲哭無淚，「乾爹，我去找找他吧？」

「你上哪兒找他去，」三閏爺一瞪眼，接著又想了想，說道，「你一會兒去一趟段五爺府上。」

「啊？去段五爺府上做什麼？」

「做什麼？」三閏爺恨不得一巴掌扇在侯小若臉上，「上寶蓉園去喊雨晴的是不是段府的人？你若想要查清楚此事，不得先去找一趟段五爺嗎？」

「……欸，您說的有道理，我這就去。」侯小若站起身就要往外走。

「去什麼去呀，天兒都還沒亮吶，」三閏爺一把給他拽了回來，「你先去洗把臉吧，清醒清醒。」

「欸。」

段五爺回轉到書房坐下，習慣性地拿起剛沏好的茶吹了吹，可是這一口惡氣堵在胸口，怎麼也喝不下去。將茶碗「啪」往地上一摔，段五爺面沉似水地說道，「來人。」

兩個下人打扮的年輕男子立刻從門外跑了進來，「五爺。」

「去，把那小子帶進來。」

「是，五爺。」

兩個人出去了不多會兒，臉色有些發白地又跑了回來，一進屋就先給段五爺跪下了。

「五爺……」

「說。」

「那個小廝……」兩人心驚膽戰地對視了一眼，「跑了。」

「什麼？」

段五爺兩個字出唇雖聲調不高，但也足以讓屋裡所有的人都打了個冷顫。

「……跑了，」其中一個稍微膽大些的繼續說道，「說是，昨兒夜裡就沒回來。」

段五爺閉著眼沉默了片刻，身旁的人連大氣兒都不敢出。

「找去。」

「是！」

兩個下人就像是得了赦令一般，起身往後退了兩步，然後竄著就跑了出去。

「閻二。」

「五爺。」閻二爺連忙上前，垂首抱拳。

「方才跟你說的，都明白了嗎？」

「都明白了，五爺。」

「三天，」段五爺的臉色冷若冰霜，聲音也叫人不寒而慄，「事兒，給我查明白，人，給我逮回來。」

「是，五爺。」

說著，閻二爺轉身大步走出了書房。

一個小僕人與閻二爺擦肩而過，小跑著來到段五爺面前。

「五爺。」

「嗯？」

「鳴福社的侯老闆來了。」

不提他還好，一提侯小若，段五爺這剛壓下去的火騰一下又起來了。

「叫他進來。」

「是。」

「等會兒，先把這兒收拾一下。」

「是。」

小僕人手腳麻利地把茶碗的碎片都掃起來，又用抹布把茶水都擦乾淨了，才趕緊出去把還候在門房的侯小若給領了進來。

「段五爺，給您請……」

侯小若正想給段五爺作揖請安，沒想到段五爺一個大耳刮子就扇了過來，把侯小若給打懵了，站在那兒半天也沒說出話來。

「這巴掌，是替雨晴打的，」段五爺回到桌邊坐下，指了指對面的椅子，「坐。」

「欸，」侯小若捂著紅腫的半邊臉，老老實實地坐了下來，「五爺，雨晴是不是在您這兒呢？」

「是又怎樣，不是又怎樣，」段五爺連眼皮也懶得抬一下，「你還想把他帶回去不成？」

「想必雨晴已經跟您說了昨晚的事情，」侯小若咽了口唾沫，「……您誤會了，您和雨晴都誤會我了。」

「哦？」段五爺一挑眉，示意讓他往下說。

「若我當時不打他那一耳光，林掌櫃真有可能就把他給生吞活剝了，」侯小若說著說著，鼻子一酸，「我是為了給他解圍，讓他能趕緊離開……我，我……」

「那也不行，」段五爺橫眉立目地看向侯小若，「你打了他，就是你不對！」

「是，是……我不對，我不好，我……怎麼會就打了他……」侯小若一時按耐不住，眼淚劈里啪啦地掉了下來，「怎麼會……」

「你現在說什麼也沒用了，」段五爺冷哼一聲，「我已經把雨晴送走了。」

「什麼？」侯小若直直地看著段五爺，聲調不自覺地提高了些，「您把他……您把他送哪兒去了？」

「京城。」

「什麼時候走的？」

「剛……」段五爺才說了一個字，侯小若撒腿就往外跑，一眨眼就不見了蹤影，「走了不到一個時辰……哼，何苦來的。」

順著大路，侯小若像沒頭的蒼蠅一樣四處亂撞、邊跑邊找，就這麼一直跑出了城門也不見程雨晴的蹤跡。又拼了命地往前狂奔了老遠，實在是跑不動了，侯小若彎腰扶膝站在道旁，感覺氣兒都快喘不上來了。

「雨晴……」侯小若直起腰來四下張望，汗珠子裹著淚水沿著臉頰淌了下去，「雨晴！你在哪兒呀？雨晴……是我錯了，雨晴……你回來吧……」

侯小若又急又累，一夜沒睡再加上早飯又沒吃，往前走了沒兩步忽然感到一陣天旋地轉，眼前一黑，失去了意識。

「小若師哥……小若師哥？」

隱隱約約的，侯小若彷彿聽到有人在喊他，但是眼皮太沉，怎麼也睜不開。

「……小若……小若，醒醒。」

有人用手拍了拍他的臉頰，侯小若想扭臉躲開，竟發現自己渾身無力動彈不得。

「……唔……」

侯小若想要張嘴說話，可是發出來的聲音卻又乾又啞。

「醒了！三閏爺，師哥他醒了！」

「雨晴……」侯小若勉強將眼睛睜開一條縫，努力想要看清眼前人。

「師哥，我是壽林，」梅壽林把一條打濕了的涼手巾搭在侯小若前額上，「您可算是醒了，都快把我們給嚇死了。」

「……怎，怎麼？」

「您都昏睡了一天一夜了。」梅壽林終於露出了一個安心的淺笑。

「你呀，在城外暈倒了，」三閏爺湊了過來，瞧了瞧侯小若，「還好我讓壽林哥兒幾個出去找你。」

「我……怎麼了……？」侯小若感覺轉動眼珠子都費勁。

「您一直發高燒來著，」梅壽林解釋道，「找了大夫來瞧，說是不要緊的，只要燒退了就沒大礙了。」

「雨……雨晴呢？」

梅壽林輕輕搖了搖頭，「我們找到城外去的時候，就只有您一個人倒在道旁，沒瞧見……雨晴師哥。」

嘆了口氣，侯小若臉上滿是掩飾不住的失望和悲傷。

「小若師哥，」梅壽林強作笑顏，「您餓不餓？灶上有熱粥，我給您端一碗吧？」

「……我吃不下。」侯小若兩眼似乎失了焦距一般，大顆的淚珠又湧了出來。

「去給他端來，」三閏爺揮了揮手，「必須吃，吃不下去也得吃。」

「欸。」

把侯小若額上已經有些溫熱的手巾重新用冷水浸濕，擰乾，再搭回他前額，梅壽林起身走了出去。

都說元盛德的閻二爺手眼通天，沒有什麼逃得過他的眼睛，還真不是吹的，第三天清晨就已經找到了躲到城外暗娼家裡的翔子。他帶著手下人將本想睡醒一覺就遠走高飛的翔子從熱呼呼的被窩裡掏了出來，五花大綁捆得像粽子似的扔在了段五爺面前。

書房還是那間書房，可這會兒在屋裡伺候的就不是一般的家奴院工了，而是段五爺養的一批年輕力壯的護院和打手，刀砍斧剁一般齊整。

「你知道，為什麼自己會在這兒麼？」段五爺雲淡風輕地問道。

「不是我！五爺，和我一點兒關係都沒有！」翔子扯著嗓子喊著，「閻二爺，五爺，您……您一定是抓錯人了！」

「大老遠來的，渴壞了吧，」段五爺衝站在一邊的打手遞了個眼神，「上茶。」

一個打手端過一杯新沏的熱茶，連茶帶茶葉從翔子的頭頂澆了下去，燙得他一聲慘叫。

「如何？想起來點兒沒有？」

段五爺手裡盤著一對兒絳紅色的獅子頭核桃，眼神冷若冰霜寒得刺骨。

「真和我無關啊，五爺……五爺，您饒了我吧……」

「唷，嘴還挺硬的，」段五爺笑了，衝旁一努嘴，「打。」

站在另一邊的打手從腰間抽出一條軟鞭，二話不說上去就是幾鞭子，抽得翔子滿地打滾鬼哭狼嚎。

「你是不知道哇，我真擔心你一上來就什麼都招了，」段五爺的神情雖是和顏悅色，但是語氣卻著實令人膽寒，「那還有什麼意思呢，是不是。」

「五爺……！饒命啊！五爺！」

「沒關係，你慢慢想，我不著急。」

段五爺三根手指夾起一塊兒點心，放進嘴裡慢慢品著，顯出一份悠閒自在。

一頓鞭子抽完，翔子趴在地上就只會哼哼了，若不是潑了一盆冷水下去，估計已經暈死過去了。

「怎麼樣？有沒有什麼想說的了？」段五爺又問了一次。

「……我說，我……說……」

「嗯，」段五爺停住了把玩核桃的動作，一抬眼皮，「說。」

七十六、

難怪人們常說「病來如山倒，病去如抽絲」，侯小若這一病竟然就在床上躺了五六天。多虧了有梅壽林幫著三閨爺忙裡忙外，鳴福社和寶蓉園才得以如常運轉。

這天早起，侯小若喝了大一碗粥，自己感覺好多了，於是就想著下床到院子裡走走，也活動活動。才剛穿好衣服，譚福路、何福山就一前一後走了進來。

「小若師哥早。」

「早，」侯小若看他倆臉上都變顏變色的，便問道，「怎麼了？」

一句話尚未出口，譚福路就撲通一下跪在了侯小若的床榻前。

「欸？這是怎麼了，快起來。」

「小若師哥，我……我對不起您，」譚福路嘴唇發白，身體不住地顫抖著，「我對不起雨晴師哥……」

「你起來說話。」侯小若伸手拉了他一下，但由於大病初愈，根本拉不動。

「……是，是我……那天晚上，是我……」

「哪天晚上呀？你能不能把話說清楚了。」侯小若眉頭緊鎖，心裡直起急。

「那天晚上……在，滄月樓……」譚福路一直低垂著腦袋，完全不敢抬頭看侯小若，「是我……和，芸娘……在一塊兒……」

「什麼？！」

譚福路的話讓侯小若感到一陣沒由來的頭暈目眩，他趕緊用手撐住床沿，讓自己不至於倒下去。

「我，和芸娘……已經，私下好了很長時間了……」

「那雨晴他被陷害……」

侯小若還沒有問完，就被譚福路甚是激動地打斷了，「不是的！我從來沒想過要害雨晴師哥！從來沒有！我……我也不知道是怎麼回事……我……」

侯小若默不作聲，任著他解釋。

「我是真心喜歡芸娘，所以才會……我，我也不知道怎麼就會連累了雨晴師哥……小若師哥，您一定要信我！我真的……」說著，譚福路忍不住哭出了聲。

何福山也跟著跪了下來，「小若師哥，福路的確做錯了，錯得離譜，但他真沒想過會害了雨晴師哥，是真的！」

他倆的解釋和泣聲聽在侯小若耳裡，就像遠處的落雷一般那麼遙不可及。此時不斷在侯小若眼前浮現的，卻是程雨晴離開前投向他的最後那個眼神。

侯小若閉了閉眼睛，竟發現自己連半滴眼淚都流不出來，眼睛乾涸得就像是歸化城外的不毛之地，紅絲如枯草叢生。

「……你為什麼，不早告訴我？」侯小若輕輕吐出一句話。

「我……我怕……」譚福路抽泣著，不知該如何回答。

「你怕……就因為你怕，」侯小若睜開了眼睛，看向跪在面前的譚福路，「就因為你一己私慾，就因為你色慾熏心，雨晴他……雨晴……」

「是我的錯！都是我的錯！」譚福路狠狠一巴掌扇在自己臉上，接著又是一巴掌，「是我錯了，小若師哥，您原諒我吧……原諒我吧！」

侯小若沉默不語地看著譚福路把自己的臉都給打腫了，嘴角也淌出血來才終於出聲喝住了他。

「……夜不歸宿者，重責；私自離班者，重責；傷風敗俗、有辱班社者，」侯小若眼神冷冷地看著譚福路，「革除。」

話音一落，譚福路頓時癱軟在了地上。

「小若師哥！您，您饒了福路吧，」何福山趕忙往前跪爬了兩步，抓著侯小若腿，「您，您千萬別趕他走哇，他知錯了，求求您了！」

「班社有班社的規矩，你倆入科的時候都是背過的，」侯小若深吸了口氣，從他的語氣裡聽得出來沒有半點兒迴旋的餘地，「福路，你要還是條漢子，就要敢做敢當！自己辦的錯事兒，自己扛！」

在地上趴了半晌，譚福路慢慢把身子撐了起來，一聲不吭地給侯小若磕了三個響頭，站起來轉身就往外走去。見他出去，何福山給侯小若作了一揖，也連忙跟著跑了出去。

「這哥兒倆，著什麼急呢。」梅壽林一腳屋裡一腳屋外，正好被剛跑出去的何福山撞了一下胳膊。

「壽林。」侯小若嘴角微微抽搐著，勉強扯出一個笑臉。

「真不錯，都吃完了，」梅壽林進屋收拾著侯小若用過的碗筷，「今兒感覺怎麼樣？」

「好多了，這幾天謝謝你了，壽林。」

「都是自己兄弟，客氣什麼，」梅壽林微微笑了笑，「剛才段五爺差了人來，說讓您和三閏爺晌午過去一趟。」

「段五爺？」侯小若不自覺地皺了皺眉。

「嗯，」梅壽林把桌上的空盤空碗都收到一起，端了起來，「還早呢，您再歇會兒吧。」

說罷，梅壽林走了出去，獨留侯小若一人在屋裡坐著發愣。

午時未到，侯小若和三閏爺已經站在了段府門前。由僕人領著，爺兒倆一前一後來到段五爺的書房。撩開門簾，侯小若忽然發現林遠棠也坐在裡面，臉色依舊不是太好看。

看見侯小若和三閏爺跨步進屋，林遠棠噌就站了起來，怒目相視。

三閏爺不愧是比侯小若多混了幾年江湖，仍是大大方方地上前一抱拳，「林掌櫃。」

林遠棠咬了咬牙，把腦袋撇向一邊不看三閏爺，拱了拱手回道，「三閏爺。」

打過了招呼，三人各自落座。就在大家陷入尷尬的沉默之時，段五爺走了進來，跟在他身後的還有閻二爺和幾個下人。

「都來了，」段五爺淺笑著走到主座兒的太師椅前，撩袍坐了下來，「看茶。」

「是，五爺。」

下人規規矩矩地將茶碗擺放在眾人手邊，然後抱著托盤退到了一邊。

「不知段五爺專程請我過來，有何要事？」林遠棠看起來這幾晚都沒睡好，眼睛裡滿布血絲。

「不著急，先嘗嘗我這茶。」段五爺端起自己的茶碗，讓了讓眾人。

於是侯小若和三閏爺也都一起端起茶碗，就只有林遠棠完全不理這茬兒。

「我不是來喝茶的！」林遠棠低吼道，「有話，還請段五爺明講。」

「嗯，」段五爺放下茶碗，點點頭，「其實相信我不說，幾位也都清楚我為什麼會把您幾位邀來。」

「哼……」林遠棠冷哼了一聲。

「幾天前，我府上有一個小廝以我的名義，把鳴福社的程雨晴叫到了滄月樓，」段五爺根本不把林遠棠放在眼裡，徑自說道，「在那兒，他撞破了一對男女的幽會……男的嚇得翻窗逃走，而女的呢……」
說到這裡，段五爺撩眼皮瞥了林遠棠一眼，「就是今千金，芸娘姑娘。」
「胡說！」林遠棠一拍桌子，跳了起來，「你少含血噴人！」
他這一跳不要緊，門外呼啦一下衝進來十好幾個提槍拿刀的段府護院，一個個虎視眈眈地盯著林遠棠。
「不要這麼激動，林掌櫃，」段五爺看起來倒不是很在意的樣子，「坐下，坐下。」
瞅了瞅寒光凜凜的刀鋒，林遠棠瞪著眼，極不情願地又坐了回去。
「您……有什麼憑據，這樣毀我女兒的清白？！」林遠棠咬牙切齒地問道。
「憑據自是有的，」段五爺使了個眼神，閻二爺便掏出一張紙，輕飄飄地放在了林遠棠面前，「這幾天我使出人去四處查訪，而這，就是有滄月樓歌女玉蓮子畫押的供詞。」
林遠棠把紙張抄在手裡，越念臉色越差，腦門上青筋暴跳。念完之後，他將那張紙在手裡一攥，咬著後槽牙朝段五爺拱了拱手，一句話不說就抬腳離開了。
坐在一旁的三閏爺雖是丈二和尚摸不著頭腦，但是侯小若心裡卻清楚得很。
「段五爺，」三閏爺有些雲裡霧裡地問道，「他這是怎麼了？」
「呵呵，」段五爺笑了笑，一指侯小若，「看樣子，你都已經知道了。」
「是……」侯小若點點頭。
「怎麼回事兒？」三閏爺看向侯小若。
於是乎，侯小若便簡簡單單地將今早譚福路怎麼來向自己坦白，自己又怎麼按照班規把他給革除了都說了一遍。
聽完他的話，儘管三閏爺很是震驚，但畢竟是老江湖了，所以臉上並沒有怎麼表現出來，只是點了點頭。
「沒錯，鳴福社的老生譚福路和芸娘似乎已經苟且了很長一段時間，不過小若你身為一班之主竟然絲毫沒有察覺，」段五爺說著，端起茶碗喝了一小口，「倒叫姓段的看不透了。」
侯小若一句話也說不出來，只能垂首聽著。
「鳴福社管教不嚴，竟出了這樣離經叛道之事……」三閏爺起身朝段五爺作了個大揖，「給您添了這麼些麻煩，還請段五爺恕罪。」
「請五爺恕罪。」侯小若也趕緊站了起來，一揖到地。
「行了，都坐吧，」段五爺擺擺手，接著話鋒一轉，「其實這次的事兒……要說，我也得負些責任。」
侯小若和三閏爺相互對視了一眼，都不敢問，只能等著段五爺自己往下說。

嘆了口氣，段五爺的臉上竟浮現出幾分悔色，「若不是我府上失了規矩，也不會害得雨晴如此啊……」

「段五爺，」侯小若小心翼翼地開口，「到底，是怎麼一回事？」

七十七、

「嗯，」段五爺並沒有馬上回答侯小若，而是衝閻二爺一擺手，「去，帶進來吧。」

「是。」閻二爺應了一聲，帶著兩個護院大步走了出去。

不多會兒，兩人就像拖死狗一樣拖進來一個女子，往書房中間一扔。這個女子披頭散髮面若白紙、體似篩糠唇如巔葉，嘴角邊還留著大片未散去的淤青，整個人形同鬼魅一般渾身癱軟地匍匐在地上。

「段五爺，這位是？」三閏爺著實被嚇了一跳。

侯小若定睛仔細辨認了一番，半天才認出來此女子就是得理不饒人的那個段府三奶奶。他連忙在桌子底下拽了拽三閏爺的衣角，低聲說道，「這是三奶奶。」

「啊……？」三閏爺驚得瞪大了雙眼。

「……五爺，您……饒了我……吧，」三奶奶的聲音又乾又啞，哪裡還看得出來一丁點兒當時的蠻橫霸道，「我……知錯了……」

段五爺往大拇指上倒了點鼻煙，使勁兒一吸，「侯老闆和三閏爺都到了，說說吧，可千萬別藏著掖著，知道嗎？」

也看不出來三奶奶是點了點頭，還是段五爺的聲音讓她不自覺地顫了一下。她做了好幾下吞咽的動作，但乾巴巴的嘴裡已實在是嘬不出半點兒唾沫。

見段五爺努了一下嘴，閻二爺便吩咐護院端了小半碗涼水過來，餵三奶奶喝了兩口。

「說。」

三奶奶舔了舔嘴唇，努力地把每一滴水珠子都舔進嘴裡，這才邊抽泣邊幽幽開了口。從派人跟蹤包括侯小若在內的鳴福社一乾人等，到威逼利誘程雨晴認識的那個小廝幫忙栽贓等等全部和盤托出。

「……五爺，五爺……我知錯了，您……您看在，我……伺候了，您……這麼些年的份兒上……饒，饒了我吧……我再，也不敢了……」

三奶奶在地上蠕動著，那模樣看著的確叫人揪心。她小心翼翼地爬到段五爺腳邊，兩手抱著他的腿，低聲下氣地苦苦哀求著。

「我……以後，都吃齋念佛……五爺……就饒了我吧……」

就連侯小若和三閏爺都有點兒看不下去了，段五爺卻完全不為所動，而是揮揮手讓閻二爺他們把三奶奶給架出去。三奶奶被兩個高大的護院騰空架起，兩隻腳拼了命又踢又蹬。

「五爺……！」三奶奶絕望地嚷道，「您怎麼……能這麼狠心呀！五爺……五爺！」

她嘶啞的聲音漸行漸遠，慢慢地也就聽不著了。

「事兒呢，就是這麼個事兒，」說著，段五爺看向侯小若，「我該辦的都辦完了，至於你……有什麼打算？」

「我？」侯小若不禁一愣。

程雨晴和譚福路的離去已經讓他的腦子亂成了一鍋粥，他根本也沒有考慮接下來要怎麼辦。

「你就讓雨晴這麼走了麼？」段五爺一皺眉，「就一點兒也不擔心？」

「怎麼能不擔心呢，」侯小若一聽到程雨晴的名字立馬就滿面愁容，「可是他不走也走了……」

「追啊！」段五爺一拍桌子，一副恨鐵不成鋼的表情。

「追……？」侯小若徹底愣了，他茫然地看了一眼三閏爺。

三閏爺立刻就明白了段五爺話裡的意思，他輕輕一點頭，「小若，咱們出來的日子也不短了，是時候回去了。」

「回去？回哪兒去？回京城？」侯小若連珠炮般地問道。

「回京城，」三閏爺微微笑了笑，「這人年紀一大，還真想家呀。」

「回……京城，」侯小若喃喃自語般來回念了幾遍後，忽然一拍自己的大腿，「對呀！咱可以回去，回京城！」

一旦有了這個心，侯小若簡直一刻也等不得了，恨不能一步就跨回京城去。回去，去看看長爺，去追回雨晴。

白了侯小若一眼，段五爺卻又忍不住笑道，「還行，沒傻透。」

「乾爹，咱什麼時候走？明兒就走？」

「胡說什麼，」三閏爺推了一下侯小若的腦門，「不得先回去和大家夥兒商量一下呀。」

「欸，是。」

侯小若摸著自己的光腦袋嘿嘿樂了起來。

從段五爺那兒回來，侯小若感覺病似乎都好了一多半，他迫不及待地將所有人都召集到正屋裡，和大家夥兒說了打算近期內回京城的決定。大多數孩子當然都是樂意的，其中最開心的莫過於王溪樓，但是當然也有不怎麼開心的。

聽完了侯小若的一番話之後，孟紅柳是一聲不吭，而陸宗元則是臉拉得老長，「這才吃了幾天安穩茶飯，怎麼又說走就要走啊？」

「可能有人已經知道，你們雨晴師叔……已經先一步回京城了，」侯小若斟酌了一下措辭，「去告訴長爺咱們要回去的消息，也讓他老人家高興高興。」

「這眼瞅著就要過年了，」陸宗元冷著臉斜了一眼三閏爺，「就算是非要走，不能出了正月再走嗎？」

「可是……」

不等侯小若再說什麼，三閏爺笑著點了點頭，安慰道，「也是，再說咱走之前還有好些事兒得定，那就……先準備年兒，回京城的事兒等吃完了元宵再說。」

「這還差不多。」陸宗元的面色稍微緩和了些，小聲嘟囔了一句。

事情都談妥了，日子也大概齊定了下來，於是乎大家夥兒就該準備的準備，該置辦的置辦去了。三閏爺正要往起站，孟紅柳搖晃著來到他身旁，「三哥。」

「嗯？」三閏爺不用回頭都知道是孟紅柳，大白天的就滿身酒氣，「又喝了？」

孟紅柳也不忌諱，點點頭，笑道，「喝了點兒。」

「少喝點兒，」三閏爺無奈地搖了搖頭，「有事兒？」

「嗯。」

「來，坐下說。」

三閏爺拉著孟紅柳一起坐了下來。

「三哥，您真就決定要回京城了？」

「是啊，出來的日子也不短了，」三閏爺大概明白孟紅柳想說什麼，便先說了出來，「紅爺，若是您不嫌棄的話，跟著我們一塊兒走吧。」

孟紅柳略微一怔，沉默了片刻後搖了搖頭，「我就是想和您說這事兒，我……想留下。」

「哦？卻又是為何呢？」

皺著眉猶豫了好半天，孟紅柳也沒說出什麼來。

「留下，」陸宗元拄著拐杖走了過來，「紅爺，你就安心留在我寶蓉園。」

「多謝了，」孟紅柳笑著朝陸宗元一抱拳，然後又對三閏爺說道，「那就這麼說了，我再去給小子們說說戲。」

說完，孟紅柳起身出去了。

「好歹也一把年紀了，怎麼就這麼沒眼力勁兒呢。」陸宗元邊說邊坐了下來，順便白了三閏爺一眼。

「什麼意思？」三閏爺還是沒明白。

「這不是明擺著呢麼，」陸宗元壓低了聲音，「白二霜啊。」

「二霜還在歸化城吶？」

「嗯，」陸宗元神秘地一點頭，「聽人說就住在綏遠城外。」

「那紅爺為什麼不去找他？」三閨爺瞪圓了眼睛。

「你懂得什麼，」陸宗元翻了個白眼，「人可不是就自己個兒住著。」

「啊？」

「行了行了，別多問了，和你也沒什麼關係，反正你也待不住。」

說罷，陸宗元站了起來，拐杖拄在地上，咚咚咚地走開了。

號稱「南迎府裡客，北接外藩財」的歸化城不僅有著日進鬥金的三大商號坐鎮，其他各行各業的大小商社更是不計其數，所以這年兒過得簡直比京城還要更勝一籌。

除夕這天晚上，城裡的百姓們基本上都會拖家帶口地一齊出門，要到大召廣場銀佛寺前去看明燈、鬧紅火。鳴福社就數孩子多，還個兒頂個兒都是愛湊熱鬧的年紀，所以才剛練完了早功就開始央著侯小若帶他們去逛逛。

「小若師叔，您就帶我們去吧，求求您了。」

「就是呀，小若師叔，聽說銀佛寺要點上百盞明燈呢，帶我們去看看吧。」

「等我們回了京城，想看也看不著了。」

「小若師叔……」

侯小若被他們纏得實在沒轍了，只好點頭應道，「去可以，有個條件。」

「什麼條件？」

一聽說可以去，孩子們眼都亮了。

「若是午場戲能要下滿堂彩來，就帶你們去。」

「行啊！」

「那有什麼的呀！」

「沒問題呀！」

「瞧好兒吧師叔！」

孩子們一個個摩拳擦掌，抖擻精神。

侯小若偷著笑了笑，說道，「都去洗洗手，準備吃早飯了。」

「欸！」

七十八、

歸化城的除夕夜可真不是吹出來的，三街六巷盡是人頭攢動。大召廣場銀佛寺已經點起了無數盞明燈，整座寺廟看起來金光閃閃，亮如白晝。

人們抬著數丈高的紙制動物模型，在鑼鼓嗩吶等樂器的伴奏下，又唱又跳，每一個人臉上都洋溢著除舊迎新的喜悅。廣場前街上擺著一長溜兒小攤檔，有吃的有喝的也有玩的，還有胭脂水粉、珠花簪釵之類的。雖都算不上是什麼貴重的玩意兒，但也就為圖個喜慶開心。

隨著人群看夠了熱鬧之後，三閨爺、陸宗元和孟紅柳三位上了點兒年紀的都找地方喝酒歇腿兒去了，侯小若則是跟著一大幫孩子們這兒看看那兒瞅瞅，心情也略微舒暢了些。

順著一個個攤檔往前閒逛著，侯小若有一眼沒一眼地瞧著攤檔上擺著的琳琅貨品。忽然，一個小到幾乎不怎麼起眼的扇子攤令他止步不前。

說是攤檔，其實也就是一個稍大一點兒貨郎擔罷了。一個像是木製的小櫃子上釘了幾層木架，橫著豎著擱了幾柄絹扇、紙扇什麼的。雖然這貨郎擔顯得有些老舊，但那些扇子可真是不錯，一眼就能看出好來。

吸引侯小若注意的，是最下面一層架子上的一柄打開的紙扇。白色灑金的扇面上畫著一簇淺粉色的工筆木芙蓉，花下襯著幾片盈綠飽滿的葉子，可謂精緻細膩、嬌嫩欲滴。右上角還題著兩句王安石的《木芙蓉》，「水邊無數木芙蓉，露染胭脂色未濃」。

也不知為什麼，一看見這扇子上的芙蓉圖，侯小若就邁不開步了，眼睛都不眨一下地就這麼愣愣地盯著看。直到身旁有人伸手想去拿那柄扇子時他才猛然回過神來，搶先一步把扇子抓在了手裡。

「小若？」

來人微微一笑，看向侯小若。

「二霜哥！」侯小若看清來人的樣子，不禁驚呼道。

「好久不見呀。」白二霜依舊是那副漫不經心的笑臉。

像是生怕白二霜會跑了一般，侯小若連忙拽住他的胳膊，「您這段時間都跟哪兒呢？叫我們好找哇。」

「無心人自是找不著，」白二霜似話裡有話地說道，「若是有心人，就算藏到天邊兒也肯定能找到。」

可惜侯小若是個粗人，沒能品出白二霜話裡的味道，「別的不說了，跟我回去吧。」

白二霜似乎沒聽懂似的眨了眨眼睛，接著搖了搖頭，「天下無不散的筵席呀。」

他倆正說著話，賣扇子的著急了，衝侯小若嚷道，「客官，您到底要不要？不要的話，您別總捏在手裡呀，我還賣錢呢。」

侯小若這才反應過來自己還拿著人家的扇子呢，趕緊從懷裡掏出錢袋，「不好意思，這扇子我要了，多少錢？」

「一吊錢。」賣扇子的伸出三根手指。

一邊付錢，侯小若還時不時看看身旁的白二霜，擔心他會趁自己不注意又走了，那模樣直叫白二霜哭笑不得。

把包好的扇子和錢袋揣進懷裡，侯小若拽起白二霜就走，白二霜趕緊攔住他。

「哪兒去？」

「回去呀。」

「唉……小若，」白二霜一甩袖子，掙開侯小若的手，「我問你，雨晴是不是走了？」

「呃……」

一句話就把侯小若給問愣了。

「您……怎麼知道的？」

「你呀……」白二霜微皺眉頭，用食指推了一下侯小若的腦門。

「我不是有心的，而且雨晴他……都沒聽我解釋就走了。」侯小若撇了撇嘴，越說越覺得自己委屈。

「那你現在打算怎麼辦？有時間在這兒跟我泡蘑菇，怎麼不去把雨晴追回來？」白二霜將兩手環抱於胸前，歪頭看著侯小若。

「追呀，怎麼不追，嗨，忘了跟您說了，」侯小若忽然想了起來，「我們打算這幾天就離開這兒，回京城了。」

「回京城？」白二霜愣了一下，「都走麼？」

「都走，」說完，侯小若笑了笑，「就紅爺，死活也不肯跟我們一塊兒，非說要留下。」

白二霜的嘴角似乎小小抽搐了一下，視線也略一遊移。

「二霜哥，等我們都走了，那院子可就空落多了，」侯小若趁熱打鐵地說道，「您要真不願意搬回去住也沒關係，得空去看看，您說呢？」

低垂眼瞼，白二霜微微頷首。

「行，那我去找壽林福山他們了，二霜哥，您多保重。」

「嗯，保重。」

看著侯小若鑽入人群中消失不見的背影，白二霜似若有所思。他正站那兒發愣，一個人從身後拍了一下他的肩膀。

「二霜，不是讓你在街邊等我麼，怎麼自己一個人跑這兒來了，」邊說，清泰邊遞給白二霜一個羊皮酒囊，「來，嘗嘗這個。」

白二霜立刻恢復了笑臉，伸手接過酒囊，「裝著什麼呀？」

「你嘗嘗，嘗了就知道了。」清泰臉上堆滿了神秘兮兮的壞笑。

在清泰的催促下，白二霜只好拽開蓋子，送到嘴邊才喝了一口，眉頭就立馬皺了起來，「這酒，也太烈了吧。」

「哈哈哈哈，」清泰在一旁樂得腰都直不起來，「那可不，這是集上最烈的奶酒，據說就算是酒量過人的蒙古大漢，一次最多也就只能喝個七八兩。」

「這位大人，您憋著把草民弄醉……想幹什麼呀？」

白二霜把胳膊搭在清泰肩頭，纖細修長的身子斜著靠了過去，溫熱的氣息中裹著一絲酒香。

清泰本想逗人，卻沒想到反被逗了個大紅臉，吭哧半天沒說出一句整話，「我……我沒想幹什麼，我就……陪著你一起喝唄，嘿嘿嘿。」

說罷，清泰拉起白二霜的手，邊聊邊往前走著。

「清泰。」

「嗯？」

「您上次說，皇上想要將您調回京城，」白二霜略作停頓，接著問道，「定了麼？」

「還沒定，」清泰搖搖頭，看向白二霜，「不用擔心，我肯定不會丟下你一個人的。」

白二霜掩嘴一笑，「怎麼？您還打算帶著我一塊兒上京不成？」

「那是自然，」清泰堅定的眼神忽的蒙上了一層擔憂，「你……不想跟我走？」

「……就算是我想，」白二霜刻意將視線移開，「您打算讓我以什麼身分隨行呢？」

與清泰相處的時間越長，白二霜就越是感覺到他那雙清澈炙熱的眸子總能讓自己沒由來的心慌意亂。

「身分嘛，嗯……」清泰歪著頭想了想，隨口答道，「就門客吧，可好？」

「門客，」白二霜臉上浮出一個複雜的淺笑，「那您待我，是主客呀？還是主奴呢？」

「自是主奴。」

「哦？」白二霜挑了挑眉。

清泰附在他耳邊輕聲說道，「你是主，我是奴，我伺候你，還不行麼？」

白二霜忍不住輕笑出聲，心中卻暖得很，「口甜舌滑。」

「真的呀，」清泰停下腳步，用力握了握白二霜的手，「若是我回京城的話，跟我一起走，好不好？」

「……讓我想想吧。」

「別想呀，答應我就是了。」清泰有點兒著急。

「清泰，讓我想一想吧。」

「……好吧，」清泰露出明顯的失望表情，肩膀慢慢垂了下去，「別想太久了。」

「嗯。」

說著，兩人又繼續往前走去。

才走了沒幾步，清泰轉頭問道，「想好了麼？」

白如霜滿臉的無奈，「沒有。」

「哦……」

又走了十來步。

「想好了？」

「沒有。」

「想這麼久……」

清泰撓了撓腦袋，嘴裡嘟嘟囔囔。

「還沒想好？」

「真貧！」

白二霜實在忍俊不禁，捏拳捶在了清泰的肩頭。而清泰不躲也不閃，只是一勁兒不絕口地樂著。

按照之前定下的計劃，將寶蓉園裡裡外外的瑣事都交代安排妥當，該採買置辦的也都準備完畢。出了正月的一天清晨，鳴福社眾人將包袱家什之類的都堆放在一早就雇好的幾輛大騾車上，這就該啟程了。

段五爺並沒有親自來送，而是差閻二爺提前送了一份兒盤纏銀過來，另外承恩侯那邊也專門送了些川資和吃用的東西，估計就算走兩三個來回都綽綽有餘了。

臨行之際縱使有千語萬言，也終難表其情，最後卻都化在了一句「保重」之中。

「宗元，紅爺，保重啊。」

「哼，死不了……回到京城了，捎個信兒。」

「三哥，您也保重。」

「欸，欸。」

「小若，照顧好你乾爹。」

「您放心吧。」

「陸爺，紅爺，我們走了，您二位多保重。」

「……去吧。」

「走吧走吧，路上當心。」

「欸。」

陸宗元和孟紅柳跟著幾輛大車，一直送到了城外官道上。大車絕塵而去，都已經看不見了，兩人依舊站在原地，久久不願離去。

亮相

思悠悠，恨悠悠
恨到歸時方始休

一、

光緒二十八年一月，慈禧太后攜光緒帝一行終於重返京城。

二月，梁啓超創辦的《新民叢報》在日本橫濱正式發行。

四月，清政府與沙俄在京城簽訂《交收東三省條約》。

五月，張之洞創立湖北師範學堂。

噩夢一般的八國蠻夷入侵戰爭悄然淡出了人們的生活，滿目瘡痍的爛攤子等著暈頭轉向的清政府去收拾，而京城裏的百姓卻早已回到柴米油鹽醬醋茶的日子中去了。

侯小若有些心神不寧地坐在煙雨閣裡一個角落的座兒上，手握著面前精緻的官窯茶碗，探著腦袋不錯眼珠兒地盯著不遠處的戲臺。

鳴福社回到京城雖然已經有一段日子了，但一是瑣事纏身，二是總也鼓不起這個勇氣，所以儘管侯小若偷偷摸摸來過幾趟，也就只敢遠遠地瞅一眼而已。

而說起這煙雨閣，就不得不提一提被世人尊稱為「銀王」的紅頂商人方興齋了。

方興齋出身徽州休寧縣，父母都是休寧縣城外面向黃土背朝天的莊稼人。自幼家境貧寒，所以也沒能讓他好好讀幾天書。不過方興齋憑借自己精明過人的頭腦，拿著東拼西湊借來的十兩銀子，出門跟別人學做生意。他先是觀察記錄下什麼地方有什麼特產，然後便挑著擔子在幾個縣城之間行商，什麼值錢賣什麼。由於方興齋非凡的膽識和潑辣的手段，不出幾年就積攢了好幾百兩銀子。有了足夠的資本之後，方興齋立刻組織商隊、擴大經商範圍，並且逐漸設立了自己的商號「豐興祥」和錢莊「天寶隆」，成為了財力雄厚、鼎鼎有名的徽商之一。

現如今不僅僅是徽州一帶，整個大清國幾十個大小城縣都設有「豐興祥」以及「天寶隆」的票號，可以稱得上是真正的白手起家，財大氣粗。甚至有人說，就連之前老佛爺出逃西安，一路上能那麼順利安穩，都是多虧了方興齋在銀錢方面的鼎力相助。也正是因此，方興齋得封從一品頂戴，官場商場兩得意。

這麼一位「跺一腳，半個京城都要晃三晃」的人物為了捧程雨晴，不惜花大價錢從某位朝廷大員手裡買下位於城東頭一座帶花園的三層酒館，接著又斥巨資重新修繕翻建。從裡到外用的都是頂級的材料和工匠，將這一座「煙雨閣」修建得雕梁畫棟，猶如瓊樓玉宇一般。

程雨晴在這兒掛頭牌的這小兩個月，來聽戲的不是王孫貴胄就是達官富賈，沒點兒身分品級還真不大好意思進煙雨閣的院門。

今兒貼出去的大軸是《禦碑亭》，故事取自明代小說集《今古奇觀》中的一篇。講的是金華舉子王有道因妻子孟月華與秀才柳生春同在禦碑亭下避雨，心生妒疑，於是休妻。孟月華百口莫辯，只好拿著一紙休書回了娘家。之後王有道和柳生春皆中試及第，作為同年生循例拜謁座主之時無意提起此事，王有道方知自己錯怪了妻子。他急忙趕到岳丈家中請罪賠禮，孟月華責罵了他一頓之後，終言歸於好。最後王有道還將自己的妹妹許配給了柳生春，是齣大團圓結局的戲。

伸長了脖子瞧著臺上的戲，侯小若時不時地就咕咚咕咚灌幾口茶水。店夥計都已經過來給侯小若加了好幾回水了，也不知怎麼的，他總是覺得口乾舌燥的。

戲臺上已是臨近尾聲，唱到了《禦碑亭》的最後一折。

程雨晴唱的是王有道之妻孟月華，此時正好是生旦對唱的一段兒西皮搖板，是你有來言我有去語，唱起來極有味道。

「萬般事兒當原諒，何況丈夫與妻房，」戲臺上，王有道跪在孟月華面前，抖了抖大紅的狀元袍袖，「從今以過不追往，可念昔日恩義長。」

來王有道的老生正唱著，程雨晴以水袖做擦淚狀時下意識地拿眼角餘光一掃戲臺下，忽然就發現了躲在角落的侯小若。程雨晴瞬間覺得脊背一僵，深埋心底這麼長時間的委屈和怨恨毫無預兆地齊齊湧上心頭，柔情似水的眼神霎時變得冰冷。

他眉頭一皺，把接下來的幾句戲詞給改了，「提起昔日心悲傷，人心難測亦難量，無情一掌打臉上，心若刀絞痛斷腸，前塵往事夢一場，從此不見……無義的郎！」

唱罷，程雨晴窈窈起身，一甩袖子，從入相門下去了，把搭檔的老生就這麼給晾在了戲臺上。不過這老生好歹是個老戲骨兒了，也隨口把戲兒一改，圓得滴水不漏，總算沒有什麼太大的影響。

臺上眾人被驚得夠嗆，臺下的看客倒是覺得新鮮，反而拍著巴掌叫好，還大把往臺上扔金銀珠寶。

樓上最左邊包間裡的方興齋可坐不住了，趕緊下樓往後臺跑。和他隔著兩間的正中央這包間裡坐著一位大概二十幾歲的年輕男子，卻被戲臺上這一齣給逗得前仰後合，笑得合不攏嘴，好半天也止不住。

「好！好！好！」年輕男子合上扇子，在自己掌心連拍了三下，一雙細長的眸子笑意滿滿，「這個程雨晴，果然有意思！哈哈哈。」

這個年輕男子個子雖不很高，但是穿著入時考究，舉手投足間都散發著一股渾然天成的王者氣息，卻可惜了這一身的英氣唯獨被那雙眼睛給破了功。倒不是說他的眼睛不好看，而是那麼一對眼角微垂的雙眸擺在這位爺的濃眉之下，著實平添了幾分陰鷙的味道。

「爺。」

「嗯？」

「貝勒爺差了人來，讓您回府。」

「嘖。」

男子打了個咂舌，似乎這句話很是令他掃興。他不耐煩地揮了揮手，示意來人先出去，接著又衝身旁的貼身小廝勾了勾手指，「去，把今兒咱帶來的那套玩意兒送後臺去。」

「嗻。」

小廝正想要伸手去捧放在桌上的紅木錦盒，男子又喊住了他，遞給他一張帖子，「還有這個，記住，一定要親手交給程雨晴。」

「嗻。」小廝接過帖子，把紅木錦盒抱在懷裡，卻猶猶豫豫地站在原地沒動。

「怎麼？」男子輕輕皺眉。

「爺，奴才說句您不愛聽的……」

「說。」男子用扇子一指他。

「您看咱都送了多少回了，有哪一次人程老闆應了的，」小廝邊說，邊悄悄瞅著男子臉上的神情變化，「為啥……為啥您還不死心，就非要擱一棵樹上……」

「你個死奴才懂得什麼，」男子清秀的臉上浮現出一個自信滿滿的壞笑，「最開始誰還不都得端著點兒，但只要銀子花到位了，禮物送夠了，哼，就沒有本王得不到手的。」

「您這麼一說，奴才就明白了。」小廝咧開嘴嘿嘿一笑。

「猴兒崽子，趕緊去。」男子抬腳在小廝腿上輕踹了一下。

「嗻！」

抱起那個紅木匣子，小廝一溜煙兒地跑了出去。

由其他的僕人給撩開簾子，年輕男子踱著步從包間裡走了出來，外頭站著的三個腰掛佩刀、侍衛打扮的大漢齊齊垂首彎腰，抱拳行禮。

「爺。」

「回府。」

「嗻。」

後臺的東南角兒專門給程雨晴設了一個單間，這本應是真正成了大角兒的唱戲人才能享受的待遇，不過這煙雨閣裡方興齋說了算，所以也沒誰敢說什麼。

儘管心裡急，方興齋還是很有規矩地抬手在門上輕敲了兩下。屋裡好一會兒才傳來程雨晴的回應，嗓音裡似乎透著一絲倦意。

「請進。」

隨著一聲門響，方興齋邁步進屋，程雨晴連忙起身作了個揖。

「方爺，」程雨晴咬了咬下唇，「剛才在臺上……給您添麻煩了。」

「坐，」方興齋擺了擺手，撩袍坐在了程雨晴對面，「怎麼了？」

程雨晴輕皺著眉頭也坐了下來，但卻一聲不吭，似乎不知該如何回答。

好似方興齋如此精明之人怎麼可能看不出來，打從與程雨晴邂逅的第一天開始，這位年輕戲子就一直像是背負著無數不可向人言的心事，唯有在戲臺上唱戲時，他眉間的那一點陰鬱才會消失不見。

「雨晴，」方興齋神情柔和地笑了笑，「我當初說過，只要是你的事兒就是方某的事兒，但若是你不願意說的，方某亦絕不多問，現在也是一樣。」

「……多謝方爺。」

「雨晴。」

「嗯？」

「你我相識的時間雖不算長，但方某對你可謂……一見如故，」說到這裡，方興齋略作停頓，「你還是不願意喊我的名字嗎？」

「方爺對我有再造之恩，我怎能直呼您的官諱。」

程雨晴搖了搖頭。

「可是……我願意，我希望你喊我的名字。」

「方爺，」程雨晴柔聲說道，「我雖不過一介戲子，但是『無規矩不成方圓』這句話還是懂得的。」

「……行，你辛苦了，」方興齋也不再過多要求，他邊說邊站起身，「趕緊卸妝換衣服吧，一會兒我帶你便宜坊吃烤鴨去。」

「嗯。」

說著，程雨晴也跟著起身，款步將方興齋送到了門前。一拉開門，卻正好撞上那個抱著紅木匣子的小廝。

「程老闆。」

「又是你，」程雨晴瞧了他一眼，朝著方興齋抱拳拱了拱手，「方爺，煩您在前面略等我一會兒吧。」

「好。」

方興齋也看了那小廝一眼，並沒有多說什麼，微點了一下頭便往前面走去。

輕嘆了口氣，程雨晴也沒有說讓不讓他進屋，只是讓門敞著，自己徑自走回銅鏡前坐下，將額前的泡子一根根摘了下來。

小廝抱著懷裡的匣子，在門口猶豫了半天，終於還是小心翼翼地抬腳走了進來。

「……程老闆，」小廝怯怯地開口，「吾們爺賞下來了，您看，我給您擱哪兒？」

程雨晴頭也沒抬地擺了擺手，「拿回去吧。」

「程老闆……」小廝未開口前先舔了舔自己的下唇，故意苦著臉說道，「您這不是為難我麼，我招誰惹誰了……您要是非不留下，我回去少不了又是一頓板子。」

「胡說，」程雨晴從鏡子裡瞧著身後的小廝，「要說打別人我也就信了，王爺這麼疼你，捨得打麼？」

「嘿嘿嘿，」小廝臉上的表情馬上一變，嬉皮笑臉地湊近了幾步，「您聖明，吾們爺可是個大好人吶，雖說……有的時候脾氣有點兒不好，但架不住心善啊！」

「哼。」

「您看，」小廝試探著把懷裡的紅木匣子往一旁的圓桌上一放，又嘿嘿笑了幾聲，「不就是一匣子珠寶麼，您就委屈委屈，收下得了。」

程雨晴並不答話，自顧自地卸著頭面。

「您就當，疼顧疼顧小的我，行不行？」

程雨晴實在被煩得沒轍，沒好氣地把手裡的東西往桌上一放，「你這人，怎麼這麼貧。」

「我這不是……就靠這張嘴討生活呢麼，」小廝見程雨晴語氣上有些鬆動，趕緊從懷裡把帖子掏了出來，「程老闆，您看這個……」

程雨晴把俏臉一沉，瞪了那小廝一眼，「蹬鼻子上臉是不是？」

「您看您說的……」小廝雙手捧著帖子，往程雨晴那邊送了送。

「不去。」

說完這兩個字之後，程雨晴就不再理會小廝，任憑他說個天花亂墜也再沒有搭半句話。小廝見任憑自己磨破了嘴皮子程雨晴依舊無動於衷，只能識趣地走了出去。

二、

恭王府位於城西的月牙河畔，府邸之宏偉富麗，花園之幽深雅致，正所謂「月牙河繞宅如龍蟠，西山遠望如虎踞」，想是除卻紫禁城，京城裡再找不出另一處這樣的所在。

年輕男子從煙雨閣出來，帶領著一眾僕人快馬加鞭地回了府。倒不是因為著急，而是他非常享受那種騎在馬上疾風拂面的感覺。隨手將馬鞭交給跪迎在台階下的馬童，男子大步流星地走進府門。

「王爺。」

「給王爺請安。」

由眾人擁簇著往裡走，眼見著的僕人丫鬟們像待推的牌九一般紛紛跪倒向他行禮，而男子連眉梢也不動一下，就像沒看見似的。

「哎喲我的王爺，您可算回來了，」一個小太監打扮的男子小跑著迎了上來，「瀅貝勒都等您好半天兒的了。」

「嗯，待本王換件兒衣服。」

「還換什麼衣服呀，」小太監急得滿臉是汗，催促道，「就這麼去吧。」

「嘖。」

打了個咂舌，被稱作王爺的男子稍微整理了一下領子，跟著小太監往東邊走去。

穿過多福軒，小太監引著男子來到了王府東邊的樂道堂，也就是他祖父恭親王奕訢生前的居所，現在則給了他的父親載瀅貝勒。

樂道堂的院子裡種植了很多白色的玉堂春，也就是白玉蘭，每一棵都以小小的六角磚圃圍住。雖然還沒有立春，但是今年的天兒暖得早，所以此刻玉蘭滿枝，細長的花瓣隨風搖曳，花香清幽。遠遠望去，好似初雪壓梢，令人恍惚若夢，甚是雅致醉人。

過了垂花門之後，小太監站在院子裡喊了一聲，「恭親王溥偉到。」

另一個小太監將正廳門簾撩起來，溥偉在門前略微停了停，深吸了口氣，然後抬腳走了進去。

「阿瑪。」溥偉恭恭敬敬地行了個請安禮。

載瀅手拿一桿毛筆站在大大的桌案前，盯著桌上的宣紙也不知在想什麼。聽見溥偉進來，也不過是用筆指了下椅子，示意他坐下。

「不知阿瑪喚孩兒前來，有何要事相商?」

溥偉雖然心裡有點兒不耐煩，臉上卻完全沒有帶出來。因為雖然自己比父親載瀅的爵位要高，但他其實還是打心裡怵他爹，所以才會每回見了載瀅，溥偉都條件反射一般表現得非常規矩。

「嗯，」載瀅大概是在紙上寫完了最後幾句，於是便放下毛筆，把宣紙舉起來輕輕抖了抖，「溥偉，過來看看。」

「是，阿瑪。」

繞過桌案，溥偉來到載瀅身邊，看著紙上那四行龍飛鳳舞的小字。

「臨風白玉枝，細蕊金絲綠，秋水浸冰魂，幽香淡無語，」載瀅似乎很是滿意，朗聲問道，「如何?」

「詩句甚雅，筆走龍蛇，」溥偉應付著稱讚了兩句，「阿瑪的字寫得愈發好了。」

溥偉的陽奉陰違，載瀅早已經知道得一清二楚。自從他兩年前被老佛爺革去了郡王的爵位，溥偉對他的態度就明顯起了變化。或許他自以為隱藏得很高明，但卻一直被載瀅看在眼裡。好在載瀅本就是個慣了閒雲野鶴之人，所以也並不怎麼放在心上。

不過只有在這一件事兒上，載瀅絕不相讓。

「溥偉。」

「阿瑪。」

「你今兒個上哪兒去了?」載瀅明知故問道。

「回阿瑪，孩兒去聽戲了。」

「嗯，」載瀅點點頭，「去哪兒聽戲了?」

溥偉皺了皺眉頭，他顯然很是不滿載瀅這樣問長問短，尤其是在下人面前。

「煙雨閣。」溥偉簡短地答道。

「煙雨閣，」載瀅重覆了一遍，淡淡說道，「以後別去了。」

溥偉幾乎覺得自己沒聽懂載瀅的意思，他一雙細長的眸子此刻越瞪越圓，「……阿瑪，您的意思是？」

「以後，別去了，」載瀅臉上神色柔和，就像在說一件完全無關緊要的小事兒，「堂堂王爺，就不幹點兒正事兒嗎？」

「您好歹是個貝勒，為何不幹點兒正……」

「放肆！」

載瀅一拍桌案，嚇得屋裡的丫鬟太監全跪下了。

其實話一出唇，溥偉就後悔了，可是潑出去的水想收也收不回來，只能硬著頭皮繼續和父親頂下去。

「就算你是親王我是貝勒，我也還是你的阿瑪！」載瀅的眉毛都快立起來了，「我說不許去就是不許去！」

「可是阿瑪，孩兒……」

「跪下！」

載瀅的低吼讓溥偉雙膝一軟，震了兩震，終究還是跪了下去，但是垂在身體兩側的手卻緊握成拳，兩隻眼睛死死瞪著面前的京磚地。

「子不遵父命，如同臣不從君旨，想造反嗎你？！」

「孩兒並非有心逆阿瑪之意，只是孩兒聽戲並未耽誤政務，所以……」

「住口，」載瀅打斷了溥偉口是心非的解釋，「我再說最後一遍，煙雨閣，不許去了。」

「……是，阿瑪。」溥偉咬牙切齒地點了點頭。

「去吧。」載瀅擺了擺手，又鋪開另一張雪白的宣紙。

「是，阿瑪。」

溥偉站起身行了個禮，臉色陰沉地走了出去。

侯小若心裡明白得很，之所以愛戲如命的程雨晴會不惜把戲詞都給改了，一定是因為他瞧見自己了。

「從此不見無義的郎……」

程雨晴甩袖轉身的模樣像被烙鐵印下一般，狠狠地灼在了侯小若的眼底。

剛垂頭喪氣地走進內院，侯小若就發現有些不對勁。院子裡的孩子們都沒有在練功，而是三五個紮堆兒湊在一起，有的交頭接耳，有的踮著腳往正屋裡張望。

「怎麼了？都躲懶啊！」侯小若笑著，從身後挨個兒敲了好幾個孩子的頭。

「小若師叔，不是……」

沒等那孩子說完，一個女子的聲音在身旁響起。

「小若。」

聽見這聲音，侯小若趕忙轉過身。果不其然，站在面前的就是那時和他們分道揚鑣的小師娘喜鵲。

「小師娘，」侯小若愣了一瞬，「您回來了。」

「嗯。」喜鵲輕輕點了點頭，然後緩緩將視線投向正屋那邊。

也說不上來究竟哪裡不對，但侯小若隱約覺得，喜鵲似乎已經不再是曾經那個性情開朗的小師娘了。她靜靜地站在那裡，嘴角微微上揚著，卻完全無法讓身邊的人感覺到她的溫度和情緒，就像是一座奇怪的雕像。

「鳴未師哥也回來了吧？」

「在裡頭，」喜鵲抬手指了指正屋的方向，「和長爺說話兒呢。」

「行，那我也去瞧瞧師哥。」

「去吧。」

喜鵲的聲音聽著有些軟弱無力，好像失了底氣一樣。又悄悄掃了她一眼，侯小若收回目光，往正屋走了過去。

「師哥，您可回來了，」邁步進正屋，侯小若衝馬鳴未一抱拳，接著又朝著坐在另一邊的長爺和三閏爺拱了拱手，「長爺，乾爹。」

「嗯，坐。」三閏爺指了一下身旁的椅子。

「欸。」

待侯小若坐下後，馬鳴未才淺淺一笑，說道，「別來無恙啊，小若。」

馬鳴未的笑臉看起來很是憔悴，身上也感覺風塵僕僕的，像是才剛到沒多久的樣子。

「師哥，您怎麼才回來呀，也沒個信兒什麼的，大家夥兒都可擔心了。」

「嗯……」馬鳴未欲言又止，「回來得匆忙，也沒來得及給你們帶什麼好吃的。」

「怎麼樣？綏德好玩兒麼？」侯小若興衝衝地問道。

「我們又不是為了玩兒才去的，」馬鳴未疲倦地笑了笑，「這麼久不見，你怎麼還像個長不大的孩子似的。」

「嘿嘿嘿。」侯小若吐了吐舌頭。

「長爺，三閏爺，請恕鳴未沒有規矩，這一路回來實在是車馬勞頓不得休息，」馬鳴未臉色略顯蒼白，「我想先回屋去休息了，有什麼話兒咱晚一點兒再聊吧。」

「去歇著吧，孩子們這會兒應該也給你打掃乾淨了。」長爺揮了揮手。

「欸。」

見馬鳴未起身，侯小若也隨著站了起來，跟在馬鳴未身後，把他送到了正屋門外。

「那您好好歇著，一會兒飯得了我喊您。」

說罷，侯小若正打算轉身再進屋時，卻被馬鳴未一把拉住了胳膊。

「師哥？」

「雨晴的事兒我聽說了，他現在……怎麼樣？」

「師哥，我那是無心……」

侯小若的話立刻被馬鳴未打斷，「我問你，他現在怎麼樣？」

「他現在……應該挺好的。」侯小若的腦袋慢慢低了下去。

「……那，就好。」

馬鳴未不再多說什麼，撒手放開侯小若的胳膊，拖著步子徑直回屋了。

三、

鳴福社的院子只要一到了晚上總是很靜，靜得幾乎會令人覺得有些毛骨悚然，所以一般孩子們起夜都是躲在屋裡用尿壺，很少有人敢大夜裡跑出來上茅廁的。而就在馬鳴未回來之後沒幾天，也不知怎麼的，孩子們之間就忽然傳起了院子裡鬧女鬼的流言，弄得大家夥兒夜裡睡不踏實，自然白天練功也就沒有精神。

「壽林，來。」

吃過早飯後，侯小若朝梅壽林招了招手。

「師哥，什麼事兒？」梅壽林應了一聲，快步走了過來。

「你聽說了沒有？」侯小若皺著眉頭，莫名其妙地問道。

「啊？聽說什麼了？」

果然，一句話把梅壽林給問懵了。

「……鬧女鬼呀。」侯小若把梅壽林拽到一旁，刻意壓低了聲音。

「那個呀……嗯，聽說了。」梅壽林點點頭。

「怎麼回事兒？」

「什麼怎麼回事兒？」

「真的假的，」侯小若搡了梅壽林一把，「都誰看見了呀？」

「聽他們說，好像有幾個小的看見了吧，」梅壽林指了指油布棚下練功的孩子們，接著聳了聳肩，「我反正沒看見過。」

「知不知道誰先傳出來的？」

「溪閣吧……我還真不大清楚，」梅壽林看了侯小若一眼，「要不我問問？」

「還是我問吧，」侯小若努了努嘴，「幫我喊溪閣過來。」

「欸。」

不一會兒，魏溪閣小跑著過來了。

「師叔，您喊我？」

「嗯。」

魏溪閣這小一年長得還真快，看著就已經是半大小夥子了，但因為平日裡最貪嘴好吃，所以還和小時候一樣敦敦實實的，小模樣很是討喜。

「我問你，」侯小若拉著魏溪閣一起在廊子旁坐下，「鬧女鬼那事兒，是你第一個看見的？」

「是！可嚇人了！」魏溪閣拍了拍胸口，似仍心有餘悸。

「跟我說說。」侯小若順手遞過一條手巾給他擦擦額頭的汗，免得著涼。

「就大概……三四天前吧，」魏溪閣邊擦了擦汗，邊歪著頭回想著，「有天夜裡我被尿給憋醒了，本來想用尿壺，也不知道哪個臭小子給尿滿了！我們屋仨尿壺呢，都滿的！」

「說重點！」侯小若也不知好氣還是好笑。

「哦哦，」魏溪閣點點頭，繼續說道，「那都滿了，我就只好摸黑出來上茅房啊，誰知道我才剛走到二門那兒，就聽見……聽見……」

說著說著，魏溪閣竟然打起冷戰來。

「大小夥子的這麼沒出息呢，聽見了什麼啊？」侯小若嬉笑道。

「聽見女人的哭聲！」魏溪閣故作誇張地描述著，「一會兒咿咿咿，一會兒又嗚嗚嗚……嚇得我汗毛都站起來了，差點兒沒尿了褲！」

「然後呢？」

「還然後？我撒腿就逃回屋了，一直在被窩裡憋到天亮才敢去茅廁。」

「……也就是說你小子根本什麼也沒看見咯？」侯小若挑起半邊眉毛。

「看是沒看見，聽是絕對聽見了。」魏溪閣瞪大了眼睛。

「你都沒看見，就敢瞎傳呀？」侯小若弓起中指，在魏溪閣前額上狠狠彈了個腦瓜崩兒，「攪得大家夥兒晚晚都睡不好覺。」

「那我，我的的確確聽見了，就是有人哭！」魏溪閣急得跺了跺腳。

侯小若撓了撓鼻梁，「有可能是你聽錯了呀，說不定是刮風，或者是貓叫什麼的。」

「那天晚上根本沒有風！也沒有貓！」魏溪閣忙不迭地辯解道，「再說，我聽見不止一次了，其他人也有聽見過的。」

「嗯……」侯小若托著下巴琢磨了一陣兒，「你說聽見哭聲，打哪兒傳來的？」

「後頭。」魏溪閣往後一指。

「後頭？」侯小若順著瞧了一眼，再往後就是後院了，「後院兒？」

「估計是。」魏溪閣不負責任地點點頭。

「行了，這事兒我去查查看，你們幾個小猴兒崽子別再自己嚇自己了，知不知道？」

「欸，」魏溪閣撓了撓頭，「小若師叔，您還會捉女鬼吶？」

「滾一邊兒去，」侯小若笑著輕輕在魏溪閣的屁股蛋子上踹了一腳，「趕緊去練功。」

「是，師叔。」魏溪閣嘻嘻哈哈地跑開了。

盯著後院的方向看了好一會兒，侯小若若有所思地深吸了一口氣。

和往常一樣，煙雨閣門前依舊是華蓋雲集熙熙攘攘、摩肩接踵往來如織，送走了穿紅的又迎來了戴綠的，無一刻空閒。

程雨晴喜歡在開戲前自己一個人慢慢走去煙雨閣，儘管方興齋專門給他備了車馬，除了天氣特別不好的日子，他幾乎從未用過。

「雨晴。」

就在程雨晴快要走到煙雨閣時，身後傳來的那個熟悉又有幾分陌生的聲音讓他不由得渾身一顫。程雨晴先是在原地愣了一小會兒，似乎想要確定自己是真的聽到了那個聲音。接著他緩緩轉過身去，動作慢得像是怕驚動了什麼一般。當程雨晴終於看見他的一霎那，卻被淚水模糊了視線。

「師哥……」

「雨晴。」

馬鳴未兩步跑上前，一把將程雨晴抱在了懷裡。嗅著他身上熟悉的味道，程雨晴的眼淚愈發止不住了，彷若斷線珍珠，顆顆砸碎在馬鳴未的肩頭。

「師哥，您回來了，」程雨晴小心翼翼地用手臂環住馬鳴未，把臉埋在他的肩窩，「您終於回來了……」

「來，讓師哥看看你，」馬鳴未把程雨晴推開一些，以拇指指肚抹去掛在他臉上的淚珠，「好好的哭什麼，看見師哥不開心麼？」

「開心，」程雨晴使勁兒點了點頭，「您什麼時候回來的？」

「就這兩天，」馬鳴未鬆開攥著程雨晴的手，上下打量了他一番，「看你這樣子，混得不錯呀。」

「哪裡，糊口而已，」程雨晴望著馬鳴未，眸子裡盛著心疼，「您這趟回來一定累壞了吧？臉色怎麼這麼差。」

「還行吧，」馬鳴未咧開嘴笑了笑，「看見你，再累也值了。」

霎時間，就像是天邊的紅霞落在了程雨晴的臉上，梨花帶雨下透著粉嫩，美若畫卷。

「走，帶師哥看看你這戲樓，」馬鳴未拉著程雨晴就要往煙雨閣裡走，「可真氣派。」

「嗯。」

他倆才剛抬腳，方興齋的轎子就到了。

「雨晴，」方興齋拾階而上，站在了程雨晴身旁，「這位是？」

「方爺，您今兒來得早呀，」程雨晴趕緊擦去臉上的淚痕，拱了拱手，「這是我師哥，鳴福社的班主，馬鳴未。」

「久仰。」方興齋象徵性地抱了一下拳。
「師哥，這位是方興齋方爺，煙雨閣的東家。」程雨晴看向馬鳴未。
「原來您就是鼎鼎有名的銀王方興齋，方老爺，」馬鳴未趕緊一揖到地，「久仰您的大名，多虧了有您照顧我師弟。」
「哪裡，馬老闆這趟過來，有事兒？」方興齋語氣淡淡地問道。
「哦，也沒什麼要緊的事兒，」馬鳴未淺淺一笑，「我剛從陝西府回來，所以來看看雨晴。」
「即是這樣，要不，裡面敘話？」
「呃……不了不了，一會兒在華樂樓是我的大軸，也是得走了，」馬鳴未抱拳拱了拱手，「告辭。」
「恕不遠送。」方興齋微微一點頭。
「改天再來看你。」
走之前，馬鳴未拍了拍程雨晴的胳膊。
「嗯，師哥路上小心。」
「告辭，告辭。」
說罷，馬鳴未大步流星地走下了台階。
「方爺，您先請。」程雨晴比了個請的手勢。
「嗯。」
看著馬鳴未離開，方興齋回過頭，拉著程雨晴一起進了煙雨閣。
這三人之間的暗潮湧動雖然都不盡自知，但卻統統落進了坐在街對面轎子中的恭親王溥偉眼裡。他下意識捏緊了拳頭，又立刻鬆開，瞇縫著眼睛將轎簾子撂了下去。
「玉子。」
「伺候爺。」
隨著溥偉低聲召喚，一個長得細皮嫩肉的白皙小廝跑了過來，俯身垂首站在轎旁。
「那是誰？」
「如果不是奴才眼拙認錯的話，應該是鳴福社的班主。」
「鳴福社？」
「就是程老闆以前待過的戲班兒。」
「哼，」溥偉的聲音冷冷的，「好個程雨晴，還真是不能小看了你……」
「爺？」
「走。」
「爺，上哪兒？」
「胭脂胡同。」
「嗻。」
是夜，侯小若屋裡的燈火雖然已被吹滅，但是他並沒有像往常一樣大被蓋頭呼呼睡去，而是支稜著耳朵坐在床邊，甚至連呼吸都放得又輕又緩，生怕錯過了任何一絲不尋常的聲響。

侯小若就這麼傻愣愣地坐著等著，等到上眼皮和下眼皮都快要粘到一起分不開了。就在他快要迷迷糊糊沉入夢中時，忽然侯小若聽見一陣兒很輕但卻非常急促的敲門聲。條件反射一般跳了起來，侯小若定了定神，上前把門輕輕拽開，門外站著的竟是瑟瑟發抖手足無措的魏溪閣。

「怎麼了你？」

「……師，師叔。」魏溪閣都快要哭出來了。

「怎麼了？」

「噓……」魏溪閣哆哆嗦嗦伸出食指，貼在自己嘴上，「您聽。」

四、

侯小若屏住氣息仔細聽了聽，院子裡除了不曉得從哪條磚縫中傳來的蛐蛐兒叫之外，一片沉靜。

他好笑地伸手想拍一下魏溪閣的腦袋，「哪兒有什麼聲音。」

可是侯小若的手都還沒碰到魏溪閣，就感覺到一陣冰涼的夜風打著旋兒一般從兩人之間穿了過去，似有若無地卷著一兩聲破碎的女人哭泣。

「師叔……！」

魏溪閣跳起來躲到侯小若身後，扯著他的衣袖篩糠似的哆嗦著。

這回就連侯小若都忍不住吞了口口水，但他還是安慰魏溪閣道，「聽，聽錯了，沒事兒啊。」

「咱倆一塊兒聽錯了？」魏溪閣的聲音裡帶著哭腔。

「沒出息的東西，有什麼好怕的！」侯小若這句話說出來也不知是給誰壯膽，「我……去看看。」

「別去，別去呀師叔……！」

魏溪閣兩手抓著門框，心裡著急但又不敢跟過去。

「你好好待著，我馬上回來。」

囑咐了一句之後，侯小若往後院的方向摸了過去。

越往後頭走，那斷斷續續的哭聲似乎就越清晰。只要再轉過前面一個彎就是後院了，侯小若不禁停下了腳步，揉了揉有些發虛的膝蓋，又深吸了口氣。正準備再抬腿往前走時，忽然一個人影從對面轉了過來，把侯小若驚得差點兒竄房上去，而他也把來人嚇了一大跳。

「小若！」

「師哥？」

一片遮著月亮的薄雲散去，白花花的月光灑了一院子，兩人這才互相看清楚。

「師哥，大晚上的您幹嘛呢？」侯小若捂著胸口，剛才這一嚇，他心臟差點兒沒蹦出來。

「我……這應該我問你吧，」馬鳴未似乎也被嚇得夠嗆，「你這大夜裡的不睡覺，出來溜達什麼呢？」

「我來捉女鬼。」侯小若神秘兮兮地說道。

「什麼？」馬鳴未滿臉的莫名其妙。

「這兩天孩子們傳院子裡鬧女鬼，您沒聽說麼？」

馬鳴未皺了皺眉，「這都誰胡說八道，難怪白天一個二個都沒心思練功。」

「說是到了半夜就聽見有女人哭，說真的，」侯小若縮了縮脖子，「剛才我好像也聽見了，這不，我就過來瞅瞅。」

聽了侯小若的話，馬鳴未一怔，臉上的神色似乎有些微妙的變化，但馬上又恢復了一貫的樣子。

「別瞎說了，什麼女人哭男人哭的，有我鎮著，即使有鬼也叫她哭不出來，」馬鳴未在侯小若背上推了一把，說道，「趕緊回屋睡覺，都什麼時辰了。」

「可是……」

容不得侯小若再辯解什麼，馬鳴未連珠炮似的說教了起來。

「你一個當師哥的，怎麼還神兒啊鬼兒的，」馬鳴未板起面孔，「回頭都沒精神練功也沒精神唱戲，這戲班兒還要不要了？」

「我，我錯了……」侯小若被馬鳴未訓得一愣一愣的，「我這就回去睡覺。」

「嗯，還有。」

「嗯？」

「告訴孩子們別胡思亂想，鳴福社的院子裡乾淨得很，知道嗎？」

「欸。」

侯小若點了點頭，轉身回屋了。

本想邁步往正屋走的馬鳴未回頭看了一眼後罩房，似猶豫了一會兒，還是回轉身，又往後罩房走去。

他倆都沒有注意到，在馬鳴未轉身的那一刻，右耳房的窗戶才被輕輕關上。

由於珍藏著西晉文人陸機手書的《平復帖》，於是溥偉將王府西邊的最後一進院子由當初的「慶宜堂」更名為「錫晉齋」。但其實府裡的人都知道，他這不過是為了在父親載瀅面前耍耍當王爺和王府主人的威風罷了。

想當年，和珅不惜勞師動眾一擲千金，完全仿造寧壽宮的奢華格局興建了這座宅院。抄手遊廊、什錦燈窗都是精雕細琢，就連山石花木皆為萬裡挑一。裝潢宅子用的是一水兒上好的金絲楠木，地上鋪的則是以火山岩打磨而成的天然金磚，就算不在光線底下亦會隱約呈現出絲絲金色紋理，極盡華貴。

錫晉齋雖然從外面看起來不過是單層的普通建築，但卻內藏玄機，只有走進屋裡方知這周制仙樓的別有洞天。就算在富麗堂皇的恭王府裡，錫晉齋都絕對能令人眼前一亮，所以溥偉才會將這個院子當作了自己的居所，而將東邊的樂道堂讓給了載瀅。

「堂會？」

坐在鍾愛的金絲楠木牆前，溥偉覺得渾身上下都透著那麼舒坦。他這一口茶才剛咽下去，玉子出的主意就吸引了他的注意。

「堂會……堂會？」溥偉叨念了兩遍，又看向玉子，「能行麼？」

「哪兒能不行呢我的爺，」玉子跪在溥偉腿旁，力道恰到好處地給溥偉捶著腿，「有哪個戲班兒不接堂會的？更別提是咱恭王府的堂會，這高枝兒想攀還攀不上呢。」

「哼，」溥偉哼笑一聲，「那是他們別人，雨晴啊……還真沒準兒。」

「唷，我說爺，您還有沒準兒的時候。」

邊說著，玉子邊在溥偉腿上輕掐了一下。

溥偉非但沒惱，反而哈哈笑了起來，俯身用指甲在玉子的下巴上輕輕一劃。接著，他翹著手指衝玉子做了個手勢，玉子趕緊站了起來，把溥偉抽大煙的家什都拿到一旁的羅漢床上，再伺候著溥偉過來脫鞋臥好，熟練地為他點上一個煙泡。

一口大煙吹出來，溥偉頓時感覺到似乎五臟六腑都在騰雲駕霧一般。玉子也將臉伸進煙霧中，深深吸了一口，露出滿臉陶醉的樣子。

「那個程雨晴還真是厲害呀。」玉子忽然不鹹不淡地說了一句。

「怎麼講？」

「能讓咱們恭親王爺這麼日思夜想、牽腸掛肚的。」

玉子悄悄挑了一下眼眉。

「哈哈哈，」溥偉大笑的時候，煙霧同時從他的鼻子和嘴裡飄出來，看著真就像是在吞雲吐霧似的，「你小子。」

「可惜呀，人家還不領情。」玉子蹬鼻子上臉地繼續說道。

「哼……」溥偉收了笑臉，默默抽了兩大口煙。

「因為人家身邊兒不缺人。」

溥偉不耐煩地用煙槍桿子敲了幾下桌台，但是依舊沒搭話。

「爺，一個戲子而已，咱何必上趕著呢。」

玉子察覺出來溥偉不高興了，趕緊邊給他揉腿邊撒嬌道。

「雨晴……可不光是個戲子。」

「那他還能是什麼？」玉子撅著嘴問道。

「他是個，」溥偉又吹了一大口煙出來，「本王還沒得到手的戲子。」

玉子低下頭，什麼也沒說。

「行吧，就按你說的辦，」溥偉放下煙桿，由玉子攙著躺了下去，「你去趟煙雨閣，邀他的堂會。」

「嗻。」

這天下午，依舊是由馬鳴未帶著大孩子們去了華樂樓，留下侯小若和長爺在院子裡給其他的孩子看功。

春日午後的和煦陽光雖然很暖，但是照不到的地方卻依舊陰冷無比。

「長爺，」侯小若故意轉到長爺的右側，「有個事兒想和您商量商量。」

當初夷人的軍隊攻進京城時，不僅佔了鳴福社的院子，還用惡作劇般拿鞭炮炸傷了長爺的耳朵。好在性命無憂，只不過長爺的左耳就完全聽不見了。

「你說。」長爺淺淺笑了笑。

「如果說您不反對的話，」侯小若撓了撓頭，「我想，能不能讓我乾爹搬過來住，一是他可以給孩子們說說戲什麼的，二來呢，我也好就近照顧他老人家，您覺得呢？」

「嗯……」長爺想了想，問道，「三閏爺怎麼說？」

「我還沒跟他提，想著先問問您的意思。」

沉默了好一會兒，長爺搖了搖頭。

侯小若心裡一著急，「您不同意？為什麼呀？」

「要變天兒了……」

「變天兒？」侯小若從廊下探出腦袋看了看天，「這大太陽地兒的，不會那麼快變天兒的，長爺。」

看著侯小若，長爺露出一個奇怪的笑，「小若呀，你乾爹他也一把年紀了，還讓那老頭兒搬來搬去的，你覺得合適嗎？」

「可是……」

「這樣吧，」長爺擺了擺手，打斷了侯小若的話，「小若，你搬過去。」

「啊？」

「你搬過去，跟你乾爹一起住，不一樣也可以照顧他麼，」捋著自己日漸稀疏的鬍子，長爺眯縫著眼說道，「白天你們爺倆再過來練功對戲，該幹啥幹啥。」

「嗯……」侯小若微皺著眉頭，「這行麼？」

「為什麼不行？只要不耽誤你的戲，怎麼著都行。」

「那……行，我去和乾爹說說。」侯小若點點頭。

「你乾爹指定樂意。」

「也是，嘿嘿嘿。」

「……就要變天兒了。」

「不會的。」

說罷，爺倆就還是那麼並排坐著，看著院子裡的孩子們或唱或舞。

五、

「十天?」

程雨晴瞪圓了眼睛。

「是，」玉子隔著小圓桌，微笑著坐在程雨晴對面，「畢竟是咱恭王府的堂會，草率不得。」

「可是十天……」程雨晴為難地略皺眉頭，「也太長了。」

別說十天了，其實他根本一天也不願意去，壓根兒不想給溥偉任何接近自己的機會，但是恭王府的堂會又怎能一口回絕?另外又有哪個唱戲的不想在那座號稱是恭王府絕景的大戲樓裡唱一場，但凡能在那兒亮個相就已是無上的風光。

「十天堂會，五千兩白銀，」玉子掏出一疊銀票擱在桌上，笑盈盈地往程雨晴那邊一推，「這兒是定錢，五百兩。」

誰知程雨晴連看也不看，「知道你家主子揮金如土，但這就不是銀子的事兒。」

「那是?」

程雨晴明知玉子問得別有用心，但卻又實在不知該怎樣回答才妥當，只得扭過頭去裝作收拾銅鏡前的油彩畫筆。

玉子等了好一會兒，見程雨晴也不搭理自己，便一邊拍了拍長衫前襟一邊自說自話道，「您說咱家爺，好歹也是個王爺，打小就是要風得風要雨得雨，這冷不丁碰到得不著的，心裡還真就沒著沒落，也難怪他總惦記著……」

說了幾句，玉子抬眼皮掃了程雨晴一眼，發現他臉上雖然沒有顯露出什麼，但其實正支著耳朵聽著，便繼續說道，「程老闆是聰明人，咱就沒必要揣著明白裝糊塗了，說白了，您應這堂會，去這麼一趟，了了他的心願，只要新鮮勁兒一過，那就以後也不會再來煩您了，一舉兩得，您說呢?」

玉子的一番話還真讓程雨晴有幾分心動，他停住手上的動作，想了想，然後看向玉子，「三天。」

「三，三天?」玉子沒明白程雨晴在說什麼。

「嗯，」程雨晴點點頭，「堂會我可以應，但是十天太長了，我既在這兒掛頭牌就不能隨隨便便離開這麼久。」

「這哪兒是隨隨便便……」

「三天，」程雨晴伸出三根纖細修長的手指，「如何?」

玉子一時語塞，他的確沒有想到程雨晴會給他來這手。他沉著一張好看的臉猶豫了半天，忽然像是解決了什麼問題一般又重新笑了出來，「三天，就三天。」

程雨晴終於安下心來，掃了一眼桌上的銀票，說道，「若只是三天，便用不了這麼些。」

「哪兒的話，銀子您照收著，」玉子站起身，「咱可就說定了。」

「嗯。」

「得咧，到時候王府會安排車來接，」玉子朝程雨晴拱了拱手，「告辭。」

「慢走。」

「留步。」

不知為何，玉子那滿臉無所謂的笑讓程雨晴禁不住脊背一陣發涼。

自打下午見過了玉子之後，程雨晴心裡總是有那麼一點兒說不清道不明的不安，他開始後悔自己是不是應該從一開始就回掉那場堂會。

好容易挨到了散戲，程雨晴感覺渾身的力氣都像被抽乾了一般筋疲力竭。不過因為方興齋這幾日有要事去了江南，所以他不用顧忌是不是有人在等著，可以按照自己的節奏，慢悠悠地卸妝換衣服。

正想著反正也不會有人來打擾，門外就響起了敲門聲。

「程老闆？」

「我在，進來吧。」

輕嘆了口氣，程雨晴將摘下的水紗、片子什麼的整齊地擺放在一邊。

吱呀一聲門被推開，店夥計探進來半個身子，問道，「您還沒走吶？」

「嗯，有事兒？」

「前頭來了個人，非要見您，怎麼著都不走，」店夥計抓了抓腦袋，「我實在沒轍了，要不您見見？」

「什麼人？」程雨晴微微蹙眉。

「說是鳴福社的。」

「鳴福社？」程雨晴不自覺地歪了歪脖子，「是……高高大大的？還是長得黑黑的？」

「嗯……」店夥計撓著脖子想了想，「挺黑的。」

「不見。」

想也沒想，程雨晴就斬釘截鐵地答道。

從未見過程雨晴如此強硬的態度，倒把店夥計嚇了一跳。

「可是……您要不見，他就非不走呀。」

「他不走，」程雨晴站起身一甩手，「我走。」

「您走……您走了，我們可怎麼辦呀？」店夥計有點兒著急，「他要是不走，咱都打不了烊……」

「轟他。」

「轟，轟他？」

「嗯，」程雨晴手搭門框，梗著脖子說道，「他若不走，轟他便是了。」

「欸。」

望著程雨晴鐵青的臉色，從來善於察言觀色的店夥計知道不能再多問了，點了點頭，縮著脖子跑了出去。

拎著自己的小包袱，程雨晴故意從煙雨閣的後門離開。臨出去之前，還小心翼翼地四下張望了一下，確定沒有看見侯小若，他才放心地從門裡鑽了出來。

沿著牆邊往前走了沒兩步，道旁就閃出一個人影，從身後一把將他鎖進了懷裡。程雨晴被嚇得一聲悶哼，還沒喊出來，就被來人給捂住了嘴。

他沉重的呼吸從程雨晴的耳後撞過來，既熟悉又陌生。從捂在自己臉上的掌心和指尖傳過來的溫度那麼暖，卻叫程雨晴差點兒恨得掉下淚來。

「雨晴……唔。」

沒等他一句話出唇，程雨晴張嘴狠狠一口咬在他手指上，疼得他渾身一顫，但依舊沒有鬆手的意思。

侯小若緊緊摟著不撒手，程雨晴就死死咬著不鬆口，一直到他嘗到一絲甜腥滑過舌尖，才好似回過神來一般抽泣了起來。

「……雨晴，你聽我解釋，」侯小若緊緊摟住程雨晴，邊大口喘著氣邊拼了命地解釋道，「我真不是……真不是有心要打你的，你聽我說。」

「我不聽！」

程雨晴曲著手肘，用盡全身的力氣往後一頂。這一下剛好頂在了他胃上，侯小若吃痛地終於放開了程雨晴。

「雨晴！」

侯小若又疼又急，但是腹部的鈍痛讓他實在站不直，更別說伸手去拉程雨晴了。

「別碰我！」程雨晴往後退了好幾步，「你打的那巴掌，我一直疼到現在……到現在還在疼！」

「說什麼胡話，」侯小若扶著牆，慢慢地挺了挺腰，「我根本也沒使勁兒，怎麼可能疼到現在。」

「是，臉早就不疼了，但是這兒疼！」程雨晴捂著胸口，像是要把憋了這麼長時間的委屈全部發洩出來似的，眼淚一勁兒往下掉，「上回我在臺上唱得還不夠清楚嗎？我再也不想見到你呀……只要看見你的臉，這兒就會疼！」

「雨晴……」

「不要叫我！」程雨晴嘶啞著嗓子，一雙好看的桃花眼此刻卻哭得通紅，「不要叫我……」

「你真就，這麼恨我嗎？」侯小若的眼眶也紅了，眼底晶晶亮亮，「都容不得我解釋？」

「別再來見我了……你走吧。」程雨晴的聲音低低的，碎碎的。

「我不走！我，我怎麼了我？」侯小若急得直跳腳，「我那是為了保護你，保護你！不是真想打你，懂不懂？」

直直地看著侯小若半晌，程雨晴輕輕搖了搖頭，「我只知道，你騙了我。」

「我怎麼騙你了？我什麼時候騙你了！」

「你說，不管發生什麼，也不管別人說什麼，你都會信我……」

「我信你，我從來都沒有不信你呀！」

「你沒有信我！」程雨晴雙眼一瞪，「你當著所有人的面兒扇了我一巴掌！」

「我那是……」

「林掌櫃打我，我認了！可是你……」說著說著，程雨晴終於忍不住哭出聲來，「我以為你是來保護我的，而你竟然……誰都可以不信我，你不可以！」

「好……好，是我錯了，我知道，我錯了，」侯小若兩步竄到程雨晴面前，抓住他兩隻手就往自己臉上扇，「你打我，使勁兒打，打到你滿意為止，好不好？只要你能出氣，你就打！」

「我打你做什麼？！」

程雨晴邊說邊拼命掙紮，想要從侯小若的掌控中掙脫出來。

「解釋你又不聽！給你打又不打！你到底想讓我怎樣？！」侯小若低吼著，扣著程雨晴細細的手腕，將他壓制在牆上。

程雨晴一句話也不說，用力咬著下唇，夜空中的點點繁星落進他瞪著侯小若的一雙眸子中，然後無聲化作晶瑩的淚珠，顆顆滾落。

兩個人就這麼傻呆呆地對視了好久好久，誰也不肯先說話。不過最後，還是侯小若先敗下陣來。他慢慢鬆開了抓著程雨晴的手，緩緩垂了下去，彷彿洩了氣的皮球。

「……回去吧，你也累了。」侯小若用前額抵著程雨晴身後的牆。

程雨晴仍舊沒有說話，只是將身子慢慢挪出侯小若的範圍。正轉身欲走，他忽然停住了腳步，像是鼓起了莫大的勇氣，說道，「保重。」

說完，程雨晴便頭也不回地離開了。

不過是兩個字而已，卻讓侯小若這堂堂七尺男兒站在街邊哭得像個孩子一樣。

六、

果然就像長爺說的，一聽說侯小若要搬過來和自己一起住，可把三閨爺給高興壞了。老頭兒連早功都沒練，生生忙活了一上午，又是騰房又是打掃，真恨不得將整個院子都重新整理一遍。

折騰了近兩個時辰，三閨爺終於心滿意足地一屁股坐在大籐椅上，一邊大口喘著粗氣一邊用手巾擦了一把臉。看著院子中間一大堆收拾出來的舊玩意兒，三閨爺手搭頸項，來回轉了轉有些僵硬的脖子。

「乾爹，瞧我買了什麼。」

一手拎著一小罈子菊花白，另一手托著一個大荷葉包，侯小若大步流星地走進院子裡。

「來，我瞧瞧買什麼好酒了。」三閏爺笑眼彎彎地招了招手，等侯小若走到近前，便伸手接過了那個酒罈子。

「嚯，這都哪兒淘換來的？」侯小若指了指三閏爺堆在院子裡的那些東西。

「十好幾年沒收拾了，這一收拾呀，嚇自己個兒一跳！哈哈哈哈。」

「您可真行。」

說著，侯小若坐在了三閏爺身邊的台階上。

拕開紅布塞子，一陣清冽的酒香撲鼻而來。三閏爺先是一愣，接著馬上漾出一個笑臉，點了點頭，「菊花白，是你紅爺當年最愛的酒哇。」

「是麼？我也不大懂，」侯小若湊上來也聞了聞，「酒鋪的夥計非說這個好，所以我就買了，您喜歡就行。」

「好！咱爺倆喝兩盅。」三閏爺看著心情特別好。

他本想起身去廚房拿兩個酒碗，卻被侯小若給按住了，「您老好好坐著，這不有我在麼，您指使我就是了。」

「嘿嘿嘿，行，那你去給乾爹拿！」

「得咧，」侯小若站起身，麻利地跑進廚房拿了倆酒碗，「來咯。」

將酒碗隨意地擱在地上，侯小若又七手八腳地把荷葉包也拆開，露出幾斤切成片的醬牛肉。

「喲，天榮坊的醬牛肉？」

「真識貨呀，」侯小若笑了起來，把牛肉往三閏爺面前一送，「嘗嘗。」

「嘗嘗，」三閏爺下手捏起兩三片醬牛肉扔進嘴裡，邊嚼邊樂，「香！」

見三閏爺高興成這樣，侯小若心裡也美滋滋的。他往酒碗裡嘩嘩倒了兩大碗酒，雙手捧了一碗遞給三閏爺，「乾爹，來。」

「來，」三閏爺把酒碗接了過來，和侯小若的酒碗碰了碰，送到嘴邊喝了一大口，辣得他直咧嘴，「勁兒真大呀，哈哈哈哈！」

侯小若也辣得吐了吐舌頭，趕緊抓了一把醬牛肉塞進嘴裡，「紅爺真行，喝這麼烈的酒。」

「可不是，那個老小子，」說著，三閏爺輕嘆了口氣，「那個老小子……也不知道這會兒怎麼樣了。」

「紅爺？指定也喝著呢。」侯小若笑道。

「那是一定，哈哈哈，」三閏爺也笑了起來，又端起酒碗喝了一口，「我說小若，你，去見過雨晴了沒有？」

一提到程雨晴的名字，侯小若眼裡的光亮就立馬暗了下去。

他悶悶地點了點頭。

「怎麼？他還惱你呢？」

「何止惱我，」侯小若把手指上才剛結痂的齒痕給三閏爺看了看，「簡直恨死我了。」

「你就沒好好解釋解釋？」三閏爺瞇縫著眼問道。

「我想解釋來著，他不聽呀。」

侯小若是滿肚子苦水無處可訴，灌下去一大口酒，結果被嗆得直咳嗽。

「你們這些小年輕啊，」三閏爺在侯小若的背上拍了幾下，「有話兒怎麼就不能好好說呢。」

「這話，您跟他說去。」

侯小若一賭氣，硬著頭皮把一大碗菊花白都給咽了下去。

「管不了，管不了，」三閏爺擺了擺手，「你們之間的事兒你們自己解決，我老頭子可插不上嘴。」

長長地嘆了一口氣，侯小若腦子裡可謂一片空白。

雖然最初聽到玉子說程雨晴將十天的堂會縮短到三天時，溥偉差點兒沒氣得跳起來，不過在聽完了玉子一番解釋後，他終於露出了一貫的壞笑，還額外單賞了玉子十兩金子，把他給美得夠嗆。

怡神所，也就是恭王府的大戲樓，向來是單獨撥出人去打掃看管。包括前面的竹子院和牡丹園，還有竹子院東邊的香雪塢，都有專門的花兒把式去打理。這回得了王爺之命說要辦堂會，萃錦園裡所有的長工下人小太監都像打了雞血似的，沒日沒夜地裝飾這兒擺弄那兒，就為了能在王爺面前討下賞來。

這天下午，玉子正陪著溥偉在竹子院裡遛彎兒，順便瞧瞧各處都準備得如何了，忽然一個小太監小跑著來到溥偉面前，甩馬蹄袖，朝溥偉行了個跪禮。

「給王爺請安。」

「嗯，起來吧。」溥偉心情好，微微笑著抬了抬手指。

「王爺，瀅貝勒請您過去一趟。」

「嘖。」

像是被掃了莫大的興致一般，溥偉仰起頭翻了個白眼。

「王爺，瀅貝勒請您現在過去一趟。」小太監重覆了一遍，又加了兩個字。

「知道了，」溥偉不耐煩地皺起眉，扭臉兒對玉子說道，「你去看看藤蘿架那邊修剪得如何了。」

「嗻。」應了一聲，玉子轉身離開。

「王爺？」

「……頭前帶路。」

「嗻。」

跟在小太監身後，彎彎轉轉，溥偉又停在了樂道堂的垂花門前。

如果可以的話，他真希望能起堵牆，把這該死的樂道堂和整座恭王府隔開。這樣的話，他堂堂大清國的王爺就可以再不用看著一個貝勒的臉色過日子了。

說實話，溥偉是真不明白為什麼載瀅就這麼愛過問自己的事情，事無鉅細都要管。好歹也是有家有室的人了，為什麼阿瑪還要把自己當小孩子看。每每想至此，溥偉都火不打一處來，燒得他寢食難安。

站在載瀅的書房門前，溥偉沉了沉肩膀，邁步走了進去。心裡再怎麼不舒服也好，身為皇族的規矩還是要有的。

「阿瑪。」

「來了，」載瀅站在窗前，一手輕撫在窗框上，另一手反背於身後，「坐。」

「謝阿瑪。」溥偉撩袍，大剌剌地坐了下來。

儘管已過不惑之年，但是載瀅依舊身材挺拔頎長，散發著凜凜之氣，薄薄的嘴唇輪廓分明，一雙細長的丹鳳眼隱於濃重的劍眉之下，令人難以琢磨。溥偉的眼睛是幾兄弟中和父親載瀅最像的，但他的眼睛白多黑少，所以比載瀅的眼睛更多了幾分煞氣和寒意。

「拿來。」載瀅依舊看著窗外，卻沒由來地朝著溥偉一攤手。

「什……不知阿瑪所指何物？」

要說載瀅另一處讓溥偉討厭至極的，就是他不同常人的跳躍思維，實在叫人無法捉摸，很多時候根本不知道該如何接話。

「你不是邀了堂會麼，」載瀅勾了勾食指，「戲單兒給我看看。」

「啊，是……孩兒此刻並未帶在身邊，一會兒差人送過來給阿瑪過目。」

「嗯，」載瀅放下手，輕敲了兩下窗框，「請的哪個戲班兒？」

「回阿瑪，」溥偉下意識舔了舔嘴唇，「請的晴悅社。」

「哦……」載瀅微微點了點頭，慢慢轉過身，神色難辨地看向溥偉，「不許你去煙雨閣，你就把戲班兒請回府裡。」

在父親冰冷的注視下，溥偉竟然手心微微出汗，簡直就像是被老鷹盯住的兔子一般，禁不住打了個冷顫。

正當溥偉搜腸刮肚地想著要如何回話的時候，只見載瀅收回視線，略一抬手，「馬上就是清明了，請場堂會也好。」

「是，阿瑪。」溥偉長呼出口氣。

「去吧。」

「是，阿瑪。」

溥偉轉身正要走，身後載瀅又加了一句，「戲單兒別忘了送過來。」

「是，阿瑪。」

說罷，溥偉快步走出了讓他呼吸都覺得不暢的樂道堂。

越接近清明雨水就越多，雖然不像南方那樣一下就下一整天，可是這時不時就滴答一陣子也著實讓人覺得挺煩躁的。

儘管這趟回來之後，喜鵲平日裡依舊是該買菜買菜、該做飯做飯，似乎和以前並沒有什麼不同，但稍微細心一些的人還是能夠輕易察覺出來她的異樣。喜鵲發呆的時間比以前多了，一個人的時候還總是喃喃自語。若是喊她一句，十次有四五次都沒有反應，就算有反應的那幾次也多是慢半拍。

這天晚上從華樂樓散戲回來，大家正聚在一起又笑又鬧地吃夜宵時，侯小若拽了拽馬鳴未的袖子。

「師哥。」

「怎麼？」

「您和小師娘回她老家之後，是不是發生什麼事兒了？」

「啊？」馬鳴未明顯臉色一變，「什，什麼事兒？什麼事兒也沒有哇。」

「嗯……總覺得小師娘這趟回來之後，哪裡不對勁兒。」侯小若曲著食指，摳了摳下巴。

「沒，吧……」馬鳴未下意識看了一眼喜鵲那邊。

「您要覺得沒有，那就沒有吧，」侯小若上下打量了馬鳴未一番，看得馬鳴未有些發毛，「可能是我想多了，嘿嘿嘿。」

「嗯……嗯。」

「走，師哥，咱也去吃點兒。」侯小若拉著馬鳴未就要往屋裡走。

「我不餓，你去吃吧。」

「欸，」侯小若轉身跑了兩步，又回過頭來，「師哥，您神了。」

「嗯？」

「就上次那鬧女鬼的事兒，跟您說過之後，還真就沒再鬧了。」

「哦，」馬鳴未不自然地笑了笑，「那可不，有你師哥我在，什麼牛鬼蛇神都進不了咱院兒。」

「絕了！」邊笑著，侯小若快步跑進了屋裡。

七、

儘管自己沒什麼胃口，但馬鳴未還是陪著孩子們一起吃完了夜宵。趁著大家夥兒七手八腳地收拾碗筷時，馬鳴未有些心神不寧地站起身，悄悄往後院走去。侯小若看了一眼他離開的背影，並沒有多說什麼。

「你，幹什麼呢你！」

鬼鬼祟祟地摸進喜鵲的房間，這才一抬頭，馬鳴未看見喜鵲又把一個小枕頭抱在懷裡，嘴裡低聲哼著小調兒，像哄嬰孩一般哄著。

看著喜鵲那副樣子，馬鳴未就感覺瞬間起了渾身的雞皮疙瘩。他上前一把扯過那個枕頭，甩手狠狠扔在地上。喜鵲驚呼一聲，正要去搶，馬鳴未用兩隻手死死扣住喜鵲的肩膀，強迫她看向自己。

「喜鵲！」馬鳴未低吼道，「看著我！」

好一會兒，喜鵲像是忽然清醒過來似的，「鳴未……？你怎麼了？」

馬鳴未鼻子一酸，將喜鵲擁進懷裡，輕輕拍著她的背，「沒事兒，沒事兒了……我在這兒呢。」

「……鳴未，我們的孩子呢？」喜鵲的聲音聽起來既遙遠又陌生，空空洞洞的，「我們的……孩子呢……？」

「沒有了……沒有了，喜鵲，你聽見沒有，」馬鳴未抓著喜鵲的肩膀用力晃了晃，「那孩子還沒生下來就死了，沒有了！死了！」

「死……了……」喜鵲眼中的光亮似乎在一點點消失。

「這個孩子沒了，沒關係呀，」馬鳴未努力想要安慰她，「咱倆還年輕呢，以後一定還會有孩子的，聽見沒有？還會有孩子的！」

「還會……有……」喜鵲緩慢地搖了搖頭，「萬一……又是死的呢？我的孩子……」

捂著臉，喜鵲抑制不住地哭了起來，馬鳴未趕緊手忙腳亂地捂住喜鵲的嘴。

「別哭！」

大顆大顆透明的眼淚從喜鵲的眼睛裡湧了出來，洇濕了她眼角的細紋。她模糊的哭聲從馬鳴未的指縫間擠出來，聽著愈發滲人。

「別哭了！」馬鳴未心驚膽戰地豎起耳朵，聽了聽屋外，卻似乎並沒有什麼動靜。他用一隻胳膊抄住喜鵲的腰，用力將她扔在床鋪上，從上往下地瞪著喜鵲，威脅般地加重了幾分手上的力道，「再哭，我就掐死你！」

喜鵲點了點頭，眼淚順著眼角滑落進被褥裡，尋不見蹤影。她的哭聲逐漸隱去，只剩下寂寥的無聲抽泣。

馬鳴未見她不再哭了，便小心翼翼地收回了手，翻身平躺在她身旁，重重喘著粗氣。

沉默了好久好久，喜鵲幽幽問道，「鳴未……為什麼，咱們的孩子還沒出生就死了呢？」

咬了咬後槽牙，馬鳴未只是輕輕嘆了口氣，沒有答話，也不知道該如何答話。

「你說……是不是因為，」說到這兒，喜鵲的身子狠狠一顫，「……咱倆造的孽……」

「……別胡說。」馬鳴未閉上眼睛，眉頭緊鎖，感覺胃裡一陣陣反酸水。

「要不是……咱倆……咱倆，」喜鵲渾身冒著冷汗，哆嗦個不停，「捂死了你師父……」

話音未落，就聽見院子裡咣噹、哢嚓兩聲響，也不知砸碎了什麼，嚇得馬鳴未噌一下從床上跳了起來，衝到門旁拉開了一道縫。

院子裡一片靜謐，簡直就像是剛才什麼也沒有發生一般。馬鳴未先是躲在門裡張望了一下，見沒什麼響動，便把腦袋探了出去，四下張望。恰巧這時候，隨著一聲貓叫，牆角那邊似乎有幾只野貓竄上了屋頂，馬鳴未這才鬆了口氣，站直身子退回了屋裡。

他哪裡知道，若是遲了半秒，估計這會兒他的腦袋已然被砸得萬朵桃花綻放，漿子滿地了。門後那人瞇了瞇眼睛，將身影悄然隱入了夜幕之中。

第二天一早，孩子們正各自準備要練早功的時候，長爺慢悠悠地走到站在東廂房前廊下漱口的馬鳴未身旁，拍了一下他的肩膀，「鳴未。」

「唷，長爺，」馬鳴未把嘴裡的水吐出來，「有事兒？」

「嗯，」長爺看向馬鳴未，和藹地笑著，「這不快清明了嘛，我想著找一天，咱一起去給你師父上個墳。」

「行……行啊，」馬鳴未趕緊點了點頭，「就咱爺倆麼？」

「不，」長爺緩緩搖了一下腦袋，「還有喜鵲。」

「……那，您老看著安排吧。」

「好，好。」

嘴裡應著，長爺又慢悠悠地走開了。

今兒好容易歇一天，程雨晴便打算上街逛一逛，雖說回來的日子也不算短了，但是幾乎都沒有空閒獨自出來走走，所以就連京城的街道有沒有什麼變化他都完全不知道。

穿著一身淺藍色的長衫，襯托著程雨晴白皙的肌膚愈發嬌嫩，仿若初沾晨露的半綻桃花，任誰都忍不住要多看兩眼。

「雨晴？」一個蒼老的聲音傳來，「真是雨晴嗎？」長爺微笑著，從街道對過邁步走了過來。

「長爺，」程雨晴抱拳給長爺作了一揖，「久未拜望，您老還好嗎？」

「好哇，這把老骨頭還算硬朗，」長爺輕輕一拍自己的胸口，「你小子都自己挑班兒了吧？可以的呀。」

看得出來長爺心情不錯，那張久違的熟悉笑臉讓程雨晴也不自覺地開心了起來。

「不過是大夥兒瞎捧罷了。」程雨晴淺淺一笑。

「長大了，不再是那個動不動就哭一鼻子的小小子兒了。」長爺伸手在程雨晴的胳膊上胡擼了兩下，嘴角掛著欣慰的笑。

「瞧您說的，」程雨晴的雙頰暈出一抹淺紅，「我什麼時候動不動就哭鼻子了。」

「哈哈哈，恍若昨日啊。」

忽的，程雨晴的視線落在了長爺手裡提著的粗紙包上，紙包上那三個黑黑的大字讓程雨晴不由得皺了皺眉。

「長爺……」程雨晴猶豫著該怎麼說。

「嗯？」

「咳，」程雨晴下意識地清了清嗓子，「您……買大煙做什麼？」

「哦，這個呀，」長爺若無其事地聳聳肩，「別擔心，我可不碰這個，是給朋友帶的。」

「哦……」程雨晴點了點頭，「那就行，您知道，這東西……不好。」

「我自是知道，放心吧，」長爺拍了一下程雨晴的肩膀，「你好好兒的。」

「您也是，多保重身體。」程雨晴朝長爺拱了拱手。

「雨晴啊，」長爺慢條斯理地說道，「聽長爺一句，給小若個機會解釋解釋，實在要氣不過，你就揍他一頓。」

「……長爺慢走。」

「行了，走了。」

擺擺手，長爺拎著兩包大煙，晃晃悠悠地往街對面走去。

就在大家忙忙碌碌跑進跑出地佈置打理大戲樓的時候，門前的紫藤蘿悄悄地開了一滿架。像是一串串小小的淺紫色鈴鐺從翠綠的枝葉間垂掛下來，隨風飄擺燦若雲霧，甜香怡人恍若入夢。

坐在牡丹園的廊下，載瀅將雙手墊在腦後，舒服地靠在廊柱上伸展了一下兩條大長腿。遠遠地望著那一片柔柔的紫色出神，他的腦子裡卻不知怎的浮現出父親奕訢留下的幾句詩。

「蜀琴欲奏鴛鴦弦，華屋樽開月下天。銀燭樹邊長似畫，金蘭同好共忘年」。

恭親王奕訢生前就是個不折不扣的戲迷，所以才會如此大興土木地建起了這麼一座京城中亦獨一無二的怡神所，只為了能好好聽戲。而南門外這一架紫藤蘿，卻是為了那個女人而修，那個和他鬥了半輩子的女人，那個永遠也不會屬於他的女人。

載瀅不自覺地揚了揚嘴角，暮春時節的薄透陽光纏纏繞繞，竟催生出些許倦意。大概是哪個院子裡的女眷在撫琴唱著小曲兒，軟軟糯糯，把那個總也無法忘卻的纖細身影又送進了他腦中，好一似靜水湖中起漣漪。

蕩悠悠，心思思。

「銀光耀眼雪初晴，新春天氣也宜人，丫鬟帶路花園進，滿園梅花吐芬芳……」載瀅喃喃地低聲唱道。

細細回想起來，載瀅才發現自己其實從未和他說過半句話，甚至應該說連見也沒真正見過一面。儘管這樣，那一顰一笑卻像被烙鐵烙上了一般留在了載瀅的眼底，這麼些年了竟從不曾褪色。

揮了揮手，載瀅把貼身小太監喚了過來。

「主子。」

「備轎。」

「嗻。」

無疑這個小太監最得載瀅心意的地方就是他從來不問問題，載瀅怎麼吩咐他就怎麼做，只管低頭做事，忠心無二。

慢慢悠悠地站起身，載瀅唰一下甩開手裡的摺扇。又看了一眼那滿架不安分的藤蘿，載瀅仰首哼笑一聲，輕搖紙扇踱步離去。

八、

往年總是下得淅淅瀝瀝如同天公垂淚一般的清明雨水，竟然忽的就止住了，天氣好得就像初秋似的。

督著孩子們練完了早功，草草吃了幾口早飯，長爺便帶著馬鳴未和喜鵲出了門。由於下了好幾天的雨，城外土路泥濘濕滑，而且長爺和馬鳴未又得就著喜鵲的小腳，所以三人走得很慢。不過慢也有慢的好處，起碼不會錯過了沿途的景致。

三人蹭著往前走，誰也沒有先開口說話的意思，奇妙的沉默浸淫著各自不同的心事，只有道旁樹梢上的鳥叫聲略顯呱噪。

清除雜草、淨水洗碑、焚紙點香，熟練得彷彿事先排練過一樣，長爺靜靜地站在旁邊，瞇縫著眼睛看著馬鳴未和喜鵲倆忙活。

「長爺，」馬鳴未將手裡的香插在墓前，轉頭對長爺說道，「您老也來上杜香吧。」

「欸，」長爺緩緩地往前邁了兩步，接過喜鵲遞過來的三支香，點著後把明火吹熄，「二爺，又是一年清明了，您……好哇？」

說著話的功夫，一陣微風拂過，卷著絲絲涼意，馬鳴未不由得哆嗦了一下。

「鳴未回來了，您媳婦兒也回來了，一起來看看您，」長爺臉上浮著笑，指了指身旁的兩人，「瞧瞧，鳴未可是大小夥子了，您泉下有知，也能……閉眼了。」

馬鳴未覺得越來越不自在，伸手扯了扯自己的領口，左右轉了轉脖子，而喜鵲卻只是呆呆地站著，一動不動。

「班裡的孩子都挺好的，都爭氣，您放心，」長爺將香和一根柳條一起插在了杜二爺的墳前，輕嘆了口氣，「在下面若是有什麼想要的，您就給鳴未托個夢。」

「啊？」馬鳴未像是被嚇著了似的脫口低呼了一聲。

「怎麼？」長爺不明所以地看向他。

「沒，沒事兒，」馬鳴未敷衍地笑了笑，用袖子胡亂抹了一把額前的冷汗，「今兒，挺熱的。」

「熱嗎？」長爺湊上前瞅了瞅馬鳴未，「這兒風大，當心別著了涼。」

「欸。」

「還有沒有什麼話兒要跟你師父說的？」

「沒……」馬鳴未僵硬地搖了搖頭，「那什麼，我上過香了。」

「行，」長爺點點頭，「收拾收拾，咱回去吧。」

「欸。」

往回走的途中，長爺嘴裡不知哼唱著什麼小調兒，聲音低低的，就連走在他身邊的馬鳴未都聽不清楚。

忽的，長爺扭頭問道，「鳴未，你最近臉色都挺差的，是睡得不好麼？」

「沒……還，還行吧。」

「睡不好可不行啊，」長爺臉上露出擔憂的神情，「晚上要睡不好，白天哪兒來的精神練功唱戲呀。」

「嗯……」馬鳴未附和著點了點頭。

「對了，」長爺想了想，繼續說道，「一會兒你上我屋來，我有個法兒，就算夜裡睡不好也一樣能讓你有精神。」

「是麼？」

「那可不，這個法兒呀，」長爺拍了拍馬鳴未的肩膀，「還是你師父生前告訴我的呢。」

「欸，好，謝謝長爺。」

看著那張和小時候幾乎沒怎麼變的笑臉，長爺古怪地笑了笑，「甭客氣。」

除了裝衣箱砌末的騾車之外，恭王府還特別安排了一乘精緻的四人小轎，專給程雨晴用。轎子雖不大，但是用料講究雕工細膩，一看就知道不是普通人家使得起的東西。

一切準備妥當，正準備上轎的時候，程雨晴收到了一封方興齋托人捎回來的書信。展信一看，不過寥寥數句，大概就是告訴程雨晴江南的經營遇到問題，需要在那邊多逗留一些時日，毋需擔心雲雲。

若他知道其實自己完全沒有擔心過，是否會很失望？

程雨晴將看完的信箋隨意塞進袖筒中，然後俯身鑽進轎子裡。幾輛大騾車跟隨在小轎後面，揚鞭往恭王府而去。

四個抬轎人跑起來既穩又快，從轎窗漏進來的輕風掠過程雨晴的臉頰，帶著點點陽光的味道。看著外面搖晃的街景，卻讓程雨晴的思緒遙遙飄回到他們逃出京城的那一年。

「……人面不知何處去，桃花，」剛念到這裡，一片不知打哪裡落下的粉色花瓣輕飄飄落在了程雨晴的膝上，「依舊笑春風……」

一語未落，卻已是淚溢滿腮。

沉靜在往昔的回憶中不多會兒，程雨晴就感覺轎子微微一晃，接著眼前的轎簾被人撩了起來。

「程老闆，」玉子笑容可掬地站在轎門前，「您請吧。」

玉子的笑臉竟讓程雨晴起了渾身的雞皮疙瘩，如果可以的話，他覺得自己簡直不想從轎子裡邁腿出去。

「程老闆？」玉子又催了一句。

「嗯。」

現在再說不出去也不可能了，於是程雨晴硬著頭皮從轎子裡鑽了出來。站直了身子，他仰頭看向面前那座華麗到可謂荒唐的恭親王府邸，前所未有的震懾和壓迫感仿若無數條滑膩的小蛇，瞬間竄過他的脊背。

「請吧。」

玉子在前面引著路，把程雨晴帶進了王府。

除了程雨晴的小轎之外，其他的騾車一律從東邊的隨牆門直接進到大戲樓那院子裏，而且其他所有的唱戲人和場面都不允許隨意踏入萃錦園。

只有程雨晴是例外。也只有程雨晴被單獨領往溥偉的錫晉齋。

不過區區一介戲子的身分，想來已是莫大的榮耀，而對於程雨晴來說，往前的每一步都走得如履薄冰。

玉子撩開門上竹簾，程雨晴微微垂首走進溥偉的書房。

「草民見過王爺千歲。」說著，程雨晴行了個跪禮。

「雨晴來了，」溥偉的聲音聽著很是歡愉，「無須拘禮，坐下說話。」

「謝王爺。」

程雨晴低眉順目地直直起身，側身坐在了玉子搬過來的椅子上，從始至終都沒有抬眼看溥偉。

「程老闆請用茶。」

「謝王爺。」程雨晴雙手安分地交疊於膝上，靜若處子。

「說來，你與本王算是初次見面。」溥偉忍不住上下打量著程雨晴。

「是，王爺。」

「以前總是看你帶著彩妝在臺上唱戲的樣子，像這樣素面朝天，」溥偉的嘴角不自覺微微上揚，「還是第一次。」

「是，王爺。」

「你就不打算，看看本王麼？」溥偉挑了挑眉。

「草民不敢。」

「無須如此拘謹，來，抬頭。」溥偉正座於太師椅上，胳膊搭著椅子扶手。

「草民粗鄙，只恐驚了王爺尊駕。」

「雨晴，抬頭。」溥偉語調裡帶出幾分不耐。

「既如此，」程雨晴在心底嘆了口氣，緩緩抬頭，微撩眼瞼，「恕草民無禮。」

與程雨晴二目對視，溥偉簡直渾身上下說不出的那麼痛快，只覺得鼻孔裡出的氣兒都更粗了。

不過只是一眼，程雨晴便立刻將視線收了回來，一語不發。

「咳，」溥偉清了清嗓子，「那麼這三天的堂會，就有勞雨晴了。」

「王爺言重了，本就是份內之事。」

「一會兒玉子帶你去看看住的地兒，若有什麼其他需要，吩咐他們去辦就是了。」

「住的地兒？」程雨晴吃了一驚，趕緊問道。

「嗯，既是王府的堂會，自然要住下了。」溥偉若無其事地說道。

「不過是三天的堂會，毋需……」

溥偉擺擺手，打斷了程雨晴的話，「雖只是三天，但要知道，這裡可是恭王府，怎由得隨來來，隨去去？」

語氣雖不重，但卻讓程雨晴無話可駁，只得回道，「是，王爺。」

「玉子。」

溥偉一聲喚，玉子趕緊上前。

「王爺。」

「帶雨晴到香雪塢西廂休息。」溥偉吩咐道。

「嗻，」玉子轉身朝程雨晴笑了笑，「程老闆，請跟我來。」

無奈地點了一下頭，程雨晴站了起來。

「雨晴。」

溥偉言笑晏晏，坐在太師椅上換了一個更舒服的姿勢。

「王爺。」

「好好休息。」

「是，王爺，」程雨晴深施一禮，「草民告退。」

「去吧。」

相對於程雨晴的手足無措，溥偉倒是顯得心情頗佳老神在在。他嘴裡哼著大戲《醉酒》裡的調調，走到書桌前，掭飽了筆，略作沉思後便一氣呵成地在紙上寫下了兩行詩。

「高下麥苗新雨後，參差山色晚晴初」。

漆黑的墨漬順著紙紋往未知的方向蔓延而去，或緩或疾。

九、

一穿過萃錦園東邊的垂花門，程雨晴頓時被滿眼的竹翠給震住了。

「萬物中瀟灑，修篁獨逸群……」聽著竹枝輕搖沙沙作響，程雨晴慢慢綻出一個淺笑，「確是雅致。」

「……貞姿曾冒雪，高節欲凌雲。」

伴著低沉厚重的嗓音，載瀅高大的身影從竹林的另一側轉了出來。

「見過瀅貝勒。」玉子和另一個跟在身後的下人趕緊跪了下去。

乍見來人，程雨晴略微一怔，竟忘記了行禮，就這麼呆地看向載瀅。直到玉子伸手使勁兒拽了一下他的袖子，程雨晴才反應了過來。

「草民見過貝勒爺。」程雨晴慌亂地跪了下去，手掌猛的蹭在青磚地面上，劃出了幾個小小的血口子。

載瀅微皺眉頭，手指輕顫了一下，「慶喜。」

小太監上前答話，「主子。」

「給程老闆上點兒傷藥。」

「嗻。」

簡單吩咐了一句，載瀅便不再看程雨晴，而是背著手快步走出了竹子院。

他管自己，叫程老闆……？

程雨晴抬頭看向載瀅離去的方向，卻記不起來自己在哪裡曾見過這位貝勒爺。

「吾們主子忒愛聽戲，怕不是以前在哪裡聽過您的戲吧。」

慶喜像是看透了程雨晴的想法一般，淺笑道。

「慶喜哥，要不您忙您的去，我來給程老闆上藥。」玉子湊了上來。

「您這不是下我的差事麼，」慶喜開玩笑般衝玉子笑了笑，俯身將程雨晴攙了起來，「程老闆，您跟哪院兒歇著？」

程雨晴看了看玉子，其實剛才溥偉說的時候他根本也沒有用心聽。

「就這兒，香雪塢西廂。」玉子指了指右邊兒，替程雨晴答道。

「哦，那正合適，」慶喜點點頭，「麻煩程老闆在屋裡稍候片刻，我這就去取藥。」

「哪兒能勞您再跑一趟，」玉子趕緊差遣身後的那個下人，「你，取藥去。」

「嗻。」

「那，請程老闆先進屋吧。」

還是由玉子在前面引著路，慶喜習慣性地弓著身子跟在程雨晴身後，三人一起往西廂房而去。

接過下人取來的傷藥擱在桌上，慶喜撩起前衣襟跪在了程雨晴身側，準備給他處理傷口。誰知道他這一跪下，程雨晴馬上就站了起來。

「您，叫慶喜對吧？」程雨晴有些慌亂地擺擺手，「我不過是王爺請來唱堂會的，受不起您如此大禮。」

「程老闆，您坐。」慶喜仰著一張小圓臉，笑得暖暖的。

「可是……」

「您坐，」慶喜半拉著他坐下，將乾淨的手巾打濕後擰乾，托著程雨晴的手，輕輕給他擦拭著傷口，「程老闆，您是王爺請進府的，所以不管您是來做什麼的，都沒必要和我們做奴才的客氣。」

程雨晴微蹙眉頭，一時竟不知該說什麼才好。

「伺候好主子，是奴才的本分，」慶喜麻利清潔完傷口，打開上藥的瓶蓋，磕出一些藥粉，灑在程雨晴的掌心，「就像唱好大戲，是您的本分，不知奴才說的對不對呢？程老闆。」

「啊，嗯……」程雨晴點點頭，看了看被細細包紮的左手，衝慶喜嫣然一笑，「謝謝您。」

「這才剛說完，」慶喜把該收拾的都收拾好，腰上一用勁兒，站了起來，「跟咱做奴才的，可千萬甭說謝。」

「……欸。」

「那您先歇著，奴才告退。」

「嗯。」

說著，慶喜低頭拖著木托盤，退至屋外，轉身離開。

「玉子，」程雨晴扭頭看向一直默默站在門邊的玉子，「您也忙去吧，我這兒沒什麼了。」

「是咧，您好生歇著，」玉子欠了欠身，「我去給您沏茶拿點心。」

「不必麻煩了，」程雨晴喚住他，「過會兒我想去看看戲臺，可以嗎？」

「自然是可以的，您稍等片刻，我去去就來。」

「嗯。」

獨自坐在西廂正房裡，四下飄蕩著陌生的氣息，讓程雨晴實在有些坐立不安。他小心翼翼地站起身，本想到院子裡走走，但又怕壞了王府的規矩，所以人都已經來到了門邊，終究還是沒敢抬腳邁出去。

「你是誰？」

一個稚嫩卻洪亮的童聲在不遠處響起。程雨晴定睛一看，是一個六七歲大的男孩兒，生得眉目清秀，右手握著一桿毛筆，左手裡還攥著一張宣紙，上面似乎寫了些什麼。

「我叫程雨晴，您是？」

男孩兒虎頭虎腦的樣子引起了程雨晴的興趣，他衝那孩子招了招手，示意他近前來。

「我叫溥儒，恭親王溥偉是我兄長。」溥儒邊說，邊踱著方步走了過來，老氣橫秋的樣子逗得程雨晴忍不住想笑。

「原來是儒貝勒，」程雨晴大概猜到了能在這裡自由出入的非皇親即貴胄，連忙深施一禮，「草民見過儒貝勒。」

「起來吧，」溥儒直接走進屋裡，輕輕一蹦，坐在了椅子上，「你說你叫什麼？」

「草民程雨晴。」

不知為什麼，程雨晴對這個渾身散發著書卷氣的孩子很有好感。

「程雨晴，」溥儒細細念了一遍這三個字，抬頭衝程雨晴露出一個稚氣的笑，「我喜歡你的名字。」

「草民謝過儒貝勒。」程雨晴又給他作了個揖。

「程雨晴，你過來，」溥儒指了指旁邊的椅子，「坐那兒。」

「謝儒貝勒賜座。」程雨晴緩步走到桌旁坐下。

面對一個如此可愛的幼童，哪怕心裡明白他是高高在上的皇家貝勒，程雨晴卻覺得怎麼也嚴肅不起來，語氣裡不自覺地透著幾分調侃和玩笑的味道。

「程雨晴。」

「儒貝勒。」

看著溥儒一本正經的樣子，程雨晴拼命地憋著不樂出來。

「你在這兒做什麼呢？」

「王爺賞我於此小住兩晚。」

「住這兒？為什麼？」溥儒睜著一對圓溜溜的大眼睛。

「回儒貝勒，打今兒起有三天的堂會，您可知道？」

「哦哦，」溥儒點點頭，「你是來唱戲的。」

「正是。」

「你唱得如何？」溥儒歪著頭問道。

「嗯……」程雨晴為難地笑了笑，不知該如何回答，「雖蒙大夥兒抬愛，但自覺尚欠火候。」

「……哦，好吧。」溥儒似乎有些無聊地前後晃著腿。

「不知儒貝勒喜歡戲嗎？」程雨晴倒很是喜歡和他聊天的感覺。

「我也不知道，」溥儒聳了聳肩，「我還從未看過戲。」

「那草民今晚自當竭盡全力，希望能令儒貝勒喜歡上大戲。」

「我祖父愛戲，我阿瑪也是，」溥儒鼓著小小的腮幫子，「你見過我阿瑪了沒有？」

一句問話，將那張已不甚年輕卻俊武非凡的冷漠面孔喚回至程雨晴的腦中。

「是，草民已拜見過瀅貝勒。」

「就方才吧？」

「是。」

「嗯，那是阿瑪過來看我的功課，」溥儒抖了抖一直抓在手裡的宣紙，「程雨晴，詩詞歌賦你懂麼？」

「草民愚鈍，不過略曉皮毛而已。」程雨晴謙虛地答道。

「你過來，看看我剛寫的五言詩。」

「是。」

程雨晴起身來到溥儒身旁，雙手托著那張宣紙一瞧，上面用楷書寫著兩行字，詩曰「江戶連春雨，珠簾望翠微，群賢天上聚，五馬道旁歸」。

「儒貝勒的詩句，真美。」程雨晴由衷地贊嘆道。

「嗯……」溥儒皺了皺眉，「我自己也覺得不錯，但是方才阿瑪看了，讓我再推敲推敲後面兩句。」

「後面兩句？」程雨晴再次看回紙上，「群賢天上聚，五馬道旁歸……道旁歸……」

「程雨晴，你覺得如何？」溥儒看向程雨晴。

閉著眼睛來回念了幾遍，程雨晴重新睜開眼睛，「儒貝勒，若是這兩句改成……群賢天上集，五馬路旁歸的話，如何？」

「江戶連春雨，珠簾望翠微，群賢天上集，五馬路旁歸……妙呀！」溥儒似乎很高興，「程雨晴，改得妙！」

「儒貝勒見笑了。」

「我要賞你點兒什麼，你想要什麼？」

「能為儒貝勒略盡綿薄之力已是草民的榮幸，實不用再賞賜了。」程雨晴拱手笑道。

「那不行，」溥儒一撇小嘴，「阿瑪說了，做人要賞罰分明，說吧，想要什麼？」

「嗯……」程雨晴看著溥儒極其認真的表情，點點頭，「那好吧，草民想要……」

「要什麼？」溥儒坐在太師椅上的小小身子往前挪了挪。

「草民想要儒貝勒今晚看戲時，給草民叫好。」

「叫好？」溥儒轉了轉眼珠，「什麼意思？」

「儒貝勒若是不明白，不妨去問一問瀅貝勒。」

「嗯，」溥儒撇了撇嘴，從太師椅上跳了下來，「行，我去問問阿瑪，順便讓他看看改好的詩句。」

「草民恭送儒貝勒。」程雨晴微微垂首，將溥儒送出了門外。

「程雨晴，」溥儒忽然回過頭，仰著小臉兒看向程雨晴，「你今兒晚上好好唱，我給你叫好。」

「是。」

「嗯，我走了。」

溥儒蹦蹦跳跳地跑開了，手中薄薄的宣紙飄飄蕩蕩，像只舞動翩翩的白色蝴蝶。

「送儒貝勒。」

十、

喝了一會兒茶之後，玉子帶著程雨晴去大戲樓逛了一圈兒，一是為了讓他熟悉戲臺，二是純粹為了顯擺。

雖然從牡丹園這個方向看過去，除了華麗之外，並不會覺得大戲樓有什麼特別之處，但進到樓裡才知道什麼是金碧輝煌、璀璨奪目。

戲臺兩旁的粗大台柱，以及四壁和天花板都繪滿了栩栩如生的纏枝藤蘿，簡直就像是戲樓外的那一架紫藤蘿蔓延進來了一般。滿眼盛放的紫花與宮燈交相輝印，令人感覺似坐在藤蘿架下欣賞大戲，風雅至極。

恭親王奕訢曾命人在戲臺底下放置了幾口空缸，以達到攏音的作用，為了追求完美的聽戲效果可謂費盡了心思。

第一晚的戲碼，程雨晴刻意選了《楚漢爭》這齣不以自己為主的戲。當初爲了捧侯小若，所以在編排時整齣戲都偏重楚霸王，有虞姬的部分並不是非常多。其餘幾折雖也有虞姬零星的出場，但最出彩兒的無疑就是《別姬》這一折。

「曉妝梳洗烏雲輓，玉容寂寞淚漣漣……」

甩了甩水袖，一身宮裝的程雨晴從出將門款步走出，才剛唱了兩句，就聽見戲臺下響起一嗓子非常不適時但卻又實在令人恨不起來的叫好。

溥儒坐在父親載瀅的身旁，按耐不住使勁兒喊了一聲好之後，就滿臉通紅地小聲問載瀅，「阿瑪，我喊的對不對？」

載瀅笑著拍了拍他的頭，「別那麼著急，到該喊的時候阿瑪自會告訴你。」

「哦。」溥儒坐直了身子，兩眼興奮地直盯著戲臺。

戲臺上的程雨晴輕咬下唇，表面看起來絲毫沒有動搖，卻在心裡笑出了聲。他掃了一眼戲臺下，不想沒能看到溥儒小小的身影，卻對上了溥偉蛇一般的視線。

隨著身上的動作，程雨晴不著痕跡地將視線收了回來，但依舊感覺到脊背上一陣冰涼。

「……耳邊廂又聽得人聲吶喊，想必是大王爺轉回營盤。」

大概是因為初次觀戲，所以溥儒的問題總是很多，拉著載瀅問這問那，攪得他壓根兒無法好好看戲。但載瀅對待這個兒子卻是無比有耐心，無論溥儒問什麼他都不急不惱地細細解釋給他聽。

坐在不遠處的溥偉斜著眼睛瞥了他倆一眼，然後調整了一下坐姿，眼神又重新追著戲臺上程雨晴的窈窕身姿。

夜很長，戲樓外的紫藤蘿在夜幕中暗送幽幽甜香，伴著月光從窗口悄悄洇入樓裡，卻輸給了宮燈的燈火和女眷們身上的脂粉香氣。

戲臺上，虞姬眸中含淚，聲音裡是已然藏不住的絕望和悲涼。

「……願借大王青峰劍，情願盡節在君前。」

西楚霸王微微顫抖，像是要確認其心意一般看向眼前的絕美人兒。

「虞姬果肯身殉難，倒叫孤家心痛酸……唉呀美人，你果有此心？」

虞姬淺淺頷首，「果有此心。」

「實有此意？」

「實有此意。」

「罷罷罷，我項羽縱死九泉也得瞑目！但只一件……」

「哪一件？」

「只是你我恩愛一場，叫孤家……怎能捨得？」

儘管還不能完全明白戲臺上兩人唱的是什麼意思，但是溥儒卻怎麼也止不住胸口湧上來的複雜情愫。

「阿瑪……」

「嗯？」

「他，要做什麼？」溥儒小小的手緊緊拉著載瀅的衣袖，使勁兒皺著眉。

「阿瑪不是給你講過項羽和劉邦爭天下的故事麼，還記得嗎？」

「記得。」

「虞姬，」載瀅指著程雨晴，「是項羽所愛之人，但是項羽戰敗，自顧不暇……已無力再保護他心愛之人。」

「然後呢？」溥儒的聲音似乎很緊張。

「儒兒，男子漢大丈夫須頂天立地，豈可被兒女私情所困，」載瀅眯起眼睛看著臺上的戲，柔聲對兒子說道，「項羽也是一樣，該割捨的時候……就必須割捨。」

「難道項羽要賜死虞姬？」溥儒瞪大了眼睛，「就因為輸了仗？」

載瀅沒有出聲，只是點了點頭。

「不能帶她一起走？」

載瀅搖搖頭。

溥儒不再問話，神情有些哀傷地看向手擒青鋒利刃的程雨晴。

「……大王他把妾身戀，難捨難分淚漣漣，走向前抽出了青峰劍，頃刻一命染黃泉。」

唱罷，程雨晴將劍架在脖子上輕輕一抹，緊接著一個甩袖，轉身下場。

「程雨晴……」

溥儒禁不住低喊了一聲程雨晴的名字，眼眶紅紅地看著他的背影消失在入相門裡。

坐在戲樓正中央的溥偉拍著巴掌，滿面讚許地喊了一聲好，引得其他人也都趕緊跟著喊起好來。唯有載瀅往後輕輕靠著椅背，嘴角浮起一抹自己都沒有察覺到的暖笑。

「師哥，今兒精神頭不錯呀。」

剛唱完華樂樓壓軸的馬鳴未從戲臺上走下來，正好碰上從後臺出來準備上場的侯小若。

「調門兒真衝。」侯小若笑著拍了拍馬鳴未的肩膀。

馬鳴未腳步輕快地在原地蹦躂了兩下，笑道，「還真是，忒鬆快，長爺的法兒真管用。」

「長爺的法兒？什麼法兒？」

「秘密。」馬鳴未湊近侯小若耳邊吐出兩個字，還惡作劇似的衝他眨了眨眼睛。

「啊哈哈，師哥您還真是……」侯小若撓了撓頭，「對了，您……去見過雨晴了嗎？」

「嗯，」馬鳴未邊說邊摘下髯口，「我上煙雨閣去瞧了他一趟。」

「哦……他，怎麼樣？還好麼？」

馬鳴未輕嘆了口氣，「我說小若，多大點兒事兒啊，去賠個禮不就完了。」

「我賠過禮了，」侯小若滿面愁雲慘霧，「雨晴壓根兒也不聽呀。」

「也是，雨晴要擰起來還真是八匹大馬也拉不回來。」

「師哥，」侯小若求助般看著馬鳴未，「怎麼辦呀我……雨晴該不會這輩子都不再和我說話了吧？」

「不能，」馬鳴未哈哈笑了起來，「雨晴那孩子很好哄的，我想想……買點兒好吃的，每次他跟我鬧彆扭，我就給他買好吃的。」

「管用嗎？」侯小若歪著腦袋，明顯有些懷疑，「又不是溪閣。」

「聽我的，準保管用。」

「那，買什麼呢？」

「桂花糕，雨晴從小就愛吃桂花糕。」

「桂花糕啊……桂花糕？」侯小若想了想，點點頭，「嗯，謝謝師哥。」

「客氣啥，趕緊準備，」馬鳴未一指戲臺，「該你了。」

「欸。」

自從幾年前自己抽大煙被載瀅狠狠訓斥了一頓之後，溥偉一直都只敢躲在自己的錫晉齋裡抽，抽完了再讓玉子出去偷偷買回來。

最初不過是在特別疲倦的時候才會想要抽一個煙泡，到後來隔幾天就得抽一回，再到現在每天早上不點一個煙泡基本上都起不來床，溥偉對大煙的依賴是日益加重。

「玉子。」

溥偉舒舒服服地躺臥在金絲楠木的羅漢床上，半閉著眼睛哈出一口煙霧。

「爺，我在這兒呢。」聽見召喚，玉子趕緊捧著茶水上前。

他知道溥偉每次抽完了大煙之後，都喜歡喝一口釅釅的花茶，為了去嘴裡的味兒。

連手也不抬一下，溥偉撐起上半身把嘴湊到茶碗邊，咕咚咕咚喝了幾口茶。

「讓你辦的那事兒，怎麼樣了？」

喝完茶，溥偉又躺了下去。

「銀子給了，說一準兒給辦得漂漂亮亮的，」玉子低聲說道，「任誰也不能看出做過手腳。」

「嗯，」溥偉點點頭，還陶醉在大煙的後勁兒裡，「方興齋那邊兒呢？」

「已經和盛宣懷談妥了，」玉子邊回話邊給溥偉揉著腿，「姓盛的老狐狸早就賊著方興齋的錢莊了，這回咱就算是順水推舟。」

「好……哼哼哼，」溥偉哼笑了幾聲，「估計那姓方的小子也快活不了幾天了……辦得好，一會兒去賬房支五十兩銀子，給你買茶喝。」

「謝王爺！」

「盡心給本王辦事，好處少不了你的。」

「瞧您說的，我什麼時候對您不盡心了？」

玉子邪魅地一笑，緩緩將身子貼向溥偉。

「知道你忠心，」溥偉捏了捏玉子的臉頰，「對了，到時候阿瑪不會在府裡吧？」

「您放心吧，一切都按您的吩咐，」玉子輕蹭了蹭溥偉的胳膊，「瀅貝勒後兒一早就會被急召入宮，沒個三兩天也回不來。」

「好哇，好！」溥偉放心地笑了，晃著手裡的大煙槍，「這才叫整備窩弓射猛虎，安排香餌釣鰲魚。」

「我的爺，您可得小心啊。」玉子瞟了溥偉一眼。

「嗯？小心什麼？」

「別回頭鰲魚沒釣上來，您反被魚鱗劃傷了手。」玉子淡淡地說道。

「哈哈哈哈，」溥偉掐著玉子尖尖的下巴，「那本王就先刮了他的魚鱗，再拔了他的魚刺。」

「您忍心麼？」

「區區戲子，有何不忍。」

「就怕您到時……動了真情。」

「哼，」溥偉將玉子往旁邊輕輕一搡，「真情這東西，不過是古人杜撰出來的虛無罷了。」

「哦？」玉子又貼了上來，「奴才對王爺您，可一直都是真情呀。」

「你？」溥偉摟著玉子的脖子，「你這小子眼裡就只看得見銀子，當本王不知道麼？」

「這您就瞎說了。」玉子輕推開溥偉的手。

「難道不是？」

「當然不是了，奴才的眼裡除了銀子，」玉子嘴角揚起一個好看的弧度，「還有金帛珠寶、翡翠珍玩和古董字畫呀。」

「好一個愛財的奴才，哈哈哈哈。」

溥偉仰面躺著大笑了起來，順手摟住了玉子的蠻腰。

十一、

儘管這三天的堂會溥偉只邀請了關係非常近的幾位至親好友，就算加上女眷們攏共也不過一二十人，但第一天的《楚漢爭》確是把眾人全給震了。不僅是楚霸王的威武霸道和劇情的曲折緊湊，更是虞姬的軟款溫柔，將《別姬》一折演繹得悲而不俗、哀而不絕。

而第二天的《女起解》連唱《玉堂春》，愈發讓大家聽得如癡如醉欲罷不能。穿著一身兒紅色罪衣褲的程雨晴項繫鎖鏈，用兩手捧著，一步一步走出九龍口，神色幽怨無奈，與前一晚的虞姬簡直恍若兩人。

直到程雨晴悲戚戚唱完最後兩句西皮搖板，做哭狀下場之後，坐在戲臺下的溥儒才好不容易把憋在胸口的那口氣給吐了出來。

「程雨晴。」

一挑後臺的門簾，一個小小的身影閃了進來。

程雨晴都不用看就知道是誰，他趕緊起身給來人行了個跪禮。

「草民給儒貝勒請安。」

「快起來，」溥儒上前拽著程雨晴一起坐在椅子上，「聽見我給你叫好了麼？」

「儒貝勒嗓音洪亮，想聽不見也不行呀。」程雨晴柔聲笑道。

程雨晴的莞爾一笑，竟讓溥儒小臉兒微微泛紅。

「程雨晴，」溥儒咧嘴笑著往程雨晴那邊湊了湊，「你長得真好看。」

程雨晴先是一怔，隨即又笑了出來，「草民謝過儒貝勒。」

「昨兒個你幫我改的那兩句詩，我給阿瑪看過了。」

「哦？」

「阿瑪讚不絕口。」

看得出來溥儒被父親稱讚之後樂得夠嗆。

「儒貝勒年紀尚幼卻有如此文采，實屬難得。」程雨晴看著溥儒可愛的模樣，笑意更深。

「我祖父、我阿瑪和我兄長都寫得一手好詩，這算不得什麼，」溥儒聳聳肩，接著露出一個神秘兮兮的笑，「給你看個東西。」

「嗯？」

「你看。」溥儒從懷裡小心翼翼地掏出一柄紙扇，遞給程雨晴。

程雨晴雙手接了過來，有些不明白地看向溥儒，「這是？」

「打開。」溥儒閃著興奮的光，迫不及待地催促道。

「是。」程雨晴將紙扇托在手中，慢慢展開。

扇面上是兩行很是周正的楷書詩句，落款是溥儒。

「這是您寫的扇面兒？」程雨晴有些驚訝地看著眼前的幼童。

「嗯！」溥儒使勁兒點了點頭，滿臉得色，「昨兒看完你的戲之後，我就想著寫一首臨江仙，這是頭兩句，先送給你。」

「飛盡落花池上雨，斜陽翦破新晴……雨，晴，」程雨晴低聲念了一遍，筍尖般纖細白皙的指尖輕觸扇面上的詩句，「儒貝勒，真是個有心人。」

「你喜歡嗎？」溥儒兩隻大眼睛直直地盯著程雨晴。

「如此貴重，我收得麼？」

沒等溥儒回答，門外的一陣腳步聲就打斷了他倆的談話。

門簾被高高撩起，一低頭，溥偉大步走了進來。

「草民參見恭親王，王爺千歲千千歲。」

程雨晴幾乎是條件反射般垂首跪了下去。

順帶著後臺裡所有的人也都一起跪著，給溥偉行禮。

溥偉看了程雨晴一眼，又看向一旁的溥儒，眉梢跳動了一下，繼而笑道，「儒兒，你怎麼在這兒。」

「溥儒見過兄長，」溥儒從椅子上跳下來，給溥偉行了個禮，「我來看看程雨晴。」

「哦？你認識他？」溥偉指了指還跪在地上的程雨晴，問道。

「嗯，」溥儒點點頭，「程雨晴是我的朋友。」

「哦？」溥偉拉長了音調，又看了看程雨晴，沒再多問卻也沒說讓程雨晴站起來。

溥偉回頭拿過玉子捧在手上的一個卷軸，剛想說什麼的時候就看見了程雨晴放在桌上的那柄紙扇。因為剛才跪得匆忙，連扇子都忘了合上。

冷眼看了看紙扇上寫的詩句，溥偉面無表情地將卷軸又扔回玉子手上，一聲不吭地轉身拂袖而去，弄得大家夥兒都有些莫名其妙面面相覷。

侯小若搬到三閏爺的院子裡已經十好幾天了，但是基本上只有一早一晚會在院子裡出現，再加上三閏爺本身應的活兒也多，所以能正經讓他老人家坐下來給侯小若說說戲看看功什麼的，還真挺難勻得出時間來。

這天好不容易爺倆都休息，鳴福社那邊也沒什麼事兒，於是侯小若趕緊把老頭兒給請了出來。

「乾爹，您看今兒天兒這麼好……」

三閏爺踱步出屋，笑道，「怎麼？要請老頭子我出去喝一杯嗎？」

「行啊，咱爺倆回頭去喝點兒。」邊說著，侯小若邊把綁腿緊了緊。

「回頭？那現在你想幹啥？」三閏爺揉著手裡小小的紫砂茶壺，看向侯小若，「哦哦，哈哈哈，行啊，咱先走哪齣戲？」

「嗯……最近少唱曹操戲，」侯小若站到院子中間，兩手插著腰，「要不，您給我看看《捉放曹》吧。」

「哦？《捉放曹》哇，」三閏爺抓了抓下巴，「沒見你唱過呀。」

「是，坐科的時候和鳴未師哥搭著唱過幾回，」侯小若窩腰踢腿地熱著身，「這些年都沒怎麼唱了。」

「好吧，你來來，我看看。」三閏爺喝著茶，悠哉地坐在了侯小若給他搬出來的大竹椅上。

於是，侯小若便從「過關」開始，帶著身上一直順著往下唱，「公堂」、「路遇」、「殺家」，再到最後的「宿店」，全部走了一遍。

他邊唱，三閏爺邊在自己腿上敲著拍子，時不時還點點頭。

「……可恨陳宮做事差，不該留詩叫罵咱，約會諸侯興人馬，拿住了陳宮我定不饒他！」

唱完最後幾句搖板，侯小若扭頭看向三閏爺，「乾爹，您看看怎麼樣？」

「嗯，」三閏爺把手裡的小茶壺放下，站了起來，「小若你知道，這齣戲和其他曹操戲的區別在哪裡嗎？」

「呃……唱多？」

「對，《捉放曹》和《陽平關》都是偏重唱的曹操戲，需要銅錘架子兩門抱，」三閏爺認真地解釋道，「小若你也知道，你的嗓子先天條件並不是特別好，那咱該怎麼做？」

「多用技巧來掩飾。」侯小若一本正經地答道。

「對，也不對。」三閏爺露出一個高深莫測的笑。

「啊？不懂。」

「對，咱是要懂得活用技巧，但並不是僅僅用來藏拙，」三閏爺點指侯小若說道，「要活用技巧來幫助你塑造人物，進入人物。」

「對，我就是那個意思。」侯小若傻傻一樂。

「臭小子，」三閏爺被他的樣子給逗樂了，「你得先好好品品《捉放曹》裡的曹操是什麼心態，處於什麼境地。」

「欸。」侯小若收了笑臉，仔細地聽著三閏爺的諄諄教誨。

「這時候的曹操沒有《群英會》的驕縱得意，也沒有《逍遙津》的壓頂霸氣，更沒有《陽平關》的王侯儀態，」三閏爺邊講邊比劃著，「他不過是被董卓通緝在案的逃犯，面對陳宮時該怎麼表現，面對呂伯奢時該怎麼表現，可不能囫圇吞棗就隨便那麼一唱，那就把曹操給唱淺了。」

「是，乾爹。」

「尤其是殺家那折，」三閏爺做手持寶劍狀，唱了幾句曹操的西皮散板，將身段兒示範給侯小若看，「自作自受自遭殃，小鬼怎擋五閻王，寶劍一舉全家喪！」

侯小若站在一旁邊看邊學著三閏爺的動作，幾乎是分毫不差。

「接著陳宮上場，對吧，曹操以劍擦過陳宮頭側，」三閏爺一個漂亮的轉身，「右腿蓋左腿，崩登倉！腳底下站穩，這兒要亮住了。」

「欸！」侯小若也一個亮相。

「眉頭緊皺，目眺遠方，喘氣兒，」三閏爺刻意地微微晃著身子，「這時候曹操剛殺完呂伯奢一家，拿那餘憤未息的勁頭兒。」

「好！難怪人都說您是活阿瞞呢，真好！」

侯小若使勁兒給三閏爺喊了一嗓子好。

「好什麼好，」三閏爺笑著拍了侯小若的腦袋一巴掌，「這齣戲咱曹操必須在氣勢上壓著陳宮唱，要不就叫老生給喝了。」

「欸，我懂。」

「行，那你再走幾遍，」三閏爺重新做回到椅子上，抓起小茶壺嘬了一口，「有什麼我再給你說。」

「好咧。」

這一整天裡，侯小若走了一遍又一遍，三閏爺就給說了一遍又一遍，細到從眼神到指尖都講到了。直至夕陽西沉，侯小若的肚子先嘰哩咕嚕地抗議了起來，爺倆這才想起了吃飯這事兒。

「你歇會兒，我去給咱爺倆下碗麵條兒。」三閏爺把一條乾淨的白手巾遞給侯小若。

侯小若整個人累得癱在地上，勉強抬手抓過手巾搭在臉上，「謝，謝謝乾爹，哎喲……可累著我了。」

「給你窩倆雞蛋。」

說罷，三閏爺往廚房走去。

聽著風打樹梢的嘈雜，侯小若慢慢睜開眼睛，透過蓋在臉上的白手巾朦朦朧朧地向四周望去，卻根本什麼也看不清。身旁少了那個喊著他名字的軟糯嗓音，似乎一切都顯得不再重要。

「妞兒妞兒，不用害怕……都有，咱家我……呢……」

念著念著，一顆滾燙的淚從眼角溢出，悄無聲息地翻滾落下。

「麵來咯。」

也不知過了多久，三閏爺的聲音和腳步聲由遠而近。侯小若趕緊抓著臉上的手巾胡亂擦了一把，一翻身跳了起來。

「吃麵吃麵，餓死我了都。」

接過三閏爺手裡的麵碗，侯小若挑起一筷子，稍微吹了吹，就大口大口吃了起來。

「當心燙！臭小子。」三閏爺無可奈何地笑了笑，將嘴裡的麵條咽了下去。

「手藝不錯呀乾爹，真香。」侯小若塞了滿嘴的麵條，口齒不清地誇讚道。

「小若啊，你今年多大了？」三閏爺忽然莫名其妙地問了一句。

「我？快二十二了，」侯小若吞下几口麵湯，瞪大了眼睛看著三閏爺，「乾爹，您不會想著要給我說媳婦兒吧？我可不要。」

「誰給你說媳婦兒了，美得你呢，」三閏爺把手裡的筷子翻過來，敲了一下侯小若的頭，「你出科也這麼些年了，就沒有想過離開鳴福社，自己挑班兒麼？」

「自……自己挑班兒？」侯小若叼著幾根麵條，愣住了，「我？」

「嗯，從沒想過？」

「沒……」侯小若呆呆地搖了搖頭，嘴裏的麵條也跟著晃了晃，「沒想過。」

「那想想吧。」

「……欸。」

「吃麵吃麵，一會兒該涼了。」

「欸，吃麵。」

十二、

天尚未過巳時，宮裡就差了人來宣召載瀅進宮陪王伴駕。雖然有些一頭霧水，載瀅還是急急穿戴整齊，跟隨來人離開了。

載瀅前腳剛走，玉子就一溜煙兒地跑來給溥偉回話了。

「走了？」溥偉背著手站在窗前。

「走了。」

「今兒個不會回來了？」

「絕回不來。」

「哼，」溥偉揉著手裡紫紅色的核桃，笑道，「我說什麼來著，只要銀子花夠了，沒有辦不平的事情。」

「爺英明。」

「少跟這兒賣嘴乖了，趕緊去準備，」溥偉一揮手，「記住，必須滴水不漏。」

「您放一百二十個心，都交我了。」

往後退了兩步，玉子一轉身，急步往屋外走去。雖說玉子是個極度貪財之人，但是溥偉交給他的活兒，玉子從沒有辦不好的。

堂會最後一天的戲碼是《醉酒》，是程雨晴最壓箱底也最叫座兒的一齣戲。但凡看過程雨晴的《醉酒》，就沒有不愛的。更甚至還有人說，「見過了程雨晴的貴妃，就再沒有其他女人能看得入眼了」。

「擺駕。」

隨著一聲掛味兒的悶簾內白，程雨晴身著明黃團鳳女蟒，手持灑金紙扇小碎步來到九龍口，將兩邊的水袖一甩一轉，捧著紙扇一亮相，將楊貴妃的嬌媚自負、顧盼自得表現得淋灕盡致入骨三分。

「海島冰輪初轉騰……」

唱到「初轉騰」三字時，程雨晴以扇遮面三次，似眸中有月。他輕抖手中紙扇，每一下都好像扇到溥偉心裡去了，實實的百爪撓心。程雨晴腳下步履輕盈，一步步仿若踩在雲尖兒上一般，行雲流水裙擺翻花。

「……皓月當空，恰便是，」程雨晴再次以紙扇半遮玉面，眼波流轉竊人魂魄，「嫦娥離月宮，奴好似嫦娥離月宮。」

右手腕繞扇三回，程雨晴將紙扇抱於胸前，往台口款款幾步，緊接著伸手往前一指，嬌俏一笑，身子隨即往後退去。

溥偉坐在戲臺下就感覺自己魂兒都沒有了，一勁兒地抻氣兒，手掌心裡全是汗，簡直恨不得現在就一把將程雨晴從戲臺上給拖下來。

「爺。」玉子俯身在溥偉耳畔。

「嗯？」溥偉目不轉睛地盯著戲臺。

玉子忍不住吭哧笑了出來，「爺，您可別忘了喘氣兒。」

「滾一邊兒去。」溥偉白了他一眼。

「奴才這就滾，」玉子又往前進了半步，「奴才滾之前給爺回一聲，都辦妥了。」

「嗯。」溥偉嘴角微微上揚，輕點了一下頭。

「那奴才可滾了。」

「滾吧。」溥偉笑著揮了揮手。

「嗻。」

玉子面帶笑意，垂首退了下去。

程雨晴的楊玉環穩坐於桌案之後，四個宮女上前敬酒。

「啓娘娘，宮娥們敬酒。」

「敬的什麼酒？」程雨晴微斜著身子，坐在椅子上問道。

「龍鳳酒。」

「何為龍鳳酒？」

「萬歲與娘娘同飲，名曰龍鳳酒。」

程雨晴紙扇掩面，羞澀地笑了笑，「好，如此呈上來。」

望了一眼盞中酒，程雨晴輕輕嘆氣，用扇子遮著把第一杯酒給喝了下去。

「啓娘娘，」太監裴力士捧酒上前，「裴力士敬酒。」

「敬的什麼酒？」

「太平酒。」

「何為太平酒？」程雨晴頭也不回，紙扇輕撫胸口。

「黎民百姓所做，名曰太平酒。」

「呈上來。」

「遵旨。」

裴力士將酒獻上，程雨晴依舊用扇子遮住，將第二杯酒一飲而盡。

「奴婢高力士敬酒。」

「高力士……」

「奴婢在。」

「你敬的什麼酒？」

「通宵酒……」

太監高力士話音未落，就被程雨晴打斷。

程雨晴將手中紙扇一合，一轉手腕，「呀呀啐！」

高力士趕緊垂首跪下。

「奴才，哪個與你通宵！」程雨晴媚眼一瞪一翻，更平添幾分艷氣。

溥偉一句話也說不出來，瞇縫著眼睛使勁兒咽了口口水。

「啓娘娘，此乃滿朝文武不分晝夜所造，故而名曰通宵酒。」

「好，如此，」程雨晴一拖腔，右手甩扇繞腕，左手仕腦後一甩水袖，斜著眼睛看向高力士，「呈上來。」

「遵旨。」

戲臺上高裴二人小心伺候著，戲臺下溥偉一拍巴掌，低吼一般喊了聲好。

「好！」

喝完三杯酒，楊玉環已是微醺，借著酒意媚態盡顯，眉梢眼角道不盡的萬種風情。一個大身上起落，貴妃坐臥於桌案前，頂上鳳冠珠佩亂顫，醉眼迷離朱唇微翹，惹得戲臺下又是滿堂的叫好聲。

站起身後是兩次醉步，甩水袖跑小圓場。誰知這圓場才剛跑了不到一半，程雨晴就感覺右腳蹺鞋的綁帶呲啦一聲斷開，他站立不穩地右腳往外一撇，眼看著整個人就要摔在臺上。程雨晴來不及穩住身子，而是半空中用力一扭身兒，直接一個臥魚躺了下去。

一起唱戲的那些龍套都是老江湖了，趕緊擁簇上前，打算先把程雨晴給架下場再說。

就在這時候，只聽「啪」的一聲響，連鑼鼓場面都嚇得停住了手，整間大戲樓裡頓時鴉雀無聲。

溥偉握了握方才大力拍在桌上的手掌，陰沉著臉說道，「恭王府的堂會你們也敢出岔子，脖子上都長著幾個腦袋呀？！」

戲臺上的龍套們連大氣兒都不敢出，更別說去扶程雨晴了。

「都滾進後臺去！沒有本王的口諭，一個也不準離開王府！」說完，溥偉指著還側臥在臺上的程雨晴，「來人，把這個罪魁禍首帶下來，本王要……親自審問。」

程雨晴一時間被眼前的混亂場面給嚇懵了，他還沒明白過來為什麼自己上一刻還踩著寸子在戲臺上扮楊貴妃，下一刻就被人五花大綁地給抬進了錫晉齋的廂房，連頭上的鳳冠也不知道何時掉到哪裡去了。

幾個護院兵丁粗魯地將程雨晴往房間裡一扔，接著就從外面鎖上屋門離開了。

聽著亂七八糟的腳步聲越來越遠，程雨晴勉強翻了個身，掙紮著跪坐了起來，淚眼朦朧地四下張望了一下。

夜幕已降，屋裡卻沒有點燈，所以只能借著窗外的月光看個大概齊。程雨晴所在的這間似乎是廂房的正屋，有桌有椅，還有一些陳設，牆上掛著幾幅山水字畫。再往裡面應該還有一間，隱約能看見掛著幔帳，大概是臥房之類的。

黑暗之中，程雨晴連呼吸都顯得無比小心翼翼。環顧了一周，程雨晴剛想試著站起來，才發覺右腿的腳踝處傳來一陣陣鈍痛。

也不知過了多久，程雨晴就這麼呆呆地靠著桌腿坐在地上。直到門外再次響起腳步聲，開鎖卸鏈的聲音嚇得程雨晴不由得低著頭往後縮了縮。

嘩啦一下門被推開，溥偉微晃著身子抬腳走了進來。站在門口，溥偉眯縫著眼睛，居高臨下地瞧著蜷縮成一團的程雨晴，心裡痛快至極。

下人們魚貫而入，點燈的點燈，上酒的上酒。而溥偉則是大剌剌地走到程雨晴身邊，猛的扯開一旁的椅子。椅子腿摩擦地面的噪音驚得程雨晴下意識兩手抱著桌腿，止不住地哆嗦了起來。

溥偉揮了揮手，把手下人都給打發了出去。房門緊閉，屋裡就只剩下他和程雨晴。

「雨晴，」溥偉板著一張面孔撩袍坐下，儘量不讓聲音裡透出太多歡愉，「抬起頭來。」

程雨晴的身子微微輕顫，但還是低垂著眼瞼慢慢抬起頭來，臉上掛著亂七八糟的淚痕，卻令他看起來更加惹人憐愛。

「裳裳者華，其葉湑兮，我覯之子，我心寫兮……」程雨晴梨花帶雨的模樣讓溥偉的心狠狠一震，震得他幾乎失了神。

沉默了好一會兒，溥偉終於意識到自己的失態，他清了清嗓子，說道，「咳……雨晴，起來說話。」

「……草民，」程雨晴想了想，改了口，「罪民不敢……」

「起來，」溥偉伸手一撈程雨晴的胳膊，半拉扯著把他給拽了起來，「坐那兒。」

說著，溥偉故意一撒手，程雨晴一時間失去平衡，不由自主地跌坐在另一邊的椅子上。

「來，」溥偉抓過桌上的酒壺，斟上滿滿一盞酒，

「喝杯酒，穩穩心神。」

「……謝王爺。」程雨晴小聲抽泣著，小心地捧著酒盞送至嘴邊。

原本程雨晴只想像徵性地喝一小口，誰知溥偉伸食指輕輕一抬酒盞底，讓他不得不把整一盞酒全給喝了下去。

「好酒量呀，」溥偉又給斟上一盞，故意學著《醉酒》裡高力士的腔調，「高力士，敬酒。」

程雨晴偷偷看了溥偉一眼，不敢掃了他的興，只好隨著接了下去，「敬的什麼酒？」

「龍鳳鴛鴦酒。」溥偉眼中笑意漸深。

「……好，呈上來。」

程雨晴接過酒盞，一仰脖兒，全灌了下去。

「雨晴，不如趁著酒興，把柳腰金往後的《醉酒》給本王唱唱。」溥偉再次往酒盞裡斟著酒，不過這回他沒有給程雨晴，而是自己喝了起來。

「王爺……」程雨晴面露難色。

「此處不過你我二人，毋需拘謹，」溥偉兩隻眼睛像要著火了一般，視線滾燙，「唱唱，本王聽聽。」

「……是，王爺。」

十三、

程雨晴手撐桌面緩緩起身，微醺的醉意倒為他減緩了幾分惶恐和不安。

「呀呀啐……自古道酒不醉人人自醉，色不迷人人自迷，」程雨晴起了個範兒，「哎，人自迷……裴力士，卿家在哪裡呀？」

「伺候娘娘。」溥偉手握酒盞，嬉笑著搭言。

「娘娘有話兒來問你，」借著酒意，程雨晴衝溥偉嫣然一笑，「你若是順的娘娘心遂的娘娘意，我便來，來朝把本奏君知，哎呀卿家呀……管叫你官上加官，啊，職上加職。」

隨著身段兒，程雨晴拖著右腿往溥偉這邊踱了兩步，唱到「職上加職」的時候竟差點兒一指頭戳到溥偉臉上。溥偉還沒說什麼，程雨晴把自己給嚇了一大跳，連忙跪下。

「王爺恕罪。」

溥偉拍著大腿，哈哈大笑道，「何罪之有哇？接著唱，接著唱。」

程雨晴只好重新起身，嘴裡學著胡琴音，繼續往下做著一連串楊貴妃的身段兒。他的每一個動作每一個眼神，都叫溥偉看得心癢難耐，酒是喝了一盞又一盞。

「你若是，不順娘娘心不遂娘娘意，我便來，來朝把本奏當今，哇！」程雨晴嬌嗔怒罵的可人模樣，簡直比盞中酒還要更叫溥偉上頭，「奴才嚇，管叫你一命見閻君，哎，見……」

還沒等程雨晴唱完這一句，溥偉就扔開酒盞，伸手將程雨晴一把攬入懷中。程雨晴嚇得動也不敢動，兩隻潤濕的桃花眼瞪得大大地看向溥偉，胸口劇烈地上下起伏著。

溥偉一手緊緊摟著程雨晴的腰，另一手扣住他的下巴，嗓音略顯嘶啞，「你若是，順著本王的心遂了本王的意，本王或許……就饒了你不敬之罪。」

到了這一刻，程雨晴才終於明白過來這一切都是溥偉設下的局。為了能得到自己，為了能迫自己就範而處心積慮設下的局。

程雨晴緊咬著下唇，臉色慘白，心裡不斷盤算著若是不能全身而退，最起碼也要爭個魚死網破。於是他悄悄伸長胳膊，趁著溥偉把所有的心思都放在自己身上，程雨晴摸索著將桌邊的酒壺死死攥在了手裡。

「倚風行稍急，含雪語應寒……」溥偉緩緩逼近程雨晴的臉，氣息焦灼，望向那雙似無底清潭的眸子，感覺自己幾乎就要醉死在那一汪秋波之中，「……河陽看花過，曾不問潘安。」

就在他距離嚐得花中蜜只剩一步之遙時，廂房的房門被人「噹」一腳踹開，重重地撞在牆上，搖搖欲墜。

溥偉被這一下嚇得三魂七魄差點兒沒出了竅。他還沒來得及反應，就看見依舊身著朝服的載瀅臉色鐵青地朝自己走了過來。

「阿瑪……」

從未見過載瀅如此殺氣沖天，溥偉一時間待在原地。可是載瀅連看也沒看他一眼，也沒說半個字，只是從他手臂中把程雨晴奪了出來，然後打橫一抱，轉身就要往外走。

「阿瑪！」溥偉終於找回了自己的聲音，出聲喝道，「您這是做什麼！」

載瀅停下腳步，慢慢回轉身，一個字一個字地說道，「你簡直把愛新覺羅的臉給丟盡了。」

說完，載瀅又打算離開，溥偉上前拽住他的衣袖，低吼道，「阿瑪！別忘了我才是恭王府的主人。」

「溥偉，」載瀅頭也沒回，語調裡滲出的不怒自威足以令任何人膽寒，「別忘了我是你的阿瑪。」

略一抖肩，載瀅掙開了溥偉的手，抱著程雨晴大步走了出去，全然不顧身後傳來困獸般的怒吼和杯盞盡碎的聲音。

慶喜提著燈籠在前面引路，載瀅就這麼一路抱著程雨晴回到了樂道堂。也不知道是不是被載瀅的氣勢給嚇住了，程雨晴圓睜著淚眼愣愣地望著載瀅，既沒有掙紮也沒有說話。

「慶喜。」載瀅邊走邊喚了一句。

「主子。」

「東廂房。」

「嗻。」

慶喜一招手，把走在後面的一個僕人招上前來給載灐打著燈，然後自己帶著另一個往前快步疾走，要在載灐進屋之前把東廂房收拾好。

儘量小心地將程雨晴輕輕放在床上，載灐這才看起來鬆了一口氣。他上下打量了程雨晴一番，忽的微微一皺眉，上前想要掀開程雨晴的下衣擺，而程雨晴就好像觸電一般往床裡一縮。

載灐的手僵在半空愣了一愣，然後慢慢收了回來。

「慶喜，」為了不再驚著程雨晴，載灐小聲吩咐道，「傳太醫。」

「嗻。」

「快！」載灐咬著後槽牙，努力不讓自己吼出來。

「嗻。」

也顧不上是否不合禮數，慶喜抄起門邊的燈籠，急急奔了出去。

實在不想再刺激已然受夠了驚嚇的程雨晴，載灐小心翼翼地往後退了幾步，輕輕拉開椅子坐在了桌邊，開始閉目養神。

警戒地盯著載灐看了半晌，或許是覺得他確與自己無害，又或者是實在又累又醉又疼，程雨晴緩緩閉上了眼睛，合衣沉沉睡去。朦朧之間，似乎有一股好聞的清淡幽香一直縈繞身旁，讓他感到格外安心。

程雨晴睡得實在太沉，就連之後太醫進來為他診治、查看傷處，都毫無所知，就只是這麼沉沉睡著。

「齊太醫，如何？」載灐在太醫把完脈之後，就迫不及待地小聲問道。

「灐貝勒毋需太過擔心，」老太醫微微笑了笑，「不過是一時驚嚇，氣鬱於胸，吃兩劑藥，靜養幾日即可。」

「他的腳踝呢？」

其實載灐一早就發現了程雨晴右側腳踝的不對勁。

「目前看來並無大礙，但必須臥床休養，冷敷一日，然後熱敷，」老太醫指了指床上的程雨晴，「千萬不可輕易亂動，若是傷上加傷，恐神仙難保。」

「如果好生養著，以後並不會有任何問題對嗎？」載灐沉著臉補了一句，「此人乃是唱戲的旦角兒，若是傷了腿腳，便再不能登臺了。」

「灐貝勒請放心，只要照微臣所說去做，少走動多休養，微臣可保其無恙。」

老太醫語氣中的肯定讓載灐放心了不少。

「恢復大概需要多長時間？」載灐追問道。

「這俗話說，傷經動骨一百天，」老太醫捋著自己的山羊胡，「雖說他並未傷及筋骨，但微臣以為，至少一個月。」

「可恢復如初？」

「可恢復如初。」老太醫點點頭。

「好，」載瀅的臉上總算露出一絲笑意，「那就請您開藥方吧。」

「嗻。」

唰唰唰、點點點，老太醫寫下了一紙藥方，雙手捧到載瀅面前。

「慶喜，」載瀅拿過藥方看了一眼，點點頭，喚過貼身小太監，「送齊太醫回太醫館，再把藥抓回來。」

「嗻，」慶喜將藥方整整齊齊疊了個四方形，小心地揣進懷裡，朝老太醫行了個禮，「齊太醫，這邊請。」

「微臣告退。」

「嗯，有勞。」

小太監慶喜領著老太醫離開之後，載瀅稍微站了一會兒，還是輕手輕腳地坐在了床沿。看著床榻之上酣然入夢的程雨晴，載瀅長長地呼出一口氣，神情如同初見陽光的冰雪，一點點融化。

他抬手輕輕擦去程雨晴臉上未乾的淚痕，眼裡滿是遮掩不住的憐惜。

「好好睡，」載瀅喃喃道，「有我在，你什麼都不用擔心。」

說著，載瀅把程雨晴的手塞回被褥裡，起身走了出去。

啪嚓，咣噹，嘩啦。

屋裡能摔的東西基本上都被溥偉給摔得差不多了，好好一間屋子被弄得滿地狼藉。

「本王是誰？啊？」

邊嘶吼著，溥偉一用力，把立在牆邊的最後一層書架也扳倒了，架子上的書散了一地。

「本王是他媽誰？！」

「您是爺！是恭親王爺！」玉子心疼地看著溥偉又砸爛了一個花樽，「哎喲我的爺，您別鬧了行不行？」

「對啊，對啊！本王是恭親王，朝廷的王爺！」溥偉這會兒氣得雙眼通紅，太陽穴嘣嘣直跳，「為什麼本王連一個戲子都得不到手哇？！」

叫罵著，溥偉隨手抓起桌上的硯台就要往地上摔，玉子趕緊上前搶了下來，「這可是正經金線端硯啊我的爺！」

「那又怎麼樣？堂堂王爺，難道連一個硯台都摔不起了嗎！」溥偉衝玉子一攤手，「還給本王！」

「爺，這可是皇上賜的，不能摔，」玉子都快急哭了，拼了命摟著那塊硯台，「要是碰壞了一點兒都是欺君之罪啊！您，您非要砸，就把奴才給砸了吧……」

「你……」溥偉右手高高舉起，卻又實在砸不下去，只能狠狠砸在桌面上，「哼！」

玉子見溥偉不再摔東西了，便把懷裡的硯台放在一襸，上前捧起溥偉的右手，「您看看，皮兒都蹭破了。」

「哼！」溥偉翻了個白眼，大口大口喘著粗氣。

輕嘆了口氣，玉子伸出舌尖舔了舔溥偉手指上的傷口，溥偉頓時感覺一陣酥麻。

「何苦呢……」玉子微皺眉頭，「天底下長得好看的戲子多了去了。」

「不行！」溥偉猛的把手往回一抽，怒目圓睜，「本王就要他！」

「為什麼呀？」玉子實在是鬧不明白。

「因為……」

其實溥偉自己也從未想過為什麼，不由得一時語塞。

「我的爺，您都不知道為什麼想要這個程雨晴，何苦非死抓著不放呢？」

「……因為本王是大清國的和碩恭親王，」溥偉咬牙切齒地說道，「就沒有本王得不到手的東西！」

「行了行了，爺，您累了，」玉子無奈地搖了搖頭，「奴才伺候您洗漱寬衣，今兒就歇了吧。」

沉默不語了好長時間，溥偉大概也發洩夠了，終於點了一下頭。

「來吧，爺，奴才攙著您。」玉子上前挽起溥偉的胳膊。

「不用攙，本王自己能走。」溥偉一把將他推開。

「好好好，那您攙著奴才。」玉子像小孩兒一樣拉扯著溥偉的衣擺。

「狗奴才，」溥偉噗嗤笑了出來，「本王憑什麼攙著你？」

「奴才累呀。」玉子誇張甩了一下手。

「你還敢嫌累，」溥偉招了招手，「過來，攙著本王。」

「不是不用奴才攙麼？」

「快滾過來。」

「嗻。」

十四、

伺候溥偉上床再陪著他入睡，等玉子全都折騰完之後，院牆外已經傳來三更的梆點。

走出溥偉的睡房，玉子閉著眼睛轉了轉有些僵硬的脖子，仰頭向月，深深地吸了一大口裹著清輝的冷冽空氣，任它在胸口停留片刻，再慢慢呼了出去。

下意識回轉身又看了一眼淹沒於樹影之間的錫晉齋，玉子抬腳往別院走去。

高牆瓦捨、亭台樓閣，處處雕梁畫棟繁花似錦。恭王府裡幾乎每十步就是一處與眾不同引人入勝的景致，但當它們全部沉入黑暗中，卻顯得異常冰冷可怖。

和普通的下人不同，玉子在爾爾齋後面單有間房。

小屋四周圍種滿了西府海棠，若到了開花時節，總是粉紅一片花香宜人。而八九月份則是紅燦燦的果子掛滿了樹梢枝頭，像一盞盞小小的紅燈籠，果香甜膩。

玉子才剛走回自己的房門前，忽的，從一旁廊柱的陰影處閃出一個人影，嚇得玉子下意識往後退了一步。

「你可算回來了，」那是一個女子輕柔的聲音，「我等了你一個多時辰。」

看清來人是誰之後，玉子無奈地嘆了口氣，並不打算回話，不過略微欠身作揖，就想伸手去拉門。可那女子卻急走幾步，把自己整個人扔進了玉子懷中。

「玉子……」女子的語氣聽著有些哀怨，「我……想你。」

玉子一句話也不說，抓著女子的肩膀，生生把她拽離自己，「我說白蓮庶福晉，您好歹也是大宅院兒裏出來的，這男女授受不親都不懂麼？」

被稱作白蓮的女子一聽這話，眼裡噙著淚地看向玉子，「你……怎麼能這樣說話？」

「唉……」玉子又長長地嘆了口氣，雙手往胸前一抱，「我說庶福晉，是，咱做過一夜露水夫妻，又怎樣呢？您別總是半夜三更往我這兒跑好不好，這要是叫誰看見了……我可還想要這項上人頭呢。」

「玉子，」白蓮上前拉住玉子衣服的前襟，珠淚滾落腮邊，「你帶我走吧，我一刻也不想在這兒待了……咱倆一塊兒逃出這恭王府，只要能和你在一……」

「住了吧您，」玉子掩飾不住滿臉的厭惡，「您是王爺的妾室，我是王爺的孌童，您真覺得我倆能有將來？」

「能，一定能，」白蓮綻出一個帶著淚的笑，「只要咱倆在一塊兒，去哪兒都行，哪兒都比在這兒強。」

「那您倒是走哇。」玉子用力揮了一下手。

「我……」白蓮愣了，「我是說，咱倆一起……」

「我的庶福晉，王爺待我那麼好，」玉子從鼻子裡哼笑了一下，「您是怎麼會覺得，我能願意和您一起離開？」

「……你，你若是要銀子，」白蓮卑微地顫抖著，「我……我這些年也攢了不少體己錢兒，如果你帶我走，都可以給你……全都給你。」

「您能攢得下多少銀子？」玉子居高臨下地斜眼看著白蓮，「一千兩？五千兩？一萬兩？要是都花完了呢？您不會指著我出去奔命，養家活兒吧？」

「不……我，我……」白蓮使勁兒眨著眼睛，努力想著要如何回答。

「……算了吧，」玉子看著她那副可憐的樣子，心中感到一絲不忍，「回去吧，回去早歇著。」

說罷，玉子轉身打算進屋。

「玉子！」白蓮從背後緊緊抱住玉子，抽泣道，「我不想回去……讓我留下吧，只一晚……你，再抱抱我……只求一晚……」

玉子沉默了半晌，往前邁步一抽身，頭也不回地說道，「庶福晉，請自重。」

話音未落，玉子拉門進屋，只留下掩面而泣的白蓮獨自在院中，逐漸逐漸被恭王府如墨的夜幕吞噬殆盡。

第二天清晨，天尚未大亮，候在樂道堂正房門前的慶喜就聽到了屋裡傳來載瀅召喚自己的聲音。

「慶喜。」

「主子。」

慶喜雙臂垂向地面，垂首弓腰疾步走進房裡，十年如一日地伺候著載瀅起床。

「去看過他了嗎？」

「回主子，去過了。」

「他怎麼樣？」

「還睡著呢，」慶喜邊給載瀅扣上衣扣，邊回著話，「就連奴才為他更衣淨面都沒有醒。」

「嗯，嗯？」載瀅點點頭，但似乎又感覺有點兒不對勁，「與他更衣淨面時也未醒麼？」

「是，睡得可沉了，」慶喜把準備好的水端了過來，給載瀅洗臉，「想必是累壞了。」

載瀅微皺眉頭，臉也還沒洗就甩袖大步走出屋外。

「主子。」慶喜也趕緊跟在他身後，小跑著跟了出去。

一步跨進東廂房，屋裡的兩個僕人趕緊跪下行禮，載瀅並未停下腳步，只揮一揮手，示意他們可以起身。

儘管走得很急，但是站在了程雨晴床榻旁，載瀅下意識地連喘氣兒都輕聲了些。他俯下身子看了看程雨晴，只見他雙目緊閉臉色潮紅，呼吸也略顯短促。載瀅伸手輕輕搭在程雨晴額上，燙且無汗，果如他所料是害了熱病。

「慶喜，傳太醫！」

「嗻。」

於是慶喜又著急忙慌地把才剛起床的齊太醫給請過府來，可憐老太醫連口早點也沒來得及吃。

一直等到老太醫把完了脈，載瀅才忙不迭地開口問道，「齊太醫，如何？」

老太醫無奈地笑了笑，「瀅貝勒，您過於緊張了。」

「他，」載瀅指著怎麼也睡不醒的程雨晴，「到底怎麼了？」

「瀅貝勒，請坐，」老太醫做了個請的手勢，和載瀅一起坐在了桌前，「就像我昨夜所說，此人不過是受了驚嚇，加之腳踝受傷，今日有些低熱是正常的。」

「哦……正常？」

「嗯。」老太醫點點頭。

「可他不醒呀，這也正常？」載瀅明顯有些懷疑。

「微臣給開的藥，吃過了嗎？」

「慶喜。」載瀅喊了慶喜一聲。

「回主子，回齊太醫，昨兒個夜裡撬開牙關，餵了一劑，」慶喜趕緊跪下回話，「今兒早上的還在熬著。」

「嗯，」老太醫對載瀅笑了笑，「估計最多再吃兩劑藥，今日傍晚定會醒轉。」

「好，有勞齊太醫了。」

「過兩天我再來看看，瀅貝勒，微臣告退。」

「慶喜，送齊太醫出去。」

「嗻。」

一邊往外走，老太醫一邊對慶喜說道，「你小子，連早點都不能好好讓我吃。」

「瞧您說的，」慶喜嘿嘿一笑，「這不是急茬兒嘛。」

「以後就算再急，也得容我把飯吃了，」老太醫一托自己的白鬍子，笑道，「老頭子我年紀可不小了，萬一餓出個好歹兒，算誰的？」

「算我的，算我的，」慶喜往前引著路，「您老慢慢走，別再摔出個好歹兒。」

「臭小子。」

老太醫抬手作勢要揍慶喜，慶喜趕緊嬉笑著在前面一溜兒小跑，把老太醫送出了王府。

靜靜地守著程雨晴坐了一會兒，載瀅招手讓僕人準備了一盆冷水和乾淨手巾。然後他挽起袖子，親自把手巾打濕後擰乾，小心翼翼地平放於程雨晴的前額。

也不知是不是因為手巾太涼，惹得程雨晴低低呻吟了一聲。載瀅連忙彎腰查看，卻發現程雨晴根本沒醒，反而好像睡得更沉了。

載瀅吩咐慶喜將自己正在讀的那幾本書都拿了過來，再沏上一杯熱茶，切幾塊點心。往窗前一坐，聽著程雨晴似有似無的呼吸聲，載瀅靜靜地看起書來。

「孩兒參見阿瑪。」溥儒走進屋裡，先給載瀅行了個禮。

「儒兒，你怎麼來了？」載瀅放下手裡的書卷，笑著問道。

「孩兒得知程雨晴昨晚受了傷，故來探望。」溥儒打小就很懂規矩，和載瀅說話向來畢恭畢敬的。

「過來，」載瀅伸出手，起身拉著溥儒來到床邊，「他傷了腳踝，又受了點兒驚嚇，不過齊太醫已經來給看過了，說是沒有大礙。」

溥儒趴在床沿看了半天，低聲喊了一句，「程雨晴，快起來。」

「噓，」載瀅趕緊把溥儒抱開，「他還在休息，別吵他。」

「巳時都快過了，程雨晴還不起嗎？」溥儒歪著頭問父親。

「他現在是病人，病人需要多休息靜養，知道麼？」

「哦，」溥儒點點頭，乖巧地坐了下來，「那他什麼時候醒？」

「齊太醫說了，傍晚左右應該就能醒。」載灃看向程雨晴，眼裡滿是柔情深種。

溥儒看了看載灃，又看了看程雨晴，「阿瑪，我可以留在這裡等程雨晴醒嗎？」

「你今日的功課呢？」

「尚……尚未完成。」溥儒邊說邊低下頭。

「待你做完了功課，再來探望便是。」載灃摸了摸溥儒的頭。

「是，阿瑪，」溥儒有些依依不捨地再次看了程雨晴一眼，「孩兒告退。」

「去吧。」

雖然有齊太醫拍著胸脯打包票說程雨晴今兒晚上一定能醒，可是等到吃過了晚飯，載灃帶著溥儒再來看他時，程雨晴依舊呼呼睡著，前額微微出汗，不過呼吸總算平穩了許多。

由於載灃不是很放心將程雨晴交由其他人來照顧，所以故意把從不離自己左右的慶喜留下伺候。

「怎麼還不醒……」載灃緊鎖眉頭，憂心忡忡地望向程雨晴，「慶喜，藥都餵過了麼？」

「回主子，三劑湯藥都餵了。」

「那為什麼還不醒！」

載灃一巴掌拍在桌上，除了溥儒之外所有人都嚇得趴在了地上。

「灃貝勒息怒，灃貝勒恕罪……」

眾人磕頭如雞奔碎米。

「傳太醫！傳太醫！傳太醫！」

瞅著程雨晴嗜睡不醒的樣子，載灃壓不住火氣地低吼道，桌子都要被拍散架了。

「嗻。」

頭也不敢抬，慶喜幾乎有些慌不擇路地奪門而出。

十五、

程雨晴不知道自己究竟在哪裡。

四周的景象似乎在哪裡見過，但卻又是那麼陌生。身旁不斷有人影經過，但卻沒有一個人停下來看他一眼。為什麼大家都如此匆忙……程雨晴暗忖。

他慢慢往前走著，也不知道究竟這條路通往何處，就只是這麼漫無目的地走著。

忽的，一個熟悉的身影遠遠地從對面走了過來。

「師哥。」

程雨晴剛要欣喜地往前跑，卻猛然發現馬鳴未身邊還有一個喜鵲，正滿臉幸福地挽著他的胳膊，令程雨晴不由得一怔。

「連寸子也踩不好，養你有什麼用！」

一條竹鞭橫空出現，照著程雨晴劈頭蓋臉地打了下來，邊打邊罵道，「沒用的東西！你這個沒用的東西！」

「師父，別打了！我錯了！別打了……」程雨晴拼命護著頭，蜷縮在地上。

他不過喊了幾聲，杜二爺果然停住了手不再打罵，而是用一雙空空洞洞的眼睛看向他，「你為什麼，不救我……為什麼，讓我死了……為什麼？」

「師父……對不起，對不起……是我的錯，我的錯……」

程雨晴趴在地上號啕大哭了起來。

「起來，」一隻手伸向他，「有咱家在呢，妞兒妞兒，你不用害怕。」

「……小若？」

程雨晴抬起頭，但卻怎麼也看不清侯小若的臉。

「……好好睡，有我在，你什麼也不用擔心。」他說道。

聽了這話，程雨晴忽然感到無比困倦，困得連眼皮也抬不起來。接著，他又聞到那股不知哪裡飄來的幽香，清清雅雅纏纏繞繞，卻能叫人如此安心……程雨晴閉上眼睛的那一刻還在想著，那究竟……是什麼香？

前後花了差不多一盞茶的時間，齊太醫仔仔細細地給程雨晴號完左手的脈，然後又號了一遍右手的脈。

載瀅在一旁搓著手來回踱步，反而是年幼的溥儒看起來更加冷靜，一聲不吭地坐在一旁，但是眼睛卻一直盯著齊太醫和程雨晴。

「嗯……」齊太醫把程雨晴的手放下，搖著頭站起身，「奇怪。」

「齊太醫，怎麼樣？」載瀅立馬走了過來，「為什麼他一直也不醒？到底是怎麼回事兒？」

「根據他的脈相來看，」齊太醫捻著自己的鬍子，「他應該……什麼事兒也沒有。」

「啊？」載瀅的眼睛幾乎已經瞪到了極限，他簡直恨不得一拳砸在那老東西的鼻梁上，「什麼事兒也沒有？！那，那他為什麼久睡不醒？」

「依微臣之見，」齊太醫晃了晃腦袋，「此人像是自己不願意醒轉。」

差點兒揮向老太醫的拳頭在空中拐了個彎，咚一聲砸在了牆上，載瀅氣得兩隻手都哆嗦了，「什麼意思？說人話！」

嘩啦一下，又齊齊跪倒一片。

「瀅貝勒息怒，微臣的意思是，」齊太醫不緊不慢地說道，「若按脈相來看，除了腳踝的傷，他的身體已經無礙，理應一早醒轉，但是……似乎此人背負著無數的心事，寧可沉淪夢境也無意醒來。」

載瀅瞪大了眼睛看向安安靜靜躺在床榻之上的程雨

晴，又慢慢扭轉頭看著老太醫，一個字一個字從牙縫裡擠出來，「要怎麼做，他才會醒？」

「微臣……」

「說！」載瀅的震怒讓老太醫不由得一哆嗦。

「阿瑪……」

溥儒的喊聲好歹給載瀅撿回了幾分理智，他深深吸了口氣。

「齊太醫，您是宮裡資格最老的太醫之一，就連老佛爺的身子也是由您打理，」載瀅的臉色十分難看，語調緩慢，「請您想一想，還有沒有什麼法子……把他給我弄醒。」

齊太醫面露難色地猶豫了好半天，終於像是下定了什麼決心一般看了一眼載瀅，又瞅了瞅跪著的其他下人。載瀅立刻就明白了他的意思，一揮手，把屋裡的閒雜人等全都遣了出去，就只剩下慶喜一人伺候。

「齊太醫。」

「瀅貝勒。」

不再多說什麼，老太醫在慶喜的攙扶下站起身，從懷裡掏出一個貼身的紅色絨布包。他小心翼翼地解開絨布包的綁繩，用兩指從裡面捏出一顆通體紅艷的小藥丸，大概只有黃豆粒兒那麼大，藥香四溢。

「這是？」載瀅瞇縫起眼睛。

輕嘆了口氣，齊太醫臉上帶著無可奈何的神情將藥丸捧到程雨晴嘴邊，塞至他舌下。然後齊太醫回到載瀅身邊，用極低的聲音對他說道，「瀅貝勒，此藥能夠活血散瘀、固元養氣，乃是專為老佛爺煉製，亦只有老佛爺才有資格服用……」

說到這裡，齊太醫意味深長地瞥了載瀅一眼。

「我明白，我從未見過此藥，」載瀅面帶感激地點點頭，「您也從未提過。」

「嗯，」齊太醫將絨布包紮好，重新塞進懷裡，「含服一晚，若明晨仍未醒轉……瀅貝勒，恕微臣無能，您就另請高明吧，」

「有勞，」載瀅親自將齊太醫送到屋門外，喚了一聲慶喜，「送齊太醫出去。」

「嗻。」

「微臣告退。」

送走了齊太醫，載瀅重新回到屋裡，看見溥儒跪趴在床邊，一手拉著程雨晴的手，靜靜地看著他的睡臉。

「儒兒。」

「阿瑪。」

聽見載瀅的聲音，溥儒趕忙站了起來。

「戌時已過，你該去睡了。」

「可是……」溥儒下意識晃了晃自己拉著程雨晴的手。

「聽話，明早再來，」載瀅上前摸了摸溥儒的頭，

「阿瑪會在這裡看著他，不用擔心。」

「是，阿瑪……」

不情不願地放開程雨晴的手，溥儒往門口走了幾步，又擔憂地回過頭來，「阿瑪，程雨晴會醒的，對吧？」

「一定會的，」載瀅微笑著，點了點頭，「阿瑪保證。」

「我明兒過來看他的時候，他就醒了吧？」

「嗯。」

「阿瑪您……會好好照顧他吧？」溥儒還是有點兒不放心。

載瀅笑了出來，「會的，快回房去吧。」

「是。」

正好這時慶喜走了進來，載瀅便又抓他的差事，「慶喜。」

「主子。」

「送儒貝勒回房歇著。」

「嗻。」

「孩兒告退。」

「去吧。」

領著溥儒，慶喜又拎著燈籠，邁步出了屋。

吵嚷了半宿，感覺屋裡終於清靜了下來，載瀅高舉雙臂伸展了一下身體。慢慢來到桌邊坐下，他端起已經差不多涼透的茶喝了一小口，咕嚕一聲吞下去，然後又喝了一口。

其實，載瀅並不算是一個脾氣急躁的人，不像父親奕訢什麼都要爭個子午卯酉。說起來，溥偉倒是比他更像奕訢，都那麼野心勃勃，總盤算著有朝一日要成就一番驚天地泣鬼神的大事業。

載瀅卻不然。

或許他曾經也有過年少輕狂時的抱負和追求，但現在……早已被消磨殆盡。對他來說，現下作詩畫畫、喝茶養花的悠閒日子倒更適合。只要自己不再行差踏錯逆了老佛爺的心意，想要在此繁華似錦的恭王府中頤養天年並非難事。

想至此，載瀅扭頭瞧了一眼原本睡得悄無聲息的程雨晴，不知是否因為睡不慣王府的玉枕，他正微蹙著眉頭低低呻吟。

載瀅放下茶碗，起身上前查看，確認了程雨晴應該只是睡得不舒服罷了，他笑著搖了搖頭。脫去鞋履，載瀅輕手輕腳地坐在了程雨晴身旁，撤去硬梆梆冷冰冰的玉枕，他把程雨晴的頭放在了自己腿上。

輕嚶一聲，程雨晴鎖著的眉間漸漸舒緩，臉上的表情也放鬆了下來。載瀅輕呼了口氣，背靠著後面的木床框，很自然地把手搭在程雨晴背上，輕輕拍著，一下又一下。

程雨晴覺得自己做了一個很奇怪的夢。

夢裡一片雪白，好像什麼都沒有，卻一直有芙蓉花瓣從天而降，在地上鋪了厚厚的一層，又軟又暖。

他將自己埋進芙蓉花瓣間，聽著遠處傳來的鑼鼓胡琴聲，感到無比輕鬆，似乎所有的煩惱都消融在了甜甜的異香之中，什麼杜二爺，什麼馬鳴未，什麼恭親王，全都不再重要。

只不過……這究竟是什麼香？

十六、

載瀅睜開眼睛的時候，窗外已是朝霞漫天朗晴白日。揉了揉眼睛，載瀅一時之間沒有反應過來自己究竟在哪裡，只覺得是脖子也疼腰也疼，最難受的要數他引以為傲的兩條大長腿，此刻簡直麻得都快要血脈不通失去知覺了。

正準備習慣性地要開口喊慶喜，載瀅下意識一低頭，這才發現依舊趴在自己腿上睡得著實安穩的程雨晴，不由得一愣，感覺如墜夢中。

「……若……」

程雨晴吐氣如蘭，聲音卻模模糊糊的，聽不清楚他到底在呢喃什麼。不過他開口說話了倒是讓載瀅精神一振，趕忙俯下身去拍了拍程雨晴的臉頰。

「雨晴？你，醒了麼？」

「唔……」

似乎覺得載瀅的手在擾人清夢一般，程雨晴微蹙眉頭，在載瀅腿上輕輕蹭了蹭，臉轉向另一邊。載瀅不由得喉頭咕嚕了一下，頓時感到口舌無津，乾得很。

又這麼待了好一會兒，載瀅實在有些坐不住了，不僅腰酸背疼而且飢腸轆轆。他把外衣脫下來，隨意疊了疊，小心翼翼地塞在程雨晴的腦袋下面。抽身下床時，由於腿上用不上力氣，載瀅差點兒沒跪坐了下去。

「慶喜……！」

實在沒法子，載瀅只得提高調門兒喊了一句。

「主子，」慶喜推門小跑了進來，一見載瀅那副狼狽的模樣就嚇了一大跳，「您，您這是唱的哪齣啊？」

「我腿麻了，快過來扶著我。」載瀅咬著牙沒有罵街。

「嗻，」慶喜疾步上前，攙著載瀅在桌旁坐下，邊跪在他腳邊給揉著腿邊問道，「主子，您今兒個打算在哪邊用早點？項太夫人前兒還抱怨說您總也不上他那兒去……」

載瀅瞅了他一眼，並未說話。

「嗻。」

向來善於察言觀色的慶喜應了一聲，衝著一旁的下人招了招手，示意他們去把載瀅的早點給端到這屋來。

剛想要抬頭再對載瀅說什麼的慶喜忽然以手掩口，

像是看見了什麼不得了的東西一般。

「嗯？」載瀅對於慶喜停下揉腿的動作有點兒不滿，挑眉瞥了他一眼。

「……主，主子。」慶喜悄悄看了看載瀅，抬起手往床榻那邊指了指。

載瀅漫不經心地一回頭，卻發現原本還在酣睡之中的程雨晴竟已經睜開了眼睛，長長的睫毛輕顫，正一動不動地望向自己。

先是一愣，接著載瀅噌一下就站了起來，顧得不腿上還隱隱發麻，由慶喜攙扶著又回到了床旁。擔心會嚇著程雨晴，所以載瀅十分小心地緩緩在床沿坐下，靜靜地盯著程雨晴看了好半天。

「你……醒了？」載瀅問道。

程雨晴也一直看著載瀅，輕輕點了一下頭，而迷離的眼神卻好似還在雲裡霧裡。

「……你是……」

程雨晴感到渾身乏力，甚至還有些頭暈眼花。他努力將眼神對焦，將飄散的記憶一片片拾起來，拼湊在一起……當他終於意識到眼前此人是誰時，程雨晴條件反射一般掙扎著翻了個身，趴伏在床上瑟瑟發抖。

「草民無禮，瀅貝勒恕罪……」

「你終於……」載瀅激動得本想伸手將程雨晴攬入懷中，手剛伸過去又馬上停住了，他清了清喉嚨，順勢將手往回一收，「咳，醒了就好……你已昏睡兩日。」

「兩日？」程雨晴想起溥偉邪獰的笑臉，不由得狠狠哆嗦了一下，「王爺他……」

「不用管他，你現在覺得如何？」載瀅認真地看著程雨晴，「有沒有哪裡不舒服？」

「讓瀅貝勒擔心了，草民罪該萬死。」程雨晴搖了搖頭。

「嗯，」載瀅指了一下程雨晴敷著熱手巾的右腳踝，「你崴傷了右腳，我已傳太醫來看過，說是並無大礙，但須按時服藥，多多靜養。」

「多謝瀅貝勒，」程雨晴猶豫了一下，還是說道，「草民，該告退了。」

說心裡話，程雨晴根本不想再在這恭親王府裡多待一秒。

載瀅微微一皺眉，語氣裡沒有任何餘地，「不可。」

程雨晴暗暗吃了一驚，他沒有想到載瀅竟會拒絕放自己離去。看著程雨晴驚訝中帶著一絲恐慌的眼神，載瀅像是要掩飾什麼似的乾咳了兩聲。

「……咳咳，」載瀅故意看向其他地方，「太醫特別囑咐了，你現在不宜走動，而且若你離開我這樂道堂，說不定溥偉還會再找你麻煩，不如就在這裡休養一段時間再說。」

載瀅一口氣說完，下意識瞟了程雨晴兩眼，都不敢拿正眼瞧他。

沉默了良久，程雨晴嘆著氣點了點頭，「那……便只能叨擾瀅貝勒了。」

「好，」載瀅拼命控制著嘴角不要往上揚起來，背對著程雨晴對慶喜說道，「你，留下來好生伺候。」

「嗻。」

載瀅又指了指桌上的點心，「這些，都是為你準備的早點，多吃些才好得快。」

「勞瀅貝勒費心了。」

「行，」載瀅感覺自己的兩條腿恢復得差不多了，也有力氣了，便站了起來，「你好好歇著吧，我一會兒再來看你。」

「送瀅貝勒。」

程雨晴跪在床塌之上行了個禮。

雖然臉上看不出來什麼，但是載瀅走出去的腳步卻無比輕快，出賣了他拼命想要遮掩的好心情。

最近這一段兒，華樂樓的舒爺可以說是樂開了懷，進進出出都哼著小曲兒。

其實能讓舒爺如此喜上眉梢的原因非常簡單，一是因為那座搶了自己不少生意的煙雨閣竟然悄無聲息地就關張了。雖然舒爺也差人去打探了一番，但任誰都只是說因為後臺老闆方興齋忽然就找不著了，而且挑班兒的角兒也一直不見蹤影，所以只得暫時上板歇業。

煙雨閣一關張，以前那些個老主顧們可就全回來了，光這十來天掙的銀子就比之前一整個月還要多得多，也難怪舒爺整天笑逐顏開的。

二是因為，馬鳴未火了。

如今要說起京城裡當紅的角兒，頭幾位裡頭絕對有馬鳴未的名字。也不知怎麼的，最近馬鳴未的唱腔是越來越有味兒，像打了雞血似的調門兒也越來越高，高得簡直沒有誰能攔得住他。尤其是像《坐宮》這種有嘎調的戲，只要馬鳴未一開口就絕對是滿堂彩。京城裡的達官貴人們都排著長隊等著要聽馬鳴未的戲，舒爺是收銀子收到手軟，簡直恨不得把馬鳴未這個財神爺給供起來。

可是誰也不知道，臺前馬鳴未是人五人六地見誰都笑臉相迎，可到了臺後，他簡直就像是完全變了一個人似的。馬鳴未的脾氣比以前更急了，除了長爺之外，基本上對誰都沒有耐心，一句話說不對付就能嚷嚷起來。跟喜鵲更是三天一小吵五天一大吵，整日裏惡言相向，就差沒動手了。院子裡的孩子們看見了也都裝作沒看見，誰也沒那個膽量過去勸一勸。而這其中的緣由，只有長爺明白。長爺冷眼旁觀，幾乎每一天都咬著牙在心裡數著日子。

「長爺！」

馬鳴未原本在準備著晚上唱戲要用的傢伙，看見長爺從門前經過，他趕緊跑了過去。

「嗚未呀，怎麼了？」長爺停下腳步，衝他笑了笑。

「長爺，」馬嗚未用力拽著長爺的胳膊，將他拉到角落裡，「昨兒我可就斷頓兒了，您……您倒是買著了沒有？」

「哎喲喲，你瞧瞧，這年紀大了腦子就是不好使，」長爺一拍腦袋，「我怎麼能給忘了呢。」

「忘……」馬嗚未舔了舔乾巴巴的嘴唇，深吸了口氣，「您能不能現在去給我買點兒？不用多，夠扛過今兒晚上的戲就成。」

「嗯……」長爺故意撇了撇嘴，「我還沒吃飯吶。」

「長爺，長爺，」馬嗚未用雙手使勁兒抓住長爺消瘦的肩膀，但馬上又放開，「您費費心，下回我讓喜鵲去買還不行麼？」

「你小子，就是會指使我這把老骨頭，」長爺笑著點點頭，「行吧，我去給你買。」

「謝謝，謝謝長爺，」馬嗚未從懷裡摸出二十兩銀子，交給長爺，「剩下的，您老拿著去吃點兒好的。」

「嚯，夠闊綽的呀馬老闆。」長爺伸手接過銀子。

「您可別玩笑了，快去快回，」馬嗚未反覆囑咐道，「快去快回，沒這一口我晚上可上不了戲臺。」

「行咧，等著。」

墊著手裡的銀子，長爺邁步往外走去，卻正好在院子裡碰上剛做好飯的喜鵲。

「長爺。」喜鵲飄飄道了個萬福。

「嗯。」長爺只微微一點頭，與她擦肩而過。

現在的她和出逃京城之前的那個喜鵲已是判若兩人，不僅看起來比她的實際歲數要蒼老得多，再加上晚上總做噩夢睡不好，整個人憔悴得都脫了相。而且她還時不時說些神神鬼鬼的話，也難怪馬嗚未不樂意搭理她。

「……嗚未。」喜鵲咬著下唇，幽幽開口。

「嗯？」馬嗚未連頭也不回，手底下麻利地收拾著。

「我，」喜鵲微微皺著眉，「昨晚又做噩……」

都沒能等到喜鵲說完，馬嗚未就無法控制地翻了個白眼，讓喜鵲下意識把後半句話給咽了下去。沉默了一小會兒，馬嗚未像是忍耐到了極限一般，把手裡的武生巾啪一下往衣箱裡一扔，緊走幾步，伸手重重地把門摔上。

「嗚未……」喜鵲小心翼翼地喊了一聲馬嗚未的名字。

「……閉嘴！」馬嗚未猛的回頭看向喜鵲，眼中哪裡還有半點柔情，「求你了，閉上你的嘴。」

「嗚……」

看著馬嗚未暴躁的樣子，喜鵲不禁露出擔憂之色。

「噓噓……！別說話！」馬嗚未撓著頭在房間裡快步踱來踱去，「求你了喜鵲，真的什麼也別再說了，否則我可能會控制不住自己……」

「鳴未……」

喜鵲上前兩步，本想像以前一樣把馬鳴未輕擁入懷，誰知卻被他猛的一把將手撥開。

「別，碰我……也別說話，」馬鳴未瞪著眼指著喜鵲的鼻子，「要不然，我可能會忍不住……就用這雙手，送你去見師父……！」

喜鵲被馬鳴未滿眼的紅絲給嚇得半個字也說不出來，整個人僵硬在原地，只覺得嗓子眼兒裡堵得慌。

「只要……掐死你，只要你死了……」馬鳴未死死瞪著喜鵲，緩緩地將雙手環在喜鵲的頸項之間，一點點加重著力道，「只要你死了，你的那些噩夢也好，鬼話也能，就能跟著你一起……去了。」

眼裡噙著淚，喜鵲感覺到馬鳴未捏著自己脖子的雙手在慢慢收緊，空氣逐漸被擠出了自己的胸腔。直到眼前開始有些模糊，喜鵲反而感覺到無比的放鬆，腦子裡一片空白。

就這樣，死了也挺好……喜鵲在心裡想著。

可是下一秒，她就被馬鳴未狠狠地扔在了床上。緊接著，狂風暴雨一般的吻就沒頭沒腦地落在了喜鵲枯乾發白的唇上。馬鳴未將此刻的不安、恐懼全都瘋狂地發洩了出來，混著滾燙的眼淚發洩了出來。他完全管不了是不會傷著喜鵲，只是一徑將自己已然無法再抑制的所有情愫，一股腦兒地砸向那個罪魁禍首。

十七、

思前想後坐立不安了好幾天，早就從都尉大人那裡求來了一紙內城通行令的侯小若還是決定親自去一趟恭王府。可是他才剛走到恭王府的大門前，就已經被這座宅院不可一世的氣勢給壓得有些喘不過氣來。

深呼吸了好幾次，侯小若正準備抬腳往台階上走，就被王府的一個門房看見了，連轟帶趕地把他往後推了十好幾步，差點兒沒栽一跟頭。

侯小若剛想要發作，誰知道這個狗仗人勢的門房比他還要橫，撇著一張大嘴喊著，「也不睜開你的狗眼看看清楚這是什麼地方，是你能亂闖的嗎！」

「我是來見王爺的！」侯小若的火氣也被拱上來了，把胸脯一挺。

「哈，」門房哈哈一笑，「見王爺？也不撒泡尿照照自己，王爺豈是你這種人能隨便說見就見的！滾！」

「我要見王爺，」侯小若又重覆了一遍，「我要問問王爺，把我師哥程雨晴弄哪兒去了！」

「什麼程雨晴，不知道不知道，」門房甩了甩手，「滾滾滾，快滾！別弄髒了王府的台階。」

「你！」侯小若眉毛都立了起來，「你個狗眼看人低的狗奴才！」

「你罵誰！」門房叉著腰站在台階上，居高臨下地指著侯小若，「你再罵個試試！」

「你要是不讓我見王爺，你就是狗奴才！看門狗！」

「真是不知道死字兒怎麼寫呀你！」門房一揮手，王府大門裡又跑出來三四個手持短棍的僕人，氣勢洶洶地就把侯小若給圍住了。

「今兒要不打得你像狗一樣求饒，我就是你孫子！」門房一通嚷嚷，「給我上！狠狠地打！」

幾個家奴院工咋咋唬唬就要往上衝的時候，只聽得身後響起一個稚氣未脫的聲音。

「住手。」

一轉身，這門房上一刻還是目中無人妄自尊大的嘴臉，立馬就變得低三下四謹小慎微。其餘幾個舉著短棍的奴才們也都趕忙一起跪了下去，給說話之人行禮。

侯小若抬眼往上一望，看見一個大概也就不到十歲的孩子站在門前，雖是年幼卻也看得出來氣宇非凡。

「給儒貝勒請安。」

「在王府門前吵吵嚷嚷，成何體統！」

溥儒瞪了一眼已然在地上跪縮成一團的門房。

「儒貝勒恕罪，」門房忙不迭地撇清，「是那個小子想要硬闖王府，奴才們這才出手阻攔。」

「哼，」不和他多費口舌，溥儒甩袖走下臺階來到侯小若面前，「你方才說，程雨晴是你的師哥？」

「回儒貝勒的話，」侯小若也給溥儒行了個跪禮，垂首說道，「是，程雨晴確是草民的師哥。」

「你私闖王府，就是為了要找他麼？」溥儒饒有興致地看著侯小若。

「是，」侯小若略顯急切地答道，「只因他已經好些日子沒有回煙雨閣了，草民……草民只想確認他的安全。」

「你知不知道，私闖恭王府是殺頭的罪過？」

「……草民知道。」侯小若硬著頭皮答道。

「即使掉腦袋，也要來找他？」溥儒淡淡地問道。

「……是。」侯小若咽了口口水，還是點了點頭。

「嗯，」溥儒朝他揮了一下手，「起來吧。」

「謝儒貝勒。」侯小若站起身，隨手揉了揉膝蓋。

「程雨晴的確身在王府，」溥儒仰著小臉兒看向侯小若，「不過你不用擔心，我可以保證，他很安全。」

「堂會不是就三天麼？」侯小若微皺著眉頭，「草民跟煙雨閣的人打聽的……為什麼他到現在還在王府裡呢？」

「他崴傷了腳踝。」

「什麼？！」

侯小若差點兒原地蹦起來，跟在溥儒身後的護院們趕忙抽刀上前護著主子。

「無妨，」溥儒衝護院擺擺手，然後對侯小若說道，「他崴傷了腳踝，不過我阿瑪已經傳太醫來瞧過了，所以他需要在王府中靜養一段日子。」

「能讓草民進去見一見他嗎？」侯小若擔憂之情溢於言表。

「不能，」溥儒搖搖頭，「恭王府怎可任人隨意出入。」

「那……」侯小若都快愁死了。

「你叫什麼？」

侯小若這才想起來自己尚未自報名姓。

「回儒貝勒，草民姓侯，名小若。」侯小若一抱拳。

「侯小若，」溥儒重覆了一遍他的名字，點點頭，「我會告訴程雨晴說你來過了。」

「……謝儒貝勒。」

侯小若知道自己今兒是絕進不了王府了，只得打消了這個念頭。

「侯小若，你住哪兒？」溥儒冷不丁問了一句。

「草民，住在皈子廟胡同。」

雖不知道溥儒想做什麼，侯小若還是如實答道。

「嗯，」溥儒露出一個無邪的笑臉，「若是有什麼事兒的話，我會差人上皈子廟去找你的。」

「謝儒貝勒。」侯小若也隨著笑了笑。

溥儒的話總算讓侯小若暫時放下心來，好歹今晚能睡個安穩覺了。

「草民恭送儒貝勒。」

見溥儒轉身要走，侯小若再次跪下行禮。

當溥儒順著台階往上走的時候，門房和另外那幾個奴才都還跪在地上，別說起身了，連頭都不敢抬一下。

「當王府的看門狗，很委屈你嗎？」溥儒走過門房身邊時，挑眉問道。

「不委屈！不委屈不委屈，」門房一勁兒搖頭擺手，「奴才生來就是王府的一條狗，汪汪汪。」

「哼。」

冷哼一聲，溥儒帶著兩個護院拂袖而去。

過了好一會兒，門房才哆哆嗦嗦地爬了起來。撣了撣身上的塵土，他發現侯小若竟然還雙手抱胸好整以暇地站在台階下，一臉的幸災樂禍。

「那小子。」侯小若壞笑著看向垂頭喪氣的門房。

「乾嗎？」門房沒好氣地應了一句。

「快叫爺爺。」侯小若抬了抬下巴。

「你找死！」門房的眼睛又瞪了起來。

「不是你說的嘛，若是不能打得我像狗一樣求饒，你丫就是我孫子呀。」侯小若調笑道。

「滾滾滾，趕緊滾。」

門房懶得再和侯小若糾纏，和其他的家奴院工一同轉身走進王府裡。

「孫子，」侯小若起霸一個亮相，「老夫去者。」

說罷，侯小若手捏衣襟，亮靴底踱方步地離開了恭王府。

小心翼翼地端著載灃吩咐廚房給熬的燕窩蓮子粥，溥儒邁步走進程雨晴的房間。原本完全可以讓下人端過來的，但是溥儒卻執意非要自己親自來。

「程雨晴，你今天覺得怎麼樣？」溥儒把碗擱在床邊的小桌上，抬頭問道。

「回儒貝勒，草民可是悶壞了。」程雨晴靠坐在床塌之上笑道。

相處了這麼幾天，程雨晴和溥儒的關係可以說是越走越近，所以說起話來也愈發隨意。

程雨晴很是喜歡這個知書達理溫文爾雅的小貝勒，而溥儒自然也是非常喜歡程雨晴，但凡一天不過來看看他就覺得哪兒哪兒都彆扭。

下人搬過來一個楠木圓凳，溥儒撩袍坐在了床邊。

「阿瑪吩咐廚房給你做了燕窩蓮子粥，」溥儒指了指粥碗，「你現在喝嗎？」

「晾晾吧，草民一會兒自己喝。」

「也行，」溥儒歪頭看向程雨晴，「你要是覺得悶的話，我多些過來陪你聊天兒便是。」

「儒貝勒有心了，」程雨晴略作猶豫片刻，還是問出了口，「草民實有一事相求，只是不知當講不當講。」

「講。」溥儒倒是回答得很痛快。

「不知道儒貝勒是否聽過一句俗語，叫做拳不離手，曲兒不離口？」

溥儒想了想，很是誠實地搖了搖頭，「先生沒有教過。」

程雨晴笑了出來，「先生自是不會教您這些，這句俗語說的是像草民這般做藝之人的藝需要每日勤練，若是一日不練都有可能會生疏。」

「哦哦，我明白了，」溥儒點點頭，「就像阿瑪平日裡要我練字、練騎馬射箭一樣，都必須每日勤練。」

「對，」程雨晴笑眼彎彎，「草民這都好幾天沒能練習了，只怕荒廢了功夫。」

「這可不行，」溥儒皺起了眉頭，認真說道，「程雨晴，你想怎麼練習，告訴我，我去告訴阿瑪。」

「謝儒貝勒，」程雨晴抱拳垂首，施了個禮，「若是可以的話，草民想要一把胡琴。」

「胡琴？是什麼東西？」

「是一種樂器，唱大戲時用的樂器。」

「嗯……有了胡琴的話，程雨晴，你就能練習了嗎？」

「是，」程雨晴趕忙點頭，「雖然腳踝還不讓動，但草民可以自行操琴練唱。」

「好！」溥儒從凳子上跳了下來，「我現在就找阿瑪說去。」

「有勞儒貝勒費心了。」

「沒什麼，」溥儒把桌上的燕窩蓮子粥端起來遞給程雨晴，「你快把這個喝了，已經不燙了。」

「好。」程雨晴把碗接了過來。

正準備抬腳往屋外走，溥儒像是忽然想起什麼一般，回頭看向程雨晴說道，「對了，剛才有個叫侯小若的人來王府找你，說你是他師哥。」

程雨晴手一哆嗦，差點兒沒把碗給打翻了。

「那個侯小若可真是個怪人，拼著掉腦袋也非要進來見你。」

溥儒自顧自地說著，並沒有發現程雨晴的嘴唇微微顫動。

「他……走了麼？」

「走了，」溥儒笑道，「還好我出去的巧，要不那頓打他肯定就挨上了。」

「嗯……多謝儒貝勒。」

「他也是唱戲的？」

「是。」程雨晴勉強笑了一下。

「我已經問過他住哪兒了，」溥儒雙手在背後一疊，「程雨晴，若是你有什麼口信兒，我可以差人出去告訴他。」

「……沒有。」程雨晴輕輕搖了一下頭。

「好吧，」溥儒聳了聳肩，「那我先去找阿瑪了，讓阿瑪給你弄把胡琴。」

「謝儒貝勒。」

語罷，溥儒蹦蹦跳跳地跑了出去，只留下帷帳之中的程雨晴低頭不語，卻也不知在想些什麼。

十八、

大概是因為萃錦園裡草木繁多，所以王府的夜晚總是樹影搖曳，好似鬼影叢叢，一聲清脆的蛙鳴也能叫人肝膽生寒。

溥偉側身躺在錫晉齋大大的金絲楠木羅漢床上，邊嗅著楠木的幽幽香氣邊任玉子伺候著他燒一個煙泡。一口大煙下肚，溥偉感覺到自己渾身上下每個毛孔都在瞬間變得神采奕奕、精神百倍。

「玉子。」

「爺。」

「姓盛的有消息了麼？」溥偉隨口問了一句。

「今兒個一早送來信兒了，說是方興齋江南的錢莊都不行了，」玉子小聲回道，「他已經接手了一多半兒。」

「嗯……看著他點兒，那個老狐狸可也不是什麼省油的燈。」

「嗻。」

「玉子，」溥偉閉著眼睛問道，「那金絲雀怎麼又沒動靜了？」

「這您可最明白了，」玉子趕忙把鳥籠從架子上取了下來，送到溥偉手邊，「就等著您吶，還不趕緊賜它一口。」

嘿嘿笑著，溥偉搖晃了兩下，把身子撐起來一點兒，朝著鳥籠噴了一大口大煙。果然不一會兒，那雀兒就扇著翅膀唱了起來，時而婉約時而幽怨，其聲美妙至極。

溥偉正搖頭晃腦聽得高興，金絲雀的聲音卻嘎然而止。

「嗯？」溥偉不滿地用煙槍桿子敲了敲桌沿，「怎麼又不唱了啊？」

「跟爺回，」玉子晃了晃鳥籠，轉頭對溥偉說道，「死了。」

「哼……又死了，都是沒有富貴命的賤種，」溥偉冷哼了一聲，擺擺手，「扔了吧，回頭再給我淘換一隻來。」

「嗻。」

說罷，溥偉在羅漢床上躺了個大字型，閉目養起神來。玉子則是把鳥籠交給站在一旁的下人，吩咐把死鳥找個地兒埋了。

下人拎著鳥籠剛走到門口，白蓮帶著一個小丫鬟從外面走了進來。

「見過庶福晉。」

「嗯。」

行過禮後，拎著鳥籠的下人弓腰小跑著出去了。

「大晚上的，你過來做什麼？」

溥偉躺平在羅漢床上，連眼皮都不願意抬一下。

「白蓮給恭親王爺請安。」

說著，白蓮飄飄下拜。

溥偉動了動手指，算是示意她可以站起來了。

「今兒個，我親手煲了一些山參雞湯，」白蓮把身後端著木托盤的丫鬟召喚到面前，然後端起湯盅往前走了兩步，「望王爺不棄。」

白蓮微微垂首，雙手奉上那個可謂過於精緻的湯盅，眼角餘光偷偷瞟了一眼沉默站立於一旁的玉子。

「玉子。」溥偉略顯有氣無力地晃了一下手。

「嗻。」

玉子上前將湯盅接了過來，打開蓋子，倒了小半碗出來。他先是端起碗聞了聞，然後從懷裡掏出一根銀簪探入碗中，見銀簪沒有變化後才送到嘴邊抿了一小口，咕嚕一聲咽了下去。

半晌，屋裡沒有人說話。

點了點頭，玉子俯身對溥偉說道，「爺，沒事兒。」

「那就留下，」溥偉語氣慵懶地翻了個身，「去吧。」

「……毋需妾身留下伺候麼？」

就連白蓮自己聽著都覺得卑微無比，而溥偉只是不耐煩地揮了兩下手，似乎連瞧她一眼都不屑。

眼裡噙著淚，白蓮也不敢爭競什麼，只得再施跪禮，

「……妾身告退。」

那副楚楚可憐、委委屈屈的模樣看在玉子眼裡，令他不由得生出了幾分憐憫。

「爺，夜路難行，要不……我送送庶福晉吧？」

大概是這口大煙抽對付了，溥偉竟然點了一下頭，「快去快回。」

「嗻。」

出了溥偉的錫晉齋，玉子拎著燈籠走在前面，然後是白蓮，跟在她身後兩步遠的是一個貼身小丫鬟。

白蓮是溥偉的第五房妾室，年紀最小，有點兒一條筋死心眼兒，完全不懂得王府女眷之間勾心鬥角的章法。儘管琴棋書畫都拿得起來，但由於為人實在沒什麼情趣，所以溥偉平時就不太愛搭理她，還故意把她安排在萃錦園最角落的梧桐苑裡住著。梧桐苑的名雖取得雅，不過其實就是所謂的王府冷宮，一般不怎麼受溥偉待見的女子都住在這裡，而且平日裡也不讓在王府裡瞎溜達。

在聽雨軒前轉了個彎，梧桐苑已經遙遙可見，白蓮忽的停下了腳步。

「喜兒。」

聽見白蓮喊自己，小丫鬟趕忙急步上前。

「庶福晉。」

「你去，」白蓮低垂眼瞼想了想，吩咐道，「去廚房……給我煮一碗燕窩粥。」

「庶福晉，咱不是還有好些參雞湯在屋呢麼？」這小丫鬟看起來不過也就十三、四歲，臉上還帶著未褪乾淨的稚氣。

「叫你去就去！」

「嗻！庶福晉。」

白蓮強硬的語氣嚇了小丫鬟一跳，忙不迭地拎著燈籠就往廚房那邊跑去。

「何必嚇唬人小姑娘呢。」玉子單手叉腰站在原地，略一皺眉。

默默無語地搓著手裡的一方絹帕，白蓮輕咬下唇，款動金蓮衣擺飄飄地來到玉子身邊。

「……玉子。」

「欸，」玉子伸出食指，攔住了白蓮的話頭，「庶福晉，奴才不過是被派了差事才送您這一程，可千萬別多想。」

「玉子……」白蓮緩緩抬頭，珠淚滑腮，「我知道，你心裡有我……你看。」

說著，白蓮從懷裡掏出一大疊銀票，雙手捧著往玉子面前一遞。

「這裡有五千兩銀票，是我攢的體己錢兒，」白蓮眼裡滿滿全是期盼，「還有我那些簪環首飾，怎麼著也能有個幾百兩……買個小院子，咱倆這一輩子吃喝肯定是夠了。」

「哦?」玉子並沒有動,只是微微一挑眉。

「帶我走吧,玉子,」白蓮捧著那疊銀票,又往玉子跟前湊了湊,「就咱倆,一輩子。」

「五千兩?」

「嗯!」

「區區五千兩……就想要買我麼?」

猛的一揚手,玉子從下往上將那厚厚一大疊銀票甩了個天女散花。薄若無物的幾十張銀票在月光下飄飄灑灑,好一似翩飛奔月的白雀,卻又像捨身撲火的飛蛾,在黑暗中四下墜落。

「啊……」

看著漫天銀票,白蓮一時間愣住了,總覺得眼前這一幕並不是真的。

這下她大概就能死心了……玉子暗暗想著。他輕嘆了口氣,把燈籠擱在地上,轉身往來的方向大步而去。

「……玉子,」望著玉子離開的背影,白蓮先是喃喃地張了張嘴,接著便不管不顧地大喊了幾聲他的名字,「玉子……!玉子!玉……」

喊著喊著,白蓮的聲音變成了絕望的哭嚎,將本該甜膩溫潤的春夜襯得森森可怖。

玉子連頭也不敢回,腳底下越走越快,到最後幾乎是逃也似的跑了起來。

京城裡的春天再美,也美不過恭王府萃錦園裡的春天。

昔日的多羅忠郡王載瀅就曾寫下「梨桃百樹蔭衡門,小景真成庾信園,池靜水描新柳色,山青雨洗舊苔痕」的詩句,藉以吟詠恭王府之春情。

而其父恭親王奕訢亦曾留詩《萃錦吟》,詩曰「小屏閒掩舊瀟湘,草色青青柳色黃,萬物並遭風鼓動,一枝穠艷露凝香」,字裡行間皆能品出這位老恭親王對萃錦園的喜愛。

「阿瑪,您做什麼呢?」

一腳踏進樂道堂後院的溥儒看見父親的樣子,不由得睜圓了眼睛。

只見身著素色短褂加絳色長褲的載瀅將袖子高高挽起,手握鐵錘,站在一堆竹料木材前面,正揮汗如雨地不知在搞什麼名堂。

「儒兒,」載瀅拿起搭在一旁的手巾,擦了擦臉上的汗,「來,過來幫忙。」

「是,阿瑪。」

「奴才伺候儒貝勒。」

慶喜上前先施了個跪禮,然後就這麼跪著給溥儒解開衣扣,脫去了最外面的長大衣服,再幫他把兩邊的袖子都仔細輓好。

「阿瑪,您這是在做什麼呀?」

說著,溥儒來到載瀅身邊,歪著腦袋好奇地問道。

「這個呀，」載瀅指著地上尚未成型的那堆東西，「是準備做給程老闆的。」

「給程雨晴的？」溥儒左左右右、前前後後圍著轉了好幾圈兒，也沒能看明白這是個什麼，「做什麼用的？唱戲用的？」

「儒兒，你不是讀過《三國演義》麼？」載瀅不答反問。

「孩兒讀過。」

「那你還記不記得，在第九十三回中，諸葛孔明出城時坐的是什麼呀？」載瀅故意想要考考兒子。

「嗯……」溥儒閉目垂首，稍微想了一會兒後說道，「……蜀兵門旗開處，關興、張苞分左右而出，立馬於兩邊，次後一隊隊驍將分列。門旗影下，中央一輛四輪車，孔明端坐車中，綸巾羽……」

雖然笑而不語，但載瀅對這個答案很是滿意。

「四輪車！」溥儒睜開眼睛，看向父親載瀅。

「對，」載瀅點點頭，「阿瑪想給他做輛簡易的四輪車，這樣至少能讓人推著到院子裡曬曬太陽，總好過一直悶在房裡。」

「太好了！」溥儒拍著巴掌，「我也來幫忙！」

「嗯，那自是再好不過。」

載瀅把手裡的小鐵錘遞了過去。

十九、

從上午一直忙活到夕陽西沉，父子倆這一整天幾乎連飯都沒時間多吃一口，又鋸又錘，終於把這輛簡易的四輪車給做了出來。別說，還真挺像模像樣的。

「慶喜，你坐上來試試。」載瀅朝著也是滿頭大汗的慶喜招了招手。

「嗻，」慶喜弓著腰上前幾步，「恕奴才不恭了。」

說完，慶喜在那輛四輪車前轉了個身，極其小心地就要往下坐的時候，溥儒忽然衝著慶喜大嚷了一聲。

「嘭！」

把慶喜嚇得原地蹦了起來。

「坐壞了？是不是坐壞了？」

慶喜驚慌失措地趕緊回身去查看，卻發現四輪車根本完好無損，站在一旁的載瀅兩父子卻樂得連腰都直不起來了。慶喜這才明白原來是溥儒嚇唬自己玩兒呢，他拍著自己的胸口壓了壓驚。

「儒貝勒，您可嚇著奴才了。」

「哈哈哈哈，」溥儒用手指擦去眼角笑出來的眼淚，「你剛才那樣子，實在太可樂了。」

「這要把奴才給嚇死了，奴才多冤吶。」

為了逗主子開心，慶喜故意委委屈屈地說道。

「死不了死不了，我死了你都死不了。」載瀅大笑道。

「阿瑪……」溥儒反倒先止住了笑，微皺眉頭看向載瀅。

「阿瑪說笑呢，」載瀅俯身刮了一下溥儒的鼻子，接著又對慶喜說道，「快，試坐一下。」

「嗻，那奴才可坐了。」

「快著點兒吧。」

「嗻。」

臨坐下前，慶喜又看了載瀅父子好幾眼，確定他倆無意再嚇唬自己了，於是便小心翼翼地坐了下去。

「怎麼樣？」溥儒忙問道。

「回儒貝勒，奴才覺得挺好的，」慶喜晃了晃身子，「挺結實的。」

「那我推推你。」溥儒說著，就要伸手去抓四輪車背面的把手。

「那怎麼使得！」慶喜一下子跳了起來，跪伏在地上，「不如儒貝勒您坐著，讓奴才推著您試試，您看行麼？」

「也好，」把腳放在四輪車前面的踏板上，溥儒翻身坐了上去，「嗯，真挺結實的。」

「儒貝勒，您坐穩，奴才可要推了。」慶喜轉到四輪車後面，抓實把手，腳底下一用勁兒，真給推動了。

「動了動了！」溥儒坐在四輪車上拍著小手，興奮得夠嗆。

「儒貝勒，您扶好了，可千萬別摔著。」慶喜邊推著四輪車，還不忘了囑咐溥儒。

載瀅背著手站在原地，看著雀躍不已的兒子，嘴角禁不住微微上揚。

圍著後院推了一大圈，慶喜又把溥儒推回到載瀅面前。才剛一停穩，溥儒就噌一下跳了下來。

「怎麼樣？」載瀅微笑著問道。

「可好玩兒了！」溥儒一張小臉兒興奮得紅撲撲的，「難怪就連孔明都如此鍾情四輪車！」

「那你覺得，程老闆他可會喜歡？」

「當然了，」溥儒驕傲地拍了拍身旁的四輪車，「這可是孩兒和阿瑪一起做的。」

「那就好，」載瀅摸了摸溥儒的小腦袋，「那你一會兒送去給他吧。」

「阿瑪不跟孩兒一起去麼？」溥儒有些驚訝。

「不了，」載瀅朝慶喜一招手，示意他把自己的長衫給拿過來，伺候自己穿上，「一會兒讓慶喜和你一起過去就行了。」

「嗻。」

慶喜一邊應著，一邊給載瀅扣上領口下的紐襻。

「阿瑪，」溥儒上前拉住載瀅的衣袖，「您討厭程雨晴麼？」

「當然不討厭，」載瀅蹲了下來，從懷裡掏出帕絹擦了擦溥儒腦門上的汗珠，「但是阿瑪……不適宜，與他過於親近。」

「為什麼？」

「嗯……」載瀅歪著頭想了想，「儒兒喜歡程老闆麼？」

「嗯。」溥儒使勁兒點了一下頭。

「有多喜歡？」

「特別特別喜歡，」溥儒用手比劃了著，「喜歡到可以填滿萃錦園裡的蝠池。」

載瀅噗哧一笑，伸手拍了拍兒子粉嘟嘟的臉頰，「是麼？那阿瑪的喜歡……大概足以填滿府外的北海。」

溥儒被載瀅一句話給說得頓時洩了氣……蝠池要怎麼和北海比。

「那您為什麼不親自去給他送四輪車？」溥儒撅起小嘴。

「正是因為喜歡他，所以阿瑪才更要和他保持距離呀。」載瀅慢慢站起身，「或許只有如此，才能護他周全吧……」

載瀅忽的收了話鋒，面色複雜。

「……孩兒不懂。」

「待儒兒日後長大了，自就會明白了。」載瀅輕嘆了口氣，無奈地笑了笑。

「是，阿瑪，」溥儒似懂非懂地點了點頭，「啊……我倒差點兒忘了！」

「嗯？」

「程雨晴跟孩兒說，說什麼……曲兒，」溥儒努力地回想著，「拳……拳不離……手，曲兒不離口，他說他的曲兒都要生疏了。」

「嗯，他說想要什麼了嗎？」

「胡琴，」這個溥儒倒是記得很清楚，「程雨晴說若能有把胡琴，他就能自己操琴練唱了。」

「好，明日我就差人給他送把胡琴過去。」

「多謝阿瑪。」

「去吧。」

「孩兒告退。」

「奴才告退。」

邊說，溥儒邊給載瀅施了一禮。

慶喜推起那兩四輪車，跟在溥儒身後往程雨晴住的東廂房走去。

還沒有走到東廂房門前，溥儒就聽見屋裡隱約傳來唱戲的聲音，可謂餘音裊裊聲動梁塵。溥儒下意識停下腳步，側耳傾聽。

「最撩人春色是今年，少甚麼低就高來粉畫垣，」程雨晴端坐床沿，正在練唱，「原來春心無處不飛懸，是睡荼蘼抓住裙衩線，恰便是花似人心向好處牽。」

「好！」溥儒邁步走了進來，還很適時地給叫了個好，「程雨晴，這是什麼戲？」

「見過儒貝勒，」程雨晴不能站起來，只得微微垂首，欠身行禮，「這是崑曲《牡丹亭》裡的懶畫眉。」

「好聽，」溥儒緊走幾步，和程雨晴並排坐在床沿，側過臉看著他，「你還會唱崑曲呢？」

「唱戲做藝的，都得會一些，」程雨晴見溥儒臉上還有點點未幹的汗漬，「今兒這麼熱麼？瞧您這一臉汗。」

「還行吧。」

溥儒略一抬手，慶喜連忙雙手捧過來一方乾淨帕子，讓他擦了擦臉。

「你不是說總待在屋裡嫌悶嗎？我帶你出去轉轉。」放下帕子，溥儒嘿嘿一笑。

「帶草民……出去？」程雨晴看了看自己受傷的腳踝，又看了看溥儒，不知道這個小腦袋裡又在琢磨什麼。

「嗯！」溥儒從床沿上跳下來，神神秘秘地說道，「程雨晴，給你看個好東西。」

「好東西？」程雨晴話音未落，就看見慶喜推進來一個兩側都裝著軲轆的椅子，他不由得睜大了眼睛，「這是……」

「這叫四輪車，」溥儒滿臉的得意，站在四輪車旁一叉腰，「是三國的時候諸葛亮發明的，諸葛亮你知道吧？」

「知道，」程雨晴來回打量著那輛四輪車，「可是草民並不知這物件兒。」

「這是我和阿瑪花了一整天的時間，專門給你做的。」

溥儒的話讓程雨晴不禁心中動容。

「草民何德何能，蒙瀅貝勒和儒貝勒如此厚待……」

「咱們不是朋友嘛，朋友之間不說這些客氣話，」溥儒燦爛地笑著，「快來試試。」

「嗯。」

「你別動，」溥儒見程雨晴雙手撐著床沿想起來，趕緊攔住了他，「慶喜，你去抱程雨晴。」

「嗻，」慶喜小跑幾步，來到程雨晴身邊，「程老闆，委屈您攬著奴才的脖子。」

「欸。」

說著，慶喜俯下身子，程雨晴伸出兩條細細的胳膊環住了他的脖子。慶喜腰上一使勁兒，將程雨晴打橫抱了起來。抱起來之後慶喜小小吃了一驚，因為程雨晴實在太輕了，簡直是輕若無物、柔若無骨。

「慶喜，穩著點兒。」

「嗻。」

穩穩地將程雨晴放在四輪車上，慶喜又細心地在他腿上蓋了一條薄毯。

「程雨晴，你覺得怎麼樣？」

溥儒簡直等不及要聽到程雨晴的讚美。

「儒貝勒確是心靈手巧，連這樣複雜的物件兒都能做得出來，」程雨晴兩手輕撫著不甚精緻的四輪車，「草民實不知該如何感謝才是。」

「嘿嘿嘿，你喜歡就好，」溥儒看著比程雨晴還要更開心，「慶喜，走，咱推著程雨晴上院子裡去。」

「儒貝勒，這種不要緊的體力活兒就讓奴才來吧，」慶喜向來會說話，「您陪著程老闆好好說會兒話。」

「也是，那你來推，」溥儒點點頭，站在了程雨晴的四輪陳旁邊，「咱走？」

「有勞儒貝勒，有勞慶喜公公。」

「走著。」

二十、

小十天了，這還是程雨晴第一次出了那間精緻得令人不安的屋子，真正將一口帶著花香的空氣深深吸進胸腔，閉上眼睛，程雨晴感受著春季獨有的微暖陽光包裹住自己的身子，任由那些明晃晃的透明光線相互碰撞，將他這幾日積攢的所有負面情緒全都清出體外。

一陣微風吹過，帶起程雨晴的幾縷髮絲，磨蹭在臉頰有些癢癢的。樹梢上白玉蘭的花瓣兒悄然折落，擦過程雨晴的鼻尖，帶著甜香摔進他的懷中。睜眼垂首，程雨晴以兩指捏起那片如雪般淨白的細長花瓣，莞爾一笑，將其高舉過頭。在陽光的照射下，花瓣裡的絲絲脈絡都能看得清清楚楚，仿若有金色的液體在其中緩緩流動一般。

「原來奼紫嫣紅開遍，似這般都付與斷井頹垣，」程雨晴朱唇輕啓，輕輕唱道，「良辰美景奈何天，賞心樂事誰家院。」

「好！」自從學會了喊好之後，溥儒似乎就對此著了迷一般，「程雨晴，這也是崑曲麼？」

「真不愧是儒貝勒，」程雨晴點點頭，淺笑著贊了一句，「是，這也是崑曲《牡丹亭》中的一個曲牌，叫皂羅袍。」

「《牡丹亭》講的是什麼？」

「這……」程雨晴輕咬下唇，稍微猶豫了一下，「說的是，官家千金杜麗娘在一日遊園之後偶做一夢，夢見一個俊俏書生喚做柳夢梅，杜麗娘對其傾心不已，最後竟傷情而亡……」

「啊？」溥儒不由得一怔。

「不過杜麗娘死後一縷魂魄不滅，竟在陽世間找到了夢中的愛人，最後死而復生，得以與柳夢梅終成眷屬。」

「哦……」溥儒大大呼出一口氣，「還好。」

看著溥儒豐富的表情變化，程雨晴忍不住笑了出來。

「程雨晴。」溥儒忽然看向程雨晴。

「嗯？」

「程雨晴，你也有一個柳夢梅嗎？」

雖說不過是溥儒一句無心的問話，卻叫程雨晴整個脊背都僵硬了。

「回，儒貝勒，草民……」程雨晴眉頭微蹙，下意識地舔了舔嘴唇，實在不知該如何作答，只得用戲詞來搪塞，「……剪不斷理還亂，悶無端。」

溥儒睜圓了眼睛使勁兒想了想，但他顯然沒明白程雨晴想說什麼。

「儒貝勒，不妨推著程老闆上前面瞧瞧吧。」慶喜很適時地插了一句。

「好，」溥儒點點頭，跟在推動的四輪車旁慢慢走著，「程雨晴，你再唱幾句給我聽吧。」

「即是儒貝勒喜歡，那草民便獻醜了。」

見溥儒如此喜歡，再加上春光撩心，程雨晴也感到少有的雀躍。他將那柄溥儒送的紙扇輕輕拿在手裡，蘭花指一翹，悠悠唱道，「那一答可是湖山石邊，這一答似牡丹亭畔，嵌雕欄芍藥芽兒淺……」

坐在一人位的四輪車上，狹小的空間讓程雨晴的下半身無法隨意移動，但卻完全不妨礙他上半身的動作。每一個眼神、每一個手勢都隨著百轉千回的唱腔變化，讓人一霎時不禁恍神，好似真的看到了《牡丹亭》中那個吳儂軟語的杜麗娘似的。點點春光不知何時落入了程雨晴波光流轉的桃花眼中，更為他羞澀的眼神增添了幾筆嬌俏活潑，看得溥儒目不轉睛，像丟了魂魄一般。

「……一絲絲垂楊線，一丟丟榆莢錢，線兒春，甚金錢吊轉。」

一曲忒忒令唱罷，溥儒還在失神之中，竟忘了喊好。

「儒貝勒？」

「啊……？」

聽見程雨晴喊他，溥儒才慢慢回過神來。

「可是草民唱得不好？」

「嗯？」

「只是沒有聽見儒貝勒喊好，倒叫草民心慌了。」

程雨晴微垂眼簾，淺淺一笑。

「好！」溥儒連忙拍著小手喊了一嗓子。

「多謝儒貝勒。」程雨晴的眼睛彎彎的，實實好看得緊。

「來，推你上樂道堂外面轉轉。」

溥儒興起，拽著四輪車的扶手就要往外去。

「不可不可，」慶喜趕緊把車給拉停了，「瀅貝勒吩咐了，萬不可出樂道堂。」

「卻是為何？」

慶喜還沒有來得及回答溥儒的問話，就聽得樂道堂的垂花門外傳來溥偉的聲音。

「這不是煙雨閣的程老闆麼。」

搖著紙扇，溥偉大搖大擺地穿過垂花門，踱步走了進來，身後跟著一襲淺色長衫的玉子，瞅著就那麼素淨。

「見過兄長。」溥儒很是有規矩地作了個揖。

誰知溥偉不過略微點了一下頭，兩隻眼睛就像是猛獸鎖定了獵物一般看著程雨晴，看得程雨晴不自覺地將身子往後縮了縮，垂首輕顫。

「……草民，拜見王爺。」程雨晴低著頭，完全不敢看溥偉。

「那夜一別，甚是想念，」溥偉盯著程雨晴，往前又跨了半步，「不知程老闆，一切可安好?」

儘管溥儒年紀尚小，但可稱得上是天生聰穎，雖說沒明白這裡頭究竟怎麼回事，不過他最起碼能看得出來程雨晴懼怕他的兄長。

「兄長，」溥儒下意識地橫著挪了兩步，擋在了程雨晴前面，「程雨晴他傷了腳踝，尚未痊癒，還請兄長恕他不恭之罪。」

溥偉居高臨下地看了溥儒一眼，剛想開口說什麼的時候，就聽見一陣凌亂的腳步聲由遠而近。一個小丫鬟驚惶失措跌跌撞撞地跑了過來，還未到近前，腳底下一個踉蹌，栽倒在溥偉的腳邊。

溥偉可能從未在意過，但玉子一眼就認出來那是白蓮的貼身丫鬟喜兒，不由得心中一緊。

「王……王爺！」小丫鬟一抬頭，發現眼前站著的就是溥偉，趕緊伸手抓著他的褲腿，「王爺……白蓮庶福晉……庶福晉她……」

「嘖，」溥偉滿臉的不耐煩，一抬腿，把小丫鬟給撥到一邊，「吵吵嚷嚷的成何體統，有話兒說清楚，白蓮怎麼了?」

「……庶……庶福晉她，」小丫鬟滿臉的驚恐，一張小臉兒早就哭花了，「她上吊……自盡了！」

說完，小丫鬟就趴在地上大哭了起來。

「啊?」就算是再不待見也好，溥偉還是愣了一愣，「死了沒有?」

「我……我不知道……」小丫鬟哭得渾身抽搐，似乎就要喘不上氣兒來了。

慶喜跪在地上，震驚之余還是小心翼翼地提議道，「王爺，您快去看看吧，梧桐苑還不定亂成什麼樣兒了。」

「嘖，」溥偉緊皺著眉頭打了個咂舌，朝著已是呆若木雞的玉子低吼了一聲，「走！」

「……嗻。」玉子失魂落魄地跟了上去。

看著溥偉身邊的人都簇擁著一起離開了，慶喜懸著的一顆心才放了下來。

「儒貝勒，要起風了，咱送程老闆回屋吧。」

「……嗯，」看起來溥儒也因為這個消息受到了不小的刺激，「程雨晴，回屋吧。」

程雨晴點了點頭，只覺得自己躲過了一場狂風暴雨的災難，此刻他就想趕緊回房裡躲著去。只要一想起溥偉那雙直勾勾的眼睛，程雨晴就感覺好似打從心底裡冒出一股寒氣，直叫他手腳冰涼、冷汗不斷。

梧桐苑在萃錦園的東北角兒上，住著兩三個女眷和她們的貼身丫鬟，平日裡甚少有人會過來這邊走動，總顯得有些死氣沉沉的。帶著四五個護院僕人，溥偉步履不停地踏進了梧桐苑。而那個來報信的小丫鬟喜兒，要是沒有人在兩邊架著她根本連一步也邁不動。

「哪兒呢？」

喜兒用盡渾身的力氣，抬手指了指北邊白蓮的那間屋子，接著就暈了過去。

「哼，沒用的東西。」

一甩袖子，溥偉大步走進了北邊那間小屋，身後跟著的除了兩個護院教頭和三四個下人之外，還有臉色煞白的玉子。才剛一進屋門，眾人先是聞到一股令人作嘔的臭氣，然後猛一抬頭，便毫無預警地看見了還懸掛在房梁之上的白蓮。

地上滿是白蓮死前失禁造成的污穢之物，惡臭難聞。她原本端莊美好的面容此刻已是恐怖難辨，雙眼爆睜向外微凸，整張臉青紫腫脹，掛滿了混著眼淚、鼻涕和口涎的渾濁液體。

溥偉眉頭緊鎖，掏出手帕掩於口鼻處，極其嫌惡地招了招手，「放下來。」

「嗻。」

高大的護院搬過一張椅子，上去把白蓮給摘了下來，小心地平擱在床上。看著白蓮那副人不人鬼不鬼的模樣，玉子早已經嚇得魂不附體，雙膝一軟，差點兒沒當場跪下去。站在一旁的溥偉不動聲色地瞧了瞧他，又瞧了一眼床上的白蓮，臉色愈發陰沉。

「傳魯太醫。」

「嗻。」

一個護院應了一聲，快步跑了出去。

「傳……傳太醫做什麼？」玉子忽然反應過來，忍不住問道。

「哼，不傳太醫……」溥偉忽的湊近玉子的臉，揚起半邊嘴角，獰笑道，「哪兒來的樂子？」

「……樂子？」溥偉的表情讓玉子禁不住打了個冷顫，他勉強擠出一個笑臉，「那，那奴才倒要好好看看，是……什麼樂子。」

「哈哈哈哈，」溥偉狂笑了一陣兒，啪一下攥住玉子的手腕，「怎能少得了你呢。」

「哈哈……哈，哈哈……」

毫無底氣地隨著溥偉笑了幾聲，玉子感覺到自己的脊背已全被冷汗浸透了。

二十一、

「魯太醫到。」

門外一聲傳，下人將魯太醫領進了屋。

「微臣，拜見恭親王爺，王爺千歲千千歲，」魯太醫邊給溥偉施禮，邊忍不住皺起了眉頭，這屋裡的氣味實在臭不可聞，「不知王爺急召微臣入府，所為何事？」

魯太醫的聲音悶悶地從指縫間傳出來。

「白蓮自盡。」溥偉輕描淡寫地說了一句。

「王爺請節哀。」魯太醫連忙又往下要跪，被溥偉給攔了。

「嗯，」溥偉看也不看一眼，一指床上白蓮的屍首，「死因有疑，剖。」

「啊？」

眾人皆是一驚，就連魯太醫都怔了一怔。

「剖……」魯太醫稍作猶疑，清了清嗓子，「王爺，剖？」

「嗯，」溥偉隨意點了點頭，「給本王剖了。」

「王爺，微臣乃太醫，而非仵作，這剖屍……」說著，魯太醫面露難色。

「魯太醫，敢問您是哪個方面的太醫呀？」

「微臣乃，女科。」

「著哇，去，」溥偉把臉一沉，斜眼看向魯太醫，「剖開，本王一觀。」

魯太醫終於明白了溥偉話中的意思，快步走向床塌，從隨身攜帶的醫藥箱中掏出一柄閃著銀光的西醫小刀，憋足一口氣，正準備要往下划的時候，也不知怎麼的，玉子竟鬼使神差地喊了出來。

「住手！」

「嗯？」溥偉雙眼一瞇，一個字一個字地從牙縫裡擠出來，「你說什麼？」

「我……奴才……」玉子的臉色白得瘆人，「死，死者為大……奴才……奴才認為，這人都沒了，何苦還要讓她挨一刀……」

「你倒是個好心腸的奴才，」溥偉嘴角的冷冷笑意卻並未延伸到眼中，「放心，一刀可完不了……魯太醫，剖。」

「嗻，王爺。」

的確不愧是御用太醫，技法精准手脚麻利。當白蓮的腹腔被打開之後，魯太醫愣了一愣，不禁滿面含悲。

「如何呀？魯太醫。」

溥偉故意不拿正眼瞧那邊，頂多也就是眼角餘光掃一眼。他端著剛沏好的茶，慢條斯理地用碗蓋撥著在水面上打轉的茶葉，一旁是幾個下人正在清理打掃著污穢不堪的地面。

「微臣，」魯太醫似乎從白蓮的腔子裡掏出來一個什麼東西，雙手捧著，哆哆嗦嗦一轉身就跪下了，「請王爺節哀……」

「本王，怎麼又要節哀呀？」溥偉端起茶碗喝了一小口。

「回王爺，白蓮庶福晉他……已懷有三月餘身孕。」魯太醫將雙手高舉過頭頂。

「嗯。」溥偉漫不經心地點了點頭，眼睛卻一直瞧著站在身側的玉子。

魯太醫的一句話，再加上他手裡那團鮮血淋淋還沒有掌心大的胎兒，玉子就感到一陣天旋地轉，衝出門外翻江倒海一般嘔吐了起來。

只見屋裡坐著的溥偉臉色愈發駭人，混雜著絲絲血腥味和穢物惡臭的空氣壓得人喘不過氣來。

「魯太醫。」

冷不丁聽見溥偉喊自己，魯太醫條件反射般顫抖了一下。

「王爺。」

「有勞您了，」溥偉捏著手裡的茶碗，對一個下人吩咐道，「去，帶魯太醫上賬房領一份兒賞錢。」

「多謝王爺，多謝王爺。」

魯太醫站起身，手裡捧著那團死肉也不知往哪兒擱才好，原地轉了兩圈，只好又放回了白蓮肚子裡。

在王府下人端過來的水盆裡洗了洗手，魯太醫滿頭是汗地逃了出去。

就這麼靜靜地坐著又喝了幾口茶，聽著外頭玉子大概也吐得差不多了，就只剩下幹嘔聲，溥偉忽的眉毛一挑，「玉子。」

「奴才在！」

其實玉子這會兒還有些暈頭轉向的，但是溥偉一句話就等於他的聖旨，所以玉子趕忙擦了擦嘴，又使勁兒拍了拍自己的臉，快步走回屋裡，低眉順目地站在溥偉身旁。

「伺候爺。」

「……玉子，」溥偉只是低垂眼簾，並未看他，「你跟著本王，多少年了？」

「跟爺回，今年正好十年。」玉子用手比了個十字。

「十年吶……可真是不短了呢。」

「是。」

「這些年，本王待你如何？」

一聽問這話，玉子心慌地跪了下去，「王爺對奴才的恩情，天高地厚一般。」

「不曾委屈過你吧？」

「爺，您這是怎麼了……奴才何曾受過半點兒委屈。」

玉子開始抑制不住地哆嗦了起來。

「嗯……」溥偉點點頭，聲音愈發低沉，「也不曾虧待過你吧？」

「爺……奴才……」

玉子半句話尚未說全，溥偉便高揚起握著茶碗的手，啪一聲，狠狠地砸在了玉子的頭上，頓時血流如注。

「爺！」玉子顧不得自己腦袋上汩汩往外冒血的傷口，撲上去抓住溥偉被茶碗划傷的手，大叫道，「快來人！王爺受傷了！」

溥偉用力一掙，抬腳就把玉子給踹在了地上，順勢一起身，咬牙切齒道，「十年來，本王一心一意待你這個狗奴才，要銀子給銀子，要玩意兒給玩意兒，但凡你這奴才開口，本王從沒有說不的時候！本王對你百依百順，到頭來竟就換了個這樣的下場嗎？！」

「……奴才，奴才不過一時糊塗……！」

玉子還想要辯解，可這時候再說什麼也不過是火上澆油。

「一時糊塗？一時糊塗你個狗東西就敢玩女人？玩的還是本王的女人！」

溥偉此刻是火從心頭起、惡向膽邊生，抄起什麼算什麼，沒頭沒腦地往玉子身上抽去。

「王爺……王爺！您饒了奴才吧……您，就饒了奴才這一回吧！爺！」

玉子臉上又是血又是淚，真真白瞎了一張好看的面孔。

「狗奴才！狗奴才！」溥偉又打又罵，怒氣沖天的通紅眼底卻閃著一點清冷的淚光，「沒有良心的狗東西！」

「……爺，奴才知錯了，」玉子掙扎著爬到溥偉腳邊，伸手指了指死透了的白蓮，「是她……！是她勾引的奴才，奴……奴才一時色迷了心竅，這才……」

玉子想要伸手抓溥偉的前衣擺，卻沒想到被溥偉一腳給踩了下去。但只是踩在脚底下明顯還不夠解氣，溥偉用腳跟使勁兒往下跺著玉子的手背。霎時間，玉子的聲聲哀嚎混雜著骨頭碎裂的聲音充斥著整個房間。

「是這隻手嗎？是不是用的這隻手？！」溥偉邊跺邊問，神情形同惡鬼。

「王爺……！饒命啊！」

這會兒玉子的聲音已經聽著都不像是人的動靜了。

「還有那隻手！」溥偉說著，就俯身去扯玉子的另一隻手，但是玉子把那條胳膊死死地壓在身子底下，任由溥偉如何踢打就是一動不動。

「好！好啊！」溥偉將自己的兩個護院教頭給喚了過來，「來，來來，給我打，往死裡打！」

「……王爺。」

兩個護院教頭相互對視了一眼，實在覺得有些為難，都是平日裡抬頭不見低頭見的，哪裡下得去手。

「動手哇！」

「王爺，您就饒了他這一回吧。」

因為都知道溥偉最疼愛玉子，所以其中一個教頭便大著膽子說了一句。

「哦？不動手是吧？要反是吧！」

溥偉啪一掌拍在桌上，震天震地。

「王爺恕罪。」

兩個護院教頭齊刷刷地跪了下去。

「好好好，那咱們今天還真就不動私刑，按國法來辦！」溥偉一撩衣袍，坐了下來，「玉子，你這些年跟著我也算讀了些個書，大清律我也給你講過十條八條的，你說，男女私通該怎麼罰呀？」

「無……無夫者，杖八十……」

玉子蜷縮在地上，聲音斷斷續續的但總算能聽清楚。

「嗯，有夫者呢？」

「……有夫者，杖……九十……」

「好，」溥偉拿眼一掃那兩個護院教頭，「打！」

話都說到這份兒上了，兩個教頭都知道不打是不行了，只能起身掄棒正要往下打，溥偉伸手一攔。

「慢。」

正當大家都以為溥偉還是心疼玉子的時候，溥偉語出驚人地一指床塌那邊，「如何能讓你一人受罰，把那個賤婦拖下來，一起打。」

「嗻。」

恭親王的話誰敢不聽，只得又把白蓮的屍身給搭下床來，扔在玉子身旁。玉子趕緊用沒受傷的那隻手捂住嘴，差點兒又要吐出來。

「你以為死了，就能躲得過國法家規麼？」溥偉面無表情地瞥了白蓮一眼，「打。」

「嗻。」

二十二、

在溥偉正襟安坐的監督下，就算是兩個教頭想要手下留情也不大可能，玉子就這麼一棒一棒硬生生地挨著。才剛打了二十棒，玉子的腰臀就已經被打得皮開肉綻鮮血直流，但是對玉子來說，似乎都已經麻木了。因為他渾身上下沒有一塊地方是不疼的，所以也分辨不出來究竟哪裡更疼一些。

打到五十幾棒的時候，玉子感覺眼前的景象越來越模糊，意識越來越遠，實在扛不住暈死了過去。

「稟王爺，玉子暈刑。」

負責杖打玉子的那個教頭單膝跪地一抱拳，對溥偉說道。

「接著打。」

「……呃，」教頭一愣，以為溥偉沒聽明白，就又說了一遍，「王爺，玉子暈死過去了。」

「嗯，」溥偉微微點頭，喝了一口重新給沏的茶，

「接著打。」
「王爺，再打……恐會出人命的。」教頭湊近半步，低聲說道。
「人命？」溥偉笑了，衝著白蓮一抬下巴，「不已經出了麼。」
「……嗻。」
沒辦法，教頭只得重新又抄起棒子，往人事不省的玉子身上打了下去。
九十棒打完，玉子基本上是只有出的氣兒，幾乎沒有進的氣兒了，癱軟在地上真好似死魚一般。
兩個教頭跪在溥偉面前，「回王爺，九十杖已經打完，請王爺驗刑。」
溥偉單手托著下巴靠在桌沿，斜眼瞧著玉子，不知在想什麼，但是在他出聲之前，誰也不敢開口說話。
良久，似乎已經做了什麼決定，溥偉坐直了身子，先是用餘光瞟了一眼白蓮，「這個，用席子卷了，扔去城外亂葬崗。」
「嗻。」
拿席子的拿席子，擦地的擦地，下人們七手八腳地把支離破碎的白蓮給裹了出去，只留下地上一灘淺淺的印記。估計再清洗個幾次，就完全看不見了。
「至於這個嘛，」溥偉看了看玉子，露出一個殘忍的笑，「帶出去，交給宮裡的曹公公。」
下人們面面相覷，沒明白溥偉什麼意思。
「曹公公是宮裡主事淨身的公公，交與他，他自會處理的，」溥偉抬手一揮，站了起來，「去吧，完事兒了速回本王，有賞。」
「謝王爺，」眾人齊齊跪地，「恭送王爺。」
連頭也沒回，再沒有看玉子一眼，溥偉大步流星地離開了梧桐苑。
自從上次偶遇溥偉，程雨晴已經嚇得躲在屋裡好幾天，整日整日就幹坐在床邊練習唱腔，別說院門了，連房門都不敢出。還好溥儒每天做完了功課都會過來陪他說說話，聽他講講戲什麼的，否則還真就能憋壞了。
「元宵燈會真有你說得那麼好玩麼？」溥儒瞪大了眼睛。
「又能看花燈又能猜燈謎，還有好些平時見不著的糕點吃食和玩意兒，可甭提多熱鬧了，」程雨晴回想著記憶中燈會上的嬉鬧喧嘩，不由得莞爾一笑，「儒貝勒沒有逛過燈會嗎？」
「沒有，」溥儒撇了撇嘴，「倒是在城樓上跟著老佛爺一道看過一兩次，但從未下去過。」
「等儒貝勒長大了以後，一定能有機會去逛逛燈會的，」程雨晴努力地安慰道，「說不定到時候的燈會，比我以前去過的那些更熱鬧更好玩兒，而且會有更多稀罕物兒。」

「嗯……欸，程雨晴，」溥儒睜著一雙大眼睛看著程雨晴，「你說燈會上有好多好吃的，是真的嗎？」

就算是身為皇家貝勒，溥儒也不過是個年僅七歲的孩童，所以一說到「好吃的」就立刻兩眼放光。

「好吃的是不少，但儒貝勒身在王府，還有什麼沒見過沒吃過呢。」

「阿瑪從不准我多吃點心……」溥儒的聲音聽起來委委屈屈的，小嘴撅得老高，「隔一天才許我吃一回，每回還不讓多吃。」

「那儒貝勒最愛吃什麼點心呢？」程雨晴掩嘴一笑，順著他的話問了下去。

「我愛吃……」溥儒用食指點著下巴認真地想著，「驢打滾兒！艾窩窩！芸豆卷兒！還有……豌豆黃！薩其馬！」

溥儒簡直如數珍寶一般，掰著手指一樣一樣數著。

「這麼些呀，那您最最愛吃的是哪樣兒呢？」程雨晴笑眼彎彎地看向溥儒。

「嗯……薩其馬，」溥儒使勁兒點了點頭，「宮裡御廚做的薩其馬可好吃了，又酥又甜。」

「儒貝勒愛吃薩其馬？」程雨晴拍了一下手，「巧了，草民還真會做薩其馬。」

「你會做薩其馬？」溥儒不相信地打量了程雨晴一番，「你不是唱大戲的麼？」

「怎麼？唱戲做藝的就不許會做點心呀？」程雨晴笑道，「草民的薩其馬做得還很不錯呢。」

「太好了！那你做給我吃吧。」溥儒高興得跳了起來。

「自是沒有問題。」

和溥儒聊著天，讓程雨晴暫時淡忘了對溥偉的恐懼，心裡滿滿都是對面前這個小貝勒的寵溺。

「……不行。」

誰知溥儒卻自己搖了搖頭。

「怎麼不行？」程雨晴沒明白，「是擔心瀅貝勒會不高興麼？」

「阿瑪會不高興是一定的，但不是因為我吃點心，」溥儒指了指程雨晴的腳踝，「你的傷還沒好完全，做薩其馬得站很久吧？阿瑪知道了非責怪我不可。」

「嗯……」

看著溥儒失望的模樣，程雨晴有些於心不忍，但載瀅的確吩咐過不准他久站，倒是讓程雨晴左右為難了。

下意識地望了望窗外，春風蕭蕭枝條搖搖，程雨晴忽然想到個好主意。

「做薩其馬確是挺耗時間的，但若是儒貝勒想吃點心的話，草民倒有個法兒。」

「嗯？什麼法兒？」

一聽到能有點心吃，溥儒馬上又來了精神。

「草民想先問問儒貝勒，這王府中可有榆樹？」

「榆樹？有呀，有好些呢，」溥儒指向屋外，「樂道堂的院子裡就有好幾棵。」

「那，就勞煩儒貝勒帶草民去看看吧。」

「好呀，」溥儒朝著一直站在門旁的慶喜招了招手，「慶喜，把四輪車推過來。」

「嗻。」

樂道堂後院的東邊栽著好幾株高高大大的榆樹，這會兒正是榆錢兒滿枝的時候，一嘟嚕一嘟嚕地擠做一團，仿若羞澀的小家碧玉，圓潤翠綠得甚是喜人。

「慶喜公公。」程雨晴柔聲喚道。

「程老闆。」

「不知慶喜公公可會爬樹？」

「程老闆這是想摘榆錢兒吧？」慶喜把袖子高高挽起，再把前面的衣擺緊緊束在腰間，「儒貝勒，請恕奴才不恭了。」

「快點兒，快點兒！」溥儒開心地拍著巴掌。

還真不是吹的，慶喜噌噌幾下就攀了上去，騎在一根較為粗壯的樹枝上，衝樹下的程雨晴和溥儒說道，「儒貝勒，程老闆，接好了。」

說著，慶喜就開始一把一把往下捋鮮嫩的榆錢兒，手裡抓不下了，就往樹下扔。溥儒仰臉兒站在樹下，兩手揪住前衣擺，雀躍地兜著接榆錢兒。接滿了，就趕緊倒給坐著的程雨晴，然後再回到樹底下去繼續接。

不大一會兒的功夫，溥儒和程雨晴的前衣擺上就兜滿了青翠欲滴的榆錢兒。樹上的慶喜一撒手，輕輕鬆鬆地跳了下來，左手還抓著一大把剛捋下來的鮮榆錢兒。

「然後呢？」溥儒回頭看著程雨晴。

「然後，就這樣。」

程雨晴用三隻手指捏起一小叢榆錢兒送進嘴裡，笑著嚼了起來。

「這就能吃呀？」溥儒看了看衣擺裡滿滿一兜榆錢兒，又看了看慶喜，「你吃過麼？」

「回儒貝勒，奴才吃過，」慶喜點點頭，「撿嫩的吃，特別清甜。」

「是麼？」溥儒不自覺地咽了口口水，想要自己下手抓，可是如果一撒手，衣擺上兜著的榆錢兒就會掉地上，急得他跺了跺腳，「程雨晴，你餵我。」

「是，儒貝勒。」程雨晴噗哧樂出了聲，捏起幾片榆錢兒送到溥儒嘴邊。

溥儒小心地把榆錢兒咬進嘴裡，嚼了嚼，飽滿的榆錢兒瞬間在嘴裡崩裂炸開，唇齒之間盡是甘甜爽口的味道。

「嗯！甜的！」溥儒像是發現了新大陸一般，欣喜得直蹦，「慶喜，你最辛苦，你也吃。」

「謝儒貝勒。」慶喜把手裡抓著的那把榆錢兒填進嘴裡，嚼得那叫一個香甜。
「太好吃了！」溥儒這會兒也顧不上會不會灑出來了，伸手抓著榆錢兒就往嘴裡塞，「我可從來都不知道，這樹葉子一般的東西還能如此美味。」
「這都是窮人家孩子的吃食，儒貝勒怎麼會知道呢。」程雨晴邊說，邊將混在榆錢兒之間的葉子都挑了出來。
「這個叫什麼？榆錢兒？」
「是，榆錢兒。」
「這個榆錢兒，還有別的吃法沒有？」
看樣子儒貝勒一時半會兒是戒不掉吃榆錢兒了。
「榆錢兒還可以拿來涼拌或是煮粥，」程雨晴淺笑著解釋道，「北宋歐陽修曾留詩句『杯盤粉粥春光冷，池館榆錢夜雨新』，說的就是榆錢兒粥。」
「好，好，好，榆錢兒粥！我現在就去廚房，讓大師傅煮來吃。」溥儒聽著程雨晴的話，口水都快流下來了。
「儒貝勒莫急，」程雨晴揮手喚回抱著榆錢兒就要往院外跑的溥儒，「草民還沒說完呢。」
「哦哦，還有什麼？程雨晴，你一併說了，回頭讓大師傅一塊兒就都做了。」
「還有榆錢兒飯，和著玉米面兒、麵粉一起上鍋蒸，出鍋之後蘸著辣蒜醬吃，」程雨晴故意誇張地說道，「那味道才叫好呢。」
「好！榆錢兒飯，我記住了，還有沒有？」
「還有榆錢兒餑餑、榆錢兒餅子、榆錢兒饅頭，多了去了呢。」
「慶喜！」溥儒忽然大喊了一聲慶喜的名字。
「奴才在。」還在回味著榆錢兒清香的慶喜趕緊應道。
「你推著程雨晴，跟著我一起去廚房。」
「嗻。」

二十三、

長爺萬萬沒有想到的，自己本想讓馬鳴未染上大煙癮，從此頹廢下去，可馬鳴未卻偏偏借著大煙的勁兒通了嗓子，一鳴驚人一飛沖天，竟然在短短的時間裡搖身一變，成為了京城裡炙手可熱的角兒。
每日裡來邀鳴福社堂會的可以說是一波連著一波，個兒頂個兒都是大財主大員外，一個賽著一個有錢，最次也得是大布莊、大茶莊的東家。
接了這麼些堂會的活兒，馬鳴未基本上就不進戲樓了。鳴福社被一分為二，馬鳴未帶著何福山和那幾個壽字科的專門唱堂會，侯小若主要還是在華樂樓唱。跟著他的除了王溪樓和魏溪閣之外，還有幾個小一些的孩子，若是人手實在不夠了就找搭班兒的唱戲人。

久而久之，侯小若反而和這些搭班兒唱戲的混得越來越熟，再加上他已經搬去三閨爺同住，所以就更少回鳴福社了。

這天剛好馬鳴未結束了一趟堂會，進院門時正碰上散了戲後送孩子們回來的侯小若，於是便喊他進來一起喝兩盅。兩人將桌椅搬到廊下，桌上擺著兩壺女兒紅，一碟花生米和一碟拌榆錢兒，喝得還挺有滋味。

「所以說，雨晴現在還在恭王府裡？」

「是啊，儒貝勒說是還在王府裡養傷。」侯小若捏起一粒花生粒，丟進嘴裡。

「可以的呀。」馬鳴未吱溜了口酒，咂了咂嘴。

「什麼？」

「恭親王府，親王！都不是一般的王爺，皇上的兄弟！還不夠可以的麼？」馬鳴未使勁兒強調了一下「親王」兩個字，那語氣就像在說親爹一樣。

「不是不是，現在那恭親王好像是皇上兄弟的兒子。」侯小若端著酒盅，糾正了他一句。

「這麼繞……不管是誰，總之，」馬鳴未四下張望了一下，壓低聲音說道，「總之是姓愛新覺羅的，就不得了。」

「那倒是，」侯小若點點頭，嘆了口氣，「唉……也不知道雨晴怎麼樣了。」

「那還能怎麼樣，享福了唄，」馬鳴未的語氣裡全是難掩的羨慕之情，「攀上高枝兒咯。」

「嗯……我還是有點兒擔心。」侯小若一口氣兒把盅裡剩下的酒全倒進嘴裡。

「你呀總是瞎操心，」馬鳴未斜了侯小若一眼，「怎麼樣啊？住在你乾爹家裡，跟著老頭兒學著不少好東西吧？」

「嗯，嘿嘿嘿。」侯小若抿嘴一笑，點點頭。

「小子，你可別藏私啊，」幾杯酒下肚，馬鳴未一張臉通紅，瞪著侯小若說道，「有什麼絕的你可得教教大家夥兒。」

「我知道，這不每天都教著呢麼。」侯小若撓了撓頭。

其實說心裡話，侯小若還真是有點兒藏私，倒不是因為他不願意教，而是三閨爺每天都要跟他說一遍「教會了徒弟就餓死師父」這話，而且還讓他發誓所學之藝絕不外傳。

這大概，也就是三閨爺戲這麼好卻誓不收徒的原因吧。

「哎對了，小師娘最近怎麼樣？好點兒沒？」

「她又沒生病，什麼好點兒沒？」馬鳴未又灌下去一盅酒。

「不是，我之前瞧見她的時候，就還是覺得怪怪的。」

侯小若抓起幾片榆錢兒，塞進嘴裡慢慢嚼著。

「哪兒怪了？」馬鳴未坐直了身子，看向侯小若。

「具體的我也說不上來，就感覺吧……」侯小若皺了皺眉，「和以前不一樣了，好像不那麼愛說話了。」

「嗨，我還當你要說什麼呢，」馬鳴未往地上啐了一口濃痰，「都這麼些年了，誰還沒有個變化，就說你、我，還有雨晴，不都和幾年前不一樣了麼。」

「嗯……也是，」侯小若咧嘴嘿嘿一樂，「可能是我想多了。」

「可不就是你想多了麼，」馬鳴未瞧了一眼侯小若的酒盅，給他倒滿了，「趕緊喝，喝完了早回去歇著，別總想些有的沒的，有那個時間琢磨琢磨怎麼能多賺銀子好不好。」

「欸。」

侯小若端起那滿滿一盅酒，咕咚咕咚全喝了下去。

這天天氣頗好，連著刮了好幾日的風也都弱了下去，陽光從窗稜間擠進屋裡，悄悄地撒了滿地的光斑。如此天暖晴好，程雨晴便拜託慶喜在房裡給準備好洗澡水，他打算趁著溥儒過來之前，好好沐浴梳洗一番。

進王府以來雖然也沐浴過幾次，但總是有幾個下人領命在旁伺候著，就好像被人參觀一般，水再舒服心裡也覺得彆扭。所以今兒程雨晴特別囑咐了慶喜，不需要人伺候，把下人們都遣了出去。

把最後兩桶熱水倒進那碩大的木盆，慶喜拎著桶垂首退到一邊，「程老闆，若是沒有其他吩咐，奴才這就出去了。」

「有勞慶喜公公了。」

「奴才告退。」

說著，慶喜往後退了兩步，頭也沒抬，一轉身出去了。

程雨晴扶著椅背來到木盆邊，俯身伸手試了試水，溫度剛剛好。騰上來的水蒸氣熏紅了他的臉頰，好似粉桃水嫩欲滴。

褪去身上的衣物，程雨晴慢慢滑進水裡，頭枕著盆沿，輕輕閉上了眼睛。

慶喜提著兩隻水桶低頭往院外走著，正好碰上載瀅大步進來，手裡好像還拿著根長長的物件兒。

「奴才給瀅貝勒請安。」慶喜趕緊跪下行禮。

「嗯，」載瀅略微一頷首，「起來吧，這幾日雨……程老闆他，可好？」

「回瀅貝勒的話，好，」慶喜恭順地回道，「齊太醫又來給瞧過了，說是再有個幾日便可痊癒。」

「嗯，」載瀅面露欣喜之色，「你去吧。」

「嗻。」

待載瀅走遠了，慶喜才慢慢從地上站了起來。他歪著頭想了想，似乎有什麼不妥，但一時半會兒又沒想出來究竟什麼不妥，於是便甩了甩腦袋，離開了。

「程老闆，」載瀅抬手敲了敲門，「程老闆？」

輕喊了兩聲都不見回答，載瀅有些急了，不知道是不是程雨晴又出了什麼意外，所以直接一腳就把門給踹開了。

「雨晴！」

載瀅火急火燎地進到屋裡，才聽見屏風後面傳來的水聲和程雨晴的低聲驚呼。

「……瀅，瀅貝勒？」程雨晴嚇了一跳，下意識地整個人都縮進了水裡。

「呃……」載瀅感覺有些尷尬，趕緊一轉身，背對著程雨晴那邊，「咳咳……是我，驚擾程老闆了，抱歉。」

「不……不礙事……」程雨晴此時也不知道該說什麼才好，半張臉都已經埋在水下，所以說話還帶著些許水音，「不知瀅貝勒今日忽然造訪，有何差遣？」

「嗯，」載瀅終於穩住了心神，「前幾日聽儒兒說，程老闆想要把胡琴，剛好今兒個拿到了，便想著送過來。」

「……如此小事，竟讓瀅貝勒親自送來，真是折煞草民了。」

程雨晴感覺自己此刻的體溫都快要能把這一盆水給燒開了。

「我本想讓儒兒過來時順便帶來，但是一大早他就被老佛爺給宣進宮裡去了，」載瀅頓了頓，總算反應過來其實自己根本用不著解釋，「那……胡琴就擱這兒了，告辭。」

話音未落，載瀅好似逃跑一般，撂下胡琴就疾步走出門邊。他剛想伸手拉門，忽然又像想起什麼一般停住了腳步，低著頭說道，「榆錢兒飯，甚是美味。」

說完，載瀅閃身出了東廂房，嘭一聲反手把門關上了。

屋裡屋外，程雨晴和載瀅都大大地呼出一口氣。

從屏風後探出半個腦袋，程雨晴確定載瀅已經離開了，才又往外探了探，視線落在了桌上的那把胡琴上。雖說距離有點兒遠看不大清楚，但就這也能知道一定不是俗物，程雨晴雀躍不已，恨不得馬上就試試。

他抓過搭在一旁的白手巾，迅速擦了擦身上的水，再把慶喜給他準備的乾淨衣物隨意往身上一套。都穿好之後，程雨晴快步走到桌邊，拿起載瀅留下的胡琴仔細打量了一番。

果然是稀罕的好物件兒。

程雨晴一時興起，把琴往腿上一架，半坐在桌上試了試琴音之後，便隨性拉起了一段兒曲牌《梅花》。琴聲高蕩起伏有急有緩，悠揚婉轉宛如玄音，真恍若高山流水一般動人心弦。聽得載瀅止步於院中，竟不捨離開。

「阿瑪？」溥儒從垂花門轉過來，就看見載瀅獨自站在東廂房前面的院子裡，「孩兒見過阿瑪。」

「啊，是儒兒呀。」

聽見溥儒的聲音，載瀅這才回過神來，朝溥儒微微一笑。

「阿瑪，您怎麼自己一個人跟這兒站著呢？」

說著話，溥儒正要往載瀅這邊走，載瀅連忙豎起食指抵在唇上，「噓，你聽。」

「……這是，程雨晴？」

聽了一小會兒，溥儒臉上露出喜悅的神色。

「嗯。」載瀅點點頭。

為了不打擾到程雨晴，溥儒便輕手輕腳地走到載瀅身邊。兩父子就這麼傻愣愣地站著，聽著屋裡一段兒接著一段兒不絕如縷的琴音。

二十四、

「嚯，人還挺齊。」

人未到，聲先聞。

溥偉甩著袖子，和往常一樣身後跟著五六個人，晃悠悠就過來了。

載瀅一皺眉，「這才什麼時辰，你就喝酒了？」

「喝了，」溥偉拍了拍肚子，打了個酒嗝，「還，喝了不少。」

溥儒看了看載瀅，又看了一眼溥偉，上前施禮道，「溥儒見過兄長。」

「好，毋需多禮。」溥偉臉上帶著奇怪的笑。

「溥儒年幼，尚知禮數，」載瀅語帶不滿地看著溥偉，「你堂堂親王，卻這般自甘墮落，為父亦為你所不齒。」

「墮落？嗯……嗯嗯，」溥偉晃著腦袋，「墮落不墮落，本王不知，但說到禮數嘛……您說的是，本王乃是堂堂親王，您不過區區一個貝勒，為何見本王不拜？」

載瀅頓時氣得臉都黑了，「吾是乃父！你個不孝子受得住我一拜嗎！」

「哈哈哈哈，」溥偉不惱反樂，拍了幾下巴掌，「好好好，本王許您不拜便是。」

「你！」

若不是溥儒拽著父親的袖子，載瀅這會兒都能一巴掌扇在溥偉臉上。

「阿瑪。」溥儒拉了載瀅一下，悄悄指了指東廂房的方向。

「……溥偉，」載瀅暫時把火氣往下壓了壓，「樂道堂中由不得你如此喧嘩，要吵上外頭吵去。」

「這恭親王府裡，有哪一寸土地是本王去不得的？」

溥偉斜靠著一個下人的肩頭，嘴裡噴著酒氣，「本王願音在哪裡吵鬧就在哪裡吵鬧。」

「溥偉！」載瀅大怒，手指著溥偉的鼻子，「你最好給自己留點兒臉！」

「臉？哼，」溥偉訕笑了一下，臉上滿是不屑，「留不留臉的本王不知，但是本王覺得吧，再沒有什麼能比被老佛爺摘了爵位更失臉面的了，哈哈哈哈。」

載瀅怒不可遏地一甩袍袖，「滾！滾出去！」

似乎失了興趣一般，溥偉輕輕搖了搖頭，「走，本王走是要走的，但是……」

說著，溥偉有意無意瞟了一眼程雨晴住著的東廂房，載瀅暗自一驚，立刻明白了溥偉的用意。

「走之前，本王要先把屬於自己的東西拿回來。」

「胡說，樂道堂裡哪兒有你的東西！」

載瀅正色道，身體不由自主地往東廂房的方向移了兩步。

「怎麼沒有？依本王之見，」溥偉的視線故意四下游移了一番，然後直勾勾落在了東廂房，「就在這東廂房裡！」

溥偉話音未落，便帶著手下人就要往前闖。載瀅卻身形更快，疾跑幾步，搶在眾人之前擋在了東廂房的台階上。房裡的胡琴聲，也早因為院子裡的喧鬧嘎然而止。

想象著屋裡程雨晴惶惶不安的模樣，愈發叫載瀅震怒不已，他低吼道，「我看你們誰敢在樂道堂撒野！」

溥偉搖搖晃晃地往後邁了兩步，退到眾惡奴身後，收了臉上的笑，命令道，「給本王把人搶出來！天大的漏子有本王盯著！」

七吃喀嚓，惡奴們把拎著的棍棒都緊緊握在了手裡，虎視眈眈地望向站在房前的載瀅。

「阿瑪，可別怪本王沒有提醒您，」溥偉若無其事地吹了吹自己的指甲，「您若是再不讓開，一會兒這幫狗奴才一擁而上，棍棒無眼，誤傷了您可就不合適了。」

「你敢！」

「哼，」溥偉冷哼一聲，輕輕一揮手，「上。」

惡奴們摩拳擦掌地正要往上闖，只聽見一聲斷喝，緊接著就從樂道堂外大步跑進來十餘個壯漢，為首的是小太監慶喜。

慶喜來到載瀅面前，立刻撩袍跪倒，「奴才來遲，請瀅貝勒恕罪。」

「起來吧。」載瀅看了一眼慶喜帶來的人，暗自鬆了口氣。

這十餘個刀砍斧剁一般齊整的壯漢是載瀅專門養在府裡的護院，他們唯一的任務就是保護載瀅的安全。

「不錯呀，養了這麼長時間的狗，終於有派上用場的時候了，」溥偉邊打著酒嗝，邊調笑道，「好好好，今兒咱就試巴試巴，看是阿瑪您養的狗管用，還是本王的狗管用。」

唰唰唰，慶喜帶來的護院們把腰間的佩刀都抽了出來，一個個都是虎背熊腰扇子面兒的身材，動作整齊好看。相對之下，溥偉帶來的那十來個惡奴除了臉上的表情挺凶狠之外，就是一群烏合之眾，估計還沒動手就已經有準備好要掉頭跑的。

站在最後面的溥偉倒是一點兒也不在意，只是一勁兒地轟著眾人往前闖。

「夠了！」載瀅實在是看不下去了，怒吼道，「都給我住手！成何體統！」

溥偉也不回嘴，就那麼冷眼瞧著震怒的載瀅。

「溥偉，我再說一遍，帶著你的人，立馬滾出樂道堂！」

「若是本王不依呢？」溥偉慢條斯理地問道。

「不依？」載瀅瞇著眼睛冷冷一笑，「我便報上宗人府，問你一個忤逆不孝以下犯上的罪名，到時出不出得了宗人府暫且不提，保不保得住你那寶貝爵位，可就誰也說不准了。」

溥偉暗暗倒抽一口涼氣，倒是沒想到載瀅還有這麼一手。他在心裡盤算了半天，確是覺得自己並沒有十成的把握能開脫宗人府的問責。

「……哼，」溥偉故意翻了個大大的白眼，「你們這班狗奴才，不是說了玩兒玩兒而已嘛，怎麼還真把阿瑪給惹急了，該打！」

邊說，溥偉邊裝模作樣地敲了幾個下人的腦袋。

「阿瑪勿惱，孩兒不過是和您開個玩笑罷了，」溥偉咧嘴一笑，「既是阿瑪不喜歡這玩笑，那便罷了，走走走，本王帶你們上別處玩兒去。」

眾惡奴們聽了，趕緊收起棍棒，給載瀅和溥儒行了個跪禮，一哄而散。

「孩兒告退。」

溥偉隨意一拱手，轉身也走出了樂道堂。

一直瞪著溥偉出了垂花門，身影不見，載瀅趕緊回頭輕輕敲了敲東廂房的屋門，「程老闆，不用擔心，已經沒事兒了。」

敲第一次，屋裡沒有任何動靜，載瀅擔心不過，便又敲了一次，「程老闆？」

溥儒也跟著喊了一嗓子，「程雨晴，我兄長已經走了。」

還是沒有回音，爺倆對視了一眼，載瀅抬手剛要敲第三次，屋門吱呀一聲開了。

「程老闆？」

屋門被拉開了一道縫，露出程雨晴淚眼婆娑的半張粉面。緩抬依舊輕顫的眼簾，程雨晴不安地問了一句，「王爺……走了麼？」

話音剛落，一顆晶瑩剔透的淚珠兒就滑過程雨晴的臉頰，滾落腮邊。載瀅的心也隨著這顆淚，一路沉了下去。

「……咳，」清了清嗓子，載瀅再次穩住心神，「溥偉已經離開，程老闆毋需驚慌。」

「草民……謝過瀅貝勒，儒貝勒。」

說著話，程雨晴慢慢把門拉開，將載瀅父子讓進屋裡。

「慶喜。」

進屋都坐下之後，載瀅把慶喜給喚了過來。

「伺候主子。」

「把我那屋的桂花酒燙一壺拿過來，」載瀅吩咐道，「給程老闆壓壓驚。」

「嗻。」慶喜正打算往外走，卻被程雨晴給攔了。

「慶喜公公，」程雨晴喊住了慶喜，又扭頭看著載瀅，「多謝瀅貝勒好意，草民……可不可以不喝酒？」

「那……沏壺好茶，」載瀅想了想，「再拿幾件兒點心，快去快去。」

「嗻。」

慶喜領命，快步走了出去。

「程雨晴，你真香呀，」溥儒童言無忌地說道，「你沐浴了？」

「……嗯。」對著溥儒，程雨晴淺淺一笑。

「用的是我前兒個給你的桂花露，對吧？」

「是，多謝儒貝勒賞。」

「我說呢，真好聞，」溥儒開心地看向載瀅，「是吧？阿瑪。」

「呃……咳咳，」載瀅被兒子問得有些尷尬，只得僵硬地點了一下頭，「嗯。」

「……瀅貝勒。」程雨晴微皺眉頭。

「嗯？」

「王爺他今兒是走了，萬一日後……他要再來，可怎麼好？」程雨晴憂心忡忡地問道。

「不怕，我阿瑪會保護你的，」溥儒一拍自己的小胸脯，「我也會保護你的。」

「嗯……」程雨晴雖然衝著溥儒笑了笑，但看向載瀅的眼睛裡卻依舊滿是不安。

「儒兒說的對，你既住在我這裡，我就會盡我所能保護你，」載瀅信誓旦旦地說道，「不用太過擔心，無益於你養傷。」

「是……草民知道。」

靜靜地，程雨晴又將眼簾垂了下去。

「回主子，茶沏好了，」慶喜將木托盤上的三個茶碗一一擱在桌上，「奴才自作主張，給沏了桂花香單樅烏龍。」

聽慶喜說著，溥儒迫不及待地一揭茶碗蓋兒，一股清新甜膩的桂花香便撲面而來，令在座的三人都不由自主地深深吸了口氣。

「好香呀！」溥儒驚喜地笑道，「和程雨晴一樣那麼香。」

聽了溥儒的話，程雨晴的臉頰上不由得泛起兩抹嫣紅。

「儒貝勒，您怎麼又取笑草民。」程雨晴嬌嗔道。

「我哪兒有取笑你，我說的都是實話，」溥儒一叉腰，嘟起小嘴，「阿瑪，您說是不是呀？」

「暗淡輕黃體性柔，情疏跡遠只香留，何須淺碧深紅色，自是花中第一流……」載瀅眼中含笑，徑自端起茶碗，「程老闆喝茶。」

「阿瑪。」

溥儒有些不滿地又喊了一句，而載瀅卻不再多語，只是嘴角微揚地品著茶。

二十五、

這一大早的侯小若才剛練完功，汗都還沒來得及擦，就聽得院門外響起了輕輕的敲門聲。

「誰呀？」侯小若把手巾往脖子上一搭，扭頭問了一句。

但來人卻沒有答話，只是又敲了兩下。

「嗯？來了，」侯小若覺得有些奇怪，抬腳來到門旁，「誰呀，也不說話，這一大清早的。」嘟嘟囔囔地把院門兒一拉開，侯小若就愣住了。

「小若，許久未見，別來無恙呀。」

門外站著的，竟是幾年前在歸化城不辭而別的白二霜。

「二霜哥！您怎麼來了？」侯小若欣喜地趕緊把他讓了進來，「您什麼時候來的？是一個人來的麼？」

「你一氣兒問這麼些，要我從哪裡開始答呀，」白二霜靜靜地一笑，「三閏爺呢？」

「在屋喝茶呢，快，乾爹要看見你一准兒高興，快進屋。」

侯小若一邊興奮地拉著白二霜往屋裡走，一邊高聲喊著三閏爺，「乾爹，您快看看誰來了！」

「誰呀？一大早這麼吵吵，」三閏爺放下茶碗，扭頭一看見白二霜，也立馬笑逐顏開，「二霜！這是什麼風把你小子給吹來了，快坐。」

侯小若搬過椅子讓白二霜坐下，又跑出去燒開水泡茶，折騰了好一會兒才跟著一起坐了下來。

「三閏爺，這是陸爺讓我給您捎回來的兩罈酒。」白二霜指了一下方才進門時，擱在門旁的兩個酒罈子。

「多謝多謝，那個老東西果然還惦記著我呀。」三閏爺欣慰地笑了笑。

「二霜哥，喝茶。」侯小若把沏好的茶放在白二霜手邊。

「好，」白二霜淺笑著點了點頭，「三閨爺，一向可好？」

「好，好，這不小若也搬過來了，」三閨爺拍了拍侯小若的胳膊，「有他伺候著，倒是什麼都不用自己做了，省心。」

「那是，好好使喚他，也算是給雨晴出出氣。」白二霜故意瞟了侯小若一眼。

「您，都知道了……」侯小若有些尷尬地摸了摸自己的光腦袋，「對了，您怎麼知道我搬到這兒來了？」

「清泰差人打聽的，我們才回來沒幾天，」白二霜淺嘗了一口侯小若沏的熱茶，「卻沒想到你這小子還沒把雨晴給哄回來。」

「哎喲您可不知道，雨晴真就不吃哄啊。」侯小若滿肚子委屈沒處可說，只能端起茶碗，恨恨地使勁兒吹了吹。

「紅爺……」三閨爺邊說邊看著白二霜的神色，「他還好麼？」

「歸化城一別，就沒有再見過，」白二霜倒是答得坦率，「不過聽陸爺說，寶蓉園的生意一直不錯，所以……估計他也挺好的吧。」

「那就好，」三閨爺垂首帶笑，拍了幾下自己的大腿，「二霜，你這趟上京城是？」

「清泰被召回京城，非要我跟著，沒辦法就一起過來了，」白二霜輕描淡寫地說完，看了看侯小若，「何福山可好？」

「福山？嗯……還行吧，」侯小若輕嘆了口氣，「自從福路被我給攆走了，他一直也不太有精神，畢竟是從小一起長起來的，從來也沒分開過……」

「那，你還怪譚福路嗎？」白二霜繼續問道。

「怪不怪的，」侯小若想了想，搖了搖頭，「都是過去的事兒了……」

說著，侯小若又大大地嘆了一口氣。

「小若，若是福路回來……你會收留他麼？」白二霜忽然沒前沒後地問出了這麼一句。

「嗯？那……」侯小若皺著眉頭，「他已經被逐出鳴福社了，再回來肯定是不行的……而且當初是我趕他走的，他怎麼可能還想要回來。」

「我就問你，如果說他想回來的話呢？」

沒等侯小若開口，三閨爺先說道，「若是福路那孩子改過了，還願意回來好好唱戲，他要是不嫌棄的話可以跟著我搭班兒。」

「乾爹……？」

三閨爺擺了擺手，示意侯小若不要多口。

「若三閨爺肯收留，自是再好不過。」白二霜笑了，看著像是鬆了口氣的樣子。

「喊他進來吧，估計這會兒就跟院門兒外站著呢吧。」三閏爺也笑了笑，端起茶碗喝了一口。

「還真是什麼都躲不過您老的眼睛，」白二霜站起身，「我這就去喊他進來。」

「喊誰？福路？福路也來了？」

侯小若後知後覺地也想跟出去，卻被三閏爺給叫住了。

「你坐下，毛毛糙糙的。」

「欸。」侯小若吐了吐舌頭，順從地又坐了下來。

不大一會兒，隨著一陣腳步聲，譚福路跟在白二霜身後，低垂著腦袋走了進來。

「三閏爺，」譚福路先給三閏爺行了個禮，接著又轉向侯小若，「……師哥。」

侯小若噌一下站了起來，上前兩步，一把將譚福路無聲地擁進了懷裡。

「師哥……？」譚福路被侯小若的動作給嚇了一跳。

「唉……回來就好，平安回來就好，」侯小若使勁兒拍了幾下譚福路的背，然後放開他，上上下下打量了一番後笑道，「長個兒了。」

譚福路咬著嘴唇沉默了一陣兒，然後撩袍跪在了侯小若腳邊，「師哥，我知錯了，我真的知錯了，我再也不敢了！」

「行了，快起來吧，」侯小若雙手扶著譚福路的胳膊，把他給拽了起來，「坐下說話兒。」

「都坐下，小若，」三閏爺一指侯小若，「再給沏碗茶來。」

「欸。」

「師哥，還是我去吧。」譚福路拉住侯小若。

「你第一次上我乾爹這兒來，茶葉筒在哪兒也不知道吧？」侯小若笑著拍了一下譚福路的肩膀，「你坐著陪我乾爹說話兒，我去去就來。」

「欸，謝謝師哥。」

譚福路看著侯小若跑出去，怯怯地在桌旁的椅子上坐了下來。

「福路啊，人做錯事兒不怕，」三閏爺看著譚福路，「就怕做錯了不改。」

「我改了，我真的改了，」譚福路生怕三閏爺不相信自己，「我若是不改，二霜哥也不可能帶我回來不是？」

白二霜坐在一旁並沒有搭話，而是掏出自己的水煙壺點上，呼嚕呼嚕地抽著。

「我知道，不用那麼緊張，」三閏爺祥和地笑了笑，「秋棠元那姑娘，後來怎麼著了？」

「好像是跟著她爹一起離開了歸化城，那飯館兒也兌給了別人。」譚福路說起芸娘，還是滿臉的愧疚。

「唉……緣分不到啊，」三閏爺點了點頭，略微沉默了一陣兒後接著問道，「這些日子，功沒拉下吧？」

「一天都沒拉下，我每日裡除了吃飯睡覺就是練功練唱，」譚福路指了指白二霜，「都是二霜哥幫我操的琴。」

「來，給老頭子唱一段兒，就《捉放曹》吧，」三閏爺起身，從牆上的木架上拿下來一把胡琴，「二霜，勞煩你唄。」

「欸。」

白二霜放下水煙壺，雙手接過三閏爺遞過來的胡琴。先試了試琴音，調了調琴弦鬆緊，接著白二霜將胡琴往腿上一架，衝譚福路一點頭，便拉了起來。

「咳，好悔也！」譚福路先念了一句白，然後往下唱道，「一輪明月照窗下，陳宮心中亂如麻，悔不該心猿意馬，悔不該隨他人到呂家……」

一大段兒二黃三眼唱罷，三閏爺簡直聽得都入了迷，不住地贊道，「真是不錯，又有長進了。」

「唱得好呀，福路！」侯小若端著茶也走進了屋。

「福路天生嗓子亮，調門兒又高，難得呀，」三閏爺抓了抓自己的下巴，衝侯小若一努嘴，「來，你倆對一段兒過關公堂。」

「欸，」侯小若把茶碗放下，起了個範兒，張嘴就來，「跳龍潭出虎穴逃災避禍，又誰知中牟縣又入網羅，怒衝衝站立在滴水檐過，看陳宮他把我怎樣發落。」

「曹孟德進衙來齊聲威喝，」譚福路的聲音蒼勁洪亮，一張嘴就讓人為之一振，「書吏們站兩旁虎佔山坡，觀刺客面貌上帶定凶惡，見本縣不下跪卻是為何？」

兩人你一段兒我一段兒，不知不覺竟把一整折《過關公堂》都給唱下來了。三閏爺聽得喜笑顏開，怎麼看這倆孩子的組合就怎麼喜歡。

「好，好，好！」三閏爺連著拍了三下巴掌，「就這麼著！」

「就……哪麼著啊乾爹？」侯小若愣愣地看向三閏爺。

「福路，你現在跟哪兒住？」三閏爺沒理會侯小若，而是直接問譚福路。

「他現在和我一起，都暫住在清泰府裡。」白二霜放下胡琴，搭了一句。

「嗯，」三閏爺點點頭，「這樣，你搬過來，跟小若一樣住我這兒，方便你倆對戲。」

「啊？」

這回輪到譚福路愣了，他實在沒想到這趟能如此順利。

「怎麼？你小子還不願意？」三閏爺笑道。

「哪兒能呢！」譚福路趕緊又跪了下去，給三閏爺磕了三個頭，「多謝三閏爺收留。」

「起來起來，」三閏爺一把將譚福路拽了起來，「小若，你一會兒把西邊兒那間屋子收拾收拾，給福路住。」

「欸，」侯小若笑著看向譚福路，「咱哥倆又要一塊兒登台了。」

「謝謝師哥，」譚福路眼眶裡似有淚光，「我以後一定好好唱戲，旁的什麼都不想了。」

「嗯，」侯小若笑著拍了一下譚福路的胳膊，轉身又對白二霜說道，「二霜哥，那你呢？」

「我？」白二霜將水煙壺重新在腰間繫好，「清泰府上好吃好喝好伺候的，我可不搬。」

「哈哈哈哈，不搬就不搬吧，」三閨爺哈哈大笑了幾聲，「不過，給我老頭子操個琴總可以吧？你這麼好的琴師，可著京城都難找哇。」

「三閨爺您可太抬舉我了，」白二霜點了點頭，「行啊，承蒙您不嫌棄，那就多謝您老賞飯了。」

「談不到談不到，一起混飯吃，哈哈哈哈，」三閨爺看起來很是高興的樣子，「福路，你一會兒就回去收拾收拾，今兒就搬過來吧。」

「嗯，我這就回去收拾，」譚福路扭頭看了看白二霜，「二霜哥，好不好？」

「好呀，」白二霜鼓勵地笑了笑，「福路，可別再行差踏錯了。」

「嗯！」譚福路使勁兒點了一下頭，「謝謝二霜哥。」

二十六、

一路回到自己的錫晉齋，溥偉是面沉似水一語不發。身旁的下人們能躲的全都找藉口躲出去了，最後就剩下一個貼身小太監逃不掉，只能謹小慎微地跟在他身後伺候著。

溥偉才剛走上錫晉齋正屋前的第一級台階，從屋裡就快步走出來兩個膚若凝脂齒如瓠犀的年輕男子。

這兩個男子身高一樣，模樣一致，就連音容笑貌都如同一個模子裡刻出來的，若不仔細分辨，可能會以為自己的眼睛看重影了呢。

一身兒粉色長衫的是晨香，後面那個一身兒碧色長衫的是翠鴛，年約十六上下。他倆是溥偉昨兒個剛使人從天津袖香樓買進府的雙生子，算是接替了之前玉子的活兒，專門伺候溥偉一人。幹活兒打雜什麼的雖是滿不會，但是要說起伺候個人兒挑撥個事兒，那這倆倒可說是能手中的能手。

「奴才給王爺千歲請安，千歲千千歲。」晨香和翠鴛飄飄下拜，一同給溥偉行了個禮。經過他倆身旁時溥偉並未說話，只是隨意抬了一下手，示意他倆起來。

「謝王爺。」

兩人一站起身，就習慣性地往溥偉身上貼了過去。

「王爺，您去哪兒了？怎麼丟下奴才二人，您自己出去玩兒了呢？」晨香故意嘟著嘴，輕甩著溥偉的胳膊。

「本王有正事兒。」

任由他倆一左一右地攀著，溥偉大步走到羅漢床邊，甩袍袖坐了下來。

「奴才這睡醒了一睜眼，才發現王爺不知哪兒去了，」翠鴛嫵媚地掩嘴笑道，「晨香還說呢，咱倆怎麼睡著覺也能把王爺給弄丟了。」

「……嗯。」溥偉微皺著眉頭閉上眼睛，鼻子抽了兩下。

晨香馬上就很有眼力勁兒地把架子上的大煙槍桿摘下來，手腳麻利地點上一個煙泡。翠鴛則是將幾個軟枕疊好，伺候著溥偉半窩在羅漢床上，再為他把鞋脫了，輕輕按揉著溥偉的腳底。

將上了煙膏的煙桿遞到溥偉手裡，晨香跪坐在溥偉身旁給他捶肩。

「王爺，咱今兒玩什麼呀？」邊給溥偉捏著腳心，翠鴛邊柔聲問道，「彈琴唱曲兒？」

「要奴才說呀，咱下棋。」晨香提議道。

見溥偉不答話，他倆便繼續自說自話道，「要不……咱上萃錦園賞花兒去吧。」

「甚好，」晨香附和著翠鴛，「聽人說萃錦園是十步一景，長開四季不敗之花，奴才們早就想瞧瞧了。」

「好不好嘛，王爺？」翠鴛撒嬌般輕推了推溥偉的腿。

「嗯……」溥偉依舊是閉著眼睛，哼了一聲。

察覺到溥偉不是很感興趣，雙生兄弟趕緊換了個話題。

「王爺，您昨兒晚上賞下來珠子，可好看了，」晨香說著，慢慢趴了下去，緊貼著溥偉的胳膊，「都說七分為珠八分為寶，王爺賞奴才的那顆少說也有九分，可叫奴才歡喜壞了。」

「嗯……」

「王爺，」翠鴛把溥偉的腳輕輕放下，也如蛇般纏了上來，「那您可不公呀，奴才那顆珠子瞧著可還不到八分呢，奴才不依呀。」

邊說，翠鴛邊用臉頰蹭著溥偉的小腹，眸子裡春波蕩漾。

「嗯……今兒，再賞你一盒兒便是。」溥偉眉間輕鎖，晃了晃脖子。

「王爺，那奴才也要。」晨香湊到溥偉耳邊，吐氣如蘭般央道，「奴才，也要呀。」

「賞，都賞。」溥偉微微揮了兩下手。

「謝王爺。」

晨香和翠鴛同跪於床塌，齊聲施禮。

「王爺就是王爺，真豪氣，」翠鴛開始給溥偉捶腿，「又會心疼人兒。」

「那可不，」晨香說著話，繼續給溥偉捏肩，「要文有文要武有武，這樣兒的主子可著咱大清國，哪兒找去。」

「人都怎麼說來著？」翠鴛接著晨香的話茬兒說道，「咱們王爺，那是文能提筆安天下，武可上馬定乾坤！誰人能比？誰人敢比？我說得對不對呀王爺。」

「嗯……」

看起來溥偉對於這些高帽子還是很受用的，吐出大大的一口白煙兒，竟還有些搖頭晃腦了起來。

「王爺，您看奴才們一直誇您，誇得您像朵花兒似的，您就不誇誇奴才們麼？」

翠鴛最大的特點就是時不時就會來事兒。

「王爺您來評一評，是奴才更風情萬種嬌俏耐看？還是翠鴛更……艷俗媚氣招蜂引蝶呢？」晨香輕笑著把腦袋輕搭在溥偉肩上，溫熱的鼻息輕撫溥偉的耳垂。

「你傻不傻呀？誰還看不出來咱倆是雙生的，風情萬種也好艷俗媚氣也罷，都是一個模樣。」翠鴛笑起來雖好看，但總覺得透著幾分風塵氣。

「那……也是奴才我的氣質更好一些，」晨香一撅嘴，「是不是呀，王爺？」

「……嗯嗯。」像是嘆氣似的，溥偉又哼了一聲。

「或者……王爺您說說，是奴才們更好看？還是那個，叫什麼玉子的好……」

晨香一句話還沒問完，只見溥偉忽然怒目圓睜，猛的一把捏住晨香的喉嚨，嚇得翠鴛驚呼出聲卻也不敢亂動。

「既進得本王府邸，就要知道什麼該說什麼不該說，」溥偉的眼神像是要吃人一般，手上力道之大，都快把晨香給掐得翻白眼了，「不守規矩的，仔細你們的項上人頭。」

「……奴才……知，錯了……」晨香掙扎著吐出幾個字。

溥偉鬆開手，像什麼都沒發生似的重新又躺了下去，閉目養神。晨香下意識地往後縮了縮，邊咳嗽邊大口大口地喘著氣，臉上又是鼻涕又是眼淚。

「……看，看你髒的，」翠鴛悄悄推了晨香一下，話卻是說給溥偉聽的，「還不趕緊去洗洗，別回頭再污了王爺的屋子。」

推著驚魂未定的晨香下了羅漢床，翠鴛對躺在床上一動不動的溥偉施了一禮，說到，「王爺，奴才先帶他去洗洗臉，馬上就回來伺候您。」

「嗯。」溥偉連一根兒小指頭都懶得動。

連推帶拉地，翠鴛把三魂不見了七魄的晨香拽到院子角落的水井旁。

「死呀你！」翠鴛氣得腮幫子鼓鼓的，不由分說上前就給了晨香一巴掌，「有你那麼亂說話的嗎？也不看看這是什麼地方！」

晨香也不敢還嘴，只是捂著半邊臉抽抽嗒嗒地哭著。

「這兒可不是袖香樓呀我的哥哥，說錯了話笑一笑也就過去了，」翠鴛拉著晨香在井旁坐下，自己挽起袖子打了一桶井水上來，「在這兒可不是鬧著玩兒的！玩大發了，回頭怎麼死的都不知道。」

「我……我知錯了……」晨香哭得可憐巴巴的。

嘆了口氣，翠鴛從懷裡掏出帕絹，打濕了，輕輕給晨香擦著臉，「咱們初來乍到，規矩也好顧忌也罷，有太多不懂的，一定要夾著尾巴過日子。」

「嗯……」晨香點點頭，仰著臉任翠鴛給他擦拭。

「下回說話之前過過腦子，知不知道？」

「知道了……」

「咱們吃這口飯的，說容易也容易，說難可是難於上青天呀，」翠鴛把污了的帕子在水桶裡蕩開，搓了搓，「忍得一時風平浪靜，只要能把王爺哄高興了，那還不是要什麼就有什麼呀。」

「嗯，我聽你的。」

「行了，」翠鴛點點頭，把帕子擰幹，晾在了一旁的樹枝上，又把桶裡的污水潑了，「走，回去吧。」

「……我怕。」晨香低頭拉著翠鴛的袖子。

「別怕，」翠鴛瞧了瞧晨香脖子上那一圈兒淤青，又給他抹了抹有些凌亂的頭髮，「只要你記住，別再亂說話就行。」

「欸。」

「走吧。」

拉著晨香，兩人一前一後往正屋那邊走去。

恭王府的大門前，載瀅帶著一眾下人跪了有兩三排，規規矩矩地垂首聽著老佛爺面前的大太監李公公宣讀聖旨。

「……欽此，領旨謝恩吶，」李公公慢條斯理兒地念完了旨意，把聖旨一卷，交給了載瀅，「瀅貝勒，您收好了。」

「皇上萬歲萬歲萬萬歲，」載瀅雙手高舉過頭，接過聖旨後站了起來，「有勞李公公，裡面花廳已經備下了酒水點心，若是不急著走，不如喝一杯？」

「您可真是折煞奴才了，」李公公年紀雖說不小了，但是皮膚卻依舊好似孩童般水嫩，「承情了，今兒得趕緊回去，您也知道，這宮裡雜事兒忒多。」

「那就不久留您了，這頓酒我給您留著。」載瀅笑道。

「哈哈哈，多謝瀅貝勒，」李公公施了個禮，「下回，下回。」

說罷，李公公轉身上轎，急急地離開了。

「這趟差事兒，來得可真急呀。」

等宮裡的人都走了，慶喜才上前半步，小聲說道。

「嗯。」

手捧聖旨，載瀅大步流星地走進府裡。

「主子，您打算什麼時候動身？」

「嗯……」載瀅微微皺眉，「盡快吧。」

「那，程老闆那兒……如何安排？」慶喜亦步亦趨地跟在載瀅身後，壓低了聲音問道。

話未出唇，載瀅先是嘆了口氣，腳步愈發快了，眉頭亦鎖得愈發緊了。

二十七、

都說春雨貴如油，但是這幾日的雨水卻似乎比往年要多得多。雖說不是一下起來就沒完，但這一陣兒接著一陣兒也確是不尋常，把才暖了沒幾天的春意給衝刷得幹乾淨淨。若是出門時穿單薄了點兒，還真覺得冷颼颼的。

慶喜帶著幾個下人擔的擔、抬的抬，正將載瀅這趟出門需要提前置辦的東西從王府旁門往樂道堂搬，他忽然瞧見錫晉齋的兩個小太監也在指揮著家奴院工往王府裡拉東西。

「兩位哥哥，忙著呢？」慶喜上前打了個招呼。

「唷，是小慶喜呀，」回頭看見是慶喜，胖一些的那個小太監笑著指了指慶喜這邊，「你也忙著呢。」

「給主子辦事，忙一點兒好，」慶喜嘿嘿一笑，「省得主子挑眼。」

「會當差。」旁邊另一個瘦條條的小太監豎著拇指，誇了一句。

因為慶喜平時不管見著誰都嘴兒甜會說話，哥哥長哥哥短，而且有了賞還總是會分一些給大家夥兒，所以在王府裡人緣特別好。

「這麼大，是什麼呀？」慶喜好奇地往前湊了湊。

「雪池冰窖專門給王爺送過來的，」胖太監稍微撩起一點兒油布角，露出裡面還冒著森森涼氣的碩大冰塊，「也不知為什麼今年來得這麼早。」

「這個時節就送冰？該不是弄錯了吧？」慶喜瞪大了眼睛，「這還等不到立夏呢就得化沒了。」

「哈哈哈哈，那咱可問不著，只要送來了就接著，」胖太監拍了拍慶喜的肩膀，「你那邊兒呢？這是買什麼好東西了又？」

「哪兒呀，都是零碎東西，」慶喜嘻嘻笑著，搓了搓手，「哪裡比得上您二位在王爺面前聽用，以後可想著提拔提拔我呀。」

「沒得說呀，咱哥們兒誰跟誰。」胖太監摟著慶喜的肩膀晃了晃，哈哈笑道。

「那二位哥哥忙著，我也得趕緊送東西去了。」慶喜欠身略施了一禮。

「去吧去吧。」瘦太監衝慶喜揮了揮手。

臨走開之前，慶喜又回頭看了一眼那好幾大車冰塊，心頭沒由來的一陣發寒。

剛把最後一件東西搬進樂道堂的耳房，天公就很適時地下起雨來。這陣雨很大，簡直像是有人用利刃把天給拉了一道口子，傾盆而下。雨水砸在屋頂房檐上，摔得粉身碎骨，接著又再融匯一股，爭先恐後地飛落地面。那喧囂的聲響，聽著令人很是煩心。

「都齊了麼？」載瀅坐在桌旁，眼睛看著手裡的書卷。

「回主子，都齊了。」慶喜弓著身子，雙臂微垂地答道。

「嗯。」載瀅點點頭，隨手翻了一頁。

「主子。」

「嗯？」

「剛才我回來的時候，」慶喜下意識舔了舔嘴唇，「什旁門那兒碰見錫晉齋的倆小太監了。」

「嗯。」

「他倆……好像正往府裡，運冰呢？」

「嗯，」載瀅剛想點頭，忽然覺得好像有點兒不對，扭頭看向慶喜，「運冰？這個時候？」

「是，奴才也覺得奇怪來著，往年最起碼都是立夏之後才會送冰過來……」慶喜微微皺眉，「不知王爺這回又想出什麼新鮮玩兒法了。」

「嗯……」合上書卷，載瀅輕鎖眉頭嘆著氣，「不務正業的東西。」

「……主子，」慶喜猶猶豫豫地上前半步，「您這一離開，程老闆那兒……」

「這幾日我也是一直在想著這事兒，」載瀅推了推眉間，「實在不行，就帶著他一起走。」

「主子……咱，說點兒那能行的。」

慶喜知道載瀅也是實在沒轍，說的賭氣言語。

「唉……」載瀅使勁兒嘆了口氣，指尖敲著桌面想了想，「慶喜。」

「伺候主子。」

「你留下。」

「奴才留下是沒什麼，但是……沒用啊，」慶喜臉上神情複雜，「要是王爺真來要人，奴才哪裡擋得住。」

「你留下，把樂道堂給我從裡到外鎖起來。」載瀅拍了一下桌面。

「啊？主子，什麼意思？」慶喜有點兒聽不明白了。

「我離開之後，樂道堂這院子就即刻上鎖，安排那十幾個護院日夜輪班守衛，」載瀅仔細吩咐道，「就說沒有我的手諭，不許任何人踏入樂道堂半步。」

「這……能行麼？」慶喜眨巴了幾下眼睛。

「不行也得行！」載瀅下意識地搓了搓手，「老佛爺派下來的差事絕不能耽誤，可我又不能帶著他走……就只有出此下策了。」

「……主子，」慶喜實在為載瀅心疼，但自己不過是個身輕言微的奴才，能做的也不過是儘量為主子分憂罷了，「奴才領命。」

「快去安排吧，」載瀅重新將書卷握在手裡，「把儒兒喊過來，我有話說。」

「嗻。」

慶喜去得快回來得也麻利，不一會兒就把溥儒給帶到了載瀅面前。

「孩兒見過阿瑪，」溥儒給父親施了個禮，「不知您喚孩兒前來，有何差遣？」

「過來，」載瀅臉上好容易見了笑模樣，拉著溥儒坐在自己身旁，「今日的功課都做完了？」

「嗯，都做完了，」溥儒點點頭，「一會兒吃過晌午飯還有箭術課，所以先生趕在上午把今兒的書都講了。」

「好，」載瀅點點頭，「想必儒兒你也知道，明兒個阿瑪要出幾天遠門。」

「知道，是替老佛爺送東西上天津府對吧？」溥儒歪著小腦袋問道，「阿瑪此去幾日回來？」

「多則半月，少則十天就能回來，儒兒，」載瀅換上一副認真的面孔，「阿瑪有事情需要你辦。」

「阿瑪請講。」

「上一次你兄長在樂道堂的所作所為，儒兒你也是親眼所見，所以……阿瑪要你在我離開的這段時間，無論如何保護好程老闆，你能做到嗎？」

「孩兒……」溥儒深深吸了一口氣，小胸脯挺得高高的，「能做到。」

「好，」載瀅欣慰地笑了，伸手拍了拍兒子的頭，「有你這句話，阿瑪就能安心啟程了。」

「阿瑪，您可一定要早去早回呀。」

溥儒雙手握拳，輕咬下唇，似乎感覺到了自己肩膀上的重量。

「一定，我一定會快馬加鞭……日夜兼程地趕回來。」

明明是和溥儒在說著話，載瀅的眼睛卻不自覺地飄向了窗外。外面風雨飄搖，才剛抽芽的細嫩枝條被雨水打得東搖西晃，翠葉四散飄零。

忽的，一陣悠揚婉轉的胡琴聲毫無預警地划破了雨打屋檐的惱人噪音，讓載瀅和溥儒父子倆都情不自禁地止住了話頭，側耳傾聽起來。

「樓台花顫，簾櫳風抖，倚著雄姿英秀，」程雨晴的聲音軟潤柔滑，竟叫人聽得如墮夢境痴痴綿綿，「春情無限，金釵肯於梳頭，閒花添艷，野草生香……」

「阿瑪，這是什麼戲呀？」溥儒側著腦袋聽了一會兒，小聲問載瀅。

「嗯……」載瀅又往下聽了幾句，「大概是崑曲的《桃花扇》吧。」

「我去問程雨晴！」

沒等得載瀅伸手拉他，溥儒就從椅子上跳了下來，一溜煙兒跑出了房外。程雨晴正坐在東廂房的廊子下，伴著雨聲，頗愜意地自拉自唱著。

「程雨晴。」溥儒用手擋在頭頂上，疾步朝著程雨晴跑了過來。

「儒貝勒。」程雨晴嚇了一跳，趕緊放下胡琴站起身。

溥儒跑得太急，腳底下又實在太滑剎不住車，直衝著程雨晴就栽了過去。雖然程雨晴腿腳不方便，但還是連忙往外迎了兩步，及時伸開雙臂接了個滿懷。

「草民不恭，儒貝勒恕罪。」

等溥儒站穩了，程雨晴趕緊行了個單膝跪禮。

「快起來，程雨晴，你坐著，」溥儒卻一點兒也不在意，一屁股坐在了扶欄上，「我有話問你。」

「是。」程雨晴依言又重新坐下，雙手規矩地疊放在膝蓋上。

「你剛才唱的，那是什麼戲？」溥儒一雙稚氣的大眼睛看向程雨晴，「阿瑪說是《桃花扇》，對不對呀？」

「不愧是瀅貝勒，見多識廣，」程雨晴下意識往樂道堂正房那邊看了一眼，從窗口隱約能看到載瀅的身影，「草民方才唱的確是《桃花扇》。」

「嗯，」溥儒忽然雙手拉著程雨晴，說道，「程雨晴，我阿瑪有沒有告訴你，他明日就要動身去天津府了？」

「昨兒個慶喜公公便告訴草民了。」程雨晴點點頭，笑容裡卻是藏不住的憂心忡忡。

「雖然阿瑪要出遠門兒，但是你不用擔心的，」溥儒拍了拍自己的胸脯子，「我已經答應阿瑪了，他不在的時候，就由我來保護你。」

程雨晴忍俊不禁，「那可有勞儒貝勒費心了。」

「放心，」溥儒湊到程雨晴耳邊，「要是我兄長敢來找你麻煩，我一定要他好瞧！」

「多謝儒貝勒。」

話音未落，程雨晴就感覺好像有誰在看著自己似的，而他抬眼望去，正房的窗前已是人影不見。

二十八、

大概是趕上了倒春寒，載瀅出發這天幾乎可以用天寒地凍來形容了，就連嘴裡哈出來的都是肉眼可見的白氣。

午時剛過，載瀅就已經一切整備妥當，翻身上了自己的愛馬。臨走前他反反覆覆地叮囑著溥儒和慶喜，卻預料之中的沒有給程雨晴留下只言片語，便率領著騾馬車隊揚鞭登程了。

「儒貝勒，您一會兒還有箭術課呢，要不……奴才伺候您更衣？」慶喜看著溥儒滿臉如赴刑場的表情，心裡不禁埋怨自己的主子，為什麼要把如此重擔托付給尚在年幼的溥儒。

但是話又說回來，還能托付給誰？

自從載瀅被老佛爺當作替罪羔羊獻祭給夷人，致使他丟了爵位失了勢，如今身邊真正能派得上用場的人已是屈指可數。

「不了，我自己過去便是，」溥儒仰起小臉兒看向慶喜，臉色有些許陰沉，「你趕緊回樂道堂去，按阿瑪說的，把院門兒都鎖起來。」

「嗻。」

慶喜垂首應了一聲，趕緊邁開步子往樂道堂跑去。卻也不知為什麼，慶喜一路跑著就覺得胸口堵得慌，好像有什麼不好的事情要發生了似的，泰山壓頂一般的巨大不安讓他覺得連喘氣兒都沉重了起來。

好不容易跑回了樂道堂那院子，慶喜看見站在垂花門前那四個虎背熊腰的護院教師爺，總算心裡舒坦了一些。

「幾位，辛苦辛苦。」慶喜快步跑上前，打了個招呼。

「唷，這不是慶喜公公嘛，」其中一個教師爺笑著拱了拱手，「瀅貝勒他走了？」

「嗯，剛走，」慶喜鑽進門裡，把腦袋探出來又交代了一句，「我這就把門兒給插上了，幾位若有事兒，大聲喊我就成。」

「行，這兒都交我們哥兒幾個了。」

「有勞有勞。」

說著，慶喜把院門一插，再從裡面又上了把大銅鎖，這才鬆了口氣。

可是他剛背轉身要往裡走的時候，只聽得門外一陣夾雜著叫嚷聲的凌亂腳步聲，剛放下的心又立馬提到了嗓子眼兒。慶喜貼在門上，趴著門縫往外瞧了瞧，果不其然，來的就是錫晉齋的奴才們。

「站住！」門外的教師爺伸手一擋，「樂道堂是什麼地方，豈容得你們肆意喧嘩吵鬧！」

為首的一個惡奴雙眉一立，用手裡的短棍輕拍著自己的手掌，低聲道，「看門狗……」

「你說什麼！」教師爺脾氣也衝點兒，嘩啦一下把腰間的佩刀給拽了出來，「有膽子的你再說一遍！」

「收起來收起來，少在大爺面前舞刀弄槍的，」惡奴轉著手腕耍著短棍，「估計你們幾個是不知道，鬧賊啦！」

這個惡奴故意拉長了強調，煞有其事地比劃著。

「鬧賊？哼，」教師爺冷哼一聲，「若真是鬧了賊，想必這賊比你還沒有腦子，且不說這是恭親王府，這大白天的賊就敢出來？」

「嗆吼嗆吼，還挺伶牙俐齒的，」這惡奴也不惱，撇著大嘴，「就因為這是恭王府，好東西多了去了，咱瞧得真真兒的！那賊從咱錫晉齋出來，就直奔樂道堂而來，追到這兒就不見了人影……肯定，是翻牆進去了！」

「你們這麼些人就那麼睜著眼瞧著？」教師爺笑了起來，「連一個小毛賊都沒能拿住？說你是廢物點心你還不信。」

「嘿！蹬鼻子上臉是不是？！」惡奴用短棍指著教師爺的鼻子，「王爺他讓我們查我們就查，讓我們搜我們就搜！怎麼著，還敢違抗王爺的命令不成？」

幾個教師爺相互對視了一眼，「瀅貝勒走之前特別囑咐過，沒有他的手諭任何人不得進入樂道堂半步。」

「你也會說是瀅貝勒嘛，」惡奴狠狠地強調了一下目勒兩個字，「咱奉的可是親王的命令，孰大孰小，孰輕孰重，您幾位是不是得掂量掂量？」

「……不行！」教師爺猶豫了一下，還是堅決地搖了搖頭，「你們幾個速速離開，回頭要真動起手來，吃虧的可是你們。」

「囉，欺負人是不是？行，你等著。」

只見此惡奴將兩隻手指塞進嘴裡，吹了個又響又長的哨子。忽的，也不知從哪裡一下鑽出來幾十號手持短棍的奴才。

「瞧瞧，咱這最少也有四五十人，你們才四個人，嘿，」惡奴笑著露出滿嘴的黃牙，「雙拳難敵四手，這餓虎還怕群狼呢。」

唰一下，另外三個教師爺也都把佩刀拽了出來，警惕地盯著這班如同豺狼一般的惡奴。

「行啊，那咱就試巴試巴，兄弟們，逮著賊去跟王爺請賞邀功啊！」

一嗓子喊出來，這四五十個惡奴真好似禿鷲撲食，嘶吼著就衝了過去。雖說也有掛彩的，但畢竟人多勢眾，這一場惡架打下來，四個護院教師爺還真敵不過，最終一個個被捆得像粽子一樣扔在一旁。

「慶喜公公，開門吧，」方才那個惡奴上前敲了敲門，「就別叫小的們費事了。」

慶喜站在門後瑟瑟發抖，慌亂得不知如何是好。

「慶喜公公？要是再不開門的話，可別怪小的們撞門了，」惡奴瞇著一隻眼睛，從門縫往裡瞧了瞧，並沒有看見什麼，「逮賊要緊，回頭跑了咱可交不了差呀。」

又等了一會兒，裡面還是靜悄悄的，惡奴失去了耐性，衝著其他人一揮手，「撞門。」

程雨晴剛吃過午飯，這會兒正坐在屋裡調試著琴弦。心裡還正琢磨著一會兒等溥儒過來了吃什麼點心時，就聽見外面吵吵嚷嚷的，他不由得心中一緊。

緊接著，慶喜驚慌失措地從門外撞了進來，腳背磕在了門檻上，一個站立不穩直接摔在程雨晴腳邊。程雨晴被驚得噌一下就站了起來，揣揣不安地看向慶喜。

「……慶喜公公，您，這是怎麼了？」

「程老闆，沒，沒時間多說了，」慶喜緊張得都結巴了，一翻身跳了起來，「您有什麼重要的東西快收拾一下，趕緊跟奴才走。」

「到底怎麼了呀？」程雨晴一把拉住慶喜，問道。

「王爺的人來了，就在門外。」

「什……」

程雨晴瞬間感覺自己的心跳都要停了。

「說是鬧賊，十成十就是來抓您的，」慶喜邊說，邊給程雨晴草草收拾了一個小包袱，塞進他手裡，「奴才帶著您從後牆翻出去，先逃了再說。」

「……欸。」程雨晴已經是六神無主，只能慶喜說什麼就是什麼了。

趁著外面的惡奴還在想辦法破門，慶喜拉著程雨晴悄悄轉到樂道堂的後院。

「程老闆，您的腳踝還疼不疼了？」

「還，還行吧。」程雨晴下意識轉了轉腳踝。

「那行，」慶喜往地上一蹲，扭頭對程雨晴說道，「您踩著奴才的肩膀先爬上去。」

「欸，」程雨晴將小包袱挎在手臂上，抬腳踩在了慶喜肩膀上，「重不重？」

「您這會兒還有心思問這個吶，」慶喜苦笑了一下，「程老闆，您扶好了，奴才要往起站了。」

「好。」程雨晴的手搭在牆上，慶喜慢慢站了起來。

等他完全站直了身子，程雨晴雙手一撐牆頭，腳底下稍微借了點兒力，輕飄飄地就翻了過去。

「程老闆，您稍等，奴才這就出來。」

可是還沒等慶喜爬上牆頭，就聽見外面嚷了起來。

「人在這兒呢！」

「就是他，就是他！」

「趕緊的呀，王爺還等著呢！」

聽到這兒慶喜才知道壞菜了，沒想到這幫惡奴竟已經在牆外安排了人看守。再等到他繞到前院下鎖開門，一眾惡奴早已扛著程雨晴走遠，只留下門旁四個垂頭喪氣的教師爺。

「完了……完了完了，」慶喜來回踩著腳轉圈，眼淚在眼眶裡直逛蕩，「這可怎麼好，這可，怎麼好……」

為了防止程雨晴掙扎喊叫，惡奴們非常有先見之明地把他給捆了個結結實實，嘴裡也塞上了帕子。眼瞅著就快要來到錫晉齋的院門了，眾惡奴就像是已經看見了白花花的銀錢賞賜似的兩眼放光，腳底下也走得愈發輕快了。

「都給我站住！」

一聲斷喝把幾十個奴才給嚇了一跳，負責扛著程雨晴的那個一下沒抓住，程雨晴順著他的肩膀直接摔在地面上，咚一聲悶響。

撥開眾人，溥儒背著箭袋疾步衝到了程雨晴身旁，一把扯掉了他嘴裡白布。

「你們這班狗奴才，無法無天了是吧！」溥儒咬牙切齒怒目圓瞪，恨不得拿起手裡的弓箭就地射死幾個才解氣。

見他這個樣子，一眾惡奴也不敢正面硬碰，只好先來軟的。

「奴才們，給儒貝勒請安。」惡奴們裝模作樣地給溥儒行了個禮。

「滾到一邊兒去！我阿瑪前腳才走，你們後腳就要造反是不是！」溥儒氣得頭髮根兒都立了起來，「我看誰敢再碰程雨晴一根指頭，我就叫他再沒有手指頭！」

「儒貝勒，瞧您說的，哪兒的話呀，」惡奴們嬉皮笑臉的，「奴才們這不是奉了王爺之命……」

「放屁！」溥儒根本容不得他說完，「我兄長在何處？叫他來，我倒要問問看，他是不是真下了這種荒唐命令！」

「儒貝勒，您可別為難奴才們呀，您說咱們招誰惹誰了，是不是，」為首的那個惡奴邊說，邊衝著站在溥儒身後的幾個惡奴打眼色，「不過是混一口飯吃嘛。」

「少在我這兒打哈哈，告訴你，小爺不吃這套！」溥儒一揮手，「去把我兄長喊來！」

可是他話音還未落，兩三個站在他後面的惡奴趁他不注意，抄起地上的程雨晴就跑。

「儒貝勒！」程雨晴一聲驚呼。

溥儒扭頭一看，自知大意，立馬伸手從箭袋裡抽出一根金頭箭，搭弓上弦就要射。先前說話的惡奴一見，不由得大驚失色，趕忙上前想要阻攔，誰知他的手才剛碰到溥儒的弓，這一箭就射了出去。

一個惡奴抱著程雨晴往前正跑著，就感覺小腿肚子上鑽心的一疼。那個惡奴嗷嗷慘叫一聲，栽倒下去。他身旁的另一個惡奴見狀，在半空中接住他扔出去的程雨晴，夾著就一溜煙兒跑進了錫晉齋。

溥儒以拳捶地，站起身正要追上去，卻又被好幾個惡奴給絆住，無法脫身，只能眼睜睜地看著錫晉齋的院門咣噹一聲，關上了。

「程雨晴！」

二十九、

溥偉穿著皮襖坐在廊下，手旁的小圓桌上放著熱騰騰的新茶。晨香和翠鴛一左一右分坐兩旁，身上都穿著長長的白裘，手裡還一人捧著一個小小的手爐，看著就那麼暖和。

錫晉齋正房前面的空地上，用整塊的冰搭出了一個約四五呎高兩丈見方的高台，陰冷的寒氣肆意蔓延。本該是晶瑩平滑的冰台卻由於車馬運輸、人拉繩捆，表面上出現了無數的冰紋和裂口，使得映照在上面的人影都是扭曲難辨森寒可怖。

「真不愧是袖香樓的頭牌，出的主意也如此別緻，」看著冰台，溥偉嘴角帶著一抹奇異的笑，「賞。」

「多謝王爺。」

晨香和翠鴛趕緊一欠身，行禮謝賞。

不過是短短幾天，這倆已經從溥偉那兒要去了無數銀錢珠寶。反正這位王爺花錢也沒個數，但凡給他哄美了，向來都是上嘴唇一碰下嘴唇就賞。

「爺，」其中一個惡奴先施跪禮，然後往上湊了一步，說道，「人到了。」

聽到這話，溥偉不覺雙眼一亮，挑高了半邊眉毛吩咐道，「帶上去。」

「嗻。」

由兩個奴才前後抬著，後面再來一個使勁兒推了一把，手腳還捆著的程雨晴被愣給扔上了冰台。瞪著兩隻驚恐的眼睛，程雨晴半趴在冰面上，止不住地發抖。

「嘖，綁著他還怎麼唱戲？」溥偉微微一皺眉，「鬆開。」

「嗻！」

從冰台兩旁翻上去幾個奴才，七手八腳地迅速給程雨晴鬆開了綁繩。

「草民……拜見王爺千歲，千千歲……」

程雨晴身上只穿著一層單薄的長衫白褲，雖然前面那麼一番折騰還出了點兒汗，但是這會兒已經凍得嘴唇都青了，臉色白得嚇人。

「程雨晴，程老闆，」溥偉輕輕笑著，身子靠在椅背上，仰頭看向程雨晴，「你的《醉酒》本王到現在也沒能看個完全的，擇日不如撞日，就今兒個吧。」

說著，溥偉指了指冰台一旁坐著的幾位場面，「把《醉酒》給本王唱全了，你瞧瞧，本王連場面都已預備下了。」

「……不是，草民不肯……唱，」程雨晴眼裡噙著淚，瑟瑟發抖，「這……實在無法，無法唱……」

「這可是本王花心思專為程老闆搭的戲臺，怎麼？不中意？看不上？」溥偉故意陰陽怪氣地問道。

坐在他身旁的晨香和翠鴛兩人斜著眼睛瞥向程雨晴，指指點點地低聲說笑著。

「草民……不敢……」程雨晴哆嗦著搖了一下頭。

「呀，倒是本王疏忽了，如此特殊的戲臺，怎可以污足踐踏？」溥偉裝模作樣地點點頭，緊接著一揮手，

「來呀，把程老闆的鞋襪褪去。」

溥偉話音剛落，三四個奴才一擁而上，爭著搶著把程雨晴腳上的布鞋和布襪通通撕了去，露出一雙傷痕累累、趾骨略顯變形的腳。

翠鴛只看了一眼，就噗哧一聲笑了出來，「哎呦我的媽呀，這什麼腳哇，也太難看了吧。」

「只可惜這麼美的臉蛋兒，竟生了一雙……這麼毛骨悚然的腳。」

晨香也跟著不陰不陽地補了一句。

「爺，可嚇著奴才了，」翠鴛趴在溥偉肩上，順勢用手一遮溥偉的眼睛，「您可千萬別看，怕污了您的眼睛。」

程雨晴使勁兒咬著下唇，拼命想要用身上的長衫去遮擋自己的腳。

「好了好了，別鬧了，」溥偉將翠鴛的手抓了下來，拍了拍，「程老闆，別耽誤時間了，來吧。」

「……是，王爺。」

程雨晴顫顫巍巍地站起身，光著腳踩在了冰面上，一陣刺骨。

「就從貴妃換了宮衣開始，」溥偉喝了一口茶，衝場面勾勾手指，「奏起來。」

場面們相互對視了一下，儘管心裡都覺得彆扭，但誰也不敢逆了王爺的意思，便各自拿起傢伙吹拉彈奏了起來。

《醉酒》裡楊貴妃從最初的女蟒下場，更換宮裝後再上來接的是一長段兒身上，中間還包括了醉步、臥魚聞花和下腰銜杯等一系列難度非常大的動作，任誰也沒有可能拖著一條受了傷的腿在冰面上全部完成。

「程雨晴！你還在等什麼！」溥偉沉著臉，用力一拍桌子。

冰面上的程雨晴狠狠顫了一下，無可奈何地咬緊了牙關，背過身子起了個範兒，然後就踩著鼓點兒舞了起來。左腳還好，無非就是要忍著腳底下針扎一般的刺痛，相比右腳傷處鑽心似的疼，真算不得什麼。

儘管身子有些搖晃不穩，但前面這一段兒幸好都沒出什麼大問題，不過到了臥魚聞花這點兒，程雨晴的心便揪了起來。

因為在聞花之前，需要先單腿站立，緩慢地將身子蹲下去，著地後作聞花狀，再翻身臥下去。而這單腿站立的著力腿，恰恰正是右腿。

此時程雨晴已經渾身上下都是冷汗，唇色如紙，可臉上還必須作出貴妃的雍容醉態。一顆豆大的冷汗順著程雨晴的臉頰滑下，落在了輕顫不止的嘴邊。

都已經到這個節骨眼兒上了，再要喊停是不可能的，程雨晴只得把心一橫，把左腳往後抬了起來。猛的，那份好像是從骨髓裡鑽出來的疼痛瞬間由右腳腳踝竄了上來，程雨晴就感覺眼前一黑，好懸沒一頭栽下去。

「好！」

程雨晴漂亮標準的臥魚讓溥偉看得實在心情舒爽，拍著巴掌叫了一聲好。一見溥偉叫好了，晨香和翠鴛也不情不願地拍了幾下手掌。

起身之後接著一個小圓場，甩袖。程雨晴左腳獨立，完成了第二個臥魚聞花，再次換來了溥偉的一聲好。

雖然兩個臥魚都可謂完成得滴水不漏，但是寒冷加上痛楚和驚恐，令程雨晴感覺自己幾乎已經到了極限，眼前的景象是一陣兒清晰一陣兒模糊。結果，後面的幾圈圓場就跑得有點兒失水準了。

翠鴛正打算開口譏諷幾句，卻只見程雨晴第三個臥魚還沒能臥下去，身子晃了兩晃，似乎失重一般，眼瞅著就要從冰台上摔下來。溥偉噌一下站了起來，剛要邁步往外走就聽見一聲馬嘶，緊跟著是馬踏鑾鈴響亮，兩匹高頭大馬一前一後，如同脫繮一般從院門外直撞了進來。還沒等溥偉看清楚，前面那匹大黑馬就好似離弦之箭，馬不停蹄如入無人之境地一直衝到冰台邊。

騎馬之人伸長了胳膊，雙手用力一抄，千鈞一髮之際將渾身冰涼的程雨晴緊緊擁入懷中。若是遲了片刻，大概程雨晴這會兒已經摔得頭破血流了。

「畜生！」載瀅威風凜凜地坐在馬背上，一手摟著半昏迷的程雨晴，居高臨下地冷眼看向溥偉，「這就是你幹的好事！」

「……阿，阿瑪。」

溥偉根本沒想到載瀅會出現在這裡，著實嚇了一大跳，一屁股跌坐回椅子裡。

院子裡所有的人都一齊跪了下去，高呼「瀅貝勒息怒」。

「堂堂大清親王竟公然在府中欺凌弱小魚肉百姓，你該當何罪！」載瀅指著溥偉就是一頓訓斥。

「我……」

別看溥偉在別人面前耀武揚威慣了，在父親載瀅面前竟一時語塞。

「若不是儒兒及時將我追回來，豈不由得你草菅人命！」

感覺懷裡的程雨晴呼吸平穩了些，載瀅才算放下心來。

溥偉機械地扭轉了一下僵硬的頸項，這才發現後面那匹矮小一些的馬上坐著的正是胞弟溥儒。

「好畜生啊，」載瀅拿眼角餘光瞥了一眼縮在溥偉身後的晨香和翠鴛，策馬上前，甩手就是兩鞭子，「竟然還敢在王府裏容留這樣不乾不淨的風塵相公，真真豈有此理！」

晨香和翠鴛剛好轉身想要溜走，這兩鞭子一點兒沒浪費，全抽在他倆的背上。還好衣服穿得厚，估計沒怎瘀傷著，可這光嚇也給嚇死了。

「瀅貝勒開恩，瀅貝勒饒命！」

兩人連忙跪在地上，磕頭如同雞奔碎米。

「慶喜。」

「伺候主子。」

慶喜跟在兩匹馬後面，跑得上氣兒不接下氣兒。

「將這倆相公轟了出去，」載瀅甩了一下手裡的馬鞭，「若再在王府裡看見這污穢之人，定打斷爾等的狗腿！」

「是，是……」

「滾！」

晨香和翠鴛連滾帶爬地站起來，連看也不敢再看溥偉一眼，垂首跟在慶喜身後快步走了出去。

「溥偉！」載瀅橫眉立目地瞪著溥偉，「今兒就把話跟你說明白了，不許你再碰程雨晴，也不許你再找程雨晴的麻煩，否則的話……休怪我不念父子之情！」

溥偉嘴唇微微動了動，竟什麼也沒說出來。

「儒兒，走。」

拉動韁繩，雙腿一夾馬肚子，兩匹馬眨眼之間便風一般飛馳而去。

三十、

載瀅將程雨晴塞進被窩裡時，恰好慶喜從屋外邁步進來。

「慶喜，」載瀅頭也沒回地吩咐道，「快去把齊太醫找來，快！」

「嗻。」

這剛一腳踏進來還沒站穩，慶喜又急急忙忙跑了出去。

「……阿瑪，」跟在載瀅身後進來的溥儒也是臉色慘白的模樣，「程雨晴他不會有事兒吧？」

「阿瑪不會讓他有事……」載瀅咬牙切齒地邊給程雨晴掖好被子，邊扭頭朝其他幾個下人說道，「你，去讓廚房把姜湯熬上！你，再多拿幾床被褥過來！還有你，炭盆兒，快！」

「嗻！」

下人們各自領命，紛紛小跑著出了屋。

「阿瑪，我，我幹點兒什麼？」溥儒搓著小手，有些不知所措。

看著程雨晴腳上觸目驚心的凍傷和一道道被冰裂划出的小口子，載瀅眼裡全是心疼，差點兒沒能壓出自己的火氣。

「……嗯，」載瀅使勁兒深呼吸了幾次，勉強對溥儒擠出一個笑臉，「儒兒，去正屋裡把阿瑪的手爐拿過來。」

「是，阿瑪！」被派到了任務讓溥儒不自覺地精神一振，疾步離開。

屋裡只剩下了躺在床上人事不省的程雨晴，和面無表情的載瀅，四周圍靜得只聽得見彼此的呼吸聲。

呆呆地望著程雨晴靜美如畫的面孔，載瀅情不自禁地伸出手去，可是他的指尖還沒能碰到那一層白皙，就被下人們給打斷了。

「瀅貝勒，被褥拿來了。」

「瀅貝勒，炭盆兒生好火了。」

「嗯，」載瀅速速轉過身，輕咳一聲，「炭盆兒擱在床邊，被褥拿過來。」

「嗻。」

一個下人抱著兩床厚厚的大棉被來到床旁，載瀅一床一床地給程雨晴仔細蓋好，包了個嚴嚴實實。

「阿瑪，手爐。」

捧著手爐，溥儒也疾步跑了回來。

「好。」

接過溥儒拿來的手爐，載瀅先用絹帕包了幾層，然後塞到程雨晴的腳邊，再把被子又給掖實了。

「這樣就行了，這樣……應該就行了。」

說著，載瀅一手拉著溥儒，在床沿坐了下來。

兩父子誰也不說話，就這麼靜靜地看著程雨晴，生怕眨一下眼睛就又能把他給弄丟了。

「瀅貝勒，姜湯做好了。」最先被差去廚房的那個小丫鬟用托盤端著一個湯盅，小心翼翼地遞了過來。

「嗯，趁熱給他餵下去。」載瀅站起身，把位置讓了出來。

「嗻。」小丫鬟從湯盅裡倒出一碗騰著熱氣的姜湯。

「吹一吹，別燙著他。」載瀅在一旁囑咐道。

「嗻。」

從碗裡舀上一勺，小丫鬟先吹了吹，再送到程雨晴嘴邊，可是連著好幾勺都餵不進去，直接從嘴角就滑下去了，全洇在了枕頭上。

「沒用的東西，給我！」載瀅失去了耐性，一把搶過小丫鬟手裡的姜湯碗。

「瀅貝勒恕罪。」小丫鬟嚇得趕緊就跪下去了。

「起來，滾一邊兒去，」載瀅皺著眉頭揮了一下手，然後把碗遞給溥儒，「儒兒，替阿瑪拿一下。」

「是。」溥儒伸雙手捧過那碗姜湯。

載瀅俯身輕輕握著程雨晴的肩膀，扶著他半坐了起來，然後自己在他身後坐下，讓程雨晴軟軟地靠在自己身上。

「儒兒，你來餵他。」

「是，阿瑪，」溥儒神色嚴峻地把姜湯送到程雨晴嘴邊，勺子磕在他失了血色的唇上，卻依舊餵不進去，

「……阿，阿瑪。」

急得都快要哭出來的溥儒又試了好幾次，全以失敗告終，反而把姜湯潑灑得到處都是。

「儒兒，給我。」載瀅嘆了口氣，把懷裡的程雨晴重新放回床上。

「……是，阿瑪。」

從眼淚汪汪的溥儒手裡拿過姜湯碗，載瀅一仰脖兒，含了一大口在嘴裡。也顧不得屋裡眾人驚詫的目光，載瀅俯下身子，一抬程雨晴的下巴，直接嘴對嘴餵了下去。只見程雨晴的喉嚨咕嚕了一下，終於咽了下去。

「他喝了，阿瑪！程雨晴喝了！」溥儒高興得直拍手掌。

「嗯。」載瀅點了點頭，露出一絲安心的笑。

差不多一炷香的功夫，一小盅姜湯總算都餵完了，程雨晴的臉色終於不再白得發青，逐漸出現了柔柔的粉紅，這讓載瀅父子倆都大大地鬆了一口氣。

剛好這時候，慶喜領著齊太醫走了進來。

「微臣見過瀅貝勒，儒貝勒。」齊太醫一進來就先給載瀅父子倆施了個禮。

「齊太醫，有勞您跑一趟。」

「微臣分內之事。」

說了幾句客套話，載瀅把齊太醫引到床前，極為簡單地解釋了一下事情的經過。

「齊太醫，煩您好好給他檢查一下，我實在是擔心他的腳傷會否留下什麼後患。」

「齊太醫，您一定要治好程雨晴！」溥儒噙著淚，大聲說道。

「微臣定當盡力而為，盡力而為。」

慢條斯理地，齊太醫給程雨晴號了號脈，又掀開被子檢查了一下他的腳踝和腳底，點了點頭。

「齊太醫，如何？嚴重嗎？」

「邪寒入體，不嚴重，幾劑藥就能好轉，」齊太醫又指了指程雨晴的腳那邊，「腳底的凍傷和划傷也都不嚴重，只是……」

載瀅見齊太醫說到這裡微微皺眉，便耐不住性子地問道，「腳踝，很嚴重嗎？」

「……嗯，」齊太醫既沒有點頭也沒有搖頭，捻著鬍子繼續說道，「瀅貝勒可還記得，微臣之前就已經說過，若是反覆受傷，神仙難保？」

「難道……」

「不行！齊太醫，您必須醫好程雨晴的腳傷！」溥儒上前拉住齊太醫的袖子，「他以後還要唱戲呢！」

「微臣明白，但微臣也只能盡人事，聽天命。」

說罷，齊太醫分別開了幾張藥方，有外敷的和內服的。將藥方交給載瀅之後，齊太醫又囑咐道，「他腳上的傷需要十二個時辰不間斷地敷藥，每兩個時辰換一次藥，切不可忘。」
「我記住了，多謝齊太醫。」載瀅衝齊太醫作了一揖。
「瀅貝勒言重，折煞微臣了。」齊太醫趕緊回了一禮。
「慶喜。」
「伺候主子。」
「派人送齊太醫回去，你去把藥抓了，」載瀅點指慶喜，「速去速回。」
「嗻，」慶喜來到齊太醫身邊，做了個請的手勢，「齊太醫，您老這邊兒走。」
「嗯。」
挎好藥箱，齊太醫跟在慶喜身後，踱步出了屋子。
溥儒悄悄湊到床旁，把手探進被褥裡，緊緊攥住了程雨晴尚顯微涼的手，「程雨晴，對不起……都怪我沒能保護好你……」
說著說著，一直在溥儒眼眶裡打轉的眼淚終於掉了下來。
「儒兒……」載瀅無奈地笑了笑，走過來輕輕拍了拍兒子的腦袋，「不怪你，你已經做得很好了。」
「可是……」溥儒抬起滿是淚痕的小臉兒，抽抽嗒嗒地看向父親，「可是程雨晴……」
「儒兒，要知道，是你救了他呀。」載瀅掏出絹帕，邊說邊給溥儒擦著臉。
「我……？」溥儒抽著鼻子看了看程雨晴，又看了看載瀅。
「若不是你騎馬前來報與我知，後果……或不堪設想……」凝聚在載瀅胸口的不安和後怕令他不由得閉了閉眼睛，深吸一口氣，「謝謝你，儒兒。」
「……阿瑪……」
溥儒一手拉著程雨晴的手，終於還是忍不住大哭了起來。載瀅輕輕摟住兒子小小的身子，一下一下，無聲地輕拍著他的背。
「……儒，貝勒……」
忽的，床上似乎傳來程雨晴微弱的聲音，溥儒立馬止住了哭，趴在床邊一動不動地盯著程雨晴的嘴。
「……您，這一哭，」說著，程雨晴緩緩地睜開了眼睛，「惹得草民……都，想哭了……」
雖然嘴裡這麼說著，程雨晴半睜半閉的眸子裡卻漾著一抹淺淺的笑。
「程雨晴……程雨晴！」溥儒不顧一切地撲在程雨晴身上，抑制不住地號啕大哭。
或許是極度緊張之後的鬆馳，讓溥儒哭著哭著竟然就這麼睡了過去，抽泣聲也逐漸變成了平穩的呼吸，甚至還打起了小呼嚕。
載瀅揮揮手，喚過來一個內院走動的貼身僕從。

「把儒貝勒先抱到我房中去休息。」

「嗻。」

僕從上前將溥儒抱了起來，溥儒嘴裡不知嘟囔了一句什麼，只是繼續沉沉睡著。

「瀅貝勒……」

程雨晴掙扎了一下，似乎想要起身，載瀅趕緊俯身按住了他。

「你想要什麼，說便是了，千萬別再亂動。」

「是，瀅貝勒……」

程雨晴略顯迷離的眼神和蒼白的病容，卻令載瀅的腦中不適時地忽然浮現出歐陽修的兩句詩……絕色天下無，一失難再得……

三一、

夜裡，載瀅讓廚房專門給程雨晴做了胭脂米雞絲粥。這胭脂米還是之前溥儒入宮時，老佛爺特別賞賜的。粥熬得又香又稠，還沒端進屋就已經能聞見饞人的香味了。

「快吃吧，」載瀅親自把粥碗遞到程雨晴手裡，「吃完了別忘了喝藥。」

程雨晴接過粥碗，輕輕嘆了口氣。

「怎麼?你不愛吃粥?」

「不是的，」程雨晴有些不好意思地偷偷看了載瀅一眼，「只是……吃完了粥，又要喝藥了。」

「喝藥怎麼了?」載瀅反倒不明白了，微皺眉頭，「你現在病著，不喝藥怎麼能好。」

「喝藥……」程雨晴猶豫了好半天，才用袖子半遮著臉，低聲用戲裡的韻白說道，「苦哇。」

載瀅先是一愣，接著便被程雨晴的樣子給逗笑了，「真是，怎麼像小孩兒似的。」

「讓瀅貝勒見笑了。」程雨晴的臉直紅到了脖子根兒。

「快點兒吃，」載瀅指了指程雨晴手裡的碗，「一會兒該涼了。」

「是。」

程雨晴小口小口吃著粥的功夫，慶喜快步從外面走了進來。

「主子。」

慶喜迅速地給載瀅施了一禮，剛想要張嘴說什麼，卻看見載瀅微微一擺手。往床塌那邊看了一眼，慶喜立刻就明白了載瀅的意思，於是便跟在載瀅身後來到了院子裡。

「說吧。」

「主子，」慶喜露出一絲為難的神情，「恕奴才多嘴，有句話不知當不當問……」

「你問。」

幾乎從不問問題的慶喜忽然說出這麼一句，倒讓載瀅有些好奇。

「您準備……什麼時候再動身？」慶喜弓著身子，眼睛卻直直地看向載瀅。

「嗯……」載瀅手捻鬍鬚稍微沉思了一會兒，「怎麼也要個三四天吧，雨……程老闆現在這個樣子，我如何能走得開？」

「主子，」慶喜輕輕跺了跺腳，「別呀主子，您得趕緊啓程。」

「卻是為何？」載瀅一皺眉。

「奴才方才送齊太醫回去的時候，順便打聽了一下，」慶喜的語氣裡滿是不安，「說是您和王爺為了一個戲子爭風吃醋反目成仇的事兒，都已經傳到宮裡去了。」

「什麼……！」載瀅一怔。

「這要是真傳到了老佛爺的耳朵裡，說您玩物誤事兒，這罪名……可大可小呀。」慶喜眼巴巴地瞅著載瀅。

「嗯……」載瀅的臉色愈發難看，眉頭擰成了個麻花，「其實我今兒啓程已是提前，所以就算耽擱個幾天，也不會有什麼大礙……」

「主子！」慶喜都急了，「這是否誤事不是奴才說了算，也不是您說了算的呀！萬一，萬一老佛爺不高興了，再一個怪罪下來……」

話才說了一半，往昔的經歷湧上心頭，讓慶喜哆嗦得說不下去了。

「我明白，這我都……明白。」載瀅雙臂交疊胸前，在院子裡來回地轉著圈。

「主子，您這回可真得多為自己想想，奴才求您了。」

「……這樣吧，」許久，載瀅停下了腳步，「明兒一早我就進宮，去面見老佛爺，先把這事兒給說開了不就行了？他也是愛戲之人，不會蠻不講理的。」

「還等明兒個？主子，您今晚就連夜進宮吧！」

「今晚？」載瀅似乎在心裡爭鬥了一番，「今兒已是晚了，就這麼貿貿然進宮也不合適……明兒吧。」

「主子！」慶喜的嗓音裡透著哭腔，一撩袍跪了下去，「奴才求求您，您就聽奴才一句吧。」

「無需擔憂，」載瀅淺笑著拍了一下慶喜單薄的肩膀，「我保證，明兒天不亮我就進宮。」

「……是，主子。」

「起來吧，」載瀅將手背在身後，「去看看程老闆還需不需要點兒什麼。」

「嗻。」

又看了一眼載瀅，慶喜無可奈何地垂著頭，往東廂房走去。

昨兒剛結束了一場堂會，所以今天馬鳴未待在院子裡休息，順便給還在科裡的孩子們看看功、說說戲什麼的。

就在馬鳴未捧著小茶壺叉著腰教訓人的時候，一個孩子從二門外跑了進來。

「師父，師父。」

「嗯？」

「外頭來人了，說找您的。」那孩子指了指院門外。

「找我？」馬鳴未心中一驚，「戲樓的人嗎？」

「不是，不認識的。」

馬鳴未使勁兒咽了口口水，「幾，幾個人啊？」

「嗯……」那孩子歪著頭想了想，「四五個人吧，您不出去麼？」

「我這就出去。」

說著話，馬鳴未把手裡的茶壺隨手往旁邊一放，理了理衣領又扭了扭脖子，拖著步子往外走去。

「唷。」

看見馬鳴未一露頭，一個辮子不好好梳偏支稜著的精瘦男子故意拉長了腔調，陰陽怪氣地說道，「這不是大名鼎鼎的馬老闆，馬鳴未嘛，久未見呀。」

「哥兒幾個，有話兒好好說嘛，」馬鳴未連忙反手把院門帶上，「怎麼還找到這兒來了？」

「咱們閒呀，不像您，大忙人兒，紅角兒，」精瘦男子用手背彈了彈馬鳴未的肩膀，「都說這貴人多忘事，咱就尋思著可不能叫您忘了，是不是？」

「哪兒能呢，怎麼可能忘了呢，」馬鳴未額上淌著汗，陪著笑臉，「上回不是說了麼，只要一有錢，就給哥兒幾個送去。」

「我的馬班主，想必您也知道咱寶局子可不是吃乾飯的，」精瘦男子用幾乎皮包骨頭的胳膊一把攬住馬鳴未的脖子，滿嘴臭氣地說道，「有錢，您是大爺，這要欠了錢嘛……嘿嘿嘿。」

別看瘦，這人胳膊上還真有勁兒。精瘦男子稍微手底下一用力，馬鳴未就被掐得氣兒都喘不勻實了，拼命拍著精瘦男子越勒越緊的手臂。

「快……快撒開，要斷……」

「哼，真沒用。」

精瘦男子從鼻子裡哼笑一聲，鬆開手臂的同時還使勁兒在馬鳴未背上推了一下，推得他踉蹌了幾步，臉衝下摔在了地上。

「我說馬老闆，馬班主，」精瘦男子帶著一班手下嬉笑著，「咱哥兒們情誼算哥兒們情誼，這錢還是要還的，別為了這區區幾百兩就傷了交情嘛。」

「是是是，」馬鳴未從地上狼狽地爬起來，臉上依舊帶著訕笑，「您說的是，哪兒能不還呢，我這就去拿銀子，哥兒幾個稍安勿躁，稍安勿躁。」

邊說著，馬鳴未拍了拍衣服上的塵土，惶惶不安地快步走回院子裡，臉上卻還要裝作若無其事的樣子。

有些焦躁地回到自己屋裡，馬鳴未把床頭一個小櫃子上的鎖打開，然後從裡面拿出好幾張五十兩的銀票。正要往懷裡揣的時候，喜鵲撩開門簾走了進來。

「鳴未，你……做什麼呢？」喜鵲的視線落到馬鳴未手裡的銀票上，「你拿那麼些銀票要做什麼？」

「你問不著。」馬鳴未不耐煩地把櫃門啪一關，重重地將銅鎖鎖上。

「鳴未！」喜鵲一把抓住馬鳴未的胳膊，「你是不是又要去耍錢？」

「撒開我！」馬鳴未用力一揮手臂，掙脫了出來，「銀子是我掙的，不用你管！」

「你拿的可是公中的銀子！是班社的銀子呀！」喜鵲翻身上前，死死抓住馬鳴未的袖子。

「我是鳴福社的班主，班社的銀子就是我的銀子！」馬鳴未把銀票往懷裡一塞，回手將喜鵲推坐在床上，「你少管我！」

「鳴未，你說你抽大煙是為了通嗓子，我也就不說什麼了，可這耍錢又是為了什麼呀？」喜鵲忍不住哭了起來，「難道耍錢，也是為了唱戲嗎？！」

「你個婦道人家懂得什麼，這叫交際！」

說罷，馬鳴未抬腳就要往外走。

「鳴未！」

喜鵲近乎歇斯底里地喊了一嗓子，把馬鳴未都給喊毛了，禁不住停住了腳步。

「鳴未……」喜鵲眼淚汪汪地看向馬鳴未，臉頰紅通通的，「我……有了。」

「有……有了？」馬鳴未一時愣在原地，也不知道自己理解得對不對。

「……嗯，」喜鵲略顯羞澀地點點頭，抬手將臉頰旁的髮絲攏到耳後，「我這個月的天葵……還沒有來。」

「你，你確定？」馬鳴未有些激動地往前走了幾步，拉著喜鵲的手。

「我向來很準時的……不過，還是要找大夫看看，才能確定。」

喜鵲羞得都不敢抬頭直視馬鳴未的眼睛。

「太好了！太好了，喜鵲！」馬鳴未一把將喜鵲摟進懷裡，「我，我終於可以當爹了！」

「嗯，嗯……」喜鵲輕拍著馬鳴未的背，「……鳴未，咱們有孩子了，你以後得多為孩子著想呀，你說呢？」

「……嗯！」馬鳴未像是下定了什麼決心似的，「喜鵲，這銀票我不是拿去耍，我是……拿去還賬的，只要把欠的錢還上了，我就再也不去耍了！」

「真的？」

「真的！相信我。」

「嗯，我信你。」

趴在馬鳴未懷裡，喜鵲打從心底裡露出一個久違的笑臉。

三十二、

東廂房裡，載瀅幾乎一夜無眠地守在程雨晴身邊，親自盯著下人們給他換藥什麼的，就怕又會生出什麼其他的事端。既然載瀅不睡，慶喜自然也是一整晚都陪在身旁伺候著。

待到天蒙蒙亮，慶喜低眉順眼地來到載瀅身旁，低聲提了一句，「主子，天就要亮了。」

「嗯。」

抬眼望向窗外，已近東方破曉，晨霧裹著一縷縷淺金色的薄光滾落窗櫺，一點一點跳躍著竟那麼好看。

再次將視線投向床榻之上睡夢正酣的程雨晴，載瀅徹夜未眠的疲憊被逐漸融化。嘴角含著一絲笑意，載瀅帶著慶喜回到了自己的房間。

溥儒還在被窩裡呼呼睡著，小小的臉頰上掛著點點淚痕。

「主子，時辰不早，奴才伺候您更衣吧。」

「嗯。」載瀅點了點頭。

梳洗一番之後，又將辮子打散了重新編了編，再穿上朝服掛上朝珠，天生自來的凜凜氣質多少掩蓋了些許憔悴和倦意。

裝扮妥當，載瀅正打算出門時，一個下人著急忙慌地跑了進來。

「瀅貝勒。」

一看見這個下人臉上變顏變色的，不光慶喜，就連載瀅的心都不由得懸了起來。

「說。」載瀅微皺眉頭。

「宮裡來人了，就在大門外。」

「所為何事？」

「說是老佛爺的口諭，急召王爺、瀅貝勒還有儒貝勒進宮面駕。」

下人一字不拉地復述了一遍。

「……我父子三人嗎？」

「是。」

載瀅眼珠一轉，實在猜不透老佛爺葫蘆裡賣的什麼藥。就算是所謂爭奪戲子之事她已知曉，又為什麼非要帶上溥儒？

「瀅貝勒，瀅貝勒？」下人見載瀅好像癔症了一般，只好又喊了一遍，「瀅貝勒，人還在外頭等著呢。」

「……嗯，」載瀅這才回過神來，對慶喜說道，「快去把儒兒叫起來，伺候他盡快洗漱更衣，我先出去。」

「嗻。」

邁步走出院子的時候，載瀅腳步略停，有意無意地瞟了一眼東廂房的方向，接著便頭也不回地走了出去。

而這一走，卻是連著七八天杳無音訊。

不光是載瀅和溥偉，就連溥儒、慶喜也都沒有回來。

程雨晴獨自坐在桌前，單手托著下巴，眼睛也不知道在看哪裡。兩隻腳雖說都被包得像包子一樣，但是他很明顯感覺這些天已經不那麼疼了，就算是雙腳著地站起來也沒有什麼大問題。

早起唱了一段兒又一段兒，下午甚至還耗了會兒腰腿，前後練了差不多一個時辰的基本功。這才剛坐下，兩個小丫鬟就準時端著藥盤進來，準備伺候他換藥。

「你們瀅貝勒……還沒有要回來的消息嗎？」程雨晴實在忍不住，還是問了出來。

「沒呢，」圓圓臉兒的小丫鬟一笑起來，臉上就會出現兩個小酒窩，很是可愛，「您不用擔心，被老佛爺召進宮去，三天五天也是它，十天半月也是它。」

「哦……」程雨晴點了點頭，但還是覺得哪兒不對勁。

「您的腳好得差不多了，」另一個鴨蛋臉兒的的小丫鬟解開程雨晴腳上的白布條，仔細看了看，「齊太醫可真神，就算准了今兒是最後一副藥。」

「要兩位姐姐伺候一個戲子……實在是有勞了。」程雨晴不好意思地笑了笑。

「這您是說哪兒的話呀，您可是我們瀅貝勒的貴客，」圓圓臉兒的小丫鬟似乎很愛說話，一說起來就沒個完，「您可不知道瀅貝勒有多疼您，他呀還……」

沒等她把話說完，旁鴨蛋臉兒的小丫鬟就使勁兒咳嗽了一下，「咳咳！」

這一下把圓圓臉兒那小丫鬟還沒說出口的話，全給憋了回去。

「嗯？」程雨晴倒是沒明白，睜著一雙好看的桃花眼愣愣地看向她倆。

鴨蛋臉兒偷偷捅了圓圓臉兒一下，低聲道，「主子不是吩咐過了麼，不讓說。」

「我沒說呀。」圓圓臉兒趕緊把自己的嘴一捂。

「什麼呀？還保密？」程雨晴好笑地看向兩個姑娘。

「嗯嗯，」圓圓臉兒使勁兒點了點頭，「主子說了不讓說，那就不能說。」

「好吧好吧，不說就不說。」程雨晴笑著搖了搖頭。

「今兒天氣可好了，您不想出去轉轉？」圓圓臉兒把換下來的白布條全部收到一個盆裡，起身問道。

「嗯……」程雨晴低頭看了看自己被包扎得嚴嚴實實的腳，苦笑著嘆了口氣，「等明兒拆了這個，再出去好了。」

「也是，那您好好歇著，我們先出去了。」

「您若有什麼需要的，喊我們便是。」鴨蛋臉兒補了一句。

「多謝兩位姐姐。」

「客氣什麼。」

都收拾乾淨了，兩個小丫鬟邊小聲嘰嘰喳喳說笑著什麼，邊推門打算離開。圓圓臉兒才剛伸手把房門拉開，就愣在了原地。

「……王，王……」圓圓臉兒的小丫鬟驚得一時連話也不會說了，一勁兒磕巴，「……王爺……給，給王爺請安，王爺千歲千千歲。」

兩個小丫鬟撲通就跪下了，手裡端著的藥盤差點兒沒扔了出去。

看溥偉這一身裝扮，似乎是剛從宮裡回來，連衣服都還沒換就直接過來了。

「滾出去。」溥偉面無表情語調平靜，只是臉色有些駭人。

「……王，王爺……可是……」

圓圓臉兒還想再堅持一下，結果只是溥偉一個冰冷的眼神就被嚇得趕緊閉上了嘴，低頭拉著鴨蛋臉兒，兩人一起逃也似的出了東廂房。

溥偉纖長的身形從外屋一轉進來，程雨晴就好似條件反射般噌一下站了起來，身子不受控制地微微哆嗦著。

「程老闆。」溥偉踱著方步，慢慢走了過來。

他的眸子和常人不同，白多黑少，平時看起來就已經很是瘆人了，再加上此刻從他身上散發出來的陰冷氣息，使得整間東廂房的溫度似乎都瞬間降了下去。

「……王，王爺……」

溥偉往前走一步，程雨晴就往後退一步。過分的緊張讓他沒有注意到身後的椅子，結果腳踝重重地磕在了椅子腿上，程雨晴身子一歪，往後跌倒在床塌上。

他正掙扎著想要重新站起來，溥偉卻比他快多了，急急幾步上前，右腿點地，左腿膝蓋架在床沿，雙手撐在程雨晴的身體兩側，令他無處遁逃。

「王爺……！」程雨晴驚恐地瞪大了雙眼看著溥偉，可又不敢伸手去推他。

「程老闆，」溥偉的眼底深處像是燃著一捧火，臉上卻堆著玩味的笑，「你的《醉酒》……本王可還沒聽完呢。」

「草民……草民這就唱給您聽，您，您先讓草民起來。」

程雨晴努力地又往後縮了縮。

「唱。」

「啊？」

「本王說，唱。」

溥偉臉上的笑容消失不見，取而代之的卻是眼底愈燒愈旺的火和幾近扭曲的乖戾陰鷙。

「海……島，冰……」

「往後唱。」

「同霄……捧金……」

「往後唱！」

溥偉忽的提高了聲調，嚇得程雨晴狠狠顫抖了一下，眼淚噙在眼眶之中，好一似雨打梨花艷絕桃李。

「……娘娘，有話對你說……」

程雨晴邊唱，邊儘量想要躲開溥偉的鉗制。但無論他怎麼躲，也始終還是被溥偉籠罩其中。

「嗯，繼續。」溥偉俯低了身子，炙熱的氣息撞上程雨晴的鼻尖。

「你若是，稱了娘娘心……合了，娘娘意……我便來，來……」程雨晴幾乎是咬著牙繼續往下唱著，「來……」

「來，什麼呀？」溥偉緩緩湊近程雨晴，在他的臉側耳語道。

「來……朝一本奏當今……」

若是今兒不能保得瓦全，那就拼個玉石俱焚……程雨晴暗忖，偷偷將手伸到枕頭底下，將自己一直帶在身邊的那支金簪死死抓在了手心裡。

「卿家嚇，管叫你官上加官……」

一句尚未唱完，程雨晴心一橫眼一閉，拼了命舉起攥著金簪的手，往溥偉後頸狠狠扎了下去。

誰知溥偉早就已經察覺出了他的不對勁，身體往旁邊稍微一閃，抬手就扣住了程雨晴的手腕。他用力往下一撇，程雨晴吃不住疼地手一鬆，金簪掉落地面。

「哼，刺殺親王？看你如此柔弱，卻也頗有些膽量，」溥偉單手擒住程雨晴雙手的手腕，高舉過頭，然後身子整個兒往下一沉，壓了上去，「也好，你若不掙不扎，倒覺無趣。」

「……王爺！」程雨晴用盡了全身的力氣瞪向溥偉，「您……您自重！」

「那卻又是，什麼意思？」溥偉哈哈大笑著，唰一下扯開了程雨晴的長衫前襟，「今兒，還有誰會來救你？嗯？」

溥偉如貓戲鼠般的神情和動作讓程雨晴感到脊背一陣陣的發涼，他絕望地抵抗著，「要是，要是瀅貝勒知道了，他……一定不會放過您的！」

「哈哈哈哈！」溥偉就像是聽到了什麼天大的笑話似的，狂笑了一番，「逆了老佛爺的鳳翎，載瀅他這回能不能活著從宗人府出來尚未可知，不放過本王？哈哈哈，本王倒想看看，他要如何不放過本王！」

「什……」程雨晴不由得呆若木雞，「那……儒貝勒呢？儒貝勒難道也……」

「儒兒被老佛爺留在宮裡思過自省，」溥偉咂了咂舌，「哼，雨晴啊雨晴，都這個時候了，你還有心思想著別人……雨晴，本王是誰？」

程雨晴被問得莫名其妙。

「您是……恭親王爺……」

「沒錯兒，這一刻在你眼前的是本王，」溥偉深深看向程雨晴邃若秋潭的眸子，竟感到一陣眩暈，「你這雙眸子，只許看著本王，你的心，亦只許想著本王……」

話至此，溥偉不再多說什麼。他手底下一用力，不甚結實的白色長衫被扯做片片，似花如雪，在暮色中搖擺墜落。

「……妙年同小史，姝貌比朝霞……懶眼時含笑，玉手乍攀花……」

三十三、

跟著溥偉過來的一眾奴才或站或蹲，都安安分分地守在東廂房外候著。門一響，溥偉神清氣爽地大步邁過門檻，奴才們見了趕緊齊齊跪下行禮。

「王爺。」

「好，好一個『貴妃』呀，」溥偉心滿意足地整理了一下領口，對跪了一地的奴才們吩咐道，「把程老闆護送到錫晉齋西廂房去，好茶好飯地伺候著。」

「嗻。」

「給本王把人給看住了，若有任何差池，你們幾個都提頭來見。」

「嗻！」

說罷，嘴裡哼著《醉酒》的調調，溥偉腳步輕快地離開了樂道堂。

將程雨晴軟禁在錫晉齋的頭幾日，溥偉基本上是夜夜留宿西廂房，一副樂而忘返的樣子。可是才過了沒多久，也不知是不是因為程雨晴油鹽不進的冰冷態度總讓溥偉覺得心煩意亂，後來就變成了隔三差五才過去一次。

而到了最近這兩天，溥偉不知從哪兒竟又將晨香和翠鴛兩兄弟給接了回來。這兩人一進府，天天粘著溥偉不是吟詩作對，就是鬥蟲放鷹，花樣可多了去了，弄得溥偉也再沒有心思上西廂房去。

「爺，您可是不知道，這段時間我倆在外頭受了多大的罪，吃了多大的苦。」晨香半窩在溥偉懷裡，看著他和翠鴛舉旗博弈。

「噓，別吵吵。」溥偉輕刮了一下他的臉，眼睛還是聚精會神地盯著棋盤。

「我說爺，」晨香翻了個身，直接躺在了溥偉腿上，手裡把玩著他的辮梢兒，若無其事地問道，「您什麼時候轟那個戲子出府呀？」

「嗯？」溥偉一時沒反應過來，想了想後輕笑了一下，「怎麼，這你也吃醋？」

「自然是吃醋的，」晨香最拿手的伎倆之一就是裝委屈，小嘴兒一撅，要多像有多像，「他區區一個戲子竟然還佔了一套西廂房，我兄弟倆還擠在後院兒的小屋呢。」

晨香所謂的後院小屋，其實是錫晉齋的後罩房，雖說每間屋子大概只有十一、二丈見方，但卻是富麗堂皇精緻無比，絕非普通百姓可以想象。

「哦？委屈你了？」溥偉手捏棋子，輕敲了一下晨香的額頭。

「爺，」晨香蹬鼻子上臉地拉著溥偉的衣袖，「這也小半月了，您還沒玩兒夠麼？再說，您這不都有我倆了……」

說著，晨香的手指在溥偉胸前輕輕划了幾圈，盡顯風情萬種妖媚誘人。

「別鬧，」溥偉抬手按住了晨香不怎麼安分的食指，「下棋呢。」

「唉……」晨香故意大大地嘆了口氣，坐起身，「別說心裡了，人家戲子就連眼裡也壓根兒就看不見您，也不知道您自己個兒跟那兒唱的什麼獨角戲。」

「嗯？」

很明顯晨香這話直接戳中了溥偉的肺管子，一撂手裡的棋子，他的臉色頓時沉了下來。

「好吃好喝地天天供著，真不明白您為什麼偏喜歡給自己找彆扭。」晨香故意看向別處，就是不看溥偉。

「好了好了，晨香，就你話多，」翠鴛偷偷瞟了溥偉一眼，「王爺他的心思，哪裡是你我能猜得著的。」

「我說這些還不是為了您好呀，」晨香一扭身子，掛在了溥偉的肩膀上，於他耳畔輕聲道，「爺，您這麼大一親王，我可捨不得叫別人看您的笑話。」

「哪一個敢笑話本王！」

溥偉怒不可遏，伸手就把面前的小棋桌給掀了，棋子劈里啪啦地掉了一地。

「不敢不敢，人家表面上不敢，背地裏如何議論又有誰知道，只不過嘛……」晨香挑事兒的本領簡直就是胎裡帶來的，「究竟是哪個罪魁禍首，令王爺千歲您被人看笑話呢？嗯？」

「哼……」溥偉臉色鐵青地瞇了瞇眼睛，眼珠轉向西廂房那邊，一言不發。

「您若是饞他的身……」

「晨香！」翠鴛一把扯住口無遮攔的晨香，微微搖了一下頭。

「這有什麼不能說的，對吧？王爺，」晨香甩開翠鴛的手，繼續火上澆油，「您若真就只是要他的身子，那也已經得手了呀，幹嘛還要把他放在身邊兒礙眼呢？」

任憑晨香怎麼說，溥偉就像入了化境似的嘴唇也不動一下，恍如一座奇怪的石像。

「我的爺，」晨香湊到溥偉的臉旁，嬉笑道，「您該不會是……動了真情了吧？」

溥偉猛回頭，兩眼死死盯著晨香的臉，眼神像是要吃人一般煞氣沖天，把晨香給嚇了一大跳。

「……爺？」

忽然想起之前溥偉差點兒沒掐死自己，晨香不由得用手護著頸項，往後退了好幾步。

眼也不眨地瞪了晨香好一會兒，溥偉唰一下站起身。緩緩呼出一口氣之後，他用力一甩袖，大步流星地往西廂房走去。

「你呀你呀，怎麼就說不聽呢！」等溥偉一走開，翠鴛立馬就開始數落晨香，「就不能管管你那張嘴？」

「呼……」晨香後怕地拍了拍自己的胸口，「嚇死我了。」

「總有一天你就得死在這張嘴上！哼！」翠鴛滿臉的恨鐵不成鋼。

「別再嚇我了……」晨香委屈地瞪了翠鴛一眼。

在程雨晴來說，溥偉不出現簡直是再好不過了。一個人待在屋裡雖說無趣，卻倒也落個清靜。

擺弄著之前載瀅給他的胡琴，程雨晴雙眼無神地又嘆了口氣，腦子裡卻不由自主地浮現出另一把胡琴，另一張笑臉……

其實他也想過，不如幹脆就死了死了，一了百了……但是每每想到此，心底裡那股子不甘心就會不顧一切地湧上來，讓他怎麼也下不了決心。

而另一個讓他下不了決心的原因是……萬一載瀅能平安回來呢？如果載瀅能回來……不，哪怕是溥儒能回來，都一定能把他從這裡給救出去。

若是有朝一日能活著離開這裡，自己必須要去告訴他……告訴他，自己早已不再惱他了……程雨晴微微垂首，手指無意識地划過胡琴的琴弦。

忽的一陣刺痛從指尖傳來，程雨晴猛的將手收回來，這才發現指尖被琴弦拉開了一道小口子，幾顆紅艷的血珠從皮肉間擠了出來。程雨晴略一蹙眉，將手指湊到唇邊舔了舔，甜腥的味道立刻斥滿舌面。

「傷著了？」溥偉僵硬的聲音在門邊響起。

已經被關在這間屋子裡十好幾天，程雨晴的神經似乎都麻木了一般，就算聽見溥偉的聲音也不會再像以前那樣一驚一乍的了。

「草民見過王爺千歲，千千歲。」

程雨晴把胡琴往桌上一放，欠身跪了下去，聲音冰冰涼涼沒有一絲溫度。

「起來，」溥偉徑自走到桌旁坐下，悄悄瞟了一眼垂首站在幾步外的程雨晴，「這幾天本王沒有過來，冷落你了。」

「草民本就習慣一人獨處，倒也沒覺得有什麼不便。」

程雨晴絲毫不帶感情的回話刺得溥偉挑了挑眉。

「……嗯，」沉默了一會兒，溥偉勉強擠出一個笑，「即是本王冷落了你，來，你有沒有什麼想要的，權當是本王補償於你。」

「草民，要什麼都可以嗎？」程雨晴心一動。

「自是可以，」溥偉誇張地揮了一下手，「只要你說得出來，本王就辦得到，說。」

「那，」程雨晴幾乎想也沒想就脫口問道，「若草民想要的……是王爺放草民離去，王爺也能辦得到嗎？」

「呃……」

其實溥偉也不是完全沒有想到程雨晴會這樣問，但聽他說出口，還是不由得一怔。

「王爺，辦不到吧？」程雨晴長長的睫毛垂了下去。

「……雨晴，」溥偉神情複雜地看向程雨晴，「你就那麼想離開嗎？」

「是。」

「一點兒想留在王府的意思都沒有？」

「是。」

「真就那麼厭惡本王嗎？！」溥偉下意識提高了聲調。

程雨晴的身子不自覺地狠狠一顫，張了張嘴，但到底沒有膽量把那個「是」字說出來。

深深吸進去一口氣，再緩緩吐出來，溥偉穩了穩自己的心緒，「你要真想走，便說出來。」

「草民說出來，王爺就能做到嗎？」

「……你若不說出來，又如何能知道答案？」溥偉直了直腰板，目視前方，「說呀，你想要什麼？」

「草民……」心心念念了十幾天的那句話，都已經到嘴邊了卻又被程雨晴給咽了下去，話鋒一轉，「草民想要王爺在太后老佛爺面前替瀅貝勒說幾句好話，討個人情，饒了他父子……」

話音未落，溥偉死死捏了半天的拳頭終於咚一聲砸在桌面上，力道大得幾乎都能聽見關節破裂的聲音。

「載瀅到底有什麼好？啊？」溥偉此刻狀若受困猛獸，眼中滿溢騰騰殺氣，「你連自己都顧及不上了，還想著要本王去替他求情？！」

溥偉低吼著，跨步上前一把攥住程雨晴細細的手腕，用力往懷裡一帶，另一隻手扯住他的辮子，逼迫他抬頭看向自己。

「……雨晴，本王再問你最後一次，你想好了再說出來。」

「草民想好了。」

程雨晴的身體雖然顫抖得好似風中枯葉，但他的眼神卻不躲亦不閃，就這麼直直地看著溥偉。

「說。」溥偉從牙縫間擠出一個字。

「草民想要王爺給瀅貝……」

沒等到程雨晴把話說完，溥偉猛的一甩手，把程雨晴推得直接跌坐在地上。

「……好，好好好，」溥偉似怒似哀、似笑似泣地捂著臉點了點頭，「好啊，好個程雨晴！」

「王爺……能做到嗎？」

溥偉猛回頭，臉孔似乎都扭曲了，「本王能做到！但是你……你就給本王生生世世都待在這間西廂房之中，死也死在這西廂房中！爛也爛在這西廂房中！」

一頓咆哮之後，溥偉有些腳步不穩地撞出屋去。

三十四、

自那一次溥偉摔門而去，西廂房除了晝夜有人守在門前窗下之外，還在屋門上加了一把厚重的銅鎖，不允許任何人隨意進出。

不過令程雨晴感到些許欣慰的是，只過了沒幾天，西廂房門外就傳來了熟悉的聲音。

「連我都不能進去？」溥儒聽著有些急了，「狗奴才！這才離開幾日，就不認得我是誰了麼？！」

「您這是說哪裡話呀，儒貝勒，」一個守門的奴才辯解道，「但是王爺的命令，小的們不敢違抗，要不……您去和王爺說說？」

「狗奴才，你等著！」溥儒心急如焚又無計可施，只能站在門外衝著裡面喊了一句，「程雨晴，你別怕！我回來了，我一定接你出去！」

說罷，溥儒便轉身疾步離去。

門裡，程雨晴手扶門框，額頭抵在門上輕聲說道，「太好了……您總算，平安無事。」

三步並作兩步，溥儒火急火燎地快步跑到錫晉齋正房門前，二話不說抬腳就把房門給踹開了。

「兄長！」

「嗯？」溥偉四平八穩地躺在羅漢床上吞著雲吐著霧，聽見溥儒進來也不過只是略抬眼皮瞧了一眼，「儒兒，怎麼如此沒有規矩。」

晨香和翠鴛倒是趕緊從羅漢床上爬了下來，規規矩矩地給溥儒施了一禮，「見過儒貝勒。」

「哼，」溥儒看也不看他倆一眼，往前跨了幾步，「兄長，我要見程雨晴。」

「哦？」溥偉撐起上半身，淡淡笑道，「兄長煞費苦心把你給接回來，難道連句謝都沒有嗎？」

「……謝過兄長，」溥儒臉一紅，意識到自己的確有些失禮，「兄長為了溥儒耗費心思，溥儒銘記於心。」

「嗯，這還像個樣子。」溥偉滿意地點點頭。

「兄長，」溥儒又進了半步，皺著眉頭，「您怎麼可以囚禁程雨晴？」

「……哼，」溥偉刻意挪開視線，「那是他自己選的。」

「我不信！我要見程雨晴！」溥儒虎目圓睜地說道。

溥偉並沒有回話，只是朝站立一旁的小太監微微一點頭。

「嗻，」得了令的小太監趕忙搶上前一步，「儒貝勒，您請隨我來。」

「……嗯，」大概是並沒有想到溥偉竟會如此簡單就答應了自己的要求，溥儒一時有些愣，「溥儒告退。」

看著溥儒跟在小太監身後出了屋，溥偉半閉著眼睛湊到大煙槍桿子前，狠狠地嘬了一大口，任由心肝脾肺都沉浸在醉人的煙霧之中。

叮鈴咣鐺一陣兒金屬的碰撞聲響，西廂房的房門被吱呀推開。程雨晴以手撐著桌面站了起來，都還沒來得及看清楚，一個小小的身影就一頭撲進了他懷裡。

「程雨晴……」溥儒小小的身子微微顫抖著，聲音裡透著委屈的哭腔。

拍了拍溥儒的背，程雨晴安心地舒了一口氣，「草民見過儒貝勒。」

「你，你還好麼？」溥儒從程雨晴懷裡仰起滿是淚的小臉兒，「兄長他……」

「草民無事，每日裡好吃好喝的，儒貝勒毋需如此掛心。」程雨晴勉強笑道。

「程雨晴，」溥儒緊鎖眉頭，兩隻小手摸了摸程雨晴的胳膊，「你可瘦多了，沒有好好吃飯嗎？」

「吃了呀，」程雨晴下意識地摸了摸自己，「或許草民天生就不愛長肉吧。」

「這樣……」

「再說了，要是萬一長胖了還怎麼上台唱戲，」說著話，程雨晴拉著溥儒一同坐下，「儒貝勒，您是怎麼突然就回來了？」

「我也不太清楚，」溥儒撓了撓頭，「老佛爺本來是要我留下，說由宮裡的先生來指導我的功課，可是今兒一早，又忽然差人送我回府了。」

看來王爺也並非食言而肥之人……程雨晴暗忖。

「那……瀅貝勒呢？您在宮裡，就沒有見著他嗎？」程雨晴繼續問道。

「沒有，」溥儒搖了搖頭，「那天進了宮之後我和阿瑪就分開了，不過既然我和兄長都能回來了，阿瑪應該很快也能回來的。」

「……嗯。」

「程雨晴，兄長說你是心甘情願被他囚於此處的，不是真的吧？」

溥儒雙手拉著程雨晴的衣袖，眼睛直直地看向他。

「草民……亦是身不由己，儒貝勒……就不要多問了吧。」程雨晴有些支支吾吾的，也不知該怎樣回答才妥當。

「好，我不問這個，」溥儒用力抓住程雨晴的手，「但是程雨晴，你想不想離開這裡？想不想……去找那個侯小若？」

侯小若這三個字好似刀尖一般瞬間划過程雨晴的心，疼得他低低地倒抽一口涼氣。

「……草民，自是……想去見他的，」程雨晴艱難地答道，「只恐……」

「只恐什麼？」

「只恐王爺他，不會輕易放我離去……」

「嗯……」溥儒用手托著下巴，思索了好一會兒，「沒關係，我一定會想到辦法送你出去的。」

「多謝儒貝勒如此牽掛草民。」程雨晴臉上的笑，看著竟很是虛幻。

「你再多忍耐兩天，」溥儒站了起來，拍了拍程雨晴的手背，「我這就想辦法去！」

「儒貝勒費心了。」

「程雨晴，」溥儒往門邊走了兩步，又回過頭來囑咐道，「你一定要好好吃飯，知不知道？你太瘦了。」

「草民知道，」程雨晴幽幽下拜，「恭送儒貝勒。」

「行了，你先歇著吧，」溥儒露出一個童稚的笑，「我一會兒再來看你。」

說罷，溥儒快步離開了。

轉天下午，溥儒趁著這會兒院子裡走動的人少，便偷偷摸摸來到錫晉齋外面四處查看，想要定一個能安全送程雨晴出王府的萬全之策。

才剛繞過一個拐角，就被人從背後拍了一下肩膀，嚇得溥儒好懸沒跳起來。

「給儒貝勒請安。」

溥儒一回頭，看見翠鴛笑臉盈盈地站在那兒，手裡搖著一柄折扇。

「你在這兒做什麼？」溥儒用手捂著胸口被驚得嘭嘭亂跳的心，瞪了翠鴛一眼。

「瞧您說的，我不在這兒還能在哪兒呀？」翠鴛的笑裡滿是風塵脂粉氣，看得溥儒脊背都僵硬了，「倒是您，儒貝勒，您在這兒做什麼呢？」

「我……」溥儒是個從小就不會扯謊的孩子，頓時慌了手腳，「這是我們家的院子，我愛在哪兒就在哪兒！」

「那是自然，誰也說不出什麼去，不過嘛……」翠鴛邪笑著湊近溥儒，小聲道，「您怕不是在想輒，要偷偷送那戲子出府吧？」

一句話就讓溥儒徹底僵在了當場，小臉兒憋得通紅，半個字也說不出來。

看著溥儒的反應，翠鴛樂得腰都快直不起來了。抬手擦了一下眼角笑出來的眼淚，翠鴛伸手將溥儒一把摟到自己懷裡，蹭著他的臉媚聲說道，「儒貝勒，您還真是個老實的好孩子呢。」

「大膽！無禮！」溥儒紅著臉使勁兒推了幾下，卻也沒能把翠鴛推開。

別看翠鴛細胳膊細腿兒的，還真挺有力氣。

「儒貝勒，別大聲嚷嚷呀，回頭把您的兄長給喊來了可怎麼好，」翠鴛嬉笑著，「好了好了，不逗了，說正經的。」

「你這種人，還有什麼正經的？」溥儒翻了個白眼。

「您別說，就我這種人吧，有的時候還真就挺有用的，」翠鴛用細細的指尖輕點了一下溥儒的鼻尖，「您不是想送那戲子出去麼？我們兄弟倆呀，可也巴不得他趕緊離開，所以呢……我可以幫您。」

「幫我？真的？」溥儒上下打量了翠鴛一番，想要判斷這人說的是不是實話。

「我為什麼要騙您呀，」翠鴛鬆開了摟著溥儒的手，一聳肩，「那戲子要不在了，王爺不就只疼惜我和晨香兩個人了麼？在我，只有好處沒有壞處。」

「嗯……」溥儒想了想，覺得他說的似乎也有道理，「那就算你說的是真的，你打算怎樣幫我？」

「這個呀，說難也難，但說容易麼，」翠鴛捂嘴一笑，「也容易。」

「快說。」溥儒的興致完全被翠鴛給逗起來了，兩眼期盼地看著他。

「這裡不方便說話，來，您跟我走。」

「去哪兒？」

「怎麼？還怕我會吃了您不成？」

「哼！走就走！」

看著身後亦步亦趨跟著自己的小貝勒爺，翠鴛差點兒沒忍住笑出聲來。

三十五、

得了溥偉的默許，溥儒基本上每天都要到程雨晴這兒來，而且回回都小起碼要待一個時辰。陪著程雨晴說話聊天，或者是聽程雨晴拉胡琴唱戲。

「這……能行麼？」

聽了溥儒的話，程雨晴嚇了一跳。

「怎麼不行，只要你按照我說的做，一定不會有問題的！」溥儒倒是信心滿滿躍躍欲試的樣子，「程雨晴，你信不過我麼？」

「草民怎麼會信不過您，草民是……」程雨晴皺了皺眉，「信不過那位翠鴛公子。」

「他看著的確挺不靠譜兒的……不過他說的話的確在理兒，」溥儒耐心地解釋道，「但凡你離開了，我兄長不就獨寵他兄弟二人了麼。」

「瞧您說的，王爺寵不寵他倆，與草民什麼相干。」

程雨晴苦笑了一下。

「哎呀，總之你就聽我的，」溥儒一拍自己的小胸脯，「我保證，一定會帶你離開。」

「全仗儒貝勒，」微微一點頭，程雨晴琢磨了一下方才溥儒說的一番話，「可是就算您能帶著草民離開這錫晉齋，要如何才出得了王府呢？」

「這個簡單，」溥儒神秘地一笑，「王府廚房的後院兒有個進米糧煤炭的小門兒，平日裡都是鎖著的，翠鴛說到時候他能偷來鑰匙，提前把那門上的鎖給打開。」

「嗯……這個，真的靠譜兒嗎？」程雨晴不由得又問了一句。

「沒事兒，就算到時候鎖沒打開，我一劍就能把那門兒給劈開。」溥儒揮了一下手，做了一個往下劈砍的動作。

「那，您打算什麼時候……」

「明兒晚上。」溥儒湊上前，小聲說道。

「這麼急？」程雨晴愣了一愣。

「怎麼？你不急著走麼？」

「草民確是想要盡快離開……」程雨晴感覺這會兒腦子亂亂的，也理不清個頭緒，只好淺笑著點了點頭，「那便仰仗儒貝勒了。」

「你別那麼不放心，你就想著，明兒晚上你就能見到那個侯小若了。」溥儒不知憂愁地笑著。

侯小若的名字讓程雨晴莫名安下心來，不由得眼眉含笑。

「對了，需不需要我差人去通知一下侯小若，讓他做好準備接你？」溥儒細心地問道。

「不用了，」程雨晴搖搖頭，「草民想看看，若是草民突然出現……他會擺出個怎樣的面孔。」

在腦海裡想象著到時候侯小若吃驚呆愣的模樣，程雨晴竟忍不住笑出聲來。

「看你這樣子就知道，你倆關係一定很好吧？」溥儒的語氣裡帶著一絲羨慕。

「嗯，」程雨晴使勁兒點了一下頭，「我倆從小一起坐科學戲，一起長大，雖說是我師弟，但他一直都很照顧我。」

「真好……」溥儒鼓了鼓腮幫子，「雖然兄長待我不錯，但是畢竟年齡差得太多，而且也不是從小一起長起來的，所以多多少少有些隔閡……」

「您只有王爺這一個兄弟麼？」程雨晴忽然好奇起來。

「我還有一個弟弟，叫溥佑，今年已經三歲了，」溥儒豎起三根手指，「胖乎乎的，可可愛了。」

「是麼？草民好像從未見過這位佑貝勒。」

「佑兒還太小了，平日裡就待在他額娘那院兒裡，也不怎麼出來，」溥儒露出一抹帶著寂寥的笑，「所以我都沒有那種能跟我一起長大、特別親近的人。」

程雨晴實在是忍不住，伸手摸了摸溥儒的腦袋，「一起長大是不可能了，但若是儒貝勒不嫌棄，草民願做聆聽之人。」

「嗯！」溥儒看著程雨晴，眼神都亮了起來，「那等你出去之後，我逮著空兒就找你玩兒去。」

「好呀，」程雨晴也笑了，「您也可以上戲樓去，正經聽我唱一回戲。」

「那定是要去的！」溥儒開心地拍著手掌，「那咱可約好了，不能反悔。」

「與草民這樣下九流的戲子親近，草民只怕儒貝勒會後悔呢。」程雨晴故意拿話逗他。

「我肯定不會！」溥儒翹起右手小指，「你要不信，咱倆拉勾。」

「拉勾便拉勾。」程雨晴也伸出細嫩如筍尖的手指。

兩根手指勾在一起晃了晃，二人都嘻嘻哈哈地笑了起來。

第二天晚上過了亥時，也不知道翠鴛用了什麼手段，原本晝夜守在後院的那幾個護院打手真就不見了蹤影。

溥儒小小的身形隱於夜色之中，貓著腰躡手躡腳地來到了西廂房的後窗戶下面。左右顧盼了一番，他踮著腳伸長了胳膊，輕輕敲了敲後窗的窗稜。

過了好一會兒，只聽得吱呀一聲，程雨晴從窗戶裡探了半個腦袋出來。

「……儒貝勒？」程雨晴幾乎不敢出聲，呼氣般問道。

「我都等半天了，還以為你睡了呢。」溥儒輕聲抱怨道。

「對不起對不起，草民這就出來。」

說著，程雨晴先將一個小包袱扔了出來，然後背轉身，從窗戶裡跳了下來。

「行了，咱抓緊走吧。」

溥儒把小包袱撿起來，塞到程雨晴手裡，拉著他就往後院院牆那邊走去。

後院角落裡長著好幾棵又粗又壯的高大榆樹，繁茂的枝椏一直伸到牆外。溥儒帶著程雨晴來到最裡面的一棵榆樹下，停住了腳步。

「程雨晴，你會爬樹吧？」溥儒扭頭問道。

「草民自是沒問題，儒貝勒能爬樹麼？」

「小看我是不是？」

溥儒微微一笑，伸手抱住樹幹，身手敏捷得像只小猴子似的，三兩下就上去了。他騎在牆頭之上，朝底下的程雨晴招了招手，示意他趕緊上來。

把小包袱往肩頭一挎，程雨晴輕輕一蹦，兩手抓住頭頂一根比較粗壯的樹枝，接著身子順勢一晃，整個兒人就翻了上來，輕飄得似會飛一般。溥儒都還沒弄清楚怎麼回事，程雨晴就已經蹲在了他身邊。

「可以呀你，程雨晴。」溥儒驚訝得合不攏嘴。

「這大戲的基本功可不是白練的。」程雨晴略有得色地笑了笑。

從牆頭上跳了下來，兩人都是高抬腿輕落足，擦著牆邊的陰影處，一前一後往王府廚房的方向疾步跑去。

夜色闌珊，碩大一座恭親王府就像是睡著了一般寂靜無聲。一路小心翼翼地往前跑著，竟都沒有遇到半個人影。正當程雨晴覺得奇怪的時候，溥儒一拉他的袖子，緊接著把他往道旁的草叢裡一推。

「什麼人？」

對面響起人聲，把程雨晴嚇得三魂渺渺七魄茫茫，拼命貼著牆角縮成一團。

「是我。」溥儒擋在程雨晴前面，出聲答道。

「喲，儒貝勒呀，」一見是溥儒，來人趕緊給行禮，「這麼晚了您怎麼跑廚房來了？是餓了吧？」

「沒有，我……睡不著，到處走走，」溥儒揮了揮手，「你歇著去吧，這兒不用你。」

「行，那小的就先回房去歇著了。」

「嗯。」

「小的告退。」

一直看著那人消失在拐角，溥儒這一口氣才算吐了出來。

「程雨晴，你沒事兒吧？」

「……沒，沒事兒。」程雨晴才發現自己哆嗦得不行，腿都軟了。

「快起來，」溥儒伸手拉了他一把，把程雨晴給拽了起來，「就在前面了。」

「欸。」

深呼吸了幾次才好容易穩住了心緒，程雨晴跟在溥儒身後，沿著廚房旁邊的小路繼續往前跑了大概三十幾丈遠，一扇不起眼的小木門就出現在了眼前。

「就這兒，我來看過好幾趟了，」溥儒興奮地跑上前，兩手抓著木門上的鐵鍊搖了搖，眉頭一皺，「怎麼還是鎖著的。」

程雨晴一聽這話，心立馬涼了半截兒。

「那……那怎麼辦？」

下意識看了看高高的王府城牆，想要從這裡翻牆出去，除非有草上飛一般的輕功。

「沒事兒，」溥儒噌一下把自己腰間的佩劍給拽了出來，「別擔心，這種鎖頭我一劍就能給它劈開。」

「……嗯。」程雨晴搓著手，站在溥儒身後緊張地看著他。

「要來咯。」

來回筆划了幾下，溥儒把牙一咬，雙手緊握著佩劍高高舉起。

就在他要往下劈的時候，身後忽然傳來一聲「儒兒」，嚇得他手一鬆，佩劍咣噹一下掉在了地上。

三十六、

溥儒和程雨晴僵硬地轉過身，只見恭親王溥偉面沉似水的站在那裡，除了兩旁幾個舉著燈籠的奴僕，身後還跟著十幾個手持棗木棒的護院打手。人群之中，似乎隱約能看見翠鴛和晨香幸災樂禍的面孔。

搖曳閃爍的火光映照在溥偉毫無表情的臉上，似鬼如魅冷若寒霜。

「不是的！兄長，請容我解釋！」

程雨晴呆若木雞地僵在原地時，溥儒往前跨了兩步，雙手展開擋在了他前面，「是我帶程雨晴出來的，也是我非想要送他出府的！都是我，您千萬不要責罰程雨晴！」

溥儒拼了命地挖空了心思想要替程雨晴開脫，可是溥偉連看也不看他一眼，他的解釋似乎連半個字都沒能送進溥偉的耳朵裡。

「來人，」溥偉的聲音簡直像是從地獄裡傳出來的一般，「送儒貝勒回房。」

「嗻。」

兩個護院應了一聲，閃身上前架起溥儒就跑。儘管溥儒對他們拳打腳踢，但是那些拳腳落在皮糙肉厚的護院身上，根本算不得什麼。

「大膽的奴才！放開我！」溥儒奮力捶打了幾下之後發覺完全無用，絕望又懊悔地望著程雨晴的方向，「程雨晴！！」

溥儒漸行漸遠的哭喊聲終於讓程雨晴回過神來，他愣愣地張了張嘴，「……王爺。」

溥偉半眯著眼睛，看向程雨晴的眼神空空洞洞，似乎不知將魂魄丟在了哪裡。

「為什麼……？為什麼你們一個一個都這樣對待本王？」

「草民……沒……」

程雨晴感覺此刻腦子裡一片空白，驚恐的淚水在眼底越聚越多。

「本王待你們不夠好麼？嗯？為什麼你們一個一個都要背叛本王？」溥偉的聲音越來越高，到最後竟變成了抑制不住的嘶吼，「本王怎麼就留不住你們的心呢！！」

溥偉的話音落於沉沉的夜幕中，消散得無影無蹤。夜風颼颼，扯動著衣擺不安飄擺，而燈籠裡燭花噼啪燃燒的聲響，亦著實叫人心浮氣躁。

「你，就非想要離開麼？」半晌，溥偉嘆息般問道。

「……是。」

也不知自己哪裡來的力氣，程雨晴硬是把這一個字給頂出了唇畔。

「好！」溥偉眼裡唯一那一點光也隱沒了去，手一揮，「既是如此，本王不強留於你，只是……若就這樣任由你全須全影兒地離開，本王以後還要如何管教身邊的人。」

不知該做如何反應的程雨晴掙扎著往後挪了半步，喉嚨乾澀得連口水也咽不下去。

「阿瑪之前怎麼說的來著，」溥偉裝模作樣地摸著下巴想了想，「若是再在府裡看見那污穢之人，就打斷他的狗腿……對吧？」

看著溥偉扭曲的面孔，程雨晴下意識地搖了搖頭，可他想要說什麼還沒能說出來，溥偉已經冷冷地開了口。

「來呀。」

「主子。」

溥偉咬了咬牙，「去，給本王打斷他的腿。」

「嗻！」

「……不，不要……」程雨晴渾身一激靈，往後退到了小門邊，轉過身兩手抓著門上的鐵鍊使勁兒搖著，瘋了似的想要扯斷了鐵鍊逃出這個鬼地方，「小……小若……！」

幾個護院一擁而上，扯胳膊的扯胳膊，拽腿的拽腿，把程雨晴硬生生拖回到溥偉面前。

「放開我！別碰我！」

程雨晴歇斯底里地哭嚷著，掙扎著，卻盡是徒勞。

其中一個護院高高舉起手裡的棗木棒，眼睛看向溥偉，只等他一聲令下，「主子。」

溥偉微微一點頭，那護院手中粗重的棗木棒隨令狠狠砸了下去。只聽得咔嚓一聲骨碎脆響，程雨晴撕心裂肺的慘叫聲驚走了樹梢上做著夢的鳥兒，撲稜稜騰空而起，展翅離去。

「主子，斷了。」

護院單膝跪地，向溥偉回話道。

「嗯，」溥偉看著滿臉都是冷汗混著淚水的程雨晴，心裡卻感受不到半點兒預期中的暢快，他皺了皺眉，「再斷其一臂。」

躺在地上的程雨晴連掙扎的力氣都沒有了，只是蜷縮著身體不停地顫抖。

「嗻。」

為了討主子歡心，護院的手起棒落，將程雨晴的右胳膊也打斷了。這回程雨晴卻只是狠狠呻吟一聲，接著就疼得暈死了過去。

「……死了？」溥偉的身子輕晃了一下。

「回主子，沒死，」護院伸手探了探程雨晴的鼻息，「暈過去了。」

溥偉悄悄地鬆了口氣，看似不耐煩地揮了揮手，「扔出府去。」

「嗻，主子……」護院猶猶豫豫地問道，「扔，扔哪兒？」

「扔出去不就行了！」溥偉瞪了他一眼。

「那什麼……扔在王府外面，不大合適吧？」

「嗯……」溥偉略一沉思，「扔鳴福社戲班兒去。」

「嗻。」

最後看了一眼程雨晴，忽明忽暗的燭火在他毫無半點兒血色的臉上交織出奇異的光影，斑斑跳躍，折射在一行行淚痕上，卻叫溥偉覺得如此耀眼。

「……料得年年腸斷處，明月夜，短松岡。」

一甩衣袖，溥偉扭頭大步離去。

才三更天，侯小若覺得自己剛睡了沒一會兒，就被梅壽林火急火燎地從被窩裡掏了出來。話也沒說清楚，連拉帶拽一路跑著，兩人回到了鳴福社的院子。

來到左耳房門前，侯小若剛想推門進去，就聽見裡面傳來馬鳴未的聲音，令他下意識地將手縮了回來。

「雨晴，到底怎麼回事？」馬鳴未橫眉立目地問道，「怎麼弄成這副樣子？你不是在王府唱堂會呢麼？」

「……給師哥添麻煩了。」

程雨晴只是諾諾應道，對於發生了什麼卻絕口不提。

「你是不是……得罪王府的人了？」

馬鳴未的眉頭擰成了麻花，提心弔膽地問了一句。程雨晴既不點頭也不搖頭，就那麼靜靜地垂首半坐半臥在床榻之上。

「不管怎麼說，趕緊先給找大夫吧。」長爺的聲音裡滿是心疼和擔憂。

「不急，讓他先說，」馬鳴未瞪著程雨晴，「你到底得罪誰了？不會是恭親王吧？」

無論馬鳴未怎麼問，程雨晴愣是一句話也不說。

「你那點子破事兒，說不說我也知道！」也不知怎麼的，馬鳴未突然就急了，「又是方興齋吧又是恭親王吧，還有誰？你敢說麼？你有臉往外說麼？」

馬鳴未的話刺痛了程雨晴，他猛一抬頭，噙著淚的雙眼直直對上馬鳴未的視線，卻倔強地沒讓眼淚掉下來。

「好了好了，少說兩句，這不也沒怎麼著咱們麼。」長爺打著圓場。

「沒怎麼著？等怎麼著的時候就晚了！」馬鳴未一拍桌子，「雨晴，可別說師哥心腸狠，鳴福社上上下下這麼多張嘴等著吃飯，可不能為你一個人損了鳴福社的德行！」

「……鳴福社，還有什麼德行。」程雨晴低垂眼簾，輕聲道。

「你還敢頂嘴！」

「行了！鳴未，」長爺把馬鳴未推到一邊，「趕緊給找大夫吧！」

「找什麼大夫找，」馬鳴未指著程雨晴，「你，不能跟這兒待著。」

「鳴未！」長爺也急了，「他現在這個樣子，你讓他上哪兒去？！」

「長爺，我這可是為了整個戲班兒，您想想，要是他真得罪了王府的人，」馬鳴未手一揮，「還甭說是不是王爺，就算是個普通當差的，咱也惹不起呀！」

「可是……」

長爺還想要說什麼，侯小若一推門，邁步走了進來。

「雨晴我帶走，」一腳踏進屋裡，侯小若語氣平靜地先把話說了，才衝著馬鳴未和長爺抱拳拱了拱手，「長爺，師哥。」

「小若。」

看見侯小若，長爺兩眼都亮了，簡直像是見了救星一般。而站在一旁的馬鳴未卻什麼也沒說，只是皺了皺眉。

侯小若來到程雨晴身邊，眼神溫柔似水地看向他，「咱現在就走。」

「小若……」程雨晴眼裡的淚水再也忍不住，好似斷線珍珠一般滾落下來。

「長爺，師哥，您二位歇著去吧，」侯小若拉著程雨晴的手，輕拍了拍，「雨晴有我照顧就行了。」

「嗯，」長爺放心地笑了笑，伸手在侯小若肩頭拍了兩下，「都交你了。」

「欸，放心吧。」

「雨晴，你好好休息。」

說完，長爺緩步走出屋去。

馬鳴未正想要說什麼，卻被侯小若生硬地給打斷了，「師哥，您早歇著。」

「……嗯。」

黑著臉，馬鳴未不再多說什麼，也轉身離開。

三十七、

「小若，你沒有必要……」程雨晴咬著下唇，泣聲說道。

「有我在，」侯小若抬手，用袖子擦去程雨晴臉上的淚水，「雨晴，打今兒起，你什麼也不用擔心。」

「可我……怕就是個遲累……」

「瞎說什麼，等你養好了，咱倆再一起唱戲，」侯小若淺淺笑著，緊緊拉著程雨晴的手，「告訴你，我乾爹那小院兒可細緻了，院兒裡還有兩棵海棠樹呢，你一准兒喜歡。」

「……嗯。」

才剛擦完，程雨晴的眼淚又撲簌撲簌地滑了下來。

「就待在我身邊兒，」說著，侯小若小心翼翼地將程雨晴輕輕擁進懷裡，「我保證，以後再不叫你哭了。」

「嗯……」

嗅著侯小若身上熟悉的味道，程雨晴終於完全放下了防備。顧不得骨傷的鑽心痛楚，他抱著侯小若發洩一般大哭了起來。

輕拍著程雨晴單薄的脊背，侯小若也不自覺地紅了眼眶。

當晚，侯小若出去雇了一輛騾車，把程雨晴直接拉回了三閨爺的小院，暫時先安置在了自己那屋。然後又請大夫來給診治接骨，跟著還去抓藥、熬藥什麼的。等他都忙活完，程雨晴也吃過藥睡下了，天已經蒙蒙亮了起來。

之後的十來天，侯小若所有的戲都讓三閨爺幫忙頂上，他就留在小院裡一心一意地照顧程雨晴。得著了信兒的白二霜幾乎隔個幾天就來看看程雨晴，而且每回都會帶來一些非常名貴稀罕的補藥。

也不知是不是因為侯小若事無巨細無微不至的照料，程雨晴的臉色日漸紅潤。雖說骨傷還需要長時間靜養，但是任誰都能看出來他恢復得極好，精神頭兒和剛來那會兒簡直判若兩人。

「對了，這些天忙忙活活的還沒告訴你呢吧？」侯小若剝開一顆荔枝，塞進程雨晴嘴裡。

這荔枝也是昨日白二霜帶過來的，說是老佛爺賞了好些給清泰，清泰轉頭就全給了白二霜，自己都沒捨得吃一顆。

「什麼？」程雨晴用舌尖剔出荔枝籽，用手遮著吐在掌心裡。

「前一段兒乾爹忽然問我，說我都二十好幾了，也是不小了，」侯小若邊說，邊繼續給程雨晴剝著荔枝。荔枝的甜汁順著指尖流下來，他把荔枝遞給程雨晴後，伸出舌頭舔了舔，「還真甜。」

「……難道，三閨爺要給你說媳婦兒？」程雨晴愣了愣，接過荔枝的手僵在了半空。

「哈哈哈，我也是這麼問來著，」侯小若拍著腿笑了幾聲，一抬程雨晴捏著荔枝的手，「趕緊吃。」

「嗯，」程雨晴這才把那顆荔枝放進嘴裡，邊嚼邊問道，「那，三閨爺怎麼說？」

「乾爹是問我……有沒有想過自己挑班兒。」侯小若撓了撓頭。

「挑班兒？」程雨晴略微一怔，「你要離開鳴福社麼？」

「其實我也不知道，」侯小若皺了皺鼻子，「我就從來沒想過要自己挑班兒的事兒。」

「嗯……」程雨晴把手裡的荔枝籽放進一旁的碟子裡。

「乾爹說我現在的戲火候差不多了，可以考慮考慮自己掛頭牌，」侯小若看了看剩下多一半兒的荔枝，「還吃麼？」

「不吃了，吃多了上火，」程雨晴搖搖頭，「留一些給三閏爺和福路吧。」

「欸。」

說著話，侯小若把剩餘的荔枝都收拾了起來。

「不過就連我都曾經自己挑了班兒，若是你的話，」程雨晴微微一笑，「一定更沒問題了。」

「哪兒呀，我怎麼能和你比，」侯小若在床沿坐下，拉起程雨晴的手，「你呀不光戲好扮相好，人又好又好看，有的時候我就想吧，要是能有你這麼個媳……」

明明是打他嘴裡說出來的，侯小若竟然把自己給說得臉頰發燙，硬是把後半截話給咽回了肚子裡。

「什麼呀？」程雨晴沒聽清他後面說了什麼。

「……沒，沒什麼。」侯小若臊得滿臉通紅，掩飾一般使勁兒搖了搖頭。

「瞅你那德行，」程雨晴掩嘴笑了，「還掛頭牌挑班兒呢。」

程雨晴一笑，侯小若也跟著笑了起來。

忽的，侯小若像是想起來什麼似的拍了一下巴掌，「差點兒忘了。」

「嗯？」

「雨晴，你先把眼睛閉上。」侯小若神秘兮兮地看著程雨晴。

「為什麼？」程雨晴歪著腦袋問道。

「先別問，乖，眼睛閉上。」

「裝神弄鬼兒的。」程雨晴嬌嗔一句，還是順從地閉上了眼睛。

「別偷看啊。」侯小若用手在程雨晴眼前晃了晃。

「不看不看，快點兒的。」

「嘿嘿嘿，」侯小若搓了搓鼻尖兒，從外屋拿進來一個長條兒的包袱，往程雨晴面前一放，「送你的。」

「嗯？」程雨晴睜開眼睛，看了看那長長的包袱，「這是什麼呀？」

「應該說是還你的，打開。」侯小若滿臉的興奮。

程雨晴笑著白了侯小若一眼，抬手慢慢去解包袱皮。

可才剛撩開一個角兒，程雨晴就愣住了。

「解開，都解開。」侯小若催促道。

又看了一眼侯小若，程雨晴把包袱皮全都解開，露出當年侯小若送給他的那把花紫竹胡琴。

「還以為再也見不著了……」輕撫著琴軸，程雨晴幾乎不敢相信自己的眼睛，「你打哪兒找回來的？」

「就前兩天從華樂樓出來，我見一小孩兒抱著這把琴在當鋪門口探頭探腦的，」侯小若指了指程雨晴抱著就不撒手的胡琴，「我就上去問他，他說煙雨閣倒了之後也沒給他們那班小夥計兒結錢，大家只能在臨走時隨便抄了點兒東西，他呢就拿了這把胡琴。」

「原來是這樣，」程雨晴輕嘆了口氣，「也不知道方爺怎麼樣了。」

「你說方興齋？」侯小若抬眼問道。

「嗯。」

「據說栽了。」

「什麼意思？」程雨晴嚇了一跳。

「你一直在王府裡許是不知道，外頭都嚷嚷動了，好像是有一個叫什麼盛……盛什麼懷的，」侯小若摸著自己的下巴，「接手了方興齋所有的錢莊，還有他其它的生意也都被這個姓盛的給擠兌沒了。」

「盛……盛宣懷？」程雨晴覺得自己好像在哪裡聽過這個名字，卻又怎麼也想不起來。

「應該是吧，說是方興齋的紅頂立馬就被朝廷摘了去，剩下那點兒家產也全都查抄充公了。」侯小若比手划腳地說道。

「怎麼會……」程雨晴眉間微鎖，「我以前受了方爺不少好處，卻在他最危難的時候什麼也幫不上……」

「那些有錢有勢的人不都是這樣，」侯小若攤了攤手，倒是滿臉不在乎的樣子，「那句話怎麼說來著，十年河東十年河西，誰又可能一輩子順風順水的。」

「也是……」

正當程雨晴唏噓之際，譚福路從門外走了進來。

「小若師哥，雨晴師哥，」譚福路衝著二人抱了抱拳，「外頭來了個小孩兒，說要見雨晴師哥。」

「小孩兒？」程雨晴心一緊，「多大的孩子？」

「看著也就七八歲吧。」譚福路想了想，答道。

「難道是……福路，快請他進來！」

程雨晴一手撐著床沿，語氣顯得有些激動。少見程雨晴這個樣子，倒讓侯小若和譚福路都著實驚了一下子。

「欸，我這就去。」

「雨晴，怎麼了？」侯小若上前扶著程雨晴重新坐好，「誰呀？」

「我想大概是……儒貝勒。」

「儒貝勒？」侯小若下意識站了起來，往門外望去。

果不其然，跟在譚福路身後踱步進來並非他人，正是小貝勒溥儒。

「草民拜見儒貝勒。」侯小若看見溥儒進來，趕緊跪了下去。

程雨晴身上有傷，無法行跪禮，只能在床榻之上欠身垂首，「草民見過儒貝勒，儒貝勒恕草民有傷在……」

沒等程雨晴說完，溥儒幾步奔到床前，兩眼淚汪汪地抱著程雨晴的胳膊，「程雨晴，都怪我，都怪我……」

「貝勒？」

站在一旁的譚福路都聽傻了。

「福路，趕緊去給儒貝勒沏碗好茶。」侯小若朝他揮了揮手。

「欸，我這就去。」譚福路一轉身，急急走了出去。

「儒貝勒，您怎麼來了？」

侯小若伸長脖子往屋外瞧了瞧，卻沒看見跟隨的僕從。

「我自己偷跑出來的，」溥儒揉了揉鼻子，「我就想來看看程雨晴。」

「您……您自己一個人來的？！」侯小若不由得一陣陣後怕。

這堂堂大清國的貝勒要是出點兒什麼事兒，誰擔著？

誰知溥儒壓根兒也不理侯小若，一門心思都在程雨晴身上，「程雨晴，你怎麼樣？我聽下人們說，兄長把你的腿給打斷了？」

「接骨的大夫來瞧過了，不礙的，」程雨晴逞強說道，「讓儒貝勒如此擔心，實在折煞草民了。」

「不光腿，胳膊也斷了。」侯小若在旁邊添了一句。

「小若……！」程雨晴瞪了侯小若一眼。

「什麼？胳膊也……」溥儒這才發現程雨晴另一條胳膊上著夾板，纏滿了白布條，「兄長他實在太過分了！」

「誰說不是呢。」

「侯小若！」程雨晴有些惱了，「你就不能少說兩句。」

「……欸，不說，不說就不說。」

侯小若撇了撇嘴，搬了把椅子，坐到窗戶底下去了。

看著溥儒咬著下唇，拼命忍著不哭出來的樣子，程雨晴覺得很是心疼，便伸手握住了溥儒的小手，「儒貝勒，草民已經好多了，真的。」

「真的？」溥儒皺著眉頭望向程雨晴。

「真的，」程雨晴莞爾一笑，「儒貝勒，不知瀅貝勒……回府沒有？」

「阿瑪還在宮裡，」溥儒搖了搖頭，「不過前兩天慶喜回來了一趟，說是宗人府已經放人了，估計再有幾天就能回來。」

「那就好，那就好。」程雨晴終於鬆了一大口氣。

「但是聽慶喜說，老佛爺這回大發雷霆，估計就算是回府也要禁足很長一段時間……」溥儒臉上滿是無奈，「想我也沒辦法經常來看你了。」

「儒貝勒有這番心意，草民已經很是感動，」程雨晴實在忍不住，還是說教了一句，「可是您這樣獨自從王府跑出來，實在太危險，若要真出了什麼事……豈不是叫草民餘生都不得安寧。」

「對不起……」

幾顆晶晶瑩瑩的淚珠終於還是無聲落下，砸碎在床沿。

「儒貝勒。」

「嗯？」溥儒抬起淚眼。

「我，再給您唱一段兒《牡丹亭》吧。」

「……嗯！」溥儒使勁兒抹了一把臉上的眼淚。

「最撩人春色是今年，少甚麼低就高來粉畫垣……」

三十八、

過了芒種，京城的天氣是一天比一天熱。惱人的蟬鳴呱噪不止此起彼伏，更是平添了幾分燥熱。

吃過了早飯，壽字科的小哥兒仨和何福山相約去看程雨晴。這才剛出了內院，就看見馬鳴未懷裡鼓鼓囊囊地也不知揣了什麼，神色略顯慌張地往外走去。

「師哥。」

「鳴未師哥。」

眾人紛紛出聲和馬鳴未打招呼，卻沒想到竟嚇了他一跳。

「……呃，是你們幾個，」馬鳴未下意識抱緊了懷裡的東西，「哪兒去？」

「我們去看看雨晴師哥。」

「又去？」馬鳴未打了個咂舌，「都不用練功了是吧。」

「我們這不就是過去讓雨晴師哥給說說戲嘛……」梅壽林輕輕皺了皺眉，「倒是師哥您。」

「我？我怎麼了？」馬鳴未把身子往另一邊側了側。

「您就不去看看雨晴師哥嗎？」

「……你們去就行了，」馬鳴未將臉扭開，視線微垂，「代我向他問個好。」

「欸，」聽他這麼說，梅壽林也只能點點頭，「師哥……」

「嗯？」

「您……這麼一大早，去哪兒呀？」

「你管我呢，」馬鳴未遮掩般瞪了梅壽林一眼，「我有應酬，先走了。」

說著，馬鳴未也沒等梅壽林回話，抬腳就快步走了出去。

「不是我說你，多那一句嘴有意思麼？」杜壽蘭拍了拍梅壽林的肩膀，「誰還不知道他是去耍錢呀。」

「唉……」梅壽林看著馬鳴未離開的方向，大大嘆了口氣，「這鳴福社呀，還不知道會變成什麼樣兒呢。」

「行了行了，咱們也走吧。」何福山催促道。

「嗯，走了走了。」

幾個人邊走邊說說笑笑，路過早點攤子時還順手買了點兒油餅豆漿什麼的。因為其實離著也不算太遠，不過一炷香的功夫就已經來到了三閏爺的小院前。

「哥兒幾個來啦，」譚福路笑臉盈盈地迎了出來，上前就先搭住何福山的肩膀，「咋兒我那戲怎麼樣？」

「太可以了！你都有三閨爺跟你搭戲了，還能不可以麼。」何福山語氣酸酸地說道。

「嫉妒了是不是，嘿嘿嘿，」譚福路用拳頭搓了搓何福山的腦門，笑道，「下回我把三閨爺的竅門兒都偷偷教給你。」

「我可當真了，你千萬別食言。」何福山樂了。

「那是那是，」譚福路招呼著幾人往屋裡走，「來來來，都上屋裡坐。」

「我直接上雨晴師哥那兒去吧，我的《鎖麟囊》還是有點兒不順，想要他再給我看看。」梅壽林指了指程雨晴住著的那屋。

「那我也去，」壽字科專工花旦的齊壽竹說道，「我還有想問的呢。」

「咱先都去給三閨爺請個安，你倆再去雨晴師哥那兒。」

「欸，行。」

說著，譚福路大手一揮，把大家夥兒嘻嘻哈哈地都給推到正屋裡去了。

「好像是壽林他們來了。」程雨晴往窗外張望了一下。

「嗯，先不管他們，」侯小若少有的抓著桿筆，在桌子前比比劃劃，「你先看看我寫的這個。」

說罷，侯小若把筆擱在一邊，輕輕抖了一下鋪在桌面上的宣紙，捏著上端的兩個角豎著拎了起來，手舉得高高的。

「嗯……若，晴……若晴？什麼意思？」程雨晴艱難地辨認了一番宣紙上歪七扭八的字，抬頭問侯小若。

「且不說我會不會自己挑班兒，」侯小若有些興奮地坐到程雨晴身邊，把宣紙擺在他面前，「若是有一天我真掛頭牌了，我的戲班兒總得有個響亮的名號吧。」

「嗯，所以呢？」

「所以呀，我想了好幾天，」侯小若拍了拍那張宣紙，「就是它了！」

「若晴……社，」程雨晴忽然品出了這兩個字的意思，紅著臉將視線挪開，「就，就你那兩筆字兒，還不如讓三閨爺替你寫呢。」

「我又不是讓你看字兒，」侯小若用肩膀頂了頂程雨晴，「這名字，怎麼樣？」

「什麼……怎麼樣……」程雨晴咬著下唇白了他一眼。

「你平時不是挺聰明的麼，這也看不出來，」侯小若笑著摟住程雨晴的肩頭，用力晃了晃，「若，就是我侯小若的若，晴呢，就是你程雨晴的晴，如何？」

「你挑班兒掛頭牌，幹嘛把我的名字也寫進去。」

程雨晴嬌嗔道。

「若是沒有你在我身邊兒，我還挑什麼班社掛什麼頭牌，有命活著就不錯。」

「又瞎說。」程雨晴伸手捶了侯小若一下。

「真的呀，」侯小若順勢將程雨晴的手包在自己掌心裡，「你都不知道，就你在王府那陣兒，我幹什麼都沒心思，一天到晚就想著怎樣才能給你弄出來。」

「你……沒有惱我？」程雨晴歪著頭看向侯小若。

「我惱你做什麼？」侯小若倒不明白了。

「我……我不聽你解釋，也不願意見你……還，說了那麼些過分的話……」程雨晴越說聲音越小。

「那算什麼，」侯小若張開雙臂，摟著程雨晴的肩膀，「我的確是當著那麼些人的面兒打了你，無論什麼理由也好，就是我不對！你惱我，該。」

「小若……」

「但是我保證，以後一定會好好照顧你，再也不會叫你哭了。」侯小若環住程雨晴的身子，輕輕拍了拍他的背。

「……嗯。」

幾滴溫熱從侯小若肩膀的衣服上滲了下去，灼在皮膚上，卻暖得不可思議。

「欸，你倒是說說，這名字究竟怎麼樣？」侯小若忽然又想了起來。

「……小若，」程雨晴猶豫了一下，「你說要不要……把師哥的名字也放進去？」

「什麼玩意兒？」侯小若瞪圓了眼睛，「憑什麼！他不都有鳴福社了嗎？」

「咱們，畢竟都是從小一起長起來的……」

「他那麼把你趕出來，你還想著他？」侯小若氣得嘶一下站了起來。

「小若，」程雨晴趕緊伸手拉住侯小若的手腕，央道，「咱們仨都在一起這麼多年了，哪兒有什麼隔夜仇呢。」

「你要跟他好是你的事兒，可別把我算進去！」侯小若實在氣不過，抓起床邊的宣紙呲啦一下撕成了兩半，「他是個什麼樣的貨，你我心知肚明，要把他的名字跟我排在一起？我丟不起那個人！」

嚷嚷了一通，侯小若依舊覺得火氣直往胸口頂，又不想再和程雨晴吵，只能氣哼哼地往外走去。

「小若！」

不管程雨晴怎麼喊，侯小若頭也不回地大步流星走了出去。剛好這時候梅壽林和齊壽竹從正屋出來，一腳門裡一腳門外，撞了個正著。

「欸，小若師哥，雨晴師哥喊你呢吧？」

「有嗎？」侯小若故意裝傻，「我怎麼沒聽見，你倆是要找雨晴吧？進去吧。」

邊說著，侯小若與他倆擦肩而過，緊走幾步進了正屋。

「怎麼回事兒？」齊壽竹瞅了一眼侯小若的背影。

「誰知道他倆，」梅壽林淺笑道，「不用擔心，總這樣。」

「也是。」

「走吧，咱瞧瞧雨晴師哥去。」

「欸。」

滿面烏雲，侯小若氣鼓鼓地進了正屋，一句話也沒說就一屁股坐在了桌前，弄得坐在屋裡的另外四個人面面相覷。

「怎麼了？小若，」三閏爺問道，「又和雨晴拌嘴了？」

「哼。」

本想抱怨兩句，可侯小若憋了半天還是什麼也沒說出來。

「雨晴師哥好歹是個病人，小若師哥你就不能讓讓人家麼？」杜壽蘭淺笑著調侃道。

「他不是病人，我才是病人，」侯小若翻了個白眼，抓起桌上的水壺給自己倒了一大碗茶，「被他給氣病的！」

「好了好了，小若，你這爆脾氣是得收斂收斂，」三閏爺用手指了指侯小若，「好不容易把雨晴給接回來了，怎麼有事兒沒事兒就要拌兩句嘴。」

「乾爹，您都不知道怎麼回事兒，怎麼就先責怪我呀。」侯小若委委屈屈地抓著茶碗，咕咚咕咚灌了好幾口茶下去。

「難道雨晴那麼好的孩子，還能欺負你不成？哼。」三閏爺也端起茶碗喝了一口。

「除了他，還有誰能欺負得了我……」侯小若不服氣地小聲嘟囔了一句。

「欸？話說回來，今兒怎麼又只有你們幾個？」譚福路用手肘撞了一下身旁的何福山，「壽字科另外那倆最近忙什麼呢？」

「其實……今兒就是想跟小若師哥說說這事兒來著。」杜壽蘭的眼神黯淡了下去。

就連坐在一旁的何福山的臉色也變得有些難看，皺著眉抿了抿嘴唇。

「那什麼，」未曾開口，杜壽蘭先是艱難地咽了口口水，「小若師哥，您……聽說過，站條子麼？」

「站條子？當然聽過啊，」侯小若漫不經心地答道，「怎麼？你小子想去站條子嗎？」

「我，我怎麼可能做那種事情！」杜壽蘭一張鵝蛋臉臊得通紅，「是鳴未師兄……」

「啊？鳴未師兄站條子？！」

聽了這話，侯小若和三閏爺都瞪圓了眼睛。

三十九、

「哎呀！」杜壽蘭急得跺了跺腳，「你能不能聽人把話說完了。」

「倒是快說呀！」侯小若坐正了身子，直瞪著杜壽蘭。

「是，是鳴未師哥……讓我們去站條子……」

杜壽蘭低垂著腦袋，雙手緊握成拳，指甲把掌心勒出一道道血紅的印記。

「什……什麼？！」侯小若頓時火冒三丈。

「鳴未他，」三閏爺也鎖緊了眉頭，「為什麼要這麼做？」

「鳴未師哥現在不但抽大煙，還要錢……」何福山臉色鐵青，「寶局子討賬的人都來過好幾趟了。」

「可是，可是鳴福社這幾個月的進項不是都挺多的麼？」侯小若急得拍了拍桌子，「還不夠他抵賬的？」

「都抵進去了，全都抵進去了，」杜壽蘭猛的一抬頭，眼裡滿是屈辱的淚，「就我們戲班兒掙的那點兒銀子哪兒夠填寶局子那種無底洞的！那都是吃人肉喝人血的地方啊！」

「那……那鳴未師哥為什麼還要去？難道十賭九輸這道理他不懂麼？」

「他總想著這一把贏了就能翻了本兒，結果卻越賭越大，越借越多……」何福山咚一拳砸在桌面上，「我們都好長時間沒有拿過戲份了。」

「據說小師娘那屋能偷出來換成銀子的東西，他都已經偷空了，所以……這不就打起我們的主意來了麼。」眼淚順著杜壽蘭的臉頰滑了下來。

「別答應他呀！他要出去的錢讓他自己負責！」侯小若臉都氣白了，大聲嚷嚷道，「你們都已經是出了科的，為什麼還要聽他的？！」

「說是如果我們不去，就讓那些更小的孩子們去……」說到這裡，杜壽蘭已是泣不成聲，「他們才多大呀……我們做師叔的，怎麼忍心讓他們去受那種罪……」

「之所以壽梅和壽菊總是來不了這邊兒，就是因為……因為，」何福山的聲音裡也透出了些許哭腔，「因為他們被那些達官顯貴的有錢老爺們選上，陪著……去府上了。」

「混蛋！」侯小若使勁兒甩了甩手，「都別哭了，我下午就上戲樓找他去！若是真要像你們說的那樣，看我不揍扁了他！」

「小若，你去是去，記得好好說話兒，」儘管三閏爺的臉色也很是難看，但還是囑咐了侯小若一句，「別一上來就那麼衝。」

「知道了，乾爹。」侯小若咬牙切齒道。

「可千萬別說是我們告訴您的。」杜壽蘭有些擔憂地看向侯小若。

侯小若僵硬地點了點頭，忽的，他好似想起什麼來一般站起身，一聲不響就要邁步往屋外走。

「小若師哥，您上哪兒去?」杜壽蘭趕緊上前拉住他的胳膊。

「我要去告訴雨晴!」侯小若一瞪眼，「讓他還一直以為馬鳴未是什麼好東西!」

「別呀!」杜壽蘭使勁兒拽住他，「告訴雨晴師哥做什麼?」

「讓他也明明白白，馬鳴未是個什麼貨!」侯小若用力掙開杜壽蘭的手，還要往外走。

杜壽蘭急了，上去就抱住了侯小若的腰，「不行!您不能去!」

「為什麼呀?!」

「這樣的事兒，我能開口告訴您就已經是羞臊了面皮，還要讓多一個人知道嗎?」杜壽蘭死命抱住侯小若，說什麼也不撒手，「求求您了，我們可還要臉吶!」

「可……可雨晴又不是外人。」侯小若有點兒傻眼。

「小若師哥，您還是聽壽蘭一句，別去告訴雨晴師哥了。」

何福山也站了起來，眉間微皺。

「你怎麼也這麼說啊。」

「您想啊，雨晴師哥本就是個心重的人，要是他知道了這事兒……」何福山頓了頓，接著說道，「急也能把他給急死，愁也能把他給愁死啊。」

「呃……也是。」

不自覺地望了一眼程雨晴那屋的方向，侯小若垂頭喪氣地又坐了回來。

「等你能把這事兒了了再說吧。」三閏爺拍了拍侯小若的肩膀。

「欸。」

挑了一天自己休戲的日子，侯小若故意誰也沒有告訴，獨自一人在晚場開始之前走進了久違的華樂樓。

儘管離開戲還有差不多三刻左右，戲臺口那邊就已經站著三四個扮上了的大青衣，個個兒都是神情複雜，似乎連手都不知道該往哪兒擱。戲臺底下則坐著幾位衣著鮮亮打扮入時的看客，正邊喝著茶邊手捻鬍鬚地對那幾個大青衣品頭論足，望向他們的眼神就像是在看著櫃台裡出售的貨品一般。

侯小若的臉色黑得嚇人，不自覺地捏緊了拳頭，一扭頭往後面走去。

「小若，久沒見了，」舒爺看到侯小若打賬房門前過，趕緊迎了出來，「一向可好哇?」

「舒爺，」侯小若抱拳拱了拱手，「托您的福，還能吃口飽飯。」

「太謙虛了，」舒爺笑道，「你今兒個怎麼有空過來？我聽馬班主說，你這幾個月都在廣和樓不是麼？」

「是，我今兒過來的確是有點兒事兒，」侯小若邊說，邊把舒爺拉到一旁無人的角落裡，「舒爺，外頭那碼子事兒，您知道麼？」

「嗯？什麼事兒？」舒爺似乎沒明白侯小若在問什麼。

「前面那幾個壽字科的，」侯小若咬了咬牙，「是站條子呢麼？」

「呃……」舒爺一時語塞，也不知該如何回答才好。

侯小若察言觀色，一挑眉，「這麼說您知道？您……您怎麼能答應讓他們去站條子呢！」

「這，這怎麼能是我答不答應的事兒，」舒爺一副有苦說不出的樣子，「都是馬班主的主意呀。」

「您要是不點頭的話，誰敢在您這華樂樓裡站條子？！」侯小若不依不饒地問道。

「我……我那也是沒辦法呀。」

舒爺說著，就要轉身往賬房走，似乎壓根兒也不願意提及此事。

「怎麼沒辦法？為什麼會沒辦法？」侯小若上前一把扯住舒爺的胳膊，「您到底有什麼苦衷，怎麼就不能說呢？」

「哎呀……」舒爺略微一掙，甩開了侯小若的手，「你知不知道你們馬班主在外頭欠了人多少銀子？」

「欠寶局子嗎？不知道。」侯小若皺著眉搖了搖頭。

「這個數！」舒爺伸出三根手指，在侯小若眼前晃了晃。

「三百兩？」

「三千兩！」舒爺壓低了聲音，「三千兩啊，就一百個鳴福社抵給人家都不夠！」

「三……三千兩。」侯小若頓時就懵了。

「前一段兒，那寶局子的人還上我這兒來了，怎麼轟都不走，非要馬班主把錢給還上，」舒爺苦著一張臉，「之後馬班主就出了這麼個主意，說若他能盡早把錢還上，也是為了我華樂樓好……」

「……給您添麻煩了，舒爺。」

侯小若頭垂得低低的，聲音也低低的。

「都不容易，小若，你要是能幫幫馬班主的話就趕緊伸把手吧，我也屬實不忍心看那些孩子們……」說到這裡，舒爺都有些哽咽了，「唉……」

「我現在就去找師哥，」侯小若衝舒爺深施一禮，「我絕對不會讓壽字科哥兒幾個為了他這麼活遭罪！」

「有話兒好好說，好好說啊，」朝著侯小若的背影，舒爺無可奈何地喊道，「小若，可千萬好好說！」

告辭了舒爺，侯小若大步邁進了後台，捺著寒氣兒四下尋找著馬鳴未身影。轉過兩排桌子，侯小若一眼就看見馬鳴未正坐在角落裡，自顧自地聞著鼻煙。

看著他那副德行，侯小若就火不打一處來。緊著幾步上前，拽住馬鳴未就往華樂樓的後門方向走去。

「幹什麼你！拉拉扯扯的，」一出了後門，馬鳴未用盡力氣甩開侯小若的手，「吃錯藥了你？！」

侯小若反手一拳堪堪擦過馬鳴未的臉側，砸在他身後的木牆上，「是不是你，讓壽字科哥兒幾個去站條子的？」

「你，你聽誰說的？」馬鳴未瞪圓了眼睛。

「還用得著聽誰說？我自己不會用眼睛看嗎！」

「我……我，」馬鳴未結巴了起來，「這不也是，迫不得已嘛！」

「什麼叫迫不得已？啊？！」侯小若眉毛都立了起來，「你耍錢耍輸了，便要那些孩子們去站條子為你還債？你還是個人嗎？！」

「也，也不光是為了我呀，」馬鳴未眼珠一轉，義正嚴辭了起來，「最近來咱鳴福社學戲的孩子越來越多，吃喝拉撒睡，哪一樣不要錢？你又不是不知道，在這幫小崽子能正式登台以前，小起碼得吃三四年的閒飯！這些銀子哪裡來？！」

「放你娘的屁！」侯小若又一拳砸了下去，砸得木牆發出清脆的破裂聲，「剛入科那些孩子們的挑費，都是能登台的孩子掙出來的！再加上這幾年我們攢下來的銀子，別說養活十幾個孩子，就算養活七八十個都沒有問題！」

「要說夢話還早了點兒！」馬鳴未也火了，低吼道，「不當家不知柴米油鹽貴，你懂什麼！」

「不管怎麼樣！也不能讓你自己的親師弟們去站條子啊！」侯小若吼了回去。

「哼，站條子怎麼了？多大點兒事兒，」馬鳴未一副你能奈我何的嘴臉，「他們誰也沒說不樂意啊！」

「那哥兒幾個誰他媽敢在你面前說不啊！你個無情無義狼心狗肺的東西！」

說著，侯小若一手抓住馬鳴未的領口，另一隻手掄起拳頭就要揍向馬鳴未。原本馬鳴未是縮著脖子閉上眼，咬緊了牙關等著受他這一拳的，但是沒想到拳頭剛到他鼻尖，卻不知為何突然停了下來。

四十、

沉默了許久，侯小若放開了馬鳴未，兩手無力地垂了下去，在身體兩側微微晃了晃。

「我要離開鳴福社。」侯小若低聲說道。

「什麼？！」馬鳴未嚇了一跳。

「我說，我要離開鳴福社，」侯小若抬頭看向馬鳴未，眼神裡滿是嫌惡，「我要自己挑班兒。」

「哈！」馬鳴未冷笑一聲，「哦哦，翅膀硬了會飛了是吧！」

「是，」侯小若直率地點了點頭，「十六歲那年我出科就應該離開，到後來師父沒了，如今你又把雨晴給轟了出去，我實在找不到理由留下。」

「好，好啊！」馬鳴未咬牙切齒地看著眼前這棵搖錢樹，「你是角兒了，鳴福社留不住你了！滾吧，你滾吧！」

侯小若最後看了馬鳴未一眼，一抱拳。

「保重。」

大概也就不過十天的功夫，三閏爺幫著侯小若在皈子廟胡同的另一頭賃了間三進的院子。除了倒座房之外還有九間屋子，寬敞豁亮，舊是舊了點兒，倒也十分四致。

待一切都收拾妥當之後，侯小若帶著程雨晴，還有譚福路就都搬了進去。侯小若想讓三閏爺也一起搬過來，原本老頭兒說什麼也不願意挪窩，侯小若央求了好些日子才終於鬆了口。

這天的天氣難得清爽，並不感覺熱得那麼難受。驕陽似火的光線多數被軟軟的雲層給遮了去，好容易能透下來的幾縷也被砍去了一半兒的道行，頂多能讓人腦門上沁出一層細細的白毛汗罷了。

今兒個侯小若心情極佳，就連平常煩人的蟬鳴聲在他聽來，竟也是如此悅耳。

雖說這新賃的院子算不得小，但是內院裡丫丫叉叉地站了十好幾個人，再加上院子中間擺放的一張大香案，就著實顯得有些擁擠了。

三閏爺先是帶著這一班小輩兒焚香祭奠過祖師爺，挨個兒排好都規規矩矩地磕完了頭。接著便由侯小若領著，大家夥兒一起擁擁簇簇來到院子的大門外。

「來，小若，」三閏爺笑容滿面地抬手指了指掛在院門上方被紅布蓋著的牌匾，「去吧。」

「是，乾爹。」侯小若朝著三閏爺抱拳拱了拱手。

譚福路和何福山哥倆兒抬過來一架長梯，滿眼期盼地扭頭看向侯小若。

抬腿一踢，侯小若將踢起來的長衫前擺拽起來，塞在腰間，然後麻利地噌噌幾步就爬了上去。他伸手抓著紅布的一角，又往下看了看眾人。

「各位！瞧好了！」

侯小若用力往下一扯，紅布飄落，露出了牌匾上赫然寫著的三個大字——「若晴社」。在一旁等了半天的梅壽林和杜壽蘭趕緊把事先準備好的鞭炮給點著了，兩掛鞭炮齊響，震耳欲聾、喜慶非凡。

鞭炮聲聲中，眾人不由得一起抬頭看向那牌匾，幾乎每個人臉上都是喜笑顏開的。侯小若自是滿臉藏不住的興奮，而程雨晴卻是神情複雜地勉強扯出一個淺笑。

「雨晴！」侯小若快步跑到程雨晴身邊，一摟他的肩膀，「瞧瞧，咱終於有自己的班社了！」

程雨晴靜靜地點了點頭，「嗯。」

「可喜可賀呀，小若！」三閆爺用力地拍了兩下侯小若的肩膀。

「謝謝乾爹，」侯小若樂得都快要合不攏嘴了，「乾爹，不瞞您說，其實呢……我有一事相求。」

「哦？你說。」

「您看我這也是大姑娘上花轎，頭一回自己挑班兒掛頭牌，所以吧我就想……」侯小若撓著頭訕笑了一下，「想請您老人家來當咱若晴社的社長，不知您意下如何？」

「嗯……」三閆爺略微一沉思，並沒有馬上就答話。

侯小若生怕三閆爺不答應，趕緊接著勸道，「乾爹，您就我這麼一個兒子，雖說是義子吧咱爺倆可比親父子還親吶！您老好歹也得照應照應，給捧捧場不是？」

沒想到三閆爺還是沉默著不說話，侯小若急得汗也下來了，看了看三閆爺又看了一眼站在一旁的程雨晴，用眼神示意讓他也幫忙說說情。

「三閆爺，小若都這麼求您了，您就委屈委屈，幫幫他唄。」程雨晴柔聲淺笑道。

「是呀，三閆爺，」譚福路也湊了過來，幫腔道，「少了您，咱們可沒有主心骨兒啊。」

「乾爹……」侯小若眼巴巴地瞅著三閆爺。

「……好！」三閆爺一拍巴掌，哈哈笑了起來，「不光我來給你小子的戲班兒做社長，我還要給你帶幾個頂好的場面過來！」

「那感情好呀，」侯小若懸著的一顆心終於放了下來，他朝著三閆爺一揖到地，「多謝乾爹！」

「你既是我由三閆的義子，」三閆爺半開玩笑地說道，「那就必須要成為紅遍整個兒京師的好角兒！哈哈哈哈。」

「得咧！乾爹，您就瞧好吧！」侯小若春風得意地朝程雨晴喊道，「雨晴，你可得趕緊好起來！等你好完全了，你就是若晴社的頭牌旦角兒！」

「……嗯。」

看著這一老一小沒心沒肺地樂著，程雨晴默默地往後退了兩步，神情淡淡地看著喜氣洋洋的侯小若，心裡頭藏著的千絲萬縷，卻怎麼也理不出個頭緒來。

像往常一樣，才剛五更天馬鳴未就早早地爬了起來，稍微梳洗了一下之後，他捧著自己最心愛的那隻紫砂茶壺，邊小口嘬著茶，邊站在正屋門前的廊下看著大家夥兒開始練早功。

看著看著，馬鳴未忽然覺得好像有點兒不大對勁。他不動聲色地數了數聚集在院子裡大大小小的孩子，果然人數對不上。

「小伍，過來。」馬鳴未不動聲色地招了招手，把離著最近的一個男孩給叫了過來。

「師父，您喊我。」這個被稱作小伍的孩子看起來也就不過十一二歲的樣子。

「我問你，你壽字科的師叔們都哪兒去了？」馬鳴未微皺著眉頭，「是還沒起嗎？」

「呃……」小伍臉上露出為難之色。

「怎麼了？說。」

「師父，他們……」小伍撇了撇嘴，「他們今兒個一早天還沒亮就都走了。」

「走了？」馬鳴未一怔，「走哪兒去了？」

「說是上小若師叔那裡去了。」小伍老實地回答道。

「什麼？！」馬鳴未差點兒失聲喊了出來。

「師叔他們說，已經按照關書在這兒唱夠了七年，早就是時候該出科了。」

小伍並沒有察覺到馬鳴未臉色的變化，還一勁兒說著。

「……好，」馬鳴未咬緊了後槽牙，閉了閉眼，「你回去練功吧。」

「欸。」

脆聲應了一句，小伍轉身跑開了。

雙眼無神地不知道在看著哪裡，馬鳴未的臉上雖然沒有作出過多的表情，但是手指卻因為過於用力而使得關節喀喀作響。

忽的，他的眼角餘光掃到了坐在正屋門前的長爺，躊躇了半天，還是按耐不住地抬腳走了過去。

「長爺。」馬鳴未的臉色著實有些不好看。

「鳴未呀，」長爺還是一如既往地掛著虛無縹緲的淺笑，「有事兒？」

「長爺，不知您有沒有發現，」馬鳴未指了指在院子裡練功的孩子們，「壽字科的都不見了。」

「是呀，」長爺瞇縫著眼點點頭，「不光是壽字科的，還有福山和另外幾個剛出科的，都一塊兒走了。」

「您，您知道他們去哪兒了麼？」馬鳴未壓了壓火氣。

「小若挑班兒，他們就都過去了，」長爺搖著手裡的蒲扇，「昨兒晚上他們來告訴我的，還給我磕了頭才走的。」

「您知道？！」馬鳴未不由得嚷了出來，不過他馬上發現自己這一嗓子引得孩子們都往這邊看過來，立刻把聲調降了下去，「您既是知道，為什麼不來告訴我？」

「告訴你又能如何？」長爺慢條斯理地答著話，「你能說服他們不走麼？」

「當然了！」

「哈哈哈哈，」長爺乾澀地笑了幾聲，「得道者多助，失道者寡助，這你都不懂？失了人心，誰還願意為你賣命？」

「您……！那也不能叫他們就這麼走了呀，鳴福社怎麼辦？」馬鳴未臉都氣紫了，「您老就一點兒也不擔心嗎？」

「鳴未啊，我早就跟你說過，」長爺用蒲扇指了指馬鳴未的心口，「這人心吶，一定要放正了，你為什麼不聽呢？」

「現在說這個還有什麼用！」馬鳴未原地轉了兩圈兒，「他們都走了，誰去唱戲？誰去站條子？我欠的那些賬要怎麼還！」

「早知今日事，悔不慎當初，」長爺輕輕搖了搖頭，也不看馬鳴未，喃喃道，「遲了，遲了哇。」

「沒用的老東西……」馬鳴未恨恨地小聲嘟囔了一句。

「都瞧著點兒，要變天兒了。」

長爺忽然以扇指天，啞著嗓子大聲說道。

「哼！」

一甩袖子，馬鳴未抓著手裡的紫砂壺，大步離開。

這段時間除了廣和樓之外，侯小若的戲班若晴社又接下了城東廣晟樓的晚場。又要唱戲又要教功，把個侯小若忙得暈頭轉向，要是沒有三閏爺和程雨晴幫著他，估計早就累躺下了。

雖說廣晟樓剛開張沒多久，但是侯小若和三閏爺的名氣在這兒擺著，來聽戲的人還真是不少，可以說三十天有二十八天都是賣滿座兒，另外兩天天兒不好，也能上到七八成。

是夜，廣晟樓門前貼出的水牌上大大地寫著《戰宛城》三個字，緊挨著下面就是侯小若、梅壽林、譚福路等人的名字。來看戲捧場的人簡直就是烏泱烏泱地擠著往戲樓裡走，一時間人聲鼎沸、門庭若市。

在院子裡修養了仨月多，程雨晴實在也是憋得難受，於是這天便一起跟著來廣晟樓瞧瞧。雖說不能上台，但是有他在，不僅侯小若開心，就連梅壽林哥兒幾個也都覺得安心不少。

四十一、

開鑼戲唱完之後，就該是侯小若壓箱底的曹操戲《戰宛城》了。

沒等鑼鼓場面響起來，戲臺底下的看客們就非常自動自覺地靜了下來，連嗑瓜子的動靜都聽不見了。似乎這整一棟廣晟樓，都在期盼著侯小若的出場。

因為程雨晴尚未痊癒無法登台，所以今兒的鄒氏就派給了梅壽林。開鑼之後，程雨晴就一直靜靜地站在上場門旁，面無表情地看著戲臺上「你唱罷來我登場」一折接一折的大戲，聽著戲臺下看客們一聲賽過一聲高的叫好聲。

此刻，《戰宛城》正好是侯小若的曹操和梅壽林的鄒氏唱到牌樓遇曹那段兒。鄒氏眼中春情流轉地在牌樓上撫著琴，曹操猛一抬頭，不由得被鄒氏的美貌攪得心神蕩漾。

侯小若將手中的扇子一收，衝著戲臺下一攤手，

「呀……！」

那入骨三分的神情和滴水不漏的身段兒，立刻引得戲臺下的觀眾哄堂大笑了起來，叫好聲中還伴隨著幾嗓子「活曹操、真孟德」的喊聲，喊得侯小若心裡那叫一個痛快。

接著，這位曹操又趕緊轉回身去，細細端詳著牌樓之上貌美如花的俏嬌娘。

「見婦人站門樓美貌無雙……」

侯小若日益精湛的唱腔和細緻到位的身上，哪怕是最刁鑽的看官都不由得拍著手掌連連叫好，看得是如痴如醉。

戲臺上下都是一派熱鬧景象，唯獨站在上場門這邊的程雨晴卻愈發安靜，一雙好看的眸子好似無底深潭，寒氣森森。當戲臺上的鄒氏唱到，「見此人與老爺相貌一樣，金花帽相魁梧定是英豪」時，程雨晴下意識地張了張嘴，用自己都幾乎聽不到的聲音跟著一起唱著。就這麼無聲地唱著唱著，兩行失了溫度的淚水毫無預警地由程雨晴的腮邊滾下，倒把他自己給嚇了一跳。

當晚散了戲之後，侯小若滿頭大汗地走進後台。程雨晴淺淺笑著迎了上去，伸手接過侯小若手裡的髯口。

「怎麼樣？棒吧？」侯小若將髯口遞給程雨晴，忙不迭地問道。

「嗯，辛苦了。」

看見程雨晴點了頭，侯小若就好像吃了蜜一般心裡甜絲絲的，「不辛苦不辛苦，再唱個兩場都盯得住，嘿嘿。」

侯小若嬉笑著捏了捏程雨晴軟若無骨的手，徑自在銅鏡台前坐了下來。程雨晴也跟了過來，先幫著侯小若掭了頭，然後又接過他脫下來的行頭，掛到一邊晾著。

就在這功夫，梅壽林也走了進來。

「小若師哥，雨晴師哥，辛苦辛苦。」梅壽林笑著朝兩人道了聲辛苦。

「你辛苦，」侯小若回頭揮了一下手，然後就對著銅鏡開始卸妝，「多虧了有你指點他，壽林這段時間長進還真快，難怪外頭都叫他小程雨晴呢。」

「什麼小程雨晴，是他自己用功。」程雨晴說話的語氣淡淡的，聽不出來情緒的變化。

「蹺功也好，身段兒什麼的都不錯，」侯小若用草紙擦拭著臉上的油彩，「就是表情眼神上還差著點兒，你說呢？」

「嗯，是啊。」程雨晴背對著侯小若，似乎在整理

著行頭。

「壽林這孩子悟性真不錯，說不定呀，很快就能獨當一面了。」

「嗯。」

「回頭你多抽功夫給他說說戲吧，還能再更好。」

侯小若自顧自地說著，並沒有發現程雨晴有什麼不對勁。

「欸。」

隨口應了一句，程雨晴抱起整理好的行頭，轉身往門外走去，傷過的那條腿隱約有些拖沓。

夜裡吃完了宵夜回到住處，大家夥兒連聊天兒的力氣都沒有了，各自洗洗就都去睡了。不大會兒，各屋都傳來此起彼伏的呼嚕聲。

又過了大概二三刻的樣子，程雨晴住著的那間屋子忽然亮起了一盞幽幽暗暗的燭光，在沉沉的夜色中很是顯眼。程雨晴湊到窗前往外看了看，確認院子裡都靜了下來，於是便輕輕地把房中的桌椅都挪開，空出了一塊場地。

綁好了蹺鞋，程雨晴先是深深吸了一口氣，然後起範兒，兩手垂於身側輕甩著快速往前邁了幾步，手搭頭上虛有的珠花，然後作絹帕拭面狀。

「暮春天日正長，」程雨晴帶著身段兒，邊唱邊微微轉了轉手腕，纖指往前一指，又懶洋洋地收了回來，雙手捧於胸前，「心神不定。」

唱完這一句，程雨晴搖曳腰肢往旁邊邁了幾步，簡直風吹柳擺的相仿，似乎連每一根兒頭髮絲兒上都有戲一般。

「病懨懨懶梳妝，短少精神，」扯著手裡的帕絹，程雨晴把手背在身後轉了半圈，「素羅幃嘆寂寞，腰圍瘦損。」

這《思春》是三國戲《戰宛城》中的一折，唱腔雖然不是非常繁重，但卻需要用到大量的身段兒來呈現鄒氏獨守空閨，一片春心無處可訴的苦惱和煩悶。既不能太收，亦不可太放，分寸上的拿捏十分緊要，如果說忽略了細微處的表現，例如眼神、表情，那麼這個人物就立不起來了，所以非常考驗唱戲人對細節的把握和處理。

一直到鄒氏坐在椅子上的一長段兒戲，無論是唱腔還是身段兒，程雨晴都完成得可謂毫無瑕疵。可是當他再次站起身，準備要邊甩帕絹邊連續往旁邊轉幾個圈的時候，程雨晴忽然感覺有傷的那條腿使不上勁兒，身子一歪，不受控制地就往後倒了下去。

「雨晴！」

本以為會整個人重重地摔在冷冰冰硬邦邦的地上，誰知程雨晴卻感覺自己撞進了一個溫暖又熟悉的懷抱中。

「……小若？」程雨晴愣了一下。

「你怎麼樣？有沒有哪裡跌傷了？」侯小若滿臉著急的樣子。

「沒……」程雨晴搖了搖頭，「你，你怎麼會在這兒的？」

「我起夜，看見你屋裡有燈就想著過來瞧瞧，」侯小若眨了眨眼睛，「我都跟門外看半天了。」

程雨晴不由得臉一紅，白了他一眼，「你，怎麼還和小時候一樣沒正形。」

「瞧你說的，我要是沒跟門外瞧著，你這下非得摔出個好歹兒來，」侯小若摸了摸程雨晴的胳膊腿兒，「沒傷著哪兒吧？」

「應該沒有，」程雨晴眼波流轉輕咬下唇，「我還沒摔下去呢，這不就被你抱住了麼……」

「嘿嘿，那還好我抱得及時。」

說著話，侯小若手上一使勁兒，把程雨晴打橫抱了起來，驚得程雨晴趕緊用胳膊環住了他的脖子。

「你，你幹什麼呀？」

「抱你去床上呀，別亂動，當心摔下去。」侯小若嘿嘿笑著，抱緊了程雨晴羸弱的身子，大步往床塌那邊走去。

輕輕地把程雨晴放在床上，侯小若的動作小心仔細得就好像程雨晴是一尊易碎的瓷娃娃。

「不是我說你，」侯小若一扭身兒在床沿坐了下來，順手幫程雨晴把蹺鞋都脫了，「人家都說傷筋動骨一百天，你這才剛仨月呢，著什麼急，萬一再傷著了怎麼辦？」

「嗯……我知道了，」程雨晴垂著眼簾微微笑了笑，「又讓你擔心了。」

「你呀，就是我這一輩子都操不完的心。」侯小若輕點了一下程雨晴的鼻尖，寵溺地笑道，「可別那麼急著練功了，先好好養著，知不知道？」

「……嗯。」程雨晴點了點頭。

「行，那你歇著吧，我也回去睡了。」

說罷，侯小若把被子拉過來，幫程雨晴蓋好。

一手端起床旁的燭台，侯小若轉身剛要走，程雨晴忽然從被子裡伸出手拉住了他。

「小若。」

「嗯？」侯小若趕緊又折了回來。

「我……咱倆，」程雨晴微蹙眉頭，「還能一起唱戲麼？」

「說什麼傻話，」侯小若伸手輕撫過程雨晴的臉頰，「等你養好了，以後咱有大把的時間一起唱戲，唱到你膩了為止，好不好？」

「嗯。」

「趕緊歇著吧。」

「嗯。」

「那我走了。」

「小若……」

「怎麼？」

「你能不能……陪陪我，等我睡著了你再走？」

說著，程雨晴有些不好意思地把被子往上拉了拉，蓋住了已是緋紅的臉頰。燭火閃爍在他微潤的眼底，如夢似幻。

「好，」侯小若重新在床邊坐下，輕輕握住程雨晴的手，「你睡吧，我不走。」

「……嗯。」

四十二、

自打那天的《戰宛城》之後，程雨晴就不怎麼往戲樓去了。不用給其他人說戲的時候，他就一直待在屋裡，也不知道在做些什麼。

這天吃過了晌午飯，接骨的大夫定期過來查看程雨晴的傷勢。把褲腿高高挽了上去，大夫不時用指肚輕輕按壓程雨晴受過傷的腿和胳膊，仔仔細細地檢查了一遍。

「大夫，怎麼樣？」程雨晴的聲音裡滿是藏不住的緊張。

「嗯……」大夫點了點頭，「骨頭愈合得不錯，照這麼下去，應該不會有什麼太嚴重的後遺症。」

「太嚴重……那，就是說還是會有後遺症？」程雨晴心中一緊。

「您這條腿，在骨折之前應該還反覆傷過好幾次吧？」大夫不答反問。

程雨晴不由得咽了口口水，點了點頭。

「由於傷上加傷，老朽實在醫術有限，」大夫停頓了一下，微皺眉頭接著說道，「也就只能保證不會留下跛瘸的毛病，但至於能恢復到什麼程度……只能看您的造化了。」

「這……」窗外明晃晃的光線在程雨晴長長的睫毛下投下一排深灰色的陰影，「那……我這胳膊呢？」

「您的胳膊其實傷得比腿更重，」大夫捻著鬍鬚，「不僅斷了骨亦傷了筋，而且關節還碎了，只怕就算好了也會很難使得上勁……」

「那我不就成廢人了嗎？！」程雨晴不自覺地提高聲調，打斷了大夫的話。

「程老闆稍安勿躁，」大夫趕緊安慰道，「這不過是最壞的結果，能完全恢復的人也不是沒有，只不過還需多多靜養。」

「……我失態了，抱歉。」程雨晴雙肩往下沉了沉，微微垂首。

「總之，您好好養著便是，」說著，大夫起身挎好藥箱，朝程雨晴拱了拱手，「老朽告辭。」

「您慢走。」程雨晴低著頭跟在大夫身後，將他送出了屋外。

「留步，留步。」

看著大夫略顯佝僂的身影消失在內院門外，程雨晴慢慢地退回了屋裡。身體失重似的跌坐在椅子上，腦子裡一片空白。

獨自呆坐了一會兒，程雨晴伸長了胳膊，從桌子底下拽出一個長長的棗紅色木箱。打開箱蓋，他小心翼翼地把之前侯小若給他找回來的那把胡琴捧了出來。稍微調了調弦音，程雨晴手持琴弓輕輕按在了琴弦之上。

可是，程雨晴並沒能聽到期待中悅耳悠揚的琴音，取而代之的卻是一堆亂七八糟的音符。程雨晴不可置信地愣了愣，似乎不死心般試了一遍又一遍，可惜傷過的右手幾乎一點兒力都使不出來，只是握著琴弓都會微微顫抖。心慌意亂的程雨晴一著急，手指被琴弦拉開了一個長長的口子，暗紅色的液體順著琴弦靜靜地淌了下來。看著自己止不住哆嗦的手，程雨晴氣急敗壞地高舉起手裡的胡琴，想著幹脆把它砸個粉粉碎，好像這樣就能把他心中的屈辱也一併砸碎了去。

舉著胡琴瞪著地面好一會兒，程雨晴的手又緩緩垂了下來。他將胡琴緊緊抱在懷裡，一隻手捂著嘴，哭得渾身顫抖。

「雨晴師哥，雨晴師哥在屋呢嗎？」

屋門外傳來梅壽林爽朗的聲音。

「在，」程雨晴趕緊胡亂抹了抹臉上亂七八糟的眼淚，應道，「你進來吧。」

「欸。」

隨著一聲門響，梅壽林走了進來。

「是壽林呀，」程雨晴抬起臉，扯出一個奇怪的笑，「有事兒？」

「師哥，您眼睛怎麼這麼紅？」梅壽林湊上前看了看，「昨晚沒睡好？」

遮掩一般低下頭，程雨晴用手揉了揉眼睛，「嗯，太熱了。」

「是，京城什麼都好，就是這天兒實在熱得難受，」梅壽林來到窗邊，伸手將窗戶全都給推開了，「就這麼熱您怎麼也不開窗戶，當心捂出病來。」

「哪兒有那麼柔弱的。」程雨晴淺淺笑了笑。

「咦，您在練琴吶？」梅壽林指了指程雨晴懷裡的胡琴，「您的胳膊不是還沒好完全嘛。」

「是，悶得無聊，就想著拿出來試試。」程雨晴的眼神一點點沉了下去。

「先別練琴了，」梅壽林抄起胡琴往旁邊的桌上一擱，拉著程雨晴就往屋外走，「出來出來。」

「壽林，你拉我哪兒去？」程雨晴吃了一驚。

「雨晴師哥，我們都等著您呢，」梅壽林把程雨晴拉到內院裡，看著其他四個或坐或站的壽字科，笑道，「你給我們說說戲吧。」

「……嗯，」程雨晴實在沒辦法，只能輕輕點了點頭，「你們想來哪段兒？」

「《紅鬃烈馬》吧，從花園贈金開始，」梅壽林想了想，一招手，「壽蘭，壽竹，咱仨來。」

「欸。」

梅壽林來大青衣王寶釧，杜壽蘭工小生，唱的是薛平貴，而齊壽竹工花旦，來的是王寶釧身旁的貼身小丫鬟。

「每日刺繡龍鳳襖，侍奉雙親到白頭，」梅壽林將雙手交疊胸前，繼續往下念白道，「奴家，王寶釧。爹爹工允，官居首相。母親陳氏，生我姐妹三人——大姐金釧，許配蘇龍。二姐銀釧，許配魏虎。只有奴家尚未婚配……」

一長段兒念白結束，梅壽林甩了甩衣袖，「丫鬟。」

「有。」

「捧定香盤，帶路花園。」

「是。」

「昨夜晚一夢甚稀奇，鬥大的紅星墜落房裡，只驚得奴家汗滿體，不知是凶還是吉，叫丫鬟帶路花園裡……」

邊唱著西皮三眼，梅壽林跟在齊壽竹身後緩步走了半個圓場，以示進了花園，然後焚香跪拜，杜壽蘭的薛平貴登場對唱……就這麼沒有磕絆地把這一折《花園贈金》都唱完了，三人各自深吸了口氣，不約而同地扭頭望向坐在廊下的程雨晴。

本以為程雨晴會像以往一樣，笑臉盈盈地先給叫個好，然後再指點哪裡不足之類的。卻沒想到這一回頭，卻看見了呆愣愣的程雨晴，臉上爬滿了淚水。

「雨晴師哥，」三人都嚇了一跳，一起快步跑上前來，「您怎麼了？是腿又疼了嗎？還是胳膊？」

「……不是，」程雨晴終於反應過來，用衣袖擦著眼淚搖了搖頭，「我只是在感嘆，這才不過幾年光景，你們幾個都已經可以獨當一面了。」

「哪兒呀，」梅壽林不好意思地撓了撓頭，「師哥您可別太寵著我們了，哪兒不好的，您儘管說說。」

「嗯……」程雨晴沉思了片刻，仰臉兒淺笑著看向齊壽竹，「壽竹。」

「師哥。」齊壽竹下意識咽了口吐沫。

「你的丫鬟活潑有餘，嬌俏不足，」說著話，程雨晴站了起來，「壽林，來，你把花郎醒來之前那句念一下。」

「欸，」梅壽林起了個範兒，念白道，「丫鬟，快快將他喚醒。」

「這一花郎醒來，」程雨晴彎曲雙肘，掐著蘭花指，急急往前幾步，「花郎醒來。」
「原來是位小姑娘。」杜壽蘭抱拳行了一禮，搭了一句念白。
「這是相府的花園門外，」程雨晴眼神靈活嬌媚，繞著手腕，聲音清脆地問道，「你怎麼倒臥在這兒了呢？」
程雨晴的一舉手一投足，一個字一個字的腔調拿捏都是分寸適度，恰到好處地將一個相府小丫鬟給演得活靈活現的。
「眼睛裡要有戲，腳底下一定不能拖拉，」程雨晴示範完，回頭看向齊壽竹，「明白了嗎？」
「是，師哥，」齊壽竹趕緊點頭，「我明白了。」
「還有你，壽林。」
「師哥請指教。」梅壽林上前兩步。
「你在打量薛平貴的時候最好再收一些，」程雨晴笑道，「你見過哪家府上的千金大小姐會像你那樣死盯著人家看的。」
「嘿嘿嘿，我就是想表現王寶釧芳心初動、情竇初開那種感覺嘛。」梅壽林難為情地咧嘴笑了笑。
「王寶釧雖然性情剛烈，但畢竟也還是大家閨秀，」程雨晴柔聲說道，「就算是對薛平貴一見鍾情了，也不可能使勁兒看，就是悄悄看這麼一兩眼。」
邊說，程雨晴將袖子一抖，若有似無地看了杜壽蘭一眼，然後眼簾立刻垂了下去，但又實在放不下地偷偷抬眼皮又看了兩眼。
「呀，真不愧是雨晴師哥，美！」梅壽林再一次為程雨晴的表情和身段兒折服，心服口服道，「不過是看幾眼而已，都能如此出彩兒。」
「別瞎捧了，」程雨晴笑著輕捶了梅壽林一下，「我還沒說完呢。」
「師哥您接著指教。」梅壽林半開玩笑地作了個大揖。
「我父乃當朝首相，我家為我婚姻之事，約定二月二日在十字街頭高搭彩樓，拋球招婿，不知你……」程雨晴微垂眼簾，輕聲問道，「你可願去否？」
「好！」梅壽林忍不住拍手喊起好來。
「誰讓你喊好了，」程雨晴被他給氣樂了，「看明白了沒有？」
「看明白了。」梅壽林點點頭。
「和薛平貴的直接眼神交流不能多，多了就過了，就不是王寶釧了。」程雨晴解釋道。
「是，師哥。」
程雨晴給仨人說過一遍戲之後，讓他們又從頭到尾走了一遍。但是齊壽竹在最後小碎步下場時，腳底下仍舊有些拖拉粘黏的感覺，讓程雨晴不自覺地眉頭微蹙。
「壽竹，我再示範一次給你看，」程雨晴走到當院，雙手一分，「這一花郎，你可千萬別忘了二月二日呀。」

念白完，程雨晴曲著手肘夾緊身體，腳底下步點兒清晰連貫地跑起了小圓場，長衫前後擺上下翻舞，真好似腳底綻花一般。忽然，傷腿猛的一顫，怎麼也吃不上勁兒，程雨晴控制不住地往前絆了好幾步才好容易穩住了身子，總算沒有摔下去。

「師哥！」梅壽林反應最快，一個箭步竄過去，扶住了程雨晴，「您，您沒事兒吧？」

緊咬著下唇，程雨晴臉色蒼白地搖了搖頭。

「我送您回屋休息一會兒吧。」梅壽林關切地說道。

沉默片刻，程雨晴還是搖了搖頭。輕輕推開梅壽林的手，他一言不發地轉過身，脊背僵硬地往自己的房間走去。

四－三、

接到梅壽林送來的信兒，侯小若一散了戲就火急火燎地趕回了住處。剛進院門，他就看見了一直等著他的梅壽林。

「雨晴怎麼了？」侯小若急得就差沒上房了。

梅壽林緊皺眉頭，「下午給我們說戲的時候，就不知為什麼哭了一通。」

「哭……？」

侯小若一怔，因為程雨晴這段時間在他面前就連不開心的樣子都沒有過，更別說哭了。

「嗯，」梅壽林點點頭，「後來給我們說戲，忽然就失了重心一樣往前栽過去。」

「摔著沒有？」侯小若緊張地抓住梅壽林的胳膊。

「摔倒沒摔著，可他那慘白慘白的臉色可把我們給嚇夠嗆，」梅壽林指了指程雨晴那屋，「然後就進屋了，晚飯也沒吃，誰喊也沒反應。」

侯小若猛的回想起幾天前有個晚上程雨晴自己在房裡偷偷練功，也是忽然就摔了，如果不是自己在外面的話，肯定就摔壞了。

「他……到現在都還沒吃飯？」

「嗯，怎麼敲門也不出來，我們是一點兒轍都沒有。」梅壽林無可奈何地撓了撓頭。

「行了，我去。」

「欸。」

侯小若深吸了口氣，邁步走到程雨晴的屋子門前。看著窗邊那盞似有若無、忽明忽暗的燭火，侯小若只覺得一陣心慌。他先伸手輕推了一下，發現房門從裡面插上了，於是便在門上敲了幾下。

「雨晴，」侯小若把前額抵在門上，「是我。」

過了好久好久，久到侯小若以為時間都靜止了。忽的，只聽見咔嚓一聲門響，程雨晴把門拉開了。但他並沒有抬頭看侯小若，也沒有說話，只是把門打開就徑自走回桌旁坐下。

一直站在院裡的梅壽林看見侯小若進了屋，這才長長地出了一口氣，轉身往耳房走去。

「咳，」侯小若進了屋，先清了清嗓子，把手裡的點心包往桌上一放，「這是明芳齋的桂花糕，就剩下最後這一包，被我給搶著了。」

「總給我買，也不怕把我餵胖了。」程雨晴莞爾一笑，看向侯小若。

「你喜歡吃嘛，」侯小若見程雨晴笑了，頓時放鬆了許多，「要是吃膩了，咱再換別的。」

程雨晴淺淺笑著，靜靜地搖了搖頭，又不說話了。

「嗯……那什麼，」侯小若為了掩飾自己的不自然，抓過桌上的茶壺給自己倒了一碗，咕咚咕咚喝了下去，「有時間的，你多上戲樓來轉轉，別總是悶在屋裡。」

「嗯。」

「散了戲之後，我還可以帶你去吃好吃的。」說著，侯小若放下茶碗，拉過椅子坐到程雨晴面前。

稍微沉默了一會兒，程雨晴抬起眼簾看著侯小若，嫣然笑道，「什麼好吃的？」

「咱可以去吃……」看到程雨晴也感興趣，侯小若頓時來精神兒了，「嗯，便宜坊的烤鴨，月盛齋的醬羊肉，獨一處的燒賣！」

「還有呢？」程雨晴淺淺笑著，靜靜地看著侯小若興奮的臉。

「還有……還有，」侯小若抓了抓腦袋，「還有天福號的醬肘子！鴻賓樓的芫爆散丹，還有……對了，還有小腸陳的鹵煮火燒，好不好？」

看著侯小若搜腸刮肚苦思冥想的樣子，程雨晴噗嗤一下樂出了聲，但是眸子裡卻噙著點點淚光。

「……好。」

忽的，一顆晶瑩的淚珠從程雨晴的笑眼彎彎中溢了出來，順著臉頰匆匆滑了下去，划出一道銀色的淚痕。

「雨晴，你怎麼了？怎麼哭了？」侯小若立刻手忙腳亂了起來，扯過自己的衣袖，輕輕地給他擦了擦，「是不是我說錯什麼了？」

「就是你，」程雨晴抬手握住了侯小若不知該怎麼辦才好的手，「盡說些好吃的，都把我給饞哭了。」

「嗨，那還有什麼可哭的呢，嚇死我了都，」侯小若把自己的手抽出來，反包住了程雨晴略顯冰涼的手，「咱明兒就去吃！你說吃什麼咱就吃什麼，吃到咱倆走不動了為止！好不好？」

「……嗯。」

「行，那天兒也晚了，你吃幾塊兒點心就早歇著吧。」

「嗯。」

說罷，侯小若站起身剛準備離開，程雨晴又出聲叫住了他。

「小若。」

「嗯？」

「謝謝你呀。」

邊說，程雨晴的臉上綻放出一個絕美的笑，隨著燭火搖曳，竟如此似夢似幻。

「……你，嘿嘿，」侯小若感覺臉頰有些發燙，「跟我還客氣什麼，快吃吧，吃完趕緊歇著。」

「欸。」

「那什麼……我給你泡壺熱茶？」

「不用了。」程雨晴緩緩搖了搖頭。

「那……那我就回屋了，你別起來，我給你關門。」

「嗯。」

最後看了程雨晴一眼，侯小若扭頭往屋外走去。

屋門一帶上，程雨晴的眼淚就再也關不住了，好似斷線的珠兒一般顆顆滾落，無聲地摔在他的手背上，砸了個粉身碎骨。

第二天一大早起了床，侯小若從正屋裡出來，站在廊下伸了個大大的懶腰。眼角餘光不自覺地瞟了一眼程雨晴那屋，沒什麼動靜，侯小若就想著再讓程雨晴多睡一會兒，自己便和平常一樣打水洗漱。

大概過了一二刻的樣子，大家夥兒也都準備好了，於是都聚到內院兒來練早功。有的下腰窩腿練基本功，也有的吊起了嗓子，清靜的晨光瞬間熱鬧了起來。

又過了一會兒，三閆爺也起了，站在院子的角落裡開始壓腿拉筋。可是程雨晴那屋卻依舊聲息皆無，侯小若有些坐不住了，起身來到屋門前，抬手輕輕敲了敲。

「雨晴，起了麼？」

屋內一片寂靜。

「雨晴？」

侯小若心裡著急，手底下便不自覺地加重了力道，誰知這一使勁兒敲下去，屋門卻吱呀一聲地開了。

「雨晴，還沒起吶？」

侯小若按壓住心裡的慌張，邊說邊快步走了進去。

屋裡空空蕩蕩，床榻上的被褥也整理得齊齊整整，就連桌椅板凳、茶壺茶碗都端端正正地放著。什麼都不缺，卻唯獨不見了程雨晴和那把花紫竹的胡琴。

「雨晴？雨晴！」侯小若感覺整顆心就像被生生扯出了胸膛一般，霎時間讓他幾乎無法呼吸。

忽然，侯小若看見桌上擺著那包他昨晚買給程雨晴的桂花糕，湊上前一看，四五塊兒桂花糕裡，只有其中一塊被咬了一小口。

「雨晴……」侯小若心慌意亂地從屋裡衝了出來，「壽林！壽林！」

「小若師哥，怎麼了？」梅壽林被侯小若給嚇了一跳。

「壽林，看見你雨晴師哥了沒有？」侯小若一雙虎目都快要瞪出眼眶了。

「沒……沒有啊。」

「怎麼了？」三閨爺快步走了過來。

「乾爹，雨……雨晴，雨晴不見了……」侯小若失魂落魄地一屁股跌坐在地上。

「去找，」三閨爺皺起眉頭，「小若，趕緊去找！快！」

「……啊？欸！」

聽了三閨爺的話，侯小若才算是回過神來。他手一撐地，跳了起來，站都沒站穩就撒腿往院外跑去。

「這個雨晴啊……唉……」三閨爺無奈地搖了搖頭。

「三閨爺，雨晴師哥……他能上哪兒去呀？」梅壽林也是滿臉的不知所措，「不會，出什麼事兒吧？」

「……可千萬要找到啊，小若。」

侯小若一陣風似的從院子裡跑了出來，一邊喊著程雨晴的名字一邊不知所措地四下裡尋找著他的身影。

「雨晴！雨晴！你在哪兒呀？！」

好似無頭蒼蠅一樣胡碰亂撞地找了好幾條街，侯小若心裡都快要著火了，但又不知道該往哪裡去找，手足無措地站在街頭。

忽的，他好像想起了什麼似的，掉轉頭，疾步往南邊一路狂奔了下去。

四十四、

「師哥！」

侯小若人未到聲先到，一嗓子喊得連內院都聽見了。正在給新入科的孩子撕腿的馬鳴未不由得皺了皺眉頭，剛抬頭往門口望去，侯小若已經衝到了他面前。

「你來做什麼？」馬鳴未語調冷冷的，眼神也冷冷的。

「雨晴，雨晴回來沒有？！」侯小若連氣兒都喘不勻了，邊問邊大口倒著氣兒。

「怎麼了？小若。」長爺從廊下轉了過來，擔心地問道。

「雨晴，雨晴啊！」侯小若看了看長爺，又看了看馬鳴未，「雨晴回來沒有？說啊！」

「雨晴？」馬鳴未一挑眉。

「對！他回來了嗎？」

「雨晴不見了？」

倒把長爺驚了個臉色發白。侯小若眼底裡噙著淚，默默地點了點頭。

「他怎麼可能回這……」

沒等馬鳴未把話說完，侯小若轉身就要走，卻被馬鳴未從身後一把拽住了胳膊，生扯到一旁。

「是不是你把壽字科和其他人都給拐走了？」

馬鳴未死死攥著侯小若的手腕，壓低了聲音問道。

「什麼拐走，他們都是出了科，自願離開的。」侯小若皺著眉，猛的甩開了馬鳴未的手。

「斷人財路你缺不缺德？！」馬鳴未按耐不住連日來的煩躁，上前拽住了侯小若的衣領。

「讓他們站條子，你就不缺德嗎？」侯小若連眼也沒眨一下，抬手掰著馬鳴未的兩隻手腕輕輕一折，馬鳴未就吃不住疼地撒開了手。

捂著自己有些紅腫的手腕，馬鳴未恨恨地說道，「那是他們自己願意！」

「那麼離開您這鳴福社，也是他們自己願意，自己選的！」

說罷，侯小若使勁兒往下拉了一下自己的長衫，頭也不回地離開了鳴福社的院子。

「鳴未啊，我們也去找找吧。」長爺看著侯小若急奔而去的背影，回頭對馬鳴未說道。

「找個屁我找！」

馬鳴未狠狠一甩袖子，轉身進屋，啪一聲把屋門給摔上了。

重新回到大街上，侯小若感覺到那久違又熟悉的絕望。頭一次是程雨晴片語未留獨自離開歸化城的時候，但那次最起碼知道他是回京城，而這一次……這一次要往哪裡去尋他？

「這兒也沒有，他還能去哪兒……」侯小若好像遊魂野鬼一般邊挪著步子往前走，邊喘著粗氣喃喃自語著，「就他自己一個人，無親無故地能去……啊，對了！」

一個熟悉的名字閃進了侯小若的腦海中，他不禁眼前一亮，於是像瘋了一樣抬腿又往東邊跑了下去。由於白二霜住的小院侯小若只來過一次，所以只能按照記憶中的方向一條胡同一條胡同地找過去。

「小若，你怎麼來了？」

拐過下一個轉角，侯小若正好撞上了搖著扇子往胡同口走過來的白二霜。

「雨晴，雨晴……」侯小若跑得上氣不接下氣，雙手撐著膝蓋，艱難地咽了口吐沫，「來您這兒沒有？」

「雨晴？」白二霜有些莫名其妙地搖搖頭，「他傷還沒好全吧？怎麼可能大老遠跑我這兒來。」

最後一絲希望的破滅對於侯小若來說，就像是壓垮駱駝的最後那根稻草一樣輕飄飄落在他的心上，接著他的整個世界就轟然崩塌了。

「啊啊……啊……」

侯小若腿一軟，先是跪了下去，接著便整個人趴在地上大哭了起來。

「小若，到底怎麼了？！你快說呀！」白二霜到底力氣大，一隻手就把軟趴趴的侯小若打地上給拎了起來，「雨晴怎麼了啊？」

「雨晴……雨晴又不見了……」侯小若邊哭邊嘶吼道。

看著侯小若這幅樣子，白二霜雖然有一肚子話想問，但還是暫時按了下去，「這裡不是說話兒的地方，走，跟我上屋去。」

「……欸。」

失魂落魄地跟在白二霜身後，侯小若連怎麼進的院門怎麼在桌邊坐下的都不知道，只是瞪著一雙散了神的眼睛，也不知道在盯著哪裡。他感覺自己的胸口好像被撕開了一個大大的口子，灼熱的陽光和幹燥的夏風就這麼一股腦兒地灌了進去，疼得無法言喻。

把剛沏得的茶放在侯小若手邊，白二霜也在桌旁坐了下來，「先喝口茶吧，定定神。」

侯小若也不說話，抓起茶碗吹也不吹就往嘴邊送，白二霜趕緊給攔了下來。

「小若！你給我振作點兒！」白二霜猛錘桌面，吼了一嗓子。

「……二霜哥，」侯小若抬起淚眼，一手抓著自己的心口，「雨晴，去哪兒了？」

「你先別著急，慢慢說，」白二霜拍了拍侯小若的手，「雨晴是什麼時候不見的？發生什麼事兒了麼？」

「他，昨兒晚上還好好的，」侯小若眼淚止不住地一直往下掉，「還約好了說今兒一起出去……吃好吃的……」

說到這裡，侯小若哽咽得實在說不下去了。

「也就是說，他可能昨天晚上就走了，」白二霜皺了皺眉，把腰間的水煙壺解了下來，點著火，呼嚕呼嚕地抽起來，「那這之前呢？就沒有任何不對勁的地方？」

「沒，沒有吧……」

「沒有吧是什麼意思？」白二霜難得的有些惱火，「你不是一直都在他身邊照顧他嗎？他有沒有不對勁你都不知道？！」

「我……我也不知道，」侯小若雙手捂著臉，悶聲哭著，「……都是我的錯，是我沒有照顧好他……都是我……」

「那，昨天呢？有沒有發生什麼？」

白二霜下意識在桌角磕了磕自己的水煙壺。

「昨天……啊，」侯小若忽然想了起來，「我聽壽林他們說，雨晴下午給他們說戲做示範的時候，也不知怎麼的突然就摔了，完了就一直把自己關在屋裡。」

「嗯……」白二霜皺起了眉頭，又呼嚕呼嚕抽了幾口，「這種情況發生過幾次？」

「應該就兩次吧，」侯小若用袖口使勁兒擦了擦眼睛，「除了剛才說的那次之外，還有一天晚上他自己偷偷仕屋練功，也差點兒摔了。」

白二霜默默地點點頭，並未說什麼。

「……二霜哥，」侯小若眼巴巴地看著白二霜，「您說，雨晴會去哪兒呀？他能去哪兒呀？」

「雨晴啊……」白二霜的嘴裡噴出一大片白色的煙霧，答非所問道，「怕是不會再回來了。」

「啊……？」侯小若愣住了，「為……為什麼這麼說？」

「雨晴是個好孩子，但就是心太重……從不記恨別人，但也從不放過自己啊。」

白二霜的話聽得侯小若雲裡霧裡的，也就只聽明白了前半句而已。

「您這話，什麼意思？」

「若是我沒猜錯的話，雨晴怕是已經知道就算他的傷好了，也會落下什麼後遺症吧。」

「……後遺症？」

「嗯，」白二霜抬高手，趕散了糾纏在一起的煙雲，「可能，他再也無法登台了。」

「那，那又怎麼樣？！」侯小若忍不住喊了出來，「他就算是殘了，躺在床上不能動喚了，我也還是會一樣照顧他的呀！」

「可他並不這麼想，不是麼？」白二霜半瞇著眼睛看向侯小若，「那一方戲臺，大概就是雨晴的全部了，或許只有和你一起站在戲臺上的時候，他才感覺自己是完整的吧。」

「和我，一起……？」侯小若愣愣地張了張嘴。

那天晚上程雨晴的一句問話，忽然像魔咒一樣在他耳畔響起。

「小若，咱倆……還能一起唱戲麼？」

程雨晴啊……為了你，我連命都可以不要，可你卻一次又一次選擇不辭而別……你怎麼能如此狠心……

侯小若不甘心地一拳接一拳狠狠砸向桌面，一直砸到皮膚崩裂，鮮血四濺。

入相

酒意詩情誰與共
淚融殘粉花鈿重

一、

光緒三十年，慈禧老佛爺頒懿旨昭告天下，因日俄兩國尚在東北交戰，大清國子民顛沛流離，故而拒絕光緒帝為自己慶祝七十大壽的請求。與此同時，革命派與保皇派的爭論亦日益激烈，革命風潮日甚一日，各地的起義接踵不斷，對內對外都讓已然風雨飄零的清政府焦頭爛額。

諷刺的是，在這座碩大的京城之中竟依舊是夜夜笙歌好不熱鬧。

京城裡最為聲色犬馬紙醉金迷的地方，估計非前門外大柵欄一帶莫屬。由於此處不僅是外省人進京的咽喉所在，而且離內城也非常近，人過馬走川流不息，令這一帶至今為止喧鬧繁華了二百多年。

西起百順胡同、胭脂胡同，東至朱家胡同、大小李紗帽胡同，開設了大大小小不下百間秦樓楚館、堂子下處，所以幾條胡同都是終年煙花脂粉、風塵雲集。而且這些地方還有著十分明確的等級，比方說像王廣福斜街、小李紗帽胡同、朱家胡同等幾條胡同裡的就基本上都是三等，甚至四等下處。

王廣福斜街與大李紗帽胡同相連的路南邊，坐落著一棟稍顯陳舊敗落的木製二層小樓，樓門非常小，似乎比一般的隨牆門還要小一圈。門旁掛著一個不怎麼起眼的小木牌，上面寫著「詠景堂」三個字。

小樓一層盡頭的房間裡，光線略微有些昏暗。四周的窗戶都關著，只有偶爾幾縷光線從窗戶紙破開的小口子中溜進屋來，在地面上投下幾圈模模糊糊的光斑。空氣中的點點灰塵在有光的地方被照射得晶晶瑩瑩，好似金粉閃爍。

屋子裡靜靜的，只聽得見白二霜呼嚕呼嚕的水煙聲。對面坐著低頭不語的程雨晴，雙手交疊放在膝上，胸口緩慢輕微地起伏著。

「雨晴，」白二霜長長呼出一口氣，帶出一片煙雲，「真就不回去嗎？」

程雨晴並未答言，端起面前的茶碗輕輕吹了吹，喝了一小口。

「……就算你不想回小若那兒，去我那裡不行嗎？」白二霜的語氣雖然淡淡的，眼神裡卻透著擔憂和急躁，指尖不自覺地敲著桌面，「何苦，要待在這種地方。」

「在這種地方，我多少能掙下銀子來養活自己，」程雨晴的眼睛始終不看白二霜，「倒還覺得自己有些用。」

白二霜呼嚕呼嚕抽了幾大口煙，然後嘆息般吹了出來。透過煙霧再看程雨晴，愈發的迷離。

「你若是留在戲班兒，難道就掙不著銀子養活自己麼？」白二霜側身坐著，抖了抖長衫前擺，敲著桌面的節奏卻變快了些，「做人吶，最忌的就是鑽牛角尖兒。」

「我在這兒……挺好的，」程雨晴終於把臉抬了起來，臉色白得簡直就像病患一樣，「別擔心了。」

「你這一走幾月，音信皆無，」白二霜實在忍不住，皺了皺眉，「難道你就一點兒都不擔心小若嗎？」

「……天下無不散的筵席，」說著，程雨晴又把頭垂了下去，「他，會好的……再過一陣兒他就能把我給忘了，正正經經找一房媳婦兒……」

「……見之時，見非是見，見猶離見，見不能及，」白二霜把手裡的水煙壺在桌面輕敲了敲，「好一個狠心的程雨晴呀。」

程雨晴卻只是低垂著腦袋，一句話也不說……一句話也說不出來。

「你一直躲在這暗不見天日的地方，想是也不知道吧？那正好讓我來告訴告訴你，」白二霜的眼神逐漸冷了下來，一個字一個字慢條斯理地說道，「自打你不見了，小若是一天天不著家地在外面找你，飯也不吃水也不喝，連覺都不睡……你真就能安心麼？」

「他……會好的。」

程雨晴握緊了拳頭，拼命咬著下唇，咬得幾乎要滲出血來。

「哦？是麼？」白二霜哼笑一聲，「也是，他現在倒是不那麼瘋找了，但是變成了沒日沒夜地喝酒，聽壽林說，就連飲場也非得讓送酒上去，醉的時候比醒的時候還多。」

「……您幾位，好生勸勸他。」程雨晴的頭垂得更低了。

「侯小若生死病殘，與我又有何相干，」白二霜邊抽著水煙邊說道，「他那是心病，只有你，是能救他的藥。」

白二霜話音未落，程雨晴的肩膀就明顯地顫抖了起來。他的指甲深深地嵌進了掌心裡，洇紅了指尖。

沉默了良久，程雨晴像是終於平復了過來，深吸了口氣，說道，「您回去吧。」

「你呢？」

「……二霜哥，以後沒什麼事兒就別來了，」程雨晴抬起紅腫的眼睛，慘然一笑，「您是乾淨人，不該來這兒的。」

「乾淨人……雨晴啊，你就不能饒了自己麼……」白二霜還想再往下說什麼，卻被程雨晴給打斷了。

「我送您出去。」程雨晴的聲音裡透著重重的鼻音，手扶桌面，站起身時輕晃了一下。

「……嗯。」

把水煙壺重新繫在腰間，白二霜也站了起來，推門徑自走了出去。程雨晴微微垂首，一步步跟在他身後，一直送到了詠景堂的大門外。

明晃晃的光線照下來，讓兩人都不由得瞇起了眼睛。

「雨晴啊……」白二霜眉間微鎖，沒有再往下說。

「二霜哥，保重。」程雨晴抱拳拱手，淺淺笑了笑。

「嗯……你也保重。」

說罷，白二霜轉身快步離開。

才剛轉過第一個街角，白二霜就停下了腳步，冷冷地問道，「還不出來嗎？」

過了一小會兒，譚福路的身影才從路旁的幌子後面鑽了出來，訕笑著摸了摸頭，「您，什麼時候發現我的？」

「進詠景堂之前就發現你了，」白二霜歪著腦袋看向譚福路，「說吧，跟著我做什麼？」

「您……是去見雨晴師哥了吧？」譚福路小心翼翼地問道。

「是又如何？不是又如何？」白二霜挑高了一邊的眉毛。

「要，要是的話……您有沒有勸他回來？」

譚福路其實個兒比白二霜要高出半頭，但還是被白二霜的氣勢壓得就快要說不出話來了。

「不用你管。」

說完，白二霜一甩袖子，往前走去。

譚福路趕緊跟了上去，不死心地繼續問道，「雨晴師哥他怎麼樣？傷應該早就好了吧？那他為什麼還不回來呀？在那種鬼地方……」

他話未說完，白二霜突然停了下來，譚福路剎不住直接撞在了白二霜背後。

「福路，」白二霜慢慢轉過身子，斜眼瞪向譚福路，「你最好管住自己的嘴巴，千萬不要亂說話，知不知道？」

「小若師哥也不能說嗎？」譚福路下意識地咽了口口水。

「尤其是小若，」白二霜上前半步，伸手覆住譚福路的嘴，用力往起一捏，莞爾笑道，「若是洩露給他半個字，仔細你的皮肉。」

譚福路被嚇得趕緊點了點頭。

「回去吧，沒事兒別上這頭來瞎轉悠。」

白二霜覺得心中煩躁，往回一抽手，看也不看譚福路就大步流星地離開了。

譚福路站在原地發了好一會兒呆，這才抬起手摸了摸自己被捏得生疼的嘴，長出了一口氣，「這二霜哥發起狠來，也太嚇人了吧……」

這段時間馬鳴未一直是早出晚歸的，也不知道他到底在外面做些什麼，而且每次回來都是臉色陰沉，戲也不好好唱，功也不好好教，擺明了坐吃山空。哪怕有長爺坐鎮，鳴福社裡也是人心惶惶，一片愁雲慘霧。

這天難得馬鳴未還不到三更就回來了，但眼睛裡依舊暗淡無光，灰頭土臉的。長衫的領口和前襟都有明顯被撕扯過的痕跡，最上面的紐襻不見蹤影，所以有一邊耷拉了下來，看著很是狼狽。

推門進屋，馬鳴未一聲不響地在桌旁坐下，眉頭緊鎖。喜鵲見狀，把懷裡的孩子放進一旁大大的嬰兒籃中。

「吃飯了嗎？」喜鵲往這邊走了兩步，小心翼翼地問道。

「沒吃。」馬鳴未連眼珠子都沒動一下。

「那，我去給你下碗麵吧。」

喜鵲正準備要往外走，籃中的嬰孩忽然就哭了起來。

「嘖。」馬鳴未似乎有些厭惡地打了個咋舌。

喜鵲臉色有些不好看，趕忙上前把孩子抱在懷裡哄著，輕輕拍著她的背。

「還不去給我弄吃的？」馬鳴未從眼角瞧了喜鵲一眼。

「稍等一會兒，孩子正哭呢，」喜鵲浮現出些許為難的神情，「我先給她餵口奶。」

說著，喜鵲在床邊坐下，解開了上衣的扣子。果然有了吃，嬰孩馬上就停住不哭了，大口大口貪婪地吮吸著母親的乳汁。

「哼，」馬鳴未陰陽怪氣地說道，「人家生孩子你也生孩子，怎麼就生出這麼個賠錢貨。」

「怎麼這麼說話，鳩兒不也是你的親閨女嗎？」喜鵲低聲抗議了一句。

「閨女閨女，嫁出去的閨女就是潑出去的水！有什麼用？」馬鳴未敲著桌子說道，「以後別說考狀元了，連他媽的唱戲都唱不了！」

喜鵲抱緊了懷裡的鳩兒，皺著眉道，「不能唱戲就不能唱戲，唱戲有什麼了不起的。」

「唱戲的沒什麼了不起，但最起碼你吃著唱戲的，穿著唱戲的！」馬鳴未狠狠一巴掌拍在桌面上，「本來就沒銀子，還非要添張吃飯的嘴，也不知道你是怎麼想的！」

「若不是你把銀子都給耍沒了，我們怎麼可能會落得現在這步田地？」

喜鵲不服輸地頂了一句。這一句，剛好就戳在了馬鳴未的肺管子上。

「你個老娘們兒懂得什麼！我掙的銀子，我愛怎麼花就怎麼花！」馬鳴未站起身，狠狠地踢了一腳椅子，弄出的巨大聲響把鳩兒給嚇得哇哇大哭，「哭什麼哭！不許哭！」

「你嚇唬她做什麼呀！」喜鵲也急了，吼了回去。

「我馬鳴未真是不知道造了什麼孽，連個帶把兒的都生不出來！」馬鳴未把桌子上的茶壺茶碗一個一個往地上扔去，碎片橫飛，「我們馬家的香煙，就活活斷送在了你這個娘們兒不爭氣的肚皮上！」

「你造的孽，你自己心知肚明……」喜鵲邊安撫著鳩兒，邊嘟囔了一句。

沒想到馬鳴未一步就竄了過來，一把揪住喜鵲的衣領，「你說什麼，你敢再說一遍！」

「我，我……」

喜鵲嚇得一句話也說不出來，死死抱著懷裡的鳩兒，生怕馬鳴未一混起來會傷著孩子。

居高臨下地瞪著喜鵲看了半天，馬鳴未又忽然看著鳩兒，嚇得喜鵲一哆嗦。

「……你要幹什麼？」

「拿來吧你。」馬鳴未一把就將鳩兒手腕上的小金鐲給薅了下來，那個金鐲還是鳩兒滿月的時候，舒爺特地找金鋪給打的，十成的好金子。

「那是鳩兒的！」喜鵲伸手就想要搶回來。

「去你的吧！」

馬鳴未使勁兒一搡，喜鵲往後跌了幾步，一屁股坐在了床上，滿臉的驚恐。

「哼！」

狠狠一甩手，馬鳴未把金鐲往懷裡一塞，拂袖而去。

二、

馬鳴未氣哼哼地從屋裡出來，連看也沒看一眼院子裡正在練功的孩子們，快步往外院走去。只是一晃，他的身影已經消失在門外。

坐在廊下給孩子們看功的長爺也不知道是真沒看見他，還是裝作沒看見他，反正就好像什麼也聽不見一樣，該怎麼說戲還是怎麼說戲。

在內院的角落裡正踢著腿的魏溪閣看著馬鳴未風一般卷了出去，偷偷用胳膊肘碰了碰身旁的王溪樓。

「你看，又吵架了。」魏溪閣小聲說道。

「吵就吵唄，和你有什麼關係，」王溪樓邊踢腿邊白了魏溪閣一眼，「他倆隔三差五不就吵一回麼。」

「我聽他們說，師父跟外頭要錢，欠了一屁股賬呢。」魏溪閣湊近了王溪樓，耳語道。

「別貼這麼近，」王溪樓連忙推了他一把，「他要要錢欠賬也都是他自己的事兒，與你我什麼相干？」

魏溪閣咂了咂嘴，「當然相干啦！別說你沒發現，就這幾個月的伙食真是越來越差了，回頭別說香幹兒了，連白菜梆子都要吃不上了！」

一說到吃，魏溪閣的肚子很老實地叫喚了起來。

「你又餓啦？」王溪樓瞪大了眼睛。

「中午才吃了仨窩窩頭，不餓才怪呢。」魏溪閣揉了揉肚子，委屈地解釋道。

「三個窩窩頭？！不是說一人只許吃倆嗎？」王溪樓差點兒沒喊出來。

「嘿嘿嘿，長爺看我餓得難受，就把他那個給我了。」魏溪閣不好意思地摸了摸腦袋。

「給你你就吃呀，真沒出息，」王溪樓下意識地咽了口口水，「那長爺不得餓著了。」

「長爺說他年紀大了，吃不下那麼些嘛……」魏溪閣低聲辯解著。

「你呀，」王溪樓哼了一聲，「活脫兒就是一餓嗝。」可是話音剛落，他自己的肚子也不爭氣地響了起來，臊得王溪樓小臉兒通紅。

「你餓了？」魏溪閣關心地問道。

「去去去，我這是肚子不舒服，」王溪樓低著頭搡了魏溪閣一下，「長爺，我要去茅廁。」

「嗯，去吧。」長爺淺笑著，語速慢慢的。

「長爺！我也要去茅廁！」魏溪閣也趕緊喊了一嗓子，然後便追著王溪樓跑了出去。

王溪樓本來只是想出來喝兩瓢涼水頂一頂餓，可一看魏溪閣跟了過來，又沒法兒趕他，只好硬著頭皮真往茅廁走去。

誰知魏溪閣緊著幾步上前，拉住了他的胳膊，「溪樓，你等等。」

「幹什麼？都說了我要去茅廁咯。」王溪樓不耐煩地甩開他的手。

「給你這個，」魏溪閣像是變戲法兒似的從懷裡摸出半個涼窩頭，塞到王溪樓手裡，「你吃吧。」

王溪樓看著手裡那半個窩頭，不由得一愣，「你，你為什麼不吃？」

「我都已經多吃半個了，這半個給你，嘿嘿。」魏溪閣搓著鼻子笑了笑，快步繼續往茅廁那邊走了過去。

原本想要逞強不吃，但儘管是涼窩頭，那黃澄澄的顏色還是一樣把王溪樓肚子裡的饞蟲給勾了上來。左右看了看，確定四周都沒人之後，王溪樓狼吞虎咽地幾口就把那半個涼窩頭全給吃乾淨了，吃完還不捨地舔了舔手指。

不一會兒，魏溪閣提著褲子從茅廁裡走了出來，走過王溪閣身邊時拍了拍他的肩膀。

「好吃吧。」

「別拍我，你剛去完茅廁呢髒死了，」王溪樓說著，兩邊的臉頰是紅紅的一片，低著頭轉身就要走，可剛走了兩步又停住了下來，招了兩下手，「走吧，回去練功了。」

「欸，嘿嘿。」魏溪閣樂呵呵的，屁顛屁顛跟著王溪樓走進內院。

當天夜裡，三更天都過了馬鳴未還沒有回來。喜鵲有些擔心，便抱著鳩兒站在屋門口往外瞧著。正好這時候，右耳房那屋的門一響，長爺披了件衣服走了出來，喜鵲忽然覺得有些尷尬，但也只能先笑著打了個招呼。

「長爺，這麼晚了您老還沒歇著呢？」喜鵲摟緊懷裡的鳩兒，客套了一句。

「我當是誰呢，喜鵲啊，」長爺拉了拉肩上披著的衣服，瞇縫著眼睛看向喜鵲，「老人家覺少，你呢？還沒歇著吶？」

「嗚未他還沒回來，所以……」喜鵲說著說著低下了頭，很不自然地輕輕拍了拍鳩兒。

因為很多時候，喜鵲總是覺得長爺的視線似乎能把她整個人都看穿，就連她極力想要隱藏的都會被看得一清二楚。

「那你就別等著了，先去歇著吧，」長爺也不等喜鵲說什麼，扭頭就要回屋，「誰知道他又睡到哪個女人的被窩裡去了。」

長爺的話讓喜鵲愣了一愣，微微皺起眉頭，往前走了幾步，「長爺，您這話什麼意思？」

「什麼意思？」長爺慢吞吞地回轉過身子，「他這要是輸光了，不早就回來了，今兒個不回來，說不定就是贏了錢了。」

「贏了錢，為什麼就不能回來？」喜鵲臉色鐵青地追問道。

「贏了，那兜兒裡就有銀子了唄，」長爺一字一句慢慢地說道，「有了銀子，他還不趕緊上脂粉鄉裡去溫存溫存？男人嘛，可以理解。」

「嗚未他不是這樣的人！」

可這話一說出口，喜鵲自己都覺得毫無底氣。

「哦？那他是什麼樣的人吶？」長爺不氣不惱，還是靜靜地淺笑著。

「……晚了，您老早歇著。」喜鵲咬著下唇，抱著鳩兒回了屋。

看著喜鵲嘭一聲關上屋門，長爺意味深長地笑了笑，也徑自進屋了。

過了好一會兒，二門旁邊的矮樹叢中忽然傳出悉悉嗦嗦的聲響，接著王溪樓從裡面閃身出來，躡手躡腳地準備往外走。

「你哪兒去呀？」

魏溪閣在他身後冷不丁的一句問話，嚇得王溪樓抬腳就踹了過去。還好魏溪閣身手敏捷，往旁邊略微一偏身子，堪堪躲過了王溪樓這一腳。

「踢我做什麼呀？」魏溪閣睜圓了眼睛。

「差點被你嚇死！」王溪樓用手捂著自己的胸口，瞪著魏溪閣，「你不是睡覺呢嗎？」

「我看見你出來，就跟出來看看唄。」

「去去去，怎麼哪兒都有你呢，」王溪樓繼續高抬腿輕落足地往外走，「趕緊睡你的覺去。」

「溪樓，你到底去哪兒呀？」魏溪閣緊緊跟在王溪樓身後。

「我想去小若師叔那兒……」王溪樓忽然停住了腳步，微微低著頭，「師父這樣下去不是個事兒，小若師叔或許有法兒能幫幫他……幫幫咱們。」

「別去了，你沒見之前小若師叔來的時候，他倆都鬧翻了麼，」魏溪閣扯了扯王溪樓的衣袖，「去也是白去。」

「……如果咱還想有戲唱有飯吃，就必須去，」王溪樓猛的一回頭，月光反射在他的眼睛裡，清澈晶亮，「再說我也想去問問他找到了雨晴師叔沒有……」

「那我和你一起去。」魏溪閣滿臉認真的神情。

「你去做什麼？」

「要麼你就讓我一起去，要麼我就把長爺喊起來，你也去不了。」魏溪閣壞笑道。

「好好好，」王溪樓無可奈何地揉了揉前額，「你跟著來可以，可別給我添亂。」

「知道了，走吧。」

說罷，魏溪閣率先一溜兒小跑，出了內院。

一般每天少說都要趕兩三場戲，所以若晴社這邊的都是能早睡就早睡，養足了精神，第二天才能好好唱戲。

侯小若晚上散了戲之後又喝了個酩酊大醉，睡到這會兒剛好叫渴，於是起身到院子裡的水缸邊弄了兩瓢冷水喝。正喝著呢，忽然聽見外院傳來一陣兒敲門聲。

「這麼大半夜的會是誰呀，」侯小若喃喃自語著來到外院門前，「誰呀？」

「小若師叔，是我，王溪樓。」

「還有我，魏溪閣。」

「嗯？」侯小若趕緊一拉門閂，把院門給打開了，「你倆大晚上的不睡覺，跑我這兒來做什麼？」

「小若師叔，」一句話還沒說完，王溪樓就直接跪在了門前的石階上，「您幫幫我們吧！」

見王溪樓跪下了，魏溪閣也連忙跪了下去。

三、

「起來，快起來，」侯小若一手架著一個，把兩個孩子都給扶了起來，「進來說話。」

「欸。」

低著頭，王溪樓和魏溪閣一前一後跟著侯小若進了他那屋。

坐在桌前沉默了一小會兒，王溪樓鼓足了勇氣剛想要開口說話，魏溪閣的肚子又很不適時地叫喚了起來。

「餓了？」

「……嗯。」魏溪閣老實地點了點頭。

「晚上沒吃？」侯小若微微一挑眉。

「吃，吃了……沒飽。」魏溪閣說著，偷偷瞟了一眼一旁的王溪樓。

「那你倆先坐會兒，我去廚房看看有沒有什麼吃的。」

說著話，侯小若站起身走了出去。

「你怎麼那麼沒出息，」一看見侯小若出了門，王溪樓就開始數落魏溪閣，「咱倆好容易偷跑出來就是為了吃點兒東西嗎？！」

「那……我餓呀，」魏溪閣委委屈屈的，「你不餓麼？」

「我……」才說出一個字，王溪樓的肚子也誠實地響了起來，比魏溪閣還要大聲，「真煩人！都是你傳染的我！」

「沒聽說過餓還能傳染的……」魏溪閣嘟著嘴，小聲嘟囔道。

兩人都垂著腦袋靜靜地坐了好一會兒，侯小若才終於回來了，手裡端著兩隻碩大的藍邊海碗。

「剛好晚上剩了好些麵，給你倆一人熱了一碗，」侯小若把兩隻海碗放在王溪樓和魏溪閣的面前，「當心燙，吹吹再吃。」

「欸！」

兩個孩子這會兒哪還管得了那麼些，抄起筷子就大口大口往嘴裡塞，被燙得呲牙咧嘴的。

「慢點兒吃，不夠還有，」侯小若看著他倆那副狼吞虎咽的樣子，覺得有點兒好笑，「瞧瞧你倆這吃相，不知道的還以為你們天天都沒有飽飯吃呢。」

「可不就是沒有飽飯吃唄，」魏溪閣邊津津有味地嚼著窩在麵條上的雞蛋，邊說道，「以前好歹一天裡頭有一頓能管飽，現在呀，每餐就倆窩窩頭。」

「什麼？」侯小若皺了皺眉，「鳴福社真就窮成這樣了？」

「可說呢，師父又不接堂會又不搭班兒，好幾月都沒有進項了。」魏溪閣把最後一口麵條咽下肚，吸溜吸溜地喝著麵湯，一臉的滿足。

侯小若臉色變了變，問道，「長爺呢？長爺就不管管嗎？」

「長爺哪兒管得了師父呀，」魏溪閣把空碗往桌上一擱，舔了舔嘴，「長爺除了平時給我們看功說戲之外，一概不聞不問。」

「……嗯，」侯小若指了指那空碗，「還吃不吃了？」

「吃飽了。」魏溪閣拍了拍圓圓的肚皮。

「可千萬別跟師叔我客氣，管夠。」

「夠夠兒的了，」王溪樓也放下了空碗，裡面連湯汁都沒剩下半點，「多謝師叔。」

「嗯，說說吧，你倆這大半夜的來找我，不會就為了吃口麵吧？」侯小若又給他倆倒了兩碗水。

魏溪閣看了看王溪樓，王溪樓也看了看魏溪閣。稍微猶豫了一下，王溪樓把心一橫，問道，「小若師叔，您……您能不能幫師父把欠的賬給還了？」

「……為什麼這麼問？」

「因為……因為，如果師父還清了欠賬，應該就不會像現在這麼消沉了，」王溪樓眼眶裡蕩著淚花，「也能好好給我們說戲，也能好好出去唱戲……鳴福社，就不會散了……」

「嗯，」侯小若點點頭，「先別說我是否有這個能力去填他的賬，就算是能，誰又能保證他日後不會繼續接著耍錢？不會繼續欠賬？」

「呃……」王溪樓被侯小若一番話說得語塞。

「我明白你們不希望戲班兒散掉的心情，但一個人若真是沉迷於耍錢的話，沒人能幫得了，」侯小若嘆了口氣，「耍錢就是個無底洞，一旦鑽進去了，不輸到傾家蕩產都出不來。」

「那……那咱們要怎麼辦呀？現在還吃得上窩窩頭呢，要是再過段日子說不定連窩窩頭都沒有了，」魏溪閣急得抓耳撓腮，「咱不得活活餓死呀，又不能天天上小若師叔這兒來要吃的。」

說完，兩人都眼巴巴地瞅著侯小若。

侯小若無可奈何地搖了搖頭，「有師叔在，不會餓死你們的。」

「您打算怎麼辦呢？」王溪樓有些緊張地看著侯小若。

「來，我先給你倆一人拿點兒銀子，要是餓了就自己買點兒東西吃，」侯小若起身從床頭的小櫃子裡拿出兩錠五兩的銀子，回轉身放在了桌上，「帶好，別弄丟了。」

「欸。」

邊應著，兩人邊把銀子寶貝一般貼身揣好。

「小若師叔，咱那戲班兒怎麼辦呀？」王溪樓眼淚汪汪地問道。

「涼拌，」侯小若翻了個白眼，「全京城就他鳴福社是戲班兒呀？你倆反正也快出科了，再忍個小一年的就上我這兒來，反正你們壽字科和福字科的師叔都在這兒。」

「……好吧，」王溪樓也只能點點頭，「對了，小若師叔，您……有雨晴師叔的下落了嗎？」

聽到提起程雨晴的名字，侯小若依舊覺得心裡發堵，苦澀得很。

「沒有……能找的地方我都找遍了，」侯小若下意識地捏緊了拳頭，「說不定，他早就不在京城了。」

「雨晴師叔他……不會有事兒吧？」王溪樓像是自言自語般問道。

「不說他了，」侯小若由下往上用手抹了一把臉，「你們上我這兒來，你們師父不知道吧？」

「不知道，」魏溪閣擺了擺手，「我倆偷著溜出來的。」

「我們出來的時候，師父還沒回呢。」王溪樓補了一句。

「好吧，今兒也晚了，就跟我這兒住一晚，」侯小若說著，把兩個孩子領進內屋，「你們倆睡可能有點兒窄，稍微擠一擠吧。」

「欸。」

「明兒一早我送你們回去，」侯小若搓了搓下巴，「你們這樣跑出來算是私逃，估計一頓板子是少不了。」

「啊？還要挨板子啊？」魏溪閣都快急哭了，扯著王溪樓的衣袖。

「行了行了，回頭我跟你們師父講講情，」侯小若笑了出來，「不打也就是了。」

「小若師叔，您可得說話算話啊。」魏溪閣眨巴了兩下眼睛。

「知道啦，趕緊脫鞋上床，早歇著吧。」

「欸。」

等兩個孩子都睡下了，侯小若才端起燭台，輕手輕腳地走了出去。

第二天一大早，先讓王溪樓和魏溪閣倆人吃過早點，和三閏爺打了個招呼之後，侯小若就帶著兩個孩子出了門。

不知道是不是擔心回去會挨板子，一路上王溪樓和魏溪閣都不吭一聲，一左一右默默地跟在侯小若身旁。

因為都在南城，離著也不是特別遠，所以不大一會兒就到了鳴福社的院子門前。

「師叔，」魏溪閣又擔憂地看了一眼侯小若，「您可一定要幫我們講情啊。」

「我會的，別擔心了，都有我呢。」

安慰了魏溪閣一句，侯小若率先邁步進了院子。

大概是剛起，馬鳴未正站在廊子底下漱口。猛抬頭，馬鳴未一眼就看見了侯小若和兩個孩子走進來，立馬氣得他臉都綠了。

「溪樓溪閣！給我滾過來！」馬鳴未把手裡的茶缸一摔，大聲吼道。

王溪樓和魏溪閣被嚇得縮了縮脖子，不自覺地就往侯小若身後躲，而這個舉動在馬鳴未看來卻無疑是火上澆油。

「滾過來！私逃出班，反了你們還！」馬鳴未從門後抄起一根藤條，對著空氣用力揮了兩下。

「小……小若師叔。」魏溪閣藏在侯小若身後，嗓音裡透出泣聲。

「師哥，怎麼一大早就這麼大的火氣呀。」侯小若雙臂抱胸，一副若無其事的樣子。

「千萬別叫師哥，我可擔不起，」馬鳴未陰陽怪氣地說道，「還當是誰呢，原來是名震京師的侯老闆，今兒這是什麼風把您給吹來了呀。」

侯小若皺了皺眉，很顯然馬鳴未的腔調讓他覺得渾身上下都不舒服。

「行了，馬班主，都別揣著明白裝糊塗了，」侯小若立刻換了個稱呼，「這倆孩子我送回來了，他倆並非私逃，而是去看望師叔，如此尊師重道實在難能可貴……我說馬班主，難道還真需要動棍舞棒的嗎？」

「少說廢話，侯小若，我管教我班社裡的人，和你有什麼關係？」馬鳴未幹脆把臉給撕破了，「自你離開鳴福社那天開始，這院子裡的人就與你再無相干！」

四、

「就算我不再是鳴福社的人，看見你這樣一個大男人要毒打兩個十來歲的孩子，任何一個稍微有點兒良知的人也一樣會出手相助。」

侯小若擋在王溪樓和魏溪閣前面，伸長了胳膊護著他倆。

「少跟我扯那些有的沒的，你不是鳴福社的人，這兒不歡迎你，」馬鳴未把臉一沉，指著門口，「大門就在那兒，不送！」

聽見院子裡吵吵嚷嚷的，長爺本想出來看看，不過一看見侯小若，他又把抬起來的腳給收了回去，只是站在門後聽著。

「走我自是要走的，不過嘛，」侯小若緊鎖眉頭，「馬鳴未，你要還是個男人，就別拿兩個孩子撒氣。」

「你管不著！」馬鳴未說著，手持藤條快步走了過來，伸手就要去拽魏溪閣。

「小若師叔！」魏溪閣被馬鳴未扯住了手臂，嚇得喊出來的聲音都破了。

「住手！」侯小若力氣大，掐住馬鳴未的手腕往後一掰。

馬鳴未吃疼，立刻就撒開了手，他氣急敗壞地嚷道，「幹什麼你！想以下犯上欺師滅祖嗎？！」

「哼，少往自己臉上貼金，」侯小若往前進了半步，馬鳴未下意識地就往後退了半步，「你不是才剛說過，我早已不是鳴福社的人了麼？說什麼以下犯上，又算得什麼欺師滅祖？」

「你……」馬鳴未氣得話也說不出來，一勁兒咳嗽。

「好好的一個戲班兒眼看著就要被你給禍禍散了，你還有什麼資格在這兒喊打喊殺的！」侯小若眉毛立著，義正嚴辭道，「這倆孩子我現在就帶走，我看誰攔得住。」

說罷，侯小若拉起王溪樓和魏溪閣就要離開。

「站住！」馬鳴未終於把這口氣給順平了，「他倆的關書可還在我手上，你要是真把人帶走，我就上官府告你去！」

侯小若這會兒簡直一拳揍翻他的心都有。

慢慢回轉身，侯小若伸出手，「把關書給我。」

「就不給，你能拿我怎麼樣？」馬鳴未一副無賴至極的嘴臉。

侯小若兩步上前，一把攥住馬鳴未的領口，威脅道，「別逼我揍你。」

瞪著侯小若看了幾眼，馬鳴未眼珠一轉，笑了，「別別別，咱有話好商量。」

「哼，」侯小若猛的往回一抽手，「說，你到底想怎樣？」

馬鳴未整理了一下領口，用手揉著脖子說道，「你要非想把這倆孩子帶走，也不是不可以，只不過嘛……也不能白叫你帶走，是不是？」

「……你想要多少？」侯小若立刻就明白了馬鳴未的用意。

「我好歹養了他倆六年多，這吃的穿的用的，不都得花銀子？」馬鳴未故意不往下說了，朝著侯小若搓了搓手指。

「你說個數兒。」侯小若看見他那副德行，就打從心底裡的煩。

「這個嘛，」馬鳴未嘴角抑制不住地揚了起來，「既然咱們師兄弟兒一場，絕不多收，那就……一百兩一個吧！」

「一百兩一個？！」侯小若眼睛都瞪圓了，要知道這年月就算大戶人家買一個丫鬟，也就不過十兩二十兩的，「我看你是想錢想瘋了！」

「別生氣呀，你要是覺得不合適，那你出個價兒。」馬鳴未嬉皮笑臉道。

「八十兩，兩個我都帶走。」侯小若咬著後槽牙，用手比了個八。

「哪兒有你這樣划價兒的，」馬鳴未咂了咂嘴，「一百五十兩，倆。」

「一百兩，不要就算了。」侯小若作勢轉身要走。

「行行行，一百兩就一百兩，給銀子吧。」馬鳴未把手一攤。

「我現在哪兒有一百兩啊？！」侯小若白了馬鳴未一眼，「回頭讓人給你送銀票過來，你先把關書給我。」

「現在就把關書給了你，你要不給我送銀子來呢？」馬鳴未瞇縫著眼睛。

「你以為誰都像你一樣沒皮沒臉嗎！」侯小若一瞪眼，「關書拿來！」

「別嚷嚷呀，我不就那麼一問嘛，」馬鳴未嘟囔著正要往正屋走，忽然又停下了腳步，指了指院子裡正準備練早功的孩子們，「我這兒還有幾個剛入科的，你要喜歡，不如就幹脆都買了去？」

「馬鳴未，你這個人渣……！」侯小若捏緊了拳頭，拼命壓著自己此刻就想往他鼻梁砸上一拳的衝動，「再加五十兩，我全部帶走。」

「可以可以，多少算多呢，是吧，」馬鳴未眉開眼笑地快步進屋，把所有孩子的關書都拿了出來，「都在這兒了，拿去吧。」

侯小若接過關書，一張張翻看了一下，確認沒有問題，對折兩下塞進懷裡，「告辭。」

「我說，別忘了送銀子過來呀！」

衝著侯小若和孩子們離開的背影，馬鳴未喊了一句，可是包括侯小若在內，竟沒有一個人回頭看他一眼。

一直躲在屋門後面的長爺臉上浮現出一抹奇怪的笑，點了點頭，走回桌前坐了下來，兩隻眼睛愈發渾濁了。

京城的四季，各有各的美，各有各的雅。春看柳夏觀花，入秋的紅葉瑞冬的雪，每一季都能品出截然不同的味道。尤其是近年關的這段兒，四處鞭炮聲聲銀裝素裹，白的初雪襯著紅的炮仗皮兒，屬實好看得很。

若晴社的孩子們每天就盼呀盼呀，好容易盼到了小年兒。三閆爺准大家夥兒這天休息半天兒，一起包餃子，於是這一座三進的院子可就熱鬧開了。鍋碗兒碰瓢盆，叮噹亂響。眾人分工合作，擀皮兒的擀皮兒，包餃子的包餃子，幹得甭提多起勁兒了。

「三閆爺，三閆爺，這都什麼餡兒呀？」魏溪閣滿臉滿手粘的都是麵粉，擠到三閆爺身邊兒，伸長了脖子往餡兒盆子裡看去。

「臭小子，當心你那哈喇子掉進去，」三閆爺笑著拍了一下魏溪閣的頭，「今兒個呀，咱拌了兩種餡兒，西葫蘆羊肉和韭菜豬肉，你喜歡哪種？」

「我，我哪種都喜歡，」魏溪閣傻憨憨地樂著，用袖子擦了擦嘴角，「三閆爺，您記著包大個兒點兒啊。」

「知道啦，給你包鴨蛋那麼大的。」

「鵝，鵝蛋那麼大吧。」魏溪閣說著，被肉香引得不自覺咽了口口水。

「行了行了，趕緊幫著你壽林師叔他們和麵擀皮兒去。」三閆爺騰出一隻手，在魏溪閣的屁股上拍了一巴掌。

「欸！」

和麵拌餡兒，擀皮兒包餃子，到最後下鍋，可把孩子們給開心壞了。廚房裡的水蒸氣裹著餃子的香味兒一陣陣飄出來，孩子們饞得一個個兒都端著碗，擠在廚房門口等著吃餃子。

就這功夫，侯小若打外面走了進來。

「小若師哥，您回來了。」梅壽林趕緊上前，把侯小若手裡拎著的點心包和酒罈子都給接了過來。

「嗯。」侯小若有些疲憊地笑了笑。

「小若師哥，」梅壽林抿了抿嘴，「還是……沒有消息嗎？」

侯小若沉默了一陣兒，陰著臉搖了搖頭。

「……別擔心，咱一定能找到他的，」梅壽林勉強扯了一個笑，「快進去吧，外頭怪冷的，一會兒餃子得了我給您端屋去。」

「嗯。」

侯小若點了點頭，抬腳往正屋走了過去，卻沒有注意到躲在人群中神色複雜的譚福路。

正屋裡燃著一盆炭火，一旁的小爐子上還溫著酒，真是又暖又醉人。侯小若撩開門上厚厚的棉門簾子，鑽了進來。

「乾爹，」侯小若抱拳拱了拱手，「喲，長爺也在呢。」

「嗯，來蹭你一頓餃子吃。」長爺和善地笑了笑。

「這是什麼話，您要想來的話隨時就來，咱歡迎還來不及呢。」侯小若笑著把皮襖脫了，隨手扔在門旁的架子上。

「今兒又去二霜那兒了？」三閨爺給侯小若倒了一碗熱茶。

「嗯。」侯小若點點頭。

「有什麼消息了麼？」長爺也忍不住問道。

「沒有……」

「好好的一個大活人，怎麼能說不見就不見了呢你說。」長爺使勁兒跺了兩下腳。

「唉……」三閨爺長長嘆了口氣，「要是連九門提督清泰大人都找不到的話，那大概真就不在京城了吧。」

五、

侯小若端起三閨爺倒給他的茶喝了一口，「長爺。」

「嗯？」

「我聽說，鳴福社要散了？」侯小若捧著茶碗，看向長爺。

「呵，這不就是遲早的事麼，」長爺微微笑了笑，語氣裡很有幾分事不關己的味道，「自打你把班社裡的孩子都帶這邊兒來，鳴福社那就已經是名存實亡了。」

「馬鳴未沒有再招徒弟麼？」

侯小若從那天開始就改了口，不再管馬鳴未叫師哥了。

「招，哈哈哈，」長爺大笑了兩聲，「還招什麼招，招了他教麼？」

「那散了鳴福社，他是打算找人搭班兒還是怎麼的呢？」三閨爺問道。

「誰知道他想怎麼樣，再說了，誰還管得了他想怎麼樣。」長爺若無其事地聳了聳肩。

爺仨一同沉默著喝了會兒茶，侯小若忽然說道，「長爺，不然您也上我這兒來吧。」

「對，」三閏爺一拍巴掌，「您要是過來，就讓福路福山把西廂房給您騰出來。」

「不用不用，」長爺笑著擺了擺手，「我就一孤身糟老頭子，住哪兒還不都一樣。」

「那怎麼能一樣，」侯小若睜大了眼睛，「就是因為您老自己住在那邊兒我才不放心，咱百無禁忌地說一句，這要萬一有個病呀災兒的，您總不會指著馬鳴未能照顧您吧。」

「沒事兒，沒事兒的，你的心意我領了。」長爺似乎不想讓侯小若再說下去了，於是故意端起茶碗，佯裝喝茶。

「行了，小若，」三閏爺衝侯小若略微晃了晃手，「年紀大了，自是不願意挪窩嘛。」

長爺也不說什麼，一勁兒淺笑著，自顧自地喝著茶。

「三閏爺，長爺，小若師哥。」

在門外喊了一嗓子，梅壽林和杜壽蘭一人端著一大盤餃子走了進來。

「唷，餃子得了，」三閏爺趕緊起身去拿自己鍾愛的奶酒，「來來來，都喝點兒，餃子酒餃子酒，長喝長有。」

「您三位趕緊趁熱吃，鍋裡還有好些呢，不夠的話我再去盛。」

梅壽林把盛著熱騰騰餃子的盤子擱在了桌上。

「你們吶？」三閏爺回頭看了看梅壽林。

「我們就都跟倒座房裡吃去。」杜壽蘭不光把餃子端了過來，還細心地將碗筷也都擺放好。

「不不不，小年兒嘛，那還不得一塊兒熱鬧熱鬧呀，」三閏爺指揮著侯小若，「小若，去，把大圓桌給架起來，大家夥兒都上這屋吃來。」

「是咧，」侯小若拉著梅壽林，「壽林，跟我來。」

「欸。」

跟著侯小若，兩人一前一後走了出去。

就這一頓餃子給大家夥兒吃的，甭提多美了。多半天包的幾百個餃子被一掃而空，最後竟然連餃子湯都沒剩下，全被魏溪閣給包圓兒了。

趁著大家夥兒吃著喝著談笑著的功夫，譚福路偷偷地裝了滿滿一食盒的餃子，用外襖一捂，悄悄溜出了若晴社的院門。按照之前的記憶，譚福路七拐八繞地找了半天，終於來到了詠景堂的門前。

抱著懷裡的食盒，譚福路在詠景堂門前來回走了好幾趟，地皮都快被蹭平了，他還是鼓不起勇氣抬腳往裡走。時不時有個穿紅的或是帶綠的進進出出，譚福路還得趕緊藏進街角的陰影裡，生怕被人看見。他正臉兒衝牆地藏著，忽然感覺身後有人拍了拍他的肩膀。

「這位爺，是來玩兒的嗎？」

「我……我，」譚福路結巴了半天，「我是來找人的。」

「對，都是來找人的，找相公嘛，」來人似乎是詠景堂的大茶壺，「來，您隨我來吧。」

「……欸。」

譚福路點點頭，老老實實地跟在大茶壺身後走進了詠景堂。

穿過一條細細的門廊，大茶壺把譚福路領到了一間不算很大的正屋之中。雖然四處看起來都顯得有些破舊不堪，但最起碼收拾得還挺乾淨。屋子角落裡的架子上也放著幾件陶瓷擺件兒，牆上還掛著兩三幅都已經有些泛黃的畫卷。

「爺，這是頭一回吧？」

「啊？嗯……」譚福路第一次進這種地方，眼睛都不知往哪兒看才好。

「那想是就沒有熟識的相公了，」大茶壺倒是非常自然，「我給您介紹介紹？」

「嗯……我想問問，程雨晴在嗎？」譚福路舔了舔嘴唇，強作鎮定地問道。

「在，就在屋呢，我這就給您叫去。」

說罷，大茶壺卻站在原地，沒有要走的意思。

「怎麼？」譚福路抬眼瞧了瞧他。

「嘿嘿嘿，」大茶壺咧嘴一笑，「爺，您先把盤子錢賞下來吧。」

「什麼是盤子錢？」譚福路完全聽不懂這是什麼意思。

「看來這位爺還真是大姑娘上轎，頭一遭哇，」大茶壺樂了，「上咱們這兒來玩兒的，進門就得先交盤子錢，這是規矩。」

「哦哦，那，要多少？」

譚福路有些慌，他出來壓根兒就沒帶多少銀子在身上。大茶壺剛要張嘴說話，就聽見廊子那頭傳來柔柔的一聲。

「福路，你……怎麼來了？」

眉頭微蹙，程雨晴緩步從後面走了出來，步子有些拖拉。

「喲，雨晴相公，您怎麼自己個兒就出來了呢，」大茶壺指了指譚福路，「這位爺的盤子錢還沒賞下來呢。」

「這是我……表弟，」程雨晴隨口說道，「你去吧，他就是來跟我說兩句話，不會久待的。」

「表弟呀，」大茶壺又看了一眼譚福路，點點頭，「那行，您二位聊著，我上前頭照應去。」

略微一欠身，大茶壺把手巾往肩膀上一搭，走了出去。

「師哥。」譚福路低著頭，也不敢看程雨晴。

「……坐吧，」程雨晴把譚福路帶進自己屋裡，指了指桌旁的竹椅，「是二霜哥告訴你的？」

「不是，」譚福路很聽話地坐了下來，使勁兒搖搖頭，「是我之前偷偷跟著他來的。」

「嗯，」程雨晴拎起桌上放著的茶壺，給譚福路倒了一碗，「你來這兒做什麼？」

「我不是來勸您回去的，我也知道勸不動您，」譚福路把懷裡的食盒掏出來擱在桌上，往程雨晴那邊輕輕一推，「今兒是小年兒，班社裡包了餃子，我就想著給您送幾個過來。」

「都已經小年兒了，」程雨晴抬手輕撫著食盒，「時間過得可真快。」

「可不是嘛，再唱個十來天，咱今年就封箱了。」譚福路笑道。

「是啊……大家夥兒，都好麼？」程雨晴似乎猶豫了一下，低聲問道。

「都好都好，長爺也過來一起吃餃子了，」譚福路太久沒看見程雨晴了，一說起來就停不住嘴，「您還不知道吧，溪樓和溪閣，還有鳴福社其他的孩子都入了咱們班社了。」

「嗯？可他們還在科裡，怎麼能隨便換班社呢？」程雨晴吃了一驚。

「那，不就是……」譚福路撇了撇嘴，「鳴未師哥，把他們都賣給咱了。」

「賣，賣了？」程雨晴的眼睛睜得更大了，他幾乎不敢相信自己的耳朵，「賣了？」

「可不就是賣了唄，」譚福路提起馬鳴未，也是滿臉的不屑一顧，「小若師哥給了足足一百五十兩銀子吶！」

「怎麼會……」程雨晴下意識地搖了搖頭，「要是把科裡的孩子全都給賣了，那鳴福社要怎麼辦？」

「聽長爺說，鳴福社要散了。」譚福路把手攏在嘴邊，小聲說道。

「什麼？」程雨晴這下是真的被驚著了，臉色發青，「鳴未師哥呢？戲班兒要散了的話他可怎麼辦？」

「雨晴師哥，說句心裡話，您就別再惦記著他了，」譚福路實在忍不住，還是想勸兩句，「就他這個人吧，要錢抽大煙，賣孩子玩女人……不說無惡不作吧，但真不是什麼好東西。」

「……嗯，」程雨晴慢慢把頭垂了下去，「謝謝你，還專門給我送餃子過來。」

「師哥……」

不等譚福路說什麼，程雨晴搖了搖頭，「福路，回去吧。」

「您就真忍心再不回去了嗎？」譚福路不自覺地皺起了眉頭，語氣裡透出幾分埋怨，「再不見小若師哥？」

「……回去吧，」程雨晴抬起頭，嘴角雖然掛著笑，但是一雙桃花眼中卻滿是他拼了命想要忍住的淚水，「別叫你小若師哥太擔心了。」

「可……」

這時候，之前那個大茶壺突然跑了進來，「雨晴相公，白家三爺來了，您這兒少聊兩句吧。」

「我這就過去，」說著，程雨晴站起身的同時，悄悄用衣袖輕拭了一下眼角，「福路，回去吧，以後別再上這兒來了。」

話音落，程雨晴已經甩袖走了出去，連再多說半個字的機會都沒有給譚福路，只留下他獨自在屋裡發了好一會兒呆，才愣愣地離開了讓他覺得快要窒息的詠景堂。

六、

儘管外頭已經是天寒地凍，但白二霜還是像往常一樣坐在內院的廊下，背靠著粗實的廊柱，望著院子裡的兩株白梅發呆。枝條樹梢上開滿了點點白梅，藏於霜雪之中，一時竟難以分辨哪裡是雪何處是花。

「二爺，您進屋吧，外頭實在太冷，回頭您又該咳嗽了。」

貼身伺候的月兒站在他身側低聲勸道。

白二霜不搖頭，卻也不點頭，只是微微抬起下巴，「今年的梅花兒，開得可真好。」

「那是自然，您平日裡照料得那麼勤，開得不好才奇怪呢。」月兒笑道。

月兒是清泰專門差過來服侍白二霜起居的男孩兒，大概也就十四五歲的樣子，但是很有眼力勁兒。另外還有負責做飯的廚子和洗洗涮涮縫縫補補的老媽子，趕車的車把式、養花兒的花把式之類的。院子雖不是很大，但是除了白二霜之外，光下人就有六七個。

「花鳥魚蟲，若是你不好好伺候它，它就不會好好伺候你。」白二霜臉上掛著似笑非笑的表情，把水煙壺送到嘴邊，呼嚕呼嚕地抽了幾口。

「您還抽吶，大夫不是說了讓您少抽嘛。」月兒忍不住皺了皺眉。

「月兒，這人生得意須盡歡，莫使金……咳咳，樽……空對月嘛，咳咳……」

一句話沒說全，白二霜就劇烈地咳嗽了起來，嚇得月兒趕緊上前給他拍著後背。

「您瞧瞧，我才剛說完，」月兒伸手把白二霜的水煙壺給搶了下來，「這個先擱我這兒，今兒絕對不許再抽了。」

「咳咳……好好好，咳，依你。」

莞爾一笑，白二霜隨意用帕子擦了擦嘴，卻令得唇色愈發紅艷。

「我去給您把藥端來，」月兒往前走了兩步，又回頭囑咐道，「您再坐一會兒就進屋吧，別再凍著。」

「知道了，月兒媽。」白二霜調侃地笑著。

「二爺您又笑話我。」月兒氣鼓鼓地一跺腳，小跑著往廚房去了。

看著月兒小小的背影消失在月亮門外，白二霜淺淺笑了笑。他將手攏到嘴邊，哈了一口氣，輕搓了兩下，不自覺地又將視線投向了院中白梅。

「梅須遜雪三分白……」

沒等白二霜把後半句說出來，身後就傳來了清泰爽朗的嗓音。

「雪卻輸梅一段香，」清泰將自己身上厚厚的裘皮斗篷解下來，將白二霜整個人都給裹了進去，「冷不冷？」

白二霜順勢往清泰懷裡一靠，「您來了，就不冷了。」

貼著他身後坐下，清泰輕輕擁住懷中之人，「還說不冷，手這麼涼，進屋吧，屋裡暖和。」

「您給我暖暖就是了。」白二霜像貓一樣軟軟地窩在清泰厚實的懷裡，貪婪著他的溫度。

「嗯。」

清泰很自然地用自己的大手覆住了他冰涼涼的一雙柔荑，慢慢搓揉著。白二霜頓時感覺到一股輕柔的暖意，慢慢在自己的指尖洇染開來。他閉上眼睛，把頭往後靠在清泰的肩膀上，享受著他近在咫尺的味道。

「主子，您來了，」月兒端著藥碗走了過來，小心地衝清泰行了個請安禮，「給主子請安。」

「嗯，起來吧，」清泰把手一伸，「藥給我。」

「嗻。」月兒雙手捧著藥碗，遞到了清泰面前。

「這藥太難聞了。」白二霜看了一眼藥碗，嫌惡地直接把臉埋進了清泰懷裡。

清泰無奈地笑著拍了拍他的背，「你捏著鼻子喝。」

「太苦了。」白二霜悶悶的聲音從清泰的胸口傳出來。

「良藥苦口能治病呀，」清泰一隻手端著藥碗，另一隻手捏著白二霜的下巴，半強迫著讓他抬起頭，「我帶了瑩棗蜜餞來，喝完了藥馬上吃一顆，保證就不苦了。」

「二爺，您在主子面前還真是像小孩兒似的呢，嘿嘿嘿。」月兒站在一旁看著可樂。

「你看看，連月兒都笑你了。」清泰用食指輕點了一下白二霜的鼻尖。

「臭小子，」白二霜白了月兒一眼，稍微坐直了身子，「給我吧。」

「我先幫你吹吹，」清泰將吹去了粗熱的藥碗遞給白二霜，「不燙了，快喝吧。」

白二霜輕嘆了口氣，捧起碗，皺著眉頭捏著鼻子，咕咚咕咚一鼓作氣全咽下去了。放下藥碗，他還不忘又抱怨了一句，「這也太苦了吧。」

清泰用拇指指肚抹去了掛在白二霜嘴角的一絲藥漬，送到嘴邊舔了一下，笑道，「還真是挺苦的。」

「說您還不信，蜜餞呢？」白二霜衝著清泰把手掌一攤。

「有，別急嘛，自是會給你的。」

說著，清泰打開一旁的小食盒，夾出一顆蜜餞在白二霜鼻尖兒前頭晃了晃。白二霜正想張嘴去接，誰知清泰手腕一轉，直接送進了自己嘴裡。

「真甜，哈哈哈哈。」

看著被自己算計到的白二霜，清泰甭提有多開心了。

「真不知道誰更像小孩子。」

托著清瘦的下巴看了清泰一會兒，白二霜忽的一伸手，迅速從食盒裡也夾出一顆蜜餞，含在唇間嫣然一笑。這一笑，看得清泰頓時就失了神。就在清泰發愣的功夫，白二霜一托他的後頸，整個人貼了上去。皓齒一沉，唇間的蜜餞被咬成兩截，白二霜用舌尖將半顆蜜餞推進了清泰的口中。

好整以暇地斜眼瞧著臉一直紅到了脖子根兒的清泰，白二霜滿意地嚼著另外那半顆蜜餞，「還真是挺甜的。」

一旁的月兒實在憋不住，噗嗤一下樂出了聲，清泰這才回過神來。

「咳，」清泰為了掩飾自己，使勁兒清了清喉嚨，「外頭實在太冷了，走，二霜，咱進屋。」

這回白二霜倒是很聽話，順從地點了點頭，「嗯。」

屋裡屋外可謂是天壤之別。

若屋外是數九隆冬，那麼屋裡就是陽春三月，暖意洋洋。

「月兒，」清泰擁著白二霜進屋，在桌旁都坐下了還就是不撒手，「去，把我帶來的紅棗血燕粥拿過來。」

「嗻。」月兒捧過來一隻精緻的陶瓷湯盅，放在了桌上。

「這是我讓提督府的廚房專門為你做的，」清泰邊說，邊把湯盅蓋子打開，一股淡淡的甜香飄散出來，「過來的時候我裹了好多層，現在喝，溫熱正好。」

「多謝提督大人。」白二霜半開玩笑地說了一句。

「二霜，」清泰把臉往下一沉，「不是說了不讓你這麼叫嘛。」

「別人都叫得，怎麼就我叫不得呀？」白二霜半瞇著笑眼，看向清泰。

「你……你不一樣。」清泰覺得耳朵又有些隱隱發燙。

「我，」白二霜不依不饒，又往清泰臉前湊了湊，「哪裡不一樣呀？」

「明知故問……別鬧了，」清泰一伸手，將白二霜重新擁進懷中，將下巴擱在他肩頭，「這幾天覺得身體怎麼樣？」

「我一直都很好呀，是您擔心過頭了，」白二霜慵懶地貼在清泰身上，「還非要我喝那麼苦的藥。」

「……二霜，算我求求你，」清泰雙手握住白二霜日漸消瘦的肩膀，直直地看向他的眼睛，「照顧好自己，提督府裡事務繁多，我也沒辦法像以前那樣天天都過來看你。」

暖暖笑著，白二霜握住清泰的手，覆在了自己臉頰上，緩緩廝磨，「不用擔心，我真的沒事兒。」

「你總是這樣把話題躲過去，」清泰小小地抗議了一下，「你保證，我不在的時候一定要照顧好自己。」

「好，我保證。」

白二霜眼中的笑意漸濃，轉過臉，在清泰的掌心裡輕輕一啄。

疼惜地掐了一下白二霜的臉頰，清泰端過那盅血燕粥，「來，喝口燕窩粥暖暖。」

「不用喝燕窩粥了，有您就夠暖的了。」

對於調笑清泰這件事情，白二霜大概是永遠都不會覺得膩的。果不其然，清泰打從心底裡笑了笑，滿臉拿白二霜沒轍的神情把雙臂伸開，讓白二霜舒舒服服地偎在自己胸前。

「對了，程雨晴那兒你真不打算再去了？」清泰像是忽然想起什麼一般。

「不去了，去也沒有用。」

說到程雨晴，白二霜就是忍不住地嘆息。

「或者告訴侯小若，讓他去勸勸。」

「不行，」白二霜搖了搖頭，然後抓著清泰的前襟說道，「您也不許去說。」

「我跟誰說呀，」清泰失笑，「我跟侯小若又不熟，他住哪兒我都不知道。」

「……嗯，那是雨晴自己的決定，我們都是外人，更何況……能成全他的，就只有他自個兒啊，」白二霜抓過湯勺，又放下，「您餵我吧。」

「好好好，我餵你。」

清泰嘴裏說得雖很無奈，臉上卻是笑顏逐開。他舀起一勺血燕粥，以唇相觸，確定了不燙，才寵溺地送進白二霜微張的口中。

七、

懷裡揣著侯小若差一個孩子送來的一百五十兩銀票，馬鳴未嘴裡哼著小曲兒得得瑟瑟地出了門。就是因為口袋裡沒銀子，馬鳴未都已經好幾天沒正經抽上一口煙泡了，好不容易弄著了錢，他簡直恨不得一步就能踏進大煙館子裡去。

才剛走出了胡同口，馬鳴未就看見街對面有幾個熟悉得不能再熟悉的身影正往這邊走，嚇得他脊背一涼，趕緊轉身，想著趁他們看見自己之前從胡同的另一頭出去。可是他腳程雖不算慢，但是寶局子的打手們腳程更快，幾步就竄到了他身邊，大長胳膊一伸便死死地攬住了馬鳴未的肩膀。

「欸，馬班主，」精瘦男子滿臉壞笑地湊近了馬鳴未，「這麼著急，打算上哪兒呀？」

「沒，沒想上哪兒，嘿嘿。」

一看見這哥兒幾個馬鳴未立馬就慫了，嘿嘿地陪著笑。精瘦男子衝旁邊一個手底下人抬了一下下巴，遞了一個眼神，對方就馬上會意地將馬鳴未捂在胸口的手給愣掰開。唰啦一聲，精瘦男子從馬鳴未懷裡扽出了那三張銀票。

「真不愧是馬班主，」精瘦男子嘖嘖了幾聲，用手背啪啪地拍著銀票，「這出趟門兒，隨隨便便就揣著一百幾十兩的銀票呀。」

「不是不是，這銀票它是……」馬鳴未連忙擺手。

可是對方根本也不給他說話的機會。

「我說馬班主，這就不對了吧，」精瘦男子說話時嘴角總是會擠出些許白白的唾沫，所以時不時就習慣性地用食指和拇指抹一下，「您這兜裡有這麼些銀子，怎麼就不知會兄弟一聲呢？咱這期的利錢可還沒清呢。」

「我這不是，就為了給您送過去嘛。」馬鳴未低聲下氣地訕笑著。

「您看看，我就說馬班主是個明白人，明白人說敞亮話兒，」精瘦男子說著，把其中兩張銀票掖進自己懷裡，剩下的一張又重新塞進了馬鳴未手中，「哥們兒們都是講道理的人，是不是？那兩張算是利錢，這張您帶著，得了空了再上咱那兒玩玩兒去。」

「是是是，」馬鳴未簡直感恩戴德地雙手接過那張銀票，「我是想著先去抽一口，完了再上寶局子去玩兒兩把，試試手氣。」

「那行了，就直接跟哥們兒走吧，咱寶局子的煙泡不敢說是京城頭一份兒，那也絕對比大煙館子裡的貨色好太多了，」精瘦男子半強迫地攬著馬鳴未就往前走，「我說，挺行的啊馬班主，這才幾天不見，一出手就是一百兩。」

「沒有沒有，混口飯吃，混口飯吃。」馬鳴未心裡就算再不情願，臉上也不敢表現出來。

「說真的，您這一百好幾十兩的，哪兒來的？」精瘦男子邊走，邊拍著馬鳴未的肩膀問道，「要是有發財的道兒，可別忘了哥兒幾個。」

「哪兒呀，要真有什麼發財的道兒我還至於落魄成這樣？」馬鳴未攤開手，抖了抖自己身上那件舊得分辨不出顏色的長衫。

「那您這銀票……？」精瘦男子斜著眼睛看向馬鳴未。

「不，不瞞您說，」馬鳴未咽了口唾沫，「我把班社裡那幾個孩子……都給賣了。」

「……孩子？」精瘦男子先是一怔，接著嘴角揚了起來，「賣了幾個？」

「攏共加起來，也就五、六個吧。」馬鳴未不明白他問這個做什麼。

「可以呀，」精瘦男子樂了，「五六個娃娃就買了一百五十兩，會做生意。」

「啊哈哈，哈哈哈……」馬鳴未抬手抹了一把腦門上滲出來的冷汗。

精瘦男子眼珠一轉，故意湊近馬鳴未，神秘兮兮地說道，「馬班主，您那院子裡的孩子是都賣了嗎？」

「嗯，」馬鳴未倒是非常老實地點了點頭，「都賣了。」

「一個都沒剩下？」

「沒有。」

「不對吧，」精瘦男子把眼睛瞇縫起來，目帶精光地盯著馬鳴未，「您再好好想想。」

馬鳴未捏著下巴想了半天，還是搖了搖頭，「真沒有了。」

「您，」精瘦男子撞了一下馬鳴未的肩膀，「不還有一閨女呢嘛。」

「那個小賠錢貨？那還懷抱兒呢，」馬鳴未抓了抓好長時間都沒刮的腦袋，「就算我想賣，誰要哇？」

「我要呀。」精瘦男子很自然地就把話給順了下來。

「……您，您要？」馬鳴未被精瘦男子給說愣了，「您要個小丫頭片子有什麼……給您當丫鬟？那也還太小了吧。」

「是這麼回事兒，我們寶局子的李四爺，您知道吧？」

「知道知道，李四爺的大名那還有誰不知道的。」馬鳴未滿臉諂媚地笑著。

「咱們李四爺這幾年寶局子的營生是越做越大，於是乎便在天津府開了間一等一的大青樓，」精瘦男子就像是在說他自己的事跡一般那麼自豪，「好傢伙，去的可都是富豪商賈、達官貴人！」

「窯子？就算要把我閨女賣窯子裡去，那，也太早點兒了。」

馬鳴未實在不敢嗤之以鼻，只是嘴角不自然地抽搐了一下。

「您不懂，人家要的就是小丫頭，」精瘦男子瞪了馬鳴未一眼，「跟著老鴇子長起來，這大了之後除了琴棋書畫樣樣精通之外，那勾搭男人的本事也都是百裡挑一的，懂不懂？小的，好調教。」

「哦哦哦，」馬鳴未似懂非懂地點點頭，「那……給多少銀子？」

「哼。」

精瘦男子哼笑了一聲，在馬鳴未耳邊小聲說出一串數字，驚得他嘴都快合不攏了。

「真能給這麼些？就那麼個小丫頭片子？」馬鳴未瞪圓了眼睛，眼珠子好懸沒掉出來。

「瞧瞧你那沒見過世面的樣子，」精瘦男子翻了個白眼，「對你來說是筆大財，對咱李四爺來說，連九牛一毛都算不上。」

「是是是，哪兒能跟李四爺比。」馬鳴未笑著縮了縮脖子。

「賣了您那丫頭，少一張嘴吃飯不錯，您這兒小起碼三四期利都不用還了，」精瘦男子趁熱打鐵，「一舉兩得呀，好好想想吧。」

「這買賣，做得過，」馬鳴未搓了搓手，「行……哎，我說。」

「嗯？」

「我還有一媳婦兒，年紀雖然大點兒但總算風韻猶存吧，」馬鳴未嬉皮笑臉道，「您多少給點兒，幹脆一起買去得了。」

「老娘們兒咱可不要，」精瘦男子在馬鳴未背上狠狠拍了一巴掌，「當我這兒收廢品的吶！」

「我就這麼一說，您那麼一聽，別動氣，別動氣。」

「您閨女那事兒，趕著緊的給李四爺辦了，」精瘦男子一口濃痰啐在馬鳴未腳邊，「過了這村兒，可就沒這店兒了。」

「您放心，回去就辦，這事兒我比您著急，」低眉順目地作了幾個揖，馬鳴未把手往袖筒裡一塞，「告辭，告辭。」

瞅著馬鳴未戰戰兢兢的背影，精瘦男子身旁的一個手下人開口問道，「安爺，這傢伙靠不靠譜啊？李四爺那邊兒可要得急呀。」

「一個人要是被逼急了什麼都敢幹，」被尊稱為安爺的精瘦男子撇著嘴笑了笑，「那小子要狠起來，能比你我都狠。」

說著話，安爺帶著三五個手下人往另一個方向晃晃悠悠地走遠了。

雖然老人們都說，娘親在給孩子餵奶的時候若是心情不好，那麼餵出來的孩子以後也一定會經常愁眉苦臉，但是喜鵲仍然無法強顏歡笑。望著外面空蕩蕩的院子，喜鵲不由得一陣心酸，眼裡的淚水摔在前胸，順著早已失了彈性的肌膚滑了下去。和著本就不多的奶水，被懷裡的鳩兒一併咽進了肚裡。

剛把吃飽喝足的鳩兒哄睡了，喜鵲擦了擦臉上的眼淚，正系著領邊紐扣的功夫，馬鳴未從外面抬腳走了進來。

「……回來了。」喜鵲下意識地一低頭，根本連看也不想看馬鳴未。

自己在這屋裡不受待見，馬鳴未心裡清楚得很。不知是麻木了還是完全不在意，他不急不惱地走到桌旁，撩袍坐下。喜鵲整理好衣服，在搖籃邊坐下，有一下沒一下地推著搖籃，等著馬鳴未開口要吃要喝。

「咳，」馬鳴未未曾開口，先清了清喉嚨，「鳩兒……睡了？」

憋了半天，也就憋出這麼一句。

喜鵲從眼角偷瞄了馬鳴未一眼，微微點點頭，「嗯，剛吃完奶，現在睡了。」

「鳩兒她，多大了呀？」馬鳴未繼續問道。

「……她是你的親閨女，多大了都不知道嗎？」喜鵲實在按耐不住，頂了一句嘴。

「嘖，」果不其然，馬鳴未不耐煩地打了個咂舌，「問你你就說嘛。」

「下月就滿一歲了，」也只有在看著鳩兒的時候，喜鵲臉上才會浮現出如此安詳的表情，「我們鳩兒可聰明了，前兒個都已經會開口叫娘了。」

「是麼，」馬鳴未佯裝感興趣的樣子，湊上前瞧了瞧熟睡中的女兒，「嗯，長得還挺清秀，像你。」

不過只是一句話，卻叫喜鵲不禁紅了眼眶。

八、

「來，讓爹抱抱。」

馬鳴未裝模作樣地硬是把剛睡著的鳩兒從搖籃裡抱了起來，還貼在臉上蹭了蹭，蹭得鳩兒撇了撇嘴。

原本見馬鳴未主動親近女兒，喜鵲心裡還覺得挺舒服的，想著難不成是浪子要回頭？可是他接下來這半句話，卻讓喜鵲一下從頭涼到了腳。

「嗯……什麼都好，就是不帶把兒，養大了也注定是個賠錢的玩意兒。」馬鳴未邊搖晃著鳩兒，邊沒心沒肺地說道。

「給我吧，一會兒被你折騰醒了又該哭了。」喜鵲把臉一沉，伸手就想要把女兒接過來。

可她話還沒說完，鳩兒就被馬鳴未一頓搖晃給弄醒了。睜開兩隻水汪汪的大眼睛一看，抱著自己的是個完全不認識的老爺們兒，嚇得鳩兒哇一下就哭了出來。

「我說什麼來著，來，快給我吧。」

「我的女兒，我抱會兒怎麼了？」馬鳴未兩眼一瞪，把雙臂往回縮了縮，「哭什麼哭，不認識我嗎？我是你爹呀。」

無論馬鳴未怎麼哄，鳩兒就是不吃他那套，哭得淒淒慘慘的。喜鵲實在聽不下去了，上前兩步，又想把孩子給接過來。

「幹什麼你，搶什麼搶，」馬鳴未往旁邊一閃身子，又閃開了喜鵲的手，「走，咱們上外頭玩兒玩兒去。」

話音落，馬鳴未抱著鳩兒就要邁步往外走。

「等等，你帶鳩兒上哪兒去！」喜鵲心中一陣陣的不安，慌忙跟在馬鳴未的身後，想要拉他的胳膊但又不太敢，「她還在哭呢，你等等！」

「這麼小的屋，這麼小的院兒，實在太委屈我們鳩兒了，」馬鳴未自顧自地說著，緊著幾步走到了院子裡，「我們鳩兒要住大屋子、大院子，要讓爹爹掙大錢、享大福。」

「你瘋了嗎？大白天的說什麼夢話！快把孩子給我！」喜鵲心慌意亂地拉扯著馬鳴未的衣袖。

「嘖，拉拉扯扯的做什麼，」馬鳴未很是不耐煩地甩開喜鵲的手，「難道不對嗎？你看看你把鳩兒餵的，面黃肌瘦，小臉兒皺巴巴的像猴子一樣。」

一句話深深刺痛了喜鵲的心。

作為一個母親，她又何嘗不想給自己的孩子吃最好的穿最好的？可這吃穿用住不都得花銀子嗎？哪兒來的銀子？

喜鵲使勁兒閉了閉眼睛，把湧到眼眶邊的淚水又給生生憋了回去。

「把孩子給我，」喜鵲知道自己再多說什麼都是白搭，她現在就只想趕緊把孩子抱回屋裡去，「我的閨女，要怎麼養是我的事兒！」

「這你就不對了，」馬鳴未冷哼一聲，「鳩兒難道就不是我閨女？我閨女，就該送去吃香的喝辣的，有個剩下的還能孝敬孝敬老子，哈哈哈。」

馬鳴未的笑聲讓喜鵲膽戰心驚，她不管不顧地衝上前去，猛的拽住馬鳴未的手肘，「把孩子還給我！還給我！」

「躲開點兒！」馬鳴未抬腳，毫不留情地把喜鵲踹翻在地，「臭娘們兒，你要發瘋撒潑上一邊兒去，別擋了老子的財路！」

「你！你到底要幹什麼？！」喜鵲都來不及爬起來，翻身一下抱住了馬鳴未的腿。

「嘖，你怎麼這麼煩人！」馬鳴未掙了兩下沒掙脫，便抬起另一隻腳踩在喜鵲的肩膀上，一用力，把喜鵲給踹了一跟頭，「就你生的這麼個賠錢貨，人家安爺肯給三百兩銀子買了去，你還想怎麼著？偷著樂去吧你！」

「買？買什麼？買誰？！」喜鵲又氣又驚，渾身哆嗦了起來。

「買咱家鳩兒，三百兩白花花的銀子吶，見過沒有啊？三百兩大銀元寶啊，」馬鳴未把哭得都已經沒了力氣的鳩兒給高高舉了起來，笑道，「把你這個小丫頭片子給賣了，幫你爹還債，也算是你盡了孝道了，哈哈哈哈。」

「不行！」喜鵲像被燙著了一般從地上跳起身，抓著馬鳴未就撕巴了起來，「還給我！把鳩兒還給我！」

「幹什麼你！」馬鳴未雙手舉著鳩兒，也沒辦法還手，只能堪堪躲閃，「讓鳩兒跟著你有什麼好？啊？吃沒得吃，穿沒得穿！賣到人安爺的青樓去，不但她享福了，咱的債不也能還上點兒麼！」

「……青……青樓，」喜鵲喃喃地念了一遍後，便歇斯底里地喊了起來，「你這個不是人的玩意兒！你，你竟然要把自己親生的閨女賣到窯子裡去？你還是不是人啊？我跟你拼了！」

邊叫罵著，喜鵲瘋魔了似的就要跟馬鳴未玩兒命，尖尖的指甲沒頭沒腦地就往馬鳴未臉上、脖子上抓去，連撕帶咬，兩隻眼睛血紅血紅的。

但凡是露出來一點兒皮膚的地方都被喜鵲抓出了一道道血印子，很是瘮人。

「跟你拼了！我今兒就跟你把命給兒了！」喜鵲尖聲叫嚷著，聲音猶如厲鬼。

「哎，哎呦！哎呦呦！」馬鳴未哀嚎連連，實在挨不住，一撒手，把鳩兒扔回給喜鵲。

喜鵲緊緊地將鳩兒摟進懷裡，披頭散髮地癱坐在地上，貌似瘋癲。

「你個瘋娘們兒！哎呦呦，」馬鳴未用手指輕輕碰了碰自己臉上的傷口，疼得直抽涼氣，「你行！你可以的！你就這麼對你的男人！瘋娘們兒，呸！」

邊惡狠狠地咒罵著，馬鳴未邊往外小跑而去，一個沒留神，正好撞在了往內院裡面走的長爺。

「唷唷唷。」

長爺被撞了個趔趄，往後退了幾步，手裡一大桶油糊糊的東西也潑灑出來一些，斑斑點點地濺在馬鳴未的長衫上。

「怎麼回事兒！」馬鳴未煩躁不已，「走路看著點兒呀！濺我這一身！」

「年紀大了，眼神兒不行咯。」長爺也不氣惱，抖著手自嘲道。

「哼！就沒有一個讓人省心的！」

嘴裡罵罵咧咧的，馬鳴未大步離開了。

小鳩兒大概是因為回到了母親懷裡，哭聲漸弱，慢慢地又沉沉睡了去。而喜鵲卻還坐在地上，一下一下機械地拍著鳩兒的背，眼神呆滯。

「喜鵲，喜鵲，」長爺不知什麼時候來到她身邊，拍了拍她的肩膀，「起來，地上涼。」

「……欸。」喜鵲用袖口擦了擦臉上亂七八糟的淚，抱著鳩兒站了起來。

「怎麼啦又？跟老頭子說說。」

說著話，長爺把手裡拎著的兩隻大木桶往地上一放，桶裡傳出濃稠的液體撞擊桶壁的聲音。

「……他，他竟然說，」喜鵲才剛一開口，眼淚就又落了下來，「說要把鳩兒……賣到窯子裡去……」

「……唉，」長爺微皺眉頭，長嘆了口氣，「這個混小子啊，越來越不是東西了。」

「長爺，您說他還是個人麼？哪有親爹能幹出這種事兒來的？」喜鵲可算逮著人訴苦了。

「嗯……你還別說，別人或許幹不出來，」長爺用手指了指馬鳴未離開的方向，「可他呀，真沒准兒。」

喜鵲的身子一顫，眼淚越來越多。

「他欠著人寶局子上千兩銀子吶，人能讓他一直這麼欠著？不能吧？」長爺瞇縫著眼睛，分析道，「可是他又沒有銀子，怎麼辦呢？那不就只能從自己人身上找唄。」

「……長爺，長爺……我該怎麼辦呀？」

喜鵲這會兒是真一點兒主意都沒有了。

「這事兒，怎麼說也是你們倆關上門兒的家務事兒，我能給你拿什麼主意，」長爺臉上依舊是那張讓人看不透的笑臉，「我就覺著吧，要是讓他繼續這麼活著，那你們娘兒倆的苦日子就指定沒個頭哇，可憐見兒的。」

「我……」喜鵲使勁咬了咬下唇，後半句話沒說出來。

忽的，喜鵲的眼角餘光掃到了長爺剛拎進來的兩隻大木桶。

「……長爺，這是？」

「火油，」長爺擦了擦額上的汗，「今兒個巷口那雜貨鋪兒賤賣，可便宜了，我就一氣兒買了兩大桶回來。」

「火油……」

看著那兩隻大木桶，喜鵲不由得心中一動，但又馬上被自己的想法給嚇出了一身冷汗，下意識往後退了半步。

「對了，這個，一會兒鳴未回來了你再給他吧。」長爺從懷裡掏出一方半塊兒磚頭那麼大的黃紙包。

「這是什麼呀？」喜鵲伸手接了過來。

「鳴未昨兒個托我給他買的煙土，收好了，」長爺拍了拍那個黃紙包，「可不便宜吶。」

喜鵲聽著這話，下意識地狠狠掐住那塊兒煙土，恨不得就這麼把它給捏碎了才好。

「行了，我把油桶搬後院兒去。」長爺淺笑著瞧了喜鵲一眼，拎起油桶作勢要走。

「長爺。」喜鵲忽然喊住了長爺。

「嗯？」長爺慢慢回過身。

「我……有個事兒，要和您老商量商量……」

說這話時，喜鵲是臉色慘白渾身顫抖，眼睛裡卻閃著點點堅定的光亮。

九、

是夜，馬鳴未喝得醉醺醺地回來了。

嘭一聲踹開屋門，馬鳴未渾身酒氣地跟蹌了幾步，跌坐在桌旁。他趴在桌上，伸手往前摸了半天，也沒能摸著原本一直擱在桌上的茶壺。

「喜……嘔，」酒勁兒頂上腦門，馬鳴未把差點沒吐出來的又給咽了回去，「……喜鵲！茶，拿茶來！」

沉默了好一會兒，喜鵲從角落的陰影處挪著腳步來到馬鳴未身側，把手裡的大海碗往前一遞，「喝吧。」

馬鳴未醉得迷迷糊糊的，抓過海碗就大口大口喝了起來。一碗下肚，他打了個臭氣熏天的酒嗝，「好酒！再來再來。」

「欸。」

捧著酒壺，喜鵲又給他倒了滿滿一大碗。

連著灌下去三四碗酒，馬鳴未基本上是爛醉如泥，動彈不得。喜鵲用盡了全身的力氣，連拖帶拽地把他給弄到了床上。

「……鳴未，」喜鵲輕輕推了推鼾聲漸響的馬鳴未，「鳴未？」

推了好幾下，確定馬鳴未已經徹底睡死了過去，喜鵲幾乎沒有絲毫猶豫地俯下身，把藏在床板底下的火油桶給拽了出來。

「鳴未，你不要怪我……你種下了什麼因，就應該想到要承受什麼果……！」

邊說著，喜鵲用先前馬鳴未喝酒的海碗將桶裡略顯粘稠的火油舀出來，一碗碗潑灑在馬鳴未的衣服上、床榻上，還有桌椅板凳上，甚至連窗棱上都撒了厚厚的一層火油。將手裡的碗往旁邊一放，喜鵲一腳蹬翻了火油桶，剩下的那一半火油淌了出來，流得滿地都是。

把沾在手上的火油胡亂往褲子上蹭了蹭，喜鵲把鳩兒抱了起來。回身最後看了一眼呼呼睡著的馬鳴未，喜鵲一咬牙，吹著了一早就預備下的火折子。

「……望你下世，能做個好人。」

說罷，喜鵲把火折子往前一扔，火瞬間就著了起來。搖曳跳躍的火蛇好似群魔亂舞，噼里啪啦地叫囂著，肆無忌憚地四處蔓延開去。眼前的一切在高溫之下看起來都如此扭曲，不甚真實。

喜鵲先是愣了一愣，接著便立刻抱著鳩兒往門口跑去。誰知她用手一拉門，卻發現房門被人從外面用鍊子給鎖住了。

「怎麼會……怎麼會？！」喜鵲拼命用手拉扯著房門，可門外的鐵鎖鏈卻只是無奈地嘩啦作響，「長爺！長爺！」

「……喜鵲呀，怎麼啦？」

門外傳來長爺慢條斯理的聲音。

「長爺，長爺！」喜鵲總算是鬆了一口氣，「您，您趕緊幫我把門兒打開，火已經起來了！咳咳，快！咳……」

「什麼火呀？」長爺還在慢悠悠地問著，似乎沒明白喜鵲說的是什麼。

「長爺，不是說好了，讓您幫著我……幫著我放火麼？」喜鵲一驚，心中升起濃濃的不安，瞪著眼珠從門縫裡往外望去，「我，我已經把屋裡的火點著了，您快讓我出去呀！」

門縫之外，卻只能看見背著光的長爺，臉上一片黑影，什麼也看不清楚。

「為什麼，要出來呀？」長爺的聲音異常空洞，似乎不帶任何一絲情感。

「為什……不出來的話，豈不是要把我和鳩兒一起也燒死了麼！」喜鵲又使勁兒拽了拽屋門，「我們不能死呀！」

「為什麼呢？」

「不為什麼！我們不想死！我，我不想死！」喜鵲拍打著門，哭吼了起來。

「是呀是呀，人，都不想死，」長爺稍微停頓了一會兒，繼續森森說道，「杜二爺當年，肯定也是不想死的吧，你說呢？」

「杜……杜，二爺……」喜鵲狠狠地打了個冷顫，「您……說什麼呢……」

長爺話還沒說出口，就聽見裡屋傳出一聲淒厲的哀嚎，在沉靜的夜裡直叫人嚇破肝膽。隨著慘叫聲聲，一個連臉都看不出來了的火人跌跌撞撞地衝了過來，嚇得喜鵲兩腿一軟，癱軟在地上。懷裡的鳩兒也被嚇醒，哇哇直哭。

「……長，長爺，是我造的孽……我該死！但，但鳩兒是無辜的呀，」喜鵲跪著，用頭咚咚撞著門，「您行行好，讓她出去吧！讓她活了吧！求求您了！」

「這世上，就沒有什麼人是無辜的……」長爺冷冷地說道，「好好地去吧，下去之後見到杜二爺，告訴他，等著我……我就來了。」

「長爺！長爺啊！您行行好吧！」

喜鵲不停地拼死撞著屋門，撞得頭破血流。

熊熊燃燒的屋裡，喜鵲的嘶吼聲、馬鳴未的慘叫聲、鳩兒的哭喊聲交織在一起，簡直就像是一幅現世煉獄畫卷。沖天的火光照耀在長爺帶著一抹笑意的青灰色臉孔之上，愈發的詭異可怖。

漸漸的，喜鵲的聲音越來越輕，身子也順著屋門軟軟地滑了下去。

「……鳩兒，娘對不住你……來世，別再投胎做人了……做只雀兒吧，自由……自在的……」

在喜鵲閉上眼睛的最後一刻，她好像看見馬鳴未竟撞破一扇差不多燒垮了的窗戶，翻身滾了出去。

當聞訊而來的侯小若他們匆匆趕到的時候，火雖然已經滅了，但鳴福社的內院已經是斷壁殘垣，被燒得七零八落的了。

「這到底是……」

侯小若一眾人被驚得目瞪口呆，話都說不出來了。

「長爺！」

還是梅壽林眼尖，一眼就看見長爺正坐在西廂房塌了一多半兒的廊子底下，似乎在吃著什麼。

「唷，都來了。」

長爺臉上透著疲倦，只是淺淺笑了笑，連眼皮幾乎都沒有抬一下。

「長爺，這到底是怎麼了？」侯小若幾步上前，心急如焚地問道。

長爺微微擺了擺手，「善有善報，惡有惡報，不是不報，時辰未到哇。」

說罷，他往嘴裡咕咚咕咚灌了幾口燒酒，和著嘴裡的東西一起咽了下去，然後又往口中塞了一塊，慢慢嚼著。

「馬鳴未呢？小師娘呢？」侯小若四下看了看，並未見他二人的身影。

「下世咯，」長爺指了指幾乎就沒燒剩下什麼的正屋，「都下去陪杜二爺了。」

「……死了？」

梅壽林哥兒幾個面面相覷，誰也不敢接話。

「長爺，」三閏爺上前一把拽住長爺的手腕，「您……您這是做什麼呀？！」

奪過長爺手裡攥著的那一大塊兒黑乎乎的東西，三閏爺啪一下狠狠扔在地上。

「什……什麼呀？」侯小若嚇了一跳，不明所以地問道。

「……嘿嘿嘿，」長爺笑著，似乎有些無力地抬手擦了擦嘴角，「沒聽說過麼？大煙膏子就酒，小命兒……哈哈哈，即刻沒有。」

「大煙膏子？」侯小若看了看被三閏爺摔了一地的東西，才認出來是煙土。

笑罷，長爺又抓起酒壺，一氣兒喝了幾大口。可是這回他卻沒能咽下去，而是噗地一口全噴了出來。黑色的大煙膏子摻著暗紅色粘粘稠稠的血，源源不斷地從長爺口中緩緩淌出，觸目驚心。

「長爺！」侯小若第一個衝了上去，扶住了長爺瘦得皮包骨頭的身子，他回頭衝梅壽林大喊道，「找大夫！快呀！」

「欸！」

梅壽林正要轉身往外跑，被三閨爺一把拉住了。

三閨爺眉間緊鎖地搖了搖頭，「……太遲了。」

「太遲……長爺！」侯小若晃了晃長爺的肩膀，「您，您這是做什麼呀！為什麼偏要這麼想不開？」

「小若啊，你好好的，」長爺艱難地轉了轉眼珠，又瞧了瞧其他人，「你們幾個，都好好的……好好活著。」

「長爺……！」

包括梅壽林哥兒五個，還有譚福路、何福山全都一個個跪了下去，垂頭不語。

「……小，小若，」長爺氣若游絲，一手卻依舊死死抓住侯小若，「把……把雨晴，找……一定，找回……來……」

「您放心，我一定會把他找回來的。」

說著話，侯小若的眼淚一顆接一顆的滾落腮邊。

「別，哭……」長爺嘴邊帶著笑，兩隻渾濁的眼睛慢慢望向頭頂上那一片萬里無雲的天空，「二爺啊，讓您……久等了……」

話音未落，長爺形同枯槁的手緩緩地垂了下去，輕微晃了晃，便再無聲息。

嗚福社的院子裡，泣聲慟天。

十、

清晨五更，天尚蒙蒙微亮，西城白府的旁門被略微拉開，程雨晴身披一件長長的白色門篷略一欠身，快速地鑽進了候在門外一輛不起眼的小騾車裡。門篷的帽子壓得很低，低得幾乎看不見程雨晴的臉。

一般這麼早，除了城外的菜農挑著擔子進城賣菜之外，街道上幾乎沒有什麼行人。騾子稍顯凌亂的蹄聲和騾車車輪的吱呀聲，在空空蕩蕩的路面上聽起來著實孤寂。薄薄的透亮晨光被軟軟地裹在沾染了露水的空氣中，倒叫人覺得清澈無比。

坐在有些顛簸的騾車轎廂裡，程雨晴百無聊賴地用手托著下巴，隔著轎簾有意無意地往外望去。千篇一律的街景看在程雨晴眼裡，總是白茫茫灰蒙蒙的一片，似乎周遭的一切都失了本該有的顏色一般。

離著詠景堂還有兩條街時，程雨晴的眼角餘光恍惚掃到了一個熟悉的身影，不由得心中一驚，趕緊喊車把式停住了騾車。他把頭探出轎廂外張望了一下，卻並沒有找到自己記憶中的那個人。

「難道是我看錯了……」程雨晴喃喃自語著，剛準備將身子縮回轎廂裡時，那個身影再次毫無預警地撞進他的眼中，「師……師哥……？」

艱難地咽了口口水，程雨晴邁著好似灌了鉛的雙腿從車上鑽了出來，顫抖著來到那個人的身前。只見他躺臥在街邊角落裡，眼睛半閉半睜，不僅衣不遮體而且渾身上下散發著惡臭，臉上和身上的大部分皮膚都是凹凸不平、焦黑潰爛，有的地方還在往外滲著膿水，慘不忍睹。

「……師哥？」

程雨晴簡直不敢相信自己的眼睛，想要伸出手去碰碰他，手僵在半空哆嗦了半天，遲遲也落不下去。

「師哥，是您嗎？」

程雨晴慢慢蹲了下去，屏住呼吸，仔仔細細打量了此人一番。面前的這個活死人，不是馬鳴未又能是何人？

「師哥……」程雨晴以手掩口，眼淚控制不住地掉了下來，「您……您怎麼會弄成了，這個樣子？」

可是無論程雨晴怎麼問怎麼說，馬鳴未依舊是靜靜地蜷縮在那裡，一動不動，連眼珠也沒有轉一下，就像是一尊支離破碎的泥塑。

「……雨晴師哥。」

程雨晴慢慢回過頭，看見了站在自己身後幾步遠的譚福路。

「鳴未師哥他，為什麼會變成這個樣子？」程雨晴站起身，雙眼通紅地看向譚福路，「鳴福社到底發生了什麼事兒？」

譚福路抿了抿嘴，微微皺著眉，「他會變成這樣，完全是他咎由自取、自作自受……只是可憐了長爺，長爺他……」

「長爺怎麼了？」程雨晴急了，「快說呀！」

「長爺……作古了……」譚福路說著，忍不住鼻子一酸。

「什……」

感覺腦子裡嗡的一聲響，程雨晴搖晃了兩下，好懸就要站不住，還好譚福路手急眼快地一把扶住了他。

「……到底，出了什麼事兒？」程雨晴的聲音弱得譚福路都快聽不清楚了，「福路，快告訴我……」

兩手死死抓住譚福路的胳膊，程雨晴勉強撐著自己止不住顫抖的身體，淚眼迷離地盯著譚福路的臉。

「其實，具體的我也不清楚，」譚福路咬著下唇搖了搖頭，「好像是鳴福社的院子半夜裡著了火，等我們趕回去的時候基本上燒得什麼都沒剩下……小師娘和她閨女都被燒死在了屋裡。」

「長爺……也是被燒死的？」程雨晴眼前似乎出現了一片火海，令他不由得感到一陣眩暈。

「不，長爺他……」譚福路下意識地捏緊了拳頭，「是吞了大煙膏子，自盡的。」

「自……盡？」儘管有譚福路架著，程雨晴還是癱軟地坐了下去，「長爺，自盡了……」

「我們都以為馬鳴未也被燒死了，沒想到這個人渣竟然如此命大，」譚福路狠狠地往馬鳴未那邊啐了一口，

「難道真是修橋補路的瞎眼，殺人放火的兒多?!」

「……別說了，」程雨晴閉了閉眼睛，「他都這個樣子了，還不夠嗎?」

「不夠！」譚福路負氣地鬆開了扶著程雨晴的手，「他做了那麼些傷天害理的事情，倒撿回了一條命，長爺當了一輩子的好人，竟然要落得這樣的下場！住在鳴福社附近的街坊們都說，這個人渣要麼不回家，一回家就是連打帶罵搶東西！」

「夠了……」

「要不是小若師哥好心收留，鳴福社的那些孩子說不定都要被餓死了！」譚福路越說越大聲，「為了還債，他還強迫壽字科的去站條子！」

「夠了……！」程雨晴一聲低吼，把譚福路給嚇了一跳，「福路，夠了……看看他現在這個樣子，也足以贖他的罪過了吧……」

又瞥了馬鳴未一眼，雖然譚福路仍然覺得不夠解氣，但到底還是把到了嘴邊的話給咽了回去。

程雨晴沉默了半晌，搖搖晃晃地站起來，把自己身上的鬥篷解開，輕輕蓋在了馬鳴未身上。就在他轉身準備離開時，馬鳴未乾涸的眼眶中竟無聲地落下一顆淚珠，在被發現之前迅速划過臉頰，落入了泥地裡。

「雨晴師哥，」譚福路跟在程雨晴身後，在他踏上騾車之前叫住了他，「跟我回去吧。」

這回程雨晴並沒有立刻搖頭，但也沒有點頭，只是僵硬地背對著譚福路。

「跟我回去吧，」譚福路又重覆了一遍，「……您知道長爺留下的最後一句話是什麼嗎?」

程雨晴微微側過臉，「什麼?」

「他對小若師哥說，把您找回來，」譚福路的嗓音裡漸漸透出哭腔，「一定要把您找回來!」

身子狠狠地一顫，程雨晴慢慢抬起頭，把差點兒奪眶而出的眼淚給生生忍了回去。

「福路，你先回去吧。」

說完，程雨晴頭也不回地鑽進了騾車。

「雨晴師哥!」

譚福路追在騾車後面緊跑了幾步，但也只能眼睜睜地看著騾車消失在了轉角處。

除夕將至，本該是一整年裡最叫人雀躍歡欣的時節，可是長爺的死，卻給若晴社的眾人臉上都蒙上了一層厚厚的陰雲。

侯小若喝酒喝得比之前愈發厲害了。雖然還不至於說大早上的一睜眼就要酒喝，但也是喝酒比喝水還多。有的時候三閏爺實在看不下去了，也會說他幾句，說完之後能好一段兒，不過用不了幾天就又喝上了。

這天夜裡散了戲，孩子們吃完了夜宵就都回去了，只留下侯小若一個人還在一杯接一杯、一盞又一盞地喝著。一直喝到小酒館都要上板兒打烊了，侯小若才步履不穩地往回走。

「半世悠悠風塵困，老大徒悲暗傷情……」

邊搖搖晃晃地往前走，侯小若邊口齒不清地唱著《除三害》裡周處的戲詞。眼看著就快要到若晴社的院門前了，腳底下一趔趄，侯小若一個大馬趴硬生生摔了下去。撐了幾下也沒能順利站起來，侯小若干脆就倚著石階歪斜著身子一躺。

「聽一言來火難忍，豪傑起了殺人心！」侯小若半閉著眼睛，一手胡亂揮著大聲唱道，「這廝他的名和姓，我要扒他的皮！我抽了他的筋！」

沒等他把這幾句唱完，院門一開，譚福路和梅壽林跨步出來，很是熟練地合力把侯小若給抬了進去。

「又喝多了？」三閏爺披著衣服，站在自己屋門前問道。

譚福路衝三閏爺點了點頭。

「趕緊給扶進去吧，什麼事兒這都是……」三閏爺皺著眉頭，轉身回屋。

「欸。」

梅壽林和譚福路兩人把爛醉如泥的侯小若抬到床上，給他脫鞋脫襪、褪去外衣，再把被子蓋好。

「福路，你給師哥擦把臉吧，」梅壽林指了指一旁的洗臉架，「我去燒點兒開水，給他泡壺茶，晚上醒了指定叫渴。」

「欸，您去吧。」

說完，梅壽林快步走出屋外。

譚福路剛想扭頭去把手巾打濕的時候，就聽見床上傳來侯小若夢魘般低低的呼喚聲。

「……雨，晴……雨晴……」

十一、

坐在詠景堂狹小昏暗的房間裡，程雨晴把疊得整整齊齊的兩件長衫放進包袱皮裡，另外還有一點兒瑣碎細軟也都一併放了進去。伸手從枕頭底下摸出那根芙蓉金簪，程雨晴寶貝地將其貼身放好。

單薄的小包袱挎在肩上，程雨晴一手拎起自己的花紫竹胡琴，最後再看了一眼這間破舊小屋，他抬腳走了出去。

「雨晴相公，」大茶壺迎了過來，「這就走麼？」

「嗯，」程雨晴淺淺一笑，點了點頭，「承蒙您這段時間的照顧。」

「哪兒的話呀，您跟咱這兒待著，著實是委屈您了，」大茶壺搓著手，跟在程雨晴身後往外走著，「您這一走，打算上哪兒呢？」

「回家。」

「回，回家？」大茶壺愣了愣，「您，有家呀？」
程雨晴嫣然一笑，「瞧您說的，誰還能沒有家呢。」
「有家……有家您還跟咱這兒待了這麼長時間，」大茶壺有些不明白地嘟囔了幾句，「跟家裡人吵架了？」
「……沒有，」程雨晴搖了搖頭，「花開堪折直須折，莫待無花空折枝……為了他，或許我早該饒了我自己……」
「嗯……」大茶壺撓了撓腦袋，「不懂，雨晴相公，您這種喝過墨水兒的人說的話我聽不明白，我是個粗人，就只知道人生苦短及時享樂，您說呢？」
「嗯，您說的在理兒，」程雨晴笑眼彎彎，朝大茶壺一抱拳，「告辭。」
「您等一等，」大茶壺說著，從自己屋裡抱出一件紅色的夾棉門簾，下擺處還繡著幾枝芙蓉，「外頭冷，您就這麼走還不得凍壞了，把這個穿上吧。」
「勞您費心了。」程雨晴把肩上的小包袱擱在一旁，接過門簾穿在了身上。
「雖說是女人家家用的東西，但總算能保暖，好過沒有不是？」大茶壺替程雨晴把小包袱拎起來，遞給他，「就算是個念想。」
「多謝，告辭。」
「您保重。」
簡直就像是有十幾個人拿著鑼同時在自己耳邊敲一樣，侯小若感覺頭痛欲裂，皺眉垂頭坐在床邊，兩手按揉著自己的太陽穴。
「小若師哥，您醒了，」說著，譚福路端著一碗剛沏得的濃茶走了進來，「喝兩口釅茶，醒醒酒吧。」
「欸，謝了。」
接過那碗濃茶，侯小若幾口就全部喝了下去，放下茶碗時還打了個水嗝。
「我去給您盛碗熱粥過來吧。」
「好，我正餓著呢。」
「嗯。」
都已經走到屋門口了，猶豫了半天，譚福路還是走了回來。
「……小若師哥。」譚福路下意識地舔了舔嘴唇，緊張得嗓子都有點兒啞了。
「嗯？」
「我……我，有件事兒，」譚福路艱難地咽了口唾沫，「要跟您說。」
「說吧，」侯小若看他那副樣子，忍不住調笑道，「又睡了哪家的姑娘呀？」
「師哥！」譚福路一下子臉紅到了脖子根兒，「跟您說正經的呢！」
「行行行，師哥錯了，」侯小若重新坐直了身子，「你說吧。」

「……我，我……我……」

「哎喲我什麼呀我，可累死我了，」侯小若翻了個白眼，「到底說不說？不說就給我端粥去。」

「小若師哥……！」

「說呀！」侯小若好笑地看著臉上變顏變色的譚福路。

踏著略顯輕鬆的腳步，程雨晴順著詠景堂細長的廊子，一步一步往門外走去。深冬少有的暖陽照耀在皓然一色的玉絮瓊花之上，閃爍著令人心醉的點點晶瑩光斑。偶爾有幾片雪花在空中飛舞飄蕩，似柳絮如蘆花，輕柔潔白，可是不大一會兒就被風給卷到了地上，融進泥水裡去了。

程雨晴深深吸了一口氣，把門篷的帽子翻起來帶好，一步從詠景堂裡邁了出來。任由透亮的光線肆意披掛纏繞在自己身上，程雨晴覺得心情竟如此舒暢，就連略顯凜冽的冬風似乎都不那麼惹人厭煩了。

這一帶就只有入了夜才會喧鬧起來，所以這會兒基本上沒什麼人，街面上清清靜靜的。本可以叫個騾車，但是程雨晴這會兒偏想要稍微走一走，曬曬久違的太陽也是好的。程雨晴這麼想著，便踱著步子慢悠悠地順著街邊往西走去。

就在這時，從石頭胡同那頭忽然出現了兩個身著制服金髮碧眼的夷人士兵。大概是在這附近徹夜喝酒，兩個人看起來都是醉醺醺的，腳步踉蹌，嘴裡也不知道嘰里呱啦地在說些什麼，邊說還邊大笑著。這倆夷人士兵搖搖晃晃地走了幾步，一抬頭，猛然看見一襲紅色門篷的程雨晴，立馬眼就直了。程雨晴也看見了他倆，心中暗驚，趕緊低下頭，轉身疾步往另一個方向走去。可是畢竟腳底下不利索，還沒走出幾步遠，兩個夷人士兵就已經追到了近前。

其中一個看起來年紀稍長的夷人士兵嬉笑著，從身後一把拉住了程雨晴的胳膊，使勁往自己這邊一拽，程雨晴站立不穩，跌靠在牆上。

「放手！幹什麼你們！」

程雨晴驚恐萬分，拼了命地掙扎，奈何卻怎麼也掙不脫這個高大夷人毛茸茸的大手。而且他越是掙扎，兩個夷人士兵似乎就越是開心，嘰里咕嚕地邊相互說著什麼邊放聲大笑。偶爾有幾個路過的行人都躲得遠遠的，沒有一個敢上前幫忙。

「放開我！別碰我！」

程雨晴的掙扎在兩個夷人看來，壓根兒也算不得什麼，不過是愈發撩撥他倆的可愛舉動罷了。年長的那個夷人大手一伸，緊緊摟住程雨晴纖細的腰身，湊近了深深吸了口氣後，臉上露出陶醉的壞笑，而另一個看著不過十八九歲的夷人站在一旁，笑得連腰都直不起來。

「你們！你們光天化日就敢這樣動手動腳！還有沒

有天理王章了！放開我！」

也顧不得他倆聽不聽得懂，程雨晴臉色蒼白地高聲咒罵道，兩腳不停地又踢又踹。

年長的夷人士兵將程雨晴按在牆上，用一隻手鉗制住程雨晴的兩隻手腕，高高舉過頭頂，另一隻手則摸上了程雨晴的臉。用力捏住他的下巴，夷人伸出舌頭，自程雨晴的耳根一直舔了上去。程雨晴不由得渾身一震，就感覺有無數條蜈蚣在臉上爬一樣令人作嘔。拼命忍住要吐出來的衝動，程雨晴備受屈辱地流下了兩行清淚，嘶啞著嗓子依舊不死心地叫喊著。

「誰，誰來幫幫我！求求你們，救救我！」

壓在程雨晴身上的年長夷人似乎並不滿足，他伸手一把就撕開了程雨晴長衫，而一直站在他身旁看笑話的那個則趁機上前解開了程雨晴的褲腰帶，唰一下將他的褲子扯了下來。上一刻還在大笑的年少夷人士兵忽然哇哩哇啦地大喊了起來，瞪著眼睛指著程雨晴的股間。舔了程雨晴一口的年長夷人也趕緊低下頭一看，在發現程雨晴竟然是個男人時，頓時就愣住了。

趁著這倆發愣的功夫，程雨晴立刻提起褲子，轉身就想先往詠景堂裡逃。不過還沒等他摸到詠景堂的門框，就又被兩個夷人抓住，一腳踹翻在地。年長的夷人直接騎在了程雨晴身上，抬手就是兩個耳光，打得程雨晴的鼻子和嘴都泊泊往外淌血。可能還是覺得不解氣，那個夷人當街就開始撕扯程雨晴的衣服和褲子。

「……我要殺了你……我，要殺了你！殺了你！！」

程雨晴雙眼通紅，聲音早就喊破了，臉上滿是血痕。

忽的，他好像想起了什麼似的伸手入懷，摸出了那根當年香蘿格格送給他的金簪，緊緊攥在手心裡。瞅見騎在自己身上的那個夷人扭過頭去，正想和同伴說什麼的空當，程雨晴猛的一抬手，將金簪狠狠地扎進了那個夷人的頸項。力道之大，金簪的一多半兒都沒了進去。夷人晃了兩晃，似乎還沒明白過來怎麼回事，程雨晴咬著牙把金簪拔出來，緊接著又扎了進去。就這麼拔出來又扎進去，反覆好幾次，這個夷人士兵的脖子都快被戳爛了。

終於，半邊脖子被扎成了蜂窩的年長夷人士兵耷拉著腦袋往前倒了下去，癱軟在程雨晴的身上，殷紅的血噴灑了一地。年少的夷人士兵見狀先是愣了一愣，接著像是受了什麼巨大的驚嚇一般大喊大叫了起來。

「呸……活該。」

用盡了渾身的力氣，程雨晴把壓在自己身上的夷人士兵推到了一邊。

十二、

侯小若好像瘋了一樣從若晴社的院子裡衝了出來，穿街過巷，不管不顧地朝著東南方向一路狂奔了下去。

撞著了人也好，碰翻了小攤檔也好，摔得狼狽不堪也好，侯小若就好像什麼也感覺不到了，什麼也都不重要了，只是一勁兒地往前衝去，連眼也不眨一下。

「師哥，我……」譚福路握了握拳，又慢慢鬆開，「我知道，雨晴師哥在哪裡。」

不過只是說出一句話，譚福路感覺自己已經用光了所有的勇氣，甚至不敢抬頭看侯小若一眼。

「……你，說什麼？」侯小若微微歪了一下腦袋，「再說一遍。」

「我，我說我知道雨晴師哥在哪裡！」譚福路這回是一鼓作氣喊了出來。

他話音未落，侯小若噌一下就從床上蹦了起來，雙手揪住譚福路的領口，眼睛瞪得都快爆出來了。

「你丫再說一遍！」

「我知道，我知道雨晴師哥在哪裡！」

完全不出乎意料的，侯小若一拳就砸在了譚福路臉上，然後手裡一用勁兒，又把他給拽了回來，「快說，不然我就打死你！」

「雨晴師哥，就在王廣福斜街的……詠景堂下處，」譚福路垂著頭，低聲說道，「不是我不想告訴您，雨晴師哥和二霜哥都不讓我說……」

「白二霜也知道？！」

「嗯……」譚福路老實地點了點頭。

「回來再跟你算賬！」

侯小若撒開手，使勁兒一搡譚福路，轉身就奔出了門外。

王廣福斜街……王廣福斜街？竟然就在距離自己一步之遙的地方，為什麼沒能早點兒發現……幾乎是腳不沾塵地一路飛奔，侯小若在心裡埋怨了自己不下一百次。侯小若啊侯小若，你就是個豬頭！無可救藥的豬頭！

穿過了扁擔胡同和朱家胡同，眼瞅著拐過下一個轉角就是王廣福斜街了。侯小若已經跑得上氣不接下氣，再加上宿醉，他感覺頭已經快要疼炸了。強撐著跑過了青風巷，侯小若實在吃不住疼，只能先停下腳步，一手扶著牆大口大口喘著粗氣。

右手握著滿是鮮血的金簪，程雨晴搖搖晃晃地站起身。那個嚇得癱坐在一邊的年少夷人士兵好像突然醒過來似的掏出了別在腰上的手槍，嘴裡一邊嚷嚷著什麼一邊哆哆嗦嗦地用槍對準了程雨晴。而程雨晴也聽不明白他到底想說什麼，就只覺得他叫嚷得實在太鬧心了，震得耳朵嗡嗡疼。微微蹙眉，程雨晴往前邁了一步，衝著他擺了擺手。

「別嚷了，閉……」

才喘勻了這口氣，侯小若正準備繼續往下跑的那一瞬間，不知從哪兒傳來了「呯」的一聲響，驚走了屋檐上一行鳥雀，也令侯小若的心沒由來地漏跳了一拍。下意識地，侯小若雙腳不聽使喚一般往傳來聲響的方向跑了過去。

一聲槍響，淡淡的一縷青煙從夷人手中的槍口幽幽冒出，消散在了空氣中。一朵紅色的小花毫無預警地出現在程雨晴的胸口，緩慢地綻放開來。

「……雨晴？」

接著是第二槍，第三槍……一直到那夷人把彈夾裡所有的子彈都釘在了程雨晴身上。

「小若……」

就在侯小若的眼前，程雨晴的身子軟軟地滑了下去，倒在一片潔白無瑕的雪地之中。

侯小若此刻的雙腿就像是灌了鉛一般，重得幾乎連抬也抬不起來。他艱難地一步一步挪到程雨晴身邊，噗通一聲跪了下去。

「雨晴……我，我來了……」侯小若從懷裡掏出一方絹帕，小心翼翼地擦拭著程雨晴臉上的血污，「……我來了，我來……帶你回家……雨晴，我們回家……回家了……」

雪片柔柔飄下，輕輕停在程雨晴的睫毛上，迅速地融了去，再悄無聲息地從他的眼角滑落，留下一道極美的透明曲線。

雪還在不停地下著，越下越大，落在地上發出撲撲簌簌的聲音。抬眼看去，卻是滿眼的灰茫，天地連成一色，模糊了邊界。

若晴社院子的正屋裡停著一口上好的金絲楠木棺材，程雨晴靜靜地躺在裡面，好像不過是睡著了，隨時都能醒來一樣。從擦洗到換衣服，侯小若都不允許其他人進來幫忙，不讓任何人觸碰程雨晴。

沉默無語地站在棺木旁，侯小若一手輕搭在棺木沿，就這麼直愣愣看著程雨晴，淚水止不住地無聲落下，眼睛又紅又腫。大家夥兒都站在廊下遠遠地看著他，既不敢近前來也不敢隨便說話，只是默默地抹著眼淚。

譚福路慘白著一張面孔，咬著牙來到正屋門前，直直地雙膝跪下。

「雨晴師哥……對不起，對不起……對不起……」

邊說，譚福路朝著棺木嘣嘣嘣地用力磕了三個響頭。

「小若師哥，對不起……對不起，對不起……對不起……」

接著，他又朝著侯小若的背影使勁兒磕著頭，腦袋不停地撞向青磚地，不過幾下，額頭就已經磕出血來。

良久，譚福路磕得都暈頭轉向了，侯小若才慢慢轉過身，伸手將譚福路扶了起來。正好侯小若一抬頭，忽然看見了白二霜和清泰從外面走了進來，頓時無名火起，直接從正屋裡衝了出去。

「你來做什麼！」侯小若毫不客氣地指著白二霜。

白二霜一愣，張了張嘴沒說出什麼來。

「侯老闆，」清泰往前踏出半步，一拱手，「我們只是想來給程老闆上柱香罷了。」

「用不著！」侯小若臉色鐵青地瞪著白二霜，「人死了你倒想起來上香了？滾出去！」

「小若……」白二霜微微皺起眉頭。

「侯老闆，你這是何意呀？」清泰的臉也沉了下來。

「何意？哼，」侯小若冷哼一聲，斜眼看向清泰，「少揣著明白裝糊塗，我問你，你知不知道雨晴的下落？」

「……嗯，知道。」

「什麼時候知道的？是剛知道，還是早就知道了？」侯小若咬牙切齒地問道。

「早……早就……」

沒等清泰把話說完，白二霜從旁插了一句。

「……可那是雨晴的意思，如果雨晴不願意，我就不能把他的下落說出去。」

「你講的好義氣呀，」侯小若眼睛裡都快噴出火來，「如果不是因為你，雨晴就不會死！」

侯小若上前一把薅住白二霜細細的手腕，不由分說地連拽帶拉將他扯到了棺木前。

「你看看他！他死了！就因為你那點兒自以為是的義氣，他死了啊！」侯小若死死抓住白二霜的領口。

「……我，我也是為了雨晴好，」白二霜的嘴唇煞白，沒有一點兒血色，「你又不是不知道，他就是個要面……」

「面子？面子！面子能有多重要！啊？能比他活著還重要嗎！」侯小若喊得嗓子都破了，額頭青筋暴現，「如果你一早就告訴我他在哪裡，雨晴就不會死！他就不會死！是你殺了他，是你！」

「侯老闆，放手！你放開！」

清泰低吼著，和若晴社的幾個孩子一起過來，好容易才把兩人給分開。

「撒開！」侯小若掙開梅壽林哥兒幾個的拉扯，用力地拍著自己的心口，「是！我傷過他，但我想要照顧他一輩子的心是真的呀！為什麼不相信我？」

猛的回轉身，侯小若看著棺木裡的程雨晴，不由得悲從中來，「為什麼你不相信我！為什麼你要這樣懲罰我……為什麼呀？」

「小若，夠了，」三閏爺這幾天好像老了十幾歲，神情憔悴地拍了拍侯小若的肩膀，「行了，讓大家給雨晴上柱香吧。」

「乾爹……我……」

「我明白，乾爹明白，」三閏爺點了點頭，「行了，可以了……」

抱著三閏爺，侯小若終於嚎啕大哭了出來。

京城外的翠竹海中，皚皚的白雪壓在竹枝上，看起來那麼沉重，而一棵棵青竹卻依舊直挺挺地站著，無所畏懼地傲視霜雪。

一片翠竹環繞之中，一個人，一座孤墳。

侯小若坐在墳前一塊石頭上，手中握著自己以前送給程雨晴的那把花紫竹胡琴，不甚熟練地拉著曲牌《哭皇天》。琴音悲悲切切，旋律淒淒然然，幽幽回繞在竹林之中。

一曲終，侯小若長長地呼出一口氣，站起身，把胡琴橫著擺在了石碑前。

「……雨晴，你還記得嗎？我曾經說過要帶你去吃好吃的，我可沒食言，你看看。」

說著，侯小若拿過放在一旁的三層大食盒，一層層打開。

「這是便宜坊的烤鴨，月盛齋的醬羊肉，獨一處的燒賣，」一邊說，侯小若邊將食盒裡的吃食一樣一樣端出來，「天福號的醬肘子，鴻賓樓的芫爆散丹……」

最後，他小心翼翼地端出一隻小碗，也一起放在了墳前，「還有小腸陳的鹵煮火燒。」

淺淺笑著，侯小若用手輕撫著石碑，神情落寞卻坦然。

「昨兒個，我又趕了三場《法門寺》，嘿嘿，又他娘的被……闡了三回……」

不知不覺間，侯小若的眼淚又淌了下來。

「……對了，你還不知道吧，據說下個月香蘿格格，不，現在應該是香蘿福晉了，」侯小若咧開嘴一笑，「哈哈，還有地兒說理去沒有了……說是福晉要回府省親，所以都尉府差了人來要請若晴社唱倆月的堂會，倆月呢，還說……說福晉她，很是惦記你，想……想要見見你……」

侯小若臉上的淚水越來越多，連話也說不下去，就這麼無聲地低著頭哭了好久好久。

忽的一陣風起，將竹枝竹葉上的積雪全都給卷了下來，嘩啦一聲。

「……行！」侯小若猛抬頭，朝著石碑笑了笑，「我該走了，你早歇著吧。」

站起身，拍了拍粘附在身上的殘雪，侯小若往前走了兩步，又猛然回轉身，兩手一抱拳。

「某，去者！」

高抬腿，亮靴底，邁著四方步，侯小若緩步走出了這一片靜謐又喧囂的翠竹海。

國家圖書館出版品預行編目資料

暖雨晴風初破凍 / 佐玖羅作. -- 初版. -- 臺北市 :
博客思出版事業網, 2023.09
面； 公分
ISBN 978-986-0762-50-1(平裝)
863.57 112005217

現代小說7

暖雨晴風初破凍

作　　者：佐玖羅
主　　編：盧瑞容
編　　輯：陳勁宏、楊容容
美　　編：陳勁宏
校　　對：楊容容、古佳雯
封面插圖：LaoMiao老喵
書名題字：徐德亮
出　　版：博客思出版事業網
地　　址：臺北市中正區重慶南路1段121號8樓之14
電　　話：（02） 2331-1675 或 （02） 2331-1691
傳　　真：（02） 2382-6225
E - MAIL ：books5w@gmail.com或books5w@yahoo.com.tw
網路書店：http://bookstv.com.tw
https://www.pcstore.com.tw/yesbooks/
https://shopee.tw/books5w
博客來網路書店、博客思網路書店
三民書局、金石堂書店
經　　銷：聯合發行股份有限公司
電　　話：（02） 2917-8022　傳真：（02） 2915-7212
劃撥戶名：蘭臺出版社　帳號：18995335
香港代理：香港聯合零售有限公司
電　　話：（852） 2150-2100　傳真：（852） 2356-0735
出版日期：2023年9月 初版
定　　價：新臺幣450元整（平裝）
ISBN：978-986-0762-50-1